Terry Pratchett
Dunkle Halunken
Sammlerausgabe mit »Jack Dodgers London Guide«

Zu diesem Buch

Dodger ist ein Straßenjunge – doch nicht irgendeiner. Während eines Überfalls in den nächtlichen Gassen Londons rettet er einer Unbekannten das Leben, der betörend schönen Simplicity. Fortan setzt er alles daran, mehr über die Tat und die Herkunft der jungen Frau herauszufinden. Auf der Suche nach den Tätern bringt Dodger ganz nebenbei einen mörderischen Barbier namens Sweeney Todd zur Strecke und wird dadurch für ganz London zum Helden. Dies jedoch ruft einen geheimnisvollen Attentäter ebenso auf den Plan wie die Halunken, die Simplicity nach dem Leben trachten und ihren jungen Beschützer lieber früher als später tot sehen wollen ... Dieser Band vereint erstmals den Originalroman »Dunkle Halunken« und den einzigartigen Reiseführer »Jack Dodgers London Guide«, in dem der Held die schillernde, aber vor allem schmutzige Welt seiner Heimatstadt zeigt.

Terry Pratchett, geboren 1948 in Beaconsfield, England, erfand in den Achtzigerjahren eine ungemein flache Welt, die auf dem Rücken von vier Elefanten und einer Riesenschildkröte ruht, und hatte damit einen schier unglaublichen Erfolg: Ein Prozent aller in Großbritannien verkauften Bücher sind Scheibenweltromane. Jeder achte Deutsche besitzt ein Pratchett-Buch. Terry Pratchett erhielt zahlreiche Auszeichnungen, darunter den »World Fantasy Lifetime Achievement Award« 2010. Weiteres zum Autor unter: www.terrypratchettbooks.com

Terry Pratchett

DUNKLE HALUNKEN

Sammler-
ausgabe mit
»Jack Dodgers
London
Guide«

Aus dem Englischen
von Andreas Brandhorst

PIPER

Zu den lieferbaren Büchern von Terry Pratchett bei Piper und ivi
siehe Seite 527.

Ungekürzte Taschenbuchausgabe
Mai 2017

Titel der englischen Originalausgaben: »Dodger« und
»Dodger's Guide to London«, Doubleday Childrens/Random House UK,
London 2012 und 2013
Published by arrangement with Random House Children's Publisher UK, a
division of The Random House Group limited

Illustrationen: Paul Kidby, 2012, 2013
Umschlaggestaltung: zero-media.net, München
Umschlagabbildung: Katarzyna Oleska und FinePic®, München
Satz: Tobias Wantzen, Bremen
Druck und Bindung: CPI books GmbH, Leck
Printed in Germany ISBN 978-3-492-28065-5

Dunkle Halunken

PIPER

*Für Henry Mayhew, weil er sein Buch geschrieben hat.
Und für Lyn für alles andere*

1

Hier begegnen wir unserem Helden, und der Held trifft eine Waise im Sturm und lernt Mister Charlie kennen, einen als Schreiberling bekannten Herrn

Der Regen strömte so heftig auf London herab, dass er wie tanzende Gischt wirkte – die einzelnen Tropfen schienen in der Luft um Vorherrschaft zu ringen und darauf zu warten, auf den Boden zu stürzen. Die Abflüsse und Abwasserkanäle waren mehr als nur voll, sie quollen über und würgten hoch, was sich darin angesammelt hatte: Schmutz und Schmiere, tote Hunde, Katzen, Ratten und Schlimmeres. Der ganze Unrat, den die Menschen losgeworden zu sein glaubten, kehrte in die Welt zurück. Er drängelte in den Fluten und eilte dem über die Ufer tretenden, immer gastlichen Fluss namens Themse entgegen, der schäumte und brodelte wie eine grässliche Suppe in einem schrecklichen Kessel. Der Fluss selbst schien wie ein sterbender Fisch nach Luft zu schnappen. Doch die Eingeweihten wussten über den Londoner Regen Bescheid: Sosehr er sich auch bemühte, es gelang ihm nie, die stinkende Stadt zu säubern. Er schaffte es höchstens, eine weitere Schicht Dreck freizulegen. Und in dieser schmutzigen Nacht fanden angemessen schmutzige Ereignisse statt, die nicht einmal der Regen fortspülen konnte.

Eine von zwei Pferden gezogene elegante Kutsche platschte

durch die Straßen und quietschte noch dazu, denn ein Stück Metall saß an der Achse fest und schrie. Es war nicht der einzige Schrei, der von dieser Kutsche ausging, ein zweiter entrang sich der Kehle eines Menschen, als die Kutschentür aufsprang und eine Gestalt in den Rinnstein taumelte, der sich in dieser Nacht in eine Fontäne verwandelt hatte. Zwei weitere Gestalten sprangen aus der Kutsche und fluchten in einer Sprache, die ebenso bunt war wie die Nacht dunkel, und sogar noch schmutziger. Im strömenden Regen, durch den das flackernde Licht eines Blitzes zuckte, versuchte die erste Gestalt zu fliehen, stolperte aber und fiel, und die beiden anderen stürzten sich auf sie. Wieder ertönte ein Schrei, in dem Aufruhr und Lärm kaum zu hören, doch er schien ein seltsames Echo zu bekommen, das aus dem Knirschen von Eisen bestand. Ein naher Gullydeckel rutschte zur Seite, und zum Vorschein kam ein dünner junger Mann, geschwind wie eine Schlange.

»Lasst die junge Frau in Ruhe!«, rief er.

Ein Fluch erklang im Dunkeln, als einer der Angreifer auf den Rücken fiel, weil jemand die Beine unter ihm weggetreten hatte. Der junge Mann war alles andere als ein Schwergewicht, aber er schien überall gleichzeitig zu sein und schlug in alle Richtungen zu, wobei ein Schlagring – immer ein guter Helfer, wenn man allein gegen eine Übermacht antritt – seinen Hieben Nachdruck verlieh. In diesem Fall bestand die Übermacht aus zwei Männern, und sie ergriffen die Flucht. Der junge Bursche blieb ihnen dicht auf den Fersen, und seine Fäuste hämmerten auf die Fliehenden ein. Doch dies war London, und es regnete, und die Männer stürmten durch Gassen und Seitenstraßen und versuchten ihre Kutsche wiederzufinden. Die Erscheinung aus der Kanalisation verlor sie schließlich aus den Augen und kehrte mit der Geschwindigkeit eines Windhunds zu der geplagten jungen Frau zurück.

Er ging neben ihr in die Hocke, und zu seiner großen Überraschung ergriff sie ihn am Kragen und flüsterte mit ausländischem Akzent: »Sie wollen mich zurückbringen, bitte hilf mir …« Woraufhin der junge Mann sogleich aufsprang und sich argwöhnisch umsah.

Ausgerechnet in dieser Gewitternacht geschah es, dass zwei Herren, die durchaus etwas vom Londoner Schmutz wussten, durch diese Straße gingen beziehungsweise wateten. Sie hatten die Hüte tiefer gezogen, was ihnen bei diesem Regenguss allerdings wenig nutzte, denn das Wasser kam nicht nur von oben, sondern auch von unten, weil es vom Boden hochspritzte. Wieder flackerte ein Blitz, und einer der Herren fragte: »Liegt dort jemand im Rinnstein?« Vielleicht hörte der Blitz die Worte, denn er gleißte noch einmal vom Himmel und zeigte den beiden ein Bündel, eine Gestalt, eine Person am Boden.

»Gütiger Himmel, Charlie, es ist eine junge Frau!«, entfuhr es einem der Herren. »In den Rinnstein geworfen, nehme ich an, und völlig durchnässt. Komm!«

»He, was tun Sie da, Mister?«

Im Licht eines Pubfensters, das kaum mehr als Dunkelheit zeigte, entdeckten der Herr namens Charlie und sein Freund einen Burschen, nicht älter als siebzehn, aber mit der Stimme eines Mannes. Eines Mannes, der offenbar bereit war, es mit ihnen aufzunehmen und auf Leben und Tod zu kämpfen. Zorn schien er im Regen auszudampfen, und er hielt eine Metallstange bereit. »Ich kenne Typen wie euch, jawohl!«, fuhr der junge Bursche fort. »Kommt hierher und jagt Schürzen nach, macht anständige Mädchen und Frauen zum Gespött! Verflixt! Wie verzweifelt ihr doch sein müsst, wenn ihr in einer solchen Nacht unterwegs seid!«

Der Mann, der nicht Charlie hieß, richtete sich auf. »Immer langsam, Junge! Ich muss doch sehr bitten. Wir sind ehrbare Gentlemen, die, wie ich hinzufügen möchte, hart arbeiten, um das Schicksal armer junger Frauen – und auch von Leuten wie dir, wie mir scheint – zu verbessern.«

Der wütende Schrei des Burschen war so laut, dass die Fenster des nahen Pubs aufschwangen und rauchiges orangefarbenes Licht in den Regen fiel. »So nennt ihr das also, ihr elenden alten Widerlinge!«

Der junge Mann holte mit seiner behelfsmäßigen Waffe aus, doch der Herr namens Charlie nahm sie ihm ab und warf sie hinter sich. Dann packte er den Burschen am Kragen und hielt ihn fest. »Mister Mayhew und ich sind anständige Bürger, mein Lieber, und als solche halten wir es für unsere Pflicht, diese junge Dame in Sicherheit zu bringen.« Über die Schulter hinweg sagte er: »Es ist nicht weit zu dir, Henry. Glaubst du, deine Frau wäre bereit, eine bedürftige Seele für eine Nacht aufzunehmen? In einer solchen Nacht jagt man keinen Hund vor die Tür.«

Henry, der sich über die junge Frau gebeugt hatte, nickte. »Meinst du vielleicht *zwei* Hunde?«

Das hörte der zappelnde Junge gar nicht gern. Mit einer schlangenartigen Bewegung entwand er sich Charlies Griff und schien erneut für einen Kampf bereit zu sein. »Ich bin kein Hund nich, ihr feinen Pinkel, und sie ist auch keiner! Wir haben unseren Stolz, haben wir. Ich gehe meinen eigenen Weg, jawohl, ganz koscher, ungelogen.«

Der Herr namens Charlie packte das Jüngelchen abermals am Kragen und hob es hoch, bis sich ihre Augen auf gleicher Höhe befanden. »Ich bewundere deine Einstellung, junger Mann, aber nicht deinen Verstand«, sagte er ruhig. »Und wohlgemerkt, dieser jungen Frau geht es schlecht, das erkennst du sicher. Es ist nicht weit bis zum Haus meines Freunds, und da du dich zu ihrem Verteidiger und Beschützer gemacht hast … Ich lade dich ein, mitzukommen und dich zu vergewissern, dass sie die beste Behandlung erfährt, die wir uns leisten können. Hast du gehört? Wie lautet dein Name? Und bevor du ihn nennst, möchte ich dir versichern, dass du nicht die einzige Person bist, die Anteil nimmt, wenn eine Dame in Not gerät, noch dazu in einer so scheußlichen Nacht. Also, mein Junge, wie heißt du?«

Der Bursche musste einen gewissen Ton in Charlies Stimme bemerkt haben, denn er antwortete ohne Zögern. »Ich bin Dodger, manchmal auch *pfiffiger Gannef* genannt. Man kennt mich überall in der Stadt.«

»Nun gut«, sagte Charlie. »Da wir nun deine illustre Bekanntschaft gemacht haben, sollten wir während unserer kleinen Reise zu einer Verständigung gelangen, von Mann zu Mann.« Er richtete sich auf und fuhr fort: »Lass uns dein Haus aufsuchen, Henry! Wir sollten uns beeilen, befürchte ich doch, diese bedauernswerte junge Dame braucht jede erdenkliche Hilfe. Und du, mein Junge ... Was weißt du über sie?«

Er ließ den Burschen los, der daraufhin einige Schritte zurückwich. »Nichts, Meister, hab sie nie zuvor in meinem Leben gesehen, das ist die reine Wahrheit, und ich kenne hier sonst alle. Eine weitere Ausreißerin. Passiert dauernd. Ich denke nich gern darüber nach.«

»Soll ich etwa glauben, Mister Dodger, dass du dieser jungen Dame wie der wahre Kavalier zu Hilfe geeilt bist, obwohl du sie gar nicht kennst?«

Dodger wirkte plötzlich sehr wachsam. »Vielleicht, vielleicht auch nicht. Welche Rolle spielt's für euch? Und wer ist überhaupt dieser Kavalier?«

Charlie und Henry trugen die junge Frau in ihren Armen. Als sie losgingen, sagte Charlie über die Schulter hinweg: »Hast du nicht verstanden, was ich gerade gesagt habe, Dodger? Mit Kavalier ist ein Mann mit vorbildlichen Manieren

Damen gegenüber gemeint ... Schon gut. Folge uns wie der klatschnasse edle Ritter, der du bist, und du wirst sehen, dass die holde Maid eine gute Behandlung erwartet. Bei der Gelegenheit bekommst du auch eine ordentliche Mahlzeit und ... mal sehen ...« Münzen klimperten in der Dunkelheit. »Ja, zwei Shillings, und wenn du mitkommst, verbesserst du deine Aussichten auf den Himmel, womit ich einen Ort meine, über den du vermutlich nicht allzu häufig nachdenkst, wenn ich das richtig sehe. Verstanden? Sind wir uns einig? Gut.«

Zwanzig Minuten später saß Dodger in der Küche des Hauses am Feuer. Es war kein allzu prächtiges Gebäude, aber doch viel prächtiger als die meisten Häuser, denen er einen rechtmäßigen Besuch abgestattet hatte. Weitaus prächtigere Häuser kannte er von unerlaubten Besuchen her, doch die waren nie von langer Dauer gewesen. In manchen Fällen hatte er sie in beträchtlicher Hast verlassen. Ehrlich, die Anzahl der Hunde, die die Leute heutzutage hatten, war ein verdammter Skandal, und sie hetzten sie ohne jede Vorwarnung auf ungebetene Gäste – aus diesem Grund war er immer recht flink gewesen. Aber hier ... Oh, hier gab es Fleisch und Kartoffeln, außerdem noch Möhren, aber leider kein Bier. Er hatte ein Glas warme Milch vorgesetzt bekommen, fast frisch obendrein. Missus Quickly, die Köchin, ließ ihn nicht aus den Augen und hatte bereits das Besteck weggeräumt, doch abgesehen davon schien es eine annehmbare Bude zu sein, obwohl es ein bisschen Gemurre von der Alten des Mister Henry gegeben hatte, weil er ihr praktisch mitten in der Nacht Straßenstreuner ins Haus brachte. Dodger schenkte allem, was er sah und hörte, große forensische Aufmerksamkeit und gewann den Eindruck, dass die Angetraute des besagten Henry nicht zum ersten Mal Grund zu derartiger Klage bekam. Sie klang wie eine Person, die die Faxen so richtig dicke hatte, sich aber nichts daraus zu machen versuchte. Wie auch immer, Dodger hatte seine Mahlzeit bekommen (was wichtig war), Ehefrau und Zofe waren mit der jungen Dame fortgeeilt, und jetzt ... stieg jemand die Treppe zur Küche herunter.

Es war Charlie, und Charlie beunruhigte Dodger. Henry schien einer jener Gutmenschen zu sein, die sich schuldig fühlten, weil sie Geld und Essen im Überfluss hatten, während es anderen Leuten an beidem mangelte. Dodger kannte diese Leute. Ihm persönlich machte es nichts aus, Geld zu haben, während andere Leute keins hatten, aber wenn man ein Leben wie er führte, zahlte es sich aus, großzügig zu sein, sofern man bei Kasse war. Man brauchte Freunde. Freunde sagten zum Beispiel: »Dodger? Hab nie von ihm gehört, Meister, hab ihn nie gesehen! Bestimmt meinst du ’nen anderen Typen.« In der Stadt musste man sich irgendwie durchschlagen. Man musste wachsam und stets auf Draht sein, immerzu, wenn man überleben wollte.

Er blieb am Leben, weil er Dodger war, schlau und schnell. Er kannte alle, und alle kannten ihn. Niemand hatte ihn jemals vor den Kadi gebracht, er war schneller als der schnellste Bow Street Runner, und er lief selbst den Peelern davon, die die Runner von der Bow Street abgelöst hatten, nachdem man ihnen auf die Schliche gekommen war. Wenn die Polizisten jemanden verhaften wollten, mussten sie ihn erst einmal ergreifen, und das war ihnen bei Dodger noch nie gelungen.

Nein, Henry stellte kein Problem dar, aber Charlie ... Oh, Charlie schien ein Mann zu sein, der, wenn er jemanden ansah, tief in ihn hineinblickte. Charlie, so dachte sich Dodger, konnte ein gefährlicher Typ sein, ein Gentleman, der die Besonderheiten der Welt kannte und hinter den weichen Vorhang schöner Worte schaute, dorthin, wo die Gedanken flüsterten, und das war tatsächlich sehr gefährlich. Hier war er nun, dieser Mann – er kam die Treppe herunter, und das Geklimper von Münzen begleitete ihn.

Charlie nickte der Köchin zu, die gerade aufräumte, und setzte sich auf die Bank, neben Dodger, der ein wenig beiseiterücken musste, um Platz zu machen.

»Also ... Dodger, nicht wahr?«, sagte er. »Du erfährst sicher mit Freude, dass es der jungen Dame, der du geholfen hast, nach der ärztlichen Behandlung besser geht. Leider lässt sich das von ihrem ungeborenen Kind nicht behaupten, das den schrecklichen Ereignissen zum Opfer gefallen ist.«

Kind! Das Wort traf Dodger wie ein Totschläger, und im Gegensatz zu einem Totschläger verschwand es nicht, sondern blieb. Ein Kind ... Für den Rest des Gesprächs hing das Wort am Rand seines Blickfelds und ließ ihm keine Ruhe. Laut sagte er: »Davon wusste ich nichts.«

»Oh, ich bin sicher, dass du nichts davon wusstest«, erwiderte Charlie. »Im Dunkeln war es nur ein weiteres schreckliches Verbrechen – und sicher nur eins von vielen in dieser Nacht. Das weißt du ebenso gut wie ich, Dodger. Doch dieses Verbrechen war so dreist, unmittelbar vor mir stattzufinden, und deshalb möchte ich ein bisschen Polizeiarbeit leisten, allerdings ohne die Polizei, die in diesem Fall, so fürchte ich, kaum von großer Hilfe wäre.«

An Charlies Gesicht ließ sich nichts ablesen, und das war erstaunlich, denn Dodger verstand sich gut darauf, in Gesichtern Hinweise zu erkennen. Ernst fuhr der Mann fort: »Ich frage mich, ob die beiden Gentlemen, denen du begegnet bist, der jungen Dame wegen des Kinds zusetzten. Vielleicht finden wir es nie heraus, vielleicht doch.« Und dort war es – das Wörtchen *doch*, wie ein Messer, das schnitt und schnitt, bis es auf Erleuchtung traf. Charlies Gesicht blieb völlig ausdruckslos. »Ich frage mich, ob andere Gentlemen unter Umständen davon wussten, und deshalb, mein junger Herr, sind hier zwei Shillings für dich. Und noch einer mehr, wenn du mir einige Fragen beantwortest. Ich gedenke nämlich, dieser seltsamen Angelegenheit auf den Grund zu gehen.«

Dodger betrachtete die Münzen. »Um welche Fragen handelt es sich?« Er lebte in einer Welt, in der niemand Fragen stellte, abgesehen von den Fragen *Wie viel?* und *Was ist für mich drin?* Und er wusste – er wusste es wirklich –, dass Charlie es ebenfalls wusste.

»Kannst du lesen und schreiben, Dodger?«, fuhr Charlie fort.

Dodger neigte den Kopf zur Seite. »Ist das eine Frage, für die ich einen Shilling bekomme?«

»Nein«, schnauzte Charlie. »Ich lasse einen Viertelpenny für diese kleine Auskunft springen, mehr nicht. Hier ist er. Wo ist die Antwort?«

Dodger schnappte sich die Münze. »Ich kann *Bier*, *Gin* und *Ale* lesen. Ist doch sinnlos, sich den Kopf mit Kram vollzustopfen, den man gar nicht braucht, finde ich.« Lag da die Andeutung eines Lächelns auf den Lippen des Mannes?, fragte er sich.

»Offenbar bist du ein Akademiker, Mister Dodger. Vielleicht sollte ich dir sagen, dass die junge Dame ... Nun, jemand ist nicht besonders sanft mit ihr umgegangen.«

Er lächelte nicht mehr, und Dodger geriet plötzlich in Panik und rief: »Ich nicht! Ich habe ihr nie nichts getan, das ist die reine Wahrheit! Ich bin vielleicht kein Engel, aber das heißt noch lange nicht, dass ich ein Schurke bin.«

Charlies Hand packte Dodger, als er aufstehen wollte. »Du hast ihr nie nichts getan? Du hast nie nichts getan, Dodger? Wenn du niemals nichts getan hast, hast du die ganze Zeit über irgendetwas getan, und bitte sehr, das ist ein Geständnis, unüberhörbar aus deinem Mund. Ich bin ziemlich sicher, dass du nie zur Schule gegangen bist, Mister Dodger, dafür scheinst du mir zu schlau zu sein. Aber wenn du zur Schule gegangen wärst und dort Sätze wie *Ich habe nie nichts getan* gesagt hättest … Dann hätte dir dein Lehrer vermutlich das Fell über die Ohren gezogen. Aber hör mir gut zu, Dodger! Ich glaube dir, dass du der jungen Dame nichts angetan hast, und ich habe mindestens einen guten Grund, um davon überzeugt zu sein. Vielleicht hast du nicht bemerkt, dass sie an einem Finger einen der größten kunstvoll verzierten Goldringe trägt, die ich je gesehen habe, einen Ring, der etwas zu bedeuten hat. Und wenn du darauf aus gewesen wärst, besagter Dame zu schaden, hättest du den Ring bestimmt gestohlen, so wie du vorhin meine Brieftasche gestohlen hast.«

Dodger blickte in die Augen des Mannes. Oh, dies war ein übler Typ, dem man besser nicht querkam, kein Zweifel. »Ich, Sir? Nein, Sir«, sagte er. »Hab sie herumliegen sehen, und natürlich wollte ich sie Ihnen zurückgeben, Sir.«

»Ich darf dir versichern, dass ich dir jedes deiner Worte glaube, Dodger. Obwohl ich eingestehen muss, dass ich deine Fähigkeit bewundere, in der Dunkelheit nicht nur die Form einer Brieftasche zu erkennen, sondern auch sofort zu wissen, dass sie mir gehört. Wirklich, ich bin höchst erstaunt«, sagte Charlie. »Beruhige dich – ich wollte dir nur klarmachen, wie ernst die Sache ist. Mit den Worten *Ich habe nie nichts getan* hast du allen deinen Aussagen eine negative Bedeutung verliehen, und zwar auf recht nachhaltige Weise, verstehst du? Mister Mayhew und ich, wir sind der im Großen und Ganzen unannehmbaren Situation in weiten Teilen dieser Stadt gewahr, was übrigens bedeutet, dass wir über Missstände Bescheid wissen und uns bemühen, sie der Öffentlichkeit zur Kenntnis zu bringen. Zumindest jenen Vertretern der Öffentlichkeit, die davon Kenntnis erhalten möchten. Da dir etwas an der jungen Dame zu liegen scheint, könntest du vielleicht herumfragen oder dich zumindest hier und da umhören. Möglicherweise erfährst du auf diese Weise, woher sie kommt und was sie nach London verschlagen hat. Jeder Hinweis wäre nützlich. Sie wurde heftig geschlagen, und damit meine ich nicht die eine oder andere Backpfeife. Ich spreche vielmehr von Leder und Fäusten. Von Fäusten! Nach den vielen Blutergüssen zu urteilen, haben die Fäuste immer und immer wieder auf sie eingedroschen, mein junger Freund, und das war noch nicht alles.

Gewisse Leute – und damit meine ich natürlich nicht dich – sind der Ansicht, dass wir uns an die Polizei wenden sollten, und sie vertreten diese Meinung, weil sie keine Ahnung von Londons Realitäten für die unteren Schichten haben, keine Ahnung von den Slums, dem Dreck und dem Elend, aus dem ihre Welt besteht. Ja?«

Dodger hatte den Finger gehoben, und als Charlie ihm seine volle Aufmerksamkeit schenkte, sagte er: »Gut, in manchen Straßen kann es wirklich ein bisschen schmutzig sein. Einige tote Hunde und vielleicht auch die Leiche einer alten Frau, aber ... Nun ja, das ist der Lauf der Welt, nich wahr? So wie es in der Bibel heißt, dass man auf dem Bauch kriechen und Dreck fressen muss, bevor man stirbt, oder?«

»Wer in jenen Teilen der Stadt Erde isst, wird ziemlich sicher sterben, so viel steht fest«, sagte Charlie. »Aber da wir schon mal dabei sind ... Kannst du mir für deine beiden Shillings und noch einen Shilling ein weiteres Zitat aus der Bibel nennen?«

Das bereitete Dodger gewisse Mühe. Er starrte den Mann an und brachte schließlich hervor: »Auge um Zahn. Ja, so heißt es in der Bibel, und wo bleibt der Shilling?«

Charlie lachte. »Auge um Zahn? Ich wette, du bist in deinem ganzen Leben nie in der Kirche oder in einer Kapelle gewesen, junger Mann. Du kannst nicht lesen, du kannst nicht schreiben. Gütiger Himmel, kannst du mir wenigstens den Namen eines Apostels nennen? Deinem Gesichtsausdruck entnehme ich, dass du leider nicht dazu imstande bist. Dennoch hast du nicht gezögert, der jungen Dame zu Hilfe zu eilen, die sich nun in diesem Haus aufhält, und du bekommst fünf Sixpence-Stücke, wenn du diese kleine Aufgabe für mich und Mister Mayhew übernimmst. Tagsüber findest du mich beim *Morning Chronicle.* Such nicht anderswo nach mir! Hier ist meine Karte, falls du sie brauchst. Mister Dickens – das bin ich.« Er reichte Dodger ein rechteckiges Stück Pappe. »Ja, hast du eine Frage?«

Dodger wirkte unsicherer als zuvor. »Kann ich die junge Dame sehen, Sir? Eigentlich habe ich noch gar keinen richtigen Blick auf sie geworfen … Ich hab sie nur wegrennen sehen und dachte, dass ihr feinen Herren zu ihr gehört. Ich muss wissen, wie sie aussieht, wenn ich mich umhören und nach ihr fragen soll. Und eins sage ich Ihnen, Sir: Fragen zu stellen, kann in dieser Stadt sehr gefährlich sein.«

Charlie runzelte die Stirn. »Derzeit ist die Dame vor allem schwarz und blau, Dodger.« Er dachte kurz und fuhr dann fort: »Aber deine Worte haben durchaus etwas für sich. Dieses Haus ist durch die jüngsten Ereignisse völlig durcheinandergeraten, wie du dir vielleicht vorstellen kannst. Missus Mayhew bringt die Kinder wieder ins Bett, und die junge Dame ist vorerst im Dienstmädchenzimmer untergebracht. Wenn du dort hineingehst, sollten deine Stiefel sauber sein, und deine flinken Finger … Ich meine die Finger, die sich bestens darauf verstehen, die Wertgegenstände anderer Leute zu finden, während – *Meine Güte, mich laust der Affe!* – du keine Ahnung hast, wie sie da hingekommen sind …« Charlie legte eine kurze Pause ein. »Versuch so etwas nie – ich wiederhole: nie – im Haus von Mister Henry Mayhew!«

»Ich bin kein Dieb«, protestierte Dodger.

»Womit du meinst, dass du *nicht nur* ein Dieb bist, mein Lieber. Derzeit finde ich mich mit deiner Geschichte über meine Brieftasche ab. Derzeit, betone ich. Die dünne Brechstange, die du bei dir trägst, dient vermutlich dazu, Gullydeckel anzuheben, woraus ich schließe, dass du ein Tosher bist, ein Dreckwühler, wie man solche Leute auch nennt. Ein abwechslungsreicher Beruf, aber nicht für jemanden, der sich ein langes Leben erhofft. Und so frage ich mich, wie du überlebst, Dodger, und bin entschlossen, eines Tages eine Antwort auf diese Frage zu finden. Bitte spiel mir gegenüber nicht den Unschuldigen! Dafür kenne ich die dunklen Seiten dieser Stadt zu gut.«

Zwar rang Dodger nach Luft und empörte sich darüber, dass Charlie über ihn sprach, als sei er ein gewöhnlicher Krimineller, aber er war auch beeindruckt. Nie zuvor hatte er einen noblen alten Geezer gehört, der *Mich laust der Affe* sagte. Das bestätigte seine Einschätzung, wonach Mister Dickens ein gewiefter Typ war und einem hart arbeitenden Burschen jede Menge Scheußlichkeit bescheren konnte. Vor noblen alten Knackern wie ihm musste man sich in Acht nehmen, sonst fanden sie vielleicht jemanden, der einem die Zähne mit einer Zange bearbeitete, so wie es dem Abdecker Wally widerfahren war, den man wegen eines lumpigen Shillings übel zugerichtet hatte. Deshalb blieb Dodger artig und brav, als man ihn durchs dunkle Haus nach oben in ein kleines Schlafzimmer führte, das durch die Anwesenheit des Doktors, der sich gerade in einer winzigen Schüssel die Hände wusch, noch kleiner wirkte. Der Mann maß Dodger mit beiläufigem Blick, in dem ziemlich viel Verdammung lag, und wandte sich dann an Charlie, der von ihm ein Lächeln geschenkt bekam, wie es reichen Leuten oft zuteil wird. Dodger hatte, wie zu Recht von Charlie angenommen, keine richtige

Schulbildung genossen. Stattdessen hatte sein ganzes bisheriges Leben aus Lernen bestanden, was sich als überraschend anders erwies, und er konnte in einem Gesicht deutlicher lesen als in einer Zeitung.*

Der Doktor sagte zu Charlie: »Eine üble Sache, Sir, eine sehr üble Sache. Ich habe mein Möglichstes getan, und die Nähte sind mir sehr gut gelungen, wenn ich das sagen darf. Im Grunde ist sie eine recht robuste junge Frau, und das war auch nötig, wie sich herausstellte. Jetzt braucht sie vor allem gute Pflege und den besten aller Ärzte: Zeit.«

»Und natürlich die Gnade Gottes, der von allen am wenigsten dafür verlangt«, sagte Charlie und drückte dem Mann einige Münzen in die Hand. Als der Doktor zur Tür ging, fügte Charlie hinzu: »Selbstverständlich werden wir dafür sorgen, dass die junge Dame zumindest zu essen und zu trinken bekommt. Danke, dass Sie sich um sie gekümmert haben, und gute Nacht.«

Der Arzt warf Dodger einen weiteren finsteren Blick zu und eilte die Treppe hinunter. Ja, wenn man auf der Straße lebte, musste man wissen, wie man ein Gesicht las, kein Zweifel. Inzwischen hatte Dodger Charlies Gesicht zweimal gelesen und wusste daher, dass Charlie den Doktor nicht sonderlich mochte, vielleicht ebenso wenig, wie der Doktor Dodger mochte, und seinem Ton war zu entnehmen, dass Charlie gutem Essen und Wasser mehr vertraute als Gott – einer Person, die Dodger nur vom Hörensagen kannte und über die er fast nichts wusste. Mit der Ausnahme vielleicht, dass Gott viel mit reichen Leuten zu tun hatte. Das klammerte praktisch alle Menschen aus, die Dodger kannte, abgesehen von

* Im Gegensatz zu seiner Behauptung Charlie gegenüber konnte Dodger sehr wohl lesen – er hatte es vom Uhrmacher Solomon gelernt, bei dem er wohnte, und die Zeitung war der *Jewish Chronicle*. Aber es war immer besser, den Leuten nicht mehr zu sagen, als sie unbedingt wissen mussten.

Solomon, der oft mit Gott verhandelt hatte und ihm gelegentlich einen Rat erteilte.

Als die Leibesfülle des Doktors nicht mehr übermäßig viel Platz in dem kleinen Zimmer beanspruchte, konnte Dodger die junge Frau besser sehen. Er schätzte ihr Alter auf nicht mehr als sechzehn oder siebzehn, obwohl sie älter aussah, was bei Zusammengeschlagenen immer der Fall war. Sie atmete langsam, und er sah einen Teil ihres Haars, das ihm wie Gold erschien. Spontan sagte er: »Nichts für ungut, Mister Charlie, aber hätten Sie was dagegen, wenn ich bis morgen früh über die Dame wache? Natürlich rühre ich sie in keiner Weise an, und ich habe sie wirklich noch nie gesehen, ich schwör's. Ich weiß nicht warum, aber ich würde gern ein wenig auf sie aufpassen.«

Die Haushälterin kam herein, und der Blick, mit dem sie Dodger maß, bestand aus reinem Hass. Der zweite Blick, der Charlie galt, war glücklicherweise freundlicher. Sie hatte fast so etwas wie einen Schnurrbart, und darunter brummte es. »Ich will nicht vorlaut sein, Sir. Ich habe nichts dagegen, sozusagen eine weitere Weide des Sturms im Haus zu haben, aber für dieses Schmuddelkind übernehme ich keine Verantwortung, wenn Sie gestatten. Ich hoffe, mir macht niemand Vorhaltungen, wenn er Sie heute Nacht alle in Ihren Betten ermordet. Womit ich natürlich niemandem zu nahe treten möchte.«

An solche Leute war Dodger gewöhnt. Leute wie diese dumme Frau hielten jedes Straßenkind für einen Dieb, der einem innerhalb eines Sekundenbruchteils die Schnürsenkel aus den Stiefeln stahl und sie einem dann zum Kauf anbot. Er seufzte innerlich. Natürlich traf das auf die meisten von ihnen zu – auf fast alle, um ganz ehrlich zu sein –, aber das war noch lange kein Grund für solche pauschalen Anschuldigungen. Dodger war kein Dieb, ganz und gar nicht. Er war ...

Nun, er verstand sich gut darauf, Dinge zu finden. Immerhin fiel manchmal etwas von Karren und Kutschen, oder? Er hatte nie die Hand in eine fremde Hosentasche gesteckt. Abgesehen vielleicht von zwei oder drei Gelegenheiten, bei denen die Taschen so weit aufklafften, dass etwas herausfallen *musste*. Dodger war einfach nur rechtzeitig zur Stelle gewesen, um es aufzufangen, bevor es zu Boden fallen konnte. Von Stehlen konnte keine Rede sein. Nein, er half, die Straße sauber zu halten, und außerdem passierte es nur ... wie oft? Einoder zweimal die Woche? Es war eine Form der Reinlichkeit, doch gewisse kurzsichtige Menschen mochten dennoch auf den Gedanken verfallen, einen dafür zu hängen – aufgrund eines Missverständnisses. Aber sie bekamen nie Gelegenheit, Dodger misszuverstehen, o nein, denn er war schnell und mit allen Wassern gewaschen und bestimmt viel gerissener als die dumme alte Frau, die die Worte durcheinandergebracht hatte. Überhaupt, was war eine *Weide des Sturms?* Wie brachte man sie ins Haus, und welche Tiere grasten darauf? Das war doch bescheuert! Aber vielleicht wurde man bescheuert, wenn man in einem solchen Haus arbeitete. Was Dodger betraf ... er mied die sogenannte Arbeit. Ganz anders sah es natürlich mit dem Toshen aus. Oh, wie sehr er das liebte! Das Toshen war keine Arbeit, sondern ein Lebensstil – oder mehr noch: das Leben selbst. Hätte er nicht diesen dämlichen Fehler begangen, wäre er jetzt in der Kanalisation, um dort das Ende des Gewitters abzuwarten. Nach einem solchen Regenguss öffnete sich eine ganze Welt von Möglichkeiten. Er war gern dort unten unterwegs, aber im Augenblick lag Charlies Hand fest auf seiner Schulter.

»Höre dies, mein Freund: Diese Frau hat den Nagel auf den Kopf getroffen. Wenn du hier Dschingis Khan spielst und ich davon erfahre, setze ich gewisse mir bekannte Leute auf dich an. Verstanden? Und ich werde eine Waffe schwingen, die sich Dschingis Khan nie erträumt hätte, und sie wird genau auf dich zielen, mein Freund. Nun muss ich diese arme junge Dame deiner Obhut und dich der Aufsicht von Missus Sharples überlassen, von deren Wort dein Leben abhängt.« Charlie lächelte und fuhr fort: »*Weide des Sturms* – nicht schlecht. Das werde ich mir notieren.« Zur Überraschung von Dodger und wahrscheinlich auch von Missus Sharples holte Charlie ein sehr kleines Notizbuch hervor und kritzelte etwas mit einem sehr kurzen Stift hinein.

In den Augen der Haushälterin glänzte freudige Boshaftigkeit, als sie Dodger ansah. »Sie können mir vertrauen, Sir, jawohl, das können Sie. Wenn dieser Bursche irgendwelche Mätzchen macht, bringe ich ihn sofort aus dem Haus und zur Polizei.« Dann schrie sie und wies nach unten. »Er hat ihr schon was gestohlen, Sir, sehen Sie nur!«

Dodger erstarrte mit der Hand auf halbem Weg zum Boden. Es folgte ein recht angespannter Augenblick.

»Ah, Missus Sharples, Sie haben in der Tat die Augen von ... wie soll ich sagen ... Argos Panóptes«, sagte Charlie glatt. »Zufälligerweise habe ich bereits gesehen, was der junge Mann gerade aufheben wollte. Es liegt schon seit einer ganzen Weile neben dem Bett – die junge Dame hat es zuvor in der Hand gehalten. Mister Dodger wollte sicher nur dafür sorgen, dass es niemand übersieht. Bitte gib es mir, Dodger!«

Dodger hatte einen ziemlichen Schreck bekommen, hob den Gegenstand auf und reichte ihn dem Mann. Es handelte sich um ein billiges Kartenspiel, und da er Charlies Blick spürte, verzichtete er darauf, es sich genauer anzusehen.

Charlie ging Dodger ziemlich auf den Geist, und jetzt sagte er: »Ein Kartenspiel für Kinder, Missus Sharples, feucht und recht juvenil für eine junge Dame ihres Alters. Ein Quartett, *Glückliche Familie* genannt. Ich habe davon gehört.« Er drehte das Kartenspiel hin und her und sagte: »Dies ist ein Rätsel, meine liebe Missus Sharples. Ich möchte es in die Hände von jemandem legen, der Himmel und Erde in Bewegung setzt, um das Geheimnis am Schwanz zu packen und ans Licht zu ziehen. Damit meine ich Mister Dodger.« Er gab das Kartenspiel dem erstaunten Dodger zurück und fügte munter hinzu: »Wage mich nicht zu hintergehen, Dodger! Glaub mir, ich kenne dich in- und auswendig, und was ich gerade gesagt habe, meine ich ernst. So, und jetzt muss ich gehen. Es ist spät genug.«

Dodger glaubte, dass Charlie ihm zuzwinkerte, bevor er das Zimmer verließ.

Die Nacht verging schnell, weil schon ein großer Teil von ihr ins Gestern geschlüpft war. Dodger saß auf dem Boden, lauschte dem langsamen Atmen der jungen Frau und dem Schnarchen von Missus Sharples, die es schaffte, beim Schlafen ein Auge offen zu halten. Der Blick dieses einen Auges blieb die ganze Zeit auf Dodger gerichtet wie eine Kompassnadel, die immerzu nach Norden zeigt. Warum hatte er sich das angetan? Warum fror er hier auf dem Boden? Er hätte doch auch gemütlich an Solomons warmem Ofen liegen können (einer wunderbaren Vorrichtung, mit der sich auch Gold einschmelzen ließ, wenn genug davon vorhanden war).

Die Unbekannte war trotz ihrer Verletzungen schön, und er beobachtete sie, während er die feuchten, schmuddeligen und albernen Karten in seinen Händen hin und her drehte. Er betrachtete das Gesicht, das nur aus Blutergüssen zu bestehen schien. Die Mistkerle hatten sie nach Strich und Faden verprügelt, sie als Boxsack benutzt. Sie hatten Dodgers Brechstange zu spüren bekommen, aber das genügte nicht, nein, bei Gott, das war bei Weitem nicht genug! Er würde sie finden, jawohl, und windelweich schlagen …

Dodger erwachte am Boden, in einer Düsternis, die nur von schwach flackerndem Kerzenlicht erhellt wurde. Er wusste nicht, wo er war, bis er seine Umgebung erkannte, zu der auch Missus Sharples in ihrem Sessel gehörte – sie schnarchte noch immer wie ein Mann, der ein Schwein durchzusägen versucht. Aber viel wichtiger war eine leise, zitternde Stimme, die sagte: »Kann ich vielleicht ein bisschen Wasser haben?«

Die Bitte versetzte Dodger kurz in Panik, doch dann entdeckte er den Wasserkrug neben der kleinen Schüssel und füllte ein Glas. Die junge Frau nahm es sehr vorsichtig entgegen, trank und bedeutete ihm, es noch einmal zu füllen. Dodger blickte zu Missus Sharples hinüber, schenkte das Glas erneut voll, reichte es der Unbekannten und flüsterte: »Bitte, nenn mir deinen Namen!«

Die junge Frau sprach nicht, sondern krächzte eher, aber es war ein damenhaftes Krächzen, wie man es vielleicht von einer Froschprinzessin erwarten durfte, und sie sagte: »Es ist besser, wenn ich meinen Namen nicht verrate, aber du bist sehr freundlich.«

Dodger stand förmlich in Flammen. »Warum haben dich die Kerle zusammengeschlagen? Kannst du mir wenigstens *ihre* Namen nennen?«

Die traurige Stimme erhob sich erneut. »Nein, lieber nicht.«

»Darf ich dann deine Hand halten in dieser kalten Nacht?« Das war angeblich eine christliche Geste – so hatte er jedenfalls gehört. Dennoch erstaunte es ihn ein wenig, als ihm die junge Frau tatsächlich die Hand darbot. Er ergriff sie, betrachtete mit großer Aufmerksamkeit den Ring an ihrem Finger. Das ist ein Haufen Gold, dachte er. Und es zeigte ein Wappen. Oh, mit einem Wappen konnte man schnell in Schwierigkeiten geraten. Auf dem Wappen waren Adler zu sehen, und hinzu kamen einige ausländische Worte. Ein Ring, der etwas bedeutete, hatte Charlie gesagt. Ein Ring, den jemand bestimmt nicht verlieren wollte. Und die Adler wirkten irgendwie böse.

Die junge Frau bemerkte seinen Blick. »Er hat behauptet, dass er mich liebt … mein Ehemann. Dann ließ er mich schlagen. Aber meine Mutter hat immer gesagt, dass man frei ist, wenn man nach England kommt. Bitte, lass nicht zu, dass man mich zurückbringt, Sir! Ich will nicht zurück.«

Dodger beugte sich vor und flüsterte: »Ich bin kein Sir, Miss. Ich bin Dodger.«

»Dodger?«, wiederholte die junge Frau schläfrig, und er glaubte, einen deutschen Akzent herauszuhören. »Kommt das von *dodge*, von *ausweichen* und *sich hin und her wenden?* Ich danke dir, Dodger. Du bist nett, und ich bin müde.«

Dodger fing das Glas auf, als die junge Frau in die Kissen zurücksank.

2

Dodger begegnet einem Sterbenden, und ein Sterbender sieht die Lady – und Dodger wird König der Tosher

Missus Sharples erwachte, als die Glocken fünf Uhr schlugen, und gab ein Geräusch von sich, das wie *Blort!* klang. Ihre Augen füllten sich mit Gift, als sie Dodger gewahr wurden, und sofort hielt sie im Zimmer Ausschau nach Anzeichen von Kriminalität.

»Also gut, du junger Schlingel, du hast eine angenehme warme Nacht in einem christlichen Schlafzimmer verbracht, wie es dir versprochen war – vermutlich zum ersten Mal in deinem Leben. Geh und sei gewiss, dass ich wie ein Adler ein Auge auf dich habe, bis du durch die Hintertür verschwunden bist, lass dir das gegart sein.«

Gemein und undankbar waren diese Worte, o ja, und Missus Sharples sprach sie auch noch in einem gemeinen Ton aus, als sie Dodger die dunkle Hintertreppe nach unten und in die Küche brachte, wo sie die Hintertür mit solcher Wucht öffnete, dass diese von der Wand abprallte und wieder zufiel, sehr zur Erheiterung der Köchin, die das Theater beobachtete.

Die Tür hing vorwurfsvoll in den Angeln, als Dodger sich an Missus Sharples wandte. »Sie haben Mister Charlie gehört, Missus, er ist ein sehr wichtiger Mann und gab mir einen Auftrag, und so habe ich jetzt eine Mission, und wer eine Mission hat, bekommt ein ordentliches Frühstück, bevor man ihn nach draußen in die Kälte schickt. Und ich denke, Mister Charlie wäre nicht begeistert, wenn ich ihm von dem Mangel an Gastfreundschaft berichte, den ich hier erfahren habe, Missus Schnappig.«

Er veränderte den Namen der Haushälterin ohne einen bewussten Gedanken, war mit dem Ergebnis aber recht zufrieden. Missus Sharples schien die Verballhornung gar nicht zu bemerken, im Gegensatz zur Köchin, deren Lachen eine gehörige Portion Spott enthielt. Mit Büchern kannte sich Dodger nicht besonders gut aus; andernfalls hätte er das Gesicht der Köchin vielleicht mit einem leicht zu lesenden Buch verglichen. Es war erstaunlich, wie viel man einem Blick, einem kurzen Schnauben oder sogar einem Furz an der richtigen Stelle in einem Gespräch entnehmen konnte. Hier gab es die übliche Sprache und dort die andere, die aus Betonungen, kurzen Blicken und winzigen Bewegungen im Gesicht bestand, aus kleinen Angewohnheiten, von denen der Betreffende nichts wusste. Wer sein Gesicht für eine Maske hielt, die nichts verriet, begriff nicht, dass er seine geheimsten Gedanken für alle jene zur Schau stellte, die die Zeichen zu erkennen verstanden. Und das Zeichen, das gerade wie von einem Engel gehalten mitten in der Luft schwebte, verkündete, dass die Köchin die Haushälterin nicht mochte und sich sogar in Dodgers Beisein über sie lustig machte.

Also veränderte Dodger vorsichtig das eigene Gesicht, damit er etwas müder, schüchterner und auch bittender aussah. Sofort winkte ihn die Köchin zu sich und sagte leise, aber laut genug, damit auch die Haushälterin es hörte: »Also gut, Junge, ich habe Porridge auf dem Herd, davon kannst du was haben. Und Hammelfleisch, das nicht mehr ganz frisch ist, aber ich wette, du hast schon Schlimmeres gegessen, oder?«

Dodger brach in Tränen aus. Es waren gute Tränen – gewissermaßen Tränen mit Leib und Seele –, und dann sank er auf die Knie und faltete die Hände und sagte mit tiefer Aufrichtigkeit: »Gott segne Sie, Missus, Gott segne Sie.«

Diese schamlose Vorstellung brachte ihm einen großen Teller Porridge mit einer durchaus angemessenen Menge an Zucker ein. Das Hammelfleisch hatte noch nicht den Zustand erreicht, in dem es von allein gehen konnte, und so nahm er es dankbar entgegen – immerhin ließ es sich für einen Eintopf verwenden. Es war in Zeitungspapier eingehüllt, und er steckte es rasch in die Tasche, aus Furcht, dass es plötzlich verschwand. Was den Porridge betraf ... Er schwang den Löffel, bis nichts mehr übrig war, was bei der Köchin ganz offensichtlich Anklang fand, einer Frau, die überall dort wabbelte, wo etwas wabbeln konnte, das Kinn eingeschlossen.

Dodger hatte sie als Verbündete verzeichnet, zumindest gegen die Haushälterin, die ihn noch immer unheilvoll anstarrte, doch dann ergriff sie plötzlich seine Hand und rief lauter als nötig: »Komm mit mir in die Speisekammer, dann sehen wir, wie viel du gestohlen hast, Bürschchen!«

Dodger versuchte sich aus ihrem Griff zu lösen, aber die Köchin war, wie bereits erwähnt, recht kräftig gebaut, was bei Köchen oft der Fall ist. Als er sich noch hin und her wand, beugte sie sich zu ihm hinüber und flüsterte: »Wehr dich nicht! Bist du etwa ein verdammter Narr? Halt den Mund und tu, was ich dir sage!« Sie öffnete eine Tür und zerrte ihn einige steinerne Stufen hinab in einen Raum, der nach Essig roch. Nachdem sie die Tür geschlossen hatte, entspannte sie sich ein wenig. »Die alte Schrulle von Haushälterin wird Stein und Bein schwören, dass du während der Nacht das eine oder andere gestohlen hast, und du kannst sicher sein, dass sie besagte Dinge selbst hat verschwinden lassen. Wodurch eventuelle Freundschaften, die du hier vielleicht geschlossen hast, wie Morgentau in der Sonne verschwänden. Die hiesige Familie ist recht anständig und hat immer ein offenes Ohr für die traurige Geschichte eines vom Pech verfolgten Handwerkers oder einer gefallenen Frau, die gern wieder aufstehen täte. Ich habe sie kommen und gehen gesehen. Ziemlich viele von ihnen waren keine Schwindler, das kann ich dir flüstern. Ich weiß Bescheid.«

So höflich wie möglich versuchte Dodger die Hände der Köchin von seiner Person zu entfernen. Sie schien ihn gründlicher abzuklopfen, als unbedingt nötig war. Ein gewisser Enthusiasmus kam darin zum Ausdruck, begleitet von einem Glanz in den Augen.

Sie bemerkte seinen Gesichtsausdruck und sagte: »Ich bin nicht immer die dicke alte Schachtel von heute gewesen. Einmal bin ich gefallen, vom Boden abgeprallt und wieder auf die Beine gekommen. So muss man das sehen, Junge. Jeder kann hochkommen, genug Hefe vorausgesetzt. Ich war nicht immer so, o nein. Du wärst erstaunt und wahrscheinlich auch belustigt, in ein, zwei Fällen vielleicht sogar verlegen.«

»Ja, Missus«, sagte Dodger. »Und würden Sie bitte damit aufhören, mich abzuklopfen!«

Die Köchin lachte, was ihr Mehrfachkinn in Bewegung versetzte, und dann sagte sie erheblich ernster: »Vom Küchenmädchen habe ich gehört, was man sich über dich erzählt. Angeblich hast du letzte Nacht ein süßes Mädchen vor Schlägern gerettet, und ich weiß – ich *weiß* es einfach –, dass man dir irgendetwas vorwerfen wird, wenn ich dir nicht zeige, wo's langgeht. Also, Bürschchen, gib Tante Quickly alles, womit du dich aus dem Staub machen wolltest, und ich sorge dafür, dass es dorthin zurückkehrt, wohin es gehört. Ich mag diese Familie und möchte nicht, dass sie bestohlen wird, nicht einmal von einem so aufgeweckten Jungen wie dir. Wenn du also alle Sünden bekennst, so wird dir vergeben, und dann kannst du dieses Haus ohne einen Schandfleck verlassen, was ich gern auch von deinen anderen Flecken behaupten würde.« Sie rümpfte die Nase, als sie den Zustand seiner Hose begutachtete.

Dodger grinste, reichte ihr einen silbernen Löffel und sagte: »Ein Löffel – nur weil ich ihn in der Hand hielt, als Sie mich hier heruntergezogen haben«, sagte er. Dann holte er das Kartenspiel hervor. »Und dies, Missus, habe ich von Mister Dickens bekommen.«

Trotzdem klopfte ihn die Köchin noch einmal ab, wenn auch mit einem gutmütigen Lächeln, fand dabei sein Messer, den Schlagring und die Brechstange. Sie schenkte diesen Dingen demonstrativ keine Beachtung und forderte ihn auf, die Schuhe auszuziehen, woraufhin sie angesichts des Geruchs eine Grimasse schnitt und ihm zu verstehen gab, dass er die Schuhe schnell wieder anziehen solle. »Du hast doch nichts im Hintern, oder? Wärst nicht der Erste, der es auf diese Weise versuchen täte. Nein, ich werde nicht nachsehen, keine Sorge. Du hast mehr Fleisch auf den Rippen als die meisten anderen Jungen deiner Sorte, was bedeutet, dass du entweder sehr unschuldig oder sehr clever bist. Ich tippe auf Letzteres – es würde mich sehr überraschen, wenn Ersteres der Fall wäre. Als Nächstes wird Folgendes geschehen: Ich zerre dich die Treppe hoch und schimpfe dich als den Dreckskerl aus, der du bist, und zwar so laut, dass es die alte Schrulle nicht überhören kann. Ich werde rufen, dass ich dich gründlich durchsucht habe, trotz der Gefahr für meine Gesundheit, und dass ich dich mit völlig leeren Händen hinauswerfe. Anschließend versetze ich dir einen Tritt durch die Hintertür, damit alles echt aussieht, und dann setze ich meine Arbeit fort, die mir beim Gedanken daran, dass die alte Zicke vor Wut schäumt, viel mehr Spaß machen wird als vorher.« Sie maß Dodger mit einem langen Blick und sagte: »Du bist ein Tosher, nicht wahr, ein Dreckwühler?«

»Ja, Missus.«

»Viel Arbeit für wenig Geld, habe ich gehört.«

Man gebe so wenig wie möglich preis, dachte Dodger und erwiderte: »Oh, na ja, ich weiß nicht, Missus, ich komme irgendwie über die Runden.«

»Ach, lassen wir das Theater für die Leute, die Gefallen an so etwas finden tun! Hinaus mit dir, aber denk dran: Komm und besuch Missus Quickly, wenn du eine Freundin brauchst. Ich meine, was ich sage – du brauchst nur zu pfeifen, schon bin ich für dich da. Und wenn ich in schweren Zeiten an deine Tür klopfe, so lass sie nicht verschlossen.«

Draußen war die Sonne in der Mischung aus Rauch, Dunst und Nebel kaum zu erkennen, aber für einen wie Dodger bedeutete es helles Tageslicht. Gegen ein bisschen Sonnenschein gab es nichts einzuwenden, fand er, denn es half, die Kleidung zu trocknen, doch er liebte vor allem die Schatten, und wenn möglich die Kanalisation, und derzeit verlangte es ihn nach dem Trost der Dunkelheit.

Also hebelte er mit seiner Brechstange den nächsten Gullydeckel hoch, kletterte hinab und stand wenige Sekunden später auf einer Oberfläche, die eigentlich gar nicht so übel war. Das Unwetter der vergangenen Nacht war so freundlich gewesen, die Kanalisationstunnel in einen etwas erträglicheren Ort zu verwandeln. Natürlich waren hier unten andere Tosher unterwegs, aber Dodger hatte einen Riecher für Gold und Silber.

Solomon behauptete, sein Hund Onan besitze eine Spürnase für Schmuck. Dodger gestand ihm das gern zu, denn ihm tat der arme Hund leid, der manchmal ganz schön peinlich sein konnte. Doch aus irgendeinem Grund schien Onans spitze kleine Schnauze regelrecht aufzuglühen, wenn er Rubine roch. Manchmal nahm Dodger ihn mit in die Finsternis, und wenn Onan dann irgendwo im Dunkeln etwas von Wert entdeckte, bekam er dabei von Solomon zur Belohnung eine zusätzliche Portion Hühnergekröse.

Dodger bedauerte, dass ihn der Hund diesmal nicht begleitete, denn Onan hatte so gute Ohren, dass er einen plötzlichen Schauer meilenweit stromaufwärts hörte und mit einem Bellen darauf hinwies. Aber er begann seine Tour an der falschen Stelle und hatte keine Zeit, den Hund zu holen, was bedeutete, dass er allein zurechtkommen musste, und darauf verstand er sich gut. Wenn man gescheit und flink war wie Dodger, dann befand man sich schon wieder oben an der frischen Luft, wenn der erste Schwall Flutwasser kam.

Doch das Gewitter der vergangenen Nacht schien den Himmel geleert zu haben. An diesem Tag war es in dem Tunnel völlig ruhig. Es gab nur ein paar Pfützen hier und dort sowie ein kleines Rinnsal in der Mitte. Nach dem Unwetter roch es nach ... nun, nach nassen toten Dingen, nach verfaulten Kartoffeln ... und neuerdings auch nach Scheiße. Das ärgerte Dodger immer. Solomon hatte ihm erzählt, dass Typen namens Römer die Kanalisation gebaut hatten, damit der Regen zur Themse floss und nicht in die Häuser der Bewohner. Aber heutzutage legten feine Pinkel hier und dort Leitungen von den Senkgruben zu den Abwasserkanälen, und das hielt Dodger für eine Unverschämtheit. Mit den Ratten hier unten war es schlimm genug, auch ohne dass man ständig darauf achten musste, nicht in einen Haufen zu treten, die manchmal auch wie Würste aussahen, allerdings kaum damit verwechselt werden konnten – der Geruch war Warnung genug.

Dodger wusste nicht viel über die Römer, aber die von ihnen erbaute Kanalisation war alt und dem Verfall preisgegeben. Oh, gelegentlich kamen Arbeitstrupps, um das eine oder andere zusammenzuflicken, aber der allgemeine Zustand der Röhren und Tunnel veränderte sich dadurch kaum. Die Arbeiter, die manchmal in amtlichem Auftrag unterwegs waren und notwendige Reparaturen vornahmen, machten Jagd auf Tosher, wenn sie welche fanden, doch sie waren nicht so jung wie Dodger, der ihnen leicht entkam. Außerdem waren es Leute mit festen Arbeitszeiten, und ein Tosher arbeitete manchmal die ganze Nacht lang, wenn die Nacht gut war, suchte dort, wo Mauersteine fehlten oder wo der Boden nicht ganz eben war. Am besten waren die Stellen, wo das Wasser kleine Strudel bildete, denn dort sammelten sich Münzen an: Pennys, Sixpences, Viertelpennys, halbe Viertelpennys und – wenn man großes Glück hatte – sogar Sovereigns, halbe Sovereigns und Kronen. Gelegentlich verirrten sich auch Broschen, silberne Hutnadeln, Monokel, Uhren und goldene Ringe dorthin. Sie alle drehten sich in dem dunklen Karussell, Teil eines klebrigen großen Schlammballs. Und wenn du ein guter Tosher warst und an die Lady der Tosher glaubtest, dann konntest du – ja, du – vielleicht das Glück haben, eines Tages einen Schlammball wie einen großen Plumpudding zu finden, von den Toshern *Tosheroon* genannt: einen Ball, der ein Vermögen enthielt, genug für ein ganzes Leben.

Dodger hatte alle erwähnten Dinge gefunden, nacheinander, von Zeit zu Zeit, manchmal zwei oder drei von ihnen zusammen in einem kleinen Nest, das sich in einem Spalt gebildet hatte. Solche Stellen merkte er sich, er verzeichnete sie in der Karte, die er im Kopf mit sich herumtrug, und natürlich kehrte er dorthin zurück. Es geschah nicht selten, dass er mit Fundgut heimkehrte, über das sich Solomon freute, aber die große Pastete aus Dreck, Schmuck und Geld, die Tür und Tor für ein besseres Leben geöffnet hätte, war bisher noch nicht dabei gewesen.

Doch gab es ein besseres Leben als das Toshen, wenn man ein Dodger war? Die Welt – London, mit anderen Worten – schien wie für ihn geschaffen, nur für ihn. Sie arbeitete für ihn, als hätte die Lady es so bestimmt. Goldener Schmuck und Münzen waren schwer und blieben leicht irgendwo stecken, wohingegen tote Katzen, Ratten und Haufen gern schwammen, was gut war, denn es wäre nicht sehr angenehm gewesen, ständig durch Scheiße stapfen zu müssen. Während sich Dodger fast geistesabwesend an der Mauer des Abwasserkanals entlangtastete, bekannte Fundstellen überprüfte und nach neuen Ausschau hielt, überlegte er, was ein Tosher machen würde, wenn er einen richtigen *Tosheroon* fand. Er kannte sie alle, die Tosher, und woraus bestand ihre Beute, wenn sie einen guten Tag hatten? Was stellten sie mit dem hart erarbeiteten Geld an, für das sie im Dreck gewühlt hatten? Sie vertranken es, und je größer der Fund, desto mehr tranken sie. Wenn sie vernünftig waren, legten sie etwas beiseite, für eine Mahlzeit und ein Bett für die Nacht – am nächsten Morgen würden sie wieder arm sein.

Etwas klimperte unter seinen Fingern. Es war das Geräusch von zwei Sixpence-Münzen an der Stelle, die er *Auf dich ist Verlass* nannte – ein guter Anfang.

Dodger wusste, dass er den anderen Toshern überlegen war; deshalb hatte er sich über alle Tosherregeln hinweggesetzt und war während eines Unwetters in die Kanalisation eingestiegen. Sicher hätte er Erfolg gehabt, wenn der Kampf nicht stattgefunden hätte und der ganze Rattenschwanz danach nicht passiert wäre. Wenn man sich ganz auf die Suche konzentrierte, ließen sich in den Tunneln Plätze finden, wo man in einer Luftblase ausharren konnte, während ringsum die Welt tobte. Er hatte einen solchen guten Platz entdeckt. Dort war es zwar recht kalt, aber er hätte von dort aus als Erster die Gunst der Stunde nutzen und die Ernte der Nacht einbringen können. Jetzt musste er sich beeilen, denn andere Tosher kamen durch die Kanalisation auf ihn zu, und plötzlich glänzte etwas in der Düsternis weiter vorn. Der Glanz verschwand sofort wieder, aber er hatte die Stelle in Gedanken markiert und arbeitete sich langsam dorthin vor, wo er das Etwas gesehen hatte. Was er kurz darauf fand, war ein Haufen Unrat auf einer kleinen Sandbank, wo ein kleinerer Abwasserkanal in diesen einmündete. Und dort, in dem noch feuchten Dreck ...

Eine tote Ratte lag da, im Maul etwas Glänzendes, das erst nach einem Goldzahn aussah, sich bei genauerem Hinsehen aber glücklicherweise als halber Sovereign erwies, fest eingeklemmt zwischen Herrn Rattes Zähnen. Man berührte nie eine Ratte, wenn man es irgendwie vermeiden konnte, und deshalb nahm Dodger seine kleine Brechstange immer mit nach unten. Er machte zusammen mit seinem Messer Gebrauch davon, hebelte das Maul der Ratte auf und stieß den halben Sovereign heraus. Anschließend balancierte er die Münze auf der Messerklinge und hielt sie ins Wasser, das über die Wand rann – auf diese Weise wusch er sie ein wenig sauber.

Wenn doch nur jeder Tag so gut wäre wie dieser! Wer wollte an einem solchen Tag oben einer Arbeit nachgehen? Ein geschickter Kaminkehrer musste eine Woche schuften, um das Geld zu verdienen, das Dodger gerade gefunden hatte. Oh, ein Tosher zu sein, an einem solchen Tag!

Dann hörte er das Stöhnen ...

Dodger schlich an der Ratte vorbei in den kleineren Siel, in dem sich jede Menge Kram angesammelt hatte, ein großer Teil davon Holzteile, manche von ihnen scharf wie Messer. Hinzu kam viel anderes Geröll, von der Flut der vergangenen Nacht hierhergeschwemmt. Aber zu Dodgers großem Erstaunen schien der größte Teil des Schutts aus einem Mann zu bestehen, und dieser Mann sah nicht gesund aus. Wo sich eigentlich ein Auge befinden sollte, gab es nicht mehr viel, und das andere öffnete sich soeben und blickte Dodger unverwandt ins Gesicht. Es stank, das Gesicht, in das Dodger sah, und er schauderte, denn es war ihm vertraut.

»Das bist du, Opa, nicht wahr?«

Der älteste Tosher von London erweckte den Eindruck, gefoltert worden zu sein, und Dodger übergab sich fast, als er den übrigen Körper sah. Er musste allein gearbeitet haben, so wie Dodger, und war dann in die Flut geraten, in der zahlreiche Gegenstände herumgeschwommen waren, die Leute weggeworfen oder verloren hatten, die sie verstecken oder loswerden wollten. Viele dieser Gegenstände waren gegen Opa gekracht, der aufrecht zu sitzen versuchte – trotz der vielen blauen Flecken, des Bluts und der anderen Scheußlichkeiten, die einem nur die Kanalisation bescheren konnte.

Opa spuckte Schlamm – zumindest hoffte Dodger, dass es nur Schlamm war – und sagte: »Oh, du bist's, Dodger. Freut mich, dich in so guter Verfassung zu sehen. Du bist ein braver Bursche und gescheiter, als ich es jemals gewesen bin. Was ich von dir möchte … Bitte hol mir eine Flasche vom schlechtesten Brandy, den du auftreiben kannst. Bring sie her und kipp sie in die Öffnung, die mal meine Kehle war, ja?«

Dodger versuchte einen Teil des Krams wegzuziehen, unter dem der Alte halb begraben lag. »Mich hat's ganz schön erwischt, das kannst du mir glauben. Was bin ich doch für ein Narr! In meinem Alter … Ich hätte es besser wissen sollen. Ich schätze, diesmal habe ich zu viel abgekriegt. Wird Zeit für mich abzutreten. Sei ein guter Junge und hol mir den Fusel! In meiner rechten Hand befinden sich ein Sixpence, eine Krone und fünf Pennys. Die Münzen sind noch immer da, denn ich fühle sie, und sie sind alle für dich, du glücklicher Junge.«

»He«, sagte Dodger, »ich nehme nichts von dir, Opa!«

Der alte Tosher schüttelte den Kopf oder was davon übrig war, und sagte: »Zunächst einmal bin ich gar nicht dein Opa. Ihr Jungs habt mir diesen Namen nur deshalb gegeben, weil ich älter bin als ihr. Und bei der Lady – du *wirst* meine Sachen nehmen, wenn ich hinüber bin, denn du bist ein Tosher, und ein Tosher nimmt sich, was er findet. Nun, ich weiß, wo ich bin, und daher weiß ich auch, dass sich hinter der nächsten Ecke stromaufwärts ein Getränkeladen befindet. Brandy, habe ich gesagt, den schlechtesten, den sie haben, und dann behalt mich in guter Erinnerung. Mach dich auf die Socken, wenn dich nicht der Fluch eines sterbenden Toshers verfolgen soll!«

Dodger kam rennend aus dem nächsten Gully, fand den schmierigen Fuselladen, kaufte *zwei* Flaschen von einem Brandy, der roch, als könne er einem Mann das Bein abschneiden, und kletterte wieder in die Kanalisation hinab, kurz nachdem das Echo des angedrohten Fluchs verklungen war.

Opa war noch da und sabberte etwas Schreckliches, aber es lag so etwas wie ein Lächeln in seinem entstellten Gesicht, als er Dodger sah, der ihm die erste offene Flasche reichte – er leerte sie mit einem großen, langen *Gluck*. Einige Tropfen flossen ihm aus dem Mund, als er nach der zweiten Flasche winkte und sagte: »Dies ist genau richtig, so sollte ein Tosher aus dem Leben scheiden, o ja«. Dann senkte er die Stimme zu einem Flüstern, und mit der einen Hand, die noch einigermaßen in Ordnung war, packte er Dodger. »Ich habe sie *gesehen*, Junge. Die Lady höchstpersönlich. Sie stand dort, wo du jetzt stehst, scharlachrot und golden, und sie leuchtete wie die Sonne auf einem Sovereign. Dann warf sie mir eine Kusshand zu, winkte und verduftete, natürlich auf würdevolle Art, wie es der Lady geziemt.«

Dodger wusste nicht, was er dazu sagen sollte, schaffte

es aber, es trotzdem auszusprechen. »Du hast mir viel beigebracht, Opa. Du hast mir von der Lady und den Ratten erzählt. Also, spül dir den Geschmack der Kanalisation aus dem Mund, und dann bringe ich dich irgendwie fort von hier, an einen besseren Platz. Lass es uns wenigstens versuchen, bitte!«

»Die Mühe können wir uns sparen, Junge. Wenn du mich hochhebst … Ich fürchte, ich falle auseinander. Aber es wäre schön, wenn du noch ein wenig bei mir bleiben könntest.« In der Dunkelheit gluckerte es erneut, als Opa einen weiteren großen Schluck vom feurigen Brandy nahm, und dann fuhr er fort: »Du hast verdammt schnell gelernt, das muss ich dir lassen. Ich meine, die meisten Jungs, die ich hier unten sehe, haben einfach nicht den richtigen Riecher fürs Toshen. Aber du … Es war mir eine große Freude zu sehen, wie du's immer besser hingekriegt hast, so wie einer der Professoren oben, die ihre Nase in Bücher stecken. Ich hab gesehen, wie du einen ganzen Berg von Scheiße angestarrt hast, und dann war da ein Funkeln in deinen Augen, als hättest du *gewusst*, dass sich darunter etwas Wertvolles verbarg. So machen wir's, Junge. Wir finden Wertvolles in dem Zeug, das die Leute oben wegwerfen, das sie nicht mehr haben wollen. Und das gilt auch für Menschen. Ich hab dich toshen sehen, Junge, und da wusste ich sofort: Ihm liegt das Toshen im Blut, so wie mir.« Der Alte hustete, und die Glieder seines geschundenen Leibs bewegten sich in einem gespenstischen Tanz. »Ich weiß, wie man mich nennt, Dodger – König der Tosher. So wie ich das sehe, trittst du meine Nachfolge an, und du hast meinen Segen.« Die Überbleibsel des Munds lächelten. »Hab nie erfahren, wer dein Vater ist. Weißt du es, Junge?«

»Nein, Opa«, erwiderte Dodger. »Ich hab's nie gewusst, und wahrscheinlich wusste es auch meine Mutter nicht. Ich weiß nicht mal, wer *sie* war.« Wasser tropfte von der Decke, als Dodger eine Zeit lang ins Leere blickte und dann sagte: »Aber du bist immer Opa für mich gewesen. Dich kenne ich, und wenn du mich nicht das Toshen gelehrt hättest, wüsste ich überhaupt nichts von all den besonderen Plätzen hier unten, wie dem Mahlstrom, dem Schlafzimmer der Königin, dem Goldenen Irrgarten, der Sovereign Street, dem *Hier-geht's-rund* und *Atme-leicht.* O ja, der Platz hat mir mehrmals die Haut gerettet, als ich noch lernte! Danke dafür, Opa. Opa ...? Opa!«

Dann bemerkte Dodger etwas in der Luft, vielleicht ein leises Geräusch, das eben noch da gewesen war und plötzlich aufgehört hatte. Aber etwas war noch immer da, und als sich Dodger vorbeugte, hörte er den letzten Atem einige letzte Worte hauchen, und er lauschte Opas Seele, die den Körper bereits verlassen hatte. »Ich sehe die Lady, Junge, ich sehe sie ...«

Opa lächelte, und das Lächeln verblasste erst, als das Licht aus seinen Augen verschwand. Dodger beugte sich vor, öffnete respektvoll die Hand des Toten und nahm sein Erbe entgegen, das ihm der Alte ausdrücklich vermacht hatte. Zwei Münzen legte er Opa auf die Augen, denn das musste sein, weil es der Tradition entsprach. Dann blickte er ins Dunkel und sprach: »Lady, ich schicke dir Opa, einen anständigen alten Typen, der mir alles Wissenswerte übers Toshen beibrachte. Versuch bitte, ihn nicht zu verärgern, denn er kennt einige üble Flüche.«

Dodger verließ die Kanalisation, als wären alle Dämonen der Hölle hinter ihm her. Er befürchtete, dass sie es tatsächlich auf ihn abgesehen haben könnten, und rannte die kurze Strecke nach Seven Dials und in die vergleichsweise Sicherheit der kleinen Mietshausmansarde, die Solomon Cohen als Heim und Werkstatt diente. Sie befand sich am Ende einer langen Treppe und gewährte ihm von weit oben einen Blick auf Dinge, die er wahrscheinlich gar nicht sehen wollte.

3

Dodger bekommt einen Anzug, der an einer empfindlichen Stelle zwickt, und Solomon kriegt die Wut

Es regnete wieder, als Dodger die Mansarde erreichte – ein grässlicher, trister Nieselregen fiel auf die Stadt. Er wartete draußen, während Solomon mit dem komplizierten Vorgang des Aufschließens begann. Als die Tür schließlich aufschwang, stürmte Dodger so schnell hindurch, dass er den alten Mann in Drehung versetzte. Solomon war klug genug, den feuchten, recht streng riechenden Dodger hinten in der Mansarde auf der alten Strohmatratze liegen zu lassen, bis jener bereit war, wieder lebendig zu werden und nicht nur ein Bündel Kummer zu sein. Dann erhitzte Solomon, der wie sein Namensvetter recht weise war, ein wenig Suppe, deren Geruch den Raum erfüllte – bis Onan, der friedlich neben seinem Herrchen geschlafen hatte, erwachte und winselte, was nach einem schrecklichen Korken klang, der aus einer furchtbaren Flasche gezogen wurde.

Dodger entrollte sich und nahm dankbar die Suppe entgegen, die Solomon ihm wortlos reichte. Anschließend kehrte der alte Mann zu seinem Werktisch mit der pedalbetriebenen Drehbank zurück, und kurz darauf erklang ein gemütliches, geschäftiges Summen, das Dodger an Heuschrecken auf einer Wiese erinnerte, wenn er jemals eine Heuschrecke – oder eine Wiese – gesehen hätte. Wofür man es auch halten mochte, es war beruhigend, und während die Suppe ihr Erholungswerk vollbrachte und die Heuschrecken tanzten, erzählte Dodger dem alten Mann, nun, alles: über die junge Dame, über Charlie, über Missus Quickly und auch über Opa. Solomon sagte nicht ein Wort, bis Dodgers Worte versiegten, dann murmelte er: »Du hast eine ereignisreiche Nacht hinter dir, mein Junge, und um deinen Opa tut es mir leid *mmm*, möge seine Seele in Frieden ruhen.«

»Aber ich habe ihn dort unten zurückgelassen, wo er von den Ratten gefressen wird!«, jammerte Dodger. »Er hat es so verlangt.«

Manchmal sprach Solomon, als wäre er gerade erwacht und erinnere sich an etwas. Ein sonderbares Brummen, das wie *mmm* klang und dem Zirpen eines kleinen Vogels ähnelte, kündigte die nächsten Worte an. Dodger hatte nie richtig begriffen, wofür dieses *mmm* stand. Es war ein freundlicher Laut, der Solomon vielleicht Zeit gewährte, sich auf den nächsten Gedanken vorzubereiten. Nach einer Weile gewöhnte man sich daran und vermisste das Geräusch, wenn es fehlte.

Solomon sagte jetzt: »*Mmm*, ist das besser oder schlimmer, als von Würmern gefressen zu werden? Darin besteht leider unser aller Schicksal. Du bist bei ihm gewesen, als er starb *mmm*, als sein Freund? Das ist gut. Ich bin dem Herrn einmal begegnet und schätze, dass er *mmm* etwa dreiunddreißig gewesen sein müsste. Ein gutes Alter für einen Tosher, und wie du sagst, hat er seine Lady gesehen. Zu meinem großen Bedauern bin ich schon vierundfünfzig, aber dankenswerterweise bei guter Gesundheit. Du kannst von Glück reden, dass du mich getroffen hast, Dodger, so wie ich mich glücklich schätze, deine Bekanntschaft gemacht zu haben. Du achtest auf Sauberkeit und bist vernünftig genug, Geld beiseitezulegen. Wir kochen das Wasser, bevor wir es trinken, und ich stelle zufrieden fest, dass du *mmm* von mir auch gelernt hast, die Zähne zu putzen, was ein Grund dafür sein dürfte, dass du noch Zähne hast. Opa ist gestorben, wie er gelebt hat, und du wirst ihn in liebevoller Erinnerung behalten, aber nicht übermäßig trauern. Tosher sterben jung. Was sollte man sonst von Leuten erwarten, die ihr halbes Leben lang im Dreck wühlen? Jüdische Tosher gibt es nicht – als Tosher kann man nicht koscher leben. Behalte deinen Opa in guter Erinnerung und lerne, was du von seinem Leben und auch seinem Tod lernen kannst.« Und die Heuschrecken tanzten weiter und summten dabei.

Dodger hörte einen Kampf irgendwo unten auf der Straße. Es wurde ständig irgendwo gekämpft, hauptsächlich deshalb, weil die vielen Menschen in diesen elenden, schmutzigen Slums nicht nur den Rand der Verzweiflung erreichten, sondern darüber hinweg in den Abgrund ohnmächtigen Zorns stürzten. Angeblich lag es daran, dass die Leute tranken, hatte Dodger gehört, aber man *musste* Bier trinken. Ja, zu viel davon machte betrunken, aber andererseits: Wasser von der Pumpe konnte einen tot machen, wenn man es nicht vorher kochte und Geld genug für Kohle oder Holz hatte. Das musste warten und kam erst an dritter Stelle, hinter Essen und Bier (beziehungsweise hinter Bier und Essen).

Er dachte: Ich glaube, dass Opa so starb, wie er es sich gewünscht hatte. Aber niemand sollte sich einen solchen Tod wünschen, oder? Ich jedenfalls möchte nicht auf diese Weise aus dem Leben scheiden. Ein anderer Gedanke folgte: Was wünsche *ich* mir, wenn ich nicht so aus dem Leben scheiden möchte? Es war ein überraschend kleiner Gedanke, ein Gedanke, der in einer stillen Ecke wartet und dann plötzlich zum Vorschein kommt wie eine Warze. Er steckte ihn sich hinters Ohr, sozusagen, um ihn später genauer zu untersuchen.

Solomon sprach wieder. »*Mmm*, was deinen Mister Charlie betrifft, so habe ich in der Synagoge von ihm gehört. Soll ein kluger Bursche sein, soll er, mit einem Verstand, so scharf wie ein Rasiermesser, heißt es. Angeblich braucht er einen nur einmal anzusehen, und schon hat er einen umfassenden Eindruck gewonnen, von den Worten, die man in den Mund nimmt, bis zur Art und Weise, wie man in der Nase bohrt. Soll sich auch gut mit der Polizei verstehen, hat dort dicke Freunde, und deshalb fragt sich der alte Solomon: Warum überträgt ein Mann wie er eine Aufgabe, um die sich eigentlich die Polizei kümmern sollte, einem *mmm* rotznäsigen Tosher wie dir? Und die Nase ist voller Rotz – ich weiß, dass du weißt, wie man sie richtig putzt *mmm*. Den Rotz hochzuziehen und dann auszuspucken, ist abscheulich. Hörst du mir zu? Wenn du nicht wie dein armer alter Opa enden willst, dann solltest du besser wie ein anderer Mensch enden, und ein guter Anfang wäre, wie *mmm* ein anderer Mensch auszusehen, insbesondere wenn du diese Arbeit für Mister Charlie erledigst. Während ich mich also um das Abendessen kümmere, könntest du meinen Freund Jacob aufsuchen, drüben im Gebrauchtladen. Sag ihm, dass ich dich schicke und er dich für einen Shilling von Kopf bis Fuß in neue alte Klamotten kleiden soll, einschließlich Stiefel – die nicht zu vergessen. Vielleicht lässt sich dies als Teil unseres *mmm* Erbes von Opa betrachten, ja? Und wenn du schon losgehst ... Nimm Onan mit, er könnte ein bisschen Bewegung vertragen, der arme Kerl.«

Dodger hatte widersprechen wollen, begriff dann aber, wie unsinnig das gewesen wäre. Solomon hatte recht. Wenn man auf der Straße lebte, starb man auch dort, oder vielleicht darunter, so wie Opa. Und es schien irgendwie richtig zu sein, einen Teil von Opas Geschenk – und der Gaben der Kanalisation – dafür zu verwenden, sich ein wenig herauszuputzen.

Es mochte ihm bei der neuen Arbeit helfen, und wenn er sie gut erledigte, erhielt er vielleicht noch mehr Bares von Mister Charlie. Das war eine Vorstellung, die ihm gefiel. Außerdem, wenn er einer Dame in Not helfen wollte, so konnte es nicht schaden, dabei adrett auszusehen.

Er ging los, gefolgt von Onan, der sich sehr darüber freute, am helllichten Tag nach draußen zu dürfen; man konnte nur hoffen, dass er nicht über die Stränge schlug. Alle Hunde rochen, denn dies war eine wichtige Eigenschaft in der Hundewelt, in der es darauf ankam, zu riechen und gerochen zu werden. Aber es muss gesagt werden, dass Onan nicht wie ein Hund roch, sondern wie Onan, was den Geruch erheblich verstärkte.

Sie machten sich auf den Weg zum Gebrauchtladen, um dort mit Jacob zu sprechen, vielleicht auch mit Jacobs seltsamer Frau, deren Perücke nie ganz richtig saß. Jacob führte außer dem Gebrauchtladen noch eine Pfandleihe, und Dodger wusste von Solomons Verdacht, wonach Jacob auch Waren kaufte, ohne sich mit der Frage zu belasten, woher sie stammten. Warum Solomon einen solchen Verdacht hegte, hatte er nie verraten.

Zur Pfandleihe trug man seine Werkzeuge, wenn man keine Arbeit hatte, und dort kaufte man sie zurück, wenn man eine neue Anstellung bekam, denn Brot isst sich leichter als ein Hammer. Wenn man richtig abgebrannt war, verpfändete man auch die nicht unbedingt notwendige Kleidung oder zumindest einen Teil davon. Wenn man sich nie wieder blicken ließ, um sie zurückzukaufen, landeten die Sachen im Gebrauchtladen, wo Jacob und seine Söhne den ganzen Tag nähten, flickten, schnitten und zusammenfügten, womit sie alte Kleidung nicht in neue Kleidung verwandelten, aber wenigstens in etwas Ansehnliches. Dodger fand Jacob und seine Söhne recht nett.

Jacob begrüßte Dodger mit dem herzlichen Lächeln eines Verkäufers, der etwas zu verkaufen hofft. Er sagte: »Oh, da ist ja mein junger Freund, der einst meinem ältesten Freund Solomon das Leben rettete und ... Bring den Hund nach draußen!«

Onan wurde in der kleinen Gasse hinter dem Laden angebunden und durfte sich an einem Knochen versuchen. Gewiss kein leichtes Unterfangen, fand Dodger, denn jeder Knochen, den ein Hund in diesem Stadtteil von London vorgesetzt bekam, hatte seine Nährstoffe längst in einem Suppenkochtopf verloren. Das schien Onan kaum zu stören: Er schnüffelte und nagte mit fröhlichem Optimismus, und Dodger kehrte in den Laden zurück, wo er in dem kleinen freien Raum in der Mitte stand und eine Behandlung erfuhr, wie sie sonst nur ein Lord erwarten durfte, der eins der feinen Geschäfte in der Savile Row oder dem Hanover Square besuchte. Obwohl man in jenen Läden vermutlich keine Kleidung angeboten bekam, die bereits vier oder fünf Vorbesitzer gehabt hatte.

Jacob und seine Söhne umschwirrten ihn wie Bienen, richteten kritische Blicke auf ihn, hielten nur leicht vergilbte weiße Hemden hoch und ließen sie dann sofort wieder verschwinden, bevor wie durch Magie der nächste Schneider erschien und eine recht verdächtige Hose präsentierte. Kleidung wirbelte an Dodger vorbei und schien sich in Luft aufzulösen, was aber nicht schlimm war, da immer wieder neue erschien. Es hieß: »Versuch es hiermit! Oder nein, besser nicht!« Und: »Wie wär's hiermit? Passt bestimmt. O nein, schon gut, wir haben noch mehr für einen Helden.«

Aber er war kein Held gewesen, wenn man es genau betrachtete. Dodger erinnerte sich an einen Zwischenfall vor drei Jahren, als er beim Toshen einen richtig schlechten Nachmittag gehabt hatte. Dann hatte es zu regnen begonnen, und ihm war zu Ohren gekommen, dass jemand dicht vor ihm einen Sovereign gefunden hatte, und er war so enttäuscht, gereizt und zornig gewesen, dass er seine schlechte Laune an jemandem auslassen wollte. Als er jedoch wieder auf den nebligen Straßen unterwegs gewesen war, hatte er zwei Burschen beobachtet, die einen Mann, der auf dem Boden lag, zu Brei traten. Manchmal, wenn der Verdruss groß genug war, konnte es in seinem Kopf *Klick* machen, wie bei einem kleinen Zahnrad, das in Bewegung gerät, und er verwandelte sich in einen Wirbelwind aus Fäusten und Stiefeln. In diesem Fall hätte ihn das *Klick* durchaus veranlassen können, den beiden Burschen zu Hilfe zu eilen, nur damit er seinen Zorn loswurde. Aber aus irgendeinem Grund rollte das Zahnrad zur anderen Seite, dem Gedanken entgegen, dass zwei Burschen, die einen stöhnenden alten Knacker zusammentraten, elende Drecksäcke waren, die eine Abreibung verdienten. Und so war er losgelaufen und hatte es ihnen gezeigt, aber ordentlich, er hatte getreten und geschlagen, bis sie klein beigaben und wegliefen, und er war zu erschöpft gewesen, um sie zu verfolgen.

Solcher Wahn entstand aus Enttäuschung und Hunger, obwohl Solomon behauptete, die Hand Gottes stecke dahinter, was Dodger für recht unwahrscheinlich hielt, da man Gott in diesen Straßen nicht sehr häufig antraf. Anschließend hatte er dem Alten nach Hause geholfen, obwohl er ein *Ikey Mo* war, ein Jude, und Solomon hatte etwas von seiner Suppe erhitzt und ihm überschwänglich gedankt. Da der alte Knabe ganz allein lebte und etwas Platz in seiner Mansarde hatte, bot er Dodger an, bei ihm unterzukommen. Dodger erledigte das eine oder andere für ihn, besorgte Feuerholz und stibitzte Kohle von einem der Themsekähne, wenn sich Gelegenheit bot. Dafür gab ihm Solomon zu essen, wobei er oft kochte, was Dodger irgendwo aufgetrieben hatte – seine

Mahlzeiten schmeckten besser als alles, was Dodger in seinem bisherigen Leben gegessen hatte.

Er erzielte auch viel höhere Preise für die Waren, die Dodger vom Toshen heimbrachte. Der Nachteil bestand darin, dass der alte Jude immer, *immer* fragte, ob die betreffenden Gegenstände gefunden oder gestohlen waren. Oh, mit Fundstücken aus der Kanalisation war meistens alles in Ordnung, das wusste jeder. Es handelte sich um Verlorenes und Weggeworfenes, um Gegenstände, die sich anschickten, die Welt der Menschen zu verlassen und zum Meer zu schwimmen. Tosher zählten natürlich nicht als Menschen – auch das wusste jeder. Aber in jenen Tagen hatte sich Dodger durchaus zum einen oder anderen Diebstahl und zu gelegentlichen krummen Geschäften hinreißen lassen. Er hatte Dinge beschafft, die äußerst fragwürdig und keineswegs *koscher* gewesen waren, wie sich Solomon ausdrückte.

Wenn der alte Bursche fragte, ob der Kram vom Toshen stamme, sagte Dodger immer Ja, doch so, wie ihn Solomon ansah ... Wahrscheinlich wusste er, dass er nicht die Wahrheit sagte. Seine Augen schienen mehr zu sehen, als sie eigentlich sehen sollten, und zu wissen, wo sich die Wahrheit verbarg. Er nahm die Sachen trotzdem entgegen, aber nachher ging es in der Mansarde eine Zeit lang recht kühl zu.

Deshalb klaute Dodger inzwischen nur noch Dinge, die man verbrennen, trinken oder essen konnte, zum Beispiel Ware von Marktbuden und andere tief hängende Früchte. Daraufhin verbesserte sich das Klima, und außerdem: Drüben in der Synagoge las Solomon die Zeitung, und manchmal enthielt die *Verloren-und-gefunden*-Rubrik Suchanzeigen von Leuten, die ihren Hochzeitsring oder anderen Schmuck verloren hatten. Hochzeitsringe waren von besonderer Bedeutung, denn sie besaßen einen Wert, der über den des Golds hinausging. Oft stand das magische Wort *Finderlohn* in den entsprechenden Inseraten. Mit gewissem Verhandlungsgeschick, meinte Solomon, konnte man mehr dafür bekommen als von einem Hehler. Hinzu kam, dass man solche Stücke zu keinem Juwelier bringen konnte, der koscher war, denn solche Leute hetzten einem die Polizei selbst dann auf den Hals, wenn man den Ring nur *gefunden* und nicht gestohlen hatte. Manchmal sei Ehrlichkeit sich selbst ihr Preis, sagte Solomon, aber Dodger fand, in Barem hätte sie sich vorteilhafter ausgedrückt.

Geld oder nicht, Dodger hatte sich damals besser gefühlt, als er in der Lage gewesen war, irgendwelchen Leuten die geliebte Halskette, einen Ring oder irgendein anderes Schmuckstück zurückzugeben, das sie sehr lieb gewonnen hatten. Dadurch fühlte er sich eine Zeit lang wie im siebten Himmel, und weiter konnte man von den Abwasserkanälen kaum entfernt sein.

Einmal, nach einem Kuss von einer Dame, die erst vor Kurzem eine glückliche Braut gewesen war und deren Hochzeitsring sich unglücklicherweise von ihrem Finger gelöst hatte, als sie in eine Kutsche stieg, die sie zu ihrem neuen Zuhause bringen sollte, hatte er Solomon nach ziemlich viel Spott von anderen Toshern gefragt: »Versuchst du meine Seele zu retten?« Und Solomon hatte mit dem hintergründigen Lächeln, das in seinem Gesicht fast nie fehlte, geantwortet: »*Mmm*, nun, ich erforsche die Möglichkeit, dass du vielleicht eine Seele hast.«

Die kleinen Veränderungen seiner Angewohnheiten, die seine Beziehung zu Solomon festigten, bedeuteten unter anderem, dass er des Nachts nicht wie einige der anderen Tosher in Hauseingängen zittern, sich unter einer Plane zusammenrollen oder einen verdammten halben Penny für eine schäbige Pritsche in einer noch schäbigeren Absteige blechen musste. Solomon erwartete nur, dass er ihm abends ein wenig Gesellschaft leistete. Gelegentlich bat der alte Mann höflich darum, dass er ihn zu einem seiner Kunden begleitete und dabei Mechanismen, Schmuck oder andere gefährlich teure Dinge trug. Die Kunde von Dodgers aufbrausendem Temperament hatte sich herumgesprochen, was bedeutete, dass Solomon und er ziemlich unbehelligt unterwegs sein konnten.

Als Arbeit war Solomons Tätigkeit ziemlich gut, fand Dodger. Der alte Knabe stellte kleine Dinge her, die andere, verloren gegangene kleine Dinge ersetzen sollten. Vergangene Woche hatte Dodger ihn bei der Reparatur einer sehr teuren Spieluhr beobachtet, die voller Zahnräder und Drähte gewesen war – die ganze Angelegenheit war beschädigt worden, als ein Arbeiter sie bei einem Umzug fallen gelassen hatte. Dodger hatte gesehen, wie Solomon jedes einzelne winzige Stück so behandelte, als wäre es eine große Kostbarkeit. Er säuberte alle Teile, bog sie bei Bedarf behutsam zurecht, und er ging dabei so geduldig zu Werke, als stünde ihm alle Zeit der Welt zur Verfügung. Bei anderer Gelegenheit waren bei einer Vitrine aus Palisander einige dekorative Einlegearbeiten aus Elfenbein in Mitleidenschaft gezogen worden, und Solomon ersetzte sie mit Elfenbein aus seinem kleinen Vorrat. Dabei leistete er so gute Arbeit, dass die Besitzerin der Vitrine ihm eine Krone mehr bezahlte als vereinbart.

Na schön, einige seiner Kumpane nannten Dodger manchmal Schabbesgoi, aber er stellte fest, dass er besser aß als die anderen, auch billiger, denn an den Marktbuden verstand Solomon selbst mit einem Cockney so geschickt zu feilschen, dass der Mann schließlich nachgab. Und wehe jedem Verkäufer, der Solomon Mindergewicht, schales Brot oder angefaulte Äpfel verkaufte! Von einer gekochten Orange und den anderen Tricks ganz zu schweigen. Wenn man das gute und gesunde Essen berücksichtigte, war die Vereinbarung zwischen Solomon und Dodger keineswegs zu verachten.

Als Jacob und seine Söhne den Tanz mit fliegenden Hosen, Hemden, Socken, Westen und Schuhen hinter sich gebracht hatten, traten sie zurück und strahlten sich gegenseitig in dem Wissen an, gute Arbeit geleistet zu haben. Schließlich sagte Jacob: »Also, ich weiß nicht. Du meine Güte, sind wir vielleicht Zauberer? Was wir hier geschaffen haben, meine Söhne, ist ein Gentleman, der für die feine Gesellschaft bereit ist, wenn sie nichts gegen einen leichten Mottenkugelgeruch hat. Aber entweder das oder Motten, wie jeder weiß, selbst Ihre Majestät. Oh, wenn sie durch diese Tür käme, würde sie bestimmt sagen: ›Guten Tag, junger Herr, kennen wir uns vielleicht?‹«

»Es zwickt ein bisschen im Schritt«, bemerkte Dodger.

»Dann vermeide jeden unzüchtigen Gedanken, bis sich der Stoff gedehnt hat«, erwiderte Jacob. »Ich sage dir, was ich tun werde. Da du es bist, gebe ich auch noch diesen wundervollen Hut hinzu, der vermutlich bald wieder der letzte Schrei sein wird.« Jacob trat zurück, vollauf zufrieden mit der Verwandlung, die er ermöglicht hatte. Er neigte den Kopf zur Seite und sagte: »Weißt du, junger Mann, was du jetzt noch brauchst, ist ein erstklassiger Haarschnitt. Anschließend musst du dir die Frauen mit einem Knüppel vom Leib halten.«

»Solomon hilft mir beim Haareschneiden, wenn es zu warm wird und ich es ein bisschen kühler haben möchte«, sagte Dodger, woraufhin Jacob plötzlich ein gewisses Schnauben von sich gab, zu dem nur ein beleidigter jüdischer Händler fähig ist – und damit wirkte er noch eindrucksvoller als ein Franzose an einem wirklich schlechten Tag. Wollte man es aufschreiben, begann man vielleicht mit einem *Pfuuiii*, das mit reichlich versprühtem Speichel endete.

»Das ist kein Haarschnitt, mein Junge!«, jammerte Jacob. »Du siehst wie geschoren aus. Als kämst du gerade aus dem Kittchen. Wenn dich Königin Viktoria *so* sähe, riefe sie vermutlich nach ihren Soldaten. Beherzige den Rat deines guten alten Freunds Jacob und such das nächste Mal einen richtigen Friseur auf!«

Und so, in Begleitung des Hunds Onan, der noch immer optimistisch den Knochen im Maul trug, kehrte Dodger in die Welt zurück. Natürlich waren gebrauchte Sachen gebraucht, wie man es auch drehte und wendete. Sie waren besser als Lumpen, aber nicht annähernd so gut wie gute Kleidung. Aber was war hier schon gut? Nichtsdestotrotz fühlte sich Dodger besser in seinen neuen gebrauchten Klamotten, obwohl sie an einer empfindlichen Stelle und auch unter den Armen zwickten. Trotzdem, diese Garderobe war prächtiger als alles, was er bisher getragen hatte, und hoffentlich der jungen Frau aus der Unwetternacht würdig.

Er eilte zur Gasse zurück und kletterte die wackelige Treppe zur Mansarde hinauf, wo Solomon ihn mit den Worten begrüßte: »Wer bist du, junger Mann?«

Auf dem Tisch lagen die Karten des Quartetts ausgebreitet. »*Mmm* ... sehr interessant«, sagte Solomon. »Du hast mir da ein erstaunliches und *mmm* auch recht gefährliches Etwas präsentiert. Es ist *mmm* täuschend einfach, aber schon bald bahnt sich Unheil an.«

»Was?«, fragte Dodger und betrachtete die bunten Karten auf dem Tisch. »Es sieht nach Kinderkram aus. Ein Quartett, *Glückliche Familie* genannt. Was soll daran gefährlich und unheilvoll sein?«

»Eine ganze Menge, mein lieber Junge«, erwiderte Solomon. »Ich erkläre dir meine kleine Theorie. Jeder Spieler bekommt verschiedene Karten, und das Ziel des Spiels besteht offenbar darin, jeweils vier thematisch zueinander gehörende Karten zu sammeln, in diesem Fall die *glückliche Familie*. Man bringt sie zusammen, indem man die anderen Spieler fragt, ob sie eine bestimmte Karte haben. Auf den ersten Blick betrachtet, scheint es ein harmloses Spiel für Kinder zu sein, aber die ahnungslosen Eltern schaffen damit gute Voraussetzungen dafür, dass ihre Kinder Pokerspieler werden, oder schlimmer noch – Politiker.«

»Wieso?«

»Erlaube mir, es zu eluzidieren«, sagte Solomon. Er bemerkte Dodgers Verwirrung und fügte hinzu: »Ich meine, lass es mich erklären. Offenbar läuft die Sache folgendermaßen ab. Um die *mmm glückliche Familie* zu bekommen, muss man zunächst eine Familie wählen, zum Beispiel die *mmm* Bäckerfamilie. Man könnte glauben, dass du nur warten musst, bis du an die Reihe kommst, um dann nach der nächsten Karte zu fragen. Wie wäre es mit Miss Bun, der Tochter des Bäckers? Warum? Nun, als die *mmm* Karten verteilt wurden, hast du bereits Mister Bun bekommen, den Bäcker, und seine Tochter wäre ein Schritt in die richtige Richtung. Aber aufgepasst! Wenn du nach einem Bun fragst, könnten deine *mmm* Gegenspieler auf den Gedanken kommen, dich ihrerseits nach einem Mitglied der Bun-Familie zu fragen. Vielleicht sammeln sie die Buns nicht selbst, sondern versuchen stattdessen, die *mmm* Dose-Familie zusammenzubekommen, deren Oberhaupt Mister Dose ist, der Doktor. Sie fragen dich nach einem Bun, obwohl sie einen Dose brauchen, weil sie deine Vorliebe für die Buns bemerkt haben. Als sie an die Reihe kommen, hätten sie gern nach *mmm* einem Dose gefragt, aber stattdessen nutzen sie die Gelegenheit, dich zu täuschen und dir gleichzeitig einen kostbaren Bun abzunehmen.«

»Ach, ich würde einfach lügen und behaupten, gar keinen Bun zu haben«, sagte Dodger.

»O nein! Wenn sich das Spiel dem Ende nähert, würde sich herausstellen, dass du den betreffenden Bun *mmm* besessen hast, jawohl! Und das wäre sehr schade für dich. Du musst die Wahrheit sagen, denn wenn du nicht die Wahrheit sagst, kannst du das Spiel nie gewinnen. Und so wütet der schreckliche Kampf, und du ringst mit der Entscheidung, die Buns aufzugeben und es vielleicht mit dem Sammeln der Familie des Brauers Mister Bung zu versuchen, obgleich deine eigene Familie aus Abstinenzlern besteht. Du hoffst, dass es dir gelingt, mindestens einen deiner Gegner über deine wahren Absichten hinwegzutäuschen, während du gleichzeitig *mmm* davon ausgehen musst, dass die anderen Spieler nichts unversucht lassen, dir einen Strich durch die Rechnung zu machen. Und so geht die grässliche Inquisition weiter. Der Sohn lernt, seinem Vater etwas vorzumachen. Die Schwester lernt, ihrem Vater zu misstrauen. Und die Mutter versucht zu verlieren, um den *mmm* Frieden zu wahren. Und ihr dämmert allmählich, dass Freude und Enttäuschung in den Gesichtern ihrer Kinder nur gespielt sind, damit die anderen Spieler nicht merken, welche Familien sie sich wünschen.«

»Nun ja«, sagte Dodger, »das ist wie Feilschen auf dem Markt. So machen's alle.«

»Und so endet das Spiel zweifellos mit Tränen, von Geschrei und dem Zuschlagen von Türen ganz zu schweigen. Was hat das mit einer *glücklichen Familie* zu tun? Was genau ist erreicht worden?« Solomon hielt inne, erregt und mit gerötetem Gesicht.

Dodger dachte eine Weile nach, bevor er antwortete. »Es ist doch nur ein Kartenspiel. Kartenspiele sind nicht wichtig. Ich meine, sie haben nichts mit der Welt zu tun.«

Solomon ließ sich von diesem Hinweis nicht besänftigen. »Ich habe es nie gespielt, aber wie dem auch sei: Ein Kind, das es mit seinen Eltern spielt, muss lernen, Vater und Mutter zu täuschen. Wie kann man so etwas *nur ein Spiel* nennen?«

Dodger überlegte erneut. Ein Spiel. Kein Glücksspiel wie das Werfen von Würfeln, wobei man Geld gewinnen konnte. Aber ein Spiel für die Familie? Wer hatte Zeit für Familienspiele? Nur Kinder oder Abkömmlinge von feinen Pinkeln. »Es ist trotzdem nur ein Spiel«, wandte er ein und erntete dafür einen starren Blick von Solomon. Es war einer dieser besonderen Blicke, die, wenn man nicht aufpasste, den ganzen Kopf durchbohrten und hinten wieder herauskamen.

»Wo liegt der Unterschied, wenn man sieben Jahre alt ist?«, fragte Solomon. Der alte Mann grollte noch immer und richtete den Finger Gottes auf Dodger. »Junger Mann, die Spiele, die wir spielen, sind Lektionen, die wir zu lernen haben. Unsere Annahmen und Vermutungen, die Geschehnisse, denen wir keine Beachtung schenken, und die anderen, auf die wir Einfluss nehmen ... das alles macht uns zu jenen, die wir sind.«

Das war biblischer Kram, ganz klar. Aber als Dodger darüber nachdachte ... Wo lag der Unterschied? Das ganze Leben war ein Spiel. Aber wenn es ein Spiel war, in welche Rolle schlüpfte man dann – in die des Spielers oder der Figur auf dem Spielbrett? Ihm schwante, dass Dodger vielleicht mehr sein konnte als nur Dodger, wenn er sich richtig bemühte. Es war wie ein Ruf zu den Waffen, und der Ruf lautete: *Beweg deinen Hintern!*

Als Dodger die Mansarde verließ und in Onans Begleitung mit seinen neuen Klamotten einherstolzierte, dachte er daran, dass man eins von dieser schmutzigen, alten Stadt behaupten konnte: *Jemand* sah immer *alles*. Die Straßen waren so voll, dass er mit den Schultern gegen Leute stieß, bis er gar keine Schultern mehr hatte, und er kannte einige Örtlichkeiten, wo sich ein bisschen Schulterstoßen lohnen konnte, zum Beispiel im *Baron of Beef, Goat, Sixpence* oder in einem der anderen gesunden Trinklokale bei den Docks, wo man für einen Sixpence sinnlos betrunken und für einen Shilling zu einer Bierleiche werden konnte. Obwohl, zu einer Leiche wurde man vielleicht ohnehin, weil man so dumm gewesen war, eine solche Spelunke zu betreten.

An jenen Orten hingen die Tosher und Gassenjungen mit den Mädchen herum und trennten sich dabei von ihrem hart erarbeiteten Geld. Sie besuchten jene Kaschemmen, weil sie die Ratten und den Dreck vergessen wollten, der an allem klebte, und natürlich den Geruch. An den man sich allerdings nach einer Weile gewöhnte. Leichen, die sich eine Zeit lang im Fluss befunden hatten, neigten zu einem Duft eigener Art, und nie vergaß man den Gestank der Fäulnis, denn er klammerte sich an einem fest, man wurde ihn einfach nicht mehr los. Man wollte ihn nie wieder riechen, obwohl man wusste, dass man schon bald zu ihm zurückkehren würde.

Der Geruch des Todes hatte seltsamerweise ein sonderbares Eigenleben – er fand einen Weg überallhin, und man konnte ihm nur schwer entkommen. In dieser Hinsicht ähnelte er dem Gestank von Onan, der treu und brav hinter Dodger herlief. Der Umstand, dass sich die Leute, an denen er vorbeikam, nach dem Ursprung des schrecklichen Geruchs umsahen – in der verzweifelten Hoffnung, dass er nicht von ihnen selbst stammte –, wies deutlich auf seine Anwesenheit hin.

Aber jetzt schien die Sonne, und einige der Jungs und Mädchen tranken draußen vor dem *Gunner's Daughter,* wo sie auf alten Fässern, Seilrollen, Stapeln aus halb verfaultem Holz und anderem Uferschutt saßen. Manchmal gewann Dodger den Eindruck, dass es sich bei Stadt und Fluss um dasselbe

Geschöpf handelte, mit dem einen Unterschied, dass manche Teile feuchter waren als andere.

In dem bunt zusammengewürfelten, schmutzigen, aber fröhlichen Haufen erkannte er den Krummen Henry, Lucy Springer, den Einarmigen Dave, Prediger, Mary Drehdichschnell, die Dreckige Dory und Mangel. Woran sie gerade gedacht und worüber sie gerade gesprochen hatten, es spielte keine Rolle, denn als sie Dodger in seinen neuen Klamotten sahen, die ihn fast zum feinen Pinkel machten, sagten sie: »Meine Güte, wer ist der hübsche Herr dort?« und »Lieber Himmel, hast du die Straße gekauft? Dunnerschlach, wie gut du riechst!« und natürlich »Kannst du uns einen Shilling leihen? Ich zahle ihn dir am Sankt Nimmerleinstag zurück.« Auf diese Weise ging es eine Zeit lang weiter, und man konnte so etwas nur überleben, wenn man dümmlich grinste und alles in dem Wissen über sich ergehen ließ, dass man den Spuk jederzeit beenden konnte. Und Dodger beendete ihn tatsächlich.

»Opa ist tot.« Er ließ die Nachricht vom Himmel auf sie herabfallen.

»Unmöglich!«, entfuhr es dem Krummen Henry. »Ich bin erst vorgestern mit ihm toshen gewesen, kurz vor dem Unwetter.«

»Und ich habe ihn heute gesehen«, widersprach Dodger in scharfem Ton. »Ich hab ihn sterben sehen, unmittelbar vor mir! Er war dreiunddreißig! Dass mir niemand behauptet, dass er noch lebt, denn er is tot, klar? Drüben unter Shoreditch, in der Nähe des Mahlstroms.«

Mary Drehdichschnell brach in Tränen aus. Sie war ein anständiges Mädchen und erweckte immer den Eindruck, den Kopf woanders zu haben und gerade erst eingetroffen zu sein. Im Frühling verkaufte sie den Frauen Veilchen, und während des restlichen Jahres verkaufte sie alles, was sie in die Finger kriegen konnte. Als Taschendiebin hatte sie richtig was auf dem Kasten, denn sie sah aus wie ein Engel, der etwas auf den Kopf gekriegt hatte, und deshalb geriet sie nie in Verdacht. Aber wie man sie auch sah, sie hatte mehr Zähne als Grips, und ihre Zahnlücken waren bereits beträchtlich. Was die anderen betraf... sie wirkten nur noch etwas elender als vorher und starrten zu Boden, als wollten sie sich unsichtbar machen.

»Er hat mir seinen Fund überlassen, viel war's nicht.« Voller Unbehagen, als genügten diese Worte nicht, fügte Dodger hinzu: »Deshalb bin ich hier – um euch einen auszugeben, damit ihr auf sein Wohl trinkt.« Dieser Hinweis hob die allgemeine Stimmung ganz erheblich, vor allem als Dodger in die Tasche griff und sich von einer Sixpencemünze trennte, die wie durch Magie Krüge herbeizauberte, gefüllt mit einer zähflüssigen Flüssigkeit, die fast Brei zu nennen war.

Während besagte Krüge mit unterschiedlichen Gluck-Geräuschen geleert wurden, bemerkte Dodger, dass Mary Drehdichschnell noch immer schniefte, und da er ein freundlicher Typ war, sagte er sanft: »Wenn es dir hilft, Mary... Er lächelte, als er starb. Und er glaubte die Lady zu sehen.«

Diese Mitteilung befreite Mary nicht von ihrem Leid. Zwischen zwei Schluchzern sagte sie: »Der Doppelte Henry hat hier gerade Pause gemacht, um was zu essen und Brandy zu trinken. Den Brandy brauchte er, weil er schon wieder ein Mädchen aus dem Fluss gezogen hat.«

Dodger seufzte. Der Doppelte Henry war ein Fährmann, der auf der Suche nach Fahrgästen, die übergesetzt werden wollten, ständig die Themse hinauf- und hinunterruderte. Der Rest von Marys Nachricht war leider sehr vertraut. Die Gruppe von mehr oder weniger Gleichaltrigen, mit der Dodger Umgang pflegte, bestand aus taffen Leuten, die zu überleben gelernt hatten. Aber die Stadt und ihr Fluss konnten zu jenen, die diese Eliteschule nicht mit Erfolg abgeschlossen hatten, sehr unbarmherzig sein.

»Er vermutet, dass sie in Putney von der Brücke gesprungen ist«, sagte Mary. »War wahrscheinlich schwanger.«

Dodger seufzte erneut. Die meisten jungen Frauen, die man aus dem Fluss fischte, waren schwanger. Sie kamen aus fernen Orten mit seltsamen Namen wie Berkhamsted und Uxbridge und hofften, in London ein besseres Leben zu finden als ein Dasein zwischen Heuhaufen. Aber wenn sie hier eintrafen, schnappte die Stadt zu, fraß sie mit Haut und Haaren und spuckte sie wieder aus, meistens in die Themse.

Ein angenehmer Tod war das bestimmt nicht, zumal man nur deshalb behaupten konnte, der Inhalt der Themse sei Wasser, weil er flüssiger war als Dreck. Wenn die Leichen an die Oberfläche kamen, mussten die armen Fährleute und Kahnführer sie mit Landungshaken an Bord ziehen und zu einem Coroner bringen. Es gab eine Belohnung dafür, wenn man solche traurigen sterblichen Überbleibsel zum Büro eines Gerichtsmediziners brachte. Der Doppelte Henry hatte Dodger einmal erzählt, dass es sich manchmal lohne, die Leiche über eine längere Strecke zu rudern – zu dem Verwaltungsbezirk, der am meisten dafür bezahlte. Aber in den meisten Fällen ging die Fahrt zum Coroner von Four Farthings, der dann eine Todesanzeige aufgab, die es manchmal sogar in die Zeitung schaffte. Die Leichen der Mädchen und jungen Frauen endeten vielleicht auf dem Crossbones Graveyard oder bekamen auf irgendeinem anderen Friedhof ein Armenbegräbnis. Manchmal aber, und das war allgemein bekannt, landeten sie in einem Lehrkrankenhaus auf dem Seziertisch, damit Medizinstudenten sie aufschneiden konnten.

Mary flennte noch immer, und von gelegentlichem Schluchzen und Schniefen untermalt sagte sie: »Es ist so traurig. Sie haben alle langes blondes Haar. Alle Mädchen vom Land haben langes blondes Haar, und sie sind auch ... ihr wisst schon ... unschuldig.«

»Ich war auch mal unschuldig«, warf die Dreckige Dory ein. »Hat mir aber nichts genutzt. Dann wurde mir klar, was ich falsch gemacht habe.« Sie fügte hinzu: »Aber ich bin hier auf den Straßen geboren und wusste, womit es zu rechnen gilt. Die armen blonden Unschuldigen, sie ham nicht die geringste Hoffnung auf einen günstigen Ausgang, sobald ihnen der erste Bursche Fusel einflößt.«

Mary Drehdichschnell schniefte erneut. »'n Typ hat einmal versucht, mich mit Fusel gefügig zu machen, aber ihm wurde das Geld knapp, und ich hab ihm den Rest abgeknöpft, während er schlief. Die beste Uhr mit der besten Kette, die ich je gestohlen habe«, fuhr sie fort. »Die armen Mädchen, sie sind nicht hier geboren wie wir, sie haben keine Ahnung.«

Ihre Worte erinnerten Dodger an Charlie. Dann dachte er an Solomon und daran, was *er* gesagt hatte. Wie in die leere Luft sprach Dodger: »Ich sollte das Toshen aufgeben ...« Er sprach nicht weiter, als ihm klar wurde, dass die Worte vor allem ihm selbst galten. Was könnte ich tun?, fragte er sich. Immerhin, jeder muss arbeiten, jeder muss essen und leben.

Oh, das Lächeln auf Opas Gesicht ... Was hatte er in dem letzten Lächeln gesehen? Angeblich hatte er die Lady erblickt. Jeder Tosher kannte jemanden, der die Lady gesehen hatte, aber solche Berichte stammten immer aus zweiter Hand – die Erzähler waren der Lady nie selbst begegnet. Trotzdem wussten alle Tosher, wie sie aussah. Sie war recht groß und trug ein glänzendes Gewand, wie aus Seide. Sie hatte wunderschöne blaue Augen, und ein feiner Nebel umgab sie. Wenn man auf ihre Füße blickte, so stellte man fest, dass Ratten auf ihren Schuhen hockten. Es hieß, dass sie gar keine richtigen Füße hatte, sondern Rattenkrallen. Aber Dodger wusste, dass die Tosher nie den Mut hätten, auf die Füße der Lady zu starren, um sich Gewissheit zu verschaffen. Sie fürchteten sich davor, dass es wirklich Rattenfüße waren.

Alle diese Ratten, die einen beobachteten und dann *sie* ansahen. Vielleicht, nur vielleicht – man konnte nie wissen – genügte ein Wort von ihr, um die Ratten loszulassen. Ein Wort, um die Ratten auf einen zu hetzen, wenn man ein böser Tosher gewesen war. Und wenn man ein guter Tosher war, dann lächelte sie und gab einem einen Kuss (oder weit mehr als nur einen Kuss, wie manche behaupteten). Und von jenem Tag an hätte man beim Toshen immer Glück.

Dodger dachte wieder an die armen Mädchen, die von den Brücken in den Tod sprangen. Viele von ihnen erwarteten ein Kind ... An dieser Stelle angelangt, ließ er den Gedanken los, weil das Barometer seines Wesens immer in Richtung *heiter* tendierte. Im Großen und Ganzen hatte er Kummer immer auf Abstand zu halten versucht, und außerdem warteten dringende Angelegenheiten auf ihn.

Doch sie waren nicht dringend genug, ihn daran zu hindern, den Krug zu heben und zu rufen: »Auf Opa, wo auch immer er sich gerade herumtreibt!« Die anderen stimmten mit ein, vermutlich in der Hoffnung auf eine weitere Runde. Doch sie wurden enttäuscht, denn Dodger fügte hinzu: »Hört mir mal zu! In der Nacht des großen Unwetters hat jemand eine junge Frau zu töten versucht, ich schätze, eine von den Unschuldigen, über die wir gerade gesprochen haben. Aber sie rannte weg, und ich fand sie, und nun kümmert man sich um ihr Wohl.« Er zögerte angesichts einer Mauer des Schweigens, und mit schwindender Hoffnung fuhr er fort: »Sie hat goldenes Haar, und irgendwelche Unbekannten haben sie halb tot geprügelt. Ich möchte den Grund dafür herausfinden, weil ich den Schlägern eine Abreibung verpassen will. Und ihr sollt mir dabei helfen.«

An dieser Stelle bekam es Dodger mit einem wundervollen Stück Straßentheater zu tun, bei dem kaum ein Wort gesprochen wurde und das in drei Akten stattfand. Der erste Akt hieß *Ich weiß nichts* und der zweite *Ich habe überhaupt nichts gesehen*. Den Abschluss bildete das beliebte *Ich habe nie nichts getan*. Als Zugabe präsentierte das Ensemble den Dauerbrenner *Ich war nicht dort*.

Dodger hatte Ähnliches erwartet, sogar von seinen gelegentlichen Kumpeln. Es war nicht persönlich gemeint, aber niemand mochte ausgehorcht werden, erst recht dann nicht, wenn eines Tages vielleicht Fragen gestellt wurden, die einen selbst betrafen. Aber diese Sache war wichtig für ihn, und deshalb schnippte er mit den Fingern, womit er Onan ein Zeichen gab. Der Hund knurrte – ein Laut, den man von einem eher kleinen Geschöpf wie ihm nicht erwartete, sondern eher von einem Ungetüm, das aus den Meerestiefen aufstieg, und zwar mit großem Appetit. Ein scheußliches Grollen lag in diesem Geräusch, und es hörte nicht auf. Jetzt sagte Dodger mit einer Stimme, so flach, wie das Grollen tief war: »Hört mir zu, ja? Hier spricht Dodger, ja, ich bin's, euer Freund Dodger. Die junge Frau hat goldenes Haar, und ihr Gesicht war schwarz und blau.«

Dodger entdeckte Panik in den Augen der anderen, als hielten sie ihn für übergeschnappt. Doch dann veränderte sich das große runde Gesicht der Dreckigen Dory, als sie etwas so Unerwartetes wie einen Gedanken in den Griff zu bekommen versuchte.

Sie hatte nie besonders viele. Um ihre wenigen Gedanken zu erkennen, hätte man vermutlich ein Mikroskop gebraucht – Dodger hatte einmal eins bei einer Schaustellergruppe gesehen. Es waren immer irgendwo Schausteller unterwegs, denn ihre Buden und Vorstellungen erfreuten sich großer Beliebtheit, und in diesem Fall hatte Dodger in einen Apparat geblickt, der Dinge vergrößerte. Man blickte durch ihn in ein Glas Wasser, und wenn sich die Augen angepasst hatten, erkannte man winzige schlängelnde Wesen im Wasser, die sich hin und her wanden, sich drehten, sprangen und einen seltsamen Tanz aufführten. Sie schienen dabei eine Menge Spaß zu haben, und der Mann, der dem staunenden Publikum das Mikroskop zeigte, hatte erklärt, dies beweise eindeutig, wie gut das Wasser der Themse sei, wenn so viele kleine Geschöpfe darin überleben konnten.

Für Dodger war Dorys Geist ein bisschen auf diese Weise beschaffen: größtenteils leer, aber gelegentlich mit etwas Zappelndem darin. »Nur zu, Dory!«, rief er ermutigend.

Sie sah sich um, aber alle wichen ihrem Blick aus. Dodger verstand seine Kumpane – in gewisser Weise. Niemand wollte bezichtigt werden, bestimmte Beobachtungen ausgeplaudert zu haben. Manche Leute hatten etwas dagegen, dass man sie herumerzählte. Es gab nämlich weitaus schlimmere Zeitgenossen als Gassenkinder und Tosher, Kerle, die gut mit Klinge oder Rasiermesser umzugehen wussten und in deren Augen jeder Funke von Gnade fehlte.

In den Augen der Dreckigen Dory erschien die ihr eigene Entschlossenheit. Sie hatte kein goldenes Haar. Eigentlich hatte sie überhaupt nicht viel Haar, und die wenigen ihr verbliebenen Strähnen waren fettig und bildeten sonderbare kleine Schmachtlocken. Dory zupfte an einer dieser Locken, starrte die anderen trotzig an und sagte: »Am Tag vor dem Unwetter hab ich mich auf der Promenade nach einer günstigen Gelegenheit umgesehen, und da kam 'ne elegante Kutsche vorbei, und die Tür stand offen, wisst ihr, und dann sprang da diese junge Frau heraus und rannte über die Straße, als wäre der Teufel hinter ihr her, klar? Und zwei Typen stürzten hinter ihr aus der Kutsche, ja, und verfolgten sie, stießen dabei Fußgänger zur Seite, als täte es überhaupt keine Rolle spielen.« Die Dreckige Dory hielt inne, hob die Schultern und gab damit zu verstehen, dass sie fertig war. Die anderen drehten den Kopf von einer Seite zur anderen und sahen sich um, ohne den Blick auch nur einmal auf sie zu richten. Es sollte kein Zweifel aufkommen, dass sie nichts mit diesem seltsamen und gefährlich redseligen Mädchen zu tun hatten.

Aber Dodger fragte: »Welche Art von Kutsche?«

Er hielt sein Augenmerk auf Dory gerichtet, denn andernfalls wäre sie plötzlich sehr vergesslich geworden. Nachdem die Dreckige Dory ihre Erinnerungen ordentlich gerüttelt und gesiebt hatte, erfuhr Dodger Folgendes: »Teuer, edel, zwei Pferde.« Dory schloss den Mund fest, ein deutlicher Hinweis darauf, dass sie ihn nicht wieder zu öffnen gedachte, es sei denn, es gab noch mehr zu trinken. Dodger fiel es leicht, ihre Gedanken zu lesen; schließlich hatte sie nicht so viele davon. Er ließ die restlichen Münzen in seiner Tasche klimpern – eine internationale Sprache –, und in Dorys rundem, traurigem Gesicht ging ein weiteres Licht auf. »Komische Sache bei der Kutsche. Als sie fortrollte, kam ein Quietschen von den Rädern, fast so schlimm wie ein Schwein, das abgestochen wird. Ich hab's die ganze Straße entlang gehört.«

Dodger dankte ihr, überließ ihr einige Kupfermünzen und nickte den anderen zu. Sie erweckten den Eindruck, als hätte sich bei ihnen gerade ein Mord ereignet.

Mit den Münzen in der Hand sagte die Dreckige Dory plötzlich: »Da fällt mir noch was ein. Die junge Frau schrie, aber man konnte nichts verstehen, weil es was Ausländisches war. Und der Kutscher, auch er war kein Engländer.« Sie warf Dodger einen scharfen, bedeutungsvollen Blick zu, und er gab ihr zwei zusätzliche Viertelpennys, wobei er sich fragte, ob er diese notwendigen Ausgaben wohl von Mister Charlie zurückbekäme. Natürlich musste er darüber Buch führen, denn Charlie war gewiss kein Mann, der sich etwas vormachen ließ.

Als er fortging, überlegte Dodger, ob er Mister Charlie besuchen sollte – immerhin hatte er wichtige Neuigkeiten, oder etwa nicht? Neuigkeiten, deren Erwerb ihn Geld gekostet hatte, sogar eine ganze Menge, und vielleicht waren sie noch mehr wert, wenn er sie ein bisschen aufpolierte. Obgleich er wusste, dass es nicht vernünftig gewesen wäre, ehrgeizig zu werden und sich zu viel Geld zu erhoffen …

Er langte in die Tasche, einen Behälter, der alles enthielt, was Dodger hineinstopfen konnte. Dort war es, das rechteckige Stück Pappe. Sorgfältig identifizierte er die einzelnen Buchstaben und auch die Zahlen. Alle wussten, wo sich die Fleet Street befand, denn dort wurden die Zeitungen gedruckt. Doch für Dodger war es vor allem ein halbwegs anständiges Gebiet fürs Toshen, mit einigen nützlichen Tunneln in der Nähe. Der Fleetfluss war Teil der Kanalisation, und Dodger fand es immer wieder erstaunlich, was darin so alles herumschwamm. Voller Wonne erinnerte er sich daran, dort einmal ein Armband mit zwei Saphiren und bei einer anderen Gelegenheit einen ganzen Sovereign gefunden zu haben. Das machte jene Gegend zu einer guten, glücklichen Gegend, wenn er bedachte, dass die Ausbeute eines ordentlichen Toshertags aus lediglich einer Handvoll Viertelpennys bestand.

Er machte sich auf den Weg, und Onan trottete gehorsam hinter ihm her. Dodgers Gedanken trieben dahin, während er einen Fuß vor den anderen setzte. Natürlich konnte man von der Dreckigen Dory nicht erwarten, dass sie einem etwas so Nützliches wie ein Wappen an der Tür der noblen Kutsche anbot, und außerdem: Wenn Kutschen Böses anstellten, wenn sie zum Beispiel junge Frauen zu Orten brachten, zu denen sie gar nicht gebracht werden wollten … In einem solchen

Fall war es sicher nicht ratsam, an den Türen ein Wappen zu zeigen, das der Identifikation dienen konnte. Doch ein quietschendes Rad quietschte, solange niemand etwas dagegen unternahm. Dodger hatte nicht viel Zeit, und dies war bisher der einzige konkrete Hinweis in einer Stadt mit Hunderten von Kutschen und anderen Transportmitteln.

Es dürfte recht schwierig werden, dachte er, aber wenn es mir gelingt, wird das quietschende Rad Fett bekommen, und das Fett wird Dodger heißen. Und die Männer in der Kutsche, fügte er im Innern seines Kopfs hinzu, wo ihn niemand hörte, werden dann Bekanntschaft mit Dodgers Faust machen ...

4

Dodger entdeckt eine neue Verwendung für einen Fleet-Street-Nagel und bekommt eine Tasche voller Zucker

In der Fleet Street herrschte wegen der vielen Zeitungen immer rege Betriebsamkeit, Tag und Nacht, und heute floss der Fleet nicht in der Straßenmitte, sondern sickerte eher vor sich hin. Dodger hatte einiges über die Abwasserkanäle des Fleet gehört, insbesondere die Geschichte von dem Schwein, das dem Schlachter entkam und in die Tunnel gelangte, von wo aus es andere Kanäle und Röhren erreichte. Und da es dort unten für ein Schwein Nahrung im Überfluss gab, wurde es ungeheuer dick und garstig. Vielleicht wäre es lustig gewesen, nach ihm zu suchen, allerdings ... Möglicherweise hätte der Spaß beim Finden aufgehört, denn die Biester hatten Hauer. Derzeit, so hatte man ihm erzählt, waren die einzigen Ungeheuer der Fleet Street die Druckmaschinen, die so heftig stampften, dass der Boden erzitterte. Jeden Tag wollten sie gefüttert werden – mit einer Mahlzeit aus Politik, grausigen Morden und Todesfällen.

Natürlich gab es noch andere Ereignisse, aber alle waren scharf auf einen grausigen Mord, nicht wahr? Und überall auf der Straße zogen Männer Rollwagen, trugen Papierstapel oder liefen in furchtbarer Eile mit Papierstücken in der Hand umher, um der Welt zu erklären, was geschehen war, warum es geschehen war, was hätte geschehen sollen und manchmal, warum es nicht geschehen war, obwohl es sich sehr wohl zugetragen hatte. Und natürlich, um allen mitzuteilen, wer auf grausige Weise ermordet worden war. Es schien drunter und drüber zu gehen, und in diesem Durcheinander musste Dodger den *Chronicle* finden, wobei erschwerend hinzukam, dass er nicht gut lesen konnte, vor allem keine so langen Worte.

Schließlich wies ihm ein Drucker mit einem viereckigen Hut den Weg und warf ihm dabei einen Blick zu, der besagte: *Wag bloß nicht, hier etwas zu stehlen!* Dodger fand das ziemlich beleidigend, denn Toshen war kein Stehlen, und das sollten doch eigentlich alle wissen, oder? Zumindest wussten es alle Tosher.

Er band Onan an einem Geländer fest und vertraute darauf, dass ihn wegen des Geruchs niemand stehlen würde. Dann stieg er die Stufen zum *Morning Chronicle* hoch, wo er verständlicherweise von einem der Männer angehalten wurde, deren Aufgabe darin bestand, Leute wie ihn anzuhalten. Sein Job schien ihm zu gefallen, und er trug einen Hut, der das bewies, und das Gesicht darunter sprach: »Leute wie du haben hier nichts verloren, Junge. Verschwinde und geh woanders klauen in deinem grässlichen Anzug! Ha, siehst aus, als hättest du ihn von einem Toten!«

Dodger achtete darauf, seinen Gesichtsausdruck nicht zu verändern, aber er straffte die Schultern und sagte: »Mister Dickens erwartet mich. Er hat mich mit einer Mission beauftragt.« Während ihn der Mann noch groß anstarrte, holte Dodger Charlies Visitenkarte hervor. »Und er hat mir seine Karte gegeben und mir gesagt, dass ich zu ihm kommen soll. Kriegen Sie das in Ihren Kopf, Mister?«

Der Türsteher warf ihm einen finsteren Blick zu, doch der Name Dickens zeitigte aus irgendeinem Grund Wirkung, denn ein anderer emsig wirkender Mann kam, starrte Dodger an, starrte auf die Karte, starrte Dodger noch einmal an und sagte: »Komm rein, aber stiehl nichts!«

»Danke, Sir, ich werde mir alle Mühe geben«, versprach Dodger.

Der Mann führte ihn in einen kleinen Raum mit Schreibtischen und Büroangestellten, die alle den Eindruck erweckten, mit überaus wichtigen Aufgaben beschäftigt zu sein. Der Angestellte am nächsten Schreibtisch – er schien den anderen Anweisungen zu erteilen – beobachtete ihn wie ein Frosch eine Schlange, die Hand dicht neben einer Glocke.

Dodger setzte sich auf die Bank neben der Tür und wartete. Es kam bereits Nebel auf – das war um diese Tageszeit immer der Fall –, und erste Schwaden krochen durch die offene Tür. Sie erschienen Dodger manchmal wie eine luftige Version der Themse, und sie wogten und schimmerten, als hätte jemand einen Eimer voller Schlangen auf der Straße ausgeleert. Meistens war der Nebel gelb, aber er konnte auch schwarz sein, insbesondere dann, wenn die Ziegeleien arbeiteten. Der nächste Angestellte stand auf, richtete einen argwöhnischen Blick auf Dodger und schloss die Tür. Dodger schenkte ihm ein fröhliches Lächeln, das den Mann ärgerte und damit seinen Zweck erfüllte.

Hier gab es ohnehin nicht viel zu *finden*, es sei denn, man hatte es auf Papier abgesehen. Davon gab es überall mehr als genug, und hinzu kamen Aktenschränke, Becher, der Geruch von Tabak und Bücher mit Zetteln darin, offenbar als Markierung für bestimmte Stellen. Dodger bemerkte etwas Sonderbares: einen großen Nagel auf jedem Schreibtisch. Was hatte es damit auf sich? Bei jedem dieser Nägel wies die Spitze nach oben; unten waren sie auf einem Stück Holz befestigt. Aber warum sollte man dreißig Zentimeter lange Nägel so aufstellen, dass sich jemand daran verletzen konnte?

Er deutete auf einen davon, wandte sich an den nächsten Angestellten und fragte in einem Tonfall, der nur unschuldige Neugier zum Ausdruck brachte: »Entschuldigen Sie, Mister, was bedeuten diese Nägel?«

Der junge Mann grinste höhnisch. »Weißt du denn gar nichts? Damit schaffen wir mehr Ordnung auf unseren Schreibtischen. Auf den Nagel spießen wir die Angelegenheiten, die erledigt sind oder die wir nicht mehr brauchen.«

Dodger dachte darüber nach und fragte dann: »Warum schmeißen Sie den fertigen Kram nicht einfach weg, anstatt alles zuzumüllen?«

Der Angestellte bedachte ihn mit einem vernichtenden Blick. »Bist du dumm? Angenommen, später wird eine Sache wieder wichtig. Dann müssen wir nur auf dem Nagel suchen.«

Während dieses Wortwechsels hoben die anderen Angestellten kurz die Köpfe und setzten dann ihre Arbeit an den Aufgaben fort, die zu erledigen waren. Zuvor aber musterten sie Dodger und gaben ihm wortlos zu verstehen, dass er hier nicht wichtig war, im Gegensatz zu ihnen. Ihm fiel auf, dass ihre Kleidung kaum besser war als seine mehrmals gebrauchten Sachen, aber er hielt es für ratsam, auf einen entsprechenden Hinweis zu verzichten.

Und so begnügte er sich damit zu warten. Bis ein Mann mit einer Maske, die sein halbes Gesicht bedeckte, durch die Tür stürmte – der Türsteher war in eine nahe Gasse pinkeln gegangen, hastete gerade zurück und fummelte dabei an den Knöpfen seines Hosenschlitzes herum. Der Maskierte richtete ein Messer auf den obersten Angestellten und rief: »Her mit dem Geld, oder ich schlitze dir den Bauch auf! Und niemand rührt sich!«

Es war ein großes Messer, ein Brotmesser mit Wellenschliff, wie geschaffen für einen Haushalt, in dem ein Laib Brot aufgeschnitten werden sollte, aber nicht minder gut geeignet, einen Menschen zu durchbohren, fand Dodger. In der sich ausbreitenden entsetzten Stille wurde ihm klar, dass der Maskierte die größte Angst ausstand, während er alle Angestellten gleichzeitig im Auge zu behalten versuchte. Dem neben der Tür sitzenden Jungen schenkte er keine Beachtung.

Dodger dachte: Er weiß nicht, was er tun soll, und glaubt vielleicht, einen dieser Trottel, die ihn anstarren und sich in die Hose machen, niederstechen zu müssen. Und er weiß auch, was mit ihm passiert, wenn er jemanden absticht – dann endet er im Gefängnis Newgate und baumelt dort am Galgen. Diese Gedanken rauschten wie ein Eisenbahnzug durch Dodgers Kopf, und gewissermaßen im Schaffnerabteil reiste die Erinnerung an diese Stimme und den mit ihr einhergehenden Geruch nach Gin. Und er wusste, dass der Mann eigentlich gar kein schlechter Kerl war, und er wusste auch, was ihn zu einer derartigen Verzweiflungstat getrieben hatte.

Dodger sah nur eine Möglichkeit. Er riss den Nagel vom nächsten Schreibtisch und hielt ihn so an den schweißfeuchten Hals des Mannes, dass die Spitze in die Haut piekte. Dann raunte er dem Möchtegerndieb mit gedämpfter Stimme ins Ohr: »Lass das Messer fallen, jetzt sofort, wenn du nicht durch drei Nasenlöcher atmen willst. Sieh mich an – ich bin's, Dodger! Du kennst mich. Dodger, kapiert?« Lauter sagte er: »So etwas dulden wir hier nicht, du Mistkerl!«

Er konnte die Erleichterung des Mannes geradezu riechen, und zweifellos roch er reichlich Gin, als er ihn nach draußen in den Nebel zerrte. Die Angestellten schrien Zeter und Mordio, und Dodger rief: »Ich halte ihn fest, keine Sorge!« Schnellen Schrittes ging er weiter, zerrte den Mann am Türsteher vorbei, der roten Zorn im Gesicht hatte, und in die nächste Gasse, wo er den verhinderten Dieb – der, so sollte an dieser Stelle betont werden, ein wenig durch sein Holzbein mit dem Metallstück am Ende behindert war – in eine dunkle Ecke drückte.

Die Gasse roch wie alle Gassen, vor allem nach Verzweiflung und Ungeduld und inzwischen auch nach Onan, der gerade eine Duftmarke gesetzt und den Gassengerüchen damit einen preisverdächtigen Gestank hinzugefügt hatte. Zum Glück legte der Nebel eine Decke darüber. Es stank natürlich, aber das galt auch für den Mann, der offenbar nicht nur seine Blase entleert hatte.

Zufrieden hörte Dodger ein Geräusch, das nur von einem zu Boden fallenden Messer stammen konnte. Er trat es in die Dunkelheit, packte den Mann am Kragen, zog ihn zum anderen Ende der Gasse, über die Straße und in eine Ecke.

»Holzbein Higgins!«, sagte er. »Der Schlag soll mich treffen, wenn du nicht der dümmste Dieb bist, dem ich je begegnet bin. Wenn du noch einmal einen so verdammten Mist baust, wird es damit enden, dass die Gefängniswärter unter deinen baumelnden Beinen singen, du Blödmann!« Dodger schniefte und stöhnte. »Verflixt und zugenäht, Holzbein, auf was hast du dich da bloß eingelassen? Und überhaupt ... Wann hast du dich das letzte Mal gewaschen? Oder im Regen gestanden – oder deine Hose gewechselt?« Er sah in zwei Augen voller Katarakte und seufzte. »Wann hast du zum letzten Mal was gegessen?«

Holzbein Higgins brummte etwas davon, kein Bettler sein zu wollen, und Dodger hätte es fast mit ihm aufgegeben. Doch vor dem inneren Auge sah er noch einmal den sterbenden Opa.

»Hier hast du einen Sixpence«, sagte er. »Damit solltest du was in den Magen kriegen und außerdem einen Platz in der Penne, wenn du's nicht vertrinkst. Also gut, du armer Irrer, mach dich auf die Socken! Niemand ist hinter dir her. Bleib einfach in Bewegung und verlass dieses Viertel! Ich habe dich nie zuvor in meinem Leben gesehen, ich weiß nicht, wer du bist, und du scheinst es ebenfalls nicht zu wissen, so wie du aussiehst, du armer alter Teufel.« Dodger seufzte erneut. »Hör mal, wenn du was überfallen willst, solltest du nicht *vor* den Geschäftsstunden losschlagen, sondern *danach*, klar?«

Und das war's. Dodger kehrte zum *Chronicle* zurück, und als er dort eintraf, war bereits ein Polizist da, und die Angestellten gaben ihm eine Beschreibung des Übeltäters, in der allerdings jeder Hinweis auf ein Holzbein fehlte. Ihre Version von Higgins schien gefährlicher zu sein als die, die Dodger kannte, und aus dem Brotmesser war doch tatsächlich ein Schwert geworden. Der Polizist bemühte sich, alle Einzelheiten zu notieren, was aber nicht leicht war, da die Angestellten durcheinanderredeten und er außerdem sehr langsam schrieb, wobei er Dodger im Auge behielt. Mit dem Schreiben haperte es bei ihm, aber er verstand sich sehr gut darauf, Leute wie Dodger zu erkennen.

Der wusste, was nun kam, und dann kam es tatsächlich, als der Polizist auf ihn deutete und fragte: »Dieser Herr war ein Komplize, ja?«

Die Angestellten sahen Dodger an, und etwas widerstrebend sagte ihr Chef: »Äh ... nein, offen gestanden hat er den Übeltäter mit einem Büronagel bedroht und ihn verjagt.«

Der Polizist gefiel Dodger immer weniger, denn er sagte fröhlich: »Oh, dieser junge Mann war ebenfalls bewaffnet?«

»Äh ... nein«, erwiderte der oberste Angestellte. »Ich meine einen Büronagel. Wir haben auf jedem Schreibtisch einen stehen.«

Die Treppe neben der Tür knarrte, und eine neue Stimme erklang. »Dieser junge Mann arbeitet für mich, Constable, und ich möchte hinzufügen, dass Mister Dodger mein volles Vertrauen genießt. Offenbar ist er ein Held von epischen Ausmaßen, der den *Chronicle* gerade davor bewahrt hat, von einem Schwerverbrecher ausgeplündert zu werden. Vermutlich sollte man ihn mit einer Medaille ehren – ich werde mit dem Herausgeber darüber sprechen. Derweil, meine Herren, hat Mister Dodger vertrauliche Informationen für mich, und ich würde gern mit ihm das Kaffeehaus aufsuchen und hören, was er zu berichten hat. Wenn Sie also so freundlich wären, uns beide zu entschuldigen ...«

Charlie nickte dem Polizisten zu und ging los, gefolgt von dem verdutzten Dodger. Onan tappte hinter ihnen her, vielleicht in der Hoffnung, dass Dodger einen Weg durch den Nebel nahm, der früher oder später zu einem Knochen führte. Das Leben hielt für Onan selten die Belohnungen bereit, die er sich wünschte, und als Dodger ihn an einem Laternenpfahl festband, wurde klar, dass dies ein weiterer Beweis dafür war. Dodger beschloss, dem Hund bei nächster Gelegenheit einen anständigen Knochen zu besorgen.

Er hatte noch nie Kaffee getrunken, aber Solomon meinte, es sei nur schmutziges Wasser, und er konnte ihn sich ohnehin nicht leisten. Im Kaffeehaus gab es jede Menge davon, und der Raum war voller Leute und voller Stimmen – es ging ziemlich laut zu.

Charlie drückte Dodger auf einen Stuhl, setzte sich neben ihn und sagte: »Niemand hört, was du sagst, denn hier reden alle gleichzeitig, und diejenigen, die gerade nicht reden, schweigen nur, weil sie überlegen, was sie als Nächstes sagen sollen. Hat es einen Sinn, nach den Hintergründen der kleinen Episode zu fragen, die sich gerade beim *Chronicle* abgespielt hat, oder sollten wir es in den Schleier des Geheimnisvollen hüllen? Übrigens, hast du jemals von einem Mann namens Napoleon gehört? Nimm ruhig mehr Zucker, und wenn die Schale leer ist, bringt man uns eine neue. Diese neuen Zuckerwürfel sind wirklich toll, nicht wahr?«

Dodger hörte damit auf, sich die Taschen mit den gerade

erwähnten Zuckerwürfeln vollzustopfen. »Napoleon, ja«, sagte er. »Ein Franzmann, General oder so. Deshalb haben wir alte Knacker auf den Straßen, die betteln, manchmal mit einem Messer, stimmt's?«

»Nun«, sagte Charlie, »er war unter anderem dafür berühmt, was er über seine Generäle sagte. Angeblich kam es ihm bei ihnen vor allem auf Glück an. Und du, Mister Dodger, scheinst das Glück auf deiner Seite zu haben, denn etwas an dieser kurzen Eskapade stinkt ebenso zum Himmel wie uralter Käse. Ich glaube, ich verstehe dich, Dodger, und deshalb werde ich dem Herausgeber eine kleine Ehrung empfehlen, zu der vielleicht auch ein halber Sovereign oder zwei gehören. Allerdings werde ich ihn auch darauf hinweisen, dass er deinen Namen besser nicht in die Zeitung setzt, denn unter Umständen könntest du in Zukunft nur mit Mühe Freunde finden. Wenn man in den Schatten lebt wie du, macht es sich nicht gut im Curriculum Vitae, der Polizei zu helfen. Du hast Glück, Dodger, und je mehr du mir hilfst, desto mehr Glück wirst du haben.« Seine Hand glitt in die Tasche, und Dodger vernahm das unverwechselbare Klimpern von Münzen. »Was hast du herausgefunden?«

Dodger erzählte ihm von der Kutsche und der jungen Frau. Charlie hörte aufmerksam zu.

Als er fertig war, fragte Charlie: »Sie hat also kein Wappen an der Tür gesehen? Und welche Art von Ausländisch meinte sie? Französisch? Deutsch?«

Zu Charlies großer Überraschung erwiderte Dodger mit fester Stimme: »Mister Charlie, ich weiß, wie die Wappen an den Kutschen aussehen, und ich erkenne die meisten Sprachen. Aber wissen Sie, in diesem Fall ergeht es mir wie Ihnen. Ich habe es mit einer Informantin zu tun, die nicht schlau genug ist, allzu viel zu bemerken.«

Charlie maß Dodger mit traurigem Blick. »Du bist eine Art

Tabula rasa, Dodger, ein unbeschriebenes Blatt. Du bist intelligent, o ja, aber leider hast du kaum Gelegenheit, deine Intelligenz unter Beweis zu stellen. Es bekümmert mich, ja, es bekümmert mich wirklich, aber ich sehe auch, dass du so vernünftig warst und dir neue Kleidung beschafft hast – das Beste, was ein Gebrauchtladen zu bieten hatte.« Er lächelte, als er Dodgers Gesichtsausdruck sah, und fuhr fort: »Was? Glaubst du etwa, Leute wie ich wüssten über solche Läden nicht Bescheid? Glaub mir, mein Freund, in dieser Stadt gibt es nur wenige Tiefen, die ich nicht ausgelotet habe. Aber um zu etwas Erfreulicherem überzugehen ... Du hörst sicher gern, dass sich die junge Dame, die du gerettet hast, gut erholt. Soweit ich weiß, wurde sie bisher noch nicht als vermisst gemeldet, obgleich es Anzeichen dafür gibt, dass sie keine Obdachlose ist. Ihr Verschwinden hätte also gemeldet werden sollen. Verstehst du? Sie kann noch nicht sehr gut sprechen – offenbar ist sie nicht imstande zu erklären, was ihr widerfuhr –, aber sie scheint Englisch zu verstehen. Ich halte sie für eine Ausländerin, und zwar für eine ganz besondere Ausländerin. Warum ich dieser Meinung bin, kann ich allerdings noch nicht sagen. Außerdem nehme ich an, dass höheren Orts wegen ihr einige Aufregung herrscht. Das Wappen ihres Rings gibt Anlass zu einigen interessanten Fragen, und mein Freund Sir Robert Peel ist sehr umsichtig, weshalb ich vermute, dass sich etwas abspielt. Wie du weißt, schreibe ich für Zeitungen, aber nicht alles, was ein Zeitungsjournalist weiß, wird auch gedruckt.«

Etwas spielt sich ab, dachte Dodger. Wenn dies ein Spiel war, dann musste er daran teilnehmen und gewinnen. Aber welches Spiel führte dazu, dass eine junge Frau auf so grausame Weise zusammengeschlagen wurde? Ein solches Spiel musste er beenden. Im lauten Kaffeehaus, umgeben von Tabakrauch, wurde er ein wenig verlegen, als er ein Gebet murmelte, das der Lady galt: »Ich bin dir nie begegnet, Lady, aber du kennst Opa, und ich hoffe, er ist bei dir. Tja, ich bin Dodger, und Opa hat mich zum König der Tosher gemacht, und ein bisschen Hilfe von dir würde gewiss nicht schaden. Besten Dank im Voraus, dein Dodger.«

Der Lärm im Kaffeehaus war inzwischen so groß geworden, dass er kaum die eigenen Gedanken hörte, geschweige denn eine Antwort der Lady oder eine Ergänzung von Charlies bisherigen Ausführungen, aber Dodger versuchte trotzdem, noch einige Worte an ihn zu richten. »Wenn niemand eine Vermisstenanzeige aufgegeben hat ... Es bedeutet vielleicht, dass die junge Frau noch gar nicht vermisst wird oder dass die betreffenden Leute hoffen, sie vor allen anderen zu finden, wenn Sie verstehen, was ich meine.«

»Du bist wirklich eine Entdeckung, mein lieber Dodger! Unter uns: Ich mag die Polizei, obwohl du das vielleicht ein bisschen anders siehst. Aber was ich an den Polizisten schätze – zumindest an einigen von ihnen: dass das Gesetz für alle gelten sollte, nicht nur für die Armen. Ich weiß, dass sie in bestimmten Vierteln der Stadt nicht beliebt sind, und allgemein gesprochen könnte ich hinzufügen, dass es hohe Stellen gibt, wo man ihnen noch ablehnender gegenübersteht.« Charlie zögerte. »Dein Informant berichtet also, dass die junge Dame aus einer Kutsche floh, aus einer noblen noch dazu. Finde die Kutsche, mein Freund, und jene, die sie für dieses schändliche Treiben zur Verfügung stellten. Dann könnte sich die Welt zum Besseren wenden, insbesondere für dich.«

Wieder klirrten Münzen, und Charlie legte zwei halbe Kronen auf den kleinen Tisch. Er lächelte, als sie auf der Stelle in Dodgers Tasche verschwanden.

Er sagte: »Da fällt mir ein, mein Kollege und Freund Mister Mayhew und seine Frau würden sich freuen, dich wiederzusehen, und darf ich morgen vorschlagen? Sie glauben, dass du ein Engel bist, wenn auch einer mit schmutzigem Gesicht, von freundlichem Wesen und möglicherweise in Erwartung einer ansehnlichen Karriere. Ich hingegen halte dich, wie du weißt, für einen Schlingel und Taugenichts erster Güte, voller List und Tücke. Kurz gesagt, ich sehe in dir einen schlauen Burschen, der zu allem bereit ist, um seine Ziele zu erreichen. Aber dies ist eine neue Welt, wir brauchen neue Menschen. Wer bist du wirklich, Dodger, und was ist deine Geschichte? Wenn du nichts dagegen hast, dass ich danach frage.« Er richtete einen neugierigen Blick auf Dodger.

Dodger hatte nichts dagegen, aber die Welt bewegte sich plötzlich zu schnell, und so erwiderte er: »Wenn ich es Ihnen erzähle, Mister ... Versprechen Sie dann, es nicht weiterzusagen? Kann ich Ihnen vertrauen?«

»Ich gebe dir mein Ehrenwort als Journalist«, sagte Charlie. Nach kurzer Pause fügte er hinzu: »Streng genommen sollte die Antwort Nein lauten, Dodger. Ich bin Schriftsteller und Journalist, was ein recht seltsamer Bund ist. Wie dem auch sei, ich setze große Hoffnungen in dich, erwarte mir viel von dir und möchte den von dir erzielten Fortschritten auf keinen Fall im Weg stehen. Entschuldige ...« Charlie holte einen Stift und ein winziges Notizbuch hervor, kritzelte einige Worte, sah dann auf und lächelte verlegen. »Ich bitte um Verzeihung, es ist eine kleine Angewohnheit von mir, ich schreibe mir gelegentlich bestimmte Ausdrücke auf, bevor ich sie wieder vergesse. Bitte fahr fort!«

»Nun«, sagte Dodger leicht verunsichert, »ich bin in einem Waisenhaus aufgewachsen. Ich war ein Findelkind, wissen Sie. Meine Mutter habe ich nie kennengelernt. Besonders groß war ich als Knabe nicht, und meine Kindheit war leider von Fieslingen bevölkert. Ich lernte, ihnen auszuweichen, mich am Rand des Geschehens zu halten und unauffällig zu sein. Einige der größeren Jungen lachten über meinen wahren Namen, und wenn ich mich beklagte, schlugen sie mich zu Boden. Aber nach einer Weile hörte das auf, als ich größer wurde, und dann schikanierten sie mich erneut, einfach so! Und ich dachte mir schließlich, he, ich hab genug davon, und ich schnappte mir einen Stuhl und zeigte es ihnen damit.« Er legte eine kurze Pause ein und erinnerte sich an den Augenblick der gerechten Strafe für alle Versündigungen. Selbst der Aufseher hatte ihn nicht bändigen können. »An jenem Tag landete ich auf der Straße, wo das Leben wirklich begann.«

Charlie hörte der sorgfältig gekürzten Version aufmerksam zu. »Bemerkenswert, Dodger. Aber deinen Namen hast du mir noch nicht genannt.« Dodger hob die Schultern, schien sich in sein Schicksal zu fügen, nannte seinen Namen und erwartete lautes Lachen. Stattdessen hörte er: »Oh, ich verstehe. Ja, natürlich, das erklärt einiges. Was diese Angelegenheit betrifft, bleiben meine Lippen selbstverständlich versiegelt. Doch gestattest du mir, nach dem weiteren Verlauf deines Lebens zu fragen?«

»Wollen Sie dies in Ihrem kleinen Notizbuch aufschreiben, Mister?«

»Keineswegs, junger Freund. Es ist reine Anteilnahme an den Menschen, die mich zum Fragen veranlasst.«

Man erzähle nie jemandem mehr, als er unbedingt wissen muss. An diese Devise glaubte Dodger. Aber nie zuvor in seinem Leben war er einem Außenstehenden begegnet, der so schnell sein Vertrauen gewann, und deshalb beschloss er in dieser neuen Welt, die sich ständig veränderte, seine übliche Zurückhaltung aufzugeben.

»Ich bin bei einem Kaminkehrer in die Lehre gegangen, weil ich so dünn war, wissen Sie«, sagte er, »und nach einer Weile bin ich weggelaufen, aber vorher bin ich durch den Kamin in ein Schlafzimmer geklettert, in ein piekfeines Schlafzimmer, und hab einen Diamantring vom Nachtschränkchen stibitzt. Und ich sage Ihnen, Sir, das mit dem Weglaufen war die beste Entscheidung, die ich jemals getroffen habe, denn Kamine und Schornsteine sind nicht die richtige Umgebung für einen Heranwachsenden. Der Ruß ... man kriegt ihn überallhin, Sir, *überallhin.* Er gerät in alle Fugen und Ritzen, Sir, und er ist gefährlich. Setzt dem Piepmatz auf scheußliche Weise zu, und das weiß ich, weil ich einige Jungs kenne, die beim Kaminkehren geblieben sind, und sie waren echt übel dran. Aber dank der Lady bin ich rechtzeitig entkommen.« Dodger hob abermals die Schultern und fuhr fort: »So war das Leben. Was den Diamantring betrifft ... Als ich ihn zum Hehler brachte, sagte der, ich hätte Talent, und er legte mir nahe, ein Snakesman zu werden. Das ist ...«*

»Ich weiß, was ein Snakesman ist, Dodger. Aber wie bist du von dort aus zum Toshen gekommen, wenn ich fragen darf?«

Dodger holte tief Luft und atmete die Asche der Vergangenheit. »Ich geriet wegen einer gestohlenen Gans in Schwierigkeiten und wurde gejagt, nur weil Federn an mir klebten, und deshalb versteckte ich mich in der Kanalisation, verstehen Sie? Die Verfolger schafften es nicht bis nach unten, weil sie zu dick und auch zu betrunken waren, meiner Meinung nach. Dann fand ich das mit dem Toshen heraus und ... Nun, das wär's auch schon, mehr oder weniger.«

Er hielt in Charlies Gesicht nach mehr als einem unverbindlichen Blick Ausschau, und dann schien der Mann aufzuwachen und sagte: »Und was wäre mit einem anderen

* Ein kleiner Mann oder Junge, der durch schmale Fenster oder Oberlichter kriechen konnte – insbesondere durch Oberlichter, die oft offen gelassen wurden –, anschließend seine Komplizen ins Gebäude ließ und mit ihnen alles stahl, was nicht niet- und nagelfest war.

Namen aus dir geworden, Dodger? Mit einem Namen wie Master Geoffrey Smith zum Beispiel oder Master Jonathan Baxter?«

»Ich weiß nicht, Sir. Wahrscheinlich eine ganz gewöhnliche Person, Sir.«

Daraufhin lächelte Charlie und sagte: »Ich glaube eher, dass du eine sehr ungewöhnliche Person bist, mein Freund.«

War das Lächeln auf Charlies Gesicht tatsächlich echt? Bei Charlie konnte man nicht sicher sein, und so blieb diese Frage unbeantwortet, als sie das Kaffeehaus verließen und getrennte Wege gingen. Charlie ging wohin auch immer, und Dodger kehrte in seine vertraute Welt zurück. Unterwegs kaufte er bei einem Schlachter kurz vor Ladenschluss einen saftigen Knochen für Onan, der ihn sabbernd im Maul heimtrug.

Kein schlechter Tag, fand Dodger, als er die Treppe zur Mansarde hochstieg. Er beendete ihn mit mehr Geld als am Morgen, ganz zu schweigen von einer Tasche voller Zucker.

5

Der Held der Stunde begegnet seiner Maid, die erneut in Not gerät, bekommt aber einen Kuss von einer sehr enthusiastischen Lady

Solomon arbeitete noch an seiner kleinen Drehbank, als Dodger die Treppe heraufkam. Es war seltsam, Solomon bei der Arbeit zu beobachten, denn er verschwand dabei. Oh, er war noch immer da, aber sein Gehirn schien in den Fingerspitzen zu stecken und achtete auf nichts anderes als das, womit die Hände beschäftigt waren, bis alles zu einem natürlichen Vorgang wurde, so sanft wie das Wachsen von Gras. Dodger beneidete ihn um seinen Frieden, aber so etwas passte nicht zu ihm, das wusste er.

Sols Klamotten hätten ebenfalls nicht zu ihm gepasst. Wenn der alte Knabe zur Synagoge ging, trug er sommers wie winters eine Pluderhose und einen abgewetzten Gabardinemantel. Und sicher in seine Mansardenhöhle zurückgekehrt, trug er Pluderhosen, die noch schlabberiger waren, mit einer Weste, die – das musste man ihm lassen – immer so weiß wie möglich war. Die Füße steckten oft in bestickten Pantoffeln, die aus irgendeinem fremden Land stammten, in dem Solomon irgendwann gelebt hatte und aus dem er, früher oder später, geflohen war. Und schließlich die Schürze: Sie hatte vorn große Taschen, damit kleine und teure Dinge, die vom Arbeitstisch rollten, darin landeten.

Ein appetitlicher Geruch wehte vom Topf auf dem Herd herüber – Missus Quicklys Hammelfleisch wurde einem guten Zweck zugeführt – und veranlasste Dodger, sich die Lippen zu lecken. Er wusste nie, wie Solomon das schaffte. Der alte Knabe war imstande, selbst aus einem halben Ziegelstein und einem Holzbrocken ein leckeres Essen zu zaubern. Einmal hatte er ihn danach gefragt, und Solomon hatte geantwortet: »Mmm, ich schätze, es liegt an den langen Wanderungen durch die Wildnis. Dabei lernt man, aus Wenigem möglichst viel zu machen.«

Den größten Teil der Nacht lag Dodger auf seiner Matratze wach, und das Wachliegen fiel ihm nicht weiter schwer. Unten auf den Gassen und in den Höfen kam es ständig zu Prügeleien, wenn die Männer von der Arbeit heimkehrten, und dann das Plärren der Säuglinge und das Gezänk – der ganze Lärm, der das Wiegenlied von Seven Dials war. Glückliche Familien, dachte er. Gibt es glückliche Familien? Und über den Straßen erklangen die Glocken; ihr Läuten hallte weit über die Stadt.

Dodger starrte an die Decke und dachte an die Kutsche. Von der Dreckigen Dory war vermutlich keine weitere Hilfe zu erwarten. Das hieß, er musste weiterhin Fragen stellen, um mehr herauszufinden – in der Hoffnung, die Aufmerksamkeit jener Leute auf sich zu ziehen, die es gar nicht mochten, wenn derartige Fragen gestellt wurden, und denen es noch viel weniger gefiel, wenn jemand sie beantwortete.

Wo sollte er anfangen? Ein quietschendes Rad und eine noble Kutsche. Trug sie ein Wappen? Vielleicht eins mit Adlern? Möglicherweise erinnerte sich die junge Frau an Einzelheiten, wenn er sie wiedersah ...

Nun, dachte er, Mister Mayhew will mich wiedersehen, ebenso seine Frau, und ein kluger junger Mann könnte sich schick machen, seine Stiefel putzen und sich das Gesicht waschen, bevor er losgeht und sie besucht. In der Hoffnung, dass er das Treffen mit etwas mehr als einer Tasse Tee verlässt, zum Beispiel etwas zu essen. Und wenn er überaus brav und respektvoll ist, dann lässt man ihn vielleicht noch einmal zu der jungen Dame mit dem wundervollen goldenen Haar.

Man kann Schläue nicht einfach beiseitelegen, wenn man sie nicht mehr braucht, und Dodgers Schläue flüsterte ihm ein, dass er vielleicht auch Geld bekäme, wenn er ein braver Junge war. Denn er glaubte zu verstehen, zu welcher Sorte von Menschen Mister und Missus Mayhew gehörten. Erstaunlicherweise begegnete man manchmal feinen Leuten, die tatsächlich Anteil nahmen an den Leuten auf der Straße und sich ihretwegen schuldig fühlten. Wenn man arm war und einigermaßen sauber und manierlich zu sein versuchte, und wenn man außerdem eine Leidensgeschichte so gut erzählen konnte wie Dodger – der sie gar nicht zu erfinden brauchte, denn in seinem Leben hatte es genug echtes, wahrhaftiges Leid gegeben –, dann waren sie wahrhaftig bereit, einen zu küssen, weil sie sich dadurch besser fühlten.

Als er da in der Dunkelheit lag und an die junge Frau dachte, schämte er sich ein wenig, weil er vor allem überlegte, wie er möglichst viel für sich herausschlagen konnte. Die Rettung der Unbekannten war für sich genommen eine Belohnung, zugegeben, aber schließlich musste man auch leben, oder?

Voller Unbehagen drehte er sich auf die Seite und dachte an Charlie, der Dodger für eine Art Piratenkönig zu halten schien. Wenn man es sich genau überlegte ... Charlie schien ein Spielchen zu spielen. Jeder Junge möchte ein großer Junge sein, ein feiner Typ, nicht wahr?, dachte Dodger. Weil man sich dann groß fühlt. Für Charlie waren Worte ein kompliziertes Spiel, und obwohl sich Dodger damit kaum auskannte, so blieb es trotzdem ein Spiel. Und er, Dodger, beherrschte das Spiel des Überlebens.

Er blickte ins Nichts und dachte an Opa, der mit einem Lächeln in der Kanalisation gestorben war, umgeben von allem, was die Kanalisation aufzubieten hatte. Es würde eine ganze Weile dauern, bis Dodger erneut den Mahlstrom aufsuchte. Ratten waren klein, aber es gab viele von ihnen, und es würden immer mehr werden, wenn sich die Neuigkeit herumsprach. Er würde mindestens zwei Wochen verstreichen lassen, bevor er dorthin zurückkehrte, wo der Alte gestorben war. An den Ort, erinnerte er sich, wo er hatte sterben wollen.

Dann war da noch Holzbein Higgins, der zwei gesunde Beine gehabt hatte, bis er im Krieg irgendwo in Spanien von einer Kanonenkugel getroffen worden war.

Und hier war er, Dodger, und plötzlich hafteten Charlies Worte an ihm und veränderten seine Welt – eine Welt, in der er gerade noch ein zufriedener Tosher gewesen war, bis er plötzlich als Held galt und in den piekfeinen Häusern piekfeiner Leute ein und aus ging. Man schien eine andere Person zu sein als jene, in deren Haut man morgens aufgewacht war. Dodger fühlte sich wie von einer großen Feder gezogen. Vielleicht, dachte er, muss sich ein Junge irgendwann entscheiden, zu welcher Art von Männern er einmal gehören will. Will er der Spieler sein oder die Spielfigur …?

Dodger lächelte im Dunkeln, schlief ein und träumte von goldenem Haar.

Am Morgen schrubbte er das Gesicht ab, bevor er sich auf den Weg zum Haus von Mister Mayhew machte. Bei Tageslicht wirkte das Haus recht stattlich. Es war kein Palast, sondern das Heim eines Mannes, der genug Geld besaß, um Gentleman genannt zu werden. Die ganze Straße sah so aus: elegant, ordentlich, sauber. Es ging sogar ein Polizist Streife, und zu Dodgers großer Überraschung winkte er zum Gruß. Es war kein großartiges Winken, nur eine kleine Bewegung mit den

Fingern, aber bis vor Kurzem hätte ihn ein Polizist in einer solchen Gegend aufgefordert zu verschwinden, und zwar fix. Ermutigt erinnerte sich Dodger an Charlies Ausdrucksweise, erwiderte den Gruß des Constable und sagte: »Guten Morgen, Officer, was für ein schöner Tag, zweifellos.«

Nichts geschah! Der Polizist schlenderte an ihm vorbei, und damit hatte es sich. Na so was! Hoffnungsvoll gestimmt fand Dodger das Haus. Schon früh hatte er gelernt, sich bei den Hintertüren von Häusern nobler Viertel herumzutreiben und – ein sehr wichtiger Punkt – als spritziger Junge zu gelten. Ihm war klargeworden: Wenn man schon ein Gassenjunge war, so half es, eine Berufung darin zu sehen und ein möglichst guter Gassenjunge zu werden. Und um ein möglichst guter Gassenjunge zu sein, musste man schauspielerische Talente entwickeln. Darauf lief es hinaus. Man musste mit allen reden können, mit den Butlern und Köchen, mit den Hausmädchen und sogar mit den Kutschern. Kurz gesagt, man musste der fröhliche Bursche sein, immer gut drauf, allen bekannt. Es war Theater, und er trat dabei als der große Star auf. Ruhm und Reichtum errang man kaum, aber man riskierte auch nicht, am Galgen zu enden. Nein, Sicherheit lag in einem Talent, das man sein Eigen nennen konnte, und sein Talent bestand darin, Dodger zu sein, ganz und gar Dodger. Also ging er nun ums Haus herum zur Hintertür und hoffte, noch einmal der Köchin Missus Quickly zu begegnen und ein weiteres Stück Hammelfleisch zu ergattern.

Ein Dienstmädchen öffnete die Tür und fragte: »Ja, Sir?«

Dodger straffte die Gestalt und sagte: »Ich möchte zu Mister Mayhew. Ich glaube, er erwartet mich. Mein Name lautet Dodger.«

Kaum hatte er diese Worte gesprochen, als es im Haus klapperte, woraufhin das Dienstmädchen ein wenig in Panik geriet, was bei Dienstmädchen oft der Fall ist (insbesondere wenn sie es mit Dodgers fröhlichem Grinsen zu tun bekamen). Doch sie entspannte sich, als sie von Dodgers alter Freundin Missus Quickly beiseitegeschoben wurde, die ihn von Kopf bis Fuß musterte und sagte: »Na, sieh mal einer an, hast dich richtig herausgeputzt, und ob! Entschuldige bitte, dass ich keinen Knicks mache, aber ich stecke bis zu den Achseln in Gekröse.«

Einen Moment später kehrte die Köchin zur Tür zurück, diesmal unbelastet von Innereien. Sie verscheuchte das Dienstmädchen mit den Worten: »Mister Dodger und ich halten ein Schwätzchen. Geh und kümmere dich um die Schweinshaxen!« Dann schenkte sie Dodger eine Umarmung, an der auch gewisse Anteile von Gekröse beteiligt waren, wischte ihn anschließend ab und sagte: »Du bist der Held der Stunde, mein kleiner Schatz, ja, das bist du, sie haben beim Frühstück darüber gesprochen! Offenbar hast du Schlingel gestern ganz allein verhindert, dass der *Morning Chronicle* von Räubern gestürmt wurde.« Sie bedachte Dodger mit einem frechen Lächeln. »Ich sagte mir: Wenn das der junge Mann ist, den ich neulich kennengelernt habe, so kann er nur dann einen Diebstahl verhindern, wenn er die Hände auf den Rücken legt. Aber es scheint, dass du gegen Räuber gekämpft und sie verjagt hast, so heißt es. Man stelle sich das vor! Bestimmt dauert es nicht mehr lange, bis man dich bittet, Bürgermeister zu werden. Wenn es dazu kommt, möchte ich deine Bürgermeisterin sein – keine Sorge, ich bin viele Male verheiratet gewesen und weiß, wie's geht.« Sie lachte über Dodgers Gesichtsausdruck und fügte ernster hinzu: »Gut gemacht, Junge! Das Mädchen soll dich nach oben zur Familie bringen. Schau bei mir vorbei, bevor du gehst, vielleicht habe ich ein Päckchen mit Wegzehrung für dich.«

Dodger folgte der Bediensteten die steinerne Treppe hinauf zu der magischen Tür zwischen den Menschen, die den

Boden wischen, und den anderen, die über den Boden schreiten, zu der Tür zwischen dem Unten und dem Oben der Welt. Was er im Oben fand, war ein Chaos, mit Ehemann und Ehefrau als unfreiwilligen Schiedsrichtern bei einem Streit zwischen zwei Jungen. Offenbar ging es darum, wer wessen Zinnsoldaten zerbrochen hatte.

Mister Mayhew nahm Dodger am Arm und nickte seiner Frau zu, die ihm von dem kleinen Kriegsschauplatz herüber ein verzweifeltes Lächeln zuwarf, während er ins Arbeitszimmer ihres Mannes gezogen wurde. Dort drückte ihn Henry Mayhew auf einen unbequemen Stuhl, nahm ihm gegenüber Platz und sagte sofort: »Es ist mir eine Freude, dich wiederzusehen, junger Mann, insbesondere in Anbetracht deines Eingreifens gestern Abend. Charlie hat mir davon erzählt.« Er zögerte. »Du bist ein höchst bemerkenswerter junger Mann. Darf ich ... dir einige persönliche Fragen stellen?« Bei diesen Worten griff er nach Notizbuch und Bleistift.

An eine solche Behandlung war Dodger nicht gewöhnt. Leute, die ihm persönliche Fragen stellen wollten, etwa *Wo warst du in der Nacht zum Sechzehnten?*, stellten sie in der Regel, ohne ihn vorher um Erlaubnis zu fragen, und sie erwarteten, dass er sogleich Auskunft erteilte. »Ich habe nichts dagegen, Sir«, erwiderte er vorsichtig. »Vorausgesetzt, die Fragen sind nicht allzu persönlich.« Er sah sich im Zimmer um, während der Mann lachte, und dabei dachte er: Wie kann ein Mann so viel Papier besitzen? Überall lagen Bücher und Zeitungen, auch auf dem Boden, aber sie bildeten ordentliche Stapel.

Mister Mayhew begann mit seiner Befragung. »Ich nehme an, du bist nicht richtig getauft, oder? Ich finde das kaum vorstellbar. Hast du dir den Namen Dodger selbst zugelegt?«

Dodger entschied sich für eine Variante von Ehrlichkeit. Immerhin hatte er dies alles schon mit Charlie hinter sich gebracht, und deshalb präsentierte er eine leicht gekürzte

Version der *Dodger-Geschichte*, denn man verriet nie jemandem alles. »Nein, Sir, ich bin ein Findelkind, Sir, und im Waisenhaus nannte man mich Dodger, weil ich so schnell bin.«

Mister Mayhew öffnete das Notizbuch, und Dodger äugte argwöhnisch darauf. Der Bleistift wartete über dem Papier, bereit, Worte festzuhalten, und deshalb sagte er: »Nichts für ungut, aber ich werde ganz hibbelig, wenn Worte aufgeschrieben werden, und dann kann ich nicht mehr reden.« Sein Blick huschte bereits durchs Zimmer, auf der Suche nach einem anderen Ausgang.

Doch Mister Mayhew erstaunte ihn, indem er erwiderte: »Junger Mann, ich entschuldige mich dafür, dich nicht vorher um Erlaubnis gefragt zu haben. Weißt du, ich notiere mir von Berufs wegen das eine oder andere. Vielleicht sollte ich besser von einer Berufung sprechen. Es handelt sich um Recherchen in Hinsicht auf ein Projekt, mit dem ich mich schon seit einer ganzen Weile befasse. Meine Kollegen und ich hoffen, der Regierung die schrecklichen Zustände in London zu verdeutlichen. Es ist die reichste und mächtigste Stadt auf der Welt, doch für viele ihrer Bewohner herrschen Lebensbedingungen, die sich kaum von denen in Kalkutta unterscheiden.« Er bemerkte, dass Dodgers Gesichtsausdruck unverändert blieb, und fügte hinzu: »Ist es möglich, junger Mann, dass du nicht weißt, was es mit Kalkutta auf sich hat?«

Dodger starrte für einen Moment auf den Stift. Nun ja, es ließ sich nicht ändern. »Das stimmt, Sir«, antwortete er. »Ich habe keine Ahnung. Tut mir leid, Sir.«

»Mein lieber Dodger, es ist ganz und gar nicht deine Schuld.« Wie im Selbstgespräch fuhr Mister Mayhew fort: »Unkenntnis, schlechte Gesundheit, unzureichende Ernährung und Mangel an sauberem Trinkwasser sorgen dafür, dass die Situation immer schlimmer wird. Deshalb frage ich einfach nur einige Leute nach Einzelheiten aus ihrem Leben, auch nach ihrem Einkommen, denn die Regierung muss auf eine derartige Anhäufung von Beweisen reagieren. Seltsamerweise sind die Oberschichten im Allgemeinen sehr großzügig, sofern es Geldspenden für Kirchen, Stiftungen und andere gemeinnützige Einrichtungen betrifft, aber abgesehen davon richten sie allzu strenge Blicke nach unten, auch wenn sie gelegentlich Suppe für die Bedürftigen kochen.«

Bei dem Wort *Suppe* knurrte Dodger der Magen, und zwar offenbar so laut, dass Mister Mayhew es hörte, denn er wurde plötzlich aufgeregt und sagte: »Oh, mein lieber Dodger, du musst natürlich sehr hungrig sein! Ich habe damit gerechnet und werde diese Glocke hier läuten, damit dir das Dienstmädchen Schinken mit Eiern bringt. Wir sind nicht reich, aber glücklicherweise sind wir auch nicht arm. Ich sollte vielleicht darauf hinweisen, dass jeder einen anderen Maßstab für *arm* und *reich* hat. So begegnete ich Menschen, die ich zu den Ärmsten der Armen gezählt hätte, die jedoch behaupteten, ganz gut zurechtzukommen. Während ich andererseits Männer kennenlernte, die in vornehmen Häusern wohnen und über ein hohes Einkommen verfügen, sich jedoch nur einen Schritt vom Schuldturm entfernt wähnen.« Er lächelte, läutete die Glocke und sagte: »Wie ist es mit dir, Dodger? Du bist ein Tosher, wenn ich das richtig sehe, und offenbar wirst du auch in anderen Bereichen tätig, wenn sich Gelegenheit dazu ergibt. Hältst du dich für reich oder arm?«

Dodger erkannte eine Fangfrage auf Anhieb. Mister Mayhew, so glaubte er, sah die Welt vielleicht nicht mit der gleichen finsteren Schärfe wie Charlie, aber es wäre ein Fehler gewesen, ihn zu unterschätzen. Deshalb griff Dodger zum letzten Mittel, das Aufrichtigkeit hieß. »Ich schätze, Sol und ich sind nicht ganz arm, Sir. Wissen Sie, wir machen ein bisschen dies und ein bisschen das, und auf diese Weise schlagen wir uns recht gut durch, im Vergleich zu anderen.«

Das schien den Anforderungen zu genügen, denn Mister Mayhew nickte zufrieden. Er blickte in sein Notizbuch und sagte: »Sol ist der Herr jüdischen Glaubens, bei dem du wohnst, wie ich von Charlie hörte, ja?«

»Oh, er glaubt nicht nur, Jude zu sein, er ist es tatsächlich. Er wurde als Jude geboren, soweit ich weiß. Das hat er mir jedenfalls erzählt.«

Dodger fragte sich, warum Mister Mayhew lachte, und er fragte sich auch, woher Charlie wusste, wo und bei wem er wohnte, denn er erinnerte sich nicht, es ihm erzählt zu haben. Aber das spielte eigentlich keine Rolle, weil er das Dienstmädchen und auch das Klappern eines Tabletts auf der anderen Seite der Tür hörte. Es war ein Klappern, das auf ein schweres Tablett hinwies, was Dodger für ein gutes Zeichen hielt. Er irrte nicht, wie sich herausstellte. Mister Mayhew sagte, er habe bereits gefrühstückt, und so machte sich Dodger mit Heißhunger über Schinkenspeck mit Eiern her.

»Charlie setzt große Hoffnungen in dich, musst du wissen«, sagte Mister Mayhew. »Und ich gestehe meine Bewunderung für die Tatsache, dass du dich so sehr für unsere junge Dame eingesetzt hast, obwohl du ihr, wenn ich richtig informiert bin, nie zuvor begegnet bist. Ich bringe dich bald zu ihr. Offenbar versteht sie Englisch, aber ich fürchte, die schreckliche Tortur, die sie hinter sich hat, blieb nicht ohne Wirkung auf ihren Kopf, denn sie kann sich nicht an die dunklen Ereignisse erinnern, denen sie allem Anschein nach zum Opfer fiel.«

Dodger begutachtete das restliche Essen auf seinem Teller, ohne alles auf einmal zu verschlingen, was sehr ungewöhnlich war, und sagte: »Sie war sehr verängstigt. Mir scheint, sie ist mit einem Kerl verheiratet, der sie verdammt schlecht behandelt. Und ...« Dodger wollte noch mehr sagen, zögerte aber. Er dachte: Sie ist verletzt, ja. Sie hat Angst, ja. Aber ich glaube nicht, dass Furcht und Schmerz ihre Erinnerungen ausgelöscht haben. Ich schätze, sie will nur Zeit gewinnen, bis sie herausgefunden hat, wer ihre Freunde sind. Und so schlecht es ihr auch gehen mag ... An ihrer Stelle täte ich so, als ginge es mir noch ein wenig schlechter – das ist die Regel der Straße. Man behalte das eine oder andere Geheimnis für sich.

Dodger fühlte noch immer den Blick des Mannes auf sich ruhen, und nur wenige Sekunden später sagte Mister Mayhew: »Wenn du also gestattest ... Wo bist du geboren, Dodger?«

Er musste sich gedulden, bis Dodger den Teller endgültig geleert und das Messer an beiden Seiten abgeleckt hatte. Dann erwiderte Dodger: »In Bow, Sir. Aber sicher bin ich mir nicht.«

»Hättest du etwas dagegen, mir zu erzählen, wie du aufgewachsen und ... zu einem Tosher geworden bist?«

Dodger hob die Schultern. »Zuerst war ich ein Schlammkriecher. Das fällt Kindern leicht, es liegt gewissermaßen in ihrer Natur. Sie wühlen im Schlamm am Fluss und suchen nach Kohlestücken und anderen Fundstücken. Im Sommer ist das nicht schlecht, im Winter allerdings kann's richtig mies werden. Wenn man schlau ist, findet man einen Platz zum Schlafen und verdient sich was zu essen. Ich war eine Zeit lang Gehilfe eines Kaminkehrers, das habe ich Charlie schon gesagt, doch dann eines Tages begann ich mit dem Toshen und hab's nie bereut, Sir. Passte zu mir wie eine Schlammkuhle zu einem Schwein, Sir. Und der Unterschied ist gar nicht mal so groß. Noch habe ich keinen Tosheroon gefunden, aber ich hoffe, einen zu entdecken, bevor ich sterbe.«

Er lachte und beschloss, dem sehr ernst wirkenden Mann etwas zum Nachdenken zu geben. »Natürlich habe ich praktisch alles andere gefunden, Sir, alles, was die Leute wegwerfen und verlieren oder worum sie sich nicht mehr scheren. Es ist erstaunlich, was man dort unten findet, insbesondere unter den Lehrkrankenhäusern, o ja, meine Güte! In der Kanalisation kann ich von einer Seite Londons zur anderen gehen und hochkommen, wo immer es mir gefällt, Sir, wirklich wunderbar. Manchmal ist mir so, als täte ich durch alte Häuser wandern: geschwungene Treppen, das Zeug, das an den Wänden wächst – die Grotte, die Windige Ecke, das Schlafzimmer der Königin, die Flüsterkammer und die anderen Plätze, die wir Tosher wie unsere Westentasche kennen, die wir gar nicht haben. Wenn der Fluss das Abendrot widerspiegelt, sieht es aus wie das Paradies, Sir. Ich erwarte nicht, dass Sie mir glauben, Sir, aber es ist die Wahrheit.«

Dodger hielt inne und bedachte, was er gerade gesagt hatte. Der gesunde Menschenverstand verlangte natürlich, dass er jemandem, der mit Notizbuch und Stift bewaffnet war, nichts übers Stehlen und die Sache mit dem Snakesman verriet. Solche Offenbarungen mochten bei einem Mann wie Charlie gut aufgehoben sein, aber bei Leuten wie Mister Mayhew setzte er der Geschichte wohl besser ein paar Glanzlichter auf.

»Einmal habe ich da unten sogar ein altes Bettgestell gefunden. Und es ist erstaunlich, wie das Licht einen Weg hinabfindet«, sagte Dodger und lächelte, während Mister Mayhew ihn mit einer Mischung aus Bestürzung und Verwirrung musterte, vielleicht auch mit einem Hauch Bewunderung.

Dann sagte der Mann: »Noch ein letzter Punkt, mein lieber Dodger. Wärst du bereit, mir zu verraten, wie viel du mit deiner Arbeit als Tosher verdienst?«

Eine solche Frage hatte Dodger erwartet. Instinktiv halbierte er die betreffende Summe und antwortete: »Es gibt gute und schlechte Tage, Sir, aber ich schätze, ich verdiene so viel wie ein Kaminkehrer. Hinzu kommt der eine oder andere Glücksfall.«

»Und bist du mit deiner Tätigkeit zufrieden?«

»O ja, Sir. Ich gehe meiner Wege, ich bin niemandem verpflichtet, und jeder Tag ist wie ein neues Abenteuer, Sir, wenn Sie verstehen, was ich meine.« Um seiner neuen Rolle als aufrechter, ehrlicher junger Mann gerecht zu werden, fügte er hinzu: »Natürlich finde ich dort unten gelegentlich einen Gegenstand, den jemand verloren hat, und es wärmt mir das Herz, wenn ich ihn zurückgeben kann.« Eigentlich stimmte das sogar, fügte er in Gedanken hinzu, auch wenn es dabei um den einen oder anderen Shilling ging.

Nach einer Weile räusperte sich Mister Mayhew und sagte: »Ich danke dir für deine erhellenden Auskünfte, Dodger. Wie ich sehe, bist du mit dem Frühstück fertig und hast keinen einzigen Krümel auf dem Teller zurückgelassen. Vielleicht ist es an der Zeit, dir einen Besuch bei unserem Gast zu gestatten. Hast du jemals ein Bad genommen? Ich muss sagen, dass du erstaunlich sauber bist, wenn man deinen Beruf bedenkt.«

Dodger grinste, als er das hörte. »Das ist wegen Solomon, Sir. Damit meine ich den alten Mann, bei dem ich wohne. Er kann Schmutz nicht ausstehen, Sir, weil er zum auserwählten Volk gehört. Und ja, es gibt ein Bad im Hinterzimmer, ein kleines, in dem man steht und sich mit einem Lappen abwäscht, Sir, und wir haben sogar Seife, ich schwöre. Jemand hat einmal gesagt, Sauberkeit kommt gleich nach Gottesfurcht, aber Solomon fürchtet Gott überhaupt nicht und scheint Reinlichkeit für wichtiger zu halten.«

Mister Mayhew starrte Dodger an wie ein Mann, der eine Sixpence-Münze unter mehreren Viertelpennys entdeckt hat. »Du erstaunst mich, Dodger. Fast erscheinst du mir wie ein Brandzeichen, das sich selbst aus dem Feuer zieht.«

Eine Minute später wurde Dodger oben ins recht dunkle Dienstmädchenzimmer geführt. Die junge Frau mit dem goldenen Haar saß auf dem Bett wie jemand, der gerade erwacht war, und ihr Lächeln schien den Raum heller zu machen, zumindest für Dodger, dessen leicht angegriffenes Herz rascher schlug.

»Hier ist die junge Dame, die sich glücklicherweise gut erholt«, sagte Mister Mayhew. Er deutete auf die andere anwesende Person. »Das ist natürlich meine Frau Jane, der du bereits begegnet bist, glaube ich, der ich dich aber noch nicht vorgestellt habe. Meine Teure, dies ist Dodger, der Retter holder Maiden in Not, wie du sicher weißt.«

Dodger war unsicher, ob er Mister Mayhews Worte richtig verstanden hatte, aber er hielt einen Hinweis für angebracht, nur für den Fall, dass es später Ärger gab. »Es war nur *eine* junge Frau in Not – wenn Maid so etwas wie Dame bedeutet, Sir.«

Missus Mayhew – sie saß neben der Unbekannten, mit einem Suppenteller und einem Löffel in den Händen – stand auf, stellte den Teller ab und streckte die Hand aus. »Unsere Dame in Not, in der Tat, Dodger. Wie töricht von meinem Mann zu glauben, es könnte mehr als *eine* Dame gewesen sein.« Sie und ihr Mann lächelten, und Dodger fragte sich, ob ihm ein Witz entgangen war. Doch Missus Mayhew hatte noch mehr zu sagen.

Dodger wusste über Familien sowie Ehemänner und Ehefrauen Bescheid. Die Frauen halfen ihren Männern oft, wenn sie auf der Straße Waren verkauften, zum Beispiel gebackene Kartoffeln und Sandwiches – gebackene Kartoffeln waren ein echter Leckerbissen –, und manchmal machten ganze Familien bei dieser Arbeit mit. Dodger, der ein Auge für solche Zusammenhänge hatte, beobachtete die Gesichter und achtete darauf, wie die Leute miteinander sprachen, und manchmal gewann er folgenden Eindruck: Obwohl der Mann der Herr war, wie es sich gehörte, schien die Ehe doch wie ein Kahn auf dem Fluss zu sein, wobei die Ehefrau dem Wind ähnelte, der dem Kapitän vorgab, in welche Richtung der Kahn zu segeln hatte. Missus Mayhew war vielleicht nicht der Wind, aber sie verstand es zu pusten.

Die beiden Eheleute lächelten sich an, und Missus Mayhew sagte traurig: »Ich fürchte, die schrecklichen Schläge, die diese junge Frau abbekommen hat – und nicht zum ersten Mal, wie ich vermute –, brachten ihre Erinnerungen durcheinander, und deshalb kann ich sie leider nicht richtig vorstellen. Simplicity muss zunächst als Name genügen, ein guter christlicher Name, wie ich hinzufügen möchte. Er gefällt mir, denn eine alte Freundin von mir hieß so. Die Dame ist recht jung, und wir können hoffen, dass sie schnell wieder zu Kräften kommt. Derzeit allerdings halte ich die Vorhänge so lange wie möglich geschlossen, um die Geräusche der Kutschen auf der Straße zu dämpfen – sie scheinen Simplicity zu beunruhigen. Es freut mich festzustellen, dass sie nicht mehr so schwach ist wie zu Anfang, und auch die blauen Flecken verblassen. Unglücklicherweise muss ich annehmen, dass ihr Leben in jüngster Zeit nicht ... angenehm gewesen ist, obwohl es Anzeichen dafür gibt, dass es einmal ... erträglicher war. Immerhin muss jemand etwas für sie übrig gehabt haben, als er ihr den Ring schenkte, den sie am Finger trägt.«

Dodger wusste nicht, mit welchem Code sich Mister Mayhew und seine Frau verständigten, aber er bemerkte, dass ein großer Teil davon aus bedeutungsvollen Blicken bestand, und eine der wortlosen Botschaften lautete offenbar: *Im Beisein dieses Jungen sollten wir besser nicht ausführlicher über einen wertvollen Ring reden.*

Dodger sagte: »Sie fürchtet sich, wenn sie Kutschen hört,

ja? Was ist mit anderen Geräuschen, wie zum Beispiel Pferden und Düngewagen*, die ziemlich laut rumpeln?«

»Du bist ein überaus scharfsinniger junger Mann«, sagte Missus Mayhew.

Dodger errötete. »Ach, so scharf bin ich gar nicht«, entgegnete er.

»Nein, Dodger«, sagte Missus Mayhew, ohne die Miene zu verziehen. »Ich meine, dass du schnell verstehst, und außerdem bist du ein Mann von Welt beziehungsweise von London, was aufs selbe hinausläuft. Mister Dickens hofft, dass du imstande bist, uns bei der Aufklärung dieses Rätsels zu helfen.« Sie wechselte einen weiteren Blick mit ihrem Mann und fügte hinzu: »Du weißt vermutlich, dass diese Sache noch einen anderen teuflischen Aspekt hat.« Sie zögerte wie bei dem Versuch, unangenehme Gedanken aus ihrem Kopf zu verscheuchen. »Ich nehme an, dir ist klar, dass die junge Dame ... dass sie ... ich meine ...« Mit einer Mischung aus Verlegenheit und Verwirrung rauschte Missus Mayhew hinaus und hinterließ ein plötzlich stilles Zimmer.

Dodger blickte zu Simplicity hinüber und wandte sich dann an Mister Mayhew. »Sir, wenn Sie nichts dagegen haben ... Ich würde gern allein mit Simplicity reden. Ich kann ihr dabei helfen, die Suppe zu essen. Vielleicht ist sie bereit, sich ein wenig mit mir zu unterhalten.«

»Nun, es erscheint mir unziemlich, eine junge Dame allein in einem Schlafzimmer in deiner Gesellschaft zu lassen.«

»Ja, Sir, es ist auch unziemlich, eine junge Dame halb totzuschlagen und sie ertränken zu wollen, aber das war nicht ich, Sir. Deshalb frage ich mich, ob Sie vielleicht bereit wä-

* Etwa zur Zeit von Dodger gingen die meisten Abwässer von London in Faulbehälter oder Senkgruben, die regelmäßig geleert wurden. Düngewagen brachten ihren Inhalt fort.

ren, die Regeln in der privaten Welt Ihres Hauses ein wenig ... menschlicher zu gestalten.«

Ein Geräusch wies darauf hin, dass Missus Mayhew draußen vor der Tür wartete, und der plötzlich leicht konfuse Henry Mayhew sagte: »Ich lasse die Tür offen. Wenn Miss Simplicity einverstanden ist.«

Seinen Worten folgte vom Bett her sofort der unverkennbare Klang von Simplicitys Stimme. »Bitte, Sir, ich würde mich über die Gelegenheit freuen, ein christliches Wort mit meinem Retter zu wechseln.«

Mister Mayhew ließ die Tür tatsächlich einen Spaltbreit offen, und Dodger fühlte sich von einer seltsamen Unsicherheit erfasst, als er auf dem Stuhl Platz nahm, den Missus Mayhew freigegeben hatte. Er schenkte Simplicity ein unsicheres Lächeln, das sie mit beträchtlichem Wohlwollen erwiderte. Dann nahm er den Suppenlöffel, bot ihn ihr an und fragte: »Was wünschst du dir? Was soll als Nächstes geschehen?«

Ihr Lächeln wurde breiter. Langsam und vorsichtig nahm sie den Löffel entgegen, hob ihn zum Mund und schluckte ihre Suppe. Mit leiser Stimme erwiderte sie: »Ich würde gern sagen, dass ich nach Hause möchte, aber ich habe kein Zuhause mehr. Und ich weiß nicht, wem ich trauen kann. Kann ich dir trauen, Dodger? Ich glaube, ich sollte einem Mann vertrauen, der tapfer für eine Frau gekämpft hat, die er nicht einmal kennt.«

Dodger tat so, als wäre es nichts Besonderes für ihn, junge Frauen in Not zu retten. »Ich bin ziemlich sicher, dass du Mister und Missus Mayhew vertrauen kannst.«

Doch Simplicity überraschte ihn mit den Worten: »Nein, da bin ich mir nicht sicher. Mister Mayhew hätte es lieber, wenn wir beide nicht miteinander reden, Dodger. Er scheint zu glauben, dass du mir gegenüber die Situation irgendwie ausnützen könntest. Aber das halte ich für ...« Sie überlegte und schien nach einem geeigneten Wort zu suchen. »... unpassend. Du hast für mich gekämpft, du hast mich gerettet, und jetzt willst du mir etwas zuleide tun? Die Mayhews sind gute Menschen, kein Zweifel, aber gute Menschen könnten zum Beispiel auf den Gedanken kommen, dass es besser wäre, mich den Gesandten meines Mannes zu übergeben, da ich seine Ehefrau bin. Manche Leute nehmen es mit solchen Äußerlichkeiten sehr genau. Zweifellos käme jemand mit einem unterschriebenen Dokument, ausgestattet mit einem eindrucksvollen Siegel, und dann würden die Mayhews dem Gesetz gehorchen. Einem Gesetz, das zulässt, mich aus dem Land zu bringen, in dem meine Mutter geboren ist, zurück zu einem Ehemann, dem ich peinlich bin und der es nicht wagt, seinem Vater zu trotzen.«

Ihre Stimme wurde kräftiger, als sie sprach, und Dodger merkte plötzlich, dass sie auch immer mehr wie ein Straßenmädchen klang, wie ein Mensch, der wusste, wie der Hase lief. Der leichte deutsche Akzent war verschwunden, und die Vokale von England lagen in Simplicitys Ton. Außerdem ging sie genauso vor wie alle klugen Menschen: Sie verriet nichts, was der andere nicht unbedingt wissen musste.

Dodger versuchte, dem Akzent einen Ort zuzuordnen. Er wusste von fremden Sprachen, aber als anständiger Londoner hielt er nicht viel davon und wusste wie alle anderen: Wer kein Engländer war, wurde früher oder später zu einem Feind. Wenn man sich bei den Docks herumtrieb, lernte man die fremden Sprachen nicht unbedingt, aber man wurde zumindest mit ihrem Klang vertraut. Ein aufmerksames Ohr stellte fest, dass ein Holländer anders sprach als ein Deutscher, einen Schweden erkannte man natürlich immer, und Finnen gähnten, wenn sie mit einem redeten. Dodger konnte eine Sprache gut von der anderen unterscheiden, aber er hatte sich nie die Mühe gemacht, eine von ihnen zu erlernen. Allerdings hatte er schon als Zwölfjähriger gewusst, was *Wo geht's zu den leichten Mädchen?* in verschiedenen Sprachen hieß, unter ihnen Chinesisch und einige afrikanische Sprachen. Jede Dockratte war mit diesen Worten vertraut, und die leichten Mädchen gaben einem vielleicht einen Viertelpenny, wenn man den neugierigen Herren die richtige Richtung wies. Als er älter wurde, begriff er, dass manche Leute diese Richtung für die *falsche* hielten. Offenbar gab es zwei verschiedene Sichtweisen für die Welt, aber nur eine, wenn man hungerte.

Er hörte Bewegung auf der anderen Seite der Tür, stand sogleich auf, hurtig wie ein Wächter, und salutierte praktisch vor dem höchst erstaunten Mister Mayhew und seiner Frau.

»Sir, Madam, ich habe ein nettes Gespräch mit Simplicity geführt. Das Geräusch von Kutschen scheint sie tatsächlich zu ängstigen. Wenn ich sie nach draußen begleiten könnte, damit sie Gelegenheit bekäme, ein wenig frische Luft zu genießen ... dann könnte sie sehen, dass es ganz gewöhnliche Kutschen sind. Also, hätten Sie etwas dagegen, wenn ich Simplicity zu einem kleinen Spaziergang ausführe?«

Ein tiefes Schweigen folgte diesen Worten und wies Dodger darauf hin, dass seine Gastgeber den Vorschlag vermutlich für keinen guten Einfall hielten. Plötzlich ging ihm ein anderer Gedanke durch den Kopf, und der lautete: Ich rede mit diesen Leuten, als stünde ich mit ihnen auf einer Stufe! Es ist bemerkenswert, was ein gebrauchter Anzug und eine Portion Schinken mit Eiern mit einem Menschen anstellen können. Aber ich bin noch immer der Bursche, der heute Morgen als Tosher aufgewacht ist, und bei diesem Ehepaar handelt es sich noch immer um Mister und Missus Mayhew, die heute Morgen in diesem großen Haus aufgewacht sind, und deshalb sollte ich besser vorsichtig sein, damit sie mich nicht wieder für einen Tosher halten und hinauswerfen. An sich selbst gerichtet fügte er ziemlich frech hinzu: Ich habe keinen Herrn, niemand kann mir Befehle erteilen, ich werde nicht von den Peelern gesucht, und ich habe nichts getan, dessen ich mich schämen müsste. Ich hab nicht so viel Geld wie diese Leute, o nein, bei Weitem nicht, aber ich bin nicht schlechter als sie.

Missus Mayhew zögerte und sagte dann sehr behutsam: »Ich bin ganz sicher, dass Simplicity früher oder später an die frische Luft muss, und deshalb liegt ein solcher Spaziergang durchaus im Bereich des Möglichen, Dodger. Aber du verstehst sicher, dass er nur in Anwesenheit einer Anstandsdame stattfinden kann. Sie einfach so einem jungen Mann zu überlassen, wie tapfer und heldenhaft er auch sein mag, stieße in vornehmen Kreisen auf Missbilligung. Natürlich bin ich davon überzeugt, dass du nur die besten Absichten hast, aber wir müssen uns trotzdem strikt an diese Regeln halten.«

Mister Mayhew wirkte ebenso verlegen wie seine Frau, und Dodger, der noch immer seinem Glück vertraute, sagte in besonders einschmeichelndem Ton: »Liebe Missus Mayhew, ich verspreche Ihnen, dass es kein Techtelmechtel geben wird, denn ich weiß nicht, was ein Techtel ist, und mit dem Mechtel kenne ich mich nicht aus.«

Für einen Moment wich die Strenge aus Missus Mayhews Blick, und sie sagte: »Du bist ein ziemlich unverfrorener junger Mann, Dodger.«

»Das hoffe ich sehr, Missus Mayhew, denn wer friert schon gern? Ich habe es lieber warm, und ganz abgesehen davon, Missus Mayhew: Unverfrorenheit ist besser als Dummheit. Ich versichere Ihnen, dass mir viel an Simplicitys Wohlergehen liegt. Ich habe auch daran gedacht, dass wir alle die Kerle finden wollen, die sie zusammengeschlagen haben, und wenn ich mit ihr einen Spaziergang unternehme, stößt sie in der Stadt vielleicht auf Hinweise, die uns weiterhelfen könnten. Ich weiß, dass die Kutsche, aus der sie entkam, ein Geräusch verursachte, das ich bisher von keinem Kutschenrad gehört habe. Ich denke: Wenn man die Kutsche findet, hätte man einen Anhaltspunkt.«

Mister Mayhew sah seine Frau an und sagte: »Du bist lobenswert eloquent, Dodger, aber wir – das heißt, meine Frau und ich – sind der Ansicht, dass es bei dieser Situation noch andere Aspekte gibt.«

Dodger straffte die Schultern. »Ja, Sir, das fürchte ich ebenfalls, und ich glaube, auch Charlie ist dieser Meinung. Ich weiß nicht, was eloquent bedeutet, aber ich kenne London, Sir, jeden schmutzigen Quadratzentimeter, und ich weiß, wo es sicher ist und wo nicht. Alle kennen Dodger, Sir, und Dodger kennt alle. Also wird Dodger herausfinden, was er Ihren Wünschen gemäß herausfinden soll.«

»Ja, Dodger«, sagte Missus Mayhew. »Da hast du bestimmt recht, aber mein Mann und ich fühlen uns *in loco parentis* der jungen Dame gegenüber, die offenbar sonst niemanden hat, der sich um sie kümmert, und deshalb müssen die gesellschaftlichen Gepflogenheiten beachtet werden.«

Dodger, der nicht wusste, was ein *loco parentis* war, hob die Schultern und sagte: »Völlig klar, Missus, aber ich komme morgen trotzdem hierher, am Nachmittag, für den Fall, dass Sie es sich anders überlegen.«

Mister Mayhew schloss zu ihm auf, als er die Küche erreichte. »Meine Frau ist ein bisschen überempfindlich, wenn du verstehst, was ich meine.«

Dodger konnte nur »Nein, ich verstehe nicht« antworten, und wie zwei Gentlemen beließen sie es dabei. Er schüttelte Mister Mayhew die Hand, eilte durch die Küchentür und staunte noch immer darüber, dass die Mayhews so kühne Worte aus seinem Mund zugelassen hatten. Er brannte darauf, Sol davon zu erzählen.

Die Köchin wirkte nicht überrascht, als er in der Küche erschien. »Oh, mein Junge«, sagte sie, »bist ein aufgehender Stern, wie? Verkehrst mit besseren Leuten! Gut für dich! Der Bursche, den ich hier vor mir sehe, ist offenbar nicht irgendein Tosher, sondern ein kluger junger Mann, für den die Welt günstige Gelegenheiten bietet.« Sie reichte ihm ein schmieriges Bündel und sagte: »Zur Zeit ist hier das Geld knapp. Die Dinge ringsum sind ein wenig besorgniserregend geworden, du weißt es natürlich nicht, aber das zweite Dienstmädchen musste uns verlassen. Ich nehme an, Missus Sharples ist die Nächste, wenn es schlimmer wird, kein großer Verlust, und anschließend bin ich an der Reihe, obwohl ich mir die Hausherrin kaum am Herd vorstellen kann. Aber ich habe dir einige Reste eingepackt, ein paar kalte Kartoffeln und Möhren, außerdem ein ordentliches Stück Schweinefleisch.«

Dodger nahm das Bündel. »Vielen Dank. Da ist sehr nett von Ihnen.«

Das veranlasste Missus Quickly, die Arme um ihn zu schlingen und mit ihm schmusen zu wollen. »Wie ein wahrer Herr gesprochen. Vielleicht könntest du deine Dankbarkeit mit einem kleinen Kuss unterstreichen ...«, fügte sie hoffnungsvoll hinzu.

Und so küsste Dodger die Köchin, eine recht vollbusige Dame, die ziemlich lange küsste, und als er sich von ihr lösen durfte, sagte sie: »Wenn du hoch aufsteigst ... Vergiss nicht diejenigen, die tief unten leben.«

6

Hier kauft ein Sixpence viel Suppe, und das Gold eines Fremden kauft einen Spion …

Der Kuss der Köchin bescherte Dodger eine Verlegenheit, die ihm bis nach Hause folgte, ebenso wie ein bisschen Gekröse. Irgendwie war er nicht mehr ganz sicher, wer er eigentlich war: ein Junge aus der Kanalisation oder einer, der mit feinen Leuten verkehrte – obgleich er genug wusste und begriff, dass Mister und Missus Mayhew nicht unbedingt zu den feinen Herrschaften zählten, trotz des großen Hauses und der Bediensteten. Das Haus war zweifellos besser als alle Unterkünfte, in denen Dodger jemals gewohnt hatte, aber hier und dort neigte es ein wenig zum Schäbigen. Von Schmutz im eigentlichen Sinn konnte keine Rede sein, doch an einigen Stellen gab es Anzeichen von Vernachlässigung, die darauf hindeuteten, dass das Geld tatsächlich knapp war, wie Missus Quickly gesagt hatte. Selbst Leute wie die Mayhews mussten auf den Penny achten.

Missus Mayhew war ebenfalls besorgt gewesen, und Dodger hatte den Eindruck gewonnen, dass die Sorge bei ihr gewissermaßen eingebaut war und nicht nur Simplicity galt. Er tat es mit einem Schulterzucken ab. Vielleicht ist das der Lauf der Welt, dachte er. Je mehr man hat, desto größer die Sorge, es zu verlieren. Wenn das Geld ein bisschen knapp wird, fürchtet man, das hübsche Haus mit all den hübschen Dingen darin aufgeben zu müssen.

Dodger hatte sich Zeit seines Lebens keine großen Sorgen gemacht, es sei denn um elementare Bedürfnisse wie eine anständige Mahlzeit und einen Platz zum Schlafen. Man brauchte kein Haus mit vielen hübschen Dingen (und Dodger war darauf spezialisiert, hübsche Dinge zu bemerken, insbesondere jene, die einen gewissen Wert hatten und schnell in die Tasche gesteckt werden konnten, um sich anschließend in Geld zu verwandeln). Welchen Sinn hatten sie? Sollten sie darauf hinweisen, dass man sich solchen Überfluss leisten konnte? Fühlte man sich dadurch besser? Wurde man glücklicher?

Die Mayhews lebten auf eine steife Art und Weise, und besonders glücklich erschienen sie Dodger nicht. Er hatte eine sonderbare Anspannung gespürt, die er nicht genau benennen konnte, eine irgendwie in der Luft liegende Traurigkeit, und seltsamerweise wurde auch Dodger ein wenig traurig, was ihn erstaunte. Gewöhnlich neigte er nicht dazu, traurig zu sein. Wer hatte schon Zeit für so etwas? Er hatte oft den Hals voll, ärgerte sich und wurde sogar zornig, aber das waren nur Wolken am Himmel; früher oder später zogen sie weiter. Die Schatten ruhten nie lange auf ihm. Doch als er das Haus der Mayhews hinter sich ließ, schien er die Sorgen anderer Leute mitzunehmen.

Dagegen schien es für ihn nur ein einziges Heilmittel zu geben – in die Kanalisation hinunterzusteigen. Denn wenn er schon down war, konnte er auch die Gelegenheit nutzen, ein bisschen herumzusuchen und vielleicht einen Sixpence zu finden. Doch erst musste er zur Mansarde zurück und sich umziehen – der gebrauchte Anzug war die beste und schickste Kleidung, die er je besessen hatte, und es gehörte sich nicht, darin zu arbeiten, oder?

Aber ... Simplicity. Seine Gedanken kehrten immer wieder zu ihr zurück. Er fragte sich, wer sie war, wer vielleicht wusste, was ihr widerfahren war und aus welchem Grund. Und natürlich, wer sie zusammengeschlagen hatte. Das musste er unbedingt herausfinden. Und in dieser überfüllten Stadt gab es immer jemanden, der alles hörte, was andere sagten.

Die Polizei wusste natürlich nichts, denn niemand, der noch alle Sinne beisammen hatte, sprach mit den Peelern. Einer oder zwei von ihnen waren ganz in Ordnung, aber es brachte nichts, ihnen zu vertrauen. Doch mit Dodger sprachen die Leute, dem guten alten Dodger, insbesondere wenn er ihnen einen Sixpence lieh, zurückzuzahlen am Sankt Nimmerleinstag.

Und so war seine Rückkehr zur Mansarde, wo er sich umziehen wollte, keine gerade Strecke, sondern ein Weg voller Windungen und Drehungen, denn er machte hier und dort halt, um mit Leuten zu reden, die manche für Abschaum hielten, zum Beispiel mit den Cockneys, die Äpfel verkauften und nichts lieber taten, als sich gegen die Peeler zusammenzurotten und einen regelrechten Krieg zu führen, wobei jede Waffe recht war. Er sprach mit den Straßenhändlern, die von hauchdünnen Gewinnmargen lebten. Und er plauderte mit den Damen, die herumhingen, ohne viel zu tun, sich aber immer freuten, wenn sie einem Herrn mit Geld begegneten, der nett und großzügig war, erst recht wenn sie ihm etwas ins Glas getan hatten. Anschließend konnte sich der Betreffende vielleicht über eine lange Reise die Themse hinunter freuen, zu fernen, fernen Orten, wo er Gelegenheit bekam, ganz besondere Menschen kennenzulernen, von denen ihn einige sogar fressen wollten, wie man hörte. Wenn einer der Herren echt Pech hatte – oder wenn er eine Person wie Missus Holland in Bankside verärgert hatte –, so machte er die Reise die Themse hinunter ohne Boot oder Schiff …

Dann gab es da die Männer beim Würfelspiel, bei dem

man immerhin gewinnen konnte, wenn man nüchtern genug war und die Würfel richtig fielen. Anders sah es bei dem Spiel aus, das einem von einem fröhlichen Burschen mit einem Brett, drei Fingerhüten und einer Erbse angeboten wurde. Auf diesem kleinen Schlachtfeld setzte man Geld auf den Verbleib besagter Erbse, wobei man sich auf seine scharfen Augen verließ, während der gut gelaunt schwatzende Mann die Fingerhüte bewegte. Nie, *nie* erriet man den richtigen Fingerhut, denn wo sich die Erbse wirklich befand, wussten nur der fröhliche Mann und Gott, und vermutlich war nicht einmal Gott sicher. Wenn man genug getrunken hatte, versuchte man es stets von Neuem, wobei man immer mehr Geld wettete, denn selbst wenn man einfach nur riet, früher oder später *musste* man auf den richtigen Fingerhut deuten. Aber leider, leider kam es nie dazu.

Schließlich gab es da noch das Kasperletheater, das sich in letzter Zeit besonders großer Beliebtheit erfreute, weil es dabei einen Polizisten gab, den der Kasper mit seinem Stock verhauen konnte. Die Kinder lachten, und die Erwachsenen lachten ebenfalls, alle lachten, wenn der Kasper mit seiner quiekenden Stimme, die nach einem schrecklichen Raubvogel oder dem quietschenden Rad einer Kutsche klang, »So wird das gemacht!« rief.

Wenn man älter wurde, verstand man: Kasper war der Mann, der den Säugling aus dem Fenster warf und seine Frau schlug. So etwas passierte natürlich: das Schlagen der Frau ganz gewiss, und was mit dem Säugling geschah ... so etwas eignete sich nicht für Kinder. In glücklichen Familien ging es sicher anders zu.

In Dodgers Geist bildete sich nach und nach eine grässliche, schimmernde Dunkelheit, darin eingebettet eine junge Frau mit wundervollem goldenem Haar, und als er am Kasperletheater vorbeikam, ballte er unwillkürlich die Fäuste und musste sich beherrschen, um der quiekenden, quietschenden Puppe keinen Schlag zu versetzen. Ein Schaudern erfasste ihn, und er zwang sich auf den Boden der Realität zurück. Er kannte dies alles, er hatte es immer gekannt. Aber Simplicity ... Nun, Simplicity war eine Person, für die er vielleicht etwas tun konnte. Und dieses Etwas betraf nicht nur Simplicity, sondern auch ihn selbst, auf eine seltsame Art und Weise, die er noch nicht ganz verstand.

Wenn er Darbietungen sehen wollte, bei denen er sich nicht mies fühlte oder zornig wurde, dann ging er zu den Männern mit den Hunden, die Kunststücke zeigten, oder zu den Männern, die schwere Gewichte hoben, oder zu den Boxern, die natürlich mit bloßen Fäusten kämpften.

Aber an diesem Tag stellte Dodger Fragen, und dabei gab er sich alle Mühe. Er sprach mit zwei Damen, die auf einen Herrn warteten. Er sprach mit den Würfelspielern, die ihn dem Namen nach kannten, und er sprach auch mit dem ächzenden Gewichtheber. Bei einer Gelegenheit erinnerte er sogar jemanden an die Sixpence, die er ihm einmal wegen seiner armen Mutter geliehen hatte, und er fügte geschickt hinzu: »Oh, keine Sorge, ich bin sicher, du zahlst mir das Geld eines Tages zurück.« Kurz gesagt, Dodger bewegte sich auf der Bühne der Welt, zumindest jenes Teils der Welt, der sich im Rotlichtviertel von London befand, streckte überall seine Fühler aus und ließ kleine Fragen in der Luft schweben. Wenn jemand eine Kutsche quietschen hörte, sollte er Dodger Bescheid geben. Oder besser noch, dachte er: Wenn der *Besitzer* einer quietschenden Kutsche – einer Kutsche, die quietschte oder schrie wie ein Schwein beim Anblick des Schlachtermessers – von den Fragen erfuhr, so wollte er die Sache vielleicht mit dem Fragesteller klären. Er verglich es damit, Brotkrumen ins Wasser zu werfen, um zu sehen, ob etwas aufstieg und danach schnappte. Der Nachteil dieser Methode bestand darin, dass das Wesen, das hungrig aufstieg, ein Hai sein konnte.

Dann fiel ihm der Glückliche-Familie-Mann ein. Dodger zögerte bei diesem Gedanken und fragte sich, wo und wann er den Glückliche-Familie-Mann und seinen Wagen zum letzten Mal gesehen hatte, wahrscheinlich auf einer der Brücken, wo es immer viel Laufkundschaft gab. Es war eine zauberhafte Sache, das mit der glücklichen Familie, der kleine Wagen mit seiner bunten Menagerie aus Tieren, die alle friedlich zusammenlebten. Dodger nahm sich vor, Simplicity bei der ersten sich bietenden Gelegenheit dorthin mitzunehmen, sie wäre bestimmt entzückt. Dann merkte er plötzlich, dass er weinte, als er in seinem Kopf erneut ein wunderschönes Gesicht betrachtete, das aussah, als hätte man es die Treppe hinuntergeworfen. Jemand hatte ihr Schreckliches angetan, und als er sich mit einem Lappen die Nase putzte, schwor er sich, den Übeltäter – einen Kasper ganz besonderer Art – zu finden und ihm eine Lektion zu erteilen, die er so schnell nicht vergaß.

Etwas lenkte Dodger ab, etwas, das an seinen Hosenbeinen zog, und als er den Blick senkte, entdeckte er zwei Kinder, fünf oder sechs Jahre alt, die hoffnungsvoll zu ihm aufsahen. Es war nicht unbedingt der Anblick, den er gerade brauchte, aber beide Kinder hatten jeweils eine Hand ausgestreckt und hielten sich mit der anderen aneinander fest. Er erinnerte sich daran, das selbst einmal getan zu haben, allerdings nur bei Leuten, die er für reich gehalten hatte. Obwohl … wenn man hungrig und fünf Jahre alt war, hatten vermutlich alle mehr Geld als man selbst. In seinen schmucken Klamotten sah Dodger natürlich gar nicht mehr wie ein Tosher aus. Du bist noch immer einer, sagte er sich, aber du bist nicht mehr *irgendein* Tosher, und jetzt bist du für einen Sixpence ein feiner Herr.

Also führte er die Kinder zur Bude von Marie Jo, die nahrhafte Suppe für Gott und die Welt hatte, falls sie einige Pennys erübrigen konnten. Und manchmal, wenn sie in besonders großzügiger Stimmung war, kostete ihre Suppe noch weniger.

Marie Jo gehörte zu den Guten, und es gab nicht genug von ihnen. Man erzählte sich viele Geschichten über sie, und eine davon lautete, dass sie einmal eine berühmte Schauspielerin irgendwo im Franzmannland gewesen war, und tatsächlich, selbst heute umgab sie noch etwas Feenhaftes. Sie war angeblich mit einem Soldaten verheiratet gewesen, der in irgendeinem Krieg gefallen war, aber glücklicherweise erst nachdem er ihr zugeflüstert hatte, wo die bei den vielen Feldzügen zusammengeraffte Beute versteckt lag.

Als eine der Guten und Anständigen – trotz ihrer Ehe mit einem Franzmann – hatte sie diese Bude eingerichtet, eine von denen, denen man trauen konnte. Mit anderen Worten: Man konnte davon ausgehen, dass die Suppe kein Rattenfleisch enthielt, auch nichts Schlimmeres als Rattenfleisch. Man durfte auch darauf vertrauen, dass Marie Jo keine Suppe austeilte, die mit Bestandteilen von Katzen und Hunden gekocht worden war. Nein, ihre Suppe war voller Linsen und anderer Zutaten, die nicht alle lecker schmeckten, aber zusammen genommen taten sie gut und hielten warm. Zugegeben, manchmal kam ein bisschen was vom Pferd hinein, das war nun mal der Geschmack der Franzmänner und bedeutete eigentlich nur, dass man eine etwas nahrhaftere Suppe aß. Man munkelte, dass selbst einige der großen Speiselokale Marie Jo ihre Reste überließen, in dem Wissen, dass sie in ihrer Bude Verwendung fanden. Die Leute sagten, dass sie mit ihrem französisch angehauchten Charme die Chefköche feiner Restaurants um den Finger wickelte, aber alle sagten »Gut gemacht«, denn alles landete in dem großen Topf, der die ganze Nacht umgerührt wurde, wobei Marie Jo nur innehielt, um den Teller des nächsten Kunden zu füllen. Und man bezahlte, was man ihrer Meinung nach bezahlen sollte, und niemand wagte zu feilschen, denn keiner wollte, dass sie entrüstet mit ihrer Schöpfkelle winkte.

Als Dodger mit den beiden Kindern bei ihr erschien, musterte sie ihn und sagte: »Na, so was, sind wir plötzlich zu Geld gekommen, wem hast du es gestohlen?« Aber sie lachte, denn sie beide erinnerten sich daran, dass vor Jahren, als ihr Haar nicht so weiß gewesen war, ein kleiner Dodger mit ausgestreckter Hand vor ihrer Bude gestanden hatte, so traurig und hoffnungsvoll wie die Kinder, die er mitgebracht hatte.

»Nichts für mich, Marie Jo«, sagte er. »Aber bitte gib den beiden heute und morgen für einen Sixpence zu essen, ja?«

Der Ausdruck ihres Gesichts war seltsam. Wie die Suppe, die sie verkaufte, enthielt er von allem etwas, aber der größte Teil bestand aus Überraschung. Doch dies war die Straße, und sie sagte: »Lass mich deine Sixpence sehen, junger Dodger!« Er klatschte die Münzen auf den Tresen, wo Marie Jo sie betrachtete, ihn wieder musterte und ihren Blick auf die beiden Kinder richtete, die fast sabberten, so groß war ihre freudige Erwartung. Dann sah sie erneut Dodger an, der verlegen errötet war, und sagte leise: »Meine Güte, da liegt das Geld, kein Zweifel, und was tue ich jetzt?« Dann schuf ein großes Lächeln noch mehr Falten in ihrem Gesicht, und sie fügte hinzu: »Für dich, Dodger, gebe ich diesen beiden Schlingeln heute und morgen zu essen, und vielleicht auch übermorgen, aber sag mir doch, was ist nur geschehen? Hat sich die Welt plötzlich auf den Kopf gestellt, als ich nicht hingesehen habe? Behaupte nur nicht, dass du zur Kirche gegangen bist – *ein* Beichtstuhl genügt bestimmt nicht, um alle deine Sünden zu beichten. Kann man es glauben? Mein kleiner Dodger ist zu einem Engel geworden.«

Marie Jo sprach seinen Namen mit französischem Akzent aus, was ihm jedes Mal einen wohligen Schauer über den Rücken jagte. Sie kannte jeden und wusste alles über alle, und jetzt schenkte sie Dodger ein gefährliches Lächeln, aber man musste immer auf ihr Spiel eingehen, und deshalb erwiderte er ihr Lächeln und antwortete: »Lob mich nicht zu sehr, Marie Jo! Ich möchte vermeiden, dass ich plötzlich als allzu edel dastehe. Wie dem auch sei ... Auch ich bin einmal ein Kind gewesen, verstehst du? Übrigens, wenn du aufschreibst, wie viel du ihnen zu essen gibst ... Ich bringe dir das Geld später, verlass dich drauf.«

Marie Jo warf ihm einen Kuss zu, der nach Pfefferminz roch, senkte die Stimme, beugte sich vor und sagte: »Ich höre so einiges über dich, mein Junge. Sei vorsichtig! Es ging unter anderem um die Sache mit Holzbein Higgins, gestern. Er erzählt es überall herum.« Noch leiser fügte sie hinzu: »Dann war da dieser Gentleman. Und ich erkenne einen Gentleman auf Anhieb. Er fragte nach jemandem namens Dodger, und ich glaube nicht, dass es ihm darum geht, dir ein Geschenk zu überreichen. Er war eine teure Ausgabe von einem Gentleman.«

»Hieß er vielleicht Dickens?«, fragte Dodger.

»Nein, *ihn* kenne ich. Mister Charlie, der Journalist, mit den Peelern vertraut. Einer von euch unerträglichen Engländern. Wenn ich raten müsste, mein Freund ... Er kam mir eher wie ein Anwalt vor.« Und dann, als wäre überhaupt nichts geschehen, wandte sie sich ohne einen weiteren Blick dem nächsten Kunden zu.

Dodger setzte seinen Weg fort und traf an jeder Straßenecke jemanden, den er kannte. Hier und dort hielt er ein Schwätzchen und streute dabei die eine oder andere kleine Frage ein. Oh, es war nicht weiter wichtig, nur eine Begebenheit, die ihm gerade einfiel und eine junge Frau mit goldenem Haar betraf, die während des Unwetters neulich aus einer Kutsche gesprungen war.

Nicht dass er Näheres wissen wollte. Er hatte die Geschichte nur irgendwo aufgeschnappt, weiter nichts. Er war einfach der gute alte Dodger, und alle kannten Dodger und wussten, dass er mehr über die Kutsche und die junge Frau mit dem goldenen Haar erfahren wollte. Er musste vorsichtig sein? Aber natürlich – er war immer vorsichtig. Und dann stand er vor der wackeligen Treppe, die zur Mansarde hinaufführte.

Solomon war natürlich zu Hause und bei der Arbeit. Er arbeitete immer. Es war keine harte Arbeit im eigentlichen Sinn, eher eine weiche, und sie betraf kleine Dinge, die kleine Werkzeuge und beträchtliche Mengen an Geduld erforderten, außerdem eine ruhige Hand und gelegentlich ein Vergrößerungsglas. Onan hatte sich unter Solomons Stuhl zusammengerollt, wie nur er sich zusammenrollen konnte.

Der alte Mann ließ sich Zeit beim Verriegeln der Tür und sagte dann: »*Mmm*, hast wieder viel zu tun gehabt, mein Freund, ich hoffe, du bist erfolgreich gewesen.« Dodger zeigte ihm das Paket aus der Küche der Mayhews, und Solomon fügte hinzu: »*Mmm*, sehr schön, wirklich sehr schön, ein gutes Stück Schweinefleisch. Ich denke, daraus wird eine Kasserolle. Gute Arbeit.«

Vor einigen Jahren, als er mit einem Stück Schweinefleisch heimgekehrt war, das auf mysteriöse Weise aus einem Küchenfenster geradewegs in die Hände des zufällig vorbeikommenden Dodger gefallen war, hatte er zu Solomon gesagt: »Ich dachte, Juden dürfen kein Schweinefleisch essen, oder?«

Wenn Onan der König des Zusammenrollens war, so konnte man Solomon getrost den Prinzen des Schulterzuckens nennen. »Streng genommen mag das so sein, *mmm*«, erwiderte er. »Aber hier gelten andere Regeln. Zunächst einmal ist dies ein Geschenk Gottes, und man sollte eine göttliche Gabe niemals ablehnen. Und außerdem scheint dieses Schweinefleisch sehr gut zu sein, besser als das, was man gewöhnlich bekommt, und ich bin ein alter Mann, der *mmm* Hunger hat. Manchmal glaube ich, dass sich die Regeln, die vor vielen Jahrhunderten festgelegt wurden, damit meine reizbaren und zänkischen Vorfahren die Wüste durchqueren konnten, nur schwer auf diese Stadt des Regens und des Nebels übertragen lassen. Außerdem bin ich ein älterer Mann, der recht hungrig ist, und darauf weise ich zweimal hin, weil ich es für wichtig halte. Ich glaube, dass Gott unter diesen Umständen Verständnis hat, denn sonst wäre er nicht der Gott, den ich kenne. Das ist einer der *mmm* Vorteile, Jude zu sein. Nachdem meine Frau beim Pogrom in Russland ihr Leben verloren hatte, kam ich nur mit meinen Werkzeugen nach England, und als ich die weißen Klippen von Dover sah, allein, ohne meine Frau, da sagte ich: ›Gott, heute glaube ich nicht mehr an dich.‹«

»Was hat Gott geantwortet?«, fragte Dodger.

Solomon seufzte theatralisch, als fühle er sich von der Frage herausgefordert, dann lächelte er und erwiderte: »*Mmm*, Gott sagte zu mir: ›Ich verstehe, Solomon, gib mir Bescheid, wenn du es dir anders überlegst.‹ Damit war ich recht zufrieden, denn ich hatte meine Meinung gesagt, und die Welt war besser, und jetzt befinde ich mich an einem recht schmutzigen Ort, bin aber frei. Und es steht mir zu, Schweinefleisch zu essen, wenn Gott es mir anbietet.«

Solomon wandte sich wieder seiner Arbeit zu. »Ich stelle Zahnräder für diese Uhr her, mein Junge, was mich sehr in Anspruch nimmt und eine gute Koordination von Hand und

Auge erfordert. Gleichzeitig ist es eine beruhigende Tätigkeit, und deshalb freue ich mich auf die Zahnräder. Es bedeutet, dass ich der Zeit helfe, sich selbst zu kennen, so wie sie meine Zukunft kennt.«

Stille folgte diesen Worten, abgesehen von den Geräuschen, die Solomons Werkzeuge verursachten, und das war Dodger nur recht, denn er wusste nicht, was er darauf erwidern sollte. Er fragte sich, ob es daran lag, dass Solomon Jude war, oder vielleicht an seinem Alter oder an beidem zusammen. »Ich möchte ein bisschen nachdenken, wenn es dir recht ist«, sagte er schließlich. »Natürlich ziehe ich mich um.«

Dodger glaubte nämlich, dass er beim Toshen am besten nachdenken konnte. In der vergangenen Nacht hatte es geregnet, aber nicht allzu heftig, und nun wünschte er sich ein wenig Zeit, ohne sie mit jemand anderem teilen zu müssen.

Solomon winkte ihn fort. »Geh nur, Junge! Und bitte nimm Onan mit …«

Etwas später und ein ganzes Stück von der Mansarde entfernt wurde ein Gullydeckel angehoben, und Dodger sank dankbar in seine Welt hinunter. Wegen des Regens war es nicht allzu schlimm, und es gab noch etwas Tageslicht. Außerdem hörte er Echos. O ja, die Echos – es war erstaunlich, was die Tunnel und Röhren empfingen, und Stimmen trugen manchmal sehr weit. Jeder Ton verließ seinen sterbenden Geist und tanzte wer weiß wie weit.

Und dann die Geräusche von der Straße. Manchmal konnte man ein Gespräch verfolgen, das in der Nähe eines Abflusses stattfand – dann redeten oben die Leute, ohne etwas vom unten verborgenen Tosher zu ahnen. Einmal hatte Dodger gehört, wie eine Dame aus einer Kutsche gestiegen und gestolpert war, was dazu geführt hatte, dass ihre Handtasche zu Boden fiel und sich öffnete. Wie es ein glücklicher Zufall wollte, rollte ein Teil des Gelds in den nahen Abfluss. Der junge Dodger hatte die Rufe gehört, ebenso die Verwünschungen, die dem Kutscher galten, dessen Schuld nach Ansicht der Dame darin bestand, die Kutschentür nicht richtig offen gehalten zu haben. Wie Manna vom Himmel fielen ihm ein halber Sovereign, zwei halbe Kronen, eine Sixpence-Münze, vier Pennys und ein Viertelpenny in die Hände.

Zu jener Zeit hatte er sich über den Viertelpenny geärgert. Was fing eine große Dame, die eine eigene Kutsche besaß, mit einem Viertelpenny in ihrer Tasche an? Viertelpennys waren für arme Leute, und das galt erst recht für halbe Viertelpennys.

So gute Tage bekam man nicht oft, doch es waren nicht die Tage, die der Kanalisation geisterhaftes Leben verliehen, sondern die Nächte. Tosher mochten Nächte mit schwachem Mondschein. Wenn sie nachts nach unten stiegen, nahmen sie manchmal eine dunkle Laterne mit: eine mit einer Klappe, die geschlossen werden konnte, wenn man nicht gesehen werden wollte. Doch solche Laternen waren teuer und sperrig, und Tosher mussten manchmal sehr schnell sein.

Dort unten im Dunkeln gab es nicht nur gute, ehrliche Tosher, o nein! Natürlich musste man mit Ratten rechnen, denn immerhin war die Kanalisation ihr Zuhause. Sie waren nicht gerade versessen darauf, einem zu begegnen, und man wollte ihnen nicht über den Weg laufen, aber nach den Ratten kamen die Rattenfänger, die die Tiere für Hundekämpfe einfingen.

Und dann gab es da noch wahrhaft Schreckliches …

An vielen Stellen in der Stadt war die Kanalisation offen und oberirdisch, und manche Abwasserkanäle versuchten sich dort als Flüsse auszugeben. Das hieß: Was zu schwimmen oder zu rollen imstande war, konnte mitten in der Nacht hineingeraten, ob freiwillig oder nicht, und darin festsitzen. Ein vernünftiger Tosher hielt sich von solchen Gegenden fern, aber es gab andere Leute, die die Abgeschiedenheit der Kanalisation für eigene Zwecke nutzten. Leute, denen nicht unbedingt daran lag, Toshern Grässliches anzutun, die sich aber durchaus dazu hinreißen ließen, wenn sie in der richtigen Stimmung waren, nur aus Spaß.

Sie lachten gern …

Dodgers Gedanken kehrten zu Marie Jos Begegnung mit dem Fremden zurück. Jemand, der wie ein Anwalt aussah, erkundigte sich nach jemandem namens Dodger. Und Marie Jo war eine schlaue, gerissene Frau; andernfalls hätte sie nicht überlebt.

Diese Gedanken breiteten sich wie die auflaufende Flut (immer ein Ärgernis für Tosher in der Nähe der Themse) in seinem Gehirn aus. Und eine Antwort präsentierte sich ihm.

Dies war sein Reich. Er kannte jeden einzelnen Abwasserkanal, den Atem der Stadt, alle kleinen Schlupflöcher, die man nur dann sah, wenn man wusste, wohin es zu sehen galt, die halb abgetrennten Winkel und Ecken, die allen anderen verborgen blieben. Ganz ehrlich, er fand sich allein anhand der Gerüche zurecht und wusste genau, wo er sich gerade aufhielt. Wenn jemand nach mir sucht, dachte er, wenn ich gegen jemanden kämpfen muss, dann in meinem Revier. Ich bin Dodger – hier unten werde ich mit allem fertig.

Derzeit war die Luft im Tunnel mehr oder weniger süß – im Vergleich zu den Dingen, die alles andere als süß waren, mit der möglichen Ausnahme von Onan, der natürlich seine eigenen Gerüche mitgebracht hatte. Dodger stieß den aus zwei Tönen bestehenden Pfiff aus, den jeder Tosher kannte, und horchte auf eine Antwort. Es blieb still – derzeit hatte er diesen Bereich ganz für sich allein.

Innerhalb weniger Meter fand er eine Krawattennadel und

einen Viertelpenny. Das Glück begleitete ihn, und er fragte sich, ob dies an seiner jüngsten guten Tat lag. Als ihm dieser Gedanke durch den Kopf ging, schnüffelte Onan plötzlich bei einem halb umgestürzten Haufen alter Backsteine herum und winselte. Dodger hörte ein *Klink*, als Onans Schnauze etwas berührte. Wenige Sekunden später hatte der Hund etwas Goldenes im Maul: einen Ring mit einem großen Edelstein. Mindestens einen Sovereign wert.

Guter alter Onan! Und ein Dank an die Lady. Nun, etwas geschah oder geschah nicht – das war alles, wie Dodger wusste. Man konnte sich um den Verstand bringen, wenn man es anders sah.

In der Düsternis, bei der Suche in den Tunneln, den Geräuschen der Welt über ihm lauschend, war Dodger in seinem Element und glücklich.

Was man von gewissen anderen Leuten nicht behaupten konnte …

Es brannten viele Kerzen in diesem Raum, aber keine von ihnen erhellte das Gesicht des Mannes, der beim Wandteppich saß. Das beunruhigte den anderen Mann, den seine besonderen Kunden unter dem Namen *Schlauer Bob* kannten – einem Namen, den er bei gewöhnlichen, legalen Geschäften gewiss nicht benutzte. Eigentlich wollte er seine Auftraggeber immer sehen. Andererseits liebte er auch Goldmünzen, und ihr Anblick beunruhigte ihn nicht im Geringsten, sondern erfreute ihn ganz im Gegenteil. Jetzt lagen zwei dieser Münzen auf einem niedrigen Tisch – eine Lampe zeigte sie ihm, wie sie im Lichtschein glänzten. Er hatte sie noch nicht an sich genommen, weil er dachte: Wenn ich danach greife, bevor mich diese unglaublich vornehme Stimme dazu auffordert, kriege ich zweifellos was auf die Hand, und vielleicht nicht nur darauf.

Die Örtlichkeit gefiel ihm nicht. Es gefiel ihm nicht, einige Zeit mit verbundenen Augen in einer klappernden Kutsche sitzen zu müssen, in Gesellschaft eines Mannes, der mit ausländischem Akzent sprach und ihn unmissverständlich darauf hingewiesen hatte, dass es unangenehme Folgen für ihn hätte, wenn er die Augenbinde abzunehmen versuchte. Letztendlich behagte es ihm auch nicht, für Leute mit ausländischem Akzent zu arbeiten. Denen konnte man nicht trauen. Besser waren Geschäfte mit guten, ehrlichen, gottesfürchtigen Engländern – der Schlaue Bob wusste, wie man mit ihnen zurechtkam. Es hatte ihm auch nicht gefallen, dass die Kutsche immer wieder neue Richtungen eingeschlagen hatte, wie ein Dieb auf der Flucht. Und noch weniger gefiel es ihm, dass ihn nach diesem Gespräch eine weitere derartige Fahrt erwartete.

Dies war eine vornehme Örtlichkeit, so viel stand fest; hier roch es sogar vornehm. Gelegentlich kamen Leute an ihm vorbei, und das ärgerte ihn, denn er wagte den Kopf nicht zu wenden. Ihm wurde unheimlich zumute. Seit zehn Minuten wartete er darauf, dass der Mann im Dunkeln etwas sagte. Wortlos war der Fremde an ihm vorbeigegangen und hatte auf einem gepolsterten Stuhl Platz genommen, der ebenso wie er selbst ein Schatten innerhalb von Schatten blieb. Nur das leise Knarren von Leder hatte darauf hingewiesen, dass sich dort jemand hinsetzte, ein Knarren, wie man es nur von besonders gutem Leder erwarten durfte. Der Schlaue Bob erkannte einen guten Stuhl, sobald er ihn hörte, denn er war schon des Öfteren in den Häusern der Mächtigen gewesen, wenn auch aus anderem Anlass.

Jetzt bewegte sich etwas, und der Mann hinter den Kerzenflammen, der nicht gesehen werden wollte, hob zu sprechen an. Was den Schlauen Bob erstaunlicherweise nicht erleichterte, sondern nur noch mehr beunruhigte. Er hatte das schreckliche Gefühl, früher oder später seine Blase entleeren zu müssen.

Das hätte er fast getan, als plötzlich die Stimme des Fremden zu hören war. »Also, Mister Schlauer Robert, wenn ich mich recht entsinne, versicherten uns Ihre Männer, dass sie mit einer einfachen jungen Frau problemlos fertigwürden. Und doch, so scheint es, ist Ihnen die Betreffende zweimal entkommen, und nur einmal haben Sie es geschafft, sie einzufangen. Das ist, mit Verlaub, keine besonders gute Leistung, oder irre ich mich?«

Beim Klang der Stimme stieg die innere Unruhe des Schlauen Bob noch weiter an. Der Mann sprach Englisch, aber es war kein richtiges Englisch, sondern ein Englisch, das ein Ausländer fehlerfrei erlernt hatte, allerdings ohne die vielen kleinen Eigenheiten, die zum Sprachgebrauch eines Einheimischen gehörten. Es war zu gutes Englisch. Zu makellos, ohne die Fehler und Mängel, die Muttersprachler in ihre Konversation einstreuten. Der Schlaue Bob saß in seiner Lache der Dunkelheit – und derzeit war es glücklicherweise noch die einzige Lache – und entgegnete: »Nun, Sir, wir hatten eine mehr oder weniger hilflose junge Dame erwartet, aber sie konnte verdammt fest zuschlagen, Sir, fest genug, um einen meiner Jungs ins Reich der Träume zu schicken. Und er ist ein Boxer, Sir! Sie war schnell und schlau, Sir, kämpfte wie wild, Sir, und Sie haben ja gesagt, dass Sie sie heil zurück aufs Schiff wollten. Leider wollten auch meine Jungs in einem Stück heimkehren. Mit einer solchen Frau hätten sie es nie zuvor zu tun gehabt, meinten sie, wie sie trat und spuckte und schlug, aber so richtig, und einer meiner Jungs geht jetzt schief und hat ein blaues Auge, und ein anderer hat zwei gebrochene Finger. Ich meine, das erste Mal hat sie uns überrascht, aber dabei lief sie nur weg, und meine Leute konnten sie einfangen und in der Kutsche fesseln. Dadurch waren wir natürlich zu spät fürs Schiff, und deshalb wollten wir sie zu Ihnen bringen.«

Der Schlaue Bob wähnte sich in dieser Beziehung auf nicht ganz so dünnem Eis, denn immerhin war dies nicht seine Schuld.

»Wie ich Ihrem Kollegen zuvor gesagt habe, Sir«, fuhr er fort, »beim zweiten Versuch hätte alles geklappt, aber sie trat plötzlich die Tür auf und sprang mitten in dem schrecklichen Unwetter hinaus. Ihr Kutscher konnte die Pferde nicht anhalten, Sir, nicht bei dem Wetter. Sehr ungewöhnliche Umstände. Schwer vorherzusehen.«

In der Stille, die diesen Worten folgte, war zu hören, wie eine Seite umgeblättert wurde. Dann erhob sich die Stimme des Fremden abermals. »Allem Anschein nach, Mister Robert, hat eine Person namens …«, Papier knisterte, »… Dodger zwei Ihrer Männer verletzt und einen von ihnen beinahe im Rinnstein ertränkt. Mir scheint, dass wir vielleicht ihn in unsere Dienste nehmen sollten.«

Der Mann, der sich gern als Schlauer Bob bezeichnete, sich derzeit aber nicht besonders schlau fühlte, erwiderte: »Ich kann Ihnen noch immer helfen, Sir, wobei wir berücksichtigen sollten, dass Sie mir bereits einiges schulden – dafür, dass ich die junge Frau ausfindig gemacht habe. Ich glaube, die betreffende Rechnung hat Sie schon vor einer ganzen Weile erreicht …«

Der Fremde ging auf die letzten Worte nicht ein und sagte: »Ich möchte annehmen, dass Sie in Bezug auf diese kleinen Schwierigkeiten Neues zu berichten haben. Soweit ich weiß, gibt es noch mehr über diesen Unruhestifter zu vermelden, nicht wahr? Bitte seien Sie so freundlich und klären Sie mich auf!«

»Er hat sich umgehört, Sir«, antwortete der Schlaue Bob. »Und er ist dabei sehr methodisch vorgegangen.«

Der Schlaue Bob war mit *methodisch* als Beschreibung zufrieden, aber weniger zufrieden war er mit den seiner Meinung nach unverhältnismäßig scharfen Worten, die der Fremde plötzlich an ihn richtete: »Gütiger Himmel, Mann, können Sie nicht ein wenig Eigeninitiative entwickeln?«

Der Schlaue Bob wusste, was Initiative war, und er wusste auch, dass ihm derzeit eigene fehlte. Hoffnungsvoll sagte er: »Der Junge, der die Fragen gestellt hat, ist nicht unbedingt ein Niemand, wenn Sie verstehen, was ich meine. Er hat Kontakte auf der Straße, was alles ein bisschen schwieriger macht.«

Die Stimme des Mannes im Dunkeln klang zornig, und das tat der Blase des Schlauen Bob ganz und gar nicht gut. Die Situation wurde nicht besser, als der Fremde fragte: »Arbeitet er für einen Polizisten, für einen Peeler, wie Sie diese Leute nennen?«

Ein Peeler! Wie seltsam dieses Wort aus dem Mund eines vornehmen Fremden klang und wie unpassend in einer Räumlichkeit wie dieser! Die verdammten, dreimal verfluchten Peeler! Man konnte sie nicht bestechen, man konnte keine Freundschaft mit ihnen schließen – nicht wie mit den alten Bow-Street-Runnern –, und die meisten der neuen Jungs waren Kriegsveteranen. Wenn man an einigen der letzten Kriege teilgenommen und noch alle seine Körperteile beisammen hatte, so bedeutete das, dass man entweder ein harter Bursche war oder sehr, sehr viel Glück gehabt hatte. Der verdammte Mister Peel schickte sie überallhin, damit sie sich in alles einmischten, und die Burschen ließen überhaupt nicht mit sich reden, es sei denn, man sagte: *Schon gut, ich leiste keinen Widerstand, ich komme brav mit.* Man konnte Zeter und Mordio schreien und sich die Augen aus dem Kopf heulen, wenn man bei den Peelern aneckte, aber sie halfen einem nicht mal dabei, die Augen wieder in den Kopf zu kriegen. Und sie soffen wie Löcher und brüllten wie der Teufel und waren niemandes Freund – was auch, und das war erstaunlich genug, für die feinen Pinkel galt. Es galt erst recht für Leute wie den Schlauen Bob, die am Rand der Legalität lebten und sich bisher auf das ... nun ... Verständnis der guten alten Bow-Street-Boys verlassen hatten, vor allem wenn Geld den Besitzer wechselte.

Wie kam man mit Männern wie den Peelern klar, die niemanden respektierten als Sir Robert Peel selbst? Allein der Gedanke an sie bescherte der Blase des Schlauen Bob ein weiteres Problem. Ein bisschen Furcht rann ihm übers Bein, als er vorsichtig sagte: »Nein, Sir, er arbeitet nicht für die Peeler, Sir. Er ist einfach nur ein Junge, Sir, aber er kann auch ein Geezer sein, wenn Sie verstehen.«

Diese Worte bewirkten eine frostige Stille. »Nein, ich verstehe nicht, Mister Bob«, sagte der Fremde schließlich. »Leider bin ich mit diesem Begriff nicht vertraut. Bitte erläutern Sie mir die Bedeutung von Geezer!« Das letzte Wort klang so, als zöge der Sprecher eine tote Maus aus seiner Suppe – oder besser noch: eine halbe tote Maus.

Der Schlaue Bob – dem immer klarer wurde, dass nur die Hälfte seines Namens stimmte – dachte angestrengt nach. Wussten nicht alle, was ein Geezer war? Natürlich wussten es alle. Nun ja, zumindest wussten es alle Londoner. Ein Geezer war ... ein Geezer. Ebenso gut konnte man fragen: Was ist ein Pint? Oder: Was ist die Sonne? Ein Geezer war ein Geezer. Allerdings dämmerte es Bob, dass er noch ein wenig an der Definition arbeiten musste, bevor er sie der gefährlichen Stimme im Dunkeln anbieten konnte.

Er räusperte sich und erwiderte: »Ein Geezer ... Nun, ein Geezer ist einer, den alle kennen und der seinerseits alle kennt, und vielleicht weiß er etwas über jeden und weiß, dass es jedem lieber wäre, wenn er's nicht wüsste. Äh ... und außerdem ist er gewieft und schlau, nicht unbedingt ein Dieb, aber einer, in dessen Händen manchmal Dinge erscheinen. Hat nichts gegen ein bisschen Unfug und Schalk einzuwenden und kennt die Straße wie seine Westentasche. Was Dodger betrifft ... Nun, Dodger ist auch ein Tosher, einer, der in der Kanalisation nach Münzen und anderen Fundstücken sucht, die hinuntergespült wurden.« Bei den letzten Worten wuchs Bobs Unbehagen, aber er fügte hinzu: »Was ich damit sagen möchte, Sir, ist Folgendes: Er ist so etwas wie ein Dreh- und Angelpunkt, könnte man sagen, jemand, der alles ein bisschen aufmischt, wenn Sie verstehen. Und in letzter Zeit pflegt er Umgang mit feinen Herrschaften.«

Der Schlaue Bob schwitzte, rutschte verzweifelt auf seinem Stuhl hin und her und erwartete das Urteil des Fremden. Über dem rasenden Pochen seines Herzens hörte er ein Flüstern hinter dem Kerzenschein. Der Fremde war also nicht allein! Bob wurde noch unruhiger – dies alles gefiel ihm immer weniger.

»Wir interessieren uns nicht für solche Leute; sie können gefährlich werden«, erklärte der Fremde schließlich. »Allerdings, wenn dieser Dodger Fragen über die junge Frau stellt, dann macht er sie vielleicht ausfindig oder erfährt, wo sie sich aufhält. Daher erwarte ich von Ihnen, dass Sie ihn die ganze Zeit über beschatten lassen, verstanden? Und natürlich darf er keinesfalls merken, dass er unter Beobachtung steht. Habe ich mich klar genug ausgedrückt, Mister Robert? Für gewöhnlich ist dies der Fall. Wir haben es hier mit einer äußerst delikaten Angelegenheit zu tun, und ich wäre tief enttäuscht, wenn der Fall zu keinem befriedigenden Abschluss gebracht würde. Ich möchte keine Einzelheiten nennen, aber Ihnen dürfte klar sein, welch unangenehme Folgen ein Fehlschlag für Sie hätte, nicht wahr? Wir wollen die junge Frau, Mister Bob. Wir wollen sie zurück.

Einer meiner Mitarbeiter wird Sie nun sanft am Arm ergreifen, Mister Bob, und zu einem Ort führen, wo Sie gewisse Erleichterung finden. Die beiden Goldmünzen nehmen Sie bitte als Zeichen unseres guten Willens entgegen. Wir vertrauen darauf, dass Sie sich das Geld verdienen.«

Das Gold eines Ausländers ist so gut wie jedes andere, dachte der Schlaue Bob. Aber mit Ausländern konnte man Probleme kriegen, und er würde aufatmen, wenn er die ganze Sache hinter sich gebracht hätte.

Nachdem er die beiden Münzen genommen und sich in der Latrine erleichtert hatte, wurde der Schlaue Bob wieder in die verdammte Kutsche verfrachtet, die ihn – so fühlte es sich an – einmal um ganz London herumfuhr, bevor man ihn recht unsanft in der Nähe seines Büros absetzte. Während der ganzen Heimreise und auch später hatte er den Kopf voller Gedanken an einen Jungen namens Dodger.

Einer der unsichtbaren Herren, die im Dunkeln gesessen hatten, beugte sich vor und wandte sich in seiner Muttersprache an den Mann, der mit dem Schlauen Bob gesprochen hatte. »Sind Sie *ganz* sicher, was diesen Mann betrifft, Sir? Immerhin könnten wir den Ausländer in unsere Dienste nehmen. Ich habe mich erkundigt – er ist derzeit frei.«

»Nein. Der Ausländer richtet manchmal ziemlich viel Unordnung an, und es könnte gefährlich werden – politisch –, wenn bekannt wird, dass wir auf ihn zurückgegriffen haben. Wir sollten vermeiden, einen ... Zwischenfall zu riskieren. Nein, der Ausländer ist unser letztes Mittel. Ich habe gehört, was er mit der Familie des griechischen Botschafters angestellt hat – das war höchst ungebührlich. Es fällt mir nicht im Traum ein, nach seinesgleichen zu schicken, bevor nicht alle anderen Möglichkeiten ausgeschöpft sind. Wenn dieser Unruhestifter darauf beharrt, weiterhin Unruhe zu stiften oder andere in die Angelegenheit zu verwickeln ... Nun, dann müssen wir dies vielleicht überdenken. Einstweilen fahren wir damit fort, die Hilfe des als schlau geltenden Mister Robert in Anspruch zu nehmen. Es kann ihm doch nicht so schwerfallen, eine junge Frau zu finden und einen schmutzigen kleinen Gassenjungen zu beobachten, oder? Später können wir ihn immer noch loswerden, wenn er … zu einer Belastung wird.«

7

Dodger wird rasiert und (erneut!) zum Helden; Charlie bekommt eine Geschichte – und eine ramponierte Hose

Dodger kehrte heim und wusch sich Gesicht und Hände, während Solomon die Schweinefleischkasserolle auftischte. Solomon erzählte viel aus seiner Zeit in fremden Ländern, aber eins stand fest: Bei seinen Reisen hatte er gut Kochen gelernt und verwendete Gewürze, deren Namen Dodger noch nie gehört hatte.

Einmal hatte er Solomon gefragt, warum er letztendlich nach England gekommen sei, und der alte Mann hatte geantwortet: »Mmm, mir scheint, dass alle Regierungen, wenn sie unter Druck geraten, auf ihr eigenes Volk schießen lassen, aber in England muss die Regierung erst um Erlaubnis fragen. Außerdem kümmern sich die Leute hier nicht darum, was man so treibt, solange man dabei nicht zu laut ist. Mmm, das mag ich an diesem Land.« Er hatte eine kurze Pause eingelegt. »Als ich einmal wie so oft auf der Flucht war, bin ich einem recht haarigen jungen Mann begegnet, der mir versicherte, eines Tages werde sich alles ändern. Zu jener Zeit versteckten wir uns vor den Kosaken. Manchmal frage ich mich, was mmm aus dem jungen Karl geworden sein mag …«

Nach der köstlichen Mahlzeit gingen Solomon und Dodger mit Onan spazieren, während die Sonne dem Horizont entgegensank. Zu beobachten, wie Solomon abschloss, war immer ein Erlebnis. Die Treppe zur Mansarde war steil und wackelig wie das ganze übrige Haus, aber wenn man zu der kleinen Mansardenwohnung gelangte, bemerkte man den Unterschied: die Stahlarmierung an der Tür, das Schloss, das ganz einfach aussah, in Wirklichkeit aber sehr kompliziert war – Solomon hatte es selbst konstruiert. Eine kleine Armee wäre für einen Einbruch nötig gewesen, und selbst Dodger musste ein bestimmtes Klopfzeichen geben, bevor Solomon ihm die Tür öffnete. Er hatte ihn nach dem Grund für diese Mühen gefragt, und der alte Mann hatte geantwortet: »Ich habe meine Lektion gelernt, junger Freund.« Und dabei beließ er es.

Im honigfarbenen Schein der Abendsonne schienen die Straßen aus einer Märchenwelt zu stammen, allerdings nur ganz entfernt, wie hinzugefügt werden muss. Doch die Sonne schien die Stadt vom Hickhack und den Beleidigungen des Tages zu heilen, obgleich es noch immer einige Verkaufsstände gab, deren Eigentümer Lampen anzündeten, als das Tageslicht schwand. Alles war ruhig und friedlich. Aber man wusste natürlich, dass es sich nur um einen Schichtwechsel handelte, denn die Nachtmenschen folgten den Tagmenschen, so wie ... nun, die Nacht dem Tag folgt, obwohl der Tag im Allgemeinen nicht versucht, der Nacht die Brieftasche zu klauen.

Bei einem Getränkeladen genehmigten sich Solomon und Dodger ein Bier und gaben auch Onan ein bisschen davon zu trinken. Dodger erzählte von Onans Fund in der Kanalisation und wies darauf hin, dass er am nächsten Tag zu den Mayhews zurück wollte, um Simplicity wenn möglich auszuführen und ein wenig mit ihr durch die Stadt zu schlendern. Müde geworden, kehrten sie schließlich zur Mansarde zurück.

Unterwegs bemerkte Dodger etwas Helles, das durch die

schmutzige Luft schien. »Was ist das, Sol?«, fragte er. »Vielleicht ein Engel?«

Es sollte eigentlich nur ein Scherz sein, aber Solomon erwiderte: »Mmm, meine Erfahrungen mit Engeln sind ein wenig begrenzt, mein Junge, obwohl ich an ihre Existenz glaube mmm. Doch dieser besondere Engel dürfte der Jupiter sein, wenn ich mich nicht sehr irre.«

Dodger betrachtete den hellen Lichtpunkt. »Was hat es damit auf sich?« Solomon erzählte ihm immer wieder von irgendwelchen Dingen, aber dies war eindeutig etwas Neues.

»Das weißt du nicht? Jupiter ist eine riesige Welt, viel größer als die Erde.«

Dodger bekam große Augen. »Du meinst, Jupiter ist eine Welt, auf der Menschen leben?«

»Mmm, ich glaube, in diesem Punkt hat die astronomische Wissenschaft noch keine Gewissheit erlangt mmm, aber ich schätze, das dürfte der Fall sein, denn welchen Sinn hätte eine solche Welt sonst? Und ich möchte hinzufügen mmm, dass Jupiter nur einer von vielen Planeten ist – womit ich Welten meine –, die die Sonne umkreisen.«

»Was? Ich dachte, die Sonne umkreist uns. Ich meine, man kann sie dabei beobachten, ist doch ganz klar.«

Dodger war verwirrt, und Solomon sagte langsam und bedächtig: »Mmm, es gibt keinen Zweifel daran, dass die Erde die Sonne umkreist; das steht schon seit einer ganzen Weile fest. Vielleicht sollte ich noch erwähnen, dass der Planet Jupiter vier Monde hat, die ihn umkreisen, so wie unser Mond die Erde.«

»Was soll das heißen? Du hast doch gerade gesagt, dass wir die Sonne umkreisen? Wohin fliegt dann der Mond? Etwa auch um die Sonne?«

»Ja, der Mond fliegt um die Erde, und gemeinsam fliegen sie um die Sonne, in der Tat mmm, und das mit den Jupitermonden stimmt, kann ich dir versichern, denn ich habe sie selbst durch ein Teleskop gesehen, als ich in Holland war.«

Dodger befürchtete, dass ihm gleich der Kopf platzte. Was für eine Neuigkeit! Man stand auf, man ging herum, und man glaubte, alles zu wissen, und plötzlich stellte sich heraus, dass sich oben am Himmel alles wie ein Kreisel drehte. Fast empörte es ihn, dass er nicht schon zuvor in dieses Geheimnis eingeweiht worden war, und als sie den Weg fortsetzten, hörte er Solomon aufmerksam zu, der ihm so viel über Astronomie erzählte, wie ihm einfiel. Schließlich fragte Dodger: »Können wir eine dieser Welten erreichen?«

»Mmm, das ist sehr unwahrscheinlich, mein Junge, sie sind weit entfernt.«

Dodger zögerte. »Vielleicht so weit entfernt wie Bristol?« Er hatte von Bristol gehört. Es sollte eine große Hafenstadt sein, aber nicht so groß wie London.

Solomon seufzte und erwiderte: »Leider sind die Planeten noch viel, viel weiter entfernt als Bristol, sogar noch weiter als das Van-Diemens-Land, und das dürfte die am weitesten entfernte Gegend sein, die sich von hier aus erreichen lässt, denn sie befindet sich auf der anderen Seite der Erde.«

Dodger gewann den Eindruck, dass alles, was ihm Solomon erzählte, wie eine silberne Nadel in ihm stecken blieb, die nicht wehtat, aber ihn mit einem seltsamen Summen erfüllte. Nach und nach sah er eine Welt, die sich weiter über die Tunnel unter den Straßen hinaus erstreckte, eine Welt voller Dinge, die er nicht kannte. Von der Existenz vieler dieser Dinge hatte er bisher nichts gewusst, und er begriff plötzlich, dass er darüber Bescheid wissen wollte. Er fragte sich auch, ob Simplicity größeren Gefallen an einem Mann fände, der sich mit all diesen Seltsamkeiten auskannte, und dieser Gedanke machte ihm klar, wie sehr er sich auf ein Wiedersehen mit ihr freute.

Als sie die Treppe hochstiegen, sagte Solomon: »Wenn du mit Buchstaben besser zurechtkämst, Dodger, könnte ich dich mit den Werken von Sir Isaac Newton vertraut machen. Und jetzt lass uns eintreten, denn allmählich setzt mir die feuchte Kälte zu. *Mmm*, du hast mich vor einer Weile nach Engeln gefragt, die *mmm* Boten sind, und deshalb glaube ich: Was auch immer dir Informationen überbringt, es könnte Engel genannt werden, mein lieber Dodger.«

»Ich dachte, es sind Boten von Gott.«

Solomon seufzte einmal mehr, als er mit der Prozedur des Aufschließens begann. »*Mmm*, nun, wenn du eines Tages vom Dreckwühlen genug hast, könnte ich dir von den Werken Spinozas erzählen. Der war ein Philosoph, und was er schrieb, würde zweifellos deinen Horizont erweitern, und Platz dafür gibt es in deinem Kopf genug, soweit ich das erkennen kann. Du würdest das Konzept des Atheismus kennenlernen, das den Glauben an Gott infrage stellt. Was mich betrifft … manchmal glaube ich an Gott und manchmal nicht.«

»Ist das erlaubt?«, fragte Dodger.

Solomon öffnete die Tür und verriegelte sie hinter ihnen wieder. »Du hast noch immer nicht die besondere Vereinbarung verstanden, die das jüdische Volk mit Gott getroffen hat.« Er betrachtete Onan und fügte hinzu: »Wir stimmen nicht immer überein. Du fragst nach Engeln, und ich spreche von Menschen. Warum zum Beispiel glauben die Menschen, dass es Liebe nur bei ihnen geben könnte? Wo Liebe existiert, muss es auch *mmm* eine Seele geben, doch seltsamerweise scheint Gott davon auszugehen, dass nur Menschen eine Seele haben. Ich habe ihm lange erklärt, warum er seinen Standpunkt noch einmal überdenken sollte, und Anlass dafür war eine Begegnung mit einem zornigen Herrn, der eine Eisenstange in der Hand hielt und die Ansicht vertrat, dass alle Juden sterben sollten – eine Einstellung, der ich leider recht häufig begegnet bin. Onan war damals kaum mehr als ein Welpe und biss besagten Herrn mutig in eine empfindliche Stelle, was ihn ablenkte und mir Gelegenheit gab, ihn mit einem kleinen Trick, den ich in Paris gelernt hatte, zu Boden zu schicken. Wer will behaupten, dass Onan mir nicht aus Liebe Hilfe leistete, um Schaden von mir abzuwenden, mit dem Ergebnis, dass er für seine Selbstlosigkeit die Tritte bekam, die ihn vermutlich zu dem Hund gemacht haben, der er heute ist. Mmm, und jetzt bin ich rechtschaffen müde und möchte das Licht löschen.«

In der Düsternis streckte sich Dodger auf seiner Matratze aus. Onan beobachtete ihn in der Hoffnung, dass diese Nacht vielleicht kalt genug war, um Dodger zu bewegen, seine Matratze mit einem ziemlich übel riechenden Hund zu teilen. In seinem Blick lag die bedingungslose Liebe, zu der nur ein Hund fähig ist – und natürlich ein Hund mit einer Seele. Doch Onan war auf hoffnungslose Weise Hund, was seine Metaphysik weitaus weniger kompliziert machte als die von Menschen, obwohl er manchmal in eine Krise geriet, weil er zwei Götter zu verehren hatte: den alten, der nach Seife roch, und den jungen, der auf herrliche Weise nach allem anderen roch, insbesondere wenn er vom Toshen heimkehrte – dann war er für Onan wie ein Regenbogen voller Kaleidoskope. Jetzt nagelte der hoffnungsvolle Hund Dodger mit der Aufrichtigkeit seiner Liebe regelrecht fest, und Dodger gab nach – wie immer.

Der kleine Raum war still und dunkel, abgesehen von Solomons leisem Schnarchen und dem grauen Licht, das es schaffte, durch das schmutzige Fenster zu filtern, und dem Geruch von Onan, dem es auf höchst eigentümliche Weise gelang, sich fast Gehör zu verschaffen.

Draußen auf der Straße hielt ein Mann Ausschau, der

hoffte, zwei Männer zu sein, denn einer allein konnte sich am nächsten Morgen leicht tot wiederfinden. Falls ein Toter dazu in der Lage war, sich über den eigenen Tod klarzuwerden – wobei es sich um eins der Rätsel handelte, die Solomon gefallen hätten.

In der Mansarde schlief Dodger, und in seinen Träumen lauschte er den Planeten, wie sie weit droben über ihm dahinzogen, gelegentlich begleitet von einer jungen Frau mit goldenem Haar.

Am nächsten Morgen stand Dodger noch früher auf als Solomon. Gewöhnlich hatte er keine Pläne für den Tag und blieb so lange unter der Decke, bis ihm Onans Zunge über das Gesicht strich, und er wollte nicht, dass so etwas mehr als einmal geschah.

Solomon sagte nichts, aber Dodger bemerkte sein leichtes Lächeln, als er die Suppe aufwärmte, die es zum Frühstück geben sollte. Mit seiner Magie und den Kontakten in Covent Garden konnte Solomon gewöhnlichen Brei in die delikateste Suppe verwandeln, die Dodgers Meinung nach kaum zu übertreffen war, nicht einmal von Marie Jos Kochkünsten. Dennoch legte Dodger seinen Löffel beiseite.

»Das war sehr lecker, Sol, danke, aber ich muss gehen.«

»Mmm, nicht ohne dass du deine Stiefel geputzt hast, auf keinen Fall. Du bist mittlerweile fast ein Gentleman, zumindest bei schlechtem Licht, und außerdem mit einer wichtigen Mission beauftragt. Deshalb musst du so gut wie möglich aussehen, erst recht heute Nachmittag, wenn du wieder Miss Simplicity besuchst. Für einen Angehörigen des auserwählten Volks ist es schwer genug, in dieser Stadt zu leben, selbst wenn man ihm nicht vorwerfen kann, einen Jungen wie dich ohne angemessene Kleidung loszuschicken – es würde nicht lange dauern, bis die Leute wieder Steine auf das Gebäude werfen würden. Mach deinen Anzug bloß nicht schmutzig! Ich möchte keinen Flecken sehen, wenn du zurückkehrst. Und jetzt deine Stiefel!« Solomon öffnete eine seiner Schatullen, reichte Dodger einen kleinen Metallbehälter und sagte: »Dies ist richtige Schuhcreme, riecht sogar gut *mmm*, nicht wie das verflixte Schweinefett, das du benutzt. Du wirst ein wenig Armschmalz benötigen, um deine gebrauchten Stiefel zu putzen, damit sie wie neu aussehen und du dein Gesicht darin erkennen kannst. Und dabei fällt mir noch etwas anderes Erwähnenswertes ein. Denn *wenn* du dich im Glanz der richtig geputzten Stiefel siehst, sollte dir klarwerden, dass dein Gesicht ebenfalls aufpoliert werden muss. Offenbar hattest du gestern Abend keine Zeit, es zu waschen.«

Bevor Dodger Einwände erheben konnte, fuhr Solomon fort: »Außerdem muss ich dich darauf hinweisen, dass das, was du für dein Haar hältst, schlimmer aussieht als die Reithose eines Mongolen, und die sieht tatsächlich schlimm aus mit dem vielen Haar und den Yakbrocken – ich glaube, bei besonderen Gelegenheiten verwenden die Mongolen Yakmilch für ihr Haar. Und da ich nicht erneut fliehen und in einem anderen Land Zuflucht suchen möchte, solltest du, nachdem du dich ein bisschen herausgeputzt hast und wie ein halbwegs ordentlicher Christ aussiehst – die Chancen, dass du jemals wie ein Jude aussiehst, mein Junge, sind verschwindend gering –, einen richtigen Friseur aufsuchen und dir von ihm die Haare schneiden und dich rasieren lassen, anstatt dich den Fingern eines alten Mannes anzuvertrauen, die zittrig werden, wenn er müde ist.«

Dodger konnte sich selbst rasieren, auf eher lustlose Art und Weise – obwohl, und das soll an dieser Stelle nicht unerwähnt bleiben, es noch nicht allzu viel zum Rasieren gab –, aber einen richtigen Haarschnitt hatte er noch nie in seinem Leben bekommen. Gewöhnlich erledigte er das selbst, indem er einfach hier und dort ein paar Strähnen mit dem Messer abschnippelte, wobei er Solomon wie einen klugen Spiegel benutzte, der ihm sagte, an welcher Stelle er die Klinge ansetzen musste. Das Ergebnis solcher Bemühungen ließ ein wenig zu wünschen übrig, und vermutlich nicht nur ein wenig, und anschließend kam der Läusekamm zum Einsatz, was recht unangenehm war, aber ein erfolgreiches Mittel gegen das Jucken. Es bereitete ihm eine gewisse Genugtuung, wenn die kleinen Biester zu Boden fielen, wo er sie zertreten konnte. Dann wusste er, dass er zumindest für die nächsten Tage ohne Passagiere war.

Er strich sich mit den Fingern durchs Haar, eine Methode, die Solomon *deutschen Kamm* nannte, und musste zugeben, dass oberhalb seiner Brauen jede Menge Platz für Verbesserungen war. Deshalb sagte er: »Ich weiß, wo ein Friseurladen ist. Ich habe ihn erst gestern gesehen, in der Fleet Street.«

Zeit bleibt mir genug, dachte Dodger, als er den Stiefeln das bereits erwähnte Armschmalz angedeihen ließ, zusammen mit der Schuhcreme. Solomon stand neben ihm, vergewisserte sich, dass er alles richtig machte, und wies darauf hin, dass er die Schuhcreme in Polen gekauft hatte. Die Liste der Länder, die Solomon besucht und schnell wieder verlassen hatte, schien endlos zu sein, und Dodger wollte nicht, das sie seinetwegen noch länger wurde.

Er erinnerte sich daran, wie Solomon einmal einen Bündelrevolver aus einer seiner Schatullen genommen hatte. »Wozu brauchst du den?«, hatte er gefragt, und Solomon hatte geantwortet: »Ich dachte mir, dass ich genug eingesteckt habe. Beim nächsten Mal teile ich auch ein bisschen aus …«

Als der alte Mann die Stiefel als hinreichend sauber befand – und er ließ sich nicht so leicht zufriedenstellen –, machte sich Dodger auf den Weg zur Fleet Street. Die Straßen füllten sich mit Leben, und er war sauber, obwohl in Hinsicht auf den Anzug aus dem Gebrauchtladen einige Zweifel blieben, denn er juckte wie verrückt! Er sah gut aus und wollte lässig und cool wirken, als er durch die Straßen schlenderte, aber fast an jeder Ecke blieb er stehen, um sich zu kratzen. Er rang mit einem Jucken, das ihn verspottete, indem es ständig den Ort wechselte, einmal in seinen Stiefeln steckte und dann hinter den Ohren erschien, um von dort aus in den Schritt zu springen, wo man sich in aller Öffentlichkeit nicht kratzen durfte. Allerdings half es, etwas schneller zu gehen, und ein wenig außer Atem erreichte er schließlich den Friseurladen, den er am vergangenen Tag bemerkt hatte, und zum ersten Mal sah er auf das Namensschild. Es dauerte eine Weile, aber schließlich gelang es ihm, die Aufschrift zu entziffern: *Mr. Sweeney Todd, Bader.*

Er betrat den Laden, in dem sich offenbar keine Kunden aufhielten, und bemerkte einen blassen, recht fahrig wirkenden Mann, der auf dem Friseurstuhl saß und etwas trank, das sich als Kaffee herausstellte. Der Friseur seufzte, als er Dodger sah, klopfte sich die Schürze ab und sagte mit spröder Fröhlichkeit: »Guten Morgen, Sir! Ein wundervoller Morgen! Was kann ich für Sie tun?« Er versuchte sich zumindest an einer fröhlichen Begrüßung, aber es war deutlich zu erkennen, dass er nicht mit dem Herzen bei der Sache war. Nie zuvor hatte Dodger ein so klägliches Gesicht gesehen, außer vielleicht, als Onan sich noch mehr als sonst blamiert hatte, indem er Solomons Abendessen hinunterschlang, als der Mann gerade nicht hinsah.

Mister Todd war eindeutig kein fröhlicher Mensch. Trübsinn schien an ihm zu haften, als hätte ihn die Natur eher dafür geschaffen, der stumme Gehilfe eines Leichenbestatters zu sein, dessen Aufgabe darin bestand, hinter dem Sarg des Verstorbenen herzugehen, respektvolle Trauer zu zeigen und kein Wort zu sagen, weil das zwei Pence extra gekostet hätte. Es wäre nicht so schlimm gewesen, wenn Mister Todd nicht versucht hätte, dagegen anzukämpfen und sich heiter zu geben; ebenso gut hätte man Rouge bei einem Totenkopf auflegen können. Dodger war fasziniert. Vielleicht sind alle Friseure so, dachte er. Immerhin möchte ich nur eine Rasur und einen Haarschnitt.

Nicht ohne ein gewisses Unbehagen setzte er sich auf den Stuhl, und Sweeney wirbelte ein weißes Tuch um ihn, auf eine Weise, die vielleicht theatralisch gewirkt hätte, wenn Sweeney sich darauf verstanden hätte. An dieser Stelle bemerkte Dodger einen undeutlichen, aber beharrlichen Geruch, der von irgendwoher kam. Er berichtete von Moder und war mit den Gerüchen von Seife und Gläsern mit verschiedenen Flüssigkeiten vermischt. Er dachte: Nun, dies ist keine Metzgerei. Ich schätze, der Hausherr ist losgezogen, um was vom Abort zur Kanalisation zu bringen – wenn die Leute das doch nur unterließen!

Ein großer Teil des Tuchs endete an Dodgers Hals, um gleich darauf vom glücklosen Sweeney mit reichlich Entschuldigungen und Beteuerungen, dass so etwas nicht wieder geschehen werde, fortgezogen zu werden. Aber es wiederholte sich doch, gleich zweimal. Schließlich fiel das weiße Tuch auf eine Weise um Dodger, mit der sie beide einigermaßen zufrieden waren, und daraufhin konzentrierte sich der schwitzende Sweeney auf die Arbeit. Irgendwann hatte ihm offenbar jemand gesagt, dass ein Friseur nicht nur gut mit Haar umgehen sollte, sondern auch über einen schier unerschöpflichen Vorrat an Witzen, Anekdoten und Zwerchfellkitzlern verfügen müsse, darunter einige, die – wenn der Herr auf dem Stuhl im richtigen Alter war und solches zu schätzen wusste – auch anzügliche Bemerkungen über junge Frauen enthielten. Doch der Person, die Mister Todd entsprechenden Rat gegeben hatte, war nicht klar gewesen, dass es Sweeney an allem mangelte, was man Bonhomie, Heiterkeit, Zotigkeit oder ganz allgemein Humor nannte.

Dennoch bemerkte Dodger, dass er sich Mühe gab. O ja, er gab sich wahrlich Mühe, während er das Rasiermesser am Streichriemen schärfte. Zwar brachte er immer wieder die Pointen durcheinander, was ihn aber nicht daran hinderte – o Schreck, o Graus –, über seine eigenen verunglückten Witze zu lachen. Aber schließlich war das Rasiermesser scharf genug, und dann gab es da das Problem namens Rasierschaum, worum sich der Friseur kümmerte, nachdem er das Rasiermesser beiseitegelegt hatte, natürlich so, dass die glänzende Klinge nach Norden zeigte, was ihre Schärfe bewahrte.

Dodger saß hilflos auf dem Stuhl und beobachtete das Geschehen mit so etwas wie Ehrfurcht, wobei er nicht nur die faszinierenden Vorbereitungen des Friseurs sah, sondern sich auch vorstellte, wie gut er anschließend aussehen und wie erfreut Simplicity sein würde, wenn sie den neuen Dodger erblickte, sauber und elegant, ein richtiger junger Herr. Er stellte fest, dass Sweeneys Hände Narben an jedem Finger hatten, obwohl sie sich kaum zeigten, weil er den Rasierschaum mit der manischen Begeisterung eines Zirkusclowns in Dodgers Gesicht verteilte. Das Zeug geriet praktisch überallhin, denn es enthielt so viel Luft, dass es schwebte und in der leichten Brise flog. Es schien den Friseursalon verlassen zu wollen, und Dodger teilte diesen Wunsch, zumal der unangenehme Geruch nicht mehr nur undeutlich war, sondern immer aufdringlicher wurde.

»Fühlen Sie sich nicht gut, Mister Todd?«, fragte er. »Ihre Hände zittern ein wenig, Mister Todd.«

Das Gesicht des Friseurs sah aus wie Stahl, wenn Stahl schwitzen konnte, und seine Augen wirkten wie Löcher im Schnee. Immer wieder glitt sein Blick in die Ferne, wie in eine andere Welt. Vorsichtig schob Dodger das Tuch beiseite und behielt den Mann dabei aufmerksam im Auge. Meine Güte, jetzt begann Mister Todd auch noch zu murmeln; die einzelnen Worte gingen ineinander über, als sie aus dem Mund zu kriechen versuchten, wobei es einige von ihnen so eilig hatten, dass sie bestrebt waren, die vor ihnen zu überholen.

Dann stand Sweeney plötzlich zwischen Dodger und der Tür zur Straße und winkte mit dem Rasiermesser wie eine Braut mit ihrem Brautstrauß kurz nach der Trauung, neugierig darauf, wer ihn wohl auffängt ...

Dodger hoffte, dass man das laute Klopfen seines Herzens nicht hörte, als er ruhig sagte: »Erzählen Sie mir, was Sie sehen, Mister Todd! Es klingt schrecklich. Kann ich Ihnen helfen?«

Bumm-bumm, machte Dodgers Herz, doch er achtete nicht darauf, leider ebenso wenig wie Sweeney, dessen Murmeln lauter wurde, was Dodger in die Lage versetzte, einige Worte zu verstehen. Langsam, ganz langsam stand er auf und dachte nach. Vielleicht Opium? Er schnupperte, roch aber keinen Alkohol. »Was sehen Sie, Mister Todd?«, fragte er so sanft wie möglich.

»Sie ... sie kommen immer wieder. Ja, ja, sie kommen zurück und versuchen, mich mitzunehmen ... Ich erinnere mich an sie ... Wissen Sie, was Kanonenkugeln anrichten können, junger Herr? Manchmal hüpfen sie, es ist sehr komisch, ha, und dann rollen sie über den Boden, und ein junger Bursche ... ja, irgendein neuer Bursche, frisch von einer Farm in Dorset oder Irland, mit dem Kopf voller Lügen über den Krieg und in der Tasche ein schlecht gemaltes Bild von seiner Freundin, die ihn vielleicht an sich herangelassen hat, weil er ein so tapferer Soldat ist und gegen Boney kämpft ... Dieser junge Soldat sieht die Kanonenkugel über den Boden rollen wie beim Kegeln, und der verdammte Narr ruft seine Kameraden, diejenigen, die noch übrig sind, und beschließt, der Kugel einen ordentlichen Tritt zu versetzen, ohne zu ahnen, welche Kraft noch darin steckt. Kraft genug, ihm das Bein abzureißen, und nicht nur das Bein. Heute schwinge ich das Rasiermesser, aber auf dem Schlachtfeld habe ich das des Chirurgen in der Hand gehalten, und es war kaum besser als die Klinge eines Schlachters. Ich hab sie alle gesehen, die gebrochenen Männer ... Und da kommen sie ... Sie kommen, wie sie immer gekommen sind, unsere glorreichen Helden, einige von ihnen sehen mit ihren Augen für die anderen, die keine mehr haben, andere tragen die ohne Beine. Und wieder andere schreien für jene, die ohne Stimme sind ...«

Die ganze Zeit über tanzte das Rasiermesser wie hypnotisch hin und her, während sich Dodger langsam dem schwitzenden Mann näherte.

»Nicht genug Verbandsmaterial, nicht genug Medizin, nicht genug ... Leben«, murmelte Sweeney Todd. »Ich habe es versucht. Nie habe ich die Waffe auf andere Menschen gerichtet, ich habe zu helfen versucht, wenn die beste Hilfe, die man leisten kann, aus einer sanften Klinge besteht. Und sie kommen immer noch ... Sie kommen hierher, die ganze Zeit über ... und suchen nach mir ... Und sie behaupten, nicht tot zu sein, aber ich weiß, dass sie tot sind. Sie sind tot, aber immer noch auf den Beinen. Oh! Wie traurig das alles ist, wie traurig ...«

Dodgers Hand war dem Rasiermesser bei seinem launischen Tanz gefolgt und ergriff nun die Hand, die es hielt. Er glaubte fast, die Soldaten selbst zu sehen, so betörend waren die Bewegungen der Klinge, und er fühlte sich immer mehr zu etwas Schrecklichem hingezogen. Bis der innere Dodger, der überleben wollte, aufwachte, grüßte, die Herrschaft über Dodger übernahm und behutsam das Rasiermesser aus Sweeney Todds Fingern löste.

Der schwankende Mann merkte nicht einmal, dass es ihm

abgenommen wurde. Er starrte noch immer zu dem anderen Ort, den Dodger nicht sehen wollte, ließ einfach los und sank auf den Stuhl. Rasierschaumfladen sanken wie zu groß geratene Schneeflocken auf ihn herab.

Erst dann merkte Dodger, dass sie nicht mehr allein waren. Während er halb in Sweeney Todds Traumwelt geweilt hatte, waren zwei Peeler gekommen. Erstaunlich still für Leute wie sie, standen sie in der Tür, schwitzten und starrten ihn und den armen Mister Todd an. Einer von ihnen sagte: »Heilige Maria, Mutter Gottes!« Und beide Männer sprangen zurück, als Dodger das Rasiermesser zusammenklappte und einsteckte, damit es keinen Schaden anrichten konnte. Dann wandte er sich den beiden Peelern zu, lächelte und fragte: »Kann ich Ihnen helfen, Gentlemen?«

Danach spielte die Welt verrückt, noch mehr als vorher. Dodger war plötzlich von vielen Menschen umringt. In dem Friseursalon wimmelte es von Peelern, die an ihm vorbei nach hinten eilten, wo er das Klappern eines Schlosses hörte, dann das Pochen eines Stiefels und, weiter unten, einen grässlichen Fluch. Plötzlicher Gestank von Friedhofsausmaßen wehte durch den Salon und bewirkte Schreie bei der Menge, die sich eingefunden hatte. Dodger wurde übel und bedauerte aus irgendeinem Grund, dass er seinen Haarschnitt nicht bekommen hatte.

Polizeipfeifen erklangen draußen, und weitere Peeler strömten herein. Zwei von ihnen packten den liegenden Mister Sweeney Todd, der sich noch immer in der anderen Welt befand; Tränen liefen ihm über die Wangen. Er wurde nach draußen gebracht und ließ Dodger auf dem Friseurstuhl sitzend zurück, im Mittelpunkt eines Durcheinanders, das immer größer zu werden schien. Wohin er auch sah, überall wandten sich ihm Gesichter zu, und die Leute rangen jedes Mal nach Luft, wenn er sich bewegte, und in der Wolke aus

Benommenheit, die ihn umgab, hörte er einen aus dem Keller kommenden Peeler sagen: »Er stand einfach da. Ich meine, er stand dem Mann unmittelbar gegenüber, Auge in Auge, ohne zu blinzeln, und wartete nur auf den richtigen Moment, um nach dem verdammten Messer zu greifen. Wir wagten es nicht, auch nur einen Ton von uns zu geben, denn der Übeltäter schien in einem Traum zu sein, und er hielt eine tödliche Waffe in der Hand. Was soll ich sagen? Ich bitte Sie, meine Damen und Herren, gehen Sie nicht in den Keller. O nein, besser nicht, denn dort unten bekämen Sie etwas zu sehen, das nicht für Ihre Augen bestimmt ist. Halt sie auf, Fred! Von einer grausigen Metzelei zu sprechen, würde diesem Verbrechen nicht gerecht. Glauben Sie mir – ich bin einmal Soldat gewesen. Ich war bei Talavera dabei, und das war schlimm genug. Als ich das dort unten gesehen habe, musste ich mich übergeben. Hab richtig gekotzt, und zwar mehrmals. Ich meine, der Gestank! Kein Wunder, dass sich die Nachbarn beschwert haben. Ja, Sir ... Sie, Sir ... kann ich Ihnen helfen?«

Mit trüben Augen erkannte Dodger Charlie Dickens, der offenbar den Peelern gefolgt war. »Mein Name ist Dickens, und ich kenne den jungen Dodger hier als hervorragenden Menschen, der besonderes Vertrauen verdient. Er ist auch der Held, der neulich Abend die Angestellten des *Morning Chronicle* vor einem Raubüberfall bewahrte, und davon haben Sie bestimmt alle gehört.«

Dodger fühlte sich allmählich besser, was vielleicht auch an dem großen Applaus lag, den er bekam, und seine Stimmung heiterte sich noch mehr auf, als jemand in der Menge rief: »Ich schlage eine Sammlung für diesen überaus tapferen jungen Mann vor! Ich selbst gebe fünf Kronen!«

Er wollte aufstehen, aber Charlie Dickens, der sich über ihn gebeugt hatte, drückte ihn sanft auf den Friseurstuhl zurück, beugte sich etwas tiefer und flüsterte ihm ins Ohr: »Es wäre angebracht, ein wenig zu stöhnen, denn immerhin warst du einer schrecklichen Gefahr ausgesetzt, mein Freund. Vertrau mir als Journalisten! Du bist der Held der Stunde, wieder einmal, und es wäre schade, alles mit unbedachten Worten zu zerstören.« Sein Kopf kam noch näher, und er sprach noch leiser. »Hör nur, wie sie rufen und Geld für den Helden sammeln. Ich helfe dir jetzt vorsichtig auf die Beine und bringe dich zum prächtigen Büro des *Chronicle*, wo ich einen Artikel über dich schreiben werde, wie er vermutlich seit Cäsars Zeiten nicht mehr geschrieben wurde.«

Charlie lächelte. Wie ein Fuchs, fand Dodger in dieser lauten, sich drehenden und plötzlich sehr verwirrenden Welt. Dann schob sich Charlie etwas näher und sagte: »Übrigens, mein kühner Freund, habe ich gerade erfahren, dass Mister Sweeney Todd mit seinem Rasiermesser die Kehlen von sechs Männern aufgeschlitzt hat, die in dieser Woche zu ihm gekommen waren, um sich rasieren und die Haare schneiden zu lassen. Ohne deine fast magische Reaktion wärst du das Opfer Nummer sieben gewesen. Und dies war meine beste Hose!« Die letzten Worte wurden gerufen – besser gesagt: geschrien –, denn Dodger hatte sein Frühstück auf Charlies Beinkleider verteilt.

Etwas später saß Dodger am langen Tisch im Büro des *Chronicle*-Herausgebers und wünschte sich, endlich unterwegs zu sein, um Simplicity zu besuchen. Ihm gegenüber saß Charlie, der nicht mehr so erzürnt wirkte, denn als vermögender Mann hatte er sich eine neue Hose besorgt und die andere weggegeben, damit sie gereinigt wurde. Die Innenwand des Büros war nur halbhoch, und die Vorbeigehenden konnten sehen, was auf dieser Seite vor sich ging. Es kamen alle vorbei, und sie blieben auch stehen. Jeder Schreiber und jeder Drucker fand irgendeinen Vorwand, um einen Blick auf den jungen Mann zu werfen, der dem magischen Straßentelegrafen zufolge den schrecklichen Teufelsfriseur der Fleet Street überwältigt hatte.

Allmählich ärgerte sich Dodger. »Ich hab ihn kaum berührt, ihn nur ein bisschen nach unten gedrückt und ihm das Messer abgenommen, das war alles. Ehrlich! Es war, als hätte er Opium genommen oder so, denn er sah tote Soldaten, tote Männer, die sich näherten, ich schwöre, und er sprach mit ihnen, als täte es ihm leid, dass er sie nicht retten konnte. Das ist die reine Wahrheit, Mister Charlie, ich schwöre, und zum Schluss hab ich die toten Soldaten ebenfalls gesehen. In Fetzen gerissene Männer. Und schlimmer noch: halb in Fetzen gerissene Männer, die schrien. Er ist kein Teufel, Sir, obwohl ich glaube, dass er vielleicht die Hölle gesehen hat, und ich bin kein Held, Sir, wirklich nicht. Er war nicht böse, sondern verrückt und traurig, seinem Wahnsinn im Kopf ausgeliefert. Das ist alles, Sir, im Großen und Ganzen, Sir. Und es ist die Wahrheit, die Sie aufschreiben sollten, Sir. Ich meine, ich bin kein Held, weil ich nicht glaube, dass er ein Schurke ist, wenn Sie verstehen, was ich meine.«

Es folgte eine Stille in dem sauberen kleinen Raum, die nur von Charlies Blick durchdrungen wurde. Eine Uhr tickte, und Dodger wusste, ohne hinzusehen, dass die Angestellten ihm, dem bescheidenen und widerstrebenden Helden der Stunde, noch immer Blicke zuwarfen. Charlie starrte ihn an und drehte dabei seinen Stift hin und her. Schließlich seufzte er und sagte: »Mein lieber Dodger, die Wahrheit ist keine eindeutige Tatsache, sondern sie wird konstruiert, vergleichbar mit dem Himmel. Wir Journalisten, die wir darüber schreiben, müssen die Wahrheit destillieren, damit die ganz und gar nicht gottähnlichen Menschen sie verstehen. In diesem Sinn sind alle Menschen Journalisten, denn sie schreiben in ihren Köpfen, was sie hören und sehen, ohne darauf zu achten, dass ihr Gegenüber das Geschehen vielleicht ganz anders sieht. Das sind Heil und Verdammnis des Journalismus – die Erkenntnis, dass es fast immer verschiedene Perspektiven gibt, aus denen man Ereignisse betrachten kann.«

Charlie drehte seinen Stift noch etwas schneller, schien sich in seiner Haut nicht ganz wohlzufühlen und fuhr fort: »Wer bist du eigentlich, Dodger? Ein tapferer junger Mann, aufgeweckt und schneidig und offenbar ohne Furcht? Oder vielleicht, wie ich vermute, ein Straßenjunge mit reichlich Bauernschläue und dem Glück von Beelzebub höchstpersönlich? Ich nehme an, dass du beides bist und auch alle Schattierungen dazwischen aufweist. Und Mister Todd? Er ist ein wahrhaftiger Teufel – die sechs Toten in seinem Keller weisen deutlich darauf hin. Oder ist er vielleicht ein Opfer, wie du zu glauben scheinst? Wo liegt die Wahrheit?, könntest du fragen, wenn du Gelegenheit zum Sprechen hättest, die ich dir derzeit aber nicht gebe. Meine Antwort würde lauten: Die Wahrheit ist ein Nebel, in dem der eine Mensch die himmlischen Heerscharen sieht und der andere einen fliegenden Elefanten.«

Dodger wollte protestieren. Er hatte keine himmlischen Heerscharen gesehen und auch keinen Elefanten – er wusste nicht einmal, was ein Elefant war –, doch er wäre bereit gewesen, einen Shilling darauf zu wetten, dass Solomon bei seinen Reisen beides gesehen hatte.

Charlie sprach noch immer. »Die Peeler haben einen jungen Mann gesehen, der mutig einem bewaffneten Mörder entgegentrat, und derzeit ist das die Wahrheit, die wir drucken und feiern sollten. Allerdings werde ich auch eine andere Perspektive hinzufügen – sagen wir: eine kleine Prise davon – und berichten, dass der Held der Stunde Mitleid mit dem schrecklichen Mörder hatte und glaubte, dass er wegen der in den letzten Kriegen erlebten grässlichen Erlebnisse verrückt geworden sei. Ich werde schreiben, wie sehr du mir gegenüber betont hast, dass Mister Todd selbst ein Kriegsopfer ist, so wie die Toten in seinem Keller. Ich werde deine Ansicht den Obrigkeiten mitteilen. Der Krieg ist eine schreckliche Sache, und viele kehren mit Wunden heim, die für das Auge unsichtbar bleiben.«

»Das ist sehr schlau von Ihnen, Mister Charlie, die Welt mit ein paar Worten auf Papier zu verändern.«

Charlie seufzte. »Wohl eher nicht. Man wird Sweeney Todd entweder hängen oder nach Bedlam schicken. Wenn er Pech hat – und ich glaube nicht, dass er genug Geld besitzt, um sich dort einen angenehmen Aufenthalt zu kaufen –, kommt er nach Bedlam. Übrigens, ich wäre dir dankbar, wenn du dich morgen beim *Punch* einfinden könntest, damit unser Zeichner Mister Tenniel dein Konterfei zu Papier bringt.«

Dodger versuchte, alles Gehörte zu verarbeiten. »Was meinen Sie mit *Punch*, Mister Charlie? Ist das was Schlimmes?«

»Ob das was Schlimmes ist? Oh, Satire kann schlimm sein; auch hierbei kommt es auf die Perspektive an. Der *Punch* ist ein Magazin für Politik, Literatur und Humor, womit etwas gemeint ist, das einen zum Lachen und manchmal auch zum Nachdenken anregt. Zu den Gründern zählt unser gemeinsamer Bekannter Mister Mayhew.« Charlie zögerte und schrieb dann rasch einige Worte auf das vor ihm liegende Papier. »Geh jetzt, viel Spaß und kehr morgen so früh wie möglich hierher zurück!«

»Äh, wenn Sie mich bitte entschuldigen würden, Sir, ich habe ohnehin noch einen Termin«, sagte Dodger.

»*Du* hast einen Termin, Dodger? Meine Güte, mir scheint, du wirst wirklich ein Mann von Welt!«

Dodger machte sich auf den Weg und überlegte dabei, wie Charlie seine letzten Worte gemeint haben könnte. Er nahm sich vor, es so bald wie möglich herauszufinden, nur für alle Fälle.

8

Ein junger Mann geht mit seiner jungen Dame spazieren, und Missus Sharples bleibt ihnen auf den Fersen

Dodger beeilte sich auf dem Weg zum Haus der Mayhews, und irgendwie musste er dabei an das Kasperletheater mit Mister Punch* denken, an die Puppe mit dem fröhlichen Gesicht und der krummen Nase, an den Kasper, der seine Frau und auch den Polizisten schlug und außerdem das Baby wegwarf. Trotzdem lachten die Kinder über ihn. Warum sollte so etwas komisch sein?, fragte sich Dodger. *War* das überhaupt komisch? Seit siebzehn Jahren lebte er auf der Straße und wusste, dass dort das wirkliche Leben stattfand, ob komisch oder nicht. Wenn Menschen tief genug sanken, staute sich manchmal solcher Zorn in ihnen an, dass sie schlugen: die Frau, das Kind ... Zum Schluss versuchten sie sogar, ihren Henker zu schlagen, was ihnen natürlich nie gelang. Trotzdem lachten die Kinder über Mister Punch. Simplicity allerdings lachte nicht ...

Dodger ging noch schneller, er rannte fast und erreichte das Haus der Mayhews zu einem Zeitpunkt, als man, nach

* Der Name *Punch* bezieht sich nicht nur auf ein Satiremagazin, das 1841 in London von Henry Mayhew und Ebenezer Landells gegründet wurde, sondern auch auf den Kasper des englischen Kasperletheaters.

Londons Glocken zu urteilen, gerade mit dem Mittagessen fertig sein sollte. Er kam sich ziemlich kühn vor, als er zur Vordertür ging – immerhin war er ein junger Gentleman mit einem *Termin* – und läutete. Kurz darauf wich er zurück, als die Tür von Missus Sharples geöffnet wurde, die ihn mit einem Blick durchbohrte, der aus reinem Hass bestand, und keine Antwort von ihm bekommen konnte, weil sie die Tür wieder zuwarf.

Einige Sekunden lang starrte Dodger auf die mit allem Nachdruck geschlossene Tür und dachte: Das muss ich mir nicht gefallen lassen. Er straffte die Schultern, klopfte sich den Staub von der Jacke und läutete abermals, bis die Tür noch einmal geöffnet wurde, von derselben Frau. Dodger war bereit und sagte, noch bevor sie den Mund gänzlich geöffnet hatte: »Heute Morgen habe ich den teuflischen Friseur der Fleet Street besiegt, und wenn Sie mich nicht eintreten lassen, werden wir sehen, was Mister Charles Dickens in seiner Zeitung dazu zu schreiben hat.« Als die Frau durch den Flur lief, rief er ihr nach: »In großen Buchstaben!«

Er blieb wartend an der offenen Tür stehen, und kurz darauf kam ihm Missus Mayhew mit dem Lächeln einer Frau entgegen, die nicht sicher war, ob sie lächeln sollte. Sie trat noch ein wenig näher und fragte leise und in einem Tonfall, der auf ihre Überzeugung hinwies, vermutlich eine Lüge zur Antwort zu bekommen: »Stimmt es wirklich, junger Mann, dass du heute Morgen in der Fleet Street den größten aller Schurken zur Strecke gebracht hast? Die Köchin erzählte mir davon, und wenn man dem Fleischerjungen Glauben schenken kann, spricht man in ganz London darüber. Bist *du* das wirklich gewesen?«

Dodger dachte an Charlies Nebel und auch an seinen Wunsch, Simplicity wiederzusehen. Er gab sich alle Mühe, angemessen verlegen und gleichzeitig heldenhaft zu wirken.

»Wissen Sie, Missus Mayhew, es geschah alles wie in einem Nebel.«

Es schien zu klappen, denn Missus Mayhew sprach erneut. »Es dürfte dich vermutlich nicht überraschen, Dodger, dass Simplicity nach deinem letzten Besuch in aller Deutlichkeit darauf hingewiesen hat, dass sie gern einen Spaziergang mit dir unternähme – wie von dir vorgeschlagen. Da es ein schöner Tag ist und Simplicitys Erholung sichtbare Fortschritte macht, sehe ich keinen Grund, ihr den geäußerten Wunsch nicht zu gewähren. Natürlich muss, wie ich gestern bereits erwähnte, eine Anstandsdame zugegen sein.«

Dodger ließ Stille herrschen und zwang sie dann zum Rücktritt. Er versuchte es mit dem kleinen Geräusch, das Solomon machte, wenn das Gespräch gemütlicher und persönlicher werden sollte, und sagte: »Mmm, ich bin Ihnen sehr dankbar, Madam, und übrigens, ich wüsste einen Ort zu schätzen, wo ich in aller Ruhe auf Simplicity warten kann. Mir setzt da noch der eine oder andere Schmerz zu.«

Plötzlich wurde Missus Mayhew ganz mütterlich. »Oh, du armer Junge!«, entfuhr es ihr. »Wie sehr du leiden musst. Bist du schwer verletzt? Soll ich den Doktor rufen? Willst du dich hinlegen?«

Dodger versuchte rasch, Missus Mayhew daran zu hindern, ihre Worte in schreckliche Taten umzusetzen. »Bitte, nein«, sagte er noch ein wenig atemlos. »Ich habe nur an ein stilles Zimmer gedacht, wo ich mich für einige Minuten ausruhen kann, wenn Sie gestatten. Das genügt völlig.«

Sie scheuchte ihn vor sich her wie eine Glucke ihr Küken, geleitete ihn durch den Flur und öffnete die Tür eines Raums, der überall weiße und schwarze Fliesen hatte, außerdem einen wundervollen Abort und ein Waschbecken mit einem Krug.

Als er allein und unbeobachtet war, machte er Gebrauch

von dem Wasser und versuchte, sein Haar ein wenig in Form zu bringen. Leider hatte es auf die Dienste eines Friseurs verzichten müssen, und mit dem Wasser klatschte er es an, so gut es möglich war. Anschließend benutzte er den Abort und dachte: Ich habe mich vor Missus Mayhew zum Helden gemacht, aber eigentlich geht es doch um Simplicity, nicht wahr? Und Simplicity schien ganz und gar verstanden zu haben, was er ihr am vergangenen Tag gesagt hatte, und war offenbar erpicht auf den Spaziergang mit ihm.

Dodger hatte den Ausdruck *Der Zweck heiligt die Mittel* noch nie gehört, aber wenn man aufgewachsen war wie er, trug man dieses Prinzip ans Rückgrat genagelt. Nach einer diskreten Ruhepause, während der er gelegentlich stöhnte, verwandelte sich Dodger wieder in einen Helden und verließ den Abort, um seiner holden Maid zu begegnen.

Missus Sharples wartete im Flur, und diesmal musterte sie ihn mit einem unruhigen Blick, wie er einem jungen Mann gebührte, über den ganz London sprach. Da es bisher ein recht guter Tag gewesen war, beschloss Dodger, großzügig zu sein und ihr ein Lächeln zu schenken, das er zurückbekam, das allerdings ein wenig albern und unsicher wirkte. Aber es wies zumindest darauf hin, dass die Feindseligkeiten wenn nicht ganz vergessen, so doch vorübergehend ausgesetzt waren. Immerhin war er ein verwundeter Held, und das beeindruckte selbst Missus Sharples.

Sie nahm etwas vom Flurtisch, und Dodger bemerkte, dass es eins jener kleinen Bücher war, in die gewisse Leute etwas hineinzuschreiben pflegten: ein Notizbuch mit einem Bleistift an einem Bindfaden. Demnach erhoffte sich Missus Sharples eine Gelegenheit, das eine oder andere zu Papier zu bringen. Dodger, der bisher immer großen Abstand zum Alphabet gewahrt hatte, bedauerte zum ersten Mal, nicht mehr Zeit und Mühe investiert zu haben, um richtig lesen zu lernen, statt mühselig Buchstabe für Buchstabe einzelne Wörter zusammenzusetzen. Zu spät, zu spät, und dann bewegte sich oben etwas, und Missus Mayhew stieg die Treppe herunter, wobei sie Simplicitys Hand hielt, ganz vorsichtig ging und darauf achtete, dass der eine Fuß festen Halt gefunden hatte, bevor sie den anderen folgen ließ. Es dauerte eine Weile – etwa ein Jahr nach Dodgers Schätzung –, bis die beiden schließlich den Flur erreichten.

Missus Mayhew schenkte ihm einen Gesichtsausdruck, den man ein gezwungenes Lächeln nennen konnte, doch Dodgers Aufmerksamkeit galt allein Simplicity. Er stellte fest, dass Missus Mayhew sie mit einer Haube und einem Schal ausgestattet hatte, wodurch ein großer Teil des Gesichts und damit auch die vielen blauen Flecken bedeckt waren, dic allmählich verblassten. Simplicity strahlte, als Dodger sie ansah, und sie strahlte wirklich, denn die Haube umgab ihren Kopf wie ein Schirm, der das Gesicht zu erhellen schien.

Dodger streckte die Hand aus und sagte: »Hallo, Simplicity! Ich freue mich, dass du meine Einladung zu einem Spaziergang angenommen hast.«

Simplicity streckte ebenfalls die Hand aus, ergriff die seine, ganz sanft, und sagte ... nichts, was an Dodgers Ohr gedrungen wäre. Sie wandte den Kopf ein wenig, woraufhin er die Striemen am Hals sah, und die Bürde, die er fast unmerklich trug, flüsterte ihm zu: *Du wirst dafür sorgen, dass die Kerle bitter büßen müssen.* In diesem Moment glaubte er, in Simplicitys Augen ein Glitzern wie von einer Sternschnuppe zu erkennen, die zur Erde herabfiel. Er hatte nur einmal eine zu Gesicht bekommen, vor langer Zeit und weit entfernt, in Hampstead Heath. Es war das einzige Mal gewesen, denn als Tosher sah man nicht jeden Tag Sternschnuppen. Simplicity ließ seine Hand nicht los, was sehr angenehm war, aber auch unpraktisch, es sei denn, sie wollte rückwärts gehen.

Schließlich ließ Dodger vorsichtig los, eilte um Simplicity herum und ergriff ihre andere Hand, alles in einer fließenden Bewegung und behutsam. Langsam führte er sie zum Tor und ging auf Zehenspitzen durch den winzigen Vorgarten, in dem einige Rosen ein wenig Schönheit zu verbreiten suchten. Dergleichen sah Dodger in letzter Zeit immer öfter. Leute, die genug Geld besaßen und in einem anständigen Viertel wohnten, wollten ihr kleines Stück Land in eine winzige Version des Buckingham Palace verwandeln.

Er ging nicht oft in London spazieren. Immerhin war er Dodger, der ständig hierhin und dorthin eilte und nicht lange genug an einer Stelle verweilte, um geschnappt zu werden. Aber nun hielt Simplicity seinen Arm, und er begriff, dass er sie stützen musste. Dadurch kam er nur langsam voran, und auch seine Gedanken wurden langsamer, sodass die einzelnen Teile sauber zusammenpassten, anstatt sich hastig und überstürzt zusammenfügen zu wollen. Er wandte sich um und blickte zu Missus Sharples zurück, die ihnen folgte. Es war früher Nachmittag, und in dieser Gegend ließ es sich angenehm umherschlendern. In dem hellen Licht fühlte er sich sonderbar froh und wohl mit der jungen Frau an seiner Seite. Sie hielt mit ihm Schritt, und wenn er sie ansah, lächelte sie jedes Mal, und es herrschte ein Friede, der sich in seinen Stadtvierteln nur früh am Morgen ausbreitete, wenn die Sterbenden nicht länger schrien und die Lebenden so betrunken waren, dass sie sich um nichts mehr scherten. Plötzlich schien es keine Rolle mehr zu spielen, ob Simplicity etwas Wichtiges wiedererkannte oder nicht; es genügte, dass sie beide zusammen spazieren gingen.

Doch irgendwie blieb Dodger auch immer Dodger, der Augen und Ohren offen hielt, jedem Schritt lauschte, jedes Gesicht und jeden Schatten beobachtete, immerzu einschätzte, beurteilte und bewertete. Im Augenblick wandte er seine

Aufmerksamkeit der Sanften Molly zu, die ihm entgegenkam.

Lange Zeit war ihm die Sanfte Molly ein Rätsel gewesen, denn er hatte nicht gewusst, woher sie die Blumen hatte, die sie in den Straßen verkaufte: kleine Sträuße, gut gebunden und hübsch anzusehen. Bis ihm die Alte, deren Gesicht eine einzige Faltenlandschaft bildete, eines Tages erzählt hatte, woher die Blumen stammten, und seitdem dachte Dodger über Friedhöfe ganz anders als vorher. Bei ihren Worten war es ihm kalt über den Rücken gelaufen, aber wenn man sehr alt war – so alt, dass man älter war als viele der Verstorbenen in den Gräbern und deshalb ebenfalls Achtung verdiente –, ergab es vielleicht einen Sinn, Blumen von den Grabsteinen der kürzlich Bestatteten zu stehlen. Immerhin erlitt kaum jemand Schaden, und die Blumen, die die Verstorbenen ohnehin nicht mehr riechen konnten, hielten wenigstens die liebenswerte Alte am Leben.

Es war ein trauriger Gedanke, und es war eine schauerliche Vorstellung, dass Molly des Nachts auf dem Friedhof Blumenkränze einsammelte, sie im Dunkeln sorgfältig auseinandernahm und daraus mit sanfter Hand Sträuße für die Lebenden anfertigte. Welche Rolle spielte es schon nach den Maßstäben der Welt, dass den Toten Blumen gestohlen wurden, die sie nicht sehen konnten, wenn dafür die arme alte Sanfte Molly, der nur noch ein Zahn geblieben war, wenigstens eine Nacht lang leben konnte? Außerdem, dachte Dodger, einige der Kränze sehen aus wie ein ganzer Blumenladen, und was macht es schon, wenn einige hübsche Blüten fehlen? Dieser Gedanke munterte ihn auf.

Deshalb zog er Simplicity mit sich, als er auf die Alte zutrat, die sich auf der Straße niederkauerte und wahrhaft erbarmungswürdig wirkte, wozu sie sich nicht einmal anstrengen musste. Er gab ihr einen Sixpence – jawohl, einen *Sixpence* –

für einen kleinen Strauß duftender Blumen. Und falls sich die Toten in ihren Gräbern umdrehten, so waren sie großmütig genug, dabei leise zu sein, und außerdem tat ihnen die Bewegung gut.

Dodger reichte Simplicity die Blumen und murmelte: »Hier, ein Geschenk für dich.« Und sie sagte, ja, sie sagte es tatsächlich: »Oh, Rosen!« Dodger war ganz sicher. Er sah, wie sich ihre Lippen bewegten, wie sie bei den Worten eine Rose formten und wie sich der Mund wieder schloss. Simplicity schien ebenfalls überrascht zu sein, die Worte gehört zu haben, und tief im Innern verspürte Dodger erneut den Wunsch, jemanden ordentlich zu verprügeln.

Dann sagte Simplicity: »Hör zu, Dodger, ich habe Mister und Missus Mayhew bei einem Gespräch belauscht. Ich bin ihnen sehr dankbar, aber ... Es ist so, wie ich schon befürchtete – sie sind erst dann beruhigt, wenn ich in die sichere Obhut meines Ehemanns zurückkehre.« Ihr Gesichtsausdruck wies in aller Deutlichkeit darauf hin, wie entsetzlich sie diese Vorstellung fand.

Dodger wandte den Kopf und blickte zur Haushälterin zurück, die einige Meter hinter ihnen ging und das Notizbuch bereithielt, als wolle sie alles aufschreiben. »Ich glaube, der äußere Eindruck trügt und du bist nicht so krank, wie es den Anschein hat, oder?«, fragte er leise. Die Antwort war ein stilles Ja, und er nahm es zum Anlass, die Stimme noch mehr zu senken und zu sagen: »Zeig es den anderen nicht! Verlass dich drauf – ich sorge dafür, dass du woanders untergebracht wirst.«

Simplicity strahlte als sie flüsterte: »Oh, Dodger, ich bin ja so froh, dir noch einmal zu begegnen. Jeden Abend breche ich in Tränen aus, wenn ich an das Unwetter denke und mich erinnere, wie du die schrecklichen Männer vertrieben hast, die ...«, sie zögerte kurz, »... die so grob waren.«

Die Sanftheit dieser Worte traf Dodger mitten ins Herz, wirbelte um ihn herum und kehrte zum Herzen zurück. Glaubte sie wirklich, dass er ihr helfen wollte? Dass er kein Spielchen mit ihr trieb?

»Ich weiß, dass ich nicht hassen sollte«, fuhr sie fort, »aber diese Männer haben Hass verdient. Ihretwegen kann ich meinen wahren Namen nicht nennen. Ich wage nicht, ihn laut auszusprechen. Nicht einmal dir gegenüber, noch nicht. Vorläufig muss ich Simplicity bleiben, obwohl ich mich nicht für so simpel halte.«

Die Sonne schien noch immer, und nach wie vor lag Honig in der Luft, aber Dodger beschlich das Gefühl, dass sie abgesehen von Missus Sharples noch anderweitig beobachtet wurden, dass ihnen jemand folgte. Er wusste es einfach, denn auf der Straße hatte er gelernt, kleinste Veränderungen zu bemerken, als hätte er Augen im Hinterkopf. War es jemand, der auf eine Gelegenheit hoffte, sie zu bestehlen? Oder vielleicht ein Peeler? Man wurde kein Geezer ohne Augen am Hintern, und es half, wenn man auch welche auf dem Kopf hatte. Eins stand fest: Jemand folgte ihnen, und es musste jemand mit einem Auftrag sein. Mit einem Auftrag, der mit ihnen zu tun hatte.

Dodger verfluchte sich selbst, weil er nicht daran gedacht hatte, aber man konnte nicht an alles denken, wenn man ein Held war. Jetzt dachte er: Oh, das war schnelle Arbeit, immerhin habe ich mich erst gestern auf der Straße umgehört und Fragen gestellt. Jemand schien es recht eilig zu haben. Aber er unternahm erst einmal nichts und ging ruhig weiter, ein junger Mann, der mit seiner jungen Frau einen Spaziergang unternahm, von Sorgen unbelastet, während sich in seinem Kopf die Räder drehten und Truppen aufmarschierten, während er Pläne schmiedete und Möglichkeiten erwog.

Wer auch immer sie beschattete, er wahrte Abstand, und was auch immer geschehen mochte: Dodger begriff, dass niemand erfahren durfte, wo Simplicity derzeit wohnte. Der Unbekannte oder die Unbekannten waren sich ihrer Sache noch nicht so sicher, dass sie unvermittelt angriffen, solange sie Missus Sharples im Schlepptau hatten – ihr missbilligender Blick wäre dem Herzog von Wellington ein ganzes Bataillon wert gewesen.

Und so schlenderten alle drei fröhlich weiter wie ganz gewöhnliche Leute, bis die alte Schachtel sagte: »Ich glaube, das ist weit genug, junger Mann. Ich muss darauf bestehen, dass wir umkehren, denn Simplicity ist noch immer recht schwach, und du würdest ihr einen schlechten Dienst leisten, wenn sie sich erkältet.«

Ihre Stimme klang nicht so unfreundlich wie zuvor, und deshalb beschloss Dodger, sie ins Vertrauen zu ziehen. Er wandte sich zu Missus Sharples um, nahm sie zu ihrer großen Überraschung am Arm und flüsterte ihr und Simplicity zu: »Meine Damen, ich glaube, wir werden von einem Menschen verfolgt, der Böses im Schilde führt. Vielleicht hat er es auf Simplicity oder auf mich abgesehen. Ich appelliere an Ihre Verantwortung, Missus Sharples, und bitte Sie weiterzugehen, wenn ich an der nächsten Ecke abbiege. Bitte warten Sie, bis ich mir den Kerl vorgeknöpft habe!«

Zu seinem Erstaunen flüsterte Missus Sharples: »Ich habe dich falsch beurteilt, junger Mann. Gib dem Mistkerl einen ordentlichen Tritt an eine empfindliche Stelle, wenn er sich zur Wehr setzt! Zieh ihm so richtig das Fell über die Ohren!« Dann trug ihr Gesicht wieder den üblichen Ausdruck von Verdruss über alles und jeden.

Simplicity schnaubte und sprach: »Schmeiß ihn in die Gosse, wenn du kannst, Dodger!«

Dodger sah die Verblüffung in Missus Sharples' Augen,

aber Simplicity stand plötzlich aufrecht und gerade, wie bereit für einen Kampf.

Erleichtert, wenn auch leicht verwirrt beobachtete Dodger, wie die beiden Frauen weitergingen, ohne langsamer zu werden, als er an der nächsten Ecke in eine Gasse trat. Dort wartete er mit dem Rücken zur Wand, und es dauerte nicht lange, bis ein Mann um die Ecke bog. Sofort packte er ihn an der Gurgel, rammte ihm das Knie an die von Missus Sharples erwähnte empfindliche Stelle und wurde mit einem Stöhnen belohnt. Der Bursche krümmte sich zusammen, und Dodger zerrte ihn hoch und so nahe zu sich heran, dass er seinen Schweiß roch. Und es gab genug Licht, um den Mann zu erkennen.

»Meine Güte, der Schmutzige Benjamin, wie er leibt, lebt und stinkt. Unternimmst du einen kleinen Bummel zu den feinen Leuten? Was liegt heute an? Wie lautet dein Auftrag? Seit mindestens sieben Ecken folgst du mir auf Schritt und Tritt, und ich habe mehrmals die Richtung gewechselt. Seltsam, dass du haargenau denselben Weg nimmst, du abscheulicher kleiner Wicht! Ein Spion! Himmel, du riechst wie ein Hund, der sich im eigenen Urin gewälzt hat, du schnaufst wie ein Schwein in Nöten, und wenn du nicht bald was sagst und mir Auskunft gibst, dann bei Gott kriegst du von mir eine Abreibung, die du so schnell nicht vergisst.«

Dodger begriff plötzlich, dass der Mann gar nichts sagen konnte, weil er ihm den Hals zudrückte. Wodurch Benjamin aussah, als stünde er kurz vor einer Explosion. Dodger lockerte den Griff und stieß den glücklosen Benjamin tiefer in die Gasse hinein.

Die Gasse war schmal, und es hielt sich niemand in der Nähe auf. »Du kennst mich, Benjamin, nicht wahr?«, sagte Dodger. »Du erkennst mich auch in diesen neuen Klamotten, oder? Ich bin's, der gute alte Dodger, der nie jemandem auf die Füße tritt, wenn er auch danebentreten kann. Ich habe dich für meinen Freund gehalten, hab ich wirklich. Aber Freunde spionieren ihren Freunden nicht nach, oder?«

Der Schmutzige Benjamin stand erstarrt vor Dodger und brachte mit etwas Mühe hervor: »Die Leute sagen, dass du den Friseur umgebracht hast, du weißt schon, den mit den vielen Toten im Keller, stimmt's?«

Dodger zögerte. In der Kanalisation war das Leben viel einfacher, aber er hatte vor Kurzem gelernt, dass die Wahrheit ein Nebel war, wie Charlie es ausgedrückt hatte, und dass die Leute ihr die Form gaben, die sie ihrer Meinung nach haben sollte. Er hatte nie jemanden getötet, doch das spielte keine Rolle, denn der Nebel der Wahrheit wollte nicht wissen, dass der arme Mister Todd ein anständiger Mann gewesen war, der im Dienst des Herzogs von Wellington so viel Schreckliches erlebt hatte, dass sein Geist ebenso verkrüppelt war wie die Verwundeten, die er behandeln musste. Der arme Teufel war tatsächlich eher ein Kandidat für Bedlam als für den Galgen, obwohl jeder, der einigermaßen bei Verstand, aber nicht bei Kasse war – den Armen, die nach Bedlam kamen, blieb keine Wahl –, den Henker vorgezogen hätte. Doch der Dunst der Wahrheit mochte keine unangenehmen Einzelheiten, und deshalb musste es einen Schurken und einen Helden geben.

Es war ein verdammtes Ärgernis, aber vielleicht konnte er es ausnutzen. Er strafte den Schmutzigen Benjamin mit einem tadelnden Blick und sagte: »So in der Richtung, aber nicht ganz. Wenn du mein Freund sein willst, solltest du mir verraten, warum du mich verfolgt hast. Andernfalls mache ich Hackfleisch aus dir.«

Es war keine Ruhmestat, dem Schmutzigen Benjamin auf diese Weise zu drohen, denn er war nicht mehr als ein armer Kerl, der Frauen die Unterwäsche von der Wäscheleine stahl und Botengänge für jeden erledigte, der über ihm stand und etwas Geld übrig hatte – sein größter Ehrgeiz bestand darin, bis zum nächsten Tag zu überleben. Bei jemandem wie ihm verspürte man den Wunsch, sich nach der Begegnung mit ihm die Hände zu waschen. Er war ein Wurm, der sich immerzu wand. Er gehörte zu den verlorenen Seelen, zu den Menschen, die hinter der Tür gestanden hatten, als Gott vorbeigekommen war. Solche Menschen streiften die Welt nur, berührten sie kaum und fürchteten sich dauernd vor etwas.

Derzeit schien es dem Schmutzigen Benjamin an Furcht nicht zu mangeln, und Dodger gab nach und sagte: »Na ja, vielleicht mache ich doch kein Hackfleisch aus dir, denn ich kenne dich, Ben, du sagst mir bestimmt, was ich wissen will, nicht wahr? Und ich möchte wissen, wer dich beauftragt hat, mich zu verfolgen. Ich tue dir nichts, wenn du mir antwortest.«

Dodger und der Schmutzige Benjamin wandten sich um, als sich die Schatten veränderten und Missus Sharples enthüllten, die in Begleitung von Simplicity um die Ecke spähte. »Es tut mir leid, wenn ich die beiden Herren bei ihrem … äh … Gespräch störe, aber ich glaube, es wird Zeit für die Heimkehr, wenn Sie nichts dagegen haben.«

Dodger betrachtete wieder den unglücklichen Schurken, der sich vor ihm duckte. »Benjamin«, sagte er streng, »ich habe nichts gegen dich. Dies ist die letzte Gelegenheit. Sag mir, für wen du arbeitest und warum. Ich erzähle nicht weiter, dass ich es von dir weiß.«

Der Schmutzige Benjamin weinte, und nach dem Geruch zu urteilen, waren es nicht nur Tränen, die er vergoss. Er sank auf die Knie und wimmerte erbärmlich.

Und Dodger beugte sich über ihn und flüsterte: »In meiner Hand habe ich das Rasiermesser des Friseurs Sweeney Todd, und noch ist es nicht aufgeklappt. Aber es ruft mich, es fordert mich auf, Gebrauch von ihm zu machen ... Ich rate dir dringend, mir zu sagen, für wen du arbeitest, Benjamin. Hast du verstanden?«

Die Worte kamen so schnell aus Benjamins Mund, dass sie kaum auseinanderzuhalten waren, aber Dodger verstand Folgendes: »Es war Harry Klatsch von Hackney Marshes, aber es heißt, dass einige wichtige Typen wissen wollen, wo du steckst und ob du das Mädchen bei dir hast. Mehr weiß ich nicht, ganz ehrlich. Es ist eine Belohnung ausgesetzt.«

»Wer hat sie ausgesetzt?«, fragte Dodger.

»Keine Ahnung. Harry Klatsch hat mir nie nichts gesagt, das ist die reine Wahrheit. Hat mir einen Anteil am Gewinn versprochen, hat er.«

Dodger starrte in das Gesicht. Nein, der Bursche log nicht, Benjamin war leichte Beute, und deshalb sagte er: »Nun, Benjamin, als dein Freund verlasse ich mich darauf, dass du Harry Klatsch nichts von unserer Begegnung erzählst.« Der kleine Mann auf dem Boden nickte hastig. »Und nun muss ich noch einen Auftrag ausführen. Ich habe versprochen, dir nichts anzutun, aber dies« – er trat zu – »kommt von Missus Sharples. Entschuldige, aber sie bat mich darum.«

Benjamin bedachte ihn mit einem Stöhnen, Missus Sharples mit einem breiten, schrecklichen Grinsen. Sie sagte: »Gut gemacht, junger Mann, noch einmal!«

Dodger dachte: Dies ist der richtige Zeitpunkt dafür, jener Mann zu sein, der die Welt von Sweeney Todd befreit hat. Und so sagte er ruhig: »Simplicity und auch Sie, Missus Sharples, hören mir jetzt bitte gut zu. Ich habe Grund zu der Annahme, dass gewisse Leute nach Simplicity suchen, weil sie ihr Böses wollen, und deshalb entnehme ich sie der freundlichen Fürsorge der Mayhews. Ich bin sicher, dass sie Simplicity gut behandeln, aber mir schaudert bei der Vorstellung, dass sie den üblen Leuten die Tür öffnen.«

»Aber sie befindet sich in ihrer Obhut«, wandte Missus Sharples ein.

Dodger öffnete den Mund, hörte aber ein Geräusch, das von Simplicity stammte – sie sprach. Nicht laut, aber auch nicht sehr leise. Mit fester Stimme sagte sie: »Ich bin eine verheiratete Frau, deren Mann sich als schwacher, dummer Junge herausgestellt hat, Missus Sharples, und ich glaube, dass Dodger in diesem Fall recht hat. Deshalb schlage ich vor, dass wir so schnell wie möglich zum Haus zurückkehren.«

»Ja«, bekräftigte Dodger. »Dem stimmen Sie doch sicher auch zu, Missus Sharples, oder?«

Die Haushälterin blickte auf den Schmutzigen Benjamin hinab. »Was soll mit ihm geschehen?«

Dodger sagte zu dem Häufchen Elend namens Benjamin: »Hör gut zu, mein Freund, ich weiß, wer du bist und wo du wohnst, und ob ich das weiß! Sammelst du noch immer Korsetts? Wenn du wieder aufstehen kannst, wirst du Folgendes tun: Du machst dich auf und folgst dem Verlauf der Straße dort, du wirst so schnell wie möglich gehen, und zwar immer in die gleiche Richtung, und du drehst dich nicht – ich wiederhole: *nicht* – um, bevor es vollkommen dunkel geworden ist, hast du verstanden? Denn du kennst mich, und ich bin Dodger. Der *neue* Dodger. Ich bin der Dodger, der Mister Sweeney Todd überwältigt hat. Der Dodger, der sein Rasiermesser besitzt. Und wenn du mich hintergehst, komme ich eines Nachts neben dir aus dem Boden und sorge dafür, dass du nie wieder erwachst.«

Benjamin stöhnte und erwiderte: »Ich hab dich nie nich gesehen, Mister, und bei Gott, ich wünschte, das wäre die Wahrheit. Ich mach dir keinen Ärger.«

Sie kehrten auf Umwegen zum Haus der Mayhews zurück, und erst als Dodger den Zeitungsjungen sah und hörte, wie er »Grausiger Mord! Lesen Sie alles darüber! Mörder von tapferem Helden überwältigt!« rief, begriff er, dass das Leben immer vertrackter wurde.

Schließlich erschien vor ihnen wieder das kleine Tor der Mayhews, und Dodger sah sich rasch nach weiteren Beobachtern um; offenbar gab es keine. Er öffnete das Tor für Simplicity, die sagte: »Vielen, vielen Dank, mein lieber Dodger.« Und sie warf ihm einen Kuss zu, der völlig lautlos war, doch für Dodger schien er so laut zu sein wie alle Glocken von London beim gemeinsamen Läuten.

Das Gespräch mit den Mayhews verlief weniger mühsam, als Dodger befürchtet hatte, zumal er darauf hinwies, dass jemand nach Simplicity suchte. Und sie wollten doch sicher nicht, so betonte er, dass dieser Jemand an ihre Tür klopfte.

»Wenn Sie so freundlich wären, Miss Simplicity beim Packen zu helfen und eine Kutsche zu rufen ...«, schloss Dodger seine Ausführungen. »Dann bringe ich sie unverzüglich zu Charlie, wo wir sicher genug sein dürften, um die nächsten Schritte zu planen. Und ich bitte Sie, Missus Mayhew und Mister Mayhew, diesmal brauchen wir keine Anstandsdame.«

»Ich muss Einwände erheben«, erwiderte Missus Mayhew. »Mir scheint ...«

Dodger öffnete den Mund, aber Simplicity kam ihm zuvor, gab Missus Mayhew einen Kuss und sagte: »Jane, ich bin eine verheiratete Frau und kann mit Bestimmtheit sagen, dass mich mein Mann als Sklavin möchte – oder tot. Ich begleite Dodger. Wahl und Schuld liegen bei mir, und ich möchte nicht, dass dieser Haushalt meinetwegen irgendwie zu Schaden kommt.«

Mister und Missus Mayhew starrten sie an, wie man vielleicht einen Hund anstarrt, der gerade ein Lied gesungen hat, und dann setzte sich der gesunde Menschenverstand durch, und Mister Mayhew sagte: »Liebe Missus Sharples, könnten Sie vielleicht eine Kutsche rufen, während du, meine Liebe«

– diese Worte galten seiner Frau –, »vielleicht so freundlich wärst, Miss Simplicity beim Packen ihrer wenigen Sachen zu helfen, damit alles bereit ist, wenn die Kutsche vorfährt.«

Für Dodger konnte die Kutsche diesmal nicht schnell genug kommen, und als sie schließlich vor dem Haus hielt, drückte Mister Mayhew ihm eine halbe Krone in die Hand.

»Gut gemacht, mein lieber Dodger, gut gemacht!«

Als die Kutsche zur Fleet Street rollte, fragte Simplicity: »Mein lieber Dodger, warum hast du mich im Regen gerettet?«

Es haute ihn regelrecht um, aber er brachte hervor: »Weil es mir nicht gefällt, wenn irgendwelche Leute andere Leute zusammenschlagen, die niemanden haben, an dem sie ihren Zorn ihrerseits auslassen können. Davon musste ich als Kind zu viel ertragen, und außerdem warst du ein Mädchen.«

Ihr Ton änderte sich, als sie erwiderte: »Eine Frau, Dodger. Hast du gewusst, dass ich mein Kind verloren habe?«

Das brachte Dodger in Verlegenheit. »Ja ... äh ... tut mir leid, dass ich nicht eher da war.«

»Dodger, du bist wie ein Gott aus dem Regen aufgetaucht. Wie hättest du noch schneller sein können?« Und diesmal musste sie sich nicht damit begnügen, ihm einen Kuss zuzuwerfen. Sie lieferte ihn auf kürzestem Weg.

Charlie war nicht beim *Chronicle*, aber in seinem Büro traf Dodger einen der zahlreichen Jungen, die für die Zeitung arbeiteten, indem sie mit Zetteln in der Hand umherliefen und dabei sehr wichtig aussahen. Dieser Junge starrte Dodger an wie den Erzengel Gabriel und fragte heiser: »Stimmt es, dass du das Ungeheuer mit seiner eigenen Krawatte erdrosselt hast? Oh, darf ich dich bitten, deinen Namen für mich auf dieses Stück Papier zu schreiben? Ich stelle ein Sammelalbum zusammen.«

Dodger blickte in das Gesicht des Jungen, das ein wenig schmutzig war, ebenso wie seine Kleidung, sicherer Hinweis darauf, dass es in diesem Gebäude überall Tinte gab. Er wusste nicht genau, was er sagen sollte, und suchte bei der Wahrheit Zuflucht. »Weißt du, Junge, er war einfach nur ein sehr kranker alter Mann, verstehst du? Er glaubte, Tote zu töten, die zu ihm zurückkehrten und ihm keine Ruhe ließen. Ich habe ihn nicht erwürgt, klar? Ich habe ihm nur das Rasiermesser abgenommen, und die Peeler brachten ihn fort, und das ist alles, hast du verstanden?«

Der Junge wich ein wenig zurück und meinte: »Bestimmt sagst du das nur, weil du zu bescheiden bist. Und falls du hierherkommst, lässt Mister Dickens dir ausrichten, dass er im House of Parliament zu finden ist, weil er heute ein bisschen auf Berichterstatter macht. Der Mann an der Tür lässt dich eintreten, hat er gesagt. Und wenn es irgendwelche Schwierigkeiten gibt, sollst du sagen, dass du vom *Chronicle* bist. Und schreibst du jetzt deinen Namen auf diesen Zettel, bitte?« Der Junge steckte ihm den Stift fast in die Nase, und Dodger gab nach. Der Junge bekam einen gekritzelten Namen, und Dodger bekam den Stift.

»Ich weiß nicht, wo genau Mister Charlie sich aufhält, aber du kannst jederzeit die Peeler fragen«, sagte der Junge und lächelte. »Ich wette, es wimmelt nur so von denen.«

Einen Peeler fragen! Dodger? Doch dieser Einwand kommt zweifellos vom alten Dodger, dachte er. Und immerhin, er war ein doppelter Held, auch wenn beide Fälle auf einem Missverständnis beruhten. Zumindest für einen Jungen mit Tintenflecken im Gesicht war er ein Held, und ein Held sollte aufrecht vor den Peelern stehen, oder etwa nicht? Ein Held würde ihnen unverwandt in die Augen blicken, und außerdem hatte Simplicity ihn geküsst, und für einen weiteren Kuss von ihr wäre er bereit gewesen, einem Peeler in den

Hintern zu treten. Er musste nur weiter dem eingeschlagenen Weg folgen, dann wurde das Leben besser, und vielleicht wurde es noch besser, wenn er auf die Hilfe von Mister Dickens zurückgreifen konnte.

Er sah Simplicity an und sagte: »Tut mir leid, aber mir scheint, wir haben eine weitere Fahrt vor uns.«

Und dann blieb ihnen nichts anderes übrig, als eine der draußen wartenden Kutschen zu nehmen und zum Parliament Square zu fahren.

9

Dodger bringt ein Rasiermesser ins Parlament und begegnet einem Mann, der auf der richtigen Seite stehen möchte

Den Männern, die das Parlamentsgebäude bewachten, ob in Uniform oder nicht, widerstrebte es, Dodger und Simplicity Eintritt zu gewähren, vielleicht deshalb, weil sie französische Spione sein konnten – oder gar russische. Dodger war weder das eine noch das andere, aber anstatt den Wächtern zu sagen, dass sie sich zum Teufel scheren sollten – was der frühere Dodger getan hätte, der Dodger ohne Simplicity am Arm –, stand er einfach nur da, bemühte sich, möglichst groß auszusehen, und sagte: »Ich bin Mister Dodger und möchte zu Mister Charlie Dickens.«

Dies bewirkte den einen oder anderen Lacher, aber Dodger blieb weiterhin aufrecht stehen und starrte die Männer an, und schließlich sagte einer von ihnen: »Dodger? Ist das nicht der Mann, der heute Morgen den teuflischen Friseur überwältigt hat, drüben in der Fleet Street?« Der Mann, der als Erster gesprochen hatte, kam näher und sagte: »Es heißt, die Peeler hätten Angst gehabt, den Laden zu betreten. Offenbar findet eine Sammlung statt, und es sollen schon fast zehn Guineen zusammengekommen sein.«

Inzwischen hatte sich eine kleine Menschenansammlung gebildet, und Dodger konnte nur wiederholen: »Ich möchte in einer wichtigen Angelegenheit zu Mister Dickens.« Dann sagte er sich, dass er nur warten, die ihm dargebotenen Hände schütteln, nicken und lächeln musste, bis jemand Charlie holte.

Das ging in Ordnung, und ein Mann – ein sehr adretter, eleganter Mann – erschien plötzlich und sagte mit aufrichtiger Schärfe: »Wenn dies der Held ist – der *doppelte* Held der Fleet Street, sofern man den Zeitungen vertrauen darf –, welchen Dienst erweisen wir ihm dann anlässlich seines Besuchs? Was habt ihr euch nur gedacht?«

Dem letzten Wort verlieh der Mann eine besondere Betonung, und die Leute klatschten, und einige machten Bemerkungen in der Art von: »Wohl gesprochen, Mister Disraeli, wie wahr, wie wahr! Wo bleiben nur unsere Manieren?« Und einer von ihnen sagte: »Nun, ich weiß nicht, wie Sie das sehen, Gentlemen, aber meiner Meinung nach handelt es sich bei einem Helden wie diesem um einen Mann, der das grausige Rasiermesser des Mörders gewiss noch immer bei sich hat.« Die Worte versetzten Dodger einen Stich, und er malte sich aus, was geschehen mochte, wenn man ihn hier, an diesem Ort, mit dem Messer erwischte. Dann lachte der Mann, der das Rasiermesser erwähnt hatte, und fügte hinzu: »Allein der Gedanke, ha!«

»Allein der Gedanke«, murmelte Dodger und lachte ebenfalls, allerdings eher gezwungen.

Und so kamen Dodger und Simplicity ins Parlament, tatsächlich begleitet vom Rasiermesser und von einer Lüge, wogegen nichts einzuwenden war, denn Lügen hatten viele Leute ins Parlament gebracht. Dodger wusste noch immer nicht, warum er Sweeney Todds Rasiermesser in dem ganzen Durcheinander an sich genommen hatte. Irgendwie hatte er das Gefühl, es sei bei ihm derzeit am besten aufgehoben. Bevor er jedenfalls in dieser Hinsicht etwas unternehmen konnte, wurde Mister Dickens gerufen und traf kurze Zeit später ein. Er schüttelte Dodger theatralisch die Hand, musterte Simplicity und fragte: »Sind Sie etwa die junge Dame, die vor drei Nächten verprügelt wurde?« Dann betonte er, Dringendes mit dem jungen Kavalier besprechen zu müssen, was auch immer das bedeuten mochte.

Sie schritten durch Flure, die mit dicken Teppichen ausgelegt waren, und erreichten einen kleinen Raum mit einem Tisch. Während Dickens Stühle und Sessel zurechtrückte und Simplicity beim Platznehmen half, behielt Dodger Mister Disraeli im Auge. Er erinnerte ihn irgendwie an einen sehr viel jüngeren Solomon oder an eine Katze, die eine Untertasse mit Milch gefunden hat und jeden einzelnen Tropfen genießt. Er war ... ja, das traf es gut: Er war ein Dodger, kein Dodger wie Dodger, aber eine andere Art von Dodger, und man musste selbst Dodger sein, um dies zu erkennen. Ein schlauer Mann und bewaffnet mit einer Zunge, die vielleicht noch Schlimmeres anrichten konnte als ein Messer. Ein außerordentlich gewiefter Typ und ganz klar ein Geezer.

Dodgers und Mister Disraelis Blicke trafen sich, und Mister Disraeli zwinkerte – vielleicht die Anerkennung eines Dodgers einem anderen gegenüber. Dodger lächelte, zwinkerte aber nicht, denn ein junger Mann konnte in Schwierigkeiten geraten, wenn er einem Gentleman zuzwinkerte. Bis zu diesem Moment hatte er Unbehagen empfunden, hervorgerufen von einer Umgebung mit Statuen, Teppichen, die jedes Geräusch schluckten, und vielen Bildern an den Wänden, den Porträts älterer Herren mit weißem Haar und verkniffenen Gesichtern, als litten sie an Verstopfung. Ihre wortlosen Blicke schienen ihm zu sagen, dass er klein und unbedeutend war, nicht mehr als ein Wurm. Disraelis Zwinkern brach den Bann und teilte ihm mit, dass es in diesem Gebäude nicht viel anders zuging als in einem der überfüllten Mietshäuser, die Dodger kannte. Es mochte größer, wärmer und besser eingerichtet sein, und die Menschen, die sich hier aufhielten, waren eindeutig besser ernährt, den dicken Bäuchen und roten Nasen nach zu urteilen. Durch das Zwinkern indes nahm Dodger nun eine weitere Ansammlung von Leuten zur Kenntnis, die um die besten Plätze rangelten, nach Macht und einem besseren Leben strebten, wenn nicht für alle, so zumindest für sie selbst.

Dodger grinste, während er diesen Gedanken festhielt wie einen magischen Ring, der ihm Macht verlieh und von dessen Vorhandensein sonst niemand wusste. Aber auf dieses gute Gefühl folgte ein schlechtes: Hier wimmelte es überall von Worten und Büchern, und derzeit fand er keine Worte.

Eine Hand legte sich ihm auf die Schulter, und Charlie sagte: »Mein Freund, wir müssen uns um eine wichtige Angelegenheit kümmern. Vor meinem guten Freund Mister Disraeli kannst du offen sprechen. Er ist ein aufstrebender Politiker, in den wir große Hoffnungen setzen und der das gegenwärtige Problem kennt. Übrigens, wie geht es dir? Erfrischungen gefällig?« Während Dodger noch nach Worten suchte, nickte Simplicity höflich, und Charlie ging zur Tür und zog an einem Glockenstrang. Auf der Stelle erschien ein Mann, flüsterte kurz mit Charlie und ging wieder.

Charlie setzte sich in einen bequemen Sessel, und Disraeli folgte seinem Beispiel. Letzterer faszinierte Dodger. Er kannte das Wort *insinuieren* nicht, aber mit dem Gedanken dahinter war er vertraut. Mister Disraeli insinuierte sich selbst – in gewisser Weise verließ er einen Ort nicht, bis er tatsächlich ganz woanders war. Das macht ihn gefährlich, dachte Dodger, und dann fiel ihm ein, was er bei sich trug.

Während der Bedienstete noch unterwegs war, um etwas zu trinken zu holen, sagte Charlie: »Um Himmels willen, junger Mann, setz dich, die Stühle und Sessel beißen nicht! Ich bin hocherfreut, dass die Erholung der jungen Dame so gute Fortschritte macht – das ist wirklich eine gute Nachricht.«

»Ich bitte um Entschuldigung«, sagte Disraeli, »aber wer ist die junge Dame eigentlich? Ist sie …? Wäre jemand so freundlich, mich ihr vorzustellen?«

Er stand auf, und Charlie erhob sich ebenfalls, führte Disraeli zu Simplicity und sagte: »Miss … Simplicity, darf ich Ihnen Mister Benjamin Disraeli vorstellen?«

Auf der Stuhlkante sitzend, beobachtete Dodger das Geschehen mit einem gewissen Staunen. In Seven Dials war so etwas nicht üblich. Dann sagte Charlie: »Ben, Miss Simplicity ist die Dame, über die wir gesprochen haben.«

Und mit zuckersüßer Stimme fragte Simplicity: »Was wurde über mich gesprochen, wenn ich fragen darf?«

Dodger wäre fast aufgesprungen, bereit, Simplicity falls notwendig zu verteidigen, aber Charlie sagte recht scharf: »Bleib sitzen, Dodger! Dies solltest du besser mir überlassen. Du kannst gern deine Meinung äußern, wenn du möchtest.« Er wandte sich an Simplicity. »Das gilt natürlich auch für Sie. Hier in England sieht man die Situation folgendermaßen, Miss Simplicity. Sie haben im Ausland gelebt, zusammen mit Ihrer Mutter, offenbar einer Englischlehrerin. Nach ihrem bedauernswerten Ableben haben Sie irgendwann in jüngerer Vergangenheit einen Prinzen aus einem der deutschen Länder geheiratet.« Charlie sah die junge Frau so an, als befürchte er eine Explosion, aber sie nickte nur, und er fuhr fort. »Wir wissen auch, dass Sie nicht viel später flohen und hier in England erschienen – wo Ihre Mutter geboren wurde.«

Simplicity starrte ihn an und erwiderte: »Ja. Und ich bin geflohen, weil sich mein Mann unmittelbar nach der Heirat als eine wehleidige Jammergestalt entpuppte. Er versuchte sogar, mir die Schuld an unserer sogenannten Ehe zu geben, ein Trick, meine Herren, der so alt ist wie die Welt.«

Dodger bemerkte, dass Disraeli zum Himmel aufgeblickt hatte – beziehungsweise zur Zimmerdecke. Selbst Charlie wirkte ein wenig betreten, ging aber nicht darauf ein und fuhr fort: »Inzwischen wissen wir aus Quellen, die ich hier nicht nennen möchte, dass zwei Landarbeiter, die Zeugen der Trauung waren, tot aufgefunden wurden. Und der Priester, der die Zeremonie durchführte, scheint eines Tages ausgerutscht zu sein, als er das Dach seiner Kirche inspizierte. Er überlebte den Sturz nicht.«

»Das muss Pater Jakob gewesen sein«, murmelte Simplicity mit blasser Miene. »Er war ein anständiger Mann, und mir scheint, dass ein Priester nicht einfach so vom Dach seiner Kirche fällt. Die Zeugen waren Heinrich und Gerta. Das Dienstmädchen, das mir die Mahlzeiten brachte, erzählte mir von ihnen. Offenbar sind Sie im Moment ein wenig um Worte verlegen, Sir, aber vermutlich wollen Sie mir auf die langatmige britische Art und Weise erklären, dass mein Mann seine Frau zurückhaben möchte. Abgesehen von dem Priester waren Heinrich und Gerta die einzigen Menschen, die Kenntnis von unserer Hochzeit hatten, und jetzt sind sie tot. Dies« – sie zog den goldenen Ring vom Finger und hob ihn hoch – »ist der einzige Hinweis auf meine Ehe. Ich glaube, Sir, Sie versuchen mir klarzumachen, dass mein Mann – beziehungsweise sein Vater – diesen Ring zurückhaben will, und zwar um jeden Preis.«

Disraeli und Charlie wechselten einen Blick, und Disraeli sagte: »Ja, Madam, das nehmen wir an.«

»Aber wissen Sie, Sir, es gibt noch einen weiteren Beweis für die Ehe. Damit meine ich mich selbst, Sir. Ich werde auf keinen Fall zurückkehren, denn ich weiß, dass ich dann einfach verschwinden könnte. Falls ich überhaupt die Reise überleben würde. Eine Reise per Schiff, meine Herren. Und nachdem ich der einzige übrig gebliebene Ehebeweis bin ...

wie leicht wäre es dann, ihn bei der Überfahrt im Meer zu versenken.«

Simplicity steckte sich den Ring wieder an den Finger und wandte sich mit großem Ernst an Disraeli und Charlie. »Zwei sehr nette Menschen hier in England, die meinen wahren Namen nicht kennen, nannten mich Simplicity, aber ich bin erheblich komplizierter. Ich weiß, dass mein Schwiegervater überaus zornig war, als er erfuhr, dass sein Sohn und Erbe geheiratet hatte, angeblich aus Liebe, eine Frau, die nicht einmal zur Zofe taugte, geschweige denn zur Prinzessin. Nun, meine Herren, so steht es in Märchen geschrieben, und bei der ersten Begegnung mit meinem Mann dachte ich, für mich ginge ein Märchen in Erfüllung. Bald musste ich mich folgender Wahrheit stellen: Prinzen und Prinzessinnen spielen in der europäischen Politik eine gewisse Rolle, wenn es um Staatsangelegenheiten geht. Die Leute glauben, wenn *unsere* Prinzessin *euren* Prinzen heiratet, dann gibt es keinen Krieg zwischen zwei Ländern, die sonst vielleicht ihre Truppen in Marsch gesetzt hätten. Und mein eitler, dummer Mann – und meine Dummheit, weil ich ihm glaubte – vereitelten eine gute Gelegenheit für Friedensverhandlungen.«

Dodger starrte Simplicity mit offenem Mund an. Eine Prinzessin? Man musste Ritter oder ein ähnlich feiner Pinkel sein, um eine Prinzessin zu retten, oder etwa nicht? Charlie und Disraeli bewegten sich unruhig in ihren Sesseln. In diesem Moment klopfte es leise an der Tür, und ein Mann mit Kaffee und kleinen Kuchenstücken trat ein.

»Ich glaube, Sir, ich bin so etwas wie ein politischer Flüchtling«, sagte Simplicity, als sie wieder allein waren. »Und es gibt Leute in diesem Land, die mir Böses wollen. Zweimal seit meiner Ankunft in England haben sie versucht, mich zu entführen, und ich verdanke es Dodger – und auch Ihnen, Mister Dickens –, dass ich heute hier bin und nicht auf einem

Schiff, das mich zu meinem Mann zurückbringt. Meine Mutter, die tatsächlich Engländerin war, hat mir erzählt, dass in England alle Menschen frei sind. Ich bliebe sehr gern hier, Sir, und ich glaube, ich kann auch hier eine Person von gewissem Wert sein, obgleich ich selbst in diesem Land um meine Sicherheit fürchten muss. Doch für den Fall, dass ich zur Rückkehr gezwungen bin, rechne ich mit dem Schlimmsten. Ich bin nirgends sicher, meine Herren, weshalb ich mich recht hilflos fühle. Selbst hier in England bin ich bedroht, in einem Land, in dem angeblich kein Mann Sklave sein muss. Ich hoffe, meine Herren, das gilt auch für Frauen.«

Charlie trat an den Kamin, lehnte sich gegen den Sims und fragte: »Was hältst du davon, Ben?«

Mister Disraeli wirkte wie ein Mensch, der einen Schlag auf den Kopf bekommen hatte. Seine scharfe Zunge schien ein wenig an Schärfe eingebüßt zu haben, denn er zögerte, bevor er sagte: »Nun, Madam, ich bedauere sehr, dass Sie sich in einer solchen Lage befinden. Aber uns, das heißt der britischen Regierung, wurde versichert, dass Ihnen niemand ein Leid zufügt, wenn Sie zurückkehren.«

Dodger erhob sich unvermittelt. »Kann man solchen Versicherungen trauen?«, warf er ein. »Außerdem ist *ein Leid zufügen* eine Sache und *einsperren, wo einen niemand sieht* eine andere. Ich meine, ihr Typen kennt euch doch mit Worten aus. Es lauert jede Menge Unheil hinter *kein Leid zufügen.*«

»Aber wie sollen wir Miss Simplicitys Sicherheit garantieren, solange sie in unserem Land weilt?«, fragte Disraeli. »Weder die Regierung, von der wir hier sprechen, noch unsere eigene können bei dieser Angelegenheit so ohne Weiteres intervenieren. Was aber keineswegs bedeutet, dass beide Seiten nicht auf die Dienste Dritter zurückgreifen, um, sagen wir, ihre Interessen wahrzunehmen. Wenn Miss Simplicity zu Schaden käme, während sie sich in unserem Land aufhält, würden sich dadurch ... Probleme für die Beziehungen zwischen den beiden betroffenen Regierungen ergeben.« Er schluckte und schien zu fürchten, zu viel gesagt zu haben.

Dodger wandte sich an Charlie. »Deshalb habe ich ... ich meine, haben *wir* uns die Freiheit genommen, Simplicity aus dem Haus von Mister und Missus Mayhew zu holen und fortzubringen. Es war sehr freundlich von den Mayhews, Simplicity zu helfen, und wir möchten vermeiden, dass *ihnen* etwas zustößt. Wer auch immer die Leute sind, die nach Simplicity suchen – ich glaube nicht, dass es sich um besonders nette Zeitgenossen handelt. Und ich darf Ihnen versichern, Sir, dass ich diese Sache nicht ruhen lasse. Wenn ich die Kerle finde, die sie so grausam misshandelt haben, und wenn sie dafür bezahlen ... Dann muss Simplicity nicht zurück, oder? Ich beschütze sie.«

Mister Disraeli rutschte in seinem Sessel hin und her und warf Charlie einen kurzen Blick zu, bevor er erwiderte: »Nun, wissen Sie, junger Mann, es ist alles ziemlich kompliziert. Die fragliche Regierung verlangt die Rückkehr der jungen Dame, die schließlich verheiratet und somit rechtmäßiger Besitz ihres Mannes ist. Es gibt hier bei uns, das will ich nicht verhehlen, gewisse Leute, die es für vernünftig halten, sie um des Friedens zwischen unseren Nationen willen zurückzuschicken.« Er sah, wie Dodger den Mund öffnete, um zu protestieren. »Sie sollten wissen, Mister Dodger, dass wir in letzter Zeit genug Kriege geführt haben – was Ihnen insbesondere nach der Begegnung mit Mister Todd klar sein dürfte –, und zu viele dieser Kriege brachen aufgrund irgendwelcher Nichtigkeiten aus. Bestimmt verstehen Sie, warum diese Angelegenheit so schwierig ist.«

Schwierig?, dachte Dodger. Ärger brodelte in ihm auf. Diese Männer behandelten Simplicity nicht wie eine lebendige

Person, sondern wie eine Figur auf dem Spielbrett der Politik. Selbst beim Würfeln gab es größere Aussichten auf Gewinn! Plötzlich befand sich sein Gesicht dicht vor dem von Benjamin Disraeli, der sich in seinem Sessel so weit wie möglich zurücklehnte. »Hier ist nichts schwierig, Sir, überhaupt nichts!«, rief er. »Eine Frau, die von ihrem Alten verprügelt wurde und nicht erneut verprügelt werden will, kehrt nicht dorthin zurück, wo sie weitere Prügel riskiert. Meine Güte, bei uns passiert das dauernd, und niemand wackelt mit dem Finger und erwartet vom Alten, dass er seine Unterhosen plötzlich selbst wäscht.«

Bevor Disraeli etwas sagen konnte, kam ein Kommentar von Charlie. »Ben, es sollte dir möglich sein, die Entscheidung darüber noch etwas hinauszuzögern und uns allen Gelegenheit zu geben, über unsere nächsten Schritte nachzudenken. Aber es gibt einen Punkt, der sofort geklärt werden muss. Dodger wohnt in Seven Dials bei einem älteren Herrn und einem ... bemerkenswerten Hund. Die Unterkunft ist kein geeigneter Aufenthaltsort für eine junge Dame, und es besteht kein Zweifel, dass wir es mit einer Dame zu tun haben. Noch dazu mit einer Dame, die um ihr Leben fürchtet. Im schlimmsten Fall könnte sie sogar am helllichten Tag umgebracht werden, denn unser Dodger ist zwar schnell, aber nicht imstande, überall gleichzeitig zu sein. Deshalb müssen wir auf der Stelle entscheiden, verstehst du? Wir müssen entscheiden, Ben, wo diese Dame – eine *Prinzessin,* Ben – abends ihren Kopf zur Ruhe bettet, in der Gewissheit, dass sie am nächsten Morgen noch einen hat. Wir beide kennen da eine Person, an die wir uns unter solchen Umständen wenden können.«

Disraeli wirkte wie ein Mann, dessen Füße brannten und dem gerade jemand einen Eimer Wasser reichte. »Ich nehme an, du meinst Angela.«

»Aber natürlich.« Charlie wandte sich an Dodger, der wie ein Wächter neben Simplicity stand, bereit, sie gegen alles und jeden zu verteidigen. »Wir haben eine nützliche Freundin, die gewiss bereit ist, Miss Simplicity Obdach und auch Sicherheit zu gewähren. Ich bin mir völlig sicher, dass sie der Situation gewachsen ist, denn ich halte sie für eine Frau, die sich nie darum scheren muss, was Politiker und selbst Könige denken. Mit der Kutsche könnten wir in einer Stunde bei ihr sein. Ich begleite Miss Simplicity und den jungen Mann, um alles zu erklären.«

»Woher soll ich wissen, ob ich dir trauen kann, Charlie, selbst wenn jene geheimnisvolle Frau Vertrauen verdient?«, fragte Dodger.

»Nun«, erwiderte Charlie, »in mancher Hinsicht kannst du mir wahrscheinlich nicht trauen. Ich habe dir die Wahrheit gesagt, und die Wahrheit ist ein Nebel, wie du weißt. Aber hältst du es wirklich, *wirklich* für möglich, dass ich bei dieser Angelegenheit nicht vertrauenswürdig bin? Wohin willst du diese junge Dame sonst bringen? In die Kanalisation?«

Bevor einer der Anwesenden ein weiteres Wort äußern konnte, erhob sich Simplicitys laute, feste Stimme. »Ich traue *dir*, Dodger. Vielleicht solltest du ebenfalls ein wenig Vertrauen haben.«

Beim Parlamentsgebäude standen immer Kutschen bereit, und bald waren sie nach Westen unterwegs, soweit Dodger das feststellen konnte.

Sie fuhren schweigend dahin, bis Simplicity sagte: »Mister Dickens, Ihr junger Freund Mister Disraeli gefällt mir nicht sonderlich. Er glaubt bei jeder Frage zwei Seiten zu sehen. Er schwebt gewissermaßen, wenn Sie verstehen, was ich meine. Bei ihm ist alles wie … wie ein Kleidungsstück, das man ausschüttelt und wieder anzieht. Und meine Mutter sagte immer, solche Leute seien zwar unschuldig, aber gefährlich.« Nach kurzer Pause fügte sie hinzu: »Ich bitte um Entschuldigung, aber ich glaube, meine Worte entsprechen der Wahrheit.«

Charlie seufzte. »Die Politik dürfte zu dem Zweck erfunden worden sein, Kriege zu verhindern, und in dieser Hinsicht sind Politiker nützlich, meistens. Mehr ist leider nicht anzuführen, soweit ich das sehe. Allerdings sind Ben aufgrund seiner Stellung oftmals die Hände gebunden, und bei einigen Vorkommnissen möchte er nicht, dass seine Beteiligung daran bekannt wird. Es mag euch beide überraschen, dass sich in unserem Land Agenten fremder Staaten herumtreiben, so wie wir Leute losschicken, die sich in anderen Ländern für uns umsehen und umhorchen. Beide Seiten wissen davon, und seltsamerweise tragen auch diese Aktivitäten dazu bei, dass der Frieden erhalten bleibt. Wenn allerdings Könige und Königinnen bedroht sind«, fügte Charlie hinzu, »kann ein Bauer gewinnen.«

Das alles war neu für Dodger, und er fragte: »Wir spionieren also ständig unsere Feinde aus?«

Leises Lachen erklang in der dunklen Kutsche. »Im Allgemeinen nicht, Dodger, denn wir wissen, was unsere Feinde denken; es sind unsere *Freunde*, vor denen wir auf der Hut sein müssen. Man kann es mit einer Wippe vergleichen. An einem Tag sind unsere Feinde vielleicht unsere Freunde, und am nächsten werden unsere Freunde zu Feinden. Oh, alle wissen von den Agenten. Die Agenten wissen von den Agenten. Ehrlich gestanden bin ich nicht sicher, was Diplomatie in dieser Hinsicht ausrichten kann. Simplicity bekäme zweifellos die Erlaubnis, hier in England zu leben, aber es fällt mir schwer zu glauben, dass die Angelegenheit damit erledigt wäre, denn die andere Regierung scheint auf Betreiben ihres Schwiegervaters sehr hartnäckig zu sein. Vielleicht könnten wir sie auf ein Schiff nach Amerika oder vielleicht nach Australien schmuggeln, doch ich fürchte, diese Möglichkeit ziehe ich allenfalls als Romanschriftsteller in Betracht.«

»Amerika?«, entfuhr es Dodger. »Davon habe ich gehört. Dort wimmelt es von Wilden. Keinesfalls darf Simplicity dorthingeschickt werden! Sie hätte überhaupt keine Freunde! Und was Australien betrifft ... Darüber weiß ich nicht viel, aber Solomon hat mir erzählt, dass dieses Land auf der anderen Seite der Welt liegt. Und das bedeutet meiner Meinung nach, dass die Leute dort auf dem Kopf gehen. Selbst wenn wir sie auf ein Schiff brächten, es bliebe nicht unbemerkt, wie dir sicher klar ist, Charlie. Es gibt Leute, die alles beobachten, was im Hafen geschieht. Ich war einer von ihnen.«

»Ich bin ziemlich sicher, dass wir sie gut verkleiden könnten«, wandte Charlie ein. »Oder wir halten uns bedeckt und warten ab, bis der Schwiegervater einen Schlaganfall erleidet. Nach allem, was Disraeli herausgefunden hat, lässt sich mit dem recht unangenehmen Sohn leichter fertigwerden.«

Dodger hörte aufmerksam zu. Simplicity war mitleidlos zusammengeschlagen worden, und anschließend war sie sehr schwach gewesen. Auf diese Weise hatte er immer an sie gedacht, aber plötzlich regte sich eine dunkle Erinnerung in ihm. »Charlie«, sagte er, »jemand hat mir einmal von den Römern erzählt, die die Kanalisation gebaut haben. Damals gab es eine Frau, die Jagd auf die Römer machte, mit Streitwagen, deren Räder Klingen hatten und ihnen die Beine abschnitten. Du kennst dich doch gut mit Büchern aus ... Weißt du, wie die Frau hieß?«

»Boudicca«, antwortete Charlie. »Und ich glaube, ich verstehe, worauf du hinauswillst. Miss Simplicity ist eine junge Frau, die weiß, was sie will. Sie sollte nicht gezwungen sein, vor ihren Gegnern wegzulaufen.«

Die Kutsche wurde langsamer und blieb vor einem sehr großen und sehr hell erleuchteten Haus stehen. Charlie klopfte an, und ein Butler öffnete. Einige Worte wurden geflüstert, und kurze Zeit später warteten Dodger und Simplicity in einem hübschen kleinen Zimmer, während Charlie mit dem Butler davoneilte, der offenbar Geoffrey hieß.

Kaum eine Minute war vergangen, als Charlie in Begleitung einer Lady zurückkehrte, die er als Miss Angela Burdett-Coutts vorstellte. Sie schien recht jung zu sein, fand Dodger, kleidete sich aber wie eine ältere Frau, und ein Blick in ihr Gesicht genügte, um Dodger einen messerscharfen Verstand zu verraten. Es war wie bei Charlie. Er wusste sofort, dass er dieser Frau gegenüber ehrlich sein musste oder besser schweigen sollte. Sie sah aus wie eine Person, die sich durchzusetzen verstand und bei Auseinandersetzungen immer gewann.

Sie streckte die Hand aus. »Sie müssen Simplicity sein, meine Liebe, es freut mich sehr, Sie kennenzulernen.« Sie wandte sich an Dodger. »Und Sie sind der Held der Fleet Street. Charlie hat mir von Ihren Taten beim *Chronicle* erzählt. Alle reden über Ihre Unerschrockenheit heute Morgen. Glauben Sie mir: Ich weiß, was vor sich geht – die Menschen können sehr mitteilsam sein. Zunächst einmal kommt es darauf an, dass dieses Mädchen ...«, Angela korrigierte sich, »... ich meine, dass diese junge *Frau* eine Mahlzeit und die Möglichkeit erhält, in einem warmen und vor allem sicheren Bett zu schlafen.« Sie fügte hinzu: »Ohne meine Erlaubnis betritt niemand dieses Haus, und jeder Eindringling mit bösen Absichten würde sich wünschen, nie geboren zu sein – oder dass *ich* nie geboren wäre. Simplicity ist herzlich willkommen ... als Tochter einer alten Freundin aus diesem Land, und sie bleibt bei mir, bis sie gelernt hat, in dieser sündhaften Stadt zurechtzukommen. Ich bin sicher, dass Sie, Mister Dodger, reichlich zu tun haben. Helden sind immer beschäftigt, habe ich herausgefunden, aber ich wäre Ihnen dankbar, wenn Sie morgen Abend an meiner Dinnerparty teilnehmen könnten.«

Dodger hörte sich dies alles mit offenem Mund an, bis sich Charlie an ihm vorbeischob und sagte: »Liebe Angela, könnte der junge Mann morgen Abend seinen Freund und Mentor Solomon Cohen mitbringen? Er ist ein ausgezeichneter und renommierter Hersteller von Schmuck und Uhren.«

»Großartig. Ich würde mich freuen, ihn kennenzulernen. Ich glaube, ich habe von ihm gehört. Was dich betrifft, Charlie ... Du bist selbstverständlich ebenfalls eingeladen, das weißt du ja, und ich spräche gern unter vier Augen mit dir, wenn Mister Dodger gegangen ist.«

Die letzten Worte brachten eine gewisse Endgültigkeit zum Ausdruck, und Dodger stellte fest, dass er die Hand gehoben hatte. Da sie schon einmal oben war, sagte er: »Entschuldigen Sie, Miss, dürfte ich sehen, wo Miss Simplicity schlafen wird?«

»Warum, wenn ich fragen darf?«

»Wissen Sie, Miss, ich kann durch die meisten Fenster in dieser Stadt einsteigen, und wenn *ich* dazu in der Lage bin, so dürfte auch jemand dazu imstande sein, der fieser ist als ich, wenn Sie verstehen, was ich meine.«

Er rechnete mit Tadel, aber stattdessen schenkte ihm Angela ein breites Lächeln. »Sie erkennen keinen Herrn an, nicht wahr, Mister Dodger?«

»Ich weiß nicht, was Sie meinen, Miss, aber ich möchte mich vergewissern, dass Simplicity sicher aufgehoben ist.«

»Ausgezeichnet, Mister Dodger. Wie Sie wünschen. Ich werde Geoffrey anweisen, Ihnen das Zimmer und die Eisenstäbe am Fenster zu zeigen. Auch ich mag keine Eindringlinge, und ich frage mich gerade, ob ich nicht Sie oder einen Ihrer Kollegen damit beauftragen sollte, nach einem bisher unentdeckt gebliebenen Weg ins Haus zu suchen. Vielleicht können wir diese Frage morgen erörtern. Jetzt muss ich mit Charlie sprechen.«

10

Dodger benutzt seinen Kopf

Dodger eilte nach Hause, in gewisser Weise getragen von der Erinnerung an das Treffen und auch von den Worten, die Charlie ihm beim Verlassen des Hauses zugeflüstert hatte – wonach Angela mehr Geld besaß als jeder, der nicht König oder Königin war. Allerdings, eine piekfeine Party klang nach einer harten Nuss. Er ging ziemlich schnell, bis er den ersten Gullydeckel erreichte: einen Eingang zu seiner Welt. Einen Moment später war trotz der guten Klamotten eine deutliche Abwesenheit von Dodger zu beobachten, untermalt vom Geräusch des wieder an seinen Platz gerückten Gullydeckels.

Er orientierte sich nach Gefühl, mithilfe von Echos und natürlich anhand des Geruchs. Jede Kanalisationsröhre in der Stadt hatte ihren eigenen Geruch, und er konnte sie so gut unterscheiden wie ein Weinkenner verschiedene Jahrgänge. Unter Londons Straßen machte er sich auf den Weg nach Hause und änderte nur einmal die Richtung, als sein aus zwei Tönen bestehender Pfiff Antwort erhielt von einem Kollegen, der bereits in diesem Tunnel arbeitete. Draußen war es noch hell, was die Sicht in der Nähe eines gelegentlichen Gitterrosts verbesserte, und er kam mühelos voran – diesmal war nicht das kleinste Rinnsal zu entdecken. Fast geistesabwesend erforschten seine Finger im Vorbeigehen eine geheime Nische und fanden einen Sixpence, ein Zeichen dafür, dass jemand oder etwas über ihn wachte.

Oben in der komplizierten Welt erklangen die Geräusche von Hufen, Schritten und Kutschen, und dann, ganz plötzlich, hörte Dodger einen Laut, und er erstarrte: ein gespenstisches Quietschen wie von leidendem Metall, vielleicht hervorgerufen von einem Gegenstand, der an einem Rad feststeckte. Es war ein Quietschen, das über die Seele kratzte und das man nie wieder vergaß, hatte man es einmal vernommen.

Die Kutsche! Wenn er sehen konnte, wohin sie fuhr, fand er vielleicht die Männer, die Simplicity verprügelt hatten. Er freute sich bereits darauf, es den Mistkerlen heimzuzahlen.

Die Kutsche rollte oben über die Straße, und Dodger verfluchte den Umstand, dass der nächste Gullydeckel ein ganzes Stück entfernt war. Zum Glück befand er sich in einem einigermaßen sauberen Tunnel, was ihm dabei half, den gebrauchten Anzug zu schonen. Er lief durch die Kanalisationsröhre und wäre diesmal nicht einmal für einen Shilling stehen geblieben. Schließlich erreichte er den Kanaldeckel und holte die Brechstange hervor, doch gerade, als er den Deckel anheben wollte, hörte er das Klappern von Hufen und das Rasseln von Gurtzeug. Etwas Dunkles erschien über dem Gullydeckel, und das Licht des Tages verschwand hinter dem Geruch von Dung. Der Wagen eines Brauers blieb stehen und schien sich auf dem Deckel niederzulassen wie ein alter Mann, der nach langer Suche endlich einen Abort gefunden hat. Der Vergleich war so abwegig nicht, denn die Pferde vor dem Wagen hielten Ort und Zeitpunkt für geeignet, ihre Blasen zu entleeren. Es waren große Tiere, ein langer Nachmittag lag hinter ihnen, und deshalb war der Schauer nicht schon nach wenigen Augenblicken zu Ende, sondern lief auf ein längeres Duett für die Göttin der Erleichterung hinaus. Da der einzige Weg nach unten führte, gab es für Dodger bedauerlicherweise keine Möglichkeit, diesem ganz besonderen Regen auszuweichen.

In der Ferne wurde das Quietschen leiser und verschmolz immer mehr mit den anderen Geräuschen der Straßen. Hinzu kam das Rumpeln der Bierfässer, die nun von kräftigen Männern über eine Rampe gerollt wurden. Schon nach kurzer Zeit war vom quietschenden Rad der Kutsche nichts mehr zu hören.

Dodger kannte die Routine der Männer, die über ihm arbeiteten. Wenn sie alle leeren Fässer aus dem Pub geholt und durch volle ersetzt hatten, genehmigten sie sich hundertpro ein Pint Bier. Bei diesem fröhlichen Unterfangen würde ihnen der Wirt Gesellschaft leisten, angeblich um die Qualität des gelieferten Biers zu überprüfen, obwohl der wahre Grund lautete: Wenn Männer die ganze Zeit über schwere Fässer schleppen mussten, so hatten sie sich doch ein Bier verdient, oder etwa nicht? Dieses Ritual war vermutlich so alt wie das Bier selbst. Manchmal tranken die Männer von der Brauerei und der Wirt ein zweites Pint, wenn ihre Entschlossenheit, Aufschluss über die Qualität des Biers zu erlangen, besonders ausgeprägt war. Dodger roch es, trotz der Ausdünstungen der Pferde und obwohl er eine gewisse Menge an Pferdeessenz an sich trug; er bekam sogar Durst davon.

Er hatte den Geruch, der von den Brauereien in die Kanalisation herabwehte, immer gemocht. Ein Geezer namens Blinky, von Beruf Rattenfänger, hatte ihm einmal erzählt, dass die Ratten in der Kanalisation unter den Brauereien immer besonders groß und dick waren, und angeblich wurde mehr für sie bezahlt, weil so viel Angriffslust in ihnen steckte.

Dodger musste sich eingestehen, dass er die Kutsche nicht mehr einholen konnte. Die Männer weiter oben machten sich mit großer Gewissenhaftigkeit an die Überprüfung der Bierqualität. Zwar konnte er zum nächsten Gullydeckel laufen, aber bis er ihn erreichte, war die Kutsche sicher längst im Verkehr der Stadt verschwunden. So blieb ihm nichts anderes übrig, als sich über eine verpasste Gelegenheit zu ärgern.

Er ging trotzdem weiter, auch deshalb, weil die großen Zugpferde vor dem Brauereiwagen nicht nur Blasen hatten, die sie entleeren konnten – deshalb folgten ihnen einige Gassenkinder mit Eimer und Schaufel. Oft hörte man, wie sie ihre Ware bei den feineren Häusern anpriesen, wo die Leute Gärten hatten und Dünger brauchten. »Einen Penny der Eimer, Missus!«, riefen sie. »Gut zusammengetreten!«

Beim nächsten Gully kletterte Dodger nach oben und setzte den Weg durch das Labyrinth aus Straßen und Gassen fort, müde, hungrig und sich durchaus der Tatsache bewusst, dass sein gebrauchter Gebrauchtanzug nicht *einen* Fleck hatte, sondern ganz und gar aus Flecken bestand. Jacob und seine Söhne verstanden sich ziemlich gut darauf, Kleidung zu reinigen, aber in diesem Fall erwartete sie harte Arbeit. Was für Dodger bedeutete, dass er auf seine Lumpen zurückgreifen musste.

Verdrossen ging er weiter und achtete dabei auf Köpfe, die plötzlich verschwanden, kaum dass er sie bemerkte, oder Leute, die ein bisschen zu schnell in eine Gasse traten. So verhielt sich ein Geezer. Ein Geezer wusste, dass sich die meisten Menschen auf der Straße um ihre eigenen Angelegenheiten kümmerten, obwohl viele von ihnen die Gelegenheit wahrgenommen hätten, sich in die Angelegenheiten anderer einzumischen. Wonach Dodger Ausschau hielt, war das suchende, wachsame Auge, das Auge, das die Straße las wie ein Buch.

Derzeit schien die Straße frei zu sein, wenn man das von irgendeiner Straße sagen konnte, und Simplicity war vorerst in Sicherheit, tröstete sich Dodger. Allerdings verlöre sie diese Sicherheit, wenn sie das Haus verließ. Auf der Straße konnte Schreckliches passieren, selbst am helllichten Tag.

Ihm fiel ein, dass er sich vor nicht allzu langer Zeit als Blumenmädchen verkleidet hatte – damals war er jung genug gewesen, damit durchzukommen. Sein Haar hatte hübsch unter einem Kopftuch hervorgelugt, und es war nicht einmal sein eigenes Haar gewesen. Er hatte es sich von Mary Drehdichschnell geliehen, deren blondes Haar wie ein Pilz wuchs und auch so aussah. Aber sie verdiente gutes Geld damit, indem sie es alle paar Monate an die Perückenmacher verkaufte.

Es gab einen guten Grund für die Verkleidung: Die Blumenmädchen, von denen einige gerade erst vier Jahre alt waren, erhielten unerwünschte ... Aufmerksamkeit von gewissen Herren. Die Mädchen, die im Frühling Veilchen und Osterblumen verkauften, waren ein anständiger Haufen, und Dodger mochte sie. Wenn sie größer wurden, mussten sie sich natürlich wie alle anderen ihren Lebensunterhalt verdienen, und bei den älteren von ihnen gab es gegen das eine oder andere Techtelmechtel vielleicht nichts einzuwenden, solange sie sowohl das Techtel als auch das Mechtel im Griff hatten. Doch sie wollten auf keinen Fall, dass ihre kleineren Schwestern in ähnliche Verstrickungen gerieten, weshalb sie Dodger um Hilfe baten.

Als sich die gut gekleideten Männer erneut bei den Blumenmädchen nach neuen Blumen umsahen, die sie pflücken und mit alkoholischen Getränken gefügig machen konnten, wurden sie auf diskrete Weise zu einem schüchternen kleinen Mauerblümchen geschickt, das in Wirklichkeit Dodger hieß.

Er musste zugeben, dass er die Rolle ziemlich gut gespielt hatte, denn ein Geezer musste auch ein Schauspieler sein, und so wurde Dodger zu einem besseren Mauerblümchen als die anderen Blumenmädchen, die – wie konnte es anders sein – geeignetere Qualifikationen dafür mitbrachten. Er hatte bereits recht viele seiner Veilchen verkauft, denn zu jener Zeit war er noch nicht im Stimmbruch gewesen und konnte tatsächlich als Jungfräulein durchgehen, wenn er wollte. Nach einigen auf diese Weise verbrachten Stunden erzählten ihm die Mädchen von einem besonders garstigen Burschen, der sich gern bei den Jüngsten von ihnen herumtrieb und gerade mit seinem hübschen Mantel, dem Gehstock und dem Klimpergeld in der Tasche unterwegs war. Und die Straße applaudierte, als ein plötzlich recht athletisches Blumenmädchen den schmierigen Mistkerl packte, ihn schlug und in eine Gasse zerrte, wo es dafür sorgte, dass er für eine Weile nichts mehr in seiner Tasche klimpern ließ.

Das war einer von Dodgers sehr guten Tagen gewesen, denn ... Nun, zunächst einmal hatte er eine gute Tat für die Blumenmädchen vollbracht, was ihm gelegentlich einen Kuss und die eine oder andere Schmuserei wie zwischen guten Freunden einbrachte. Außerdem hatte er den *Gentleman* stöhnend in der Gasse zurückgelassen, nicht nur ohne dessen Unterhose*, sondern auch ohne: eine Golduhr, eine Guinee, zwei Sovereigns, einige kleinere Münzen und einen Gehstock aus Ebenholz mit silbernem Besatz. Als Bonus kam hinzu, dass sich dieser Mann auf keinen Fall an die Peeler wenden würde. Und: Nach Dodgers bestem Schlag seit langer Zeit hatte der Bursche einen Goldzahn gespuckt. Dodger hatte ihn mitten in der Luft aufgefangen, was ihm zusätzlichen Applaus der Blumenmädchen einbrachte, und für eine Weile fühlte er sich wie der Hahn im Korb. Er hatte mit den älteren Mädchen Austernsuppe gegessen, und es war der beste Tag gewesen, den sich ein junger Mann wünschen konnte. Es lohnte sich immer, eine gute Tat zu vollbringen, obwohl dies vor der Rettung Solomons geschehen war, der gewisse Einzelheiten von Dodgers Handeln nicht gutgeheißen hätte.

* Ziemlich schmutzig, aber von guter Qualität. Dodger hatte sie anschließend oft getragen, natürlich nach gründlichem Waschen.

Als Dodger praktisch schon zu Hause war, ließ er in seiner Wachsamkeit nach, und plötzlich landete eine Hand auf seiner Schulter. Sie griff erstaunlich fest zu, wenn man bedachte, dass ihr Eigentümer sie vor allem zum Schreiben benutzte.

»Mein lieber Dodger! Du würdest staunen, wie lange es gedauert hat, mit einer Kutsche hierherzugelangen. Und, wenn ich das sagen darf, die Kanalisation war nicht sonderlich freundlich zu deinem Anzug. Gibt es hier in der Nähe ein Kaffeehaus?«

Das bezweifelte Dodger, aber er wies darauf hin, dass man bei einer der Pastetenbuden vielleicht auch Kaffee bekam. »Wie er schmeckt, kann ich nicht sagen«, fügte er hinzu. »Ein bisschen wie die Pasteten, nehme ich an. Ich meine, um dort zu essen, muss man wirklich sehr hungrig sein, wenn du verstehst, was ich meine.«

Schließlich führte er Charlie zu einem Pub, wo sie miteinander reden konnten, wo ihnen niemand zuhörte und wo sich kaum ein Taschendieb an Charlie heranmachte. Als Dodger eintrat, war er noch mehr Dodger als zuvor: Dodger im Quadrat, ein toffer und taffer Typ, Freund aller Slumbewohner. Er schüttelte dem Wirt namens Quince die Hand, außerdem auch einigen anderen Anwesenden, die einen zweifelhaften Ruf genossen und den Leuten, die alles beobachteten, ausrichten würden, dass dieses Revier Dodger gehörte, ihm allein.

Charlie nahm es hin, denn er wusste sicher: Dies waren die Slums, wo selbst die Peeler Vorsicht walten ließen und nie allein loszogen. Charlie gehörte ebenso wenig hierher wie Dodger ins Parlament – es waren zwei unterschiedliche Welten.

Eigentlich war London gar nicht so groß, wenn man genauer darüber nachdachte: eine Quadratmeile aus Labyrinthen, umgeben von weiteren Straßen, Menschen und … Gelegenheiten. Dann kamen die Außenbezirke und Vororte, die glaubten, Teil von London zu sein, aber das waren sie nicht, zumindest nicht für Dodger. Oh, manchmal verließ er die Quadratmeile – bis zu zwei Meilen weit wagte er sich über ihre Grenzen hinaus! – und schlüpfte dann ganz in die Rolle des Geezers. Er war freundlich zu allen, bei denen sich Freundlichkeit lohnte, und Geezer sprach zu Geezer. Die Geezer der Äußeren Öde, wie Dodger jene Straßen nannte, waren nicht unbedingt Freunde, aber man respektierte ihr Revier in der Hoffnung, dass sie ihrerseits das eigene Territorium respektierten. Man traf eine Vereinbarung mit Blicken, Annahmen und der einen oder anderen Geste, die kaum Worte benötigte. Aber es war alles Schau, ein Spiel ... Und wenn er nicht Dodger war, fragte er sich manchmal, wer er sein mochte. Dodger, fand er, war viel stärker als er.

Dann und wann sah ein Gast im Pub zu Charlie herüber, richtete den Blick dann auf Dodger und wandte ihn sofort ab, weil er zu verstehen glaubte. *Kein Problem, hab überhaupt nichts gesehen.*

Als klar war, dass kein Krieg ausbrach, und als zwei Pints auf den Tisch gestellt worden waren – in sauberen Gläsern, immerhin hatte Dodger einen Gentleman mitgebracht –, sagte Charlie: »Junger Mann, nach unserem Besuch bei Angela bin ich in großer Eile zu meinem Büro zurückgekehrt, und dort habe ich herausgefunden, dass mein Freund Mister Dodger ein sehr reicher Mann ist.« Er beugte sich vor und fügte hinzu: »In meiner Tasche habe ich, sorgfältig eingepackt, damit nichts klimpert, fünfzig Sovereigns und noch ein bisschen Kleingeld obendrein. Es besteht sogar die Aussicht, dass es noch mehr werden könnte.«

Dodger brachte seinen Mund wieder unter Kontrolle und klappte ihn zu. Nach einigen Sekunden flüsterte er: »Aber ich bin kein Held, Charlie.«

Charlie hob den Zeigefinger vor die Lippen. »Sei vorsichtig mit deinem Protest!«, riet er. »Du weißt, wer und was du bist, und ich schätze, ich weiß es ebenfalls, obwohl ich glaube, dass ich großzügiger mit dir bin als du mit dir selbst. Die guten Bürger von London haben dieses Geld einem jungen Mann gespendet, den sie für einen Helden halten. Wer bist du, dass du ihnen den Helden nehmen willst, insbesondere wenn man berücksichtigt, dass ein Held etwas bewirken kann?«

Dodger sah sich im Pub um. Niemand hörte zu, aber er senkte die Stimme trotzdem. »Und der arme alte Todd ist ein Schurke, wie?«

»Nun«, erwiderte Charlie, »ein Held könnte über den sogenannten Schurken sagen, er sei nichts weiter als ein trauriger, von Kriegserinnerungen gequälter Mensch. Er könnte hinzufügen, dass dieser Mensch nach Bedlam gehört und nicht an den Galgen. Wer könnte einem Helden widersprechen, wenn besagter Held auch noch mit einem Teil seines neuen Reichtums dafür sorgt, dass der arme Mann dort einen einigermaßen erträglichen Aufenthalt hat?«

Dodger stellte sich Sweeney Todd in Bedlam vor, irgendwo eingesperrt mit den Dämonen, die er in sich trug, ohne jede Annehmlichkeit, es sei denn, er bezahlte dafür. Ihm schauderte bei diesem Gedanken, denn ein solches Leben wäre schlimmer gewesen als der Tod am Galgen von Newgate, vor allem, weil sie das mit dem Knoten inzwischen richtig hinbekamen, damit das Genick sofort brach. Es ersparte allen Beteiligten im wahrsten Sinn des Wortes langes Herumhängen – die Freunde des Verurteilten mussten nicht mehr an seinen Beinen ziehen, um ihm zu einem schnellen Tod zu verhelfen. Ein guter Taschendieb, so hieß es, konnte große Beute beim Publikum machen, das ganz auf den Tanz am Strang konzentriert war. Dodger hatte es selbst einmal versucht und durchaus einiges dabei ergattert, aber erstaunlicherweise festgestellt, dass er sich schämte, ein solches Ereignis für die eigene Bereicherung auszunutzen. Daraufhin hatte er sich vom geschickt gestohlenen Geld getrennt und es zwei Bettlern gespendet.

»Niemand wird auf mich hören«, sagte er jetzt.

»Du unterschätzt dich, mein Freund. Und du unterschätzt die Macht der Presse. Schließ den Mund, bevor etwas hineinfliegt, und denk daran, dass du morgen das Büro des *Punch*-Magazins aufsuchen musst, damit Mister Tenniel dein Gesicht zeichnen kann. Unsere Leser möchten wissen, wie der Held des Tages aussieht.«

Charlie klopfte Dodger auf den Rücken, was er sofort bereute, als seine Hand eine noch immer nasse Stelle von Dodgers Anzug berührte.

»Die Kutsche«, sagte Dodger. »Ich habe sie noch einmal gehört. Und fast hätte ich sie auch gesehen. Ich finde die Kerle, Charlie. Sie werden Simplicity nicht noch einmal etwas antun.«

»Derzeit ist sie bei Angela gut aufgehoben.« Charlie lächelte. »Und ich denke, ich kann Ben noch einen Tag oder etwas länger ruhig halten, während ich weitere Ermittlungen anstelle. Wir sind ein Team, Dodger, ein Team! Das Spiel hat begonnen, und hoffentlich sind wir auf der Gewinnerseite.«

Damit verließ er den Pub und ging in Richtung der nächsten breiten Straße, wo vielleicht eine Kutsche wartete. Er ließ einen Dodger zurück, der mit wieder offenem Mund dastand und ein Vermögen in seiner Tasche trug. Nach einigen Sekunden verbündeten sich die Göttinnen der Realität und der Selbsterhaltung gegen ihn, und ein vermögender junger Mann rannte durch Seven Dials und hämmerte an Solomons Tür.

Er gab das vereinbarte Klopfzeichen und hörte Onans freudiges Bellen, gefolgt von Solomons Pantoffeln, gefolgt von den Geräuschen, die beiseitegeschobene Riegel verursachten. Dodger wusste, dass es im Tower von London – den er nie von innen sehen wollte – eine große Zeremonie der Wärter gab (die manchmal auch Beefeater genannt wurden), wenn sie des Nachts alles verschlossen. Aber wie kompliziert ihre Zeremonie auch sein mochte, vermutlich gingen sie nicht so sorgfältig und akribisch zu Werke wie Solomon, wenn er die Tür öffnete. Schließlich war sie offen.

»Oh, Dodger, bist ein bisschen spät dran. Schon gut, Eintopf ist besser, wenn man ihn länger ziehen lässt. Meine Güte, was hast du mit Jacobs fast neuem Anzug angestellt?«

Dodger zog die Jacke aus und hängte sie an einem Kleiderbügel auf, weil Solomon darauf bestand. Dann wandte er sich langsam um, öffnete die Börse, die Charlie ihm gegeben hatte, und ließ den Inhalt auf Solomons Arbeitstisch klimpern.

Er trat zurück und sagte: »Ich glaube, Jacob wäre mit mir einer Meinung, dass der Anzug derzeit nicht wichtig ist. Außerdem ist allgemein bekannt«, fuhr er fort und lächelte, »dass ein bisschen Pisse Kleidung nicht schadet, und ich denke, mit einem Teil dieses Gelds sollte sich alles in Ordnung bringen lassen, findest du nicht?« Und während der Mund des alten Knaben noch offen stand, fügte Dodger hinzu: »Ich hoffe, du hast noch Platz in deinen Schatullen.«

Und dann, als Solomon nur verdutzt dastand und keinen Ton von sich gab, dachte er, es sei vielleicht besser, sein Vermögen so bald wie möglich an einen anderen Platz zu bringen.

Eine Weile später standen zwei dampfende Teller mit Eintopf auf dem Tisch, und mehrere Säulen aus sorgfältig aufeinandergestapelten Münzen leisteten ihnen Gesellschaft. Sie waren nach ihrem Wert sortiert, von zwei halben Viertelpennys bis hin zu den Guineen und Sovereigns. Solomon und Dodger starrten auf die Stapel, als rechneten sie damit, dass sie irgendein Kunststück vollbrachten oder vielleicht verschwanden und dorthin zurückkehrten, woher sie gekommen waren.

Was Onan betraf ... Er blickte bange von einem zum anderen und fragte sich, ob er irgendetwas angestellt hatte, was gewöhnlich der Fall war. Obwohl, bei dieser besonderen Gelegenheit war er bisher frei von Schuld.

Solomon hörte sehr aufmerksam zu, als Dodger von den Ereignissen im Friseurladen und allen anderen Abenteuern berichtete, bis hin zur Dinnerparty-Einladung von Miss Angela und dem gesammelten Geld, das ihm Charlie im Pub überreicht hatte. Manchmal hob der alte Mann den Finger, um eine Frage zu stellen, aber abgesehen davon blieb er still. Schließlich sagte er: »Mmm, es ist nicht deine Schuld, dass die Leute dich einen Helden nennen, aber es macht dir Ehre, dass du Mitleid mit Mister Todd hast und erkennst, welche ungeheuerlichen Erlebnisse ihn zu einem Ungeheuer machten. Dem auf einem Amboss geschmiedeten Eisen kann man nicht den Hammer zur Last legen, und Gott versteht gewiss, dass du den anderen die Situation zu erklären versucht hast. Mmm, ich wusste immer, dass die Menschen auf das Angesicht der Welt die Welt malen, die sie gern sähen. Deshalb erblicken sie manchmal erschlagene Drachen, und wo es Lücken gibt, werden sie von der Phantasie der Menschen gefüllt. Was das Geld angeht ... Es dürfte der Versuch der Gesellschaft sein, sich besser zu fühlen. Eine heilsame Aktion mit der begrüßenswerten Nebenwirkung, dass sie dich zu einem reichen jungen Mann macht, der seinen Reichtum zur Bank bringen sollte. Du hast mir von einer Lady namens Angela Burdett-Coutts erzählt. Sie ist in der Tat steinreich, was sie dem überaus umfangreichen Erbe ihres Großvaters verdankt, und es wäre klug von dir, gute Beziehungen zu ihrer Familie zu knüpfen. Ich denke, du solltest dich an Mister Coutts Bank wenden und ihr dein Geld anvertrauen. Dort ist es sicher aufgehoben und bringt Zinsen.«

»Zinsen?«, fragte Dodger.

»Mehr Geld«, erklärte Solomon. »Es ist eine *mmm* erfreuliche Eigenschaft von viel Geld, dass es sich von allein vermehrt.«

Dodger richtete einen argwöhnischen Blick auf die Münzstapel. »Wie bringt es das zustande?«

Diesmal war das *Mmm* von Solomon besonders ausdrucksvoll, und er sagte: »In diesem Fall findet die Vermehrung anders statt. *Mmm*, es ist folgendermaßen. Angenommen, einer dieser neumodischen Eisenbahnleute, nennen wir ihn Mister Stephenson, hat einen Plan für eine wundervolle neue Maschine. Als ein Mann, der sich vor allem mit Bolzen und atmosphärischem Druck befasst, kennt er sich in der Geschäftswelt vielleicht nicht besonders gut aus. *Mmm*, Mister Coutts und seine Herren finden für ihn Unternehmer – damit bist in diesem Fall *du* gemeint –, die ihm genug Geld leihen, damit er seinen Plan verwirklichen kann. Mister Coutts schätzt die Vertrauenswürdigkeit eines Mannes ein und sorgt dafür, dass dein Geld sowohl für besagten Ingenieur als auch für dich arbeitet. Natürlich holt man Erkundigungen ein über den Mann mit den glänzenden Augen, den Ölflecken an der Hose und dem ihm anhaftenden Geruch von Kohlenstaub, um festzustellen, ob sich die Investition lohnt, aber Mister Coutts und seine Familie sind sehr reiche Leute, die nicht reich geworden sind, weil sie falsch geraten haben. Man spricht in diesem Zusammenhang von Finanzwirtschaft. Vertrau mir! Ich bin Jude – wir kennen uns mit solchen Dingen aus.«

Solomon strahlte fröhlich, doch Dodger sagte voller Unbehagen: »Für mich klingt das nach Glücksspiel. Und beim Glücksspiel kann man Geld verlieren.«

Unter dem Tisch winselte Onan, weil niemand ihn beachtete.

»Das kann man tatsächlich. Aber weißt du *mmm*, es gibt Glücksspiele und *Glücksspiele*. Nimm zum Beispiel Poker. Beim Pokern geht es darum, die Mitspieler zu beobachten, und darin bist du unglaublich gut. Du verstehst die Gesichter anderer Menschen zu deuten. Ich weiß nicht, warum du darin so gut bist; es ist ein Talent. In der Finanzwirtschaft verhält es sich ähnlich. Man muss die Leute einschätzen können, und Mister Coutts und Co sind darauf spezialisiert.«

»Das klingt so, als wären sie ... andere Dodger«, sagte Dodger.

Solomon lächelte. »*Mmm*, das ist eine interessante Meinung, aber nicht unbedingt eine Ansicht, die du den Herren der Coutts-Bank gegenüber äußern solltest. Denk daran, es ist sehr schwer, mit einem schlechten Namen im Geschäft zu bleiben, und sie sind ohne Zweifel gut im Geschäft.« Er rümpfte die Nase, als die Gerüche der trocknenden Jacke allmählich Onans Beitrag zur Luft in der Mansarde überlagerten.

»Das mit dem Anzug tut mir leid«, sagte Dodger, aber Solomon winkte die Worte mit einem *Pfuii* beiseite.

»Mach dir wegen Jacob keine Sorgen«, sagte er. »Jacob wäre nie böse auf einen, der viel Geld ausgeben kann. Außerdem ist Pferdeurin gut für die Reinigung von Kleidung – eine Tatsache, die nicht jeder zu schätzen weiß, wenn auch allen sein fruchtiger, an Apfelmost erinnernder Geruch bekannt ist. Nun, ich schlage vor, dass wir zeitig zu Bett gehen, wenn du mit dem Abwasch fertig bist, denn morgen speisen wir mit wichtigen Persönlichkeiten, und es würde mich beschämen, wenn ich hören müsste: ›Seht nur das zu groß geratene

Straßenkind, es hat überhaupt keine Manieren.‹ Sie werden sagen, dass es vielleicht weiß, wie man mit Messer und Gabel umgeht, aber keine Ahnung hat, was man mit einem *mmm* Fischheber anstellt. Und sie werden denken: Bestimmt schlürft er, wenn er seine Suppe isst. Was du, wenn du mir diese Bemerkung gestattest, ziemlich oft tust. Wenn Leute wie Mister Disraeli zugegen sind, musst du ein Gentleman sein, und mir scheint, dass mir *mmm* weniger als ein Tag bleibt, dich in einen solchen zu verwandeln. Geld allein genügt nicht.«

Dodger verzog das Gesicht, aber Solomon fuhr mit alttestamentarischer Bestimmtheit fort und hob den Finger der Rechtschaffenheit, als wolle er gleich die Zehn Gebote werfen. Was vermutlich zum Einsturz des Gebäudes geführt hätte, dessen Balken bereits unter dem Gewicht zahlreicher Familien ächzten und knirschten.

Solomon schob seinen Bart wie ein Vorauskommando nach vorn und sagte: »Dies ist eine Angelegenheit des Stolzes, Dodger, den ich habe und den du dir zulegen musst. Als Erstes suchen wir morgen früh Mister Coutts auf, und anschließend versuchen wir hier in London einen Friseur zu finden, der seinen Kunden die Haare schneidet und sie rasiert, ohne sie dabei umzubringen. Ich glaube, ich kenne einen.«

Bevor Dodger ein Wort sagen konnte, kam der Finger erneut nach oben, das Meer teilte sich, Donner grollte, der Himmel wurde dunkel, und die Vögel ergriffen die Flucht. Das geschah zumindest in der Mansarde, besser gesagt: in Dodgers Vorstellung.

»Widersprich mir nicht!«, forderte Solomon mit fester Stimme. »Wir sind hier nicht in der Kanalisation. Wenn es um Finanzwirtschaft, Bankwesen und Herausputzen geht, bin ich der Meister. Mit den Narben, die es beweisen. Ich muss dir sagen, dass ich dieses eine Mal in deinem Leben darauf bestehe. Dies ist nicht der geeignete Zeitpunkt, mit deinem alten Freund zu streiten. Immerhin schreibe ich dir nicht vor, was du in der Kanalisation zu tun hast.«

Sein Finger bohrte nicht länger Löcher in die Luft. Das Meer strömte in die Lücke zurück, der Himmel zeigte wieder das friedliche, wenn auch schmutzige Glühen des Abends, und Blitz und Donner verschwanden aus der Welt von Dodgers Phantasie. Solomon schrumpfte zu seiner gewöhnlichen Größe und sagte: »Bring Onan bitte nach unten, damit er sein Geschäft erledigen kann. Anschließend machen wir den Laden dicht für die Nacht.«

Es gab noch ein bisschen Licht am Himmel, als Dodger Onan nach unten brachte. Wie es das Protokoll bei dieser Angelegenheit verlangte, ließ er Onan von der Leine und sah sich dann so um, als hätte er nicht die geringste Ahnung, was der Hund vorhatte. Einige Lichter zeigten sich, aber nicht viele, denn Kerzen waren ziemlich teuer. Es war das Universum von London, wobei die gelegentlichen Sterne – Kerzen am Fenster – einen Teil ihres Talgs an die undankbaren Straßen vergeudeten. Wenn man um diese Zeit eine Kerze am Fenster sah, so bedeutete dies, dass ein armer Teufel gestorben – oder vielleicht geboren war. Man stellte Lichter auf, wenn man die Hebamme gerufen hatte, und andere Lichter zeigten den Tod an. Wenn es die ungestümere Art des Todes war – jene Art, die die Aufmerksamkeit der Peeler weckte –, so brauchte man den Coroner und stellte eine zweite Kerze auf.

Daran dachte Dodger, als er Onan aufforderte, davon abzulassen, woran er gerade schnüffelte, und plötzlich läutete eine kleine Warnglocke in seinem Kopf, als er begriff: In der Dunkelheit hatte sich jemand lautlos angeschlichen und hielt ihm nun ein Messer an die Kehle.

»Es gibt da eine Person, deren Aufenthaltsort Sie kennen,

Mister Dodger«, sagte jemand langsam und deutlich. »Wie ich hörte, haben einige Leute Angst vor Ihnen, weil Sie, wie es heißt, ein toller Bursche sein müssen, denn immerhin haben Sie Sweeney Todd überwältigt. Was mich betrifft ... Ich sage, das kann nicht stimmen, denn man braucht nur zu warten, bis Sie abends nach draußen kommen, um ein wenig Luft zu schnappen, und darauf zu warten, dass der stinkende Köter das Kopfsteinpflaster für gesetzestreue Bürger wie mich noch schlüpfriger macht, als es ohnehin schon ist. Nehmen Sie's nicht zu schwer, Mister Dodger. Routine hat so manchen armen Kerl in den Ruin getrieben, und Sie sollen ein gewiefter Bursche sein, wie man mir erzählte. Tja, jetzt gibt es hier nur Sie, mich und den Köter, und ihn wird es nicht mehr lange geben, wenn Sie mir gesagt haben, was ich wissen will, und wenn ich mit Ihnen fertig bin. Sie werden nicht mehr sein als ein sehr kurzer Schrei in diesem Drecksviertel. Sehr zur Zufriedenheit meines Auftraggebers Mister Schlauer Bob. Nun, dies wird geschehen, nachdem Sie mir den Aufenthaltsort des Mädchens genannt haben. Und wenn Sie nicht reden, schlitze ich Sie erst recht auf.«

Dodger hatte nicht einen Muskel gerührt, den Schließmuskel nicht mitgezählt. Aber als der Name *Schlauer Bob* durch sein Gehirn jagte, sagte er: »Ich kenne Sie nicht, und ich dachte, alle Leute in diesem Viertel zu kennen. Würden Sie mir sagen, wer Sie sind, Mister? Immerhin werde ich die Information wohl kaum weitergeben können, oder?«

Die Klinge berührte Dodgers Nacken. Onan würde zweifellos angreifen, wenn Dodger das Zeichen gab, aber ein Messer am Hals ist ein guter Anreiz für sorgfältiges Denken. Der Hals, so wusste Dodger, war stark und zäh und imstande, das Gewicht selbst eines großen Mannes auszuhalten, wie regelmäßig am Galgen von Tyburn bewiesen wurde. Manchmal ließ er sich auch schwer durchbohren, wenn man nicht sofort die richtige Stelle fand. Unglücklicherweise konnte man ihn leicht aufschneiden.

Der Fremde redete nicht mehr. Ohne den Atem, der über Dodgers Ohr strich, hätte er glauben können, dass niemand da war. All dies schoss Dodger mit hoher Geschwindigkeit durch den Kopf. Der Mann genoss es, dass Dodger hilflos war, ihm völlig ausgeliefert. Wer Zeit mit so etwas vergeudete, durfte nie hoffen, zu einem richtigen Geezer zu werden. Wenn ein richtiger Geezer einen tot sehen wollte, so war man *sofort* tot, ohne irgendwelche Umschweife.

Offenbar wollte der Fremde sein Opfer noch etwas mehr quälen, denn er sagte: »Ich mag es, wenn sich jemand Zeit lässt. Inzwischen dürfte Ihnen klargeworden sein, dass Sie sich aus meinem Griff nicht befreien können, Mister Dodger, und dass ich in der Lage wäre, einige Scheußlichkeiten mit Ihrem Hals anzustellen, bevor Ihr Köter Gelegenheit erhält, nach mir zu schnappen. Natürlich käme es zu einer kleinen Auseinandersetzung zwischen ihm und mir, aber mit Hunden wird man leicht fertig, wenn man sich mit ihnen auskennt und die richtige Kleidung trägt. Oh, ich habe nicht Jahre im Ring verbracht, ohne zu lernen, wie man selbst schwierige Kämpfe übersteht! Und ich weiß auch, dass Sie weder an Ihren Schlagring kommen noch an die Brechstange – nicht wie beim letzten Mal.« Der Mann lachte leise. »Nach unserer kleinen Begegnung während des Unwetters werde ich es richtig genießen. Vielleicht haben Sie gehört, dass inzwischen jemand Maßnahmen ergriffen hat, die dazu führten, dass mein Kollege seit jener Nacht nicht mehr unter den Lebenden weilt. Und Sie werden ihm gleich Gesellschaft leisten, schätze ich. Geben Sie mir die Information, die ich brauche, oder ich mache es so ungemütlich für Sie, dass es *richtig* ungemütlich wird.«

Dodger rang nach Luft. Dies war also einer der Männer,

die Simplicity geschlagen hatten! Und der Schlaue Bob steckte dahinter! Er hatte von dem Mann gehört, ein Anwalttyp, sehr respektiert von den Leuten, die keinen Respekt verdienten. War er der Geezer, der mit Marie Jo geredet hatte?

Zorn stieg in ihm auf, eine schreckliche Wut, die sich zu einer glänzenden, schimmernden Gewissheit verdichtete, als ihm das Messer des Mannes trügerisch sanft über den Hals strich. Sie flüsterte: *Der Bursche kommt nicht davon.*

Niemand befand sich in der Nähe. Gelegentlich ertönte ein Schrei oder ein Ruf in der Dunkelheit, und manchmal drang ein geheimnisvolles Seufzen aus der Finsternis – die Musik der Nacht in den Slums. Aber derzeit waren Dodger und der Mann hinter ihm allein. »Sieht ganz so aus, als wäre ich in die Hände eines Profis geraten«, sagte Dodger.

»O ja«, bestatigte der Mann. »Ich schätze, das könntest du sagen.«

»Gut«, sagte Dodger, warf den Kopf zurück und hörte ein zufriedenstellendes Knirschen, das auf brechende Knochen hinwies. Einen Moment später fuhr er herum und trat. Es spielte keine große Rolle, wonach er trat und worauf. Ziele gab es genug, und in seinem Zorn trat er nach und auf praktisch alles. Bei einem Kampf um Leben und Tod ging es vor allem darum, am Leben zu bleiben, und wenn der Gegner mit einem Messer bewaffnet war, standen die Aussichten nicht sonderlich gut. Besser er mit blutiger Nase und reichlich blauen Flecken als man selbst nichts weiter als eine Erinnerung. Und lieber Himmel, der Kerl hatte getrunken, bevor er ihm aufgelauert hatte – keine gute Entscheidung, wenn man schnell sein musste. Aber dies war einer der Männer, die Simplicity geschlagen hatten, und dafür konnte es gar nicht genug Tritte geben.

Das Messer war zu Boden gefallen, und Dodger hob es auf und betrachtete den Mann im Rinnstein. »Die gute Nachricht lautet: In ein paar Monaten wirst du dich kaum mehr an diese Begegnung erinnern. Und die schlechte Nachricht: In etwa zwei Wochen musst du dir die Nase noch einmal von jemandem brechen lassen, damit du wieder wie dein altes hübsches Selbst aussiehst.«

Der Mann schniefte, und so wie er in der Düsternis aussah, schien sein Gesicht jetzt besser dran zu sein als vorher – es bestand aus Narben. Die Leute hielten ein lädiertes Gesicht für das Markenzeichen eines Boxers, doch da irrten sie. Ein lädiertes Gesicht wies auf einen Amateurboxer hin. Gute Boxer waren gern hübsch; es überraschte und verunsicherte ihre Gegner.

Dodger trat dem Liegenden mit aller Kraft zwischen die Beine und nutzte sein hingebungsvolles Stöhnen, um die Taschen zu durchsuchen, was ihm fünfzehn Shilling, ein Sixpence und mehrere Pennys einbrachte. Dann trat er den Burschen noch einmal, als Zugabe. Er zog ihm auch die Schuhe aus und sagte: »Ja, Mister, ich bin der Geezer, der dir beim Unwetter eine Abreibung verpasst hat. Der Geezer, der Sweeney Todd Auge in Auge gegenüberstand, und weißt du was? Ich habe sein Rasiermesser. Es spricht zu mir, o ja. Richte dem Schlauen Bob aus, dass er selbst kommen und mir seine Fragen stellen soll, klar? Ich bin kein Mörder, aber das brauche ich auch gar nicht zu sein, um dich windelweich zu prügeln, wenn ich dich noch einmal in dieser Gegend sehe oder wenn ich höre, dass du erneut eine Frau geschlagen hast. *Dann* könnte ich zum Mörder werden und dich ohne Schiff den Fluss hinunterschicken, und das meine ich verdammt ernst.«

Ringsum waren die Geräusche von Fenstern zu hören, die vorsichtig geöffnet wurden – vorsichtig deshalb, weil die Leute das Geschehen auf der Straße vielleicht gar nicht mitbekommen wollten, insbesondere wenn es sich um ein Geschehen handelte, über das die Peeler später Fragen stellten.

In diesen schäbigen Vierteln brauchte man eine Blindheit, die man nach Belieben ein- und ausschalten konnte.

Dodger wölbte die Hände um den Mund und rief fröhlich: »Macht euch keine Sorgen, Leute, ich bin's, Dodger, und jemand von außerhalb der Stadt, der mir dummerweise über den Fuß gestolpert ist!«

Mit dem Ausdruck *von außerhalb der Stadt* wies er darauf hin, dass sozusagen der Heimatboden verteidigt wurde – der größtenteils aus Dreck und den Resten von Onans letzten Mahlzeiten bestand –, und es schadete sicher nicht, alle in Kenntnis zu setzen, dass Dodger der Verteidiger war.

Im grauen Licht empfing er verhaltenen Applaus von allen bis auf Mister Slade, der Kahnführer von Beruf und nicht für seine freundlichen Worte bekannt war, denn immerhin musste er morgens sehr früh aufstehen. Offenbar lag ein schlechter Tag hinter ihm, denn er rief: »Na gut, und jetzt hau ab und geh ins Bett!«

Dodger hingegen beschloss, noch nicht ins Bett zu gehen. Er zog den Mann von seinem Heimatboden, wie es das Protokoll verlangte, und verbrachte die nächsten zehn Minuten damit, ihn noch etwas weiter zu ziehen, ein ganzes Stück weg von dem Gebäude, in dem er wohnte, für den Fall, dass die Peeler Ermittlungen anstellen wollten. Er lehnte den Burschen an eine Mauer und flüsterte: »Du kannst wirklich von Glück sagen. Wenn du dich noch einmal blicken lässt, verpasse ich dir eine hübsche Rasur, mein Lieber – mit dem Rasiermesser von Sweeney Todd! Verstanden? Ich nehme an, das war ein Ja.« Dann pfiff Dodger Onan zu sich, aber erst nachdem der Hund an das Bein des Mannes gepinkelt hatte. Das war nicht geplant gewesen, aber Dodger hielt es für einen guten Abschluss der ganzen Angelegenheit.

Und dann ... Dort stand Dodger, und er hatte das Gefühl, dass die Ereignisse des Abends einen letzten Schliff brauchten, ein kleines zusätzliches Detail, zu dem ein Geezer zurückblicken und auf das er stolz sein konnte – ein Detail, das seinem Ruf noch etwas mehr Glanz hinzufügte. Nach kurzem Nachdenken ließ er die erbeuteten Münzen klimpern, kehrte zu seiner Straße zurück, trat dort zu einer kleinen Tür und klopfte mehrmals.

Nach einer Weile öffnete eine Alte im Nachthemd und spähte argwöhnisch nach draußen. »Wer ist da? Ich hab kein Geld im Haus, musst du wissen.« Und dann: »Oh, du bist's, der junge Dodger! Potz Blitz, ich habe dich an den Zähnen erkannt. Niemand hat so weiße Zähne wie du.«

Dodger sagte zur großen Überraschung der Alten: »Ja, ich bin's, Missus Beecham, und ich weiß, dass Sie bisher kein Geld im Haus hatten, aber nun haben Sie welches.« Und er überließ ihren verblüfften Händen die Beute.

Es fühlte sich gut an, und die zahnlose Alte strahlte regelrecht in der Dunkelheit und sagte: »Gott segne dich, junger Mann. Morgen früh in der Kirche bete ich für dich.«

Das überraschte Dodger ein wenig – niemand hatte ihm jemals angeboten, für ihn zu beten. Die Vorstellung, dass ein Gebet für ihn gesprochen werden sollte, bescherte ihm willkommene Wärme an diesem kühlen Abend. Er hielt dieses Gefühl fest, als er mit Onan die lange Treppe zur Mansarde hochstieg.

11

Dodger putzt sich heraus, und Solomon bekennt Farbe

Solomon hatte auf ihn gewartet und nicht zum Nachbarschaftspublikum gehört, weil kein Zimmer der Mansarde zur Straße hinaus lag. Durch die Fenster sah man nur einige Lagerhäuser, und Solomon fand diesen Anblick wesentlich erfreulicher als so manches, was man auf der Straße beobachten musste. Sie wechselten in der Dunkelheit nur einige wenige Worte, bevor Dodger auf seine Matratze sank und die Kerze ausgeblasen wurde.

Während er sich in die Decke kuschelte, im wohligen Wissen, einen guten Tag hinter sich zu haben, beobachtete Dodger die eigenen dahinziehenden Gedanken. Kein Wunder, dass sich die Welt drehte – es gab so viele Veränderungen. Wie lange war es her, dass er einen Schrei gehört und aus der schäumenden Kanalisation gesprungen war … wie viele Tage lag das zurück? Er zählte drei Tage. *Drei Tage!* Die Welt schien sich zu schnell zu bewegen und über Dodger zu lachen, weil er nicht mithalten konnte. Na schön, dann lief er ihr eben hinterher und nahm alles, wie es kam. Am nächsten Tag erwartete ihn eine wundervolle Dinnerparty, bei der er Simplicity wiedersehen würde. Als er langsam in den Schlaf sank, dachte er daran, dass es bei allem in erster Linie auf den Schein ankam, und damit lernte er besser umzugehen. Er schien ein Held zu sein, ein kluger junger Mann, und vertrauenswürdig. Dieser Schein täuschte alle, und am beunruhigendsten war der Umstand, dass er selbst davon getäuscht wurde, dass er allmählich glaubte, ein anderer zu sein oder ein anderer sein zu können. Mit diesem seltsamen Gedanken im Kopf schlief er ein.

Am folgenden Morgen sah sich der Mann, dessen Aufgabe darin bestand, die Tür der Coutts-Bank aufzuschließen, einem älteren jüdischen Herrn gegenüber, der einen verschlissenen Gabardinemantel trug und in dessen Augen geschäftlicher Eifer leuchtete. Diese Erscheinung schob sich an ihm vorbei, gefolgt von einem jungen Mann in einem schlecht sitzenden Anzug sowie einem stinkenden Hund. Einige andere Kunden klagten murmelnd darüber, dass man arme Leute hereinließ, bis sich herausstellte – nachdem alle Münzen über dem Wert von einem Sixpence gezählt und quittiert waren –, dass es sich um arme Leute mit viel Geld handelte.

Eine Empfangsbestätigung und ein hübsches Sparbuch wurden übergeben, und die kleine Gruppe verschwand so schnell, wie sie gekommen war. Das Rote Meer schloss sich, die Planeten sprangen in ihre gewohnten Umlaufbahnen zurück, erstgeborene Kinder spielten wieder, und mit der Welt war alles in Ordnung. Allerdings enthielt ein Teil dieser Welt einen von Mister Coutts Seniorpartnern, dem klar wurde, dass er sich auf einen Zinssatz eingelassen hatte, den die Bank nur selten gewährte, der ihm jedoch als geringer Preis dafür erschienen war, Solomon aus dem Gebäude zu bekommen, bevor jener die Geldverleiher hinausgeworfen hätte. Eine solche Vorstellung war natürlich absurd und in jeder Hinsicht unbegründet, aber beim Feilschen setzte sich Solomon immer durch, und die anderen blieben reichlich benommen zurück.

Kaum hatten die drei die Bank verlassen, erinnerte Dodger Solomon ziemlich widerstrebend daran, dass man ihn im Büro des *Punch*-Magazins erwartete, damit irgendein Künstler sein Gesicht zeichnen konnte.

Mister Tenniel erwies sich als junger Mann, kaum älter als Dodger, dessen braunes Haar ein wenig ins Rote tendierte. Dodger nahm vor ihm Platz, und sie unterhielten sich, während der Künstler zeichnete. Es war gar nicht so schwierig, von Mister Tenniel gezeichnet zu werden, aber es konnte manchmal recht beunruhigend sein, denn Mister Tenniel zeichnete und zeichnete mit seinem Stift, und dann warf er Dodger plötzlich einen Blick zu, der ihn regelrecht durchbohrte – der ihn festheftete wie einen Schmetterling –, und dann zeichnete er weiter. Nur der obere Teil seines Kopfs war zu sehen, wenn er sich über die Arbeit beugte. Unterdessen trank Solomon Kaffee und blätterte in einer Ausgabe des *Punch*-Magazins, das man ihm freundlicherweise zur Verfügung gestellt hatte.

Dodger staunte, dass es gar nicht so lange dauerte, ihn zu zeichnen. Mister Tenniel nahm noch einige Korrekturen an dem Bild auf seiner Staffelei vor und drehte es dann mit einem Lächeln zu Dodger hin. »Ich bin sehr zufrieden damit, Mister ... Darf ich Sie Dodger nennen? Ich glaube, ich habe das Wesentliche Ihrer Persönlichkeit gut eingefangen. Natürlich muss ich noch einige Details hinzufügen, damit die Leser einen Eindruck des Geschehens in dem Friseursalon gewinnen. Und ich muss auch Mister Sweeney Todd zeichnen, denn die Leute wollen beides, den Helden und den Schurken.«

Dodger schluckte. »Aber Mister Todd war eigentlich gar kein Schurke ...«, begann er.

Tenniel unterbrach ihn, indem er mit seinem Stift winkte. »Talavera soll richtig schlimm gewesen sein, wie ich hörte. Es heißt, Wellington schickte seine Männer einfach ins gegnerische Kanonenfeuer, einen nach dem anderen, wodurch es zu großen Verlusten kam. Man kann nur hoffen, dass alle diese Toten das Opfer wert waren, wenn so etwas überhaupt möglich ist.« Er schüttelte Dodger die Hand und fuhr fort: »Mister Dickens hat mir erzählt, was in der Fleet Street passierte, und es ist doch bemerkenswert, wie sehr die Wahrnehmung der Wahrheit in der Öffentlichkeit seit einiger Zeit zum Makabren neigt, nicht wahr? Der gewöhnliche Bürger, so scheint es, liebt nichts mehr als einen *grausigen Mord.*« Er zögerte und fügte hinzu: »Stimmt irgendetwas nicht, Mister Dodger?«

Tenniel hatte Dodger beim Zeichnen immer wieder sehr aufmerksam gemustert, und der hatte die Gelegenheit genutzt, sein Gegenüber ebenfalls zu beobachten. Dabei war ihm etwas aufgefallen – etwas schien nicht ganz in Ordnung zu sein. Es dauerte eine Weile, bis er es richtig erkannte und Worte dafür fand.

Es machte Dodger verlegen, beim Starren ertappt worden zu sein, und er beschloss, ganz offen zu sein. »Ich glaube, mit Ihrem linken Auge stimmt was nicht, oder? Ich hoffe, es behindert Sie nicht zu sehr bei Ihrem Beruf.«

Das Gesicht des Künstlers erstarrte, geriet dann wieder in Bewegung und zeigte ein schiefes Lächeln. »Die Narbe ist sehr klein, und ich glaube, Sie sind der Erste, der sie bemerkt. Sie geht auf einen kleinen Unfall während meiner Kindheit zurück.«

Dodger betrachtete das lächelnde Gesicht und dachte: Nein, ich glaube, so klein war der Unfall nicht.

»Charlie hatte recht damit, was er neulich sagte.«

»Ach? Mmm, und was hat Charlie neulich über meinen Freund Dodger gesagt, wenn ich fragen darf?«, grollte Solomon, stand auf und ließ das Magazin in einer Tasche seines Mantels verschwinden. »Ich erführe es gern.« Er lächelte natürlich, aber aus den Worten war ein gewisser Ernst herauszuhören.

Tenniel hörte ihn, errötete und erwiderte: »Da ich schon einmal ins Fettnäpfchen getreten bin, bleibt mir nichts anderes übrig, als die Wahrheit zu sagen. Aber bitte weisen Sie Mister Dickens nicht darauf hin, dass ich es erwähnt habe, ja? Er sagte: ›Mister Dodger ist so gewieft, dass man ihn eines Tages auf allen Kontinenten kennen wird, vielleicht als Wohltäter der Menschheit – oder als charmantesten Halunken, der je am Galgen endete.‹«

Mister Tenniel wich verblüfft einen Schritt zurück, als Solomon lachte und sagte: »Nun, Mister Dickens ist zumindest ein guter Menschenkenner, und bei Leuten wie ihm finde ich Direktheit bewundernswert. Aber sollten Sie ihm vor mir begegnen, so richten Sie ihm bitte aus, dass Solomon Cohen dafür sorgen wird, dass sich die erste Möglichkeit durchsetzt. Vielen Dank, dass Sie sich Zeit für uns genommen haben, Sir, aber bitte entschuldigen Sie uns jetzt, denn ich muss diesen jungen Halunken zu einer Örtlichkeit begleiten, wo er sauberer wird als jemals zuvor in seinem Leben, denn heute Abend erwartet man uns bei einer sehr wichtigen Dinnerparty in West End. Guten Tag, Sir, und danke, aber wir müssen wirklich los.«

Als sich die Tür hinter ihnen geschlossen hatte, sagte Solomon: »Vergeuden wir keine Zeit, Dodger! Weißt du, wie erpicht ich aufs Baden bin? Nun, heute genehmigen wir uns ein türkisches Bad mit allem Drum und Dran.«

Das war neu für Dodger, aber Solomons Weisheit in Hinsicht auf elementare Hygiene hatte ihn bisher am Leben erhalten, und deshalb kam es für ihn nicht infrage, den alten Knaben in dieser Angelegenheit zu enttäuschen. Er widersprach auch deshalb nicht, weil er einen Ausbruch rechtschaffener Entrüstung vermeiden wollte, der vielleicht dazu geführt hätte, dass er am Ohr durch die Straßen gezogen worden wäre. Er mochte nicht zum Gespött des ganzen Viertels werden und hielt es deshalb für geraten, sich zu fügen. Also machte er gute Miene zum bösen Spiel und folgte Solomon hinaus in den schmutzigen Nieselregen, zunächst zu einem Laternenpfahl, an dem sie Onan festgebunden hatten, in dem sicheren Wissen, dass niemand auf den Gedanken kam, ihn zu stehlen.

Dodger fühlte sich besser, als er über das Wort *türkisch* nachdachte. Jemand, vielleicht Ginny-Komm-Spät – ein Mädchen mit einem Lachen, bei dem man erröten konnte (sie waren sich einmal sehr nahe gewesen) –, hatte ihm einmal von der Türkei erzählt, ihm Vorstellungen von tanzenden Mädchen und sehr leicht bekleideten dunkelhäutigen Frauen vermittelt. Offenbar erteilten sie Massagen mit besonderer Präsenz, was sehr verlockend klang, obwohl ... Ginny-Komm-Spät konnte praktisch alles als sehr verlockend schildern. Als er Solomon darauf angesprochen hatte – zu jenem Zeitpunkt war Dodger viel jünger und naiver gewesen –, hatte der alte Mann erwidert: »In den Ländern des Orients bin ich nicht weit herumgekommen, aber ich fürchte, in Hinsicht auf die *besondere Präsenz* versprichst du dir zu viel. Vermutlich meinst du *Essenz*, was sich auf angenehm duftende Salben und Öle beziehen dürfte. Warum fragst du danach?«

Der junge Dodger hatte erwidert: »Oh, nur so. Irgendjemand hat darüber gesprochen.« Doch wie man es auch drehte und wendete, derzeit weckte das Wort *türkisch* Vorstellungen von orientalischen Verlockungen, und deshalb war er recht optimistisch, als sie sich den türkischen Bädern in der Commercial Road näherten.

Natürlich gab es überall Badehäuser, die oft sogar von den ganz Armen benutzt wurden, wenn man »die Dreckkruste loswerden musste«, wie es einmal eine alte Frau Dodger gegenüber genannt hatte. Oft ging es mit den Bädern ebenso zu wie überall auf der Welt, im Sinne von: Je mehr man bezahlte, desto größer die Wahrscheinlichkeit, dass man das heißeste und sauberste Wasser bekam und dass es durchsichtig war, bevor die Seife hinzugegeben wurde. Dodger wusste: Das Wasser, in dem die feinen Leute gebadet hatten, gelangte manchmal in die Becken, die für die Mittelschicht bestimmt waren. Anschließend setzte es die Reise zu den großen Gemeinschaftsbecken für die Unterschicht fort, wo es zumindest noch mit etwas Seife ankam, was eine Ersparnis bedeutete, wenn man es von der positiven Seite betrachtete. Zwar würde man wahrscheinlich nie mit Bürgermeistern, Rittern und Baronen an einem Tisch sitzen, aber wenigstens teilte man das Bad mit ihnen und war deshalb ein stolzer Londoner.

Aus dem Nieseln wurde richtiger Londoner Regen, der schmutzig war, bevor er den Boden erreichte und der Stadt zurückgab, was zuvor aus ihren Schornsteinen aufgestiegen war. Die Luft schmeckte so, als lecke man einen dreckigen Penny ab.

Einige Stufen führten zur Tür des Badehauses hinauf, und sonst wies nichts auf irgendeine Besonderheit hin, leider auch nicht auf freizügige Präsenzen irgendeiner Art. Doch im Innern des Gebäudes wurden sie von einer Dame begrüßt, was Dodgers Stimmung wieder hob, obwohl der Umstand, dass sie recht alt war und ihre Oberlippe den Anflug eines Schnurrbarts zeigte, sein Hochgefühl sogleich wieder dämpfte. Zwischen ihr und Solomon fand ein kurzes, leises Gespräch statt. Der alte Knabe feilschte selbst über den Preis für ein Brötchen, doch in der alten Frau schien er seinesgleichen gefunden zu haben, denn ihr Gesichtsausdruck wies darauf hin, dass der Preis zur bekannten Kategorie *Entweder du bezahlst, oder du kannst gehen* gehörte und dass Solomon, soweit es sie betraf, ruhig gehen konnte, und zwar möglichst weit weg.

Solomon musste bei seinen Bemühungen, bei allem einen möglichst geringen Preis herauszuschlagen, nur selten Niederlagen hinnehmen, und Dodger hörte ihn »Isebel« murmeln, bevor er für die Schlüssel von zwei Spinden bezahlte. Natürlich geschah es nicht zum ersten Mal, dass Dodger ein öffentliches Bad aufsuchte, aber er hoffte, dass sich dies als abenteuerlicher herausstellte – er wäre durchaus bereit gewesen, sich mit Öl massieren zu lassen.

In große Handtücher gehüllt, schritten sie über einen marmornen Boden und betraten einen großen Raum, der einer Hölle glich, entworfen von einem Baumeister, der den Menschen eine zweite Chance geben wollte. Die Halle war voller seltsamer Echos, die entstanden, wenn Dampf, Stein und Menschen zusammentrafen. Dodger musste enttäuscht feststellen, dass sich weit und breit keine leicht bekleideten Orientalinnen blicken ließen, wohl aber die schattenhaften Gestalten von Männern, die undeutlich durch den Dampf zu erkennen waren. An dieser Stelle legte ihm Solomon eine Hand auf die Schulter und flüsterte: »Wenn ich dir einen Rat geben darf ... Gib auf die warmen Jungs acht! Oder gib besser nicht auf sie acht, wenn du verstehst, was ich meine.«

Dodger verstand den Hinweis nicht, bis bei ihm der Groschen – beziehungsweise der Penny – fiel. Als sie ins nächste Becken traten, sagte er: »Ich bin nicht zum ersten Mal in einem öffentlichen Bad, aber ich glaube, dies ist das beste. Und die warmen Jungs haben mich bisher nicht gestört.«

»Gott scheint sie nicht leiden zu können«, erklärte Salomon, als ihnen heißes Wasser an den Beinen hochstieg. »Der Grund dafür ist mir nicht ganz klar, denn mir scheint, dass sie einem kleinen Planeten einen Gefallen erweisen, indem sie ihn nicht mit unnötig vielen Menschen bevölkern.«

Es gab nicht nur *ein* Bad im Badehaus, sondern mehrere: Schwitzbäder, kalte Bäder und heiße Bäder. Mit ihnen in das Becken trat ein ebenfalls in Handtücher gehüllter Mann mit Armmuskeln, so dick wie mancher Oberschenkel, und fragte mit einer Stimme wie eine Schleifmühle: »Wünscht jemand der Herren eine Massage? Sehr gut, sehr gründlich, tut gut, und nachher fühlen Sie sich pudelwohl, ja?«

Dodger sah Solomon an, der ihm riet: »Du solltest es versuchen, unbedingt. Sie gehen hier recht forsch zu Werke, aber nachher fühlst du dich tatsächlich besser.« Er nickte dem Mann zu. »Ich nehme die Massage zusammen mit meinem jungen Freund. Wir können uns gemeinsam entspannen und dabei unterhalten.«

Letztendlich empfand Dodger die Massage gar nicht als entspannend, es sei denn, er berücksichtigte die Erleichterung, als sie schließlich vorbei war. Während die beiden Masseure kneteten und trommelten, ohne sich ansonsten um ihre Opfer zu kümmern, lud er seine Gedanken bei Solomon ab, gelegentlich untermalt von einem »Autsch«.

»Ich bin froh, dass Simplicity in Sicherheit ist«, sagte er. »Aber sie wird sich jedes Mal in Gefahr begeben, wenn sie das Haus verlässt, und so, wie ich das sehe, will ihr vonseiten der Regierung keiner wirklich helfen (au!).«

»Mmm«, erwiderte Solomon. »Das liegt daran, dass *mmm* Regierungen meist an das ganze Volk denken – einzelnen Personen schenken sie keine besondere Aufmerksamkeit. Zweifellos glauben manche, Simplicitys Rückkehr werde die Spannungen zwischen zwei Ländern abbauen. Und tatsächlich, obwohl ich das nicht gern sage, wäre es eine christliche Tat, denn immerhin ist sie eine Ehefrau vor Gott. Obwohl Gott manchmal wegsieht, worauf ich ihn mehrmals hingewiesen habe. Viele sind der Ansicht, dass die Wünsche des Ehemanns *mmm* wichtiger sind als die der Ehefrau.«

»Der Kerl gestern Abend arbeitete für einen Mann namens Schlauer Bob, der (autsch!) an Simplicity und mir interessiert ist«, sagte Dodger zwischen mehreren hammerharten Schlägen. »Er will wissen, wo sie ist, also muss Geld für ihn drin sein. Kennst du ihn? Ich habe gehört, er ist Anwalt oder so.«

»Schlauer Bob«, murmelte Solomon. »*Mmm*, ich glaube, ich habe von ihm gehört. Und ja, er ist Anwalt – für Kriminelle, könnte man sagen. Ich meine nicht, dass er sie vor Knast und Galgen bewahrt oder so. Das macht er natürlich auch, aber er ist eher *mmm* ein Mittelsmann, um es mal so auszudrücken. Jemand tritt an ihn heran und sagt zum Beispiel: ›Ich möchte, dass dem oder jenem in unserer Stadt etwas zustößt.‹ Niemand redet von Mord oder vom Abschneiden eines Ohrs, und trotzdem wird eine solche Botschaft übermittelt – mit einem Blick oder einer kurzen Berührung der Nase. Etwas in der Richtung, damit der Schlaue Bob behaupten kann, nichts von der Sache zu wissen und keine Ahnung zu haben, warum ein Esszimmer voller Blut ist.« Solomon seufzte. »Du glaubst, seine Leute haben Miss Simplicity verprügelt?«

»Ja, und nun muss ich ihn finden«, erklärte Dodger. »Sobald wir die Angelegenheit heute Abend hinter uns gebracht haben. Der Bursche (autsch!) hätte mir gestern Abend sagen sollen, wo ich den Schlauen Bob finde. Aber ich hab ihm zwischen die Beine getreten und darüber alles andere vergessen. Außerdem hab ich ihm ordentlich eins auf den Zinken gegeben und die Nase im Gesicht verteilt, sodass er nur noch grunzen konnte.«

»Lass dir das eine Lehre sein«, sagte Solomon. »Gewalt ist nicht immer das angemessene Mittel.«

»Solomon, du hast einen sechsschüssigen Revolver zu Hause«, erwiderte Dodger.

»Mmm, ich habe *nicht immer* gesagt.«

»Wenn du weißt, wo ich ihn finde, dann verrat es mir, denn morgen mache ich mich ohnehin auf die Suche nach ihm«, verkündete Dodger. »Vielleicht glaubt er, dass jemand Simplicitys Tod begrüßen würde. Nicht weil dieser Jemand sie hasst, sondern weil sie (au!) im Weg ist.«

Diese Worte brachten Dodger ein langes *Mmm* von Solomon ein, und er führte es zunächst auf ein besonders festes Kneten durch den Masseur zurück. Dann sagte Solomon leise: »Nun, Dodger, vielleicht hast du dich gerade einer Lösung des Problems angenähert. Sorg dafür, dass der Fremde oder die Fremden Simplicity für tot halten. Niemand jagt einem Toten hinterher. *Mmm*, es ist natürlich nur so ein Gedanke. Es gibt keinen Anlass, ihn ernst zu nehmen.«

Dodger drehte den Kopf und sah, dass Solomons Augen glänzten. »Wie meinst du das?«

»Ich meine, Dodger, dass du ein einfallsreicher junger Mann bist, und ich habe dir einen Anstoß gegeben, über den es nachzudenken gilt. Überleg es dir gut! Bekanntlich sehen die Menschen nur das, was sie sehen wollen.«

Eine Faust donnerte auf Dodger herab, aber er bemerkte es kaum, denn in seinem Kopf geriet allerlei in Bewegung und verlangte seine Aufmerksamkeit. Er sah Solomon noch einmal an und nickte.

Solomon kam wie ein Wal nach oben und klopfte seinem Freund auf die Schulter. »Zeit zu gehen, junger Mann! Man kann auch zu sauber werden.«

Als sie sich abgetrocknet hatten und vor ihren Spinden standen, sagte Solomon: »Wir sollten uns hier für eine Weile hinsetzen und etwas trinken. Es ist nicht ratsam, nach einer gründlichen Massage sofort auf die Straße zu gehen – wir könnten uns eine Erkältung holen. Anschließend bringe ich dich in die Savile Row, wo alle wichtigen Männer ihre Garderobe kaufen. Die Zeit ist knapp, aber gestern Abend habe ich einen Jungen zu meinem Freund Izzy geschickt, der sich um dich kümmern wird. Sein Geschäft ist alles andere als ein Gebrauchtladen, und ich bin sicher, dass er etwas Geeignetes für den Freund eines Freunds hat, der ihn in Sicherheit schleppte, als er von den Kosaken angeschossen wurde.« Er fügte hinzu: »Das will ich ihm raten. Ich bin mit ihm eine Meile weit durch den Schnee gelaufen, und keiner von uns dreien trug Stiefel, weil wir mitten in der Nacht aus dem Bett mussten. Danach trennten sich unsere Wege, aber ich werde mich immer an den jungen Karl erinnern – ich glaube, ich habe ihn schon einmal erwähnt, nicht wahr? –, der mir sagte, alle Menschen seien gleich, aber unterdrückt, wobei sie das Drücken manchmal selbst übernehmen. Wenn ich darüber nachdenke ... Er sagte noch viel mehr. Hatte den schlimmsten Haarschnitt, den ich je gesehen habe, und auch Feuer in den Augen. Erinnerte mich an einen hungrigen Wolf.«

Dodger hörte nicht zu. »Die Savile Row liegt in West End«, sagte er wie einer, der vom Ende der Welt spricht. Er fuhr fort: »Brauche ich wirklich feine Klamotten? Mister Disraeli und seine Freunde ... Sie wissen doch, wer ich bin, oder?«

»Mmm, oh, und wer mmm bist du genau, mein Freund? Ihr Untergebener? Ihr Angestellter? Oder ein Gleichgestellter, wie ich meine? Das hätte zweifellos der junge Karl gesagt, und vermutlich sagt er es noch immer. Es sei denn, er lebt nicht mehr.« Dodger richtete einen fragenden Blick auf Solomon, der rasch erklärte: »Mmm, wenn man den Menschen immer wieder sagt, dass sie unterdrückt werden, bekommt man meiner Erfahrung nach Feinde auf beiden Seiten: die Unterdrücker, die das Unterdrücken nicht lassen wollen, und die Unterdrückten, die nicht hören möchten, dass sie unterdrückt sind. In dieser Hinsicht können sie ziemlich unangenehm werden.«

Fasziniert fragte Dodger: »Bin ich unterdrückt?«

»Du? Wahrscheinlich nicht, mein Junge, und du scheinst auch deine Mitmenschen nicht nach unten zu drücken, was eine begrüßenswerte Einstellung ist. Aber an deiner Stelle dächte ich nicht zu viel an Politik, das könnte dich krank machen. Was die Leute betrifft, denen wir heute Abend begegnen werden ... Ich nehme an, dass viele von ihnen, wenn nicht alle, beträchtlich reicher sind als du. Aber nach allem, was ich über die Gastgeberin weiß, bedeutet das noch lange nicht, dass sie sich für wesentlich besser halten als dich. Geld macht Menschen reich, aber die Annahme, dass es sie auch besser macht – oder schlechter –, ist ein Trugschluss. Menschen sind, was sie tun und was sie hinterlassen.« Solomon leerte seine Kaffeetasse. »Da es ein weiter Weg ist und mir die Beine wehtun, nehmen wir eine Kutsche und verhalten uns wie die Gentlemen, die wir sind.«

»Aber das kostet viel Geld!«

»Und? Soll ich den ganzen weiten Weg durch den Regen zu Fuß gehen? Wer bist du, Dodger? Du bist ein König unendlichen Raums, vorausgesetzt, der betreffende Raum ist unterirdischer Natur. Du bist ein Mann, der seinen Lebensunterhalt bestreitet, indem er verlorenes Geld findet, und da du ein gutes Auge dafür hast, steckt etwas von einem ewigen Kind in dir. Ohne Verantwortung macht das Leben Spaß, aber nun übernimmst du Verantwortung. Du hast Geld, Dodger – dein neues Sparbuch beweist es. Und du hoffst, eine junge Dame für dich zu gewinnen, *mmm* ja? Das ist gut für einen Mann, denn Verantwortung ist der Amboss, auf dem ein Mann geschmiedet wird.«

Kaum hatten sie das Gebäude verlassen, musste Solomon eine ältere Frau retten, die Onan hatte streicheln wollen. Er half ihr, sich abzuklopfen, und als ihr Kleid etwas sauberer und sein Taschentuch wesentlich schmutziger war, rief er eine Kutsche, die anhielt, ohne dass der Kutscher es wollte –

die Hufe des Pferds schlugen Funken auf dem Kopfsteinpflaster.

Als sie drinnen auf den Kissen saßen und dem klebrigen Londoner Regen entkommen waren, der jenseits der Fenster herabströmte, lehnte sich Solomon zurück und sagte: »Ich habe nie richtig verstanden, warum diese Leute ihren Kunden gegenüber so feindselig sind. Man sollte meinen, dass sich die Arbeit eines Kutschers vor allem für Männer eignet, die Menschen mögen, oder?«

Es schüttete regelrecht, und der Himmel hatte die Farbe einer gequetschten Pflaume. Ein solcher Tag war nicht gut für einen Tosher, aber die Nacht konnte vielversprechend sein, und Dodger hoffte, nach der Dinnerparty vielleicht dorthin zurückkehren zu können, wohin er gehörte – in die Kanalisation. Dann fiel ihm Solomons jüngster Vortrag ein, und in Gedanken fügte er hinzu: *der Ort, wo ich manchmal sein möchte.*

Er fühlte die Notwendigkeit einer Rückkehr dorthin, denn einmal mehr war er sich seiner selbst nicht sicher. Natürlich war er immer noch Dodger, aber welche Art von Dodger? Eins stand fest: Der Dodger von vor einer Woche war er gewiss nicht mehr. Und er dachte: Wenn wir Menschen uns so schnell verändern, wie können wir dann überblicken, was wir bekommen und was wir verlieren? Ich meine, heutzutage steige ich einfach in eine Kutsche, alles kein Problem. Ich bin ein junger Mann, der in Kutschen durch die Gegend fährt, nicht mehr der Bursche, der ihnen mit halb aus der Hose hängendem Hintern nachrannte und sich an ihnen festzuhalten versuchte. Jetzt bezahle ich für die Fahrt. Würde ich den anderen Jungen wiedererkennen?

Der Regen wurde noch stärker – es schien immer mehr auf ein Unwetter hinauszulaufen, vergleichbar mit dem in der Nacht, als er Simplicity zum ersten Mal begegnet war. Der Kutscher vor ihnen war den Elementen ausgesetzt, was vielleicht etwas mit seiner Übellaunigkeit zu tun hatte, und in diesem Wolkenbruch musste er das Navigieren dem Pferd überlassen. Die Welt schien nur aus Regen zu bestehen, und gegen alle Regeln der Natur fiel ein Teil davon nach oben, weil unten einfach kein Platz mehr war.

Plötzlich hörte Dodger ganz leise jenes Geräusch, auf das er unbewusst seit Tagen horchte: ein Quietschen wie von leidendem Metall. Und es kam von vorn. Er sprang zur Schiebeplatte, die es den Fahrgästen erlaubte, mit dem Kutscher zu reden, falls er ihnen zuhören wollte. Wasser klatschte Dodger ins Gesicht, als er rief: »Wenn Sie die Kutsche vor uns überholen – die mit dem quietschenden Rad –, bekommen Sie eine Krone!«

Er erhielt keine Antwort – wie hätte er sie auch im Rauschen und Prasseln des Regens hören sollen? –, aber die Kutsche wurde plötzlich schneller, und ein verwunderter Solomon sagte: »Ich bin mir nicht sicher, ob wir eine Krone übrig haben.«

Dodger achtete nicht darauf. Wenn man aufgeweckt war und wusste, wonach es Ausschau zu halten galt, gab es in einer Kutsche viele Stellen, wo man Halt fand, wenn man aufs Dach klettern wollte, in diesem Fall sehr zum Ärger des Kutschers, der mit recht ausdrucksstarken Worten den auf seinem Gefährt herumkraxelnden jungen Emporkömmling verwünschte. Im Lärm des Unwetters, der von hingebungsvollen Kutscherflüchen untermalt wurde, beugte sich Dodger nach unten und sagte: »Bestimmt haben Sie von dem Mann gehört, der den teuflischen Friseur Sweeney Todd überwältigt hat, nicht wahr? Nun, Kumpel, dieser Jemand bin ich, Dodger. Können wir jetzt miteinander reden, oder soll ich sauer werden?« Dodger arbeitete sich etwas weiter nach unten, näher zum Kutschbock, und sagte: »Der Besitzer der Kutsche vor uns wird wegen versuchten Mords, Überfalls und wegen

Körperverletzung gesucht. Wahrscheinlich hat er auch eine junge Frau entführt und ist schuld daran, dass sie ihr Kind verlor.«

Wasser strömte in allen Richtungen vom Kutscher, und er knurrte: »Zum Teufel auch!«

»Zum Teufel, da bin ich ganz Ihrer Ansicht«, erwiderte Dodger. »Und wenn ich den Kerl in die Finger kriege, bevor die Peeler ihn erwischen, wird er den Teufel kennenlernen, das steht fest, und übrigens ist bei dieser Sache eine dicke Belohnung für Sie drin.«

Der Kutscher versuchte, das Pferd zu bändigen, während ringsum Blitze zuckten, und warf Dodger einen Blick zu, in dem Zorn, Faszination und ungläubiges Staunen lagen. »Ach, Mister Unbekannt hat von dir also mehr zu befürchten als von den Peelern, wie? Die Burschen haben verdammt große Schlagstöcke, wie ich sehr gut weiß!« Er öffnete einen Mund, in dem offenbar nur noch ein einzelner Zahn steckte, und fügte hinzu: »Du spürst es, wenn sie etwas deutlich machen wollen, die Mistkerle!« Er spuckte und fügte dem Unwetter damit die Menge von etwa drei Regentropfen hinzu. Dann schenkte er Dodger einen mitleidigen Blick und ein weiteres fast zahnloses Grinsen. »Wie willst du schlimmer sein als die Peeler, du kleiner Bengel? Na, sag's mir!«

»Ich? Die Peeler haben Regeln, aber ich lasse mich von Regeln nicht aufhalten. Und im Gegensatz zu den Peelern muss ich beim Schlagen nicht aufhören.«

Die Kutsche blieb stehen, was dem Kutscher Anlass gab, noch etwas heftiger zu fluchen. »Piccadilly Circus, Meister, wegen des Regens völlig verstopft. Um ganz ehrlich zu sein, ich hab nicht die geringste Ahnung, welche der Kutschen vor uns diejenige ist, hinter der du her bist, Chef, denn die Blödmänner kommen hier von allen Seiten. Ich schätze, es liegt an den verdammten Vierspännern. Sollten in der Stadt nicht erlaubt sein, Kutschen mit vier Pferden! Und die Leute latschen über die Straße, als ob sie ihnen gehört. Haben die denn keinen Verstand im Kopf?«

Das stimmte. Fußgänger eilten zwischen den stehenden Kutschen hin und her, und Piccadilly Circus war ein Muster aus Regenschirmen zwischen den sich gegenseitig blockierenden Kutschen. Die Pferde waren inzwischen der Panik nahe, und von den Seiten näherten sich weitere Kutschen und auch einige Karren und Brauereiwagen. Dann musste irgendwo in dem nassen heillosen Durcheinander aus gereizten Pferden und verwirrten Fußgängern jemand die Spitze seines Regenschirms in die Nase eines Pferds gestoßen haben, denn plötzlich entstand ein Zustand, der die Bezeichnung Chaos nicht verdiente, denn Chaos war ein viel zu harmloses Wort dafür. Tohuwabohu eignete sich vielleicht besser als Beschreibung der Lage. Der Kutscher kannte einen noch besseren Ausdruck dafür, der hier jedoch nicht wiedergegeben werden kann, weil er das Papier in Brand setzen würde.

Als sich die Umstände wieder beruhigten, sagte der Kutscher: »Wenn sie die Leute da rausholen wollen, müssen sie ein paar Kutschen wegziehen und den ganzen verdammten Rest zerlegen.« Im Anschluss an diese Worte kam die Sonne heraus und schien an einem Stück blauem Himmel, was alles noch schlimmer machte, denn daraufhin dampften plötzlich alle Menschen und Pferde, die bisher noch nicht gedampft hatten.

Dodger musste einsehen, wie aussichtslos es geworden war, die Kutsche mit dem quietschenden Rad zu finden. Solomon spähte aus dem Kutschenfenster, zeigte ihm seine große Taschenuhr und machte ihm damit klar, wie sehr die Zeit drängte. Dodger stöhnte innerlich. Wenn er jetzt nachgab und wenn dieses brodelnde Fiasko schließlich beseitigt war – was hoffentlich geschah, bevor weitere Kämpfe ausbrachen –, so bekam er vielleicht, nur vielleicht noch einmal Gelegenheit, das schreiende Rad irgendwo zu hören. Falls er vom Schlauen Bob nicht erfahren konnte, was er erfahren wollte. Doch derzeit schien es vor allem Solomon zu sein, dem nach Schreien zumute war.

Dodger sah den Kutscher an, hob die Schultern und sagte: »Wie viel, Mister?«

Überraschenderweise schenkte ihm der Mann ein schlitzohriges Grinsen und gestikulierte auf eine Weise, die andeutete, dass er den Fortschritt von Pferden gezogener Transportmittel in diesem Teil der Stadt für einen großen Haufen Bockmist hielt. »Bist du wirklich der Geezer, der Sweeney Todd überwältigt hat?«, fragte er dann. »Für mich siehst du wie ein Lügner aus, aber das gilt auch für alle anderen. Na ja, wie wär's, wenn du deinen Namen auf diese Seite hier schreibst und hinzufügst, dass du den teuflischen Friseur erledigt hast? Dann sind wir quitt, einverstanden? Ich schätze nämlich, die Seite mit deinem Namen drauf könnte eines Tages viel wert sein.«

Hier ist wieder Charlies Nebel am Werk, dachte Dodger. Wenn die Wahrheit nicht so beschaffen war, wie man sie wollte, so verwandelte man sie einfach in eine andere Version der Wahrheit. Doch der Mann wartete geduldig mit Bleistift und Notizbuch. Dodger nahm beides entgegen und geriet ins Schwitzen, als er ganz langsam schrieb, Buchstabe für Buchstabe: *Ich bins gewehsen der Swienieh Tott überwälltikt hat, Dodscher, und das is die Wahrhait.*

Kaum hatte er Notizbuch und Stift dem Kutscher zurückgegeben, wurde er von Solomon zum Straßenrand gezogen. Der alte Mann versuchte verzweifelt, einen Regenschirm zu öffnen, ein heimtückisches schwarzes Ding, das Dodger an einen seit Langem toten, aber trotzdem sehr großen Raubvogel erinnerte, der einem das Auge auspicken konnte, wenn man nicht aufpasste. Dodger wies darauf hin, dass der Schirm derzeit nicht nötig war, höchstens als Schutz vor den Pferden, die taten, was Pferde regelmäßig tun, diesmal nur etwas mehr, weil sie noch immer in Panik waren.

Sie machten sich zu Fuß auf den Weg in die Savile Row. In den Nebenstraßen waren mehr Fußgänger unterwegs als sonst, was an dem Kutschenknäuel lag, das sie dankenswerterweise hinter sich gelassen hatten. Sie erreichten ihr Ziel feucht und warm, was manchmal schlimmer war als feucht und kalt, wenn es wie in diesem Fall auch Klebriges von Pferden enthielt: die saubere, glänzende Tür von Davies & Son, Savile Row Nummer 38. Onan ließen sie an einem Laternenpfahl zurück, diesmal mit einem eigens für diesen Zweck gekauften Knochen, der dafür sorgte, dass er dem Rest der Welt keine Beachtung schenkte.

Drinnen versuchte Dodger, der Menge feiner Kleidung gegenüber nicht allzu ehrfürchtig zu sein. Er wusste natürlich, dass es weitaus bessere Klamotten gab, als er jemals getragen hatte, doch es überwältigte ihn, so viele davon auf engstem Raum zu sehen. Er tat so, als wäre das alles für ihn ein gewohnter Anblick, befürchtete allerdings, dass der inzwischen zwar wieder saubere, aber noch immer überaus geruchsintensive Gebrauchtanzug einen Hinweis auf die Wahrheit gab. Und wenn schon. Im Grunde genommen ist ein Schneider ein Schneider, und der Rest ist nur Schein.

Schließlich gelangten sie in die Obhut von Izzy, der klein und dürr war, aber erfüllt von einer lauernden Kraft, die unter anderen Umständen eine Mühle angetrieben hätte. Er erschien wie ein Pfeil zwischen Dodger, Solomon und dem Mann, der die Tür geöffnet hatte, und sprach so schnell, dass Dodger nur verstand: Izzy würde sich um alles kümmern, hatte alles, und alles war in bester Ordnung, wenn man alles Izzy überließ, der immer und überall dafür sorgte, dass alles äußerst zufriedenstellend war, zu einem Preis, den sämtliche Beteiligten als durchaus annehmbar empfinden würden, vorausgesetzt natürlich, und diesem Punkt kam besondere Bedeutung zu, dass man Izzy seine Arbeit verrichten ließ. Er drängte Solomon und Dodger in einen der Umkleideräume, plapperte die ganze Zeit über und entschuldigte sich immer wieder wegen irgendwelcher Anlässe, die überhaupt keiner Entschuldigung bedurften.

Ein Maßband erschien an Dodgers Schultern, nachdem sanfte, aber doch nachdrückliche Hände ihn in die Mitte des Raums bugsiert hatten, wo Izzy ihn mit dem Blick eines Schlachters musterte, der einem besonders schwierigen Mastochsen entgegentritt. Der kleine Mann eilte um ihn herum und nahm mit der Ein-Satz-nach-vorn-und-dann-ein-Sprung-zurück-Methode Maß. Während dieses Tanzes waren die einzigen Worte, die er an Dodger richtete, Variationen von »Wenn Sie sich bitte hierher drehen würden, Sir«, und Sir hier und Sir da, bis Dodger dringend einer Erfrischung bedurfte. Es war auch nicht besonders hilfreich, als der hin und her huschende Izzy seinen Tanz schließlich unterbrach, den Mund in die Nähe von Dodgers linkem Ohr brachte und im Tonfall eines Mannes fragte, der sich nach dem Heiligen Gral erkundigt: »Wie kleidet sich der Herr?«

Die Frage stellte Dodger vor ein Problem, denn er hatte nie groß darüber nachgedacht, auf welche Weise er sich anzog. Er machte es einfach, und das war's. Doch der kleine Schneider stand vor ihm, als erwarte er einen Hinweis auf das Versteck eines großen Schatzes. Deshalb überlegte Dodger und sagte: »Nun, gewöhnlich ziehe ich zuerst die Unterhose vom letzten Tag an, wenn sie nicht zu schmutzig ist, und dann kommen die Strümpfe ... Nein. Halt, stimmt ja gar nicht! An den meisten Tagen streife ich erst das Unterhemd über und dann die Socken.« In diesem Moment durchquerte Solomon den Raum, und zwar mit der Geschwindigkeit eines Gottes, der den Gottlosen eine Lektion erteilen will. Aber er begnügte sich damit, Dodger etwas ins Ohr zu flüstern, was diesen zu der empörten Bemerkung veranlasste: »Woher zum Teufel sollte ich das wissen? Ich hab nie nachgesehen! Manches findet seinen Platz von allein, oder? Wie kann man einen Mann so etwas überhaupt fragen?«

Solomon lachte laut, und dann steckten er und Izzy, der offenbar niemals zur Ruhe kam und sich dauernd bewegte, die Köpfe zusammen. Sie führten ein leises Gespräch, wobei sie auf die Sprachen von ganze Europa und auch des Nahen Ostens zurückgriffen, bis Solomon schließlich abermals lachte und sagte: »Deine Glückssträhne dauert an, Dodger. Izzy meint, dass er uns ein wundervolles Geschäft anbieten kann. Offenbar hat ein anderer Schneider den Auftrag erhalten, an einem Gehrock und einem sehr eleganten marineblauen Hemd zu arbeiten, aber bedauerlicherweise unterlief einem von Izzys Mitarbeitern beim Messen ein dummer Fehler, der dazu führte, dass die Sachen dem Herrn, für den sie bestimmt waren, nicht mehr passen. Deshalb möchte dir mein Freund Izzy« – Solomons Blick ruhte die ganze Zeit über auf dem kleinen Schneider – »einen kleinen Vorschlag unterbreiten.«

Izzy sah erst Solomon an, wandte sich dann an Dodger und sagte wie jemand, der dem Löwen, der ihn zu fressen droht, einen Knochen zuwirft: »Ich könnte Ihnen einen sehr guten Preis für beide Kleidungsstücke anbieten, die glücklicherweise nur wenige Nadelstiche von Ihren Maßen trennen, junger Mann. Wie wäre es mit einem Rabatt von ... fünfzig Prozent?«

Das kurze Zögern wies darauf hin, dass Izzy nicht ganz sicher war, und erschwerend kam für ihn hinzu, dass er Solomons ausdruckslosem Gesicht nichts zu entnehmen vermochte.

Das Feilschen hatte gerade erst begonnen, und Izzy behielt Solomon im Auge, als er klugerweise hinzufügte: »Ich bitte um Verzeihung, es sollten natürlich fünfundsiebzig Prozent sein ... Entschuldigung, ich meine *achtzig*. Außerdem gebe ich zwei sehr elegante Unterhosen hinzu, ja?«

Solomon lächelte, und der Schneider wirkte wie ein Mann, der nicht nur wenige Meter vor dem Galgen begnadigt wurde, sondern obendrein eine gut gefüllte Geldbörse für das Missverständnis bekommen hat. Zwanzig Minuten später geleitete ein dankbarer Izzy Solomon und den Helden der Fleet Street nach draußen. Dodger trug das Paket mit seinen neuen feinen Klamotten, Solomon die Tasche mit den Unterhosen, und Izzy besaß nun einen Teil des Gelds, das für den Helden gesammelt worden war. Das Management hatte freundlicherweise den Regenschirm trocknen und bürsten lassen, und außerdem wartete eine Kutsche auf sie.

Nun, eigentlich wartete sie nicht, sondern rollte über die Straße, bis Solomon ihr in den Weg trat und den Finger Gottes hob. Das Pferd wurde langsamer, noch bevor der Kutscher die Zügel ziehen konnte, denn Pferde erkannten drohendes Unheil auf Anhieb. Dodger setzte Onan mitsamt seinem Knochen in die Kutsche, bevor der Kutscher protestieren konnte – Onan neigte dazu, an den Orten, wo er sich aufgehalten hatte, eine gewisse Onanhaftigkeit zu hinterlassen.

Als sie eingestiegen waren, sagte Solomon zu dem Mann auf dem Kutschbock: »Lock und Co in der Saint James Street, wenn ich bitten darf.« Dem erstaunten Dodger erklärte er: »Dort gibt es mit ziemlicher Sicherheit einen Hut für dich, mein Junge. Jeder, der jemand ist oder zumindest von anderen für jemanden gehalten wird, kauft dort seine Hüte.«

»Aber ich habe den Hut von Jacob!«

»Das gebrauchte Gebrauchtding? Es sieht aus wie ein Gegenstand, den jemand als Ziehharmonika verwendet und dann einem Clown gegeben hat. Du brauchst den Hut eines Gentlemans.«

»Aber ich bin kein Gentleman«, protestierte Dodger.

»Mit einem eleganten Hut für besondere Gelegenheiten bist du viel näher dran, einer zu werden.«

Und Dodger musste zugeben, dass der Gebrauchthut ... nun, gebraucht war. Üblicherweise konnte ein Tosher mit Hüten nicht viel anfangen; viel zu leicht stieß er damit gegen eine Wand oder eine Decke und verlor sie vom Kopf. Oft trug er eine dicke Ledermütze, die verhinderte, dass er sich den Schädel zertrümmerte, wenn er in einem niedrigen Abwasserkanal zu schnell aufstand, und die sich leicht reinigen ließ.

Jeder trug einen Hut oder eine Mütze, aber die Hüte in dem Geschäft, das sie nun betraten, waren außergewöhnlich und manche von ihnen von enormen Ausmaßen. Natürlich deutete Dodger auf den größten, der aussah wie ein Ofenrohr und ihn mit einer Sirenenstimme rief, die nur er hören konnte. *Ich glaube, der dort könnte mir gut stehen.*

Als er sich im Spiegel betrachtete, dachte er: O ja, ein toller Typ. Um nicht zu sagen: Ein dufter Bursche, der zuvor vor allem Duft gewesen war, denn den wurde ein Tosher nicht los, sosehr man sich auch wusch und schrubbte – der Geruch klebte fest.

Wirklich, mit diesem tollen Hut würde er toll aussehen! Er stellte sich vor, wie beeindruckt Simplicity wäre, wenn er sich ihr damit präsentierte, und in dem neuen Anzug obendrein. Solomon hingegen betrachtete die Sache ein wenig anders, denn er hielt den Preis von 1 £ und 18 Shilling für maßlos übertrieben. Doch Dodger beharrte darauf. Zugegeben, es war eine Menge Geld für eine Kopfbedeckung, die er eigentlich gar nicht brauchte, aber hier ging es ums Prinzip. Er wusste nicht genau, um welches Prinzip, aber es war ein Prinzip, und das genügte. Außerdem hatte Solomon neulich bei der Arbeit an einer seiner kleinen Maschinen gesagt: »Dieses Ding braucht Öl.« Und, fuhr Dodger gnadenlos fort, am Tag *vorher* hatte der alte Mann darauf hingewiesen, dass dieses kleine Zahnrad Öl *wollte*.

»Also laufen *Wollen* und *Brauchen* aufs Gleiche hinaus«, erklärte Dodger.

Solomon zählte die Münzen sehr langsam und still und erwiderte dann: »Bist du sicher, dass du nicht als Jude geboren bist?«

»Ja, ich bin sicher«, sagte Dodger. »Ich habe nachgesehen. Aber danke für das Kompliment.«

Bevor sie nach Hause zurückkehrten, besuchten sie noch einen Friseur – einen ganz gewöhnlichen und vernünftigen Friseur, bei dem es keine Extras wie durchgeschnittene Kehlen gab. Allerdings geriet der gute Mann ein wenig durcheinander, als Solomon ihm mitteilte: »Es mag Sie beeindrucken, Sir, dass der junge Mann, den Sie gerade rasieren, jener Held ist, der den Taten des ruchlosen Mister Sweeney Todd ein Ende bereitete.«

Dieser Hinweis verursachte bei dem Friseur einen Panikanfall. Zwar dauerte er nur eine Sekunde lang oder weniger, aber so etwas ist nicht ratsam, wenn das scharfe Rasiermesser die Kehle eines Mannes berührt, und das Ergebnis war ein weiteres Tohuwabohu in der Nähe von Dodgers Hals. Der Schnitt war nicht groß, und das daraus hervorquellende Blut stand in keinem Verhältnis dazu. Es bewirkte hektische Aktivität mit Handtüchern und Alaun für die Wunde. Zweifellos würde eine Narbe zurückbleiben, was als Bonus gelten konnte, soweit es Dodger betraf – das Gesicht des Helden der Fleet Street würde ein Mal zeigen, das auf die Ruhmestat hinwies.

Als besagtes Gesicht sauber rasiert sowie das Haar gestutzt war und Solomon mit raschen Verhandlungen – geführt mit freundlicher, aber durchaus fester Stimme – Gratishaarschnitte für sechs Monate vereinbart hatte, ließen sie sich von einer weiteren Kutsche nach Hause bringen. Dort blieb ihnen gerade noch genug Zeit, sich zu waschen, anzuziehen und herauszuputzen.

Während sich Dodger mit einem Schwamm wusch – wobei er auch alle Spalten und Furchen berücksichtigte, denn immerhin war dies eine besondere Gelegenheit –, dachte ein Teil von ihm: Was müsste ich anstellen, um jemanden sterben und wieder auferstehen zu lassen? Auch ohne mich vorher in Gott zu verwandeln, meine ich.

Aus irgendeinem Grund erinnerte sich der Dodger in seinem Hinterkopf an die Würfelspielmänner und an den Mann mit der Erbse, die man nie, *nie* fand. Und über diesen Erinnerungen erklang Charlies Stimme und wies darauf hin, dass die Wahrheit ein Nebel war, in dem die Menschen sahen, was sie sehen wollten, und er gewann den Eindruck, dass sich um diese kleinen Bilder herum ein Plan entwickelte. Er achtete darauf, ihn nicht zu stören, aber in seinem Kopf war eindeutig etwas in Bewegung geraten, und er musste warten, bis es irgendwo *Klick* machte.

Wie versprochen passte die neue Kleidung maßgerecht, und Dodger bedauerte, dass er seine neue Pracht nur in einer kleinen Spiegelscherbe betrachten konnte. Dann schob er den Vorhang beiseite, um Solomon nach seiner Meinung zu fragen, und entdeckte einen Solomon in seiner ganzen Herrlichkeit.

Ein Mann, der sonst in bestickten Pantoffeln oder alten Stiefeln herumlief und einen abgewetzten schwarzen Gabardinemantel trug, hatte sich plötzlich in einen zwar altmodischen, aber doch sehr schicken Gentleman verwandelt, der eine feine schwarze Wolljacke, eine dunkelblaue Hose, lange dunkelblaue Strümpfe und alte, aber sehr gepflegte Schuhe mit funkelnden silbernen Schnallen trug. Am meisten beeindruckte Dodger das große dunkelblaue und goldene Medaillon an Solomons Hals. Er wusste, was die Symbole auf dem Medaillon bedeuteten, doch er hatte sie noch nie mit dem alten Mann in Verbindung gebracht. Sie waren das Siegel und das Auge in der Pyramide der Freimaurer. Solomon hatte auch seinen Bart gewaschen und in Form gebracht, und alles zusammen wirkte überaus eindrucksvoll.

Dodger wies mit einigen Worten darauf hin, und Solomon lächelte und sagte: »Mmm, eines Tages, mein Junge, nenne ich dir den Namen der Persönlichkeit, die so freundlich war, mir dies zu überreichen. Und darf ich dir mitteilen, dass du nach dem Waschen wie immer sehr gut aussiehst? Man könnte dich beinahe für einen echten Gentleman halten.«

Sehr vorsichtig gaben sie Onan sein Abendessen, und mit ähnlicher Vorsicht brachten sie ihn nach draußen, damit er dort erledigen konnte, was erledigt werden musste. Mit einem weiteren Knochen ließen sie ihn im Hundehimmel zurück und stiegen, gerade als der Abendnebel aufkam, in eine Kutsche, die sie nach Stratton Street Nummer eins, Mayfair, brachte.

12

Hier verkehrt Dodger mit der Oberklasse, Disraeli nimmt eine Herausforderung an, und Dodger erweist sich als überaus lernfähig

Dodger blickte aus der Kutsche, als sie nach Westen fuhren, und die Worte *Ich sehe Simplicity wieder* ritzten sich in sein Herz ein – so fühlte es sich zumindest an. Plötzlich stellte er sich Simplicity tot vor: tot und daher für ihre Verfolger kein Problem mehr. Kein Grund, Kriege zu führen, kein Grund für Bösewichte, in mörderischer Absicht durch die Straßen zu schleichen.

Es musste eine Möglichkeit geben! Derzeit war sie eine junge Frau, die niemand wollte. Besser gesagt: niemand außer ihm. Als der Nebel den Gestank der Themse zu seiner Nase trug, wies ein Klicken in seinem Kopf auf einen erfolgreichen Abschluss hin; nun mussten nur noch die Einzelheiten geklärt werden. Das eine oder andere konnte er noch nicht deutlich erkennen, aber mit der Lady zur Seite würde sich der Rest ergeben.

»Eine bemerkenswerte Frau, diese Miss Burdett-Coutts«, sagte Solomon. »Sie ist Erbin und auch eine große Philanthropin, das heißt, sie spendet ihr Geld den Armen und Bedürftigen. Vielleicht sollte ich hinzufügen, dass ich damit nicht dich meine, denn du bist weder arm noch bedürftig. Du stehst nur manchmal bis zu den Knien in Jauche.«

Solomon schien seinen kleinen Scherz sehr witzig zu finden, und ihm nicht zu applaudieren ... ebenso gut hätte man Onan treten können. Deshalb schob Dodger seine Gedanken an Simplicity beiseite und sagte: »Sehr komisch, wirklich! Aber warum in aller Welt sollte Miss Burdett-Coutts so viel Geld verschenken?«

Sie kamen über den Leicester Square, und Solomon sagte: »Weil sie es für richtig hält. Sie bezahlt für die Lumpenschulen, in denen manche Kinder zumindest eine einfache Bildung erhalten. Außerdem *mmm* finanziert sie Stipendien, was bedeutet, dass gelehrigere Schüler Gelegenheit erhalten, zur Universität zu gehen und dort eine bessere Bildung zu erhalten. Das ist alles, was man drüben in der Synagoge über sie weiß, abgesehen davon, dass sie Bienen züchtet, und man muss sehr *mmm* gescheit sein, um Bienen zu züchten – man muss Bescheid wissen, vorausplanen und an die Zukunft denken. Eine sehr gründliche Dame, ja, und gewissermaßen eine Institution.«

Solomon zögerte. »Sie kennt viele wichtige Persönlichkeiten, und ich frage mich, wer bei dieser kleinen Soiree noch zugegen sein wird. Ich nehme an, dass du erneut einen Blick ins Machtzentrum der Politik werfen kannst. Die Lords und gewählten Abgeordneten besprechen das Tagesgeschehen natürlich im Parlament, aber ich vermute stark, dass die Ergebnisse viel damit zu tun haben, worüber bei einem Drink gesprochen wird. Die Ratifizierung der auf diese Weise getroffenen Entscheidungen könnte eine *mmm* Variante des sogenannten Proportionalwahlrechts sein, doch im Großen und Ganzen scheint es zu funktionieren, manchmal mehr, manchmal weniger.«

Er erwärmte sich für sein Thema. »Die Engländer haben keine Theorien – das mag ich so an ihnen. Kein Engländer würde jemals sagen: *Ich denke, also bin ich.* Allerdings könnte man vielleicht ein *Ich denke, also bin ich, denke ich* erwarten. Leider gibt es manchmal auch zu viel Ordnung auf der Welt. Ah, da sind wir endlich! Achte auf deine Manieren und erinnere dich daran, was ich dir über das Essen mit verschiedenem Besteck gesagt habe! Dass du besser nicht stehlen solltest, möchte ich noch einmal betonen. Ich kenne dich als jungen Mann mit guten Vorsätzen, aber manchmal bist du ein bisschen *mmm* geistesabwesend, insbesondere in Hinsicht auf kleine, leichte Gegenstände. Vergiss deine alten Angewohnheiten wenigstens heute Abend, einverstanden?«

»Ich bin kein Dieb!«, begehrte Dodger auf. »Was kann ich dafür, wenn die Leute irgendwelche Gegenstände herumliegen lassen?« Dann stieß er Solomon an. »He, nur ein kleiner Scherz. Ich werde mich von meiner besten Seite zeigen, um meiner neuen eleganten Unterhose Ehre zu erweisen – ich habe nie zuvor eine getragen, die zwischen den Beinen so gut passte. Wäre mir klar gewesen, wie es sich anfühlt, zu den feinen Leuten zu gehören, hätte ich schon längst Aufnahme bei ihnen beantragt.«

Die Kutsche hielt kurz vor dem Ziel an – private Gespanne rangen dort höflich miteinander und setzten ihre Fahrgäste ab, ohne dass die Kutscher untereinander mehr als üblich fluchten. Dodger und Solomon stiegen aus und erklommen die Treppe vor dem prachtvollen Gebäude, auf das Dodger am Abend zuvor kaum geachtet hatte. Solomon hob die Hand, um anzuklopfen, und wie durch Magie öffnete sich die Tür, bevor er sie berührt hatte. Zum Vorschein kam der Butler Geoffrey.

Es war wichtig, fand Dodger, in der Nähe von Solomon zu bleiben, der ganz in seinem Element zu sein schien. Es trafen noch immer Gäste ein, die meisten von ihnen kannten sich, und sie wussten zweifellos, wo Drinks zu bekommen waren. Dodger und Solomon blieben weitgehend unbeachtet, bis

Charlie und Mister Disraeli auftauchten, nachdem sie offenbar irgendwo die Köpfe zusammengesteckt und Neuigkeiten ausgetauscht hatten.

Disraeli ging schnurstracks auf Solomon zu und sagte: »Wie nett, Sie hier zu treffen!« Sie schüttelten sich die Hände, aber Dodger entnahm den Gesichtern, dass die beiden sich nicht über den Weg trauten. Dann wandte sich Disraeli mit einem Funkeln in den Augen an Dodger und rief: »Oh, wundervoll, der junge Tosher hat sich in einen Gentleman verwandelt! Ausgezeichnet!«

Das ärgerte Dodger ein wenig, obwohl er den Grund dafür nicht genau hätte sagen können. »Ja, Sir, in der Tat, heute Abend bin ich ein Gentleman und morgen vielleicht wieder ein Tosher.« Er hörte die eigenen Worte, und etwas in seinem Kopf klickte erneut und teilte ihm mit: *Dies ist eine gute Gelegenheit, vergib sie nicht!* Und so lächelte er und fügte hinzu: »Ich kann ein Gentleman sein und auch ein Tosher. Können *Sie* ein Tosher sein, Mister Disraeli?«

Für einen Moment – und von den anderen Gästen wahrscheinlich völlig unbemerkt – gefror die Welt und taute wieder auf, als Mister Disraeli sich zu einer Reaktion entschieden hatte. Sie bestand aus einem Lächeln wie die Morgensonne mit einem Messer zwischen den Zähnen. »Mein lieber Junge, halten Sie es für möglich, dass ich in die Rolle eines Toshers schlüpfe? Es ist ein Beruf, den ich bisher kaum in Erwägung gezogen habe.«

Er unterbrach sich, weil Charlie ihm auf den Rücken geklopft hatte und sagte: »Toshen bedeutet, im Dreck nach verborgenen Schätzen zu suchen, mein Freund. Hat das nicht erstaunliche Ähnlichkeit mit der Politik? An deiner Stelle würde ich die Chance nutzen, etwas Wichtiges über die Welt zu erfahren. Ich nutze solche Gelegenheiten immer.«

Disraeli musterte Dodger. »Nun, wenn ich darüber nachdenke ... Eine Erkundung von Londons Unterseite könnte derzeit durchaus sinnvoll sein.«

»O ja«, sagte Charlie und grinste wie ein Mann, der einen Sixpence fallen lässt und eine Krone aufhebt. »Es würde der Öffentlichkeit zeigen, wie sehr du dich um die Kanalisation dieser Stadt kümmerst, in der viele ein großes Ärgernis sehen, um es gelinde auszudrücken. Ein kluger Politiker täte meiner Ansicht nach gut daran, seine Besorgnis angesichts der gegenwärtigen Zustände deutlich zu zeigen. Unsere Freunde vom *Punch*-Magazin würden dich zweifellos als vorausschauenden Politiker darstellen, der an die Stadt als Ganzes denkt.«

Für einige Sekunden wirkte Disraeli höchst nachdenklich und zupfte an seinem Spitzbart. »Ja, in der Tat, Charlie«, sagte er dann. »Ich glaube, da ist was dran.«

Dodger gewann den Eindruck, dass die beiden eigene Pläne schmiedeten. Er witterte Männer, die eine gute Gelegenheit erkannten und herauszufinden versuchten, wie sie diese zu ihrem Vorteil nutzen konnten – so wie er selbst. Dodger dachte: Charlie weiß, dass er in jedem Fall eine sehr gute Story bekommt, ganz gleich, was Mister Disraeli in der Kanalisation findet, Scheiße oder Gold.

Disraeli strahlte wie eine überaus enthusiastische Kerze, und sein Lächeln wuchs in die Breite, als er sagte: »Nun gut, Mister Dodger, niemand soll mir nachsagen, ich würde vor einer Herausforderung kneifen. Im Interesse der Öffentlichkeit bin ich bereit, eine unterirdische Wanderung zu unternehmen, wenn ich mich dabei Ihrer Führung anvertrauen darf. Wie wäre es ... vielleicht übermorgen? Immerhin sollte ein Politiker mehr können als nur reden.«

Auf der Suche nach Anerkennung blickte er sich um, und Dodger sagte: »Ich weiß nicht, was ein Politiker alles können sollte, aber ich bin gern bereit, Sie durch die Kanalisation zu führen, Sir. Natürlich nicht in der Umgebung von Krankenhäusern. Bei den Brauereien lässt es sich aushalten. In ihrer Nähe haben selbst die Ratten einen angenehmen Geruch.«

An dieser Stelle kam Miss Burdett-Coutts, die ihre Runde bei den Gästen machte, an ihnen vorbei, und Charlie sagte: »Es gibt Neues, Angela. Ben und der junge Dodger haben vor, schon bald einen Ausflug in die Kanalisation zu unternehmen und diese im Interesse der Öffentlichkeit zu erkunden. Wie gefällt dir das?«

»Haben sie das tatsächlich vor? Ich hoffe, sie machen sich sauber, bevor sie hierher zurückkehren.« Angela betrachtete Dodger, lächelte und streckte die Hand aus. »Es freut mich, Sie wiederzusehen, Mister Dodger. Ganz offensichtlich hat sich Ihre Kleidung erheblich verbessert. Herzlichen Glückwunsch!«

Dodger nahm die ausgestreckte Hand entgegen und küsste sie – zu Angelas Überraschung und seiner eigenen, aber zur Erbauung und Erheiterung von Charlie und Disraeli. Solomon hatte ihm dies nicht beigebracht, aber er war Dodger, und Miss Burdett-Coutts lächelte, als hätte ein Hund, den sie mochte, gerade ein Kunststück vollbracht – ein Hund, der allerdings besser wissen sollte, dass ihm nur jeweils ein Bissen gestattet war. Die unausgesprochene Botschaft lautete: Einmal ist gut, aber zweimal bedeutet, sich Freiheiten zu erlauben. Und Miss Burdett-Coutts schien sicher zu sein, dass sie Dodger nicht eigens darauf hinweisen musste.

Sie wandte sich an Solomon und sagte: »Ah, der höchst gelehrte Mister Cohen, nehme ich an. Ich habe viel über Sie gehört. Ich glaube, der päpstliche Nuntius hat mir eine wundervolle Geschichte über Ihren Scharfsinn erzählt.« Ihr Blick kehrte zu Dodger zurück. »Mister Dodger, wäre es Ihnen genehm, Miss Simplicity Parish kennenzulernen, eine Cousine vom Land?«

Fast im gleichen Augenblick trat Simplicity hinter Miss

Coutts hervor, und für Dodger verschwanden alle anderen Personen – nur Simplicity blieb übrig. Nach einem kurzen Augenblick schien Simplicity zu begreifen, dass Dodger den ganzen Abend mit offenem Mund dastehen würde, wenn sie still blieb, deshalb streckte sie die Hand aus und sagte: »Oh, Sie sind also der berühmte Mister Dodger. Freut mich sehr, Ihre Bekanntschaft zu machen.«

Mit einem Blick auf Dodger sagte Angela: »Bitte führen Sie Miss Simplicity zum Speiseraum, wenn zum Essen geläutet wird. Sie können neben mir sitzen, damit der Anstand gewahrt bleibt.« Nachdem sie Simplicity und Dodger auf diese Weise zusammengebracht hatte, inspizierte Miss Coutts den Saal und musterte die Gäste wie ein Einbrecher, der nach dem Silber Ausschau hielt, fand Dodger. »Sehen Sie den Herrn dort drüben am Kamin?«, fragte sie und nickte andeutungsweise in die entsprechende Richtung. »Das ist Sir George Cayley, der uns gezeigt hat, warum genau Vögel fliegen können. Ich glaube, er will Menschen in die Lage versetzen, es ihnen gleichzutun, aber ich befürchte, William Henderson könnte ihm zuvorkommen – ich habe viel vom Prototyp seiner dampfgetriebenen Himmelskutsche gehört. Wenn sich das alles vielversprechend weiterentwickelt, beschließe ich vielleicht, weitere Mittel dafür bereitzustellen. Es wäre ein solcher Segen für die Menschheit. Stellen Sie sich vor, man könnte in einem Tag nach Frankreich fliegen!«

Das wäre wie mit der Eisenbahn, dachte Dodger. Wenn man Geld hat, sucht man sich jemanden, der die Welt verändern will, und wenn es klappt, bekommt man sein Geld zurück. Immerhin erreicht Geld nicht viel, wenn es einfach nur ruht. Es bewirkt nur dann etwas, wenn es sich bewegt. Dodger war angesichts dieser Erkenntnis recht zufrieden mit sich.

Auf der anderen Seite des Saals hatte jemand einen Witz erzählt und heimste dafür allgemeines Gelächter ein. »Sehen

Sie den wortkargen Herrn dort drüben, der aussieht, als hätte er eine Guinee verloren und einen Viertelpenny gefunden?«, wandte sich Angela mit leiser Stimme an Dodger und Simplicity. »Das ist Charles Babbage, der eine Maschine gebaut hat, die addieren kann, was ich sehr interessant finde, und ich mag interessante Leute. Obwohl ich in diesem Fall sagen muss, dass er selbst sich kaum für andere interessiert. Allerdings hat er einen erlesenen Geschmack, wenn es um seine Freundinnen geht. Und wie ich sehe, hat Mister Cohen bereits ein Gespräch mit Mister Babbage und seiner Freundin Ada Lovelace begonnen, die eine sehr elegante Lady ist und ihrem Vater zur Ehre gereicht. Bestimmt haben sie viel zu bereden. Wenn es einen Mann gibt, der sich gut vorzustellen versteht, so ist es Mister Cohen.« Plötzlich sagte sie fröhlich: »Ah, da ist Sir Robert Peel! Ich bin ja so froh, dass er kommen konnte. Ich hatte befürchtet, dass ihn berufliche Belange bei Scotland Yard aufhalten.« Sie rauschte in die schwatzende Menge.

Sir Robert Peel? Der Boss der Bullen! Ein Tosher zu sein, war nicht unbedingt verboten – Opa hatte Dodger gesagt, dass eine Münze eine Münze war, und wenn man sie aus dem Dreck zog – wer konnte dann sagen, wem sie gehört hatte? Na gut, das Hinabsteigen in die Kanalisation war vielleicht nicht ganz legal, denn mit ein bisschen Phantasie konnte man unbefugtes Betreten oder dergleichen daraus machen. Aber eigentlich kümmerte es niemanden, abgesehen von den Arbeitstrupps, die in den Münzen dort unten so etwas wie eine Sonderzulage sahen, auf die sie ein Anrecht hatten. Die Öffentlichkeit als solche kümmerte es nicht die Bohne. Ob die Tosher im Dreck wühlten und dabei ein bisschen Geld fanden oder ob sie im Dreck verreckten, es spielte keine Rolle.

Aber Peeler ... Manchmal interpretierten sie das Gesetz auf eigene Art und Weise, und einige von ihnen hielten es für ihre Pflicht, das Leben für die Leute am Rand der Gesellschaft noch etwas schwerer zu machen. Deshalb gab es so viele Auseinandersetzungen mit den Cockney-Jungs, die praktisch auf einen kleinen Krieg hinausliefen.

Tosher waren kleine Fische, doch in den schmutzigen Vierteln der Stadt waren die Peeler *der Feind*. Dodger kannte das Wort *viszeral* nicht, aber er wusste, was ein Bauchgefühl war: Man tat sich keinen Gefallen, wenn man mit den Peelern Umgang pflegte, und jetzt befand er sich mit ihrem Oberhaupt zusammen in einem Raum, und bestimmt würde Angela ihm Dodger vorstellen. Er sagte sich, dass er nichts verbrochen hatte – na ja, abgesehen von einigen Kleinigkeiten, die schon eine Weile zurücklagen –, aber wenn man aus den Slums kam, fackelten die Peeler nicht lange.

Andererseits ... Vielleicht, dachte Dodger, mag Angela es nicht, wenn in ihrem Haus Leute verhaftet werden.

Er geriet nicht in Panik, denn Tosher, die in Panik gerieten, stießen früher oder später gegen eine Wand und verloren die Orientierung. Aber Simplicity beobachtete ihn mit besorgtem Lächeln, und Dodger zwang sich zur Ruhe und tat so, als wäre überhaupt nichts geschehen – eigentlich *war* ja auch gar nichts geschehen. Schon nach kurzer Zeit fühlte er sich besser. Es kam nur darauf an, sich nicht aus der Ruhe bringen zu lassen und sich so weit wie möglich von Sir Robert fernzuhalten.

Simplicity überraschte ihn, indem sie ihm über die Hand strich. »Ist alles in Ordnung, Dodger?«, fragte sie. »Ich weiß, dass du viel zu tun hattest, alles meinetwegen, und dafür bin ich dir sehr dankbar.«

Charlie und Disraeli waren erneut durch den Saal unterwegs, in dem niemand lange an einer Stelle zu verharren schien. Immer wieder sahen die Gäste andere Gäste, mit denen sie reden wollten, mit dem Ergebnis, dass Menschen und Gespräche hin und her strömten, während Dodger und Simplicity in einer kleinen Blase der Ruhe verharrten.

»Oh, mach dir wegen mir keine Sorgen!«, brachte Dodger hervor. »Wie ist das Leben in diesem Haus?«

»Angela ist sehr freundlich«, erwiderte Simplicity. »Wirklich sehr freundlich. Und ... wie soll ich es ausdrücken ... sehr verständnisvoll.«

»Ich habe dich schon einmal gefragt, und die Situation hat sich inzwischen verändert, aber an der Frage hat sich nichts geändert. Was soll als Nächstes geschehen? Möchtest du hierbleiben?«

Simplicitys Gesicht wurde ernst. »Wie gesagt, Angela ist sehr freundlich, aber ich weiß, dass ich hier bin, weil ich ein Problem darstelle, und ich möchte kein Problem sein. Früher oder später werden Probleme gelöst, und ich frage mich, wie das in meinem Fall aussähe.«

Dodger blickte sich um. Niemand schenkte ihnen Beachtung, und deshalb nahm er seinen Mut zusammen und sagte: »Angenommen, du könntest dich irgendwohin begeben, wo du diejenige sein könntest, die du sein möchtest. Ohne ein Problem für andere darzustellen. Weil nämlich ... Ich habe da so einen Plan. Es ist ein ziemlich guter Plan, aber heute Abend liegt erst ein Teil davon vor, und am Rest arbeite ich noch. Es könnte riskant werden, und wir müssten uns verstellen, aber ich vertraue der Lady und glaube, dass es gelingt – bisher hat sie mich noch nie im Stich gelassen.« Dann musste er erklären, wer die Lady war.

Schließlich sagte Simplicity: »Ich verstehe. Ich meine, ich glaube zu verstehen. Aber, lieber Dodger, darf ich annehmen, dass wir beide zusammen an einem sicheren Ort wären, wenn der Plan Erfolg hätte?«

Dodger räusperte sich. »Ja, das sieht der Plan vor.«

Sie betrachtete ihn mit großen Augen. So wie Simplicity

sprach, lag in ihren Worten immer etwas herrlich Feierliches, und jetzt sagte sie sanft: »Ich glaube, das wäre ein wundervoller Plan, Dodger, findest du nicht?«

»Du bist einverstanden?«, fragte Dodger.

»O ja, du bist sehr nett, wirklich sehr nett. Was Liebe betrifft, weiß ich noch nicht. Ich bildete mir ein, Liebe zu empfinden, aber es war keine echte Liebe, sondern eine Fälschung, eine falsche Münze, nicht das Gefühl, das es zunächst zu sein schien.« Sie zögerte. »Was ich für glänzende Sixpence hielt, stellte sich als Viertelpenny heraus, würdest du vielleicht sagen. Aber ich habe festgestellt, dass Freundlichkeit viel länger währt als Liebe, und meine Mutter sagte immer, Freundlichkeit sei verkleidete Liebe. Und wo du bist, Dodger, zischt die Welt irgendwie. Bei dir scheint alles möglich zu sein.«

Und Dodger, der manchmal über seine eigenen geistigen Füße stolperte, erwiderte sogleich: »Natürlich müssen wir nicht zusammen sein, wenn du nicht willst.«

Simplicity lächelte. »Dodger, vielleicht fällt dir die Einsicht schwer, aber manchmal solltest du besser schweigen.«

Und als Dodger errötete, wurde zum Essen geläutet.

Miss Burdett-Coutts führte ihre Gäste in den Speiseraum, begleitet von einem großen Mann, dessen Gesicht recht hart wirkte und der, wie Dodger erschrocken feststellte, ebenso gekleidet war wie er selbst, was ihn seltsamerweise tief beunruhigte. Ihm fiel ein, dass Izzy von einem anderen Kunden gesprochen hatte, für den Gehrock, Hemd und vielleicht auch die bequemen Unterhosen bestimmt gewesen waren, und diesen anderen Kunden glaubte er nun zu sehen.

Ja, der Gehrock war genauso beschaffen wie jener, den Dodger trug, und der Mann hatte die Jacke geöffnet, und darunter zeigte sich ein prächtiges Hemd aus blauer Seide. Es glich Dodgers Hemd, mit dem einen Unterschied, dass es etwas größer war. Und dann entdeckte ihn der Mann, und sein

Gesicht nahm einen Ausdruck an, bei dem sich Dodger die Nackenhaare aufstellten, von deren Vorhandensein er bisher gar nichts gewusst hatte. Aber Solomon und er hatten anständig und ordentlich für die Kleidung bezahlt, nicht wahr? Er wusste, dass sein Freund eine Quittung bekommen hatte – Quittungen waren für ihn fast genauso wichtig wie die gekaufte Ware.

In diesem Moment leichter Panik erkannte Dodger Henry Mayhew samt Gattin, die sich ihnen näherten, und da lief Simplicity auch schon los, um Jane Mayhew zu umarmen.

Während die Umarmung stattfand, streckte Henry Dodger die Hand entgegen und sagte munter: »Der Mann des Augenblicks, mein lieber Dodger. Ich habe die verschiedenen gesellschaftlichen Schichten in London untersucht, und mir scheint, du kletterst die Leiter der Klassen schneller hinauf als ein Schimpanse, wenn du mir diesen Vergleich gestattest.« Er lächelte schief und fügte hinzu: »Nichts für ungut.« Er brauchte sich nicht zu entschuldigen, denn Dodger wusste gar nicht, was ein Schimpanse war. Aber er nahm sich vor, Solomon später danach zu fragen.

Ein wenig aufgeregt führte er Simplicity am Arm und folgte den Mayhews in den Speiseraum. Es gelang ihm, die junge Frau an ihrem Bestimmungsort abzuliefern, wofür ihm Angela ein anerkennendes Lächeln schenkte.

Dann wandte sich Angela ihm zu und sagte: »Haben Sie bereits meinen sehr guten Freund Sir Robert Peel kennengelernt, Dodger? Ich nehme an, Sie beide haben das eine oder andere gemeinsam.« Ein humorvoller Glanz lag in ihren Augen, als sie die zwei gleich gekleideten Männer vorstellte.

Sir Robert Peel lächelte, aber für den beunruhigten Dodger schien es eher eine Grimasse zu sein. »O ja, der Held der Fleet Street«, sagte der Mann. »Ich würde gern unter vier Augen mit Ihnen reden.«

Dodger blickte in das Gesicht, in dem überall *Polizei* geschrieben stand. Er dachte: Wird es ständig auf diese Weise weitergehen? Werde ich immer der Mann sein, der Sweeney Todd überwältigt hat? Es war durchaus nützlich, das musste er zugeben, aber gleichzeitig war es auch so unangenehm, so als trüge er die Hose eines Fremden, was tatsächlich der Fall zu sein schien. Und der Mann beobachtete ihn noch immer sehr aufmerksam, als wolle er ihn gründlich ausloten.

Die Gäste nahmen ihre Plätze ein, und Dodger wurde aufgefordert, sich neben Angela zu setzen, mit Simplicity an seiner Seite und Solomon neben ihr. Sir Robert – beziehungsweise »Lieber Rob«, wie Angela ihn nannte – nahm auf ihrer anderen Seite Platz.

Angela wandte sich an Dodger und fragte leise: »Tut es weh? Sie zucken jedes Mal zusammen, wenn Sie jemand *Held der Fleet Street* nennt. Wussten Sie das nicht? Charlie hat mir erzählt, dass Sie mehrmals versucht haben, die Leute darauf hinzuweisen, dass die Fakten dieser Angelegenheit nicht das sind, was sie zu sein scheinen, und dass Sie jedes Lob als eine Verdammung von Mister Todd empfinden, was Ihnen zur Ehre gereicht. Mir scheint, hier gibt es ein anderes Heldentum, ein Heldentum, das nur selten Beachtung findet. Ich werde das im Gedächtnis behalten, denn ich habe gewissen Einfluss. Manchmal kann man mit einem Wort am richtigen Ort viel bewirken.« Miss Burdett-Coutts lächelte. »Gefällt es Ihnen, in der Kanalisation nach Geld zu suchen? Sagen Sie die Wahrheit!«

»Ich brauche nicht zu lügen«, erwiderte Dodger. »Es ist Freiheit, Miss, das ist die Wahrheit, und auch sicher, wenn man aufpasst und den Kopf benutzt. Ich schätze, ich verdiene an jedem beliebigen Tag in der Woche mehr als ein Kaminkehrer, und Ruß ... Oh, Miss, Ruß ist schlimmes Zeug und gar nicht gut für die Gesundheit. Schlecht für drinnen und draußen, das kann ich schwören. Aber wenn ich vom Toshen zurückkehre, lässt sich mit einem Stück Laugenseife alles in Ordnung bringen. Keine große Sache, aber man fühlt sich sauber.«

An dieser Stelle mussten sie das Gespräch unterbrechen, denn Kellner kamen vorbei, und nach dem Klappern der Teller und des – vielen, o ja! – Bestecks sagte Miss Burdett-Coutts: »Meinen Informanten zufolge scheinen Sie überall zu sein und alle zu kennen wie der berühmte – oder berüchtigte, wenn Sie so wollen – Straßenräuber Dick Turpin. Haben Sie von ihm gehört, junger Mann? Was halten Sie von seinem außergewöhnlichen Ritt nach York, auf dem Rücken seiner Stute Black Bess? Ich glaube, es gibt Theaterstücke über ihn, und das Volk liebt ihn, weil er ein Schlitzohr war.«

Dodger blickte besorgt auf seinen Teller hinab und sagte: »Ich habe von dem Herrn gehört, Madam, und es gefällt mir, dass er etwas Farbe in eine ansonsten oft recht graue Welt bringt. Aber ich glaube, er war schlau, viel zu schlau, um den ganzen weiten Weg nach York zu reiten. Zu riskant. Mit Pferden kenne ich mich zwar nicht besonders gut aus, aber ich nehme an, seine wackere Stute wäre nach einer Stunde oder so ziemlich müde gewesen, wenn er wirklich so schnell geritten ist, wie es heißt. Nein, ich schätze, er ging zu einigen seiner Kumpel, die gar keine guten Kumpel waren, und rief so etwas wie: ›Betet für mich, Jungs, denn ich reite geschwind wie der Wind nach York, und zwar noch heute Nacht!‹ Und da ein Kopfgeld auf ihn ausgesetzt war, kann man sicher sein, dass ihn seine Kumpel sofort an die Bullen – Verzeihung, ich meine die Polizei – verraten haben. Unser Freund Dick, da wette ich eine Krone, verbrachte die Nacht vermutlich in West End, mit gefärbtem Schnurrbart und zwei hübschen Damen in den Armen. Das meine ich mit *schlau*. Einfach wegrennen nützt nichts, obwohl ich weiß, dass sie ihn schließlich erwischt haben. An seiner Stelle hätte ich mich als Priester verkleidet, wäre irgendwo untergetaucht und hätte Gras über die Sache wachsen lassen. Bitte entschuldigen Sie den Vortrag, Miss, aber Sie haben gefragt.«

Angela lachte. »Ihr Ruf eilt Ihnen voraus, Mister Dodger. Sie gelten als ein mutiger und auch verständnisvoller Mann. Aber mir scheint, Sie können auch ein guter Stratege sein – und frischer Wind obendrein!« Sie legte ihm die Hand auf den Arm und fragte: »Sind Sie ein Kirchgänger, Mister Dodger?«

»Nein, Miss. Das mit dem Glauben erledigt Solomon für uns beide, Miss, verlassen Sie sich drauf! Ich schätze, er sagt dem Allmächtigen, was er tun und lassen soll. Aber keine Sorge, ich habe gehört, dass Jesus über das Wasser gegangen ist, also weiß er vielleicht ein bisschen was übers Toshen, obwohl ich ihn da unten nie gesehen habe. Womit ich ihm nicht zu nahe treten möchte, denn im Dunkeln sieht man nicht jeden.«

Er bemerkte, dass Angelas Lächeln ein wenig gezwungen wirkte, bevor sie ihre Natürlichkeit zurückgewann und sagte: »Nun, Mister Dodger, offenbar kann ein Ungläubiger so manchen Gläubigen beschämen.« Aus diesen Worten schloss er, dass er erneut damit durchgekommen war, obwohl er nicht genau wusste, womit.

Endlich konnte Dodger seine Aufmerksamkeit auf den Inhalt seines Tellers richten. Es schien eine recht gute Gemüsesuppe zu sein, noch besser als das Zeug, das Solomon kochte, und darauf wies er auch hin, kaum dass er damit fertig war. Wobei er feststellte, dass niemand sonst die Suppe mit solchem Eifer gegessen hatte wie er.

»Es ist eine sogenannte Juliennesuppe«, erklärte Angela. »Warum sie so heißt, weiß ich leider nicht. Ich beneide Sie um Ihren Appetit.«

Von diesen Worten ermuntert, fragte Dodger: »Kann ich noch mehr bekommen?« Aus den Augenwinkeln entdeckte er in Charlies Miene den Ausdruck eines Mannes, der seinen Spaß hatte.

Angela folgte seinem Blick. »Wussten Sie, dass Charlie Bücher schreibt? Ich frage mich oft, woher er alle seine Einfälle nimmt. Was die Suppe betrifft ... Ich bin sicher, dass es noch mehr davon gibt, aber es folgt ein sehr schmackhafter Steinbutt, und danach gibt es Hammelrücken, gefolgt von gebratenen Wachteln. Wenn Sie bis dahin noch nicht geplatzt sind, junger Mann, können Sie sehr süßes Kirschkompott kosten. Wie ich sehe, haben Sie Ihren Wein nicht angerührt. Es ist ein sehr guter Sauvignon blanc, und ich bin sicher, dass er Ihnen schmecken würde.« Als Dodger nach dem Glas griff, wandte sich Miss Burdett-Coutts zur anderen Seite, um eine Frage von Sir Robert Peel zu beantworten.

Dodger mochte den Wein, und weil er Dodger war, dachte er: Oh, dieser Wein ist ziemlich gut, und deshalb werde ich ihn ganz langsam trinken. Immerhin trank er nur selten Wein, obwohl Solomon manchmal welchen zum Passahfest kaufte. Der war so süß, dass er Zahnschmerzen davon bekam. Gewöhnlich bevorzugte Dodger Bier oder Stout, im Winter vor allem Stout. Es waren einfache Getränke für einfache Leute, und Dodger wollte kein komplizierter Mensch werden, und in den würde er sich zweifellos verwandeln, wenn er mehr als ein Glas von diesem Wein trank.

Solomon hatte ihn zuvor darauf hingewiesen, dass vielleicht für jeden Gang ein anderer Wein ausgeschenkt wurde – man fragte sich, wie die Gäste unter solchen Umständen nach Hause kamen. Während Angela also mit Sir Robert Peel sprach und Simplicity auf zarte Weise ihren Suppenteller leerte, hielt Dodger das Glas Wein in der Hand und trank jeweils nur einen kleinen Schluck. Oh, er war gelegentlich betrunken gewesen, und so angenehm sich das auch zunächst anfühlen mochte – wenn man später aufwachte, sah die Sache ganz anders aus. Außerdem fiel das Toshen schwer, wenn man keinen klaren Kopf hatte, und sich nicht dauernd übergeben zu müssen, war natürlich auch hilfreich. Mehr als alles andere wollte er vermeiden, sich vor diesen Leuten zu blamieren, noch dazu während Simplicity zusah. Und sie beobachtete ihn.

Das schien auch für den Steinbutt zu gelten, der auf einem silbernen Tablett vorbeigetragen wurde, bevor ihn die Kellner an die Gäste verteilten. Er war groß und dick, aber nie zuvor hatte Dodger ein so trauriges Gesicht bei einem Fisch gesehen. Hätte er erfahren, dass er nicht nur mit einer recht pikanten Soße serviert wurde, sondern auch köstlich schmeckte, wäre seine Stimmung vielleicht ein wenig gestiegen. Inzwischen war Dodger etwas ruhiger geworden. Das Essen verlief gut, die Leute redeten miteinander, und alles schien ganz nett zu sein. Die heitere Stimmung dauerte an, als die Kellner den Hammelrücken servierten, der ein wenig gelb und ziemlich fettig war und eine reine Wonne für einen so tatkräftigen jungen Burschen wie Dodger, obwohl er sich nicht daran erinnerte, jemals so viel gegessen zu haben. Die von Solomon in der Mansarde zubereiteten Mahlzeiten waren ... bekömmlich und stillten den Hunger. Fleisch gab es in kleinen Stücken, war mehr Beilage als Hauptgang und befand sich für gewöhnlich in einer dicken Suppe oder in nahrhaftem Brei. Dodger merkte, dass im Bereich seines Bauchs alles ziemlich straff geworden war, aber gutes Hammelfleisch war die Speise der Götter, und es wäre ganz und gar unangemessen gewesen, etwas so Köstliches zurückzuweisen.

Dodger kam gut zurecht. Er hatte sich Solomons Hinweise in Bezug auf die Verwendung von Messer und Gabel bei den einzelnen Gängen zu Herzen genommen und auch die Serviette an den Hals gesteckt, und es wäre ihm durchaus recht gewesen, sich jeden Abend einer solchen Zeremonie zu unterziehen. Aber er wusste, dass er Simplicity vernachlässigt hatte – wie konnte er? –, ausgerechnet Simplicity, die gerade höflich einer von Solomons Geschichten lauschte und ihm dabei ihre volle Aufmerksamkeit schenkte, was nur recht und billig war, denn Solomon verstand seine Zuhörer immer wieder zu überraschen.

Sie richtete den Blick auf ihn, gerade als er den Kopf wandte und sie ansah, und fragte: »Ist es nicht seltsam, Dodger, dass du wie eine kleinere Version von Sir Robert gekleidet bist?« Sie senkte die Stimme zu einem Flüstern. »Aber du bist viel hübscher und blickst nicht so oft finster drein. Ansonsten aber ähnelt ihr euch wie ein Ei dem anderen.«

»Er ist viel größer und älter als ich«, erwiderte Dodger.

Diese Worte veranlassten Simplicity zu einem Lächeln, und sie sagte: »Ich glaube, manchmal denken die Engländer nicht darüber nach, was sie sagen. Wenn man zwei Eier betrachtet, so wird man feststellen, dass es Unterschiede zwischen ihnen gibt.«

Er starrte sie mit offenem Mund an. Erstens, weil er oft Eier gesehen und nie auf ihre Unterschiede geachtet hatte, und zweitens, weil Simplicity ihm etwas Neues erzählte. Und nicht zum ersten Mal, erinnerte er sich. Nein, Simplicity war nicht einfach gestrickt, keineswegs.

Sie lachte leise. »Du weißt gar nichts über mich, Dodger.«

»Darf ich hoffen, eines Tages mehr herauszufinden?«

»Ich habe sehr dicke Beine«, verkündete sie.

Die Gefahr, in den schmutzigen Vierteln von London dick zu werden, wo auch immer, war nicht sonderlich groß, aber Dodger hatte noch nie von einer jungen Frau gehört, die ihre Beine zu dünn nannte, und so sagte er in der Stille, die Simplicitys Worten folgte: »Ich möchte nicht taktlos sein, aber das ist bestimmt Ansichtssache, und leider konnte ich mir in dieser Hinsicht noch keine Meinung bilden.«

Was folgte, war nicht unbedingt ein Aufruhr, vielleicht eher ein kleiner Tumult. Dodger hörte verschiedene Variationen von »Na, so was!« und Geräusche, die Menschen von sich gaben, wenn sie etwas empörend fanden, in Wirklichkeit aber amüsiert und vielleicht sogar erleichtert waren. »Exzellent!«, sagte jemand, vermutlich Charlie. »Des berühmten Beau Brummel würdig!«

Solomons Gesicht blieb völlig ausdruckslos, als hätte er nichts gehört, und Angela – Gott sollte sie segnen! – lachte leise. Dodger fand das sehr hilfreich, denn immerhin war sie die Gastgeberin und außerdem sehr reich, und mit ihrem Verhalten machte sie deutlich, dass sie am derzeitigen Geschehen nichts auszusetzen fand. Was für alle anderen bedeutete, dass es auch für sie nichts daran auszusetzen gab, denn wer wollte schon der reichsten Frau der Welt widersprechen?

Ringsum entstand ein entspanntes Summen, als die Gäste ihre Gläser leer tranken und in manchen Fällen mit neuen begannen, und an dieser Stelle bemerkte Dodger, dass er einen gewissen Ort aufsuchen musste, und er hatte keine Ahnung, wo der zu finden war. Zweifellos befand er sich irgendwo unten, im Erdgeschoss, aber mehr wusste Dodger nicht. Und in einer Welt voller Einrichtungen, die man nur selten beim Namen nannte, wollte er keine Lady danach fragen, wo er pinkeln konnte.

Dann blickte er in die Augen von Sir Robert Peel, der an Angela vorbeisah und grinste wie eine Katze, die eine Maus entdeckt hat, und der Anführer der Peeler sagte: »Ah, Mister Dodger, so wie Sie sich umsehen, suchen Sie vermutlich nach einer Räumlichkeit, wo man gewisse Erleichterung findet. Bitte, erlauben Sie mir, Sie dorthin zu führen, denn auch ich verspüre ein Bedürfnis.«

Dodger hielt es für besser, nicht zu widersprechen. Sir Robert nickte Angela zu und dirigierte Dodger aus dem Raum hinaus und eine Treppe hinunter. Schließlich erreichten sie ein Paradies aus Mahagoni, glänzendem Messing und poliertem Kupfer.

Es funkelte überall – dies war ein Palast. Die öffentlichen Klos, die Dodger kannte, waren dunkel und stanken. Besser war's, wenn man sich draußen erleichterte, was viele auch taten, wodurch es zu einem echten Abenteuer werden konnte, nachts durch eine Gasse zu gehen. Solomon, der auch in dieser Hinsicht recht pingelig war, hatte einen Eimer mit immer sauberem Holzdeckel, für die Momente bestimmt, wenn auch ein Mann sich hinsetzen musste. Eine von Dodgers Aufgaben bestand darin, ihn zur nächsten Senkgrube zu bringen, doch die quollen die meiste Zeit über. Jedenfalls machte der Düngewagen jede Nacht seine Runde, und die Lage verbesserte sich ein wenig, wenn die Arbeiter den ganzen Kram wegschaufelten, auch den Pferdemist. Aber sooft die Düngewagen auch kamen und wie gründlich die Faulbehälter auch geleert wurden, man war nie sehr weit vom Essen des vergangenen Tags entfernt. Aber dieser Ort … Er war wirklich erstaunlich, und obgleich Dodger wusste, was es mit dem Loch im glänzenden Mahagoni auf sich hatte – es erschien ihm wie ein Frevel, Gebrauch davon zu machen. Und was war dies? Papierbogen, bereits zurechtgeschnitten und bereit zur Benutzung, so wie es Solomon mit dem *Jewish Chronicle* machte. Und es gab auch Spiegel und kleine Seifenstücke in großen Schalen, weich und angenehm duftend. Dodger konnte der Versuchung nicht widerstehen, einige einzustecken – trotz der Gesellschaft, in der er sich befand –, denn es waren so viele.

Eine Zeit lang gab er sich dem Staunen hin, trotz des Drucks auf der Blase und einer gewissen Beunruhigung, weil er sich mit dem Boss der Peeler in einem Raum befand, der, wie er gerade bemerkte, in aller Zufriedenheit auf einem recht teuer wirkenden Stuhl saß und sich eine Zigarre anzündete.

Sir Robert Peel schenkte ihm ein Lächeln und sagte: »Bitte legen Sie keinen Wert auf Förmlichkeiten, Mister Dodger. Ich habe es nicht eilig, und außerdem befinde ich mich, wie Sie vielleicht festgestellt haben, zwischen Ihnen und der Tür.«

Dodger hatte sich gerade der verzierten, glänzenden Schüssel vor ihm zugewandt, doch der Hinweis des Mannes mit der Zigarre hinderte ihn daran, sich dem Grund seines Hierseins zu widmen. Er blickte über die Schulter nach hinten. Sir Robert beobachtete ihn nicht einmal und genoss einfach nur seine Zigarre, wirkte wie ein Mann, der alle Zeit der Welt hatte. Da eigentlich nichts Schlimmes passierte, bekam Dodger sein Problem in den ... Griff und bewunderte die Funktionsweise dieser wundervollen neuen Vorrichtung. Als er fertig war, sagte der immer noch sitzende Sir Robert lakonisch: »Ziehen Sie den Porzellanknauf an der Kette links von Ihnen!«

Dodger hatte sich bereits gefragt, wozu der wohl diente. Es war klar, dass er gezogen werden wollte, aber zu welchem Zweck? Um den Leuten mitzuteilen, dass man fertig war? Läutete dadurch eine Glocke, damit andere nicht hereinkamen und einen störten? Wie dem auch sein mochte, vorsichtig und gleichzeitig hoffnungsvoll zog er an dem kleinen Knauf und wich dann von der Schüssel zurück, für den Fall, dass er etwas Falsches getan hatte und dadurch in Schwierigkeiten geriet. Verblüfft beobachtete er, wie Wasser durch die Schüssel strömte und alles sauber zurückließ. Das war wirklich eine nützliche Einrichtung!

Er wandte sich um und sagte: »Ja, Sir. Ich weiß, was es zu tun gilt. Und ich weiß auch, dass Sie ein kleines Spiel mit mir treiben. Ich frage mich, was Sie von mir wollen.«

Sir Robert betrachtete die Spitze seiner Zigarre so, als hätte er sie nie zuvor gesehen, und sagte wie beiläufig: »Ich wüsste gern, wie Sie heute Nachmittag den Mord in der Kanalisation begangen haben.«

In Dodger machten sich der Steinbutt und alle seine kleinen Freunde daran, den sinkenden Dodger zu verlassen, und für einen Moment befürchtete er, auf dem glänzenden Boden eine große Schweinerei zu hinterlassen, bis ihm einfiel: Ich habe nie jemanden ermordet. Das wollte ich nie, und ich hatte auch gar keine Zeit dazu. Deshalb fragte er: »Von welchem Mord reden Sie?« Und er forderte den Steinbutt auf, sich zu benehmen. »Ich habe nie jemanden ermordet, nie!«

»Komisch, dass Sie das sagen, denn ich glaube Ihnen«, erklärte der oberste Polizist von London munter. »Aber leider haben wir einen Toten im Leichenhaus, und zwei Männer schwören Stein und Bein, dass Sie dafür verantwortlich sind. Und das Lustige ist – Sie können ruhig darüber lachen: Ich glaube ihnen nicht. Es gibt zweifellos eine Leiche, auf die uns ein Herr namens Durstiger Smith hingewiesen hat. Ich nehme an, Sie kennen ihn.«

»Den Durstigen Smith? Er ist ein Säufer und läuft die ganze Zeit mit nasser Hose rum. Für ein Bier würde er jeden verpfeifen. Ich wette, der andere war der Krumme Angus, ein alter Knacker mit anderthalb Beinen.«

Der Mann hatte gesagt, dass er Dodger nicht für den Mörder hielt, und damit war er aus dem Schneider, oder? Ganz und gar. Trotzdem hatte der oberste Peeler diesen besonderen Blick, den man nach einigen Begegnungen mit der Polizei zu erkennen lernte. Er teilte einem mit, dass die Polizei immer die Oberhand gewann und man derzeit besser auf seine Manieren achten sollte, denn man war der Feind der Polizei, bis einem die Polizei sagte, dass man es nicht mehr war.

Mister Peel beobachtete ihn mit einem dünnen Lächeln

auf den Lippen – man sollte das Lächeln eines Peelers nie unbeachtet lassen –, und Dodger dachte: Dies ist der König der Peeler, der große Peel höchstpersönlich, und da muss ein Dodger sehr vorsichtig sein. Er behielt das Lächeln im Auge und sagte: »Sie glauben also nicht, dass ich jemanden ermordet habe, aber zwei Männer behaupten, ich hätte es getan, ja? Wer ist der Ermordete? Und warum vertrauen Sie ihrem Wort weniger als meinem?«

Sir Robert entgegnete ganz ruhig: »Ehrlich gesagt, meine Männer kennen die beiden Burschen und meinen, sie nähmen deren Aussagen nicht einmal dann ernst, wenn der Erzengel Gabriel neben ihnen stünde und bestätigte, dass sie die Wahrheit sagen.« Er lächelte das Lächeln eines Polizisten, das nur ein bisschen besser war als das Lächeln eines Tigers, und sagte: »Ihrem Wort vertraue ich keineswegs, Mister Dodger, aber ich bin geneigt, dem Wort von Solomon Cohen Vertrauen zu schenken, der in der jüdischen Gemeinschaft einen guten Ruf genießt. Ich habe heute Abend mit ihm gesprochen – ohne dass er etwas von dem Mord wusste und ohne dass er von mir in irgendeiner Weise darauf hingewiesen wurde –, und er war so freundlich zu erwähnen, dass Sie fast den ganzen Tag in seiner Gesellschaft verbracht haben. Das können einige angesehene Kaufleute bestätigen, unter ihnen mein Schneider, was ich mit eigenen Augen sehe. Ich frage mich: Wenn dieser Mord erst vor einigen Stunden stattfand, wieso erreicht mich diese Anschuldigung fast sofort?«

Bevor Dodger antworten konnte, fuhr Sir Robert fort: »Ich glaube, Sie haben sich Feinde gemacht, weil, wie mir Ben sagte, Sie Ihre Heldentaten offenbar im Zusammenhang mit einer jungen Frau vollbringen, deren Sicherheit Sie gewährleisten wollen, solange sie sich in unserem Land befindet. Ich begrüße Ihre Einstellung, aber das kann auf Dauer nicht so weitergehen. Es gibt Hinweise, dass ... andere in diese Situation verwickelt sind, Personen, die immer ungeduldiger werden.«

Er zog an seiner Zigarre und stieß blauen Rauch aus, der Dodger wie aromatischer Nebel entgegenschwebte.

»Es ist ganz offensichtlich ein Mord geschehen«, sagte der Boss der Peeler, »und ich muss dafür sorgen, dass jemand dafür zur Rechenschaft gezogen wird – obwohl das Opfer ein Herr war, der gegen Bezahlung gewisse Aufträge erledigte, ohne Fragen zu stellen und erst recht ohne Fragen zu beantworten. Er war Anwalt, bis ihm die anderen Anwälte auf die Schliche kamen, und dann wurde er zu einem Mittler und Wegbereiter, und zu einem guten noch dazu, denn er kannte alle juristischen Kniffe. Er spezialisierte sich darauf, Personen, die Verbrechen verüben wollten, mit anderen Personen zusammenzubringen, die sie gegen Entgelt für sie verübten, und natürlich bekam er dafür einen Anteil, ohne dass er sich die Hände schmutzig machen musste. Jetzt ist er auf sehr professionelle Weise umgebracht worden, und er hat das Sterben selbst übernommen, ohne einen anderen damit zu beauftragen. Ja, er ist tot, und Tote reden nicht. Übrigens eine sehr saubere Arbeit. Genauso gut hätte der Täter den Abwasch erledigen und die Katze füttern können, bevor er ging. Das Opfer hieß Schlauer Bob.«

Der Schlaue Bob war tot! Jemand hat ihn also erwischt, dachte Dodger. Daraus ergaben sich weitere Fragen. Was hatte der Schlaue Bob gewusst? Hatte er auf eigene Rechnung gearbeitet, nur um Geld zu verdienen? Oder war er für Dritte tätig gewesen, vielleicht für die Regierung, von der Mister Disraeli gesprochen hatte?

»Alle Polizisten kennen Sie, Mister Dodger«, sagte Sir Robert. »Wie auch die alten Bow-Street-Boys. Oft verdächtigt, aber nie angeklagt. Mussten nie vor den Kadi. Ein mir bekannter alter Bursche erzählte mir, dass es von Ihnen heißt, die Lady der Kanalisation schenke Ihnen ihren Schutz, und ich kann mir denken, dass viele von euch jeden erdenklichen Schutz benötigen. Wir sind nicht die Jungs von der Bow Street, Mister Dodger. Wir sind clever – Ihr Freund Charlie Dickens ist von unseren Methoden begeistert.« Sir Robert seufzte und fuhr fort: »Manchmal glaube ich, dass er selbst gern ein Peeler wäre, wenn ich es ihm gestatten würde. Gewiss gäbe er einen guten Peeler ab, wenn er nicht dauernd kritzeln und schreiben, kritzeln und schreiben würde. Wir wissen, was vor sich geht, Mister Dodger, aber manchmal halten wir es nicht für erforderlich, die Leute über unser Wissen in Kenntnis zu setzen.«

Er legte eine Pause ein, um an seiner Zigarre zu ziehen. »Mir ist bekannt, dass ein oder zwei Personen, die mit dem zuvor erwähnten Schlauen Bob in Verbindung standen, kürzlich an einen Herrn gerieten, den alle Dodger nennen, und es war für sie keine besonders angenehme Begegnung. Ein – sagen wir – Angestellter ist gestern Morgen einem unglückseligen Unfall zum Opfer gefallen: Gar nicht weit von Ihrem Viertel entfernt wurde er von einem Vierspänner überrollt, erstaunlicherweise gleich zweimal. Leider gibt es keine Zeugen, die Näheres über dieses traurige Ereignis berichten könnten.«

Dodgers Gedanken rasten. Jemand hatte den anderen Burschen gefunden, der Simplicity geschlagen hatte, jemand, der alles andere als zimperlich gewesen war. Alle, die mit dieser Sache zu tun hatten, schienen früher oder später als Tote zu enden ...

»Wir fragen uns«, fuhr Sir Robert fort, »ob hier noch jemand im Spiel ist. Gewisse Leute werden unruhig und möchten die Angelegenheit geklärt wissen. Natürlich könnte ein eifriger Polizist glauben, dass sich besagter Mister Dodger über die Lakaien des Schlauen Bob geärgert hat und ihm oder seinen Gesandten schaden möchte. Allerdings waren Sie, wie ganz London weiß, gestern Morgen im Friseursalon von Mister Todd anderweitig beschäftigt. Sie scheinen viel Glück zu haben, Mister Dodger. Ein Mann, der gewöhnlich unsichtbar ist, wird in genau den richtigen Momenten erstaunlich sichtbar.« Er zögerte. »Allerdings teilen mir meine Informanten mit, dass es einen weiteren Mann gibt, der mit den beiden verstorbenen Herren in Verbindung steht. Heute Morgen hat man ihn mit gebrochener Nase gesichtet, und er soll auf seltsame Art und Weise gegangen sein ... In dieser Hinsicht müssen vielleicht weitere Ermittlungen angestellt werden. Können Sie mir folgen? Ich stelle fest, dass Sie sehr still sind. Was ich durchaus vernünftig finde.«

Der Anführer der Peeler stand auf und klopfte die Asche seiner Zigarre in einen kleinen silbernen Aschenbecher. »Mister Dodger, ich leite die Polizei in dieser Stadt, was mich zu einem Polizisten macht, aber ich bin auch Politiker. Einem Mann, der so klug ist wie Sie, sollte klar sein, dass Politiker zwar rein theoretisch große Macht haben, sich manchmal aber darin verstricken, wenn es um ihre Ausübung geht, zumal sie wissen, dass man sie auf Schritt und Tritt beobachtet und alle ihre Entscheidungen infrage stellt. Agenten behalten jeden Hafen im Auge – lieber Himmel, das sollte gerade für Sie nichts Neues sein. An jedem Kai gibt es einen Schlammkriecher oder ein Schmuddelkind, das für ein paar kleine Münzen bereit wäre, nach jemandem Ausschau zu halten. Nun, einige von uns vertreten zwar öffentlich den Standpunkt der Regierung, sind aber der Meinung, dass eine unschuldige Person, die in Großbritannien Zuflucht gesucht hat, nicht gegen ihren Willen fortgeschickt werden sollte. Meine Güte, wir sind Briten! Wir sollten uns niemandem beugen. Es muss doch eine Möglichkeit geben, dieses Problem zu lösen, ohne einen Krieg zu riskieren.«

Dodger klappte der Mund auf. Ein Krieg? Wegen Simplicity?

»Mister Dodger«, fuhr das Oberhaupt der Peeler fort, »Sie und Miss Simplicity scheinen der Grund zu sein, warum Menschen ermordet werden und auch meine Leute in Schwierigkeiten geraten könnten. Wir müssen einen Ausweg finden, und zwar schnell, denn inzwischen dürften Sie verstanden haben, dass diese Sache weit über Miss Simplicity und Sie hinausgeht. Ich weiß, wie sehr Ihnen an der Sicherheit der jungen Dame gelegen ist, und wie Ihr Freund Charlie gesagt hat: Wenn Könige, Königinnen, Springer und Türme sich kaum mehr bewegen können, besteht durchaus die Möglichkeit, dass ein Bauer die Partie gewinnt. Wie Charlie bin ich daher der Meinung, dass ein Mann, der sich nicht ohne Weiteres mit der Regierung in Verbindung bringen lässt, derjenige sein könnte, der uns vielleicht hilft, eine Lösung zu finden.« Etwas leiser fügte er hinzu: »Sie sind ganz und gar Ihr eigener Herr, Mister Dodger, und was ich Ihnen gleich sage, werde ich abstreiten, sollten Sie es jemals in der Öffentlichkeit wiederholen – und Sie können sicher sein, dass man meinem Wort mehr Glauben schenken wird als Ihrem. Ich rede hier unter anderem deshalb mit Ihnen, um darauf hinzuweisen, dass Sie, was auch immer Sie tun, auf keinen Fall gegen das Gesetz verstoßen dürfen. Da ich gerade den Raum verlassen habe und die Stimme, die Sie hören, unmöglich meine sein kann, möchte ich auf Folgendes hinweisen: Manchmal kann das Gesetz ... flexibel sein.«

Sir Robert trat näher zur Tür. »Und nun werden wir ohne ein weiteres Wort zu den anderen zurückkehren, als ob wir über nichts weiter gesprochen hätten als über moderne sanitäre Einrichtungen. Sie werden von mir hören, falls das noch einmal notwendig werden sollte. Wir ...«, er zögerte noch einmal, »... werden Ihre Fortschritte mit großer Aufmerksamkeit verfolgen.« Der Anführer der Peeler sah die Panik in Dodgers Gesicht und lächelte erneut. »Seien Sie nicht allzu besorgt. Unterdessen haben wir es mit einem Mord zu tun, was eigentlich nur eine Leiche bedeutet. Wer weiß? Vielleicht hat das Opfer einen Klienten in einer ungesunden Umgebung getroffen und ist mit dem Kopf gegen etwas Hartes gestoßen; möglicherweise haben die Leute alles falsch verstanden. Und, Mister Dodger, damit *wir* uns richtig verstehen: Dieses Gespräch hat nie stattgefunden, klar?«

Schließlich fand Dodger die Sprache wieder und fragte: »Klar *was*?«

»Sie lernen schnell, Mister Dodger. Übrigens, Sie scheinen keinen anderen Namen zu haben als Dodger, Mister Dodger. Ich weiß, dass Sie in einem Waisenhaus aufgewachsen sind, und dort müsste man Ihnen doch einen Namen gegeben haben, oder?«

Mehr als nur einen Namen, dachte Dodger, und ich wette, Sie kennen ihn bereits, Mister Peel. Dann sagte er: »Ja, das stimmt. Man nannte mich Pip Stick! Sind Sie jetzt zufrieden? Ich bin es nicht! Wie kann man jemandem einen solchen Namen geben? Stellen Sie sich vor, wie sehr ein kleiner Junge mit einem solchen Namen gehänselt wird. Und sie haben mich gehänselt, Mister Peel, das haben sie. Es steht ganz offiziell im Buch des Armenhauses geschrieben. Mister Pip Stick, ist das zu fassen? Pech gehabt.« Dann fuhr er fort: »Obwohl, wenn ich so darüber nachdenke ... Mister Pip Stick lernte zu kämpfen. Und flink zu sein wie ein richtiger Dodger. Und zu treten und zu beißen. Und zu laufen. Oh, und wie er laufen konnte, und klettern und kriechen.« Er zögerte. »Eigentlich war es gar kein schlechter Name, sondern ein guter, wenn man's so betrachtet.«

Das Essen war fast vorbei, als Dodger an seinen Platz zurückkehrte, und wenige Minuten später klopfte Angela mit einem Löffel an ein Weinglas und verkündete: »Meine Freunde, heutzutage ist es Brauch und Sitte, dass die Damen das Gesellschaftszimmer aufsuchen, während die Herren zurückbleiben. Wie Sie wissen, finde ich das ein wenig ärgerlich, da ich mich gern mit einigen Gentlemen unterhalten möchte, und ich bin sicher, dass die Gentlemen auch gern mit einigen Damen sprächen. Immerhin sind dies moderne Zeiten, und wir alle sind Leute von Welt. Ich wage zu behaupten, dass niemand von uns eine Anstandsdame braucht. Ich begebe mich in den Salon und erwarte dort alle, die mir Gesellschaft zu leisten wünschen.«

Dann ergriff eine der reichsten Frauen der Welt Dodger zu seiner großen Überraschung am Arm. »Nun, Mister Dodger«, sagte sie, »ich möchte mit Ihnen über das *Lesen* sprechen. Von Solomon weiß ich, dass Sie nur selten einen Leseversuch unternehmen und kaum etwas anderes entziffern können als Ihren Namen. Das genügt nicht, mein Lieber! Ein Mann Ihres Kalibers darf kein Analphabet sein. Eigentlich müsste ich vorschlagen, dass Sie eine meiner Lumpenschulen besuchen, aber ich schätze, dafür halten Sie sich für zu alt. Deshalb habe ich mir etwas anderes überlegt, um die Liebe für Worte und wie man sie verwendet in Ihnen zu wecken: Ich möchte, dass Sie morgen Abend mich und die junge Simplicity ins Theater begleiten, wo wir uns William Shakespeares neues Stück *Julius Cäsar* ansehen werden.«

Miss Burdett-Coutts hob den Kopf und fügte hinzu: »Ich würde mich freuen, wenn sich Mister Cohen entschließen könnte, uns ebenfalls zu begleiten. Sie müssen nach Höherem streben, Mister Dodger, denn kein Mensch sollte sein Leben damit vergeuden, durch die Kanalisation zu stapfen, wenn er durch Literatur und Theater segeln kann. Streben Sie nach Höherem, Mister Dodger, steigen Sie empor! Greifen Sie nach den Sternen!« Sie bemerkte Dodgers Gesichtsausdruck und unterbrach sich. »Sie starren mich mit offenem Mund an. Haben Sie meine Worte vielleicht nicht verstanden?«

Dodger zögerte, aber nicht lange. »Ja, Miss. Ich bin ziemlich beschäftigt, aber ich ginge gern mit Ihnen ins Theater und bin auch bereit, nach Höherem zu streben. Doch die Sterne, fürchte ich, sind zu weit oben, da braucht man eine lange Leiter.«

»Irgendwann sollten Sie Solomon einmal fragen, was eine Metapher ist, Dodger.«

»Ich möchte Sie noch etwas anderes fragen, Miss«, sagte Dodger. »Wie können Sie sicher sein, dass Miss Simplicity im Theater nicht irgendetwas Schlimmes zustößt? Immerhin sind Theater große Gebäude mit vielen Menschen drin.«

Angela lächelte. »Manchmal kann man sich am besten dort verstecken, wo niemand nach einem sucht. Aber wenn doch jemand erscheinen sollte, der auf der Suche ist ... In dem Fall sollten wir einem zufriedenstellenden Abschluss dieser Angelegenheit einen Schritt näher sein, meinen Sie nicht? Simplicity wird nicht in Gefahr geraten – ich habe Mittel und Wege und werde dafür sorgen, dass wir alle den Abend ungestört genießen können, das versichere ich Ihnen. Meine Bediensteten verfügen über ... verborgene Talente, könnte man sagen. Aber vielleicht erleben wir mehr als nur einen Abend mit guter Unterhaltung.«

Sie führte Dodger in einen anderen prachtvoll eingerichteten Raum, wo bequeme Sessel standen und alles andere ebenfalls im Übermaß vorhanden war. In Solomons Mansarde befand sich kein Stück, das keinen praktischen Zweck erfüllte. Der alte Mann hatte seinen Arbeitstisch und ein sehr schmales Bett, und hinter dem Vorhang verfügte Dodger über die Matratze und mehrere Decken, und im Winter war es manchmal ziemlich kalt, auch für Onan, dessen Geruch ziemlich schlimm werden konnte. Aber dieser Raum war ausgestattet mit ... Dingen, die, soweit Dodger feststellen konnte, nur dazu dienten, um gesehen zu werden oder damit man andere Dinge darauf abstellen beziehungsweise darin unterbringen konnte. Hinzu kamen große Vasen mit üppigen Blumensträußen – man hätte meinen können, in Covent Garden zu sein. Er fragte sich, warum manche Leute so viel brauchten, während er seinen ganzen Besitz in einem kleinen Beutel tragen konnte, die Matratze nicht mitgezählt. Das schien mit dem Reichtum zusammenzuhängen – wie im Haus der Mayhews, nur dass der Überfluss hier noch viel deutlicher ins Auge fiel.

Dann aber schob er diesen Gedanken beiseite, um Platz für den Plan zu schaffen. Es war ein guter, ein glänzender Plan, und die letzten Lücken darin hatten sich gefüllt, weil Mister Disraeli versucht hatte, sich über ihn lustig zu machen. Den ganzen Abend über war er mit den letzten Einzelheiten beschäftigt gewesen, von denen einige recht unkompliziert waren, wie zum Beispiel die Hose. Bei anderen musste er dem Glück vertrauen – und natürlich der Lady.

Am kommenden Tag gab es viel zu tun.

Dodger sah sich nach Solomon um, als ihm jemand auf die Schulter klopfte und sagte: »Bitte entschuldigen Sie, aber ich habe gehört, dass Sie oft in der Kanalisation unterwegs sind.«

Der ungebetene Fragesteller war ein junger Mann, etwa zehn Jahre älter als Dodger und mit dem schüchternen Beginn eines gezwirbelten Schnurrbarts, wie es der neuesten Mode entsprach. Die Art und Weise, wie er die Frage stellte, deutete darauf hin, dass er so etwas wie ein Enthusiast war, wenn es um Abwasserkanäle ging. Er war ein Gentleman, der über die Kanalisation reden wollte, und Dodger musste höflich sein, weshalb er lächelte und sagte: »Ich bin kein Experte,

Sir, aber da Sie schon fragen: Ich gehe toshen und schätze, dass ich in jedem Abwasserkanal gewesen bin, den es unter der Quadratmeile gibt, und die anderen kenne ich ebenfalls. Und Sie, Sir, sind …?« Er lächelte erneut, um seine freundlichen Absichten zu bekunden.

»Oh, wie nachlässig von mir! Bazalgette, Joseph Bazalgette. Hier ist meine Karte, Sir. Ich möchte Ihnen sagen: Falls Sie einen weiteren Ausflug in die Kanalisation unternehmen, wäre es mir eine große Ehre, Sie begleiten zu dürfen.«

Dodger drehte die Karte hin und her, gab nach und erwiderte: »Ich habe eine … Expedition mit Mister Disraeli und Mister Dickens geplant. Sie wird übermorgen stattfinden, denke ich. Ein weiterer Teilnehmer sollte eigentlich kein Hindernis sein.« Und es passte gut zu seinem Plan, insbesondere wenn einer der eben erwähnten Herren seine Meinung änderte und plötzlich *anderweitig zu tun hatte*, wie man so etwas nannte.

Mister Bazalgette strahlte voller Freude. Ein Enthusiast, ganz klar. Ein Mann, der Zahlen, Zahnräder und Maschinen mochte und auch Abwasserkanäle. Mister Bazalgette muss ein Geschenk der Lady sein, dachte Dodger. »Sicher wissen Sie«, plapperte Bazalgette, als läse er Dodgers Gedanken, »oder vielleicht auch nicht, dass die Römer die Kanalisation gebaut haben. Sie glaubten sogar an eine Göttin der Kanalisation, die man heute Lady nennt, soweit ich weiß. Damals gaben sie ihr den Namen Cloacina. Vielleicht interessiert es Sie zu erfahren, dass vor nicht allzu langer Zeit ein Gentleman hier in England – ein gewisser Matthews – ein Gedicht über sie schrieb, dem Beispiel der Römer folgte und ihre Hilfe dabei erbat, wie soll ich es formulieren, ihm gewisse Körperfunktionen zu erleichtern, die ihn, wie es das Gedicht andeutete, morgens auf eine im wahrsten Sinn des Wortes harte Probe stellten.«

Nach allem, was Dodger gehört hatte, waren die Römer gewiefte Kerle gewesen, die außer Abwasserkanälen zum Beispiel auch Straßen gebaut hatten. Aber jetzt, ohne jede Vorwarnung, stellte sich plötzlich heraus, dass sie auch die Lady verehrt hatten. Solomons Beschreibungen zufolge waren die Römer ziemlich harte und gnadenlose Burschen gewesen, wenn man gegen sie antrat ... und sie hatten an die Lady geglaubt. Nun, Dodger hatte zur Lady gebetet, so viel stand fest, aber er war nie so *richtig* von ihrer Existenz überzeugt gewesen und hatte nur halb an sie geglaubt. Aber nun erfuhr er, dass alle die großen Krieger, die damals in der Stadt gelebt hatten, für sie gekniet und gebetet hatten, damit ihre Haufen ein bisschen weicher wurden. Es konnte keine bessere Bestätigung geben. Dodger verwandelte sich, wenn auch auf Umwegen, in einen wahren Gläubigen.

Mister Bazalgette hüstelte. »Ist alles in Ordnung mit Ihnen, Mister Dodger? Sie wirken ein wenig geistesabwesend.«

Dodger kehrte rasch in die Wirklichkeit zurück, lächelte und sagte: »Es ist alles in bester Ordnung, Sir.«

Dann landete eine Hand auf seiner Schulter, und Charlie sagte vergnügt: »Bitte entschuldigen Sie, Mister Bazalgette, ich dachte schon, ich müsste unseren Freund an den Ausflug in die Kanalisation erinnern. Und auch Benjamin, denn jene von uns, die zu seinen Freunden zählen, sähen gern, wie der adrette Herr dort unten in den Kanälen zurechtkommt, insbesondere wenn er irgendwo ausrutscht, was natürlich hoffentlich nicht geschieht. Welche Schuhe er wohl tragen wird?« Charlie lächelte, nach Dodgers Meinung mit fröhlicher Bosheit. Es war nicht die gemeine Version von Bosheit, sondern vielleicht nur gutmütiger Spott, wie man einem Kumpel sagt, dass er für seine Stiefel zu groß wird. Vermutlich glaubte Charlie, der Ausflug in die Kanalisation werde sich nicht nur als lehrreich, sondern auch als unterhaltsam erweisen.

Während die Gäste umhergingen und sich voneinander verabschiedeten, sagte Dodger zu Charlie und den anderen: »Ich nehme an, dass die Herren sehr beschäftigt sind, und deshalb schlage ich vor, dass wir uns beim *The Lion* in Seven Dials treffen. Sie können dort Ihre Kutsche zurücklassen, und anschließend gehen wir zu Fuß zum Ausgangspunkt unserer Expedition. Übermorgen, einverstanden? Um sieben Uhr? Die Sonne wird tief stehen, und Sie werden überrascht sein, wie weit ihr Licht in die Abwasserkanäle hineinreicht, als wolle sie das Dunkel ganz und gar ausfüllen.« Er fügte hinzu: »Nichts für ungut, meine Herren, aber wenn ich Sie nach unten bringe und Ihnen dort etwas zustößt, bedeutet das nicht nur Ärger für Sie, sondern auch für mich. Deshalb sehe ich mich früher am Tag vor Ort um und vergewissere mich, dass es keine Probleme gibt. Sie hören von mir, falls es nötig wird, den Ausflug zu verschieben.«

Charlie nickte. »Das ist eine sehr vernünftige Vorsichtsmaßnahme, Dodger. Wie schade, das Henry nicht mit uns kommen kann! Was mich betrifft ... Ich kann gar nicht abwarten, dass es losgeht. Was ist mit Ihnen, Mister Bazalgette?«

Die Augen des Ingenieurs funkelten. »Ich nehme meinen Theodoliten mit, außerdem wasserdichte Stiefel und eine strapazierfähige Lederhose, die mir dort unten sicher gute Dienste erweist. Danke, dass Sie uns mitnehmen, junger Mann. Ich freue mich sehr darauf, Sie übermorgen wiederzusehen. Und in der Kanalisation vielleicht Ihrer Lady zu begegnen.«

Mister Bazalgette machte sich auf den Weg zu seiner Kutsche, und Charlie wandte sich an Dodger. »Welche Lady könnte das sein?«, fragte er mit ausdrucksloser Miene.

»Wir haben über die *Lady* gesprochen«, erwiderte Dodger hastig. »Die Lady der Kanalisation. Und wenn du jetzt dein

Notizbuch hervorholst, reiße ich dir die Finger ab, denn dies betrifft eine Sache, die nicht bekannt werden sollte.«

»Soll das heißen, dass du wirklich an eine Göttin der Kanalisation glaubst, Dodger?«, fragte Charlie.

»Nein, sie ist keine Göttin, nicht für Leute wie uns«, sagte Dodger. »Götter und Göttinnen sind was für Leute, die zur Kirche gehen. Sie lachen über Leute wie uns, aber *sie* lacht nicht. Bei ihr gibt es keine Erlösung, aber wie ich schon sagte: Wenn man gut mit ihr klarkommt, zeigt sie einem eines Tages vielleicht etwas Wertvolles. Jeder muss an etwas glauben, darauf kommt es letztendlich an. Und deshalb habe ich beschlossen, Simplicity zu retten. Ich meine, wie konnte ich in dem Lärm des Unwetters ihre Schreie hören? Aber ich habe sie gehört, und so glaube ich, dass ich von der Lady auf eine Reise geschickt wurde, und ich weiß nicht, wohin sie mich führen wird. Aber ich weiß, dass gewisse Leute über mir Simplicity am liebsten wegsperren würden, damit sie keine Schwierigkeiten macht, aber das lasse ich nicht zu, wer auch immer die Leute über mir sind. Ich habe gesagt, dass du nichts aufschreiben sollst!«

Die letzten Worte waren so scharf, dass Charlies Stift vom Notizbuch zurückzuckte. »Ich bitte um Entschuldigung, Dodger. Mein Versuch, einen Gedanken festzuhalten, hatte nichts mit Simplicity zu tun, das versichere ich dir.«

Dodger fuhr zusammen, als Angela neben ihnen erschien und sagte: »Der Wechsel der Zeit, Mister Dodger. Eine junge Königin auf dem Thron und eine neue Welt voller Möglichkeiten. Ihre Welt, wenn Sie entscheiden, sie dazu zu machen.« Sie beugte sich näher und flüsterte: »Ich weiß, dass Sir Robert mit Ihnen gesprochen hat, und ich kenne auch den Grund. Es gibt Räder innerhalb von Rädern. Achten Sie darauf, nicht dazwischenzugeraten und zermalmt zu werden. Ich bewundere einfallsreiche Männer, die bereit sind, die

Welt zu verändern, und wissen Sie, manchmal helfe ich ihnen dabei. Und, Mister Dodger, wie Sie kann ich keine Leute ausstehen, die andere schikanieren oder auf ihnen herumtrampeln.« Sie zögerte und reichte ihm ein Stück Papier. »Nach allem, was mein Freund Sir Robert eben gesagt hat, könnten Sie diesen Ort bemerkenswert finden.«

Dodger blickte verlegen auf den Zettel. »Entschuldigen Sie, Miss«, sagte er. »Ist dies der Weg zu einer Ihrer Lumpenschulen?«

Angela zog die Augenbrauen zusammen, bis sie recht grimmig aussah. »Nicht unbedingt, Mister Dodger. Es ist ein Ort, an dem Sie jemandem eine Lektion erteilen könnten. Aber bitte wenden Sie sich jederzeit an mich, wenn Sie Hilfe brauchen.«

Und nun ragte Solomon wie eine Offenbarung auf, eine Offenbarung, die rosarot und etwas dicker war, als Dodger sie in Erinnerung hatte. »Hast du dich von allen verabschiedet und Danke schön gesagt? Sag Miss Simplicity auf Wiedersehen, und dann machen wir uns auf den Weg. Onan verzehrt sich bestimmt schon vor Sehnsucht nach uns.«

Dodger wandte sich um, und dort stand Simplicity, die schlicht sagte: »Wie schön, dich wiederzusehen, mein Held, und ich freue mich schon darauf, morgen mit dir das Theater zu besuchen, ja, ich freue mich wirklich.«

Als Solomon und er gingen, stand Simplicity neben der Gastgeberin an der Tür und warf ihm eine Kusshand zu, und plötzlich schwebte Dodger.

13

Die Uhr tickt, und eine geheimnisvolle alte Dame überquert den Fluss

Solomon schwieg, bis die Kutsche schon ein ganzes Stück weit gerollt war, dann sagte er: »Eine ziemlich kesse junge Dame, meiner Meinung nach, und ich schätze, es ist was dran, wenn die Leute *mmm* sagen: Gleich und Gleich gesellt sich gern. Und du, Dodger, bist Dodger, was ein eigenes Talent ist. Aber sei vorsichtig – du befindest dich im Zentrum des Geschehens, falls du es noch nicht bemerkt haben solltest. Zwar gibt es Vertreter anderer Mächte in diesem Land, doch sie würden es sich bestimmt zweimal überlegen, Mister Disraeli oder Mister Dickens Schaden zuzufügen. Anders sähe es bei einem Tosher aus, der sich ihrer Meinung nach ohne viel Aufhebens aus dem Weg räumen ließe.«

Dodger wusste, dass Solomon recht hatte. Immerhin ging es bei dieser Sache auch um Politik, und wenn Politik eine Rolle spielte, waren Geld und Macht nicht weit, und beides mochte für gewisse Leute wichtiger sein als ein Tosher und eine junge Frau.

»Denk dran, dass du morgen, wenn du ins Theater gehst, wieder gut herausgeputzt sein musst«, sagte Solomon. »Übrigens, was hat es mit dem Zettel auf sich, den du da in der Hand hältst? Es ist ungewöhnlich für dich, dass du zu lesen versuchst …«

Dodger gab den ungleichen Kampf auf. »Bitte, sag mir,

was das hier bedeutet, Sol, denn ich glaube, es ist wichtig. Ich nehme an, dies sind die Leute, die es auf Simplicity abgesehen haben.«

Die Geschwindigkeit, mit der Solomon Informationen von einem Stück Papier saugte, grenzte für Dodger immer an ein Wunder. »Es ist die Adresse einer Botschaft«, erklärte der alte Mann.

»Was ist eine Botschaft?«, fragte Dodger.

Solomon brauchte einige Minuten, um Dodger die Bedeutung einer Botschaft zu erklären, aber am Schluss der Erklärung standen Dodgers Augen in Flammen, und er sagte: »Nun, du weißt ja, wie es mit mir und dem Lesen steht. Kannst du mir nicht einfach sagen, wo sich die Botschaft befindet?«

»Ich frage mich, ob ich das wagen darf«, erwiderte Solomon. »Aber wie ich dich kenne, gibst du keine Ruhe, bis du es schließlich herausfindest. Bitte, versprich mir wenigstens, dass du niemanden umbringst. Es sei denn, man versucht vorher, *dich* umzubringen.« Er fügte hinzu: »Eine bemerkenswerte Frau, Angela, nicht wahr?« Er sah aus dem Fenster und fuhr fort: »Ich glaube, ich könnte den Kutscher veranlassen, an der Adresse vorbeizufahren.«

Fünf Minuten später starrte Dodger auf das Gebäude wie ein Taschendieb, der die Hosentaschen eines Lords beobachtet. »Ich fahre mit dir zurück, damit du wohlbehalten heimkommst«, sagte er. »Aber danach warte nicht auf mich.«

Den ganzen Weg nach Seven Dials brannte er vor Ungeduld, während die Kutsche durch dunkle Straßen rumpelte, und als sie zu Hause ankamen, gab er vor, den Schatten nicht zu bemerken, der aus einer finsteren Ecke heraus alles beobachtete. Der Mann schien ihnen keine besondere Beachtung zu schenken, als sie die Treppe hinaufstiegen, wobei Solomon darüber klagte, dass er an diesem Abend so spät ins Bett kam. Dodger verbrachte einige Zeit damit, Onan zu füttern und den üblichen kleinen Abendspaziergang zu unternehmen, und wenig später sah der Beobachter, wie oben hinter dem Fenster das Licht der einen Kerze verschwand.

Auf der anderen Seite des Gebäudes hangelte sich Dodger – der mittlerweile seine Arbeitskleidung trug – an einem Seil hinab, das er stets benutzte, wenn er unbemerkt die Straßen erreichen wollte. Dann schlich er zu dem Mann, der noch immer Ausschau hielt, band in der Dunkelheit die Schnürsenkel seiner Stiefel zusammen, brachte ihn mit einem Tritt zu Fall und sagte: »Hallo, ich heiße Dodger, und wie heißt du?«

Der Mann war zuerst überrascht und dann zornig. »Ich bin Polizist, damit du's weißt!«

»Ich sehe keine Uniform, Herr Polizist«, meinte Dodger. »Ich sag dir was: Du hast ein nettes Gesicht, und deshalb lasse ich dich laufen, klar? Und richte Mister Robert Peel aus, dass Dodger die Angelegenheit auf seine Weise erledigt, kapiert?«

Dodger lag nicht unbedingt im Clinch mit Scotland Yard, aber die Polizei hatte ihn auf dem Kieker, und das war mehr, als ihm lieb sein konnte. Wenn die Peeler von Scotland Yard jemanden in die Finger bekommen hatten, ließen sie ihn nicht mehr los. Und wenn sich herumsprach, dass er, Dodger, mit den Peelern gesprochen hatte – noch dazu mit ihrer Nummer eins, dem großen Peel höchstpersönlich! –, dachten die Leute auf der Straße womöglich, dass er schlechten Umgang pflegte und sie ausspionierte.

Schlimmer noch: *Er selbst* wurde ausspioniert. Von Polizisten, die keine Uniform trugen, sondern wie ganz gewöhnliche Männer gekleidet waren. So etwas sollte verboten sein – es war einfach gegen alle Regeln. Immerhin, wenn man einen Peeler in der Nähe sah, verzichtete man vielleicht darauf, jemandem in die Tasche zu langen oder irgendwelche Dinge mitzunehmen, die einfach nur herumlagen und eigentlich niemandem gehörten, oder etwas von einem Karren zu stoßen, wenn der Besitzer gerade nicht hinsah. In Gegenwart von Polizisten blieb man ehrlich, nicht wahr? Aber wenn sie einfach nur herumlungerten und wie Hinz und Kunz aussahen ... Damit forderten sie einen praktisch auf, Verbrechen zu begehen, oder? Dodger fand das ausgesprochen fies.

Es lag bereits ein langer Abend hinter ihm, aber es mussten noch gewisse Erledigungen getätigt werden, und zwar schnell, denn sonst drohte er zu platzen. Deshalb eilte er durch die dunklen Straßen, bis er die Bleibe von Ginny-Komm-Spät erreichte.

Beim dritten Klopfen öffnete sie die Tür und schien ziemlich schlechter Laune zu sein, bis sie erkannte, wer vor ihr stand. »Oh, du bist's, Dodger, wie nett! Äh, ich kann dich noch nicht hereinlassen, du weißt ja, wie es ist, nicht wahr?«

Dodger wusste natürlich, wie es war, denn so war es immer. »Nett, dich zu sehen, Ginny. Erinnerst du dich an das kleine Werkzeugpaket, um dessen Aufbewahrung ich dich bat, als ich Solomon versprechen musste, nie wieder zu klauen? Hast du's noch?«

Ginny lächelte kurz, verschwand in ihrer Bude und kehrte mit einem Bündel zurück, das in Ölzeug eingehüllt war. Sie drückte Dodger einen Kuss auf die Wange und sagte: »In letzter Zeit höre ich viel von dir, Dodger. Ich hoffe, sie ist es wert.«

Aber Dodger war bereits losgelaufen. Das Laufen hatte ihm immer gefallen, und das war auch gut so, denn ein Dieb, der nicht rasch vorwärtskam, wurde schnell zu einem toten Dieb. Aber nun lief er wie noch nie zuvor, nicht im Dauerlauf, sondern in einem langen Sprint. Gelegentlich bemerkte ein wachsamer Peeler, dass da jemand an ihm vorbeistürmte, blies in seine Pfeife und kam sich unmittelbar darauf ziemlich dumm vor, weil Dodger bereits ein rasch schrumpfendes Stück Dunkelheit in einer Stadt voller Düsternis geworden war. Er lief nicht, er *rannte*, seine Beine stampften, und das Klopfen seiner Füße auf dem Kopfsteinpflaster war schneller als der Herzschlag. Tauben flogen erschrocken auf. Ein Mann, der ihm in einer Gasse auflauern wollte, bekam einen Faustschlag ab, ohne dass Dodger langsamer wurde. Er wandte sich nicht einmal um, denn ... Nun, inzwischen lag *alles* hinter ihm, während er die Kraft seines Zorns in die Beine lenkte und ihnen einfach folgte, und dann ... war es plötzlich wieder da. Das Gebäude.

Dodger verharrte in der Finsternis und musste erst zu Atem kommen – er hatte sein Ziel erreicht und nahm sich Zeit. Im schwachen Licht seiner abgedunkelten Laterne streifte er das Ölzeug des Pakets beiseite, löste die Schnüre des grünen Wollstoffs ... Und da glänzten sie, seine kleinen Freunde, der Halbdiamant, der Schneemann, der Spanner und alle die anderen Werkzeuge, die er selbst angefertigt oder verändert hatte, weil jedes Schloss ein bisschen anders war. Sie grüßten ihn und schienen vor ihm zu salutieren, bereit für den Kampf.

Kurze Zeit später bewegte sich Dunkelheit innerhalb von Dunkelheit, und diese besondere Dunkelheit fand auf der unzuträglicheren Seite des Gebäudes eine Metallabdeckung über einem Kellerzugang. Nachdem er sie geölt und ein wenig daran herumgewerkelt hatte, war Dodger drinnen, bereit, den Feind an der Gurgel zu packen. Er grinste, aber es lag keine Freude in diesem Grinsen, eher eine scharfe Klinge.

Das Gebäude war größtenteils dunkel, und Dodger liebte die Dunkelheit. Zufrieden stellte er fest, dass der Boden mit Teppichen ausgelegt war – nicht besonders klug, wenn man eine Botschaft leitete und wissen wollte, ob ungebetene Gäste herumstreunten. Marmorböden waren dafür besser geeignet, wusste Dodger. Manchmal, wenn man nachts darauftrat, klangen sie laut wie eine Glocke. Wenn er früher des Nachts auf Steinfliesen gestoßen war, hatte er sich hingelegt und war gekrochen, um keine Geräusche zu verursachen.

Jetzt lauschte er an Türen, stand hinter Vorhängen und hielt sich von der Küche fern, da man nie wusste, ob noch Bedienstete auf den Beinen waren. Und die ganze Zeit über stahl er. Er stahl auf die gleiche methodische Art und Weise, mit der Solomon wundervolle kleine Objekte herstellte, und er lächelte bei diesem Gedanken, denn nun ließ Dodger wundervolle kleine Objekte verschwinden. Er stahl Schmuck, er knackte jedes Schloss, suchte in jeder Schublade und in jedem Boudoir. Zweimal stahl er in Zimmern, in denen er die Umrisse von Schlafenden wahrnahm. Er scherte sich nicht darum, nichts schien ihn aufhalten zu können – vielleicht war es die Lady, die ihn unsichtbar machte. Er arbeitete schnell und verstaute jeden Gegenstand in einem kleinen Beutel aus Samt im größeren Bündel, damit nichts im falschen Moment klirrte oder klapperte, denn *wenn* etwas im falschen Moment klirrte oder klapperte, dauerte es nicht mehr lange, bis man am Galgen baumelte.

Mitten im Gebäude, in einem großen Schreibtisch, der seine Geheimnisse zunächst nicht preisgeben wollte und Dodgers Fingern und seinen kleinen Freunden erstaunlich lange Widerstand leistete, fand er Hauptbücher und andere Unterlagen, unter ihnen Manuskripte und Schriftrollen mit rotem Wachs, das immer sehr teuer wirkte. Das Wappen auf einigen der Dokumente kannte er, und ob.

Als er in diesem bedeutsamen, stillen Zimmer stand, dachte er: Ich sollte ihnen irgendeinen Hinweis hinterlassen. Und dann wusste er, was zu tun war. Sie sollen wissen, wer es gewesen ist, dachte er. Weil ... Oh, ich könnte alles in Flammen aufgehen lassen, oder? Alle diese Öllampen und Vorhänge. Die vielen Treppen, alle diese Menschen, die oben schlafen.

Dodger war noch immer zornig, aber in der warmen Dunkelheit des Raums war er – was auch immer er sonst gewesen sein mochte – kein Mörder. Sie sollen bezahlen, wie ich es bestimme, entschied er, und dieser Moment rettete alle Bewohner vor einem feurigen Tod, was sie natürlich nicht wussten. Sie blieben nur am Leben, weil Dodger, der lautlose Eindringling in ihrer schlafenden Welt, ihnen Gnade gewährte.

Er fühlte sich besser, als er die Situation auf diese Weise betrachtete. Als er weiterschlich, dachte er: Ich habe immer beteuert, dass ich kein Held bin, und ich bin auch kein Held, aber wäre ich jemals einer gewesen, dann hier und jetzt, hundertpro. Schließlich habe ich verhindert, dass eine ganze Botschaft mit vielen Menschen dem Feuer zum Opfer fällt.

Und so, kurz vor Morgengrauen, hatte er das Botschaftsgebäude verlassen und die Stallung nebenan erreicht. Er wusste, dass er dort jeden Moment auf Stallburschen und Pferdeknechte treffen konnte, aber das tat nichts zur Sache, er bewegte sich einfach noch leiser und vorsichtiger, fand den Wagenschuppen, und ja, dort stand die Kutsche mit dem ausländischen Wappen an der Seite. Dodger kniete nieder und betastete die Räder. Bei einem Rad stellte er fest, dass ein Metallteil festsaß und am Rand des Rads kratzte. Dodger versuchte es zu lösen, was ihm jedoch erst mithilfe einer sehr nützlichen kleinen Brechstange gelang. Das Teil flog fort, und er fing es auf, erhob sich, trat näher an das Wappen heran und kratzte so tief wie möglich einen Namen ins Holz: KASPER.

Anschließend ging er mit finsterer Miene und eiserner Entschlossenheit von einer Box zur nächsten, führte ihre Bewohner auf eine nahe gelegene Koppel und schloss das Tor hinter ihnen, denn alle wussten, dass Pferde so dumm waren, bei einem Feuer Zuflucht im Stall zu suchen, weil sie sich dort sicher wähnten – eine Angewohnheit, die erklärte, warum Pferde nicht die Welt regierten. Sie trabten ziellos umher, während Dodger ein Holzstück anzündete und es auf einen großen Heuballen warf. Dann machte er sich durch die nächste Gasse auf und davon, begleitet von dem angenehmen Gefühl, das Richtige getan zu haben, indem er nichts falsch gemacht hatte. Er lief zum Fluss, während hinter ihm das Knacken von Holz und die Schreckensrufe der Menschen immer lauter wurden.

Natürlich weckte ihn Solomon nur kurz nach der üblichen Zeit, wobei es zu berücksichtigen galt, dass er nach der köstlichen Mahlzeit am vergangenen Abend etwas länger als sonst geschlafen hatte. Solomon hatte auch beschlossen, Dodger etwas länger schlummern zu lassen, weil er den Inhalt des nützlichen Bündels untersuchen wollte, denn ohne eine gewisse Neugier wäre er nicht Solomon gewesen. Als Dodger also erwachte und hinter dem Vorhang hervorkam, saß ein strahlender Solomon am Tisch und hatte auf einem Samttuch reichlich Schmuck sowie einige Hauptbücher und Schriftrollen ausgebreitet.

»Mmm, Dodger, ich weiß nicht genau, was du letzte Nacht angestellt hast, aber da ich nicht ohne Weisheit bin, kann ich mir vorstellen, dass du vielleicht eine Rechnung mit jemandem zu begleichen hattest. Natürlich weißt du, dass ich nichts vom Stehlen halte, aber ich habe mit Gott gesprochen, und er ist mit mir der Meinung, dass du unter den gegebenen Umständen den Wunsch verspürt haben könntest, das Gebäude in Brand zu setzen.«

Dodger wirkte für einen Moment verlegen und sagte dann: »Äh, ich habe die Ställe in Brand gesetzt, Sol, weil dort die verdammte Kutsche stand.«

Solomon runzelte kummervoll die Stirn. »Mmm, vermutlich hast du vorher die Pferde herausgelassen.«

»Natürlich«, bestätigte Dodger.

»Und *mmm* was ist schon Schmuck?«, fuhr der alte Mann fort. Seine Miene hellte sich wieder auf. »Nur glänzende Steine. Und du hast ein sehr gutes Auge. Wirklich gut. Aber ich darf wohl sagen, dass einige dieser Chiffrierbücher von großer Bedeutung für die Regierung sein könnten. Hier stehen Berichte in verschiedenen Sprachen geschrieben, die in gewissen Kreisen großen Schaden anrichten könnten, während andere höchst erfreut darüber wären.«

Dodger fiel nichts anderes ein als zu fragen: »Du bist mir … nicht böse?« Und: »Du kannst alles lesen?«

Der alte Mann schenkte ihm seinen hochmütigsten Blick. »*Mmm*, ich kann die meisten europäischen Sprachen lesen, mit Ausnahme vielleicht von Walisisch, das ich ein bisschen schwierig finde. Eins dieser Dokumente ist die Kopie einer Nachricht über den Zaren von Russland, der offenbar etwas *mmm* Ungehöriges mit der Frau des französischen Botschafters angestellt hat. Du liebe Güte, was so alles passiert … Ich frage mich, was geschähe, wenn es bekannt würde. Dodger, wenn du nichts dagegen hast … Ich halte es für ratsam, jemanden wie Sir Robert mit dieser Information vertraut zu machen, die nur eine von vielen ist, über die die Regierung Ihrer Majestät Bescheid wissen sollte. Ich werde dafür sorgen, dass Sir Robert dieses Material auf *mmm* diskrete Weise erhält.«

Er zögerte. »Natürlich sehe ich keinen Grund, ihn auf den Schmuck hinzuweisen. Der übrigens ein Vermögen wert ist. Allein die Rubine. Vielleicht ein Geschenk, das du von einem Prinzen und seinem Vater erhalten hast? Du weißt, ich bin kein Hehler, aber ich kenne einige Personen, die uns diese Sachen abnähmen, und bestimmt kann ich einen annehmbaren Preis dafür aushandeln. Ja, ich bin sogar sicher, denn immerhin gehen die Betreffenden wie ich zur Synagoge, und früher oder später muss jeder mit dem Teufel verhandeln, und bei solchen Gelegenheiten ist Gott geneigt, ihm zu einem guten Preis zu verhelfen. Natürlich bekommst du nicht den vollen Wert, aber ich schätze, dass du nach meinen Verhandlungen ein zweites Vermögen besitzen wirst. Vielleicht eine Mitgift für deine junge Dame?«

Solomon nahm eins der Papiere vom Stapel. »Und *mmm* ich bitte dich nur darum, dieses Dokument über den Zaren zu behalten und es vielleicht eines Tages zu nutzen, wenn sich Gelegenheit dazu ergibt, vor allem wenn mein junger Freund Karl noch lebt ... *Mmm*, da fällt mir ein, dass sich unter diesen Dokumenten auch ein Text befindet, der ein Mitglied unserer eigenen königlichen Familie betrifft. Ich denke, ich sollte ihn ins Feuer werfen ...« Er zögerte für einen Moment. »Aber vielleicht bewahre ich ihn an einem sicheren Ort auf *mmm*, damit er nicht die Aufmerksamkeit unfreundlicher Augen erlangt.« Er lächelte erneut. »Natürlich haben Gentlemen wie wir nichts mit solchen Angelegenheiten zu tun, doch es gibt Zeiten, da könnte es nötig werden, ein wenig Druck auszuüben.«

Im Anschluss an diese Worte verstaute Solomon sowohl den Schmuck als auch die wertvollen Dokumente irgendwo in seiner großen Jacke und wandte sich seinem Arbeitstisch zu, während Dodger Platz nahm und ins Leere starrte. Er dachte: Stell Solomon in einen Raum mit lauter Anwälten – wie viele entkommen dann aus dem Zimmer, und in welchem Zustand kriechen sie über den Boden?

Er nutzte diese Gelegenheit. »Solomon, könntest du bitte eine kleine Arbeit für mich erledigen? Wäre es dir möglich, ein wenig Gold aus diesem Haufen einzuschmelzen und einen Ring daraus zu machen? Vielleicht mit einem anständigen Rubin? Und möglicherweise dem einen oder anderen Diamanten als krönendem Abschluss?«

Solomon sah auf. »*Mmm*, es wäre mir eine Freude, Dodger, und natürlich biete ich dir einen guten Preis.« Er lachte, als er Dodgers Gesicht sah. »Im Ernst, mein Freund, was denkst du nur von mir? Du solltest wissen, dass ich mir einen Scherz erlaubt habe, obwohl ich nicht oft scherze.« Er fügte hinzu: »*Mmm*, möchtest du vielleicht eine Gravur?« Er wirkte ein wenig hinterlistig, als er sagte: »Vielleicht eine Gravur, die sich auf eine bestimmte junge Dame bezieht? Auf den genauen Wortlaut können wir uns später noch einigen, ja?«

Dodger errötete und fragte: »Kannst du auch Gedanken lesen?«

»*Mmm*, natürlich! Und du kannst es ebenfalls. Der einzige Unterschied besteht darin, dass ich öfter Gelegenheit hatte, Gedanken zu lesen. Und in einigen der Köpfe, in die ich geblickt habe, ging es ziemlich wirr zu, das kann ich dir versichern.«

Dodger lehnte sich zurück. »Ich habe dich nie zuvor gefragt, aber du weißt so viel und kannst so viel. Warum verbringst du die meiste Zeit damit, in dieser schäbigen Mansarde an altem Schmuck und Teilen von Uhren herumzufummeln? Du könntest dich doch ganz anderen Aufgaben widmen.«

Und Solomon antwortete: »Das ist eine schwierige Frage, aber sicher kennst du die Antwort, *mmm*? Meine Arbeit gefällt mir, und ich bekomme angemessene Vergütung. Anders ausgedrückt: Man gibt mir *Geld* für etwas, das mir Spaß macht.« Er seufzte und fuhr fort: »Aber der Hauptgrund lautet vermutlich: Ich kann nicht mehr so schnell laufen wie früher, und der Tod ist so endgültig, weißt du.«

Bei den letzten Worten setzte sich Dodger auf. Aber es war wie ein Ruf zu den Waffen, wie eine Uhr, die plötzlich tickt. Es bedeutete, dass Dodger nicht so frei war, wie er zu sein geglaubt hatte, denn die Zeit gebot über ihn, und deshalb zog er sich rasch an.

Er musste in dieser Angelegenheit überaus vorsichtig sein. Er kannte viele Leute, denen er vertrauen konnte, aber es gab verschiedene Stufen des Vertrauens, beginnend bei Personen, die Vertrauen bei einem Sixpence verdienten, bis hin zu solchen, denen er sein Leben anvertrauen durfte. Der letzten Kategorie ließen sich nicht viele Leute zuordnen, und es war vermutlich eine kluge Entscheidung, ihren guten Willen keinen allzu großen Belastungen auszusetzen, denn a) guter Wille, auf den zu oft zurückgegriffen wurde, neigte dazu, einen Teil seines Glanzes zu verlieren, und b) war es nicht gut, wenn andere zu viel über Dodgers Pläne erfuhren.

Er machte sich noch einmal auf den Weg zu Marie Jos Bude, die um diese Zeit vermutlich nicht allzu viel zu tun hatte, denn die meisten ihrer Kunden waren draußen auf den Straßen damit beschäftigt, zu betteln, zu stehlen oder, wenn alles andere versagte, genug Geld für das Abendessen zu verdienen. Aber Marie Jo war da, zuverlässig wie das Geläut der Glocken von St. Mary-le-Bow, und Dodger achtete auf seine eigene Zuverlässigkeit, indem er ihr die versprochenen Münzen für die Suppe der Kinder gab. Und dann teilte er ihr sein Anliegen mit, leise, obwohl kaum jemand in der Nähe war.

Als sie lachte und etwas Unverständliches auf Französisch erwiderte, sagte er: »Ich kann dir nicht verraten, warum ich das brauche, Marie Jo.«

Sie sah ihn an, lachte erneut und zeigte ihm den Gesichtsausdruck, den manche Frauen bekommen, wenn sie sich einem flotten jungen Herrn wie Dodger gegenübersehen, und er kannte ihn, weil er lange Zeit an der Universität von Dodger studiert hatte. Es war ein Gesicht, in dem sich Vorwurf und Nachsicht miteinander verbanden und ein unentwirrbares Bündel bildeten. Die Augen in diesem Gesicht funkelten, und er wusste, dass Marie Jo alles für ihn tun würde. Aber mit diesem Wissen wurde ihm auch klar, dass er nicht zu viel von ihr verlangen sollte.

Sie musterte ihn von Kopf bis Fuß und sagte: *»Cherchez la femme?«* Diese Worte verstand Dodger und gab sich verlegen. Marie Jo lachte einmal mehr, ein Lachen, das irgendwie aus ihrer Kindheit zu kommen schien, und sie bestand darauf, dass er sie an der Bude vertrat und Zwiebeln und Karotten schnitt, während sie den kleinen Auftrag für ihn erledigte. Wie peinlich! Am helllichten Tag sähen die Leute, wie Dodger ... ja, *Dodger* – an einem Verkaufsstand arbeitete. Gut nur, dass kaum jemand unterwegs war.

Zum Glück kehrte Marie Jo schon nach kurzer Zeit mit einem kleinen Paket zurück, das er sorgfältig verstaute, und zum Dank verbrachte Dodger eine weitere halbe Stunde damit, Gemüse zu schneiden. Es war sogar eine recht angenehme Tätigkeit, denn sie gab dem inneren Dodger Gelegenheit, über die nächsten Schritte nachzudenken, die ihn zu den Gebrauchtläden und Pfandleihern führen sollten. Er wusste, was er brauchte, aber es durfte nicht alles aus demselben Laden stammen, obwohl er in einem Geschäft, wo es nach schlampig gewaschener Wäsche roch, Glück hatte, denn dort fand er das Gesuchte, und der Inhaber stank nach Gin und schien ihn gar nicht zu erkennen.

Aber die Uhr tickte noch immer und ließ ihm immer weniger Zeit.

Am Nachmittag, nach einem Abstecher ins *Gunner's Daughter* und zwei Pints mit einigen Kumpeln, insbesondere einem – der gute alte Dodger, er vergaß seine Freunde nicht, jetzt, da er nach der Sache mit dem teuflischen Friseur Geld besaß –, war er bereit, obwohl ihm Solomons Kichern nicht gefiel.

Dodger hatte gehört, dass Gott alles beobachtete, obwohl er, was die Slums von London betraf, oft die Augen zu schließen schien. Vielleicht sah Gott an diesem Tag nicht hin, und die Leute nahmen ohnehin nicht viel wahr. Vielleicht hätte nur ein Beobachter auf dem Mond die alte Frau bemerkt – eine bedauernswerte, mitleiderregende Alte, selbst nach den Maßstäben der schmutzigen Viertel –, die sich an einem Seil hinabhangelte, äußerst geschickt auf dem Boden landete und mühsam davonhumpelte.

Was diesen Teil des Plans betraf, machte sich Dodger keine allzu großen Sorgen. Es gab nur wenige Stellen, von denen aus man das Seil sehen konnte, aber leider kam eine gebrechliche alte Frau nur langsam voran. Gebrechliche alte Frauen – ungewaschen obendrein, wie in diesem Fall – hatten gewöhnlich nicht das Geld, mit einer Kutsche zu fahren, aber Dodger wollte nicht den ganzen weiten Weg bis zum Fluss auf diese Weise vorwärtskommen. Indem sie verzweifelt mit ihrem Gehstock winkte, gelang es der Alten, eine Kutsche anzuhalten, und als der Kutscher den erbarmungswürdigen Zustand des alten Mädchens sah, dessen Gesicht dank Marie Jo eine fröhliche Spielwiese für Warzen zu sein schien, dachte er an seine alte Mutter, half ihr beim Einsteigen und gab ihr nicht einmal zu wenig Wechselgeld heraus.

O ja, sie war eine wirklich höchst bedauernswerte Alte, die roch, als hätte sie sich seit mindestens einer Woche nicht gewaschen. Und Warzen? Nie zuvor hatte man so schreckliche Warzen gesehen. Sie trug eine Perücke, aber das war angesichts der Empfindlichkeiten alter Frauen nicht ungewöhnlich, und lieber Himmel, es war eine schreckliche Perücke, so ziemlich das Schlimmste, was ein Gebrauchtladen anzubieten hatte.

Der Kutscher sah ihr voller Mitleid nach, als sie humpelte, als täten ihr die Füße weh, was auch tatsächlich der Fall war, denn Dodger hatte sich Holzstücke in die Stiefel gelegt, wodurch jeder Schritt zur Qual wurde. Als er den nächsten Kai erreichte, schienen seine Füße in Flammen zu stehen. Marie Jo hatte ihm einmal gesagt, dass jemand mit seinem Talent auf der Bühne stehen sollte wie sie einstmals selbst, aber er wusste, dass Schauspieler nicht viel verdienten. Eine Bühne zu betreten, lohnte sich seiner Meinung nach nur, wenn es dort etwas zu stehlen gab.

Ein Fährmann und zufälligerweise ein Bursche, mit dem Dodger einige Stunden zuvor geplaudert hatte – der Doppelte Henry, ein Stammgast im *Gunner's Daughter* –, setzte die arme Alte mit den Warzen und den grässlichen Zähnen über und half ihr in der Nähe des Leichenhauses von Four Farthings, Londons kleinstem Bezirk, freundlich von Bord. Vielleicht beobachtete jemand auf dem Mond, wie die Alte von dort aus zum Büro des Coroners hinkte. Sie bot einen wahrhaft herzzerreißenden Anblick. Einen so herzzerreißenden, dass ein Beamter im Leichenhaus, der von Lebenden nicht viel hielt und an chronisch schlechter Laune litt, ihr sogar eine Tasse Tee anbot, bevor er ihr den Weg zum Büro des Coroners beschrieb.

Der Coroner war ein freundlicher Mann – wie die meisten Coroner, was erstaunlich war, wenn man bedachte, was sie alles sahen und wussten. Dinge, die anständige Leute nicht sehen und von denen sie auch nichts wissen sollten. Dieser Coroner hörte der Alten zu, die tränenüberströmt von ihrer vermissten Nichte erzählte. Es war eine vertraute Geschichte, so bekannt wie jene, die Dodger von der Dreckigen Dory gehört hatte: Das süße Mädchen kam aus irgendeinem Ort in Kent, in der Hoffnung, in London eine gute Anstellung und ein besseres Leben zu finden. Aber was sie erwartete, war ein schrecklicher Apparat, der die Hoffnungsvollen, Unschuldigen und ganz allgemein die Lebenden nahm und sie ... in etwas anderes verwandelte.

Der Coroner kannte derlei, denn er hatte jeden Tag damit

zu tun, aber er war überwältigt von den Tränen und dem Wehklagen in der Art von: »Ich habe es ihr gesagt, ich habe gesagt, wir kämen schon zurecht, irgendwie.« Und: »Ich habe ihr gesagt, dass sie nicht mit irgendwelchen Männern auf der Straße reden soll, Sir, ja, das habe ich gesagt, Sir, aber Sie wissen ja, wie das mit jungen Mädchen ist, Sir. Wie leicht fallen sie doch einem schneidigen Herrn mit ein bisschen Geld zum Opfer. Ach, hätte sie doch nur auf mich gehört! Ich mache mir für immer und ewig Vorwürfe.« Und: »Ich meine, auf dem Land ist es anders als in der Stadt, weiß Gott. Ich meine, wenn ein Junge und ein Mädchen sich näherkommen und wenn sie einen Bauch kriegt, dann spricht ihre Mama ein Wörtchen mit ihr, nicht wahr? Und dann spricht ihre Mama auch mit ihrem Papa, und der Papa spricht in der Schenke mit seinem Papa, und alle seufzen und sagen: ›Ach, na ja, wenigstens zeigt sich, dass sie Kinder kriegen können.‹« Der Alten zufolge würden sich die jungen Leute dann bald an den Priester wenden, und so käme alles in Ordnung.

Der Coroner, nicht nur ein Mann von dieser Welt, sondern in gewisser Weise auch von der nächsten, bezweifelte, dass es so einfach war, aber darauf wies er nicht hin. Schließlich erzählte die Alte, wie das junge Mädchen aus dem Haus gelaufen war und dass sie überall nach ihr gesucht hatte, bei jeder Brücke. An dieser Stelle nickte der Coroner kummervoll, denn es war immer wieder die gleiche tragische Geschichte. Er wusste, dass des Nachts Angehörige des christlichen Diensts unterwegs waren und auf Londons Brücken nach diesen unglücklichen *beschmutzten Tauben* Ausschau hielten. Meistens erhielten die jungen Dinger eine Broschüre und wurden aufgefordert, nicht zu springen. Manchmal gelang das sogar, aber anschließend kam das Armenhaus, und nach der Geburt sah die arme Mutter ihr armes Kind meist nie wieder.

Man musste sich eine Haut so dick wie die eines Nashorns

zulegen, wenn man täglich mit derlei Angelegenheiten zu tun bekam, und zu seinem Leidwesen brachte es der Coroner nicht fertig, alles an sich abprallen zu lassen. Bedrückt hörte er zu, während die Alte weiterhin über ihre Nichte sprach. Zwischen häufigem Schluchzen brachte sie hervor: »Ein blaues Kleid, Sir, nicht sehr neu, aber mit hübscher Unterwäsche, Sir, konnte sehr gut mit Nadel und Faden umgehen, konnte sie ... Schmuck gab es keinen, nur einen eisernen Ring, angefertigt aus einem Hufnagel, aber es ist ein Ring, verstehen Sie, und ein Ring ist ein Ring, Sir. Dies ist vielleicht wichtig, Sir: Sie hatte blondes Haar, herrlich blondes Haar. Hat's nie geschnitten wie die anderen Mädchen, die es jedes Jahr schneiden ließen und es dem Perückenmacher verkauften, wenn er vorbeikam. Davon wollte sie nichts wissen, Sir, sie war ein gutes Mädchen ...«

Als der Coroner dies hörte, erhellte sich seine Miene ein wenig, wie Dodger zufrieden feststellte. Es war die Mühe wert gewesen, den Doppelten Henry zu suchen und bei zwei Pints alle Einzelheiten aus ihm herauszuholen.

»Es wäre sicher nicht angebracht, in diesem Fall von Glück zu sprechen, Madam«, sagte der Coroner, »aber es könnte sein, dass wir Ihre Nichte bei uns im Leichenhaus haben, und zwar schon seit einigen Tagen. Ich habe sie gestern bei meinem Rundgang bemerkt und war von dem wunderschönen blonden Haar beeindruckt. Ach, an der unteren Themse spielen sich solche Tragödien leider viel zu häufig ab. Was diese liebliche junge Frau betrifft, hatte ich schon fast die Hoffnung aufgegeben, dass ein Familienangehöriger kommt und nach ihr fragt.«

Daraufhin brach die Alte fast zusammen und wimmerte: »Oje, was soll ich nur ihrer Mutter sagen? Ich meine, ich habe ihr versprochen, gut auf sie achtzugeben, aber die jungen Mädchen heutzutage ...«

»Ja, ich verstehe voll und ganz«, sagte der Coroner schnell und fuhr fort: »Trinken Sie noch eine Tasse Tee, gute Frau, und dann bringe ich Sie zur fraglichen Leiche.«

Diesen Worten folgten neuerliches Wehklagen und noch mehr Tränen, und es waren echte Tränen, denn inzwischen ging Dodger so sehr in seiner Rolle auf, dass er – beziehungsweise *sie* – zu einem Ohnmachtsanfall imstande gewesen wäre. Vorsichtig trank er den Tee und achtete darauf, dass keine Warze abfiel. Kurze Zeit später führte der Coroner die Alte, die er so sehr bemitleidete, am Arm zum Leichenhaus. Die Leiche der fraglichen jungen Frau war ein wenig gesäubert worden, wodurch man glauben konnte, sie schliefe nur, und ein Blick genügte der armen Alten. Hier handelte es sich nicht mehr um reine Schauspielerei, und wenn doch, so hätte der Auftritt den donnernden Applaus des Publikums verdient.

Die alte Frau wandte dem freundlichen Coroner ein Gesicht voller Haare, Rotz und Tränen zu und sagte: »Ich bin nicht reich, Sir, ich bin es wirklich nicht. Das Grab für meinen lieben Arthur in Lavender Hill hat mich das letzte Geld gekostet, Sir, es wird sicher eine Weile dauern, bis ich ein anständiges Begräbnis für meine arme Nichte bezahlen kann. Glauben Sie, man nähme sie bei Crossbones?«*

»Das weiß ich nicht, Madam, aber ich kann mir kaum vorstellen, dass Ihre liebe Nichte vom Land, die sich erst seit kurzer Zeit in der Stadt aufhielt, zu einer ...« Der Coroner

* Der Friedhof Crossbones im Londoner Stadtbezirk Southwark war als Friedhof für alleinstehende Frauen bekannt, nachdem die betreffenden alleinstehenden Frauen ihr Gewerbe mit Genehmigung des Bischofs von Winchester ausübten, dem das Stück Land am Fluss gehörte, und aus diesem Grund nannte man die Frauen humorvoll *Winchestergänse*. Takt verbietet es dem Autor, darauf hinzuweisen, was genau es mit dem Gewerbe auf sich hatte. Es deutet darauf hin, dass die damalige Kirche ein Einsehen hatte und dieser Angelegenheit gegenüber recht fortschrittlich eingestellt war.

räusperte sich verlegen und fuhr fort: »... zu einer Winchestergans geworden ist.« Er holte sein Taschentuch hervor und wischte eine höchst ungewöhnliche Träne fort. »Madam, ich bin gerührt von Ihrer Notlage und der Entschlossenheit, mit der Sie das Beste für die Seele dieser armen jungen Dame zu tun versuchen. Es mangelt uns hier nicht an Eis, und ich garantiere Ihnen, dass Ihre Nichte bei uns bleiben kann, nicht für immer, wohl aber für etwa zwei Wochen, und diese Zeit sollte mir reichen, mit den Personen in Kontakt zu treten, die Ihnen vielleicht helfen können.«

Er wich einen Schritt zurück, als die Alte versuchte, die nicht sehr angenehm riechenden Arme um ihn zu schlingen. »Gott segne Sie, Sir, Sie sind ein wahrer Gentleman«, sagte sie. »Ich werde jeden Stein umdrehen, Sir, ja, das werde ich, Sir, vielen, vielen Dank für Ihre Güte. Ich habe einige Freunde, mit denen ich reden kann und die mir vielleicht dabei helfen, ihrer Mama einen Brief zu schreiben, vielleicht haben sie das Geld fürs Porto, und ich werde Himmel und Erde in Bewegung setzen, um Ihnen keine Last zu sein, Sir. Ich möchte mir nicht nachsagen lassen, ich hätte jemanden von Ihnen ins Armengrab gebracht, Sir.« An dieser Stelle strömten tatsächlich Tränen über die Wangen des Coroners. Und Dodger meinte es ernst. Der Mann war ein anständiger Bursche, das merkte er sich.

Der Coroner beauftragte einen Beamten, die Alte zum Kai zurückzubringen, und bevor er sie verabschiedete, drückte er ihr genug Geld für den Fährmann in die Hand. Und so sah der namenlose Beobachter auf dem Mond, wie die arme Alte durch die böse Stadt humpelte, bis sie in einer Gasse plötzlich in die Kanalisation fiel, wo sie starb, aber sofort als Dodger wiedergeboren wurde – was sie vermutlich der Lady verdankte –, noch dazu als ein erschütterter Dodger.

Er war daran gewöhnt, Rollen zu spielen. Als Dodger musste er mit allen Wassern gewaschen sein, allen ein Freund und niemandem ein Feind. Das war schön und gut, aber manchmal wich das alles fort, und dann war er nur noch Dodger, allein im Dunkeln. Er merkte, dass er zitterte, und unten in den gastlichen Abwasserkanälen hörte er die Geräusche von London, gefiltert von den Abflussgittern. Sorgfältig packte er die Sachen der alten Frau zu einem Bündel zusammen und versuchte sich die genaue Stelle einer jeden Warze einzuprägen. Dann ging er los.

Er war noch immer traurig wegen des ertrunkenen Mädchens, so traurig wie die Alte. Es war wirklich alles sehr schade und auch eine Schande, dass so etwas passierte. Er wollte dafür sorgen, dass die Unbekannte tatsächlich ein ordentliches Begräbnis bekam, wenn dies alles vorbei war – sie sollte weder in einem Armengrab enden noch an einem womöglich noch schlimmeren Ort. Geistesabwesend toshte er sich seinen Weg durch die Stadt und sammelte dabei die eine oder andere Münze ein.

Nun, das mit dem Coroner war geklärt, aber Leichen benötigten viel Aufmerksamkeit, und es nutzte nichts, er musste zu Missus Holland. Das bedeutete einen Abstecher nach Southwark, und dort musste selbst ein Geezer wie Dodger vorsichtig sein. Aber wenn es einen vorsichtigen Geezer gab, so war es Dodger.

Missus Holland. Sie hatte keinen anderen Namen. Schon allein galt sie als eine Gang, und wenn das nicht reichte, war da noch ihr Mann namens Aberdeen Knocker, von seinen Freunden Bang genannt, der die Stadt Aberdeen vermutlich nie gesehen hatte; sie lag irgendwo im Norden, vielleicht in Wales. Der Spitzname war einfach auf ihm gelandet, wie es in Londons Straßen oft geschah – Dodger hatte seinen auf ähnliche Weise bekommen –, aber seine Haut war schwarz wie das Innere eines Kamins. Seit sechzehn Jahren war er mit Missus Holland verheiratet, zumindest rein theoretisch. Ihr Sohn, aus irgendeinem Grund von allen Halber Bang genannt, war so schlau wie ein Verlies voller Anwälte und eine echte Hilfe für die Geschäfte der Familie, die vor allem Immobilien und Menschen betrafen.

Missus Holland hatte großes Organisationstalent und außerdem eine sehr fruchtbare Phantasie. Praktisch jeder Seemann, der im Hafen von London an Land gegangen war, hatte Missus Hollands League besucht, wie man es nannte, für gewöhnlich zu dem Zweck, jungen Damen zu begegnen, die in den oberen Etagen des Gebäudes residierten, während sich Missus Holland in ihrem Büro im Erdgeschoss um alles kümmerte. Es ging das Gerücht, dass Missus Holland, da sie nun mal Missus Holland war, Seeleute manchmal schanghaien ließ und auf eine wundervolle Reise schickte, vielleicht um Kap Horn oder in Davy Jones' Kiste. Aber wenn sie nicht gerade irgendwelche Matrosen mit schönen Ferien beglückte, bewerkstelligte Missus Holland das eine oder andere.

Bei den Docks galt sie als Königin, und niemand stellte diese Tatsache infrage, wenn Bang sie begleitete. Es wäre schwierig gewesen, ihrer aktuellen Tätigkeit einen Namen zu geben, aber Dodger wusste, dass sie einmal Krankenschwester und Hebamme gewesen war. Offenbar hatte sie sich ihren Lebensunterhalt damit verdient, Dinge zum Vorschein oder – was öfter geschehen war – zum Verschwinden zu bringen. Wenn man als jemand kam, der genauere Einblicke in ihre Beschäftigung wünschte, so riskierte man, bald jemand zu sein, der die Themsebrücken von unten betrachtete.

Dodger kam natürlich gut mit der Familie zurecht, insbesondere mit Bang, der dem jungen Dodger einmal die Narben von den Fußeisen und auch das Brandzeichen gezeigt hatte, mit dem die Sklavenhalter ihr Eigentum kennzeichneten. Trotz seiner Vergangenheit war er ein sanfter, umgänglicher Mann, und als er auf Dodgers Klopfen hin die Tür öffnete, hielt er einen knurrenden, zähnefletschenden Hund von satanischen Ausmaßen zurück, der die vorderste Verteidigungslinie der Familie bildete. Sie besaß auch eine Donnerbüchse, groß wie ein Waldhorn und angeblich geladen mit Schwarzpulver, Steinsalz und – für besondere Gäste und begriffsstutzige Besucher – mit Nägeln verschiedener Größe.

Dort stand Missus Holland höchstpersönlich, mit ihrem Mehrfachkinn und dem großen runden Gesicht, in dem es viel Platz für ihr Lächeln und für die hellblauen Augen gab, in denen, wie Dodger festgestellt hatte, immer dann unzweifelhafte Aufrichtigkeit leuchtete, wenn sie eine glatte Lüge erzählte. Sie ließ die Donnerbüchse sinken und rief fröhlich: »Dodger! Wie er leibt und lebt! Willkommen! Willkommen!«

Kurze Zeit später saß sie in ihrem kleinen Privatzimmer und hörte sich Dodgers Geschichte an. Der Hund namens Jasper lag friedlich zu ihren Füßen, aber jederzeit bereit, auf ihre Anweisung hin sogleich aufzuspringen und zu knurren. Eine Weile wirkte Missus Holland recht nachdenklich, dann sagte sie: »Oh, es ist erstaunlich, wie lebendig eine Leiche wirken kann. Steif am einen Tag und ganz verspielt am nächsten. Was du vorschlägst, ist keine Reise für Unerfahrene, aber ich weiß Bescheid, o ja. Mit Leichen bin ich recht vertraut, wie dir bekannt sein dürfte. Also hör deiner Lieblingstante gut zu, ja? Nun, zunächst einmal brauchst du ...«

Dodger lernte schnell, und nach einigen Minuten sagte er: »Ich stehe in Ihrer Schuld, Missus Holland.«

Sie lächelte und erwiderte: »Weißt du, ich habe dich immer für einen meiner feschen Jungs gehalten. Was die Schuld betrifft ... Nun, wer weiß? Eines Tages hast du vielleicht Gelegenheit, mir eine Gefälligkeit zu erweisen. Keine Sorge, mir ist klar, dass du kein Killer bist, in dieser Hinsicht fiele meine Wahl also nicht auf dich. Aber es gibt noch andere Aufgaben, und wie heißt es so schön? Eine Hand wäscht die andere.«

Dodger blickte auf Missus Hollands dicke Hände, die den Eindruck erweckten, als hätten sie sich seit einer Woche nicht mehr gewaschen. Aber er verstand die Bedeutung der Worte und hieß sie gut. Gefälligkeiten waren hier unten eine Währung, ebenso auf der Straße. Er wusste auch, dass Missus Holland immer ein Lächeln für ihn übrig hatte, vielleicht sogar noch etwas mehr, aber es brachte nichts, sich auf ein Lächeln zu verlassen.

Als er sich verabschiedete, wurde sie plötzlich ernst. »Mir scheint, du hast in ein Wespennest gestochen, mein kleiner Junge. Und es gibt da einige Leute, die ich nicht mag, von denen ich aber höre, und einer von ihnen ist ein Typ, den man den Ausländer nennt. Sagt dir der Name irgendetwas?«

Dodger schüttelte den Kopf, und Missus Hollands Gesicht zeigte plötzlich Unbehagen. Sie blickte kurz zu ihrem Mann hinüber und wandte sich dann erneut an Dodger. »Ich weiß nicht, ob ich ihm je begegnet bin, ich weiß auch nicht, wie er aussieht, aber nach allem, was man hört, ist er ein eiskalter, eisenharter Killer. Vielleicht befindet er sich zum ersten Mal in England, und wie mir zu Ohren kam, fragt er nach jemandem namens Dodger und einer jungen Frau. Es ist kaum etwas über ihn bekannt. Manche behaupten, er sei Holländer, für andere ist er ein Schweizer. Aber immer ist er ein Killer, der aus dem Dunkel kommt, den Auftrag erledigt, sein Geld nimmt und wieder im Dunkel verschwindet. Angeblich lässt er sich ständig von einer Frau begleiten, und es soll immer eine andere sein.« Missus Holland runzelte die Stirn. »Keine Ahnung, warum ich ihn hier noch nicht gesehen habe, obwohl er Frauen so sehr mag. Vielleicht erscheint er irgendwann. Oder er war schon mal hier, und wir haben ihn nicht erkannt, denn niemand weiß, wie er aussieht. Manche behaupten, ihm begegnet zu sein, und in ihren Erzählungen ist er groß und schlank, doch in anderen Berichten ist von einem recht kleinen Burschen die Rede. Alles deutet auf einen Meister der Tarnung hin. Und wenn er mit einem reden will, schickt er eine seiner Frauen mit einer Botschaft.«

Missus Holland blickte in das rauchende kleine Kaminfeuer und wirkte ungewöhnlich besorgt. »Ich kann nicht behaupten, dass ich Leute wie den Ausländer kennenlernen möchte. Er scheint mir ein scheußlicher Albtraum zu sein. Die meiste Zeit über bleibt er in Europa, wo man Schurken wie ihn verdient hat, und es gefällt mir gar nicht, dass er nun bei uns aufkreuzt. Ich mag dich, Dodger, das weißt du. Aber wenn dir der Ausländer im Nacken sitzt, brauchst du einige zusätzliche Portionen Cleverness.«

Dodger achtete darauf, dass sein Gesicht fröhlich blieb, als er fragte: »Und niemand hat ihn jemals richtig gesehen?«

»Nein«, erklärte Missus Holland. »Viele *scheinen* ihn gesehen zu haben, aber ihre Beschreibungen betreffen jedes Mal einen anderen Mann.«

Ihre Sorge war greifbar, Dodger fühlte sie deutlich. Und dies war eine Frau, die einen betrunkenen Seemann ohne große Skrupel in ein wahrscheinlich wässeriges Grab geschickt hätte. Offenbar gab es gewisse Umstände, die selbst sie beunruhigten, und sie sagte: »Vielleicht überrascht es dich, mein Junge, dass eine grässliche alte Schachtel wie ich ein gewisses Niveau hat, und deshalb sage ich dir: An deiner Stelle hielte ich die Augen selbst im Schlaf offen. Und jetzt gib mir einen dicken Kuss, denn es könnte der letzte sein, denn ich von dir bekomme.«

Dodger kam der Aufforderung nach, zur großen Belustigung von Bang, und er achtete darauf, sein Gesicht erst abzuwischen, als er ein ganzes Stück entfernt war. Dann kehrte er so weit wie möglich durch die Kanalisation nach Hause zurück.

Jemand, den niemand beschreiben konnte, trieb sich dort draußen herum und hatte es auf ihn und Simplicity abgesehen ...

Nun, er musste sich in der Schlange anstellen.

14

Ein Kahnführer ist überrascht, eine alte Frau verschwindet, und Dodger weiß nichts, hört nichts und, was kaum überrascht, war nicht einmal da

Es gibt noch so viel zu tun, dachte Dodger, als er nach Hause eilte. Er musste sich auf den Theaterbesuch vorbereiten, aber vorher, und das war noch wichtiger, musste er beten. Zur Lady.

Dodger war dann und wann in der Kirche gewesen, aber im Allgemeinen hielt sich das Volk der Straße von Kirchen fern, es sei denn, man bekam umsonst zu essen – für einen vollen Magen ließ man viele Hallelujas und *Kommt zu Jesus* über sich ergehen. Deshalb befand er sich in seinen geliebten Abwasserkanälen und überlegte, wie er das mit dem Gebet anstellen sollte.

Er hatte die Lady nie gesehen, obwohl Opa immer von ihr gesprochen hatte, als sei sie eine gute Freundin. Und Opa hatte sie gesehen, bevor er gestorben war, und wenn man einem Sterbenden nicht vertrauen konnte, wem dann? Oh, Dodger hatte das eine oder andere halbherzige Wort an die Lady gerichtet, wie man das so machte, aber so richtig gebetet, mit Herz und Seele, das hatte er noch nie. Und als er so dastand, umgeben von den Geräuschen Londons, die ihm gedämpft durch die Abflussgitter ans Ohr drangen, mit einem Mörder auf den Fersen ... Da verspürte er das Bedürfnis nach einem Gebet.

Er begann auf die altehrwürdige Weise, indem er sich räusperte, und er wollte auch noch ausspucken, zögerte aber, denn unter den gegebenen Umständen wollte er niemanden beleidigen. In der Kanalisation war es besser, nicht niederzuknien, und so straffte er die Gestalt und sagte: »Entschuldige, ich weiß nicht recht, was ich sagen soll, Lady, und das ist die Wahrheit. Ich meine, es ist nicht so, dass ich ein Mörder bin, oder? Und ich verspreche dir, wenn Simplicity nichts zustößt, bekommt das arme Mädchen im Leichenhaus von Four Farthings ein Begräbnis in Lavender Hill. Ich kümmere mich persönlich darum, auch um Blumen.« Er zögerte und fuhr dann fort: »Und sie wird auch einen Namen bekommen, damit ich mich an sie erinnern kann, und das wär's, Lady, denn die Welt ist ziemlich übel und äußerst beschwerlich. Man kann nur versuchen, immer sein Bestes zu geben, und ich bin nur Dodger.«

Ein leises Geräusch folgte. Dodger senkte den Blick und sah eine Ratte, die ihm über den Stiefel lief. War das ein Zeichen? Er wünschte sich eins. Es *sollte* Zeichen geben, und wenn es ein Zeichen gab, sollte es vielleicht ein Schild tragen mit dem Hinweis, dass es sich um ein Zeichen handelte. War es ein Zeichen oder einfach nur eine Ratte? Gab es da überhaupt einen Unterschied? Die Lady war immer von Ratten umgeben, und Dodger hoffte insgeheim, ein wunderschönes Gesicht zu sehen, das vor den nassen Backsteinen der Kanalwand erschien.

Oben rasselte und klapperte der Verkehr, und die gelegentliche Stille blieb still, weshalb Dodger nach einer Weile hinzufügte: »Opa, von dem du bestimmt gehört hast, erzählte mir, dass du immer Schuhe trägst. Ich meine, keine Stiefel, sondern richtige Schuhe. Wenn du dich also entschließen könntest, mir zu helfen ... Dann schenke ich dir das beste Paar Schuhe, das man mit Geld kaufen kann. Danke im Voraus, dein Dodger.«

An jenem Nachmittag zeigte sich Solomon erstaunt angesichts der Sorgfalt, mit der sich Dodger auf das Theater vorbereitete.

Er schrubbte sich besonders gründlich ab, selbst die Stellen, die nur schwer zugänglich waren, und dachte dabei an den Ausländer. Er hatte nie zuvor von ihm gehört, aber man musste auch nicht über alle Leute Bescheid wissen, und ein Anschlag im Theater war eher unwahrscheinlich, oder? Doch später, in seiner privaten Welt hinter dem Vorhang, als Solomon seine eigenen Waschungen mit erstaunlich viel Geplätscher und Gebrumm erledigte, holte Dodger vorsichtig Sweeney Todds Rasiermesser aus dem Versteck und betrachtete es.

Es war ein Rasiermesser, *nur* ein Rasiermesser. Aber es bedeutete auch Furcht und war zu einer Legende geworden. Er konnte es ganz leicht einstecken. Izzy hatte hervorragende Arbeit geleistet – die Jacke hatte eine Innentasche in genau der richtigen Größe. Da die Jacke ursprünglich für Sir Robert Peel vorgesehen gewesen war, fragte sich Dodger, ob der oberste Peeler sie für die Gegenstände gebraucht hatte, die ein Gentleman, der auf bestimmten Straßen unterwegs war, manchmal schnell zur Hand nehmen musste, zum Beispiel einen Schlagring.

Er seufzte und legte das Rasiermesser ins Versteck zurück, denn er wusste nicht, ob er mit dem Ding in der Tasche neben Simplicity sitzen wollte. Dieser Gedanke bestürzte ihn ein wenig, und er dachte: Sweeney Todd hat Menschen ermordet, aber er ist eigentlich kein Mörder. Der Krieg hat ihn um den

Verstand gebracht; andernfalls wäre er vielleicht ein ganz gewöhnlicher Friseur gewesen, der seinen Kunden nicht die Kehle durchschnitt. Aber von welcher Seite Dodger die Sache auch betrachtete: Dies war nicht der geeignete Tag für Sweeney Todds Rasiermesser, Dodger auf der Straße Gesellschaft zu leisten.

Angela hatte Solomon mitgeteilt, dass eine Kutsche sie abholen und zum Theater bringen werde. Dodger hielt schon eine Stunde vor der vereinbarten Zeit nach ihr Ausschau, und als sie schließlich kam, stellte er zufrieden fest, dass zwei geschniegelte, aber recht muskulöse Lakaien sie begleiteten. Ihre steinernen Mienen und wissenden Blicke machten deutlich, dass sie es mit jedem aufzunehmen gedachten, der sich der Kutsche unerlaubt näherte.

Solomon stieg als Erster ein. Als Dodger ihm folgte, musste er zu seiner großen Enttäuschung zur Kenntnis nehmen, dass Simplicity nicht im Innern der Kutsche saß. Einer der Kutschenmänner spähte zum Fenster herein, schenkte ihm ein unerwartetes Lächeln und sagte: »Die Damen bereiten sich noch vor, Sir. Wir wurden angewiesen, Sie vorher abzuholen. Ich darf Ihnen auch mitteilen, dass es Erfrischungen gibt, die Sie unterwegs genießen können.« Die Stimme veränderte sich, und in weniger noblem Tonfall fügte der Mann hinzu: »Dieser Bursche hat Sweeney Todd erledigt. Ich kann's gar nicht abwarten, meiner alten Mutter davon zu erzählen.«

Während Solomon die gut ausgestattete Bar in der Kutsche einer kritischen Inspektion unterzog – sie fand seine Anerkennung, wie sich herausstellte –, dachte Dodger angestrengt nach. Es ging nicht unbedingt um den Ausländer, sondern um etwas, das sich irgendwo in seinem Hinterkopf verbarg. Immer wieder rief er sich die Worte ins Gedächtnis zurück, die Missus Holland an ihn gerichtet hatte. Etwas klang nicht richtig, eher wie eine Geschichte, so wie die über

Sweeney Todds Rasiermesser, und Dodger kannte die Wahrheit über Sweeney Todds Rasiermesser, oder? Zugegeben, einen Teil dieser Geschichte hatte er selbst geschaffen, und deshalb war er nun für viele Leute ein tapferer Krieger, obwohl er tief in seinem Herzen wusste, dass er nur ein gescheiter junger Mann war.

Schnell wie ein Messer kehrte der Gedanke zurück. Wie viel Wahrheit steckte hinter der Geschichte über den Ausländer? Für den Mann mit den vielen Frauen? Klang das echt?, fragte sich Dodger. Er gab sich selbst die Antwort: Nein – selbst Missus Holland hat ziemliche Angst vor ihm, und vielleicht hat der Ausländer einen kleinen Zauber gesponnen, der ihn größer und gefährlicher macht, als er in Wirklichkeit ist. Diese Möglichkeit sorgte dafür, dass sich Dodger etwas besser fühlte. Es ging um so etwas wie geschickte Zurschaustellung; darum ging es immer. Und Dodger plante seine eigene Schau.

Er erinnerte sich, dass er ein äußerst wichtiges Gespräch mit Miss Coutts führen musste, mit der lieben Miss Coutts. Er wusste, dass sie eine ungewöhnliche Frau war, mit mehr Geld als jeder andere Mensch und ohne Ehemann, und er lächelte vor sich hin und dachte: Hm, eine Frau mit reichlich Geld, die keinen Mann braucht. Wenn man Geld hat, eigenes Geld, dann ist ein Mann eigentlich nur im Weg. Solomon hatte ihm erzählt, dass Miss Coutts einmal dem Herzog von Wellington einen Heiratsantrag gemacht hatte. Wellington, als guter Taktiker bekannt, hatte behutsam und respektvoll abgelehnt. Dodger dachte: Der Herzog scheint gewusst zu haben, dass er diesen einen Kampf nie gewinnen kann.

Mit einem glücklichen Seufzer stellte Solomon eine Karaffe mit Brandy zurück, und Dodger sagte: »Solomon, ich muss dir etwas sagen.«

Weniger als eine Viertelstunde Fahrt trennte die Kutsche

von ihrem Ziel, und einen großen Teil dieser Zeit verbrachte Dodger damit, beunruhigte Blicke auf Solomon zu richten, der offenbar tief in Gedanken versunken war, bis er schließlich sagte: »Mmm, ich muss sagen, dass du sehr gründlich bist, Dodger. Du siehst hier einen Mann, der heute alt und gebrechlich sein mag, aber einmal aus dem Gefängnis entkam, indem er einen Wärter mit seinen Schnürsenkeln erdrosselte. Inzwischen bedaure ich das fast, aber ich denke auch, dass ich heute nur deshalb hier bin und dir davon erzählen kann. Und um ganz ehrlich zu sein, der Mistkerl hat es nicht anders verdient, wenn man bedenkt, wie er die Gefangenen behandelte. Mein Volk ist nicht unbedingt dafür bekannt, Krieger hervorgebracht zu haben, aber wenn es sich nicht vermeiden lässt, versuchen wir, gute Kämpfer zu sein. Was deinen Plan betrifft ... Er ist kühn und wagemutig, und so, wie du ihn beschreibst, könnte er sogar durchführbar sein. Aber denk daran, mein Freund: Du brauchst dafür Angelas Zustimmung, die sich derzeit als Simplicitys Beschützerin betrachtet.«

Die Kutsche wurde langsamer, und Dodger sagte: »Ich weiß, was du meinst, aber die einzige Person, die Simplicity nach den geltenden Regeln Befehle erteilen kann, ist ihr Mann, und eins steht fest: Was er sagt, spielt keine Rolle, denn er ist ein echter Miesling von einem Prinzen.«

Ein weiterer Lakai öffnete die Tür, noch bevor Solomons Hand sie berührte, und man führte Solomon und Dodger in einen Salon, in dem sich zwar Angela aufhielt, leider aber ohne Simplicity. Angela bemerkte Dodgers Enttäuschung ohne Zweifel, denn sie sagte munter: »Simplicity lässt sich Zeit, Mister Dodger, weil sie mit Ihnen das Theater besucht.« Sie klopfte neben sich aufs Sofa. »Nehmen Sie Platz!«

Und so saßen sie zu dritt in der sonderbaren Stille von Menschen, die warten, ohne sich viel zu sagen zu haben. Schließlich öffnete sich eine Tür, ein Dienstmädchen trat ein und zupfte hier und dort an Simplicitys Kleid, die lächelte, als sie Dodger sah, woraufhin die ganze Welt golden glänzte.

»Wie schön, Sie so hübsch zu sehen, meine Liebe«, sagte Miss Coutts, »aber ich fürchte, wir kommen zu spät zu *Julius Cäsar*, wenn wir uns nicht sputen. Zwar steht uns im Theater eine Loge zur Verfügung, doch ich halte es nach wie vor für eine Unhöflichkeit, zu spät zu kommen.«

Dodger durfte in der Kutsche neben Simplicity sitzen. Derzeit sagte sie nicht viel und schien voller Aufregung an den bevorstehenden Theaterbesuch zu denken, und Dodger dachte zum Beispiel: Eine Loge, meine Güte! Es bedeutet, dass viele Leute sie sehen können.

Aber kurz nachdem sie das Theater erreicht hatten, und zwar rechtzeitig genug, um niemanden in Verlegenheit zu bringen, nahmen die beiden Lakaien – oder zwei andere, die genauso aussahen – ihre Plätze hinter ihnen ein. Es mussten dieselben sein, denn als sich Dodger umwandte, erkannte er den Mann, der es nicht abwarten konnte, seiner alten Mutter von Dodger zu erzählen. Als sich ihre Blicke trafen, lächelte der Mann kurz und zeigte einen großen Schlagring, der gleich darauf wie durch Magie wieder verschwand. Nun ja, immerhin etwas.

Dodger hatte schon vorher Schauspielhäuser besucht, inoffiziell, doch es dauerte eine Weile, bis er begriff, was auf der Bühne geschah. Solomon hatte zuvor versucht, ihm eine Vorstellung davon zu vermitteln, was es mit *Julius Cäsar* auf sich hatte, und Dodger glaubte, es mit einem Bandenkrieg zu tun zu haben, bei dem alle viel zu viel redeten. Die Worte flogen über seinen Kopf hinweg, und er bemühte sich, sie festzuhalten, und nach einer Weile dämmerte ihm langsam, worum es bei diesem Stück ging. Wenn man sich erst einmal an die Sprechweise und die vielen Bettlaken und alles andere gewöhnt hatte, wurde klar: Das Geschehen betraf scheußliche

Leute. Als Dodger das dachte und sich fragte, welcher Seite er seine Sympathien schenken sollte, fiel ihm plötzlich ein, dass diese römischen Typen die Kanalisation gebaut und die Lady Cloacina genannt hatten.

Obwohl Julius Cäsar und die anderen Figuren auf der Bühne keine Anstalten machten, irgendwelche Abwasserkanäle zu konstruieren, fragte sich Dodger, ob er der Lady gegenüber den Namen verwenden sollte, den ihr die Römer gegeben hatten; vielleicht war es einen Versuch wert. Während die Reden auf der Bühne über ihn hinwegzogen, schloss er die Augen und versuchte sein Glück bei der römischen Göttin der Latrinen. Er hob die Lider wieder, als eine Stimme verkündete: »Es gibt Gezeiten für der Menschen Treiben; nimmt man die Flut wahr, führt sie uns zum Glück.« Mit großen Augen beobachtete Dodger die Schauspieler. Also, wenn man sich ein Zeichen wünschte, so war dies zweifellos besser als eine Ratte, die einem über den Stiefel lief!

Miss Coutts saß um des Anstands willen neben ihm, und Solomon leistete Simplicity Gesellschaft – da er ein alter Mann war, konnte man rein theoretisch davon ausgehen, dass er weder an Techtel noch an Mechtel dachte. Miss Coutts versetzte Dodger einen sehr diskreten Stoß und fragte: »Alles in Ordnung? Ich dachte, Sie seien eingeschlafen, und dann sind Sie zusammengezuckt.«

»Was?«, erwiderte Dodger. »O ja. Ich hab nur begriffen, dass es klappen wird, kein Zweifel.«

Dann verfluchte er sich für seine Dummheit, denn Angela flüsterte: »Was wird klappen, wenn ich fragen darf?«

Dodger murmelte: »Alles.« Und plötzlich schenkte er dem Geschehen auf der Bühne mehr Aufmerksamkeit und fragte sich, warum so viele Römer nötig waren, um einen Mann zu töten, erst recht nachdem es ein so übler Zeitgenosse zu sein schien.

Solomon nannte es ein *Mahl*. Was offenbar viel aufregender war als eine Mahlzeit. Es gab herrliches Schmalzfleisch und leckeren Aufschnitt, dazu eingelegtes Gemüse und Chutneys, die einem Tränen in die Augen trieben und Solomons Augen zum Glänzen brachten. Als sie mit dem Essen fertig waren, wandte sich Dodger an Angela. »Wo sind Ihre Bediensteten jetzt?«

»Im Bedienstetenzimmer. Ich muss nur läuten, wenn ich sie brauche.«

»Können sie uns hören?«

»Natürlich nicht, und darf ich Sie daran erinnern, junger Mann, dass die Bediensteten mein volles Vertrauen besitzen, wie Sie bereits wissen. Andernfalls hätte ich sie nicht eingestellt.«

Dodger stand auf. »Dann möchte ich, wenn Sie gestatten, Ihnen allen sagen, was morgen geschehen wird.«

Die Sache mit Geheimnissen ist, dass sie am besten bei einer Person aufgehoben sind. Das war das Besondere an Geheimnissen. Manche schienen zu glauben, dass sich Geheimnisse am besten hüten ließen, wenn man möglichst vielen Leuten davon erzählte, denn: Was konnte mit einem Geheimnis schiefgehen, wenn viele darüber wachten? Aber früher oder später musste Dodger sein Geheimnis mit jemandem teilen, und dies war der richtige Moment. Er brauchte auch einen Verbündeten, und dafür kam vor allem Angela infrage. Eine Frau, die mehr Geld hatte als Gott und trotzdem glücklich und am Leben war, musste Dodgers Meinung nach eine höchst kluge Frau sein. Also erzählte er alles, mit ruhigen, vorsichtigen Worten, ließ keine Einzelheit aus und fügte hinzu, was ihm Missus Holland über den Ausländer berichtet hatte. Als er alles erklärt hatte, blieb es eine Zeit lang sehr still.

Dann sagte Angela, ohne Dodger oder Simplicity anzusehen: »Nun, Mister Dodger, zuerst wollte ich Ihnen dieses sonderbare und sehr gefährliche Vorhaben auf der Stelle verbieten. Doch noch während ich Atem holte, bemerkte ich die Blicke zwischen Ihnen beiden und musste daran denken, dass Simplicity kein Kind ist, sondern eine verheiratete Frau. Ich sollte Ihnen vor allem dankbar sein, dass Sie mich in das Geheimnis eingeweiht haben. Und selbst wenn ich anschließend die Scherben kitten muss – die Angelegenheit betrifft vor allem Sie beide.« Sie sah Solomon an und fragte: »Was halten Sie davon, Mister Cohen?«

Die Antwort erfolgte nach einigen Sekunden. »Mmm, Dodger hat mir von dem Ausländer erzählt, und es ist unwahrscheinlich, dass er Dodger zu fassen bekommt, bevor der Plan verwirklicht wird. Was den Plan selbst betrifft … Er hat einige höchst beeindruckende Aspekte, denn wenn er gelingt, wird anschließend kaum jemandem daran gelegen sein, genaue Nachforschungen anzustellen. Und natürlich bin ich optimistisch beim Gedanken, dass der Kampf auf einem Schlachtfeld stattfinden wird, das meinem jungen Freund sehr vertraut ist; er kennt jeden einzelnen Quadratzentimeter des Geländes. Ich schätze, in der gegenwärtigen Situation könnte selbst Wellington mit einem Heer nicht mehr ausrichten.«

Dodgers Blick blieb unentwegt auf Simplicity gerichtet. Einmal hatte sie die Stirn gerunzelt, was seine Stimmung sofort trübte, doch als sie lächelte, gewann er seine Zuversicht sogleich zurück. Eigentlich war es sogar mehr als ein Lächeln: ein freches Grinsen wie von jemandem, der an einen schwachen Gegner denkt.

»Nun, meine Liebe«, sagte Angela, »Sie können für sich selbst entscheiden und haben meine Unterstützung jedem Mann gegenüber, der etwas anderes behauptet. Bitte, sagen Sie mir, was Sie von diesem haarsträubenden Unterfangen halten.«

Wortlos ging Simplicity auf Dodger zu und nahm seine Hand, was ihm ein Schaudern über den Rücken schickte, so schnell, dass es unten abprallte und nach oben zurückkehrte. »Ich vertraue Dodger, Miss Angela«, sagte sie. »Immerhin hat er schon viel für mich getan.«

Mit diesen Worten im Ohr sagte Dodger: »Äh, danke. Aber jetzt musst du dich von deinem Ehering trennen.«

Sofort berührte ihre Hand den Ring, und die Stille im Zimmer dröhnte durch die Abwesenheit von Geräuschen, während Dodger auf die Explosion wartete. Dann lächelte Simplicity und sagte: »Es ist ein hübscher Ring, nicht wahr? Er gefiel mir sehr, als er ihn mir überreichte. Und ich dachte, ich sei vor Gott verheiratet. Aber was wusste ich schon von der Ehe? Der arme Priester, der die Zeremonie durchführte, ist tot, ebenso zwei gute Freunde, und deshalb glaube ich, dass Gott nie etwas mit dieser Ehe zu tun hatte. Er war nie da, als ich geschlagen wurde oder als man mich in die Kutsche zerrte, aber dafür war plötzlich Dodger da. Ich vertraue meinem Dodger ganz und gar, Angela.« Sie sah ihm in die Augen und gab ihm den Ring mit einem Kuss, und für ihn hatte der Kuss wahrhaftig vierundzwanzig Karat.

Angela musterte Solomon, als dieser sagte: »Mmm, ich glaube, es besteht kein Zweifel, Angela. Was wir hier erleben, ist eine recht ungewöhnliche Version von *Romeo und Julia*.«

»Wie Sie meinen«, erwiderte Angela. »Aber als praktisch denkende Frau glaube ich, dass wir auch etwas von *Was du willst* brauchen. Mister Dodger, bevor Sie gehen, müssen wir beide über die Einzelheiten sprechen.«

Angelas Kutsche brachte Dodger und Solomon nach Seven Dials zurück. Sie wechselten kaum ein Wort, bis sie von Onans spätem Gassigang zurückkehrten, und selbst dann blieben sie in Gedanken versunken und sprachen kaum in der

Dunkelheit. Schließlich sagte Solomon: »Ich glaube an dich, Dodger, und Miss Burdett-Coutts glaubt ein bisschen an dich. Aber Simplicity hat einen Glauben an dich, der, wenn ich das sagen darf, größer ist als der von Abraham.«

»Meinst du deinen Freund Abraham, den leicht verdächtigen Juwelier?«, fragte Dodger in die Finsternis hinein.

Und die Dunkelheit antwortete: »Nein, Dodger. Ich meine den Abraham, der bereit war, seinen Sohn dem Herrn zu opfern.«

»Nun«, entgegnete Dodger nach kurzem Zögern, »auf so etwas werden wir verzichten.«

Dann versuchte er zu schlafen, doch während er sich hin und her wälzte, sah er Simplicitys Gesicht vor sich und hörte sie sagen: *»Ich vertraue meinem Dodger ganz und gar.«*

Das Echo dieser Worte hallte zwischen seinen Knochen wider.

Am nächsten Morgen zählte er drei mutmaßliche Polizisten in Zivil, die in ihrem Bestreben auffielen, nicht auffällig zu sein. Er gab vor, sie nicht gesehen zu haben, aber Sir Robert Peel meinte es offenbar ernst. Zwei Nächte hintereinander hatte jemand vor seiner Bude gestanden, und jetzt waren sie auch am helllichten Tag da! Auf eine polizeiliche Art und Weise versuchten sie es mit neuen Methoden, indem sich niemand von ihnen in unmittelbarer Nähe des Mietshauses zeigte, aber zwei von ihnen unmittelbar hinter der Ecke standen, wo Dodger ihnen begegnen musste. Wurde Sir Robert unruhig?

Dodger war schon lange vor dem ersten Tageslicht fleißig gewesen, als Nebel, Dampf und rauchige Finsternis ihm reichlich Deckung gaben, und jetzt, als die Welt ein Stück entfernt erwachte, konnte man eine arme alte Frau sehen, die an den Polizisten vorbeihumpelte – falls jemand Gefallen daran fand, arme alte Frauen zu beobachten, von denen es auf dem Markt jede Menge gab, weil sie oft ihre Ehemänner überlebten und niemanden hatten, der sich um sie kümmerte. Dodger hielt es für traurig. Das war es immer, und manchmal sah man die alten Mädchen ihr kümmerliches Dasein fristen, wie sie Haushaltsstaub siebten, in der schwachen Hoffnung, darin noch irgendetwas Nützliches zu finden.* Und obwohl sie draußen arbeiteten, trugen sie nicht einmal einen anständigen Mantel. Und sie waren unheimlich und gruselig. Ja, das waren sie wirklich. Schrecklich leuchtende Augen hatten manche von ihnen, wenn sie eine klauenartige Hand ausstreckten und um einen Viertelpenny bettelten. Zahnlose alte Frauen mit verschrumpelten Gesichtern, die an Hexen erinnerten. Und man fand sie überall, überall dort, wo es ein wenig Schutz vor dem Regen gab.

Aber in diesem Fall handelte es sich um eine etwas rüstigere Alte, die einen Handkarren – ein Vehikel mit hohem Ansehen in diesem Teil der Stadt – durch Straßen und Gassen zog, was ihr offenbar erhebliche Mühe bereitete. Ein Beobachter auf dem Mond hätte gesehen, wie sie sich im Zickzack dem Ufer der Themse näherte, wo sie einen Penny für eine Überfahrt anbot. Allerdings bezahlte sie nur einen Viertelpenny, was nicht der offizielle Preis für die Überfahrt war, wie der Beobachter vielleicht wusste, aber der Kahnführer hatte noch nie eine Alte in so traurigem Zustand gesehen. Er dachte an die greise Mutter daheim, entdeckte eine gewisse Großzügigkeit in sich und bot der Alten sogar an, zu warten und sie erneut überzusetzen, wenn sie alles erledigt hatte. Als sie wenig später zu ihm zurückkehrte, musste er feststel-

* Ein solcher Anblick war keineswegs ungewöhnlich. Henry Mayhews Untersuchungen sind voller Einzelheiten, die eine Armut betreffen, wie sie heute für London und ähnliche Städte unvorstellbar wäre.

len, dass eine eingewickelte Leiche auf ihrem Karren lag. Das war, offen gestanden, ein Problem, doch dann hielt einer seiner Kollegen am Kai und setzte einen Passagier ab. Der Kahnführer deutete auf das alte Mädchen und brachte seinen Kumpel dazu, ihm mit der Leiche zu helfen, die zum Glück noch nicht steif geworden war.

Dodger – denn das war die Alte in Wirklichkeit: Dodger – war mit dem Stand der Dinge recht zufrieden. Und er war auch ein bisschen verlegen, denn der Coroner von Four Farthings *und* sein Beamter hatten der alten Frau beim Beladen des Karrens geholfen und ihr versichert, dass die sterblichen Überreste ihrer Nichte die ganze Zeit über mit großem Respekt behandelt worden seien. Zweifellos ein Hinweis, der das Herz erfreute.

Dann gab es natürlich noch die Heimreise, diesmal gegen die Flut, und der Kahnführer begriff, dass er in dieser Situation nicht damit rechnen durfte, reich zu werden, weshalb er schroff sagte: »Na schön, wer A sagt, muss auch B sagen, ein Viertelpenny pro Kopf, und damit hat es sich.«

Die Fahrt übers Wasser dauerte nicht sehr lange, war aber recht unruhig wegen der Wellen, und anschließend half der Mann der armen Alten, den Karren aufs Kopfsteinpflaster zu setzen, und er traute seinen Augen nicht, als sie ihm nicht zwei Viertelpennys gab, sondern drei glänzende Sixpences und ihn den letzten Gentleman von London nannte. Dieses Erlebnis behielt er lange Zeit in liebevoller Erinnerung.

Die alte Frau befand sich nun wieder auf der richtigen Seite der Themse, und der Beobachter auf dem Mond konnte beobachten, wie sie ihren Karren durch eine dunkle, neblige Gasse zog, was sicher nicht ungefährlich war, und dort gab es eine schattenhafte Gestalt, die nach Gin roch, und ein sehr betrunkener und sehr gemein aussehender Mann fragte: »Hast du in deiner Tasche was für mich, Mütterchen?«

Ein auf der Bordsteinkante sitzender Schuhputzer, der sein Frühstück verzehrte, wurde Zeuge der Szene. Er dachte gerade, dass er dem Mütterchen vielleicht helfen sollte, als etwas Sonderbares geschah: Die Alte schien plötzlich zu verschwinden, und dann lag der Betrunkene am Boden, und das Mütterchen trat ihm ordentlich zwischen die Beine und rief: »Wenn ich dich hier noch einmal erwische, brate ich deine Innereien in meiner Grillpfanne, wart's nur ab!« Und dann, nachdem sie ihr Kleid ein wenig zurechtgezogen hatte, wurde die Alte wieder zu … nun, zu einer Alten, und der Schuhputzer starrte noch immer, die Pellkartoffel halb zum offenen Mund gehoben. Das liebe alte Mütterchen winkte ihm fröhlich zu und sagte: »Junger Mann, von wem stammen denn die leckeren Pellkartoffeln?«

Was dazu führte, dass Dodger die Reise mit ziemlich vielen Kartoffeln in seiner Tasche fortsetzte, und er verteilte sie an die alten Frauen, die er mutterseelenallein am Straßenrand sitzen sah. Er hielt es für eine Buße. Und Gott musste diese Barmherzigkeit mit Wohlgefallen zur Kenntnis genommen haben, denn in der nächsten Straße entdeckte Dodger ein Lavendelmädchen, was ihm die Mühe ersparte, eins zu suchen – es wäre nicht besonders schwierig gewesen, eins zu finden, denn im Gestank von London kaufte dann und wann jeder gern ein wenig Lavendel. In diesem Fall verkaufte das Mädchen seinen ganzen Vorrat an die Alte, bedankte sich überschwänglich und ging in den nächsten Pub, während die nun wesentlich besser riechende alte Frau den Karren mit der Leiche weiterzog.

Einen Toten zu bewegen, ist nie einfach, doch im schmutzigeren Teil von Seven Dials kannte Dodger eine Gasse mit genau dem richtigen Gully. Und als er sich in der Kanalisation befand, war er natürlich in seinem Element. Er konnte seine Aufgabe erledigen, ohne dass die Menschen über ihm etwas davon bemerkten, und die Wahrscheinlichkeit, einem anderen Tosher zu begegnen, war gering. Und überhaupt, als König der Tosher konnte er tun und lassen, was er wollte. Wenn man in den Abwasserkanälen wusste, wonach es Ausschau zu halten galt, konnte man regelrechte Zimmer finden, Orte, denen die Tosher klingende Namen gegeben hatten, wie zum Beispiel *Spitze* oder *Kleine Ruhe*.

Dodger stapfte durch einen der Tunnel und machte sich an den unangenehmeren Teil der Arbeit. Dieser Abschnitt hatte bisher noch keinen Namen erhalten, und jetzt bekam er einen: *Ruhe in Frieden*. In den dunkleren Teilen von London war der Tod immer zugegen, und nur an einem sehr ungewöhnlichen Tag sah man keinen Trauerzug. Dies bewirkte eine besondere Art von Pragmatismus: Menschen lebten, Menschen starben, und andere Menschen mussten damit klarkommen. Dodger lag viel daran, am Leben zu bleiben, und deshalb legte er an dieser Stelle die Lumpen der Alten ab; darunter kam seine gewohnte Kleidung zum Vorschein. Er streifte große, gut eingefettete Lederhandschuhe über, wie es ihm Missus Holland geraten hatte, und er war dankbar für ihren Rat und auch dafür, dass er so viel Geld für den Lavendel ausgegeben hatte, denn wie man es auch sah: Den schweren, widerlichen, überall festhaftenden Geruch des Todes wollte er nicht länger ertragen als unbedingt nötig.

Mit dem Verkehr dicht über dem Kopf zog, drückte und hebelte er sehr gründlich, bis alles richtig aussah. Doch als er die Leiche der jungen Frau in der Ecke in Stellung brachte, seufzte sie, und ihr Kopf bewegte sich. Dodger dachte: Wenn *so* etwas geschieht, kann man froh sein, in einem Abwasserkanal zu stehen. Es hatte nichts zu bedeuten. Er wusste, dass Tote manchmal recht laut sein konnten, wie Missus Holland gesagt hatte. Mit all den Gasen und so weiter sprachen Leute manchmal noch nach ihrem Tod. Dodger öffnete den vorbereiteten Beutel, der Kampfer und Cayennepfeffer enthielt – das sollte die Ratten lange genug fernhalten.

Er trat zurück, betrachtete das Ergebnis seiner Bemühungen und war froh, sehr froh, dass er so etwas nie wieder tun musste. Und dann gab es nichts mehr zu tun, abgesehen davon, die Handschuhe einzupacken, und er achtete darauf, die Kanalisation ein ganzes Stück vom Tatort entfernt zu verlassen, wenn man die Stelle so nennen konnte. Er fand eine Pumpe und wusch sich die Hände mit Londoner Wasser, das verdächtig blieb, solange man es nicht abkochte, aber gute alte Laugenseife war ein zuverlässiger, wenn auch ätzender Helfer. Dann schlenderte Dodger nach Seven Dials zurück und gebärdete sich wie ein junger Mann, dem es Freude bereitete, im Sonnenschein spazieren zu gehen, der an diesem Tag ein bisschen seltsam war, als gehe weiter oben in der Luft irgendetwas vor sich.

Er bekam kaum Gelegenheit, darüber nachzudenken, denn als er zu Hause eintraf, warteten dort zwei Peeler auf ihn, und einer von ihnen sagte: »Sir Robert würde gern mit dir reden, Bübchen.« Er schnupperte und sah den Rest von Lavendel, den Dodger mitgebracht hatte, denn in der Nähe von Onan war so etwas immer willkommen. »Blumen für dein Mädchen, wie?«

Dodger achtete nicht darauf, aber er hatte mit so etwas gerechnet, denn wenn die Peeler einmal Interesse bekundet hatten, blieben sie interessiert – vielleicht dachten sie, dass man früher oder später jeden Widerstand aufgeben und alles gestehen würde. Man konnte es für ein Spiel halten, und das Schlimme war: Wenn sie es spielten, gaben sie sich wie Freunde. Als der aufrechte Bürger, der Dodger war, ging er mit den beiden Männern nach Scotland Yard, stolzierte dabei aber wie ein Geezer, und alle konnten sehen, dass er die beiden Peeler nicht freiwillig begleitete – schließlich hatte er einen Ruf zu wahren. Es war schlimm genug, ein offizieller Held zu sein; noch viel schlimmer wäre es gewesen, aus freien Stücken zum Hauptquartier der Peeler zu marschieren. Es geschah nicht zum ersten, dritten oder zehnten Mal, dass die Peeler glaubten, Dodger am Wickel zu haben, aber sie waren jedes Mal schief gewickelt.

Sir Robert Peel wartete auf ihn. Dodger traute ihm noch immer nicht – er sah aus wie ein gelackter Typ, hatte aber so etwas wie Straßenschläue in den Augen. Der oberste Peeler musterte ihn und fragte: »Haben Sie jemals von einem gewissen Ausländer gehört, mein Freund?«

»Nein«, log Dodger nach dem Prinzip, dass man einem Polizisten, wenn es sich vermeiden ließ, nie die Wahrheit sagte.

Sir Robert musterte ihn mit ausdruckslosem Blick und wies darauf hin, dass Europas Polizeikräfte den Ausländer gern hinter Gittern sähen – oder noch besser am Galgen. »Er ist ein Mörder, ein Mann mit einem Verstand, scharf wie seine Messer. Nach allem, was wir in Erfahrung gebracht haben, forscht er nach dem Aufenthaltsort von Miss Simplicity und damit auch dem Ihren. Wir beide kennen die Hintergründe dieser Angelegenheit, und ich gehe davon aus, dass irgendwo irgendjemand sehr ungeduldig wird, wie die Ermordung des Schlauen Bob und seines ... Mitarbeiters zeigt. Die Zeit scheint knapp zu werden, Mister Dodger. Sie sollten wissen, dass die britische Regierung nach Meinung vieler nichts falsch machen würde, wenn sie beschlösse, eine durchgebrannte Ehefrau zu ihrem Ehemann zurückzuschicken.« Er schniefte. »So abscheulich das für uns, die wir den Hintergrund der traurigen Geschichte kennen, auch sein mag. Die Uhr tickt, mein Freund. Den maßgebenden Persönlichkeiten gefällt es nicht, wenn man immer wieder ihre Pläne durchkreuzt, und an dieser Stelle möchte ich hinzufügen, dass ich mich selbst zu diesem Personenkreis zähle.«

Dodger hörte ein leises Trommeln, senkte den Blick und stellte fest, dass die Finger von Sir Roberts linker Hand auf einen Stapel vertraut wirkender Dokumente klopften.

Sir Robert sah ihn an und sagte: »Es ist meine Aufgabe, über gewisse Zusammenhänge Bescheid zu wissen, und so weiß ich, dass vor zwei Nächten in eine gewisse Botschaft eingebrochen wurde. Der unbekannte Dieb entwendete zahlreiche Unterlagen und diversen Schmuck, und kurze Zeit später hielt er es aus irgendeinem Grund für angebracht, den Stall anzuzünden. Wir suchen nach ihm, und es wird nicht unerheblicher Druck auf uns ausgeübt, damit wir ihn möglichst bald zur Strecke bringen.«

Dodgers Gesicht zeigte nur unschuldige Neugier, als Sir Robert fortfuhr: »Meine Leute haben vor Ort Ermittlungen in Hinsicht auf den Einbruch und die Brandstiftung angestellt. Dabei fanden sie Hinweise darauf, dass der Täter, bevor er das Feuer legte, etwas über dem Wappen in die Kutschentür ritzte, ein Wort, das offenbar *Kasper* lautet. Ich nehme an, Sie wissen nichts darüber.«

»Nun, Sir«, erwiderte Dodger munter, »Ihnen ist ja bekannt, dass wir am betreffenden Abend auf einer Dinnerparty waren. Anschließend bin ich mit Solomon heimgekehrt, der dies sicher gern bestätigen wird.« Und er dachte: Ob Solomon bei der Polizei für mich lügen würde? Sofort folgte ein zweiter Gedanke dem ersten: Solomon muss die Polizei überall in Europa belogen haben, mit Gottes Hilfe, und im Beisein eines Peelers wüsste er vielleicht nicht einmal, ob der Himmel blau ist.

Sir Robert lächelte, aber es war ein Lächeln ohne Wärme, und seine Finger trommelten etwas schneller. »Mister Dodger, ich bin mir völlig sicher, dass ich von Mister Cohen eine solche Aussage bekäme. Und da wir gerade dabei sind ... Wissen Sie vielleicht etwas über den jüdischen Herrn, der uns heute Morgen einen Besuch abstattete und ein Päckchen mit Dokumenten für mich brachte? Nach Auskunft des diensthabenden Sergeants hat er es auf den Tresen gelegt und ist sofort wieder gegangen, ohne seinen Namen zu hinterlassen.« Das kühle Lächeln erschien erneut, und Sir Robert fuhr fort: »Natürlich sehen sich jüdische Herren in ihrer schwarzen Kleidung sehr ähnlich. Außenstehenden fällt es schwer, sie voneinander zu unterscheiden.«

»Wenn ich so darüber nachdenke ...«, sagte Dodger. »Sie haben recht.« Dies gefiel ihm, und er glaubte, dass es auf eine verdrehte Art und Weise auch Sir Robert gefiel.

»Sie wissen also nichts«, sagte Sir Robert. »Sie wissen nichts, haben nichts gehört und waren natürlich auch nicht dort.« Er fügte hinzu: »Diese Dokumente sind bemerkenswert, äußerst bemerkenswert. Weshalb die Botschaft sie zurückhaben möchte. Natürlich weiß ich nicht, wo sie sich befinden. Solomon hat Sie bestimmt auf den Wert der Dinge hingewiesen, die Sie nach Hause gebracht haben, oder?«

»Oh, tut mir leid, Sir, Solomon hat mir nichts von Dokumenten erzählt, und ich habe sie nicht gesehen«, sagte Dodger und dachte: Für wen hält er mich, für ein Kleinkind?

»Ja-a-a«, sagte Sir Robert. »Übertreiben Sie es nicht mit der Schläue, Mister Dodger! Eines Tages könnten Sie sich selbst überlisten.«

»Ich bin auf der Hut, Sir, das verspreche ich.«

»Freut mich zu hören. Und nun können Sie gehen.« Als Dodger die Hand am Türknauf hatte, sagte Sir Robert: »Tun Sie so etwas nie wieder, junger Mann!«

»Ist überhaupt nicht möglich, Sir, hab's ja gar nicht getan.« Den Kopf schüttelte er nur *innerhalb* seines Kopfs. Ja, sie warten immer, bis man glaubt, ihnen entkommen zu sein, und dann fallen sie über einen her. Ehrlich, ich könnte ihnen den einen oder anderen Kniff beibringen.

Er verließ Scotland Yard und rief: »Hab's euch ja gesagt! Ihr Jungs könnt mir nichts anhängen!« Aber er dachte: Die Uhr tickt. Eine Regierungsuhr. Die Uhr des Ausländers. Und meine Uhr. Für Simplicity wär's das Beste, wenn meine zuerst klingeln würde.

Was den Ausländer betraf ... Hier zögerte er. Ein Mann, dessen einzige Beschreibung darauf hinauslief, dass er immer anders aussah? Wie sollte er einen solchen Mann ausfindig machen? Aber Dodger tröstete sich mit dem Gedanken: Wir sind dem Ziel sehr nahe, und er muss erst noch alles über mich herausfinden und feststellen, wo ich wohne. Das wird schwierig für ihn. Der Trost dieses Gedankens war allerdings nur von kurzer Dauer, denn ihm fiel ein, dass es sich bei dem Ausländer um einen berufsmäßigen Killer handelte, um einen gedungenen Mörder, der sich offenbar auf wichtige Leute spezialisiert hatte. Wie sollte es für jemanden wie ihn schwierig sein, einen rotznäsigen Tosher ausfindig zu machen und ins Jenseits zu befördern?

Dodger dachte darüber nach und sagte laut: »Ich bin Dodger! Es wird schwierig für ihn, und ob!«

15

In den Händen der Lady

Die Uhr tickte noch immer, und diesmal bedeutete ihr Ticken, dass es nicht mehr lange dauerte, bis es sieben wurde. Dodger überprüfte seine Vorbereitungen ein weiteres Mal und verließ die Kanalisation ein Stück entfernt, damit man ihn sah, wie er fröhlich zum Pub *The Lion* schlenderte.

Es überraschte ihn nicht, dort bereits Mister Bazalgette anzutreffen – er saß draußen auf einer Bank, gekleidet auf eine Art, die für eine Reise durch die Welt unter der Stadt geeignet erschien. Der junge Mann sah aus wie ein Kind, das auf den Beginn des Kasperletheaters wartete, und war mit verschiedenen Instrumenten und einem sehr großen Notizbuch ausgestattet. Darüber hinaus hatte er daran gedacht, eine eigene Laterne mitzubringen, obwohl Dodger bereits drei Laternen geliehen hatte, wofür es notwendig gewesen war, den einen oder anderen Gefallen einzufordern. Aber dazu waren Gefallen schließlich da.

Der junge Ingenieur trank ein Pint Ingwerbier und begann sofort ein Gespräch mit Dodger, bei dem es um das Wesen der Kanalisation ging, in Bezug auf die Menge des Wassers, die Dodger darin gesehen hatte, die Verbreitung von Ratten, die Gefahren des Aufenthalts und andere bedeutsame Einzelheiten für einen so begeisterten Gentleman wie Bazalgette.

»Freuen Sie sich darauf, Ihrer Lady zu begegnen, Mister Dodger?«, fragte er.

Dodger dachte: Ja, ihnen beiden. Aber er lächelte und sagte: »Ich habe sie nicht gesehen, kein einziges Mal. Aber manchmal, wissen Sie, wenn ich dort unten ganz allein bin, dann habe ich so ein Gefühl, als sei gerade jemand vorbeigegangen, und es gibt eine Veränderung in der Luft, und wenn ich dann den Blick senke, sehe ich die Ratten ganz schnell an mir vorbeilaufen, alle in dieselbe Richtung. Bei anderen Gelegenheiten sehe ich nichts weiter als ein altes Mauerstück, aber *etwas* scheint mir zu sagen, dass es sich *vielleicht* lohnt, hinter die zerbröckelnden Backsteine zu tasten. Also werfe ich einen Blick dorthin, und was finde ich? Einen Goldring mit zwei Diamanten! So ist es mir einmal passiert.« Er fügte hinzu: »Einige Tosher behaupten, die Lady gesehen zu haben, aber das soll passieren, wenn man stirbt, und ich habe noch nicht vor zu sterben. Allerdings, Sir, hätte ich nichts dagegen, sie jetzt zu sehen, wenn sie mir den Weg zu einem Tosheroon weist.«

Es folgte ein Gespräch über die legendären Tosheroone und wie sie entstanden. Zum Glück kam zu diesem Zeitpunkt eine Kutsche, die Charlie und Mister Disraeli absetzte, der ein wenig beunruhigt wirkte, wie viele vernünftige Bürger in der Nähe von Seven Dials. Charlie setzte ihn auf eine Bank, verschwand im Pub und kehrte kurze Zeit später mit einem Mann zurück, der ein Tablett mit zwei Pints trug, und Mister Bazalgette rieb sich die Hände und fragte: »Nun, meine Herren, wann brechen wir auf?«

»Sehr bald, Sir«, erwiderte Dodger. »Aber es gibt eine kleine Planänderung. Miss Burdett-Coutts möchte, dass uns einer ihrer Bediensteten begleitet, damit er Erfahrungen sammelt und sich verbessern kann.« Er fügte munter hinzu: »Vielleicht wird er eines Tages zu einem Ingenieur wie Sie, Sir.«

Dodger unterbrach sich, denn eine weitere Kutsche traf

ein, mit zwei sehr kräftig gebauten Männern auf dem Kutschbock. Die Tür schwang auf, und es stieg der gerade erwähnte junge Mann aus, der an manchen Stellen etwas rundlicher erschien als andere junge Männer, und am Kiefer – ja, dachte Dodger – Rasierspuren aufwies. Simplicity und vielleicht auch Angela nahmen diese Sache sehr ernst; alle anderen zeigten sich gelassen.

Es war keine schlechte Verkleidung, und angesichts der vielen Essensreste neigten nicht wenige Bedienstete zu einer gewissen Molligkeit, aber wer Simplicity in einem Kleid gesehen hatte, wusste sofort, dass sie es sein musste. In Dodgers Augen hätte sie in dieser Aufmachung auch dann noch gut ausgesehen, wenn sie einen Bart getragen hätte. Aber in einem Punkt konnte er ihr nicht recht geben: Ihre Beine waren keineswegs dick! Nein, für Dodger waren es wundervoll geformte Beine, und er musste sich zwingen, den Blick von ihnen abzuwenden und sich ganz der bevorstehenden Aufgabe zu widmen.

Er wusste nicht, was Joseph Bazalgette dachte, aber vermutlich befand er sich im Geist schon in der Kanalisation, und bei der Dinnerparty hatte er von Simplicity ohnehin nicht viel gesehen. Und weil Angela zugegen war, sahen Charlie und Disraeli das, was sie sehen sollten. Es ist, so dachte Dodger, eine Art politischer Nebel.

Miss Coutts beugte sich aus dem Kutschenfenster und sagte: »Ich hole meinen jungen Bediensteten in anderthalb Stunden ab, meine Herren. Bitte geben Sie gut auf ihn acht, denn ich möchte seiner armen Mutter nicht mitteilen müssen, dass ihm etwas zugestoßen ist. Roger ist ein guter Junge und ziemlich scheu; er spricht nicht viel.« Bedeutungsvoll fügte sie hinzu: »Wenn er vernünftig ist.«

Das Fenster der Kutsche schloss sich wieder, und dann war Miss Angela verschwunden. »Nun, meine Herren«, sagte

Charlie, »lassen sie uns gehen! Unser Schicksal liegt in deinen Händen, Dodger.«

In den schmutzigen Vierteln mussten alle Pläne besonders gründlich durchdacht sein, wusste Dodger. Deshalb warf er, kurz bevor sie aufbrachen, einige Viertelpennys auf den Boden, damit die Gassenkinder Besseres zu tun hatten, als ihnen zu folgen – die Möglichkeit, plötzlichen Reichtum zu ergattern, lenkte sie ab.

Dodger ging mit ausgreifenden Schritten, verlängerte den Weg durch einige schmale Gassen und kehrte in die Richtung zurück, aus der sie kamen, bis sie schließlich den zuvor ausgesuchten Gully erreichten, wo er seinen Begleitern in die Unterwelt von London verhalf, zuerst dem jungen Bediensteten, den Miss Burdett-Coutts ihnen geschickt hatte.

Als alle versammelt waren und auf die bröckeligen Ziegel und seltsamen Gewächse an den Wänden starrten, hob Dodger den Zeigefinger an die Lippen und bedeutete seinen Begleitern, leise zu sein. Dann legte er einige Schritte zurück und stieß seinen aus zwei Tönen bestehenden Pfiff aus, der weit durch den Tunnel hallte. Er wartete, bekam jedoch keine Antwort. Er rechnete an diesem Tag nicht mit anderen Toshern, aber wenn Kollegen unterwegs gewesen wären, hätten sie geantwortet, denn es war ganz allgemein vernünftig zu wissen, ob andere in der Nähe arbeiteten.

»Und nun, meine Herren …«, sagte er flott. »Willkommen in meiner Welt! Wie Sie sehen, erscheint sie in diesem Licht manchmal geradezu golden. Es ist erstaunlich, wie der Sonnenschein seinen Weg hierher findet, nicht wahr? Was halten Sie davon, Mister Disraeli?«

Disraeli, der sich mit sehr passenden und nützlichen Stiefeln ausgestattet hatte, wie Dodger zu seinem Bedauern feststellte, rümpfte die Nase und sagte: »Den Geruch kann ich nicht unbedingt empfehlen, aber es ist nicht ganz so schlimm, wie ich dachte.« Das stimmte vermutlich, denn während der vergangenen Stunden hatte sich Dodger bemüht, diesen speziellen Abwasserkanal so gründlich sauber zu machen, wie er nie zuvor gewesen war. Nicht ohne Grund. Schließlich würde Simplicity darin entlanggehen.

»Früher war es besser, als die Leute noch keine Löcher von ihren Häusern aus gebohrt haben«, erklärte er fröhlich. »Achten Sie gut auf Ihre Schritte! Und eins ist wichtig: Wenn ich Sie bitte, etwas zu tun – tun Sie es sofort und ohne Fragen zu stellen!« Auf die letzten Worte war er stolz, denn sie fügten dem Unternehmen jene geheimnisvolle Dramatik hinzu, die er für angemessen hielt. Er ließ seine Begleiter eine Zeit lang weitergehen und sagte dann im schleimigen Ton eines Würfelspielers: »Hier haben wir eine bemerkenswerte Stelle, die manchmal recht freundlich zu Toshern ist.« Er wich zurück. »Mister Disraeli, sind Sie bereit, Ihr Glück als Tosher zu versuchen? Wie ich sehe, haben Sie den Blick auf ein Gebilde dort drüben bei dem Rinnsal gerichtet, das man großzügigerweise Sandbank nennen könnte. Eine gute Wahl, Sir, wenn ich das sagen darf, und ich möchte Ihnen nun diesen Stock reichen, damit Sie Ihr Glück versuchen.«

Die Gruppe trat vor, als Disraeli mit dem starren Lächeln eines Mannes, der kein Spielverderber sein will, aber sich lächerlich zu machen fürchtet, den Stock entgegennahm und sich vorsichtig der Ansammlung von Unrat näherte. Er ging in die Hocke und stocherte ein wenig herum, bis Dodger ihm zwei kleine Handschuhe reichte und sagte: »Versuchen Sie es damit, Sir. In bestimmten Fällen sehr nützlich.« Er glaubte, Disraeli lachen zu hören – der Mann schien durchaus Schneid zu haben. Er streifte die Handschuhe über, rollte die Ärmel hoch, fuhr mit einer Hand in die Ansammlung von Abfällen ... und wurde von einem Klimpern belohnt.

»Hallo!«, rief Dodger. »Liegt hier etwa ein Fall von Anfängerglück vor? Dies scheint ein Geräusch von Münzen zu sein, ohne Frage. Lassen Sie sehen, was Sie gefunden haben!«

Die anderen kamen noch näher, als Disraeli fast benommen eine halbe Krone hochhob, so glänzend und sauber wie am Tag ihrer Prägung.

»Donnerwetter, Sir, Sie haben das Glück eines Toshers, kein Zweifel! Ich sollte Sie besser nicht noch einmal hierher mitnehmen, wie? An Ihrer Stelle würde ich es noch einmal versuchen, denn wo man eine Münze findet, liegt oft eine weitere. Immerhin sind für ein Klimpern zwei nötig, nicht wahr? Es hängt alles mit dem strömenden Wasser zusammen; man weiß nie genau, wo die Münzfunde enden.« Sie beugten sich vor, als Disraeli mit wesentlich mehr Enthusiasmus als zuvor im Unrat wühlte. Das Klimpern wiederholte sich, und er hob einen diamantenbesetzten Goldring hoch. »Meine Güte, Sir!« Dodger griff nach dem Ring, aber Disraeli zog die Hand zurück. Dann erkannte er seine Reaktion als schlechte Manieren und gestattete es Dodger, den Ring an sich zu nehmen. »Nun, Sir, er besteht aus Gold, so viel ist klar. Aber es sind keine echten Diamanten, nur solche aus Glas. Wirklich erstaunlich, Sir, das erste Mal beim Toshen, und schon haben Sie mehr verdient als ein Arbeiter an einem ganzen Tag.« Dodger richtete sich auf und sagte: »Ich glaube, wegen des Lichts sollten wir den Weg fortsetzen. Aber vielleicht möchte unser junger Mann hier den nächsten Versuch unternehmen. Wie wär's, Master Roger? Sie könnten wie Mister Disraeli einen ganzen Tageslohn verdienen.«

Ein breites Lächeln belohnte Dodger, und Disraeli lächelte ebenfalls und sagte: »Ich habe nur Glück gehabt, oder?«

»Ja, Sir«, sagte Dodger. »Aber derzeit sind kaum Ratten unterwegs, und es ist nicht besonders nass. Ich meine, Sie erleben die Kanalisation von ihrer besten Seite.«

Bazalgette und Disraeli begannen mit einem Gespräch über die Konstruktion von Abwasseranlagen, wobei Ersterer gelegentlich ans Mauerwerk klopfte und Letzterer keine konkrete Meinung zu äußern versuchte, wie zum Beispiel die, dass man Geld für eine bessere Kanalisation ausgeben sollte. Charlie folgte ihnen, ein aufmerksamer Beobachter, der alles sah, alles zur Kenntnis nahm. Sein scharfer Blick schien überall gleichzeitig zu sein.

Sie wanderten durch den Abflusskanal und bückten sich dort, wo die Decke abgesunken war. Dodger deutete auf zwei gebrochene Backsteine und sagte: »Dies ist eine Stelle, wo vielleicht die eine oder andere Münze hängen bleibt. Man könnte es mit einem kleinen Damm vergleichen, sehen Sie? Das Wasser strömt vorbei, und schwere Gegenstände sitzen in der Falle. Diesmal sind Sie dran, Master Rogers. Ich habe ein weiteres Paar Handschuhe mitgebracht.« Mit einem Zwinkern reichte er sie dem Bediensteten von Miss Burdett-Coutts.

Voller Freude beobachtete er, wie Simplicity in die Hocke ging, die Steine begutachtete, ein wenig klopfte und plötzlich etwas fand. Sie rang nach Luft, ebenso wie Disraeli. »Ein weiterer goldener Ring?«, entfuhr es ihm. »Offenbar leben Sie hier unten auf großem Fuß, Mister Dodger. Herzlichen Glückwunsch, Miss Simplicity.«

Plötzlich war es still in der Kanalisation, abgesehen von einem gelegentlichen Tropfen. Schließlich räusperte sich Charlie und sagte: »Ich verstehe beim besten Willen nicht, wie du diesen jungen Mann, so hübsch er auch sein mag, mit der betreffenden jungen Frau verwechseln kannst, Ben. Die Dämpfe hier unten müssen dir zu Kopf gestiegen sein, zusammen mit der Freude über deinen neuen Beruf.«

Disraeli hatte den Anstand zu erwidern: »Ja, in der Tat, du hast recht. Wie dumm von mir.« Joseph Bazalgette lächelte nur verwirrt wie ein Mann, der merkt, dass jemand einen Witz gerissen hat, den er nicht versteht. Er wandte sich wieder der Tunnelwand zu und setzte seine Untersuchungen fort.

Es war Charlie, der Dodger Sorgen bereitete, Charlie, der im Hintergrund blieb und beobachtete, der sich eben vorgebeugt und vielleicht die Gravur des Rings gesehen hatte, und sicher war ihm nicht entgangen, dass Simplicity den Kopf gewandt und Dodger mit großen Augen angesehen hatte. Bei Charlie war man nie sicher, fand Dodger. Und seinem Blick konnte man nicht ausweichen. Er *durchdrang* einen und sah alles.

»Ich mache Ihnen einen Vorschlag«, sagte er rasch. »Lassen Sie mich vorausgehen! Toshen Sie, wie es Ihnen beliebt. Unterdessen zeige ich Mister Bazalgette einige besondere Stellen. Was Sie finden, gehört natürlich Ihnen. An Ihrer Stelle würde ich den Ring einstecken, Master Roger, aus Sicherheitsgründen.«

Er wusste, was als Nächstes geschehen würde. Es passierte jedem neuen Tosher: Wenn man die erste Münze gefunden hatte, packte einen das Fieber des Toshens. Hier lag Geld herum, man musste es nur finden. Simplicity und Disraeli richteten ihre Aufmerksamkeit bereits auf vielversprechende Löcher im Mauerwerk und den einen oder anderen Unrathaufen, hielten überall nach glänzenden Gegenständen Ausschau.

Mister Bazalgette hingegen ging ganz in seinen Untersuchungen und Messungen auf. »Diese Ziegelsteine taugen nichts«, sagte er und blieb an einer nahen Ecke stehen. »Sie zerbröckeln, wenn man sie anstößt. Man sollte sie ersetzen und mit Keramikfliesen verkleiden, um sie vor dem Wasser zu schützen.«

»Leider haben wir dafür nicht genug Geld«, sagte Disraeli

und betrachtete ein Häufchen, das sich als die Hälfte einer toten Ratte erwies.

»Wer kein Geld hat, bekommt den Gestank«, sagte Bazalgette. »Ich habe den Fluss bei Ebbe gesehen – die ganze Welt schien ein Abführmittel genommen zu haben. Das kann nicht gesund sein, Sir.«

Sie gingen weiter, solange sie noch etwas Licht hatten, und die beiden Nachwuchstosher fanden einen Shilling und einen Viertelpenny, den Disraeli, das musste man ihm lassen, Simplicity überreichte und sich dabei verbeugte. Und Charlie sah zu, die Hände in den Taschen und ein sonderbares, berechnendes Lächeln auf den Lippen. Manchmal zog er sein verdammtes Notizbuch hervor und schrieb etwas auf. Bei anderen Gelegenheiten gratulierte er zu einem Fund, betrachtete die Abfallhaufen, die sich hier und dort angesammelt hatten, und warf nachdenkliche Blicke in kleinere Nebentunnel.

Das Licht schwand nun immer mehr. Was aber aufgrund der Laternen kein Problem darstellte. Dodger hatte für jeden eine mitgebracht, obwohl er auch so zurechtkam. Doch die Laternen erhellten nur einen kleinen Teil der Dunkelheit, und als Finsternis durch die Abwasserkanäle kroch, füllten sie sich mit eigenem Leben. Es war nicht ausgesprochen unheimlich, aber die kleinen, leisen Geräusche schienen ein wenig größer und lauter zu werden. Die Ratten, die sich sonst um ihre eigenen Angelegenheiten kümmerten, huschten nicht mehr ganz so schnell aus dem Weg, es schien häufiger Wasser von der Decke zu tropfen, und Schatten gerieten in Bewegung. Unter diesen Umständen konnten einem seltsame Gedanken durch den Kopf gehen, zum Beispiel dieser: Wenn man über einen der zerbröckelnden Backsteine stolperte oder dort, wo sich Abwasserkanäle trafen, die falsche Abzweigung nahm ... Dann war man plötzlich weit, weit von dem Zustand entfernt, der sich Zivilisation nannte.

Dodger dachte: Simplicity soll nicht in Schwierigkeiten geraten. Er hatte die Route gut vorbereitet und markiert, an manchen Stellen mit einem etwas helleren Ziegelstein, an anderen mit Anhäufungen von Schlamm oder Müll. Er stellte fest, dass sie ihn aufmerksam beobachtete – dies war ganz und gar nicht der geeignete Zeitpunkt, sich aus der Ruhe bringen zu lassen. Noch einige Minuten, entschied er. Wenn die Sonne ganz verschwunden war ... Dann wurde man zu einem echten Tosher.

»Das dort scheint mir ein aussichtsreicher Platz zu sein, Dodger«, sagte Charlie. »Ich erkenne etwas wie einen Eingang.«

Dodger eilte zu ihm zurück. »Geht nicht weiter in diese Richtung! Dort ist es wegen des ausgewaschenen Bodens sehr gefährlich. Alles sehr scheußlich, auch verstopft und blockiert. In der Kanalisation gibt es viele derartige Stellen, werden einfach nicht gründlich genug gereinigt. Da wirklich nur noch wenig Licht bleibt ... Können wir uns darauf einigen, dass Mister Disraeli natürlich ein Gentleman ist, aber auch ein Tosher? Hurra!«

Simplicity – beziehungsweise Master Roger – lachte ebenso wie Bazalgette. Charlie klatschte in die Hände, und als er damit aufhörte, war ein anderes Geräusch zu hören, ein Kratzen, das Dodger sofort zu deuten wusste: Es stammte von einer Brechstange, die irgendwo vor ihnen einen Gullydeckel aushebelte.

»Was war das, Dodger?«, fragte Charlie.

Dodger hob die Schultern. »Könnte alles sein«, erwiderte er. »Ein Trick der Kanalisation sozusagen. Die Sonne ist untergegangen, Dinge dehnen sich aus und ziehen sich zusammen, wie es heißt, und dadurch entstehen die seltsamsten Geräusche. Es ist eigentlich ein ziemlich warmer Tag gewesen, und manchmal könnte man hier unten glauben, dass jemand in der Nähe ist, halb in den Schatten verborgen, und wenn wir uns jetzt einfach umwenden ... Es ist nicht sehr weit bis zu dem Einstieg, durch den wir in die Kanalisation herabgeklettert sind. Ziemlich tief sind wir nicht eingedrungen, um ganz ehrlich zu sein.«

Mister Bazalgette winkte mit seiner Laterne. »Ich brauche noch etwas mehr Zeit, wenn Sie gestatten.« Dodger besänftigte ihn schließlich mit dem Versprechen, am kommenden Tag eine weitere Erkundungstour mit ihm zu unternehmen, vielleicht auch in der Gesellschaft von Mister Henry Mayhew, der leider nicht imstande gewesen war, sich diesem Ausflug anzuschließen.

Nach diesen Worten schickte Dodger erneut den Tosherpfiff in die Tunnel ... Selbst die Rattenfänger waren vernünftig genug und riefen, wenn sie einen Tosher hörten, was allen Beteiligten Verlegenheit ersparte. Nun, dachte er, es ist ein wirklich guter Plan, und ob, aber ich kann ihn nicht durchführen, wenn sich hier unten noch jemand herumtreibt. Er stöhnte innerlich. Nun ja, vielleicht ließ er sich für den kommenden Tag etwas Neues einfallen.

Nach dem Kratzen hörte er keine anderen Geräusche mehr, abgesehen von denen, die er selbst und seine Begleiter verursachten, und das bedeutete: Jemand achtete darauf, sehr leise zu sein. Deshalb war es wichtig, Simplicity nach oben zu bringen. Vielleicht handelte es sich um einen sehr jungen Tosher, der sich erst noch einarbeiten musste. Oder um jemanden, der ... Dodger hielt es für besser, kein Risiko einzugehen. Simplicity durfte auf keinen Fall etwas zustoßen.

Er gab sich weiterhin fröhlich und aufgeräumt, als er seine kleine Gruppe in die Richtung zurückführte, aus der sie gekommen waren, doch innerlich fluchte er bei jedem Schritt, denn trotz der Laternen kamen sie nicht so schnell voran, wie er es sich wünschte.

»Meine Herren, wenn Sie nichts dagegen haben ... Ich muss hier unten noch einiges erledigen«, sagte er, als sie sich dem Gully näherten, durch den sie in die Kanalisation eingestiegen waren. »Sobald Sie oben sind, kümmern Sie sich bitte um ... Roger, bis die Kutsche zurückkehrt. Manchmal gibt es hier unten Unerwünschtes, nun, manchmal sogar noch Unerwünschteres als alles, was sich sowieso schon hier unten befunden hat. Bestimmt hat es nichts weiter zu bedeuten, aber da auch Mister Disraeli mit von der Partie ist, halte ich Vorsicht für angeraten.«

Simplicity beobachtete ihn noch immer aufmerksam, Mister Bazalgette wirkte ein wenig betroffen, und Charlie setzte einfach zielstrebig einen Fuß vor den anderen. Überraschenderweise ergriff Disraeli Simplicitys Hand. »Kommen Sie, Miss ... junger Mann. Ehrlich gesagt, ich könnte ein wenig frische Luft vertragen.«

Als sie wieder ins Freie kletterten, betonte Dodger noch einmal: »Wie gesagt, wahrscheinlich ist es nichts weiter, aber ich sehe besser nach.« Dann stand er allein im stillen Abwasserkanal, obwohl er befürchtete, nicht ganz allein zu sein. Inzwischen zweifelte er kaum noch daran: Jemand befand sich in der Nähe, und wenn es eine Arbeitsgruppe gewesen wäre, hätte er längst Rufe wie »Haut ab, ihr Tosher!« gehört, was nicht unbedingt ein freundlicher Gruß war, aber wenigstens ein menschliches Geräusch. Jemand *war* da. Es konnte doch nicht der Ausländer sein, oder? Nein, das wäre zu schnell gegangen. Aber die Lady wusste, dass es immer noch einige Leute gab, die es auf Dodger abgesehen hatten, und es war kein Geheimnis, wo man ihn fand. Nun ja, wenigstens befand er sich in seinem Revier, so schmierig und stinkend es hier auch sein mochte.

Im Dunkeln hörte er das Klappern einer oben über die Straße rollenden Kutsche, und dann erhoben sich Stimmen, unter ihnen die von Simplicity. Er seufzte erleichtert. Was auch immer passieren mochte, es konnte nicht ihr passieren. Natürlich war es mit ziemlicher Sicherheit nicht der Ausländer, sagte er sich erneut, nicht der Meister der Maske, den keiner beschreiben konnte und der eher ein Phantom zu sein schien. Aber sosehr Dodger sich selbst davon zu überzeugen versuchte, seine Zuversicht wich immer mehr dem Gedanken: Was bin ich doch für ein Dummkopf – ein so erfolgreicher Profi wie der Ausländer hat inzwischen ganz gewiss alles über Dodger und Simplicity herausgefunden.

Erste Bilder entstanden vor seinem inneren Auge und zeigten ihm höchst unangenehme Szenen. Stieg einer wie der Ausländer in die Kanalisation herab? Vielleicht bezahlte ihm jemand genügend Geld dafür. Dodgers Phantasie malte weitere Bilder, und fast regte sich Panik in ihm. Alle wussten, dass er mit der Gruppe einen Ausflug in die Kanalisation unternommen hatte. Wen kannte der Ausländer? Wie schnell sprachen sich Neuigkeiten herum? Und wie schlau musste jemand wie der Ausländer sein, wenn er trotz der vielen Feinde in vielen Ländern noch lebte? Und wie dumm war Dodger, der gute alte Dodger, wenn er glaubte, mit einem Achselzucken über die Gefahr hinweggehen zu können? Und wenn es doch jemand anders war?

Wenigstens wusste er Simplicity in Sicherheit. Eigentlich wäre es das Vernünftigste gewesen, die Kanalisation ebenfalls so schnell wie möglich zu verlassen, bevor der Fremde ihn erreichte, doch Dodger dachte mit ungewöhnlich heftig pochendem Herzen über seine begrenzten Möglichkeiten nach. Er konnte den Abwasserkanal durch einen anderen, etwas weiter entfernten Gully verlassen, aber es dauerte eine Weile, ihn zu erreichen – und was mochte in dieser Zeit alles geschehen? Und wenn er bei der nächsten Gelegenheit nach oben kletterte, so wäre der Fremde – und plötzlich zweifelte er nicht mehr daran, dass es der Ausländer war – dicht hinter ihm.

Das letzte Sonnenlicht schwand. Dies ist meine Welt, dachte Dodger. Ich kenne hier jeden einzelnen Ziegelstein. Ich kenne alle Stellen, wo ein falscher Schritt genügt, um bis zur Hüfte in stinkendem Schlamm zu versinken. Er dachte: Hier bin ich zu Hause. Vielleicht kann ich dies zu meinem Vorteil nutzen. Lass dir einen neuen Plan einfallen, Dodger! Erreich das Ziel auf einem anderen Weg! Julius Cäsar fiel ihm ein, wie er angeblich auf einer Latrine saß (ein Bild, das er so schnell nicht vergäße), und Dodger dachte: Er war ein Krieger, nicht wahr? Ein Bursche, dem kaum beizukommen war. Er flüsterte: »Da hast du's!« Und laut sprach er in die Düsternis: »Komm her! Hier bin ich, Mister. Vielleicht möchtest du, dass ich dir die Sehenswürdigkeiten zeige.«

Er senkte den Blick und stellte fest, dass eindeutig jemand auf dem Weg war, denn die Ratten liefen geradewegs auf ihn zu, um dem Fremden hinter ihnen zu entkommen. Dodger stand an der Tunnelwand, halb in einer kleinen Mauernische, wo sich mehrere der alten Steine aus der Wand gelöst hatten. Es war eine Stelle, mit der er liebevolle Erinnerungen verband, denn hier hatte er einmal zwei Viertelpennys und einen der alten Groats gefunden, die man heutzutage kaum mehr sah.

Die Ratten liefen und kletterten an ihm vorbei, als wäre er überhaupt nicht da, und Dodger dachte: Sie sehen mich fast jeden Tag. Er hatte sie nie gejagt, nie nach ihnen getreten und nicht einmal versucht, sie mit dem Fuß aus dem Weg zu schieben. Er ließ sie in Ruhe, und deshalb ließen sie *ihn* in Ruhe. Außerdem wusste er, dass er bestimmt nicht mit dem Wohlwollen der Lady rechnen konnte, wenn er ihren kleinen Untertanen gegenüber gemein war. Opa hatte keinen Zweifel daran gelassen. »Wenn du auf eine Ratte trittst, so trittst du auf das Gewand der Lady«, hatte er gesagt, und Dodger flüsterte nun in die Dunkelheit: »Lady, ich bin's noch einmal, Dodger. Ich könnte jetzt etwas von dem bereits erwähnten Glück gebrauchen, wenn es sich irgendwie machen lässt. Danke im Voraus, Dodger.«

Und weiter vorn in der Finsternis erklang der schmerzerfüllte Schrei einer Ratte. Sie konnten recht laut sterben, die Ratten, und Dodger hörte ein Quieken, und dann liefen noch mehr Ratten an ihm vorbei.

Und plötzlich zeichneten sich die Umrisse des Fremden in der Düsternis ab, wie er anerkennenswert leise durch den Abwasserkanal schlich, vorbei an Dodger in seinem stinkenden Versteck, denn Dodger war ganz klar unsichtbar: Ihm hafteten die gleiche Farbe und der gleiche Gestank wie der Tunnel an. Die Ratten versuchten auch über den Eindringling hinwegzulaufen, aber er schlug mit etwas nach ihnen – Dodger konnte den Gegenstand nicht genau erkennen –, und die Ratten schrien, zweifellos laut genug, damit die Lady sie hörte.

In der Hand hielt Dodger – ja! – Sweeney Todds Rasiermesser, das er weniger als Waffe mitgebracht hatte, sondern als Talisman: ein Geschenk des Schicksals, das sein Leben verändert hatte, so wie es auch Sweeney Todds Leben verändert hatte. Wie hätte er es an einem solchen Tag zurücklassen können?

In der Finsternis erkannten Dodgers ans Dunkel gewöhnte Augen das Stilett in der Hand des Mannes. Es war die Waffe eines Meuchelmörders – ein anständiger Mörder verwendete so etwas nicht. Der Gedanke kam ganz plötzlich: Für ihn, Dodger, gab es hier unten nichts zu befürchten. Dies war seine Welt, und er fühlte, dass die Lady ihm half, er spürte es deutlich. Nein, derjenige, der hier Angst haben sollte, war der Mann, der dort durch die Finsternis schlich, wo Dodger ihn sehen konnte ... Und Dodger stürzte sich auf ihn und drückte ihn zu Boden. Ob Meuchelmörder oder nicht – es war schwierig, von einem Dolch Gebrauch zu machen, wenn man im Schlamm eines Abwasserkanals lag und Dodger auf dem Rücken hatte.

Er war ein sehniger Junge, aber es gelang ihm, den Mann so festzuhalten, als wäre er am Boden festgenagelt, und er schlug dabei auf alles ein, worauf sich einschlagen ließ. Dodger hielt ihm kalten Stahl an die Kehle und flüsterte: »Wenn du etwas über mich weißt, so sollte dir klar sein, dass du Sweeney Todds Rasiermesser an deiner Kehle fühlst. Es ist sehr scharf, und wer weiß, was es alles schneiden könnte?« Er gestattete es dem Mann, für einen Moment wenigstens Mund und Nase aus dem Schlamm zu heben, und fügte hinzu: »Ich muss schon sagen, ich habe mehr erwartet als dies. Na los, heraus mit der Sprache!«

Der Mann unter ihm spuckte Dreck und etwas Haariges, das einmal Teil einer Ratte gewesen sein mochte. Er wollte etwas sagen, aber Dodger verstand ihn nicht. »Wie war das? Drück dich deutlicher aus!«

Woraufhin eine Stimme erklang, die Stimme einer Frau. »Guten Abend, Mister Dodger. Wenn Sie genau hinsehen, werden Sie feststellen, dass ich eine Pistole in der Hand halte, eine ziemlich gute noch dazu. Sie werden sich nicht bewegen, während mein Freund hier aufhört, sich auf so unangenehme Weise zu übergeben, wonach er vermutlich das mit Ihnen anstellen möchte, was Sie gerade mit ihm anstellen. Bis dahin werden Sie sich nicht von der Stelle rühren, denn ich schieße, wenn auch nur ein Muskel zuckt, und später werde ich Ihre junge Freundin töten ... Übrigens kann ich nicht behaupten, diesen Herrn besonders zu mögen. Er ist nicht unbedingt der beste Assistent, den ich je hatte. Oje, oje, warum glauben nur alle, dass der Ausländer ein Mann ist?« Die Eigentümerin der Stimme trat näher, woraufhin Dodger sie und ihre Pistole erkannte.

Kein Zweifel, der Ausländer war schön, das ließ sich selbst in der Dunkelheit erkennen. Die Fremde sprach fließend Englisch, aber es ließ sich ein leichter Akzent vernehmen, den Dodger einzuordnen versuchte. China? Nein. Irgendein Land in Europa? Vielleicht. Die Pistole in seinem Stiefel fiel ihm ein, Solomons Pistole, vorgesehen für einen Plan, der inzwischen völlig unnütz war, und er fragte: »Entschuldigen Sie, Miss, aber warum wollen Sie Simplicity töten?«

»Weil ich dann ziemlich viel Geld bekomme, junger Mann. Das wissen Sie doch, oder? Was Sie betrifft ... Ich habe keinen Streit mit Ihnen, obwohl Hans – wenn er wieder stehen kann – vermutlich ein kurzes, ein sehr kurzes Gespräch mit Ihnen führen möchte. Wir müssen warten, bis sich der arme Kerl erholt hat.«

Die junge Frau – der Ausländer sah aus wie eine junge Frau, nicht älter als Simplicity, schien aber, das musste Dodger zugeben, ein wenig schlanker zu sein – schenkte ihm ein bezauberndes Lächeln. »Es wird nicht lange dauern, Mister Dodger. Und worauf starren Sie so – außer auf mich?«

Dodger verschluckte sich fast an seiner Zunge. »Oh, Miss, ich starre nicht, ich bete nur zur Lady.« Er betete tatsächlich, aber er beobachtete auch, wie sich die Schatten bewegten.

»Ah ja, ich habe von ihr gehört ... der Madonna der Kanalisation, der Göttin Cloacina, der Herrin der Ratten, und ich sehe hier heute Abend viele Mitglieder ihrer Gemeinde«, sagte die Ausländerin.

Hinter ihr bewegten sich die Schatten erneut. Und die Hoffnung, die kurz zuvor verschwunden war, kehrte zurück. Dodger achtete darauf, sich nichts davon anmerken zu lassen.

»Sie müssen sehr an sie glauben, wenn Sie sich von der Dunkelheit Hilfe erhoffen. Aber ich fürchte, es sind mehr als ein paar Ratten nötig, um Sie noch zu retten, ganz gleich, wie hoffnungsvoll Sie in die Finsternis spähen ...«

»Jetzt!«, rief Dodger, und das recht dicke Holzstück in Simplicitys Händen flog bereits, traf die Ausländerin am Hinterkopf und warf sie zu Boden. Dodger sprang und rutschte, schnappte sich die Pistole und stieß in seiner Hast mit dem Kopf gegen die Wand des Abwasserkanals. Panik erfasste die Ratten, sie liefen davon und quiekten.

Er versetzte Hans einen weiteren Tritt, um sicherzugehen, dass er unten blieb, und Simplicity war so geistesgegenwärtig, sich auf die Frau zu setzen. Dodger dachte: Dem Himmel sei Dank für die vielen nahrhaften deutschen Würste, und er rief: »Warum bist du zurückgekehrt? Es ist gefährlich!«

Simplicity warf ihm einen verwunderten Blick zu und erwiderte: »Ich habe mir den Ring angesehen, und dabei ist mir die Gravur aufgefallen: *Für S., in Liebe, D.* Deshalb musste ich zurückkehren, aber ich bin leise gewesen, weil wir in der Kanalisation leise sein sollten. Den anderen habe ich gesagt, ich würde warten, bis du nach oben kommst, und ich dachte mir, dass etwas nicht mit rechten Dingen zugeht. Du hast mir erzählt, dass der Ausländer immer eine gut aussehende Frau dabei hat, und ich dachte mir: Eine gut aussehende Frau, die einen Mörder begleitet, muss eine sehr starke Frau sein. Ich habe mich gefragt, ob dir das klar ist. Und wie mir scheint, mein liebster Dodger, habe ich recht behalten.«

In den Echos dieser kleinen Ansprache glaubte Dodger für einen Moment, Opas Stimme zu hören, ihren fröhlichen, zahnlosen Klang: *Hab's dir gesagt! Du bist der beste Tosher, den ich kenne, und jetzt hast du deinen Tosheroon gekriegt. Die junge Dame hier, Junge, sie ist dein Tosheroon.«*

Dodger trat auf den Ausländer, als er sich vorbeugte, Simplicity umarmte und ihr einen Kuss gab, der leider nicht von langer Dauer sein konnte, weil es noch viel zu tun gab.

Simplicitys Holzstück hatte die Ausländerin ziemlich hart getroffen. Dodger fühlte noch einen Puls, aber auch ein bisschen Blut hier und dort. Die Mörderin würde so schnell nicht wieder aufstehen. Im Gegensatz zu dem Mann, der wieder auf die Beine kam, wenn auch ohne große Begeisterung, was daran liegen mochte, dass er den Mund voller Dreck hatte. Er stöhnte, schwankte und sabberte grünen Schleim.

Dodger packte ihn. »Sprechen Sie Englisch?« Die Antwort verstand er nicht, aber Simplicity trat vor und sagte nach einem kurzen Verhör: »Er kommt aus einem der deutschen Länder, aus Hamburg, und scheint sich sehr zu fürchten.«

»Gut, sag ihm, dass er seine Heimat vielleicht wiedersieht, wenn er brav ist und alles tut, was wir ihm sagen. Erzähl ihm nicht, dass ihn daheim vermutlich der Galgen erwartet, denn ich will vermeiden, dass er sich Sorgen macht. Derzeit möchte ich natürlich ein Freund dieses armen Burschen sein, der von einer bösen Frau auf die schiefe Bahn geführt wurde. Und da ich sein Freund sein möchte, dürfte er bereit sein, mir zu helfen, oder? Na schön, sag ihm das, und sag ihm außerdem, dass er die Hose ausziehen soll, und zwar fix!« Es war eine ausländische Hose von guter Qualität, aber während der Mann dort nackt saß, zerriss ihm Dodger die deutsche Hose, nahm die Stoffstreifen und fesselte damit die Ausländerin und ihren Assistenten.

Simplicity lächelte die ganze Zeit über, doch dann fiel ein Schatten auf ihr Gesicht, und sie fragte: »Was jetzt, Dodger?« Und er antwortete: »Es läuft alles nach Plan. Denk an den Ort, von dem ich dir erzählt habe. Wir nennen ihn Kessel, weil es dort bei einem ordentlichen Regenguss ziemlich wild zugeht, aber es bedeutet auch, dass der Kessel sauberer ist als viele andere Bereiche hier unten. Erinnerst du dich an die helleren Ziegel? Sie zeigen den Weg. Es gibt dort etwas zu essen und eine Flasche Wasser. Und Leute werden herbeilaufen, wenn sie den Schuss hören.« Er reichte ihr Solomons Pistole. »Weißt du, wie man damit umgeht?«

»Ich habe Männer beim Schießen mit meinem … Gatten beobachtet. Ja, ich glaube, ich komme damit klar.«

»Gut«, sagte Dodger. »Richte das offene Ende auf jemanden, den du nicht magst – das genügt gewöhnlich. Wenn alles klappt, sollte ich gegen Mitternacht in der Lage sein, zu dir zu kommen. Mach dir keine Sorgen! Das Schlimmste hier unten bin derzeit ich, und ich stehe auf deiner Seite. Du wirst Stimmen hören, aber bleib still und im Verborgenen. Ich pfeife, wenn ich zu dir komme, daran erkennst du mich. Wir gehen vor wie geplant …«

Sie küsste ihn und sagte: »Weißt du, Dodger, bestimmt wäre auch dein erster Plan gelungen.« Demonstrativ streifte sie den Ring über, den sie beim Toshen *gefunden* hatte, und dann ging sie und ließ sich von den etwas helleren Ziegeln den Weg durch die Dunkelheit weisen.

Dodger machte sich schnell ans Werk. Er lief durch die Kanalisation zu der Stelle zurück, wo er Charlie mit großem Nachdruck daran gehindert hatte, eine Abzweigung zu nehmen. Was er dort aus einem Versteck holte, von Lavendelbüscheln umgeben, waren die sterblichen Überreste der blonden jungen Frau, die genauso gekleidet war wie Simplicity. Er schob ihr den goldenen Ring auf den Finger, den wundervollen Ring mit den Adlern im Wappen.

Jetzt kam der üble Teil. Er holte die Pistole der Ausländerin hervor, atmete mehrmals tief durch und schoss der Leiche zweimal ins Herz, denn der Ausländer würde, um auf Nummer sicher zu gehen, zweimal schießen. Dann schoss er ein drittes Mal, fast ohne hinzusehen: auf die eine Seite des Gesichts, wo die Ratten damit begonnen hatten … das zu tun, was Ratten bei einer leckeren Leiche zu tun pflegten. »Es tut mir leid«, flüsterte er. Dann wandte er sich einem anderen Versteck hinter dem Unrat zu, der sich in diesem Kanal angesammelt hatte, und holte einen Eimer mit Schweineblut hervor. Er kippte ihn aus und versuchte dabei, nicht anwesend zu sein, zu einem tanzenden Phantom zu werden, das beobachtete, wie jemand tat, was er tat, denn: Sooft er sich auch sagte, dass dies eigentlich nichts Unrechtes war – ein Teil von ihm widersprach.

Und dann eilte er durch den Tunnel zurück, setzte sich und weinte und hörte ein Platschen, verursacht von Leuten, die durchs Abwasser liefen. Interessanterweise war es Charlie, gefolgt von einem Constable, Mister Disraeli und dem jungen Joseph Bazalgette. Sie fanden Dodger in Tränen aufgelöst, in Tränen, die von ganz allein kamen.

»Ja«, sagte Dodger und schluchzte. »Sie ist tot, sie ist wirklich tot. Ich habe alles versucht und mein Bestes gegeben, aber ...«

Eine Hand legte sich auf Dodgers Nacken, und Charlie fragte: »Tot?«

Dodger blickte auf seine Stiefel. »Ja, Charlie, sie wurde erschossen. Ich konnte es nicht verhindern. Es war ... der Ausländer, ein wahrer Mörder.« Er blickte auf, und die Tränen in seinen Augen glänzten im Laternenschein. »Was sollte ich gegen einen berufsmäßigen Mörder ausrichten?«

Charlie musterte Dodger zornig. »Sagst du mir die Wahrheit, Dodger?«

Daraufhin hob Dodger den Kopf noch etwas höher. »Es geschah alles so schnell, dass es wie in einem Nebel war.«

Charlies Gesicht befand sich plötzlich dicht vor Dodgers Nase. »In einem Nebel, sagst du?«

»Ja, in dem Nebel, in dem die Leute sehen, was sie sehen wollen.« Entdeckte er etwa die Andeutung eines Lächelns in Charlies Augen? Dodger hoffte es.

Doch der Mann fragte: »Aber es gibt eine Leiche?«

Dodger nickte traurig. »Ja, die gibt es leider. Ich kann dich zu ihr bringen, ja, ich glaube, das sollte ich sofort tun.«

Charlie senkte die Stimme. »Diese Leiche …«

Dodger seufzte: »Die Leiche einer armen jungen Frau … Ich werde die Schuldigen finden und mit deiner Hilfe zur Rechenschaft ziehen, aber was Simplicity betrifft … Ich fürchte, du wirst sie niemals lebend wiedersehen.«

Er sprach diese Worte langsam und bedächtig aus, behielt dabei Charlie im Auge, der erwiderte: »Ich kann nicht behaupten, von deinen Worten begeistert zu sein, Dodger, aber hier ist ein Constable. Zeig uns den Weg!« Er wandte sich an Disraeli, der fast zurückwich, und sagte: »Komm, Ben, als Säule des Parlaments solltest du dies mit eigenen Augen sehen.« In diesen Worten lag fast die Schärfe eines Befehls, und einige Minuten später erreichten sie die Leiche, die in Schlamm und Blut lag.

»Gütiger Gott!«, stieß Mister Disraeli hervor und gab sich alle Mühe, entsetzt zu wirken. »Mir scheint, Angelas Bediensteter ist tatsächlich … Miss Simplicity gewesen.«

»Wenn Sie gestatten, Sir … Warum hat sich hier unten eine als Mann verkleidete junge Frau herumgetrieben?«, fragte der Constable, denn er *war* Polizist, obwohl er derzeit wie ein Constable aussah, der sich in einer Situation befand, die mindestens einen Sergeanten erforderte.

Charlie wandte sich zu ihm um. »Ich glaube, Miss Simplicity war eine junge Frau, die wusste, was sie wollte. Aber ich bitte Sie alle, um Miss Coutts willen … Es soll nicht bekannt werden, dass Simplicity so gekleidet war, als sie starb.«

»Auf keinen Fall«, verkündete Mister Disraeli. »Dass eine junge Frau ermordet wurde, ist schlimm genug, aber noch dazu eine, die Hosen trug … Wohin soll das noch führen?« Aus diesen Worten sprach ein Politiker, der sich fragte: Was denkt die Öffentlichkeit bloß von mir, wenn sie erfährt, dass ich mich hier unten aufhalte und in diese Affäre verwickelt bin?

»Bestens geeignet für eine arbeitende junge Frau«, sagte Dodger. »Wenn Sie wüssten! Ich habe Frauen auf den Kohlekähnen arbeiten gesehen, und es waren stramme, starke Frauen. Niemand traut sich, es ihnen zu verbieten, und das war auch besser so, denn einige von ihnen besaßen Fäuste, die jeden Mann umgehauen hätten.«

Charlie wandte sich wieder der Leiche zu. »Nun«, sagte er, »wir sind uns alle einig, dass diese Dame, die eine Hose trägt, Miss Simplicity ist. Aber ihr Tod ... Was meinen Sie, Constable?«

Der Polizist sah erst Charlie und dann Dodger an. »Dies ist eine Schusswunde, ohne jeden Zweifel, und es gibt noch mindestens eine weitere. Aber wer hat geschossen? Das wüsste ich gern.«

»Oh, nun, für die Antwort auf diese Frage muss ich die Herren bitten, mir nach dort drüben zu folgen«, sagte Dodger. »Wenn Sie bitte die Klappen Ihrer Laternen ganz öffnen würden ... Dann sehen Sie eine gefesselte Dame, die Sie als den Ausländer identifizieren werden.«

Das überraschte selbst Charlie. »Unmöglich!«

»Sie hat es mir selbst gesagt«, erwiderte Dodger. »Und neben ihr liegt Beweisstück B, ihr Komplize. Ich weiß nur, dass er Deutsch spricht, mehr nicht. Aber ich schätze, er wird nur zu gern bereit sein, Ihnen alles zu erzählen, denn soweit ich weiß, hat er nichts mit Simplicitys Tod zu tun und auch kein anderes Verbrechen in London begangen. Abgesehen von dem Versuch, mich zu ermorden.« Er hob die Pistole und sagte: »Dies ist die Tatwaffe, meine Herren. Ach, wenn ich doch nur hätte verhindern können, dass Miss Si... Miss ...«

Dodger begann zu weinen, und Charlie klopfte ihm auf die Schulter und sagte: »Eine Pistolenkugel konntest du nicht aufhalten, so ist das nun einmal. Aber dafür hast du es geschafft, die Übeltäter dingfest zu machen.« Er schniefte und fuhr so leise fort, dass der Constable ihn nicht hörte: »Du hast uns ganz offensichtlich die Wahrheit gesagt, aber ich habe die eine oder andere Leiche gesehen – und ob ich das habe! –, und diese erscheint mir ... nun, nicht mehr ganz frisch zu sein ...«

Dodger blinzelte und sagte: »Ja, ich glaube, es liegt an den miasmatischen Effusionen. Die Abwasserkanäle stecken voller Tod und Zerfall, und das kriecht überallhin, ob man will oder nicht.«

»Miasmatische Effusionen«, wiederholte Charlie und sprach wieder lauter. »Hast du das gehört, Ben? Was soll man dazu sagen? Wir alle wissen, dass Dodger Miss Simplicity auf keinen Fall etwas angetan hätte. Es ist kein Geheimnis, dass ihm sehr an ihr gelegen war. Ich hoffe also, dass du mein Mitgefühl für diesen jungen Mann teilst, dem es trotz des Tods seiner Geliebten gelang, einen gefährlichen Killer zur Strecke zu bringen.« Er fügte hinzu: »Was meinen Sie, Constable?«

Der Polizist wirkte sehr ernst. »So hat es den Anschein, Sir, aber der Coroner muss benachrichtigt werden. Hat die Tote irgendwelche Angehörigen, von denen Sie wissen?«

»Leider nein«, bedauerte Charlie. »Ich fürchte, Officer, niemand weiß genau, wer sie war und woher sie kam. Sie scheint Pech in ihrem Leben gehabt zu haben; man könnte sie eine Waise des Sturms nennen. Miss Coutts nahm sie aus reiner Herzensgüte unter ihre Fittiche. Was denkst du, Ben?«

Mister Disraeli schien von der ganzen Angelegenheit entsetzt zu sein und sagte beunruhigt: »Eine schreckliche Sache, Charlie, in der Tat. Wir können nur dabei helfen, dass das Gesetz seinen Lauf nimmt.«

Charles Dickens nickte auf staatsmännische Art und Weise. »Nun, Dodger, ich schätze, du solltest dem Constable deine Personalien geben, und natürlich kann ich als eine Stütze der Gesellschaft für dich bürgen. Wie Sie vermutlich wissen, Constable, ist Dodger der Mann, der den berüchtigten Sweeney Todd überwältigte. Und darf ich hinzufügen, wie sehr ich es bedauere, dass unser kleiner Ausflug so tragisch endete?«

Er seufzte. »Wer weiß, warum es die Verrückte auf diese arme, unglückliche Frau abgesehen hatte. Mir ist aufgefallen, Constable, dass die Tote einen wertvollen Goldring trug, ausgestattet mit einem herzoglichen Siegel. Ich möchte Sie bitten, den Ring als mögliches Indiz sicherzustellen, das bei den Ermittlungen von Bedeutung sein könnte. Andererseits ...« Charlie sah erneut Disraeli an, der noch immer ziemlich erschüttert war. »Ich bin sicher, dass Sie und Ihre Vorgesetzten, sobald Sie sich eingehend mit den relevanten Fakten beschäftigt haben, dafür sorgen werden, dass diese bedauerliche Angelegenheit nicht zu unangebrachten Spekulationen führt, denn die Tatsachen sprechen ganz offensichtlich für sich.«

Er sah sich nach Zustimmung um. »Und nun können wir gehen, denke ich«, schloss er. »Obwohl einige von uns ...«, bei diesen Worten richtete er einen bedeutungsvollen Blick auf Dodger, »... hierbleiben und das Eintreffen des Coroners abwarten sollten. Darf ich Sie ersuchen, Constable, ihn so bald wie möglich zu benachrichtigen?«

Dodger beobachtete erstaunt, wie der Polizist salutierte, ja, er salutierte und sagte: »Selbstverständlich, Mister Dickens.«

»Sehr gut«, erwiderte Charlie und fügte hinzu: »Aber Sie haben die Mörder hier, und an Ihrer Stelle würde ich sofort Bericht erstatten und den Wagen herkommen lassen. Wenn Sie gestatten, warte ich mit Mister Dodger und der Pistole, bis Sie mit Ihren Kollegen zurückkehren.« Er wandte sich an Mister Bazalgette. »Wie geht es Ihnen, Joseph?«

Der Ingenieur war ein wenig blass, sagte aber: »Um ganz

ehrlich zu sein, Charlie, ich habe schon Schlimmeres gesehen.«

»Wären Sie dann so nett, dafür zu sorgen, dass Ben sicher nach Hause kommt? Die Sache scheint ihn ziemlich mitgenommen zu haben. Kein Wunder, denn es war nicht unbedingt die fröhliche kleine Erkundungstour, die wir uns erhofft hatten.«

Kurze Zeit später trafen zwei weitere Polizisten ein, und es folgten noch mehr, bis sich an dem Gully, wo der Ausflug in die Kanalisation begonnen hatte, eine kleine Menge bildete – es mussten noch mehr Polizisten gerufen werden, um die Leute zurückzuhalten. Die Beamten wechselten sich damit ab, in die Abwasserkanäle zu klettern, denn jeder von ihnen wollte seinen Enkeln etwas erzählen können. Bei den Zeitungen arbeiteten bereits die Druckerpressen; am kommenden Morgen würde *Grausiger Mord!* auf den Titelseiten stehen.

Für Dodger war es ein überaus seltsamer Abend. Er wurde mehrmals vernommen, von verschiedenen Polizisten, auf denen wiederum Charlies wachsamer Blick ruhte. Es war Dodger peinlich, dass ihm einige der Polizisten die Hand schütteln wollten, nicht weil er den Ausländer zur Strecke gebracht hatte – wer konnte schon eine junge Frau für einen gefährlichen Mörder halten? –, sondern wegen Mister Todd und weil er nun gleich in mehrfacher Hinsicht als Held dastand, trotz eines tragischen Todesfalls. Und die ganze Zeit über strich der Nebel über alles hinweg und veränderte still die Realitäten der Welt.

Sie brachten die Ausländerin und ihren Komplizen fort. Dann traf der Beamte des Coroners ein, und auch der Coroner selbst erschien, und es kamen Kutschen und Karren, und Charlie war überall, und schließlich wurde die Leiche der armen jungen Frau in einen Sarg gelegt, mit Bestimmungsort Lavender Hill.

Der Coroner, erzählte Charlie nachher, hielt den Fall für abgeschlossen, denn immerhin hatte das Mordopfer weder Freunde noch Verwandte, abgesehen von einem jungen Mann, der es ganz offensichtlich sehr geliebt hatte, und einer Dame, die so freundlich gewesen war, ihr Obdach zu gewähren und zu verhindern, dass sie wie so viele andere junge Frauen auf den falschen Weg geriet. Ja, ein abgeschlossener Fall, ganz klar, wenn auch einige Rätsel blieben.

Der Killer befand sich inzwischen hinter Schloss und Riegel, obwohl er – beziehungsweise sie – hartnäckig bestritt, auf irgendjemanden geschossen zu haben, eine Behauptung, die ihr Helfer bestätigte, der, darauf soll an diesem Punkt hingewiesen werden, offen über alles Auskunft erteilte, natürlich in der Hoffnung, seinen Hals zu retten.

Downing Street wurde benachrichtigt und erhielt, nachdem man das Siegel bemerkt hatte, den Ring für eine genaue Überprüfung, denn dies war ganz offensichtlich eine politische Angelegenheit. Und tatsächlich, das Wort *politisch* schien zusammen mit dem Nebel über diesem Fall zu schweben, als Warnung für alle Menschen guten Willens, mit der Botschaft, dass man sich besser zufriedengeben sollte, wenn auch die da oben zufrieden waren.

Inzwischen war es fast Mitternacht, und es waren nur noch Charlie und Dodger anwesend. Dodger wusste, warum er sich noch vor Ort befand, aber Charlie hatte seinen Artikel bereits dem *Morning Chronicle* zukommen lassen und hätte eigentlich längst nach Hause zurückgekehrt sein sollen.

Und dann, in der Düsternis kurz vor Mitternacht, sagte Charlie: »Dodger, ich glaube, es gibt da ein Spiel, das man *Kümmelblättchen* oder auch *Die Rote gewinnt* nennt, aber ich bitte dich nicht darum, es mit mir zu spielen. Ich möchte nur wissen, ob es hier eine *Rote* zu finden gibt, die bei guter Gesundheit ist und von einem jungen Mann entdeckt werden kann, der durch den Nebel zu sehen vermag. Übrigens, Dodger, als Journalist und als ein Mann, der über Artikel und Leute schreibt, die gar nicht existieren, frage ich mich: Was hättest du getan, wenn der Ausländer überhaupt nicht erschienen wäre?«

»Du hast mich die ganze Zeit über beobachtet, Charlie«, erwiderte Dodger. »Das habe ich bemerkt. Habe ich mir irgendetwas anmerken lassen?«

»Erstaunlich wenig. Darf ich annehmen, dass die junge Dame, die wir alle auf so nachdrückliche Weise tot sahen, nicht durch deine Hand starb, wenn du mir meine Offenheit gestattest?«

Und Dodger wusste, dass das Spiel aus war, aber noch nicht unbedingt vorbei, und er sagte: »Sie war eins der Mädchen, die sich von einer Brücke stürzen, um im Fluss zu ertrinken, eine der jungen Frau, um die sie niemand kümmert. Sie wird ein anständiges Begräbnis auf einem anständigen Friedhof bekommen, und das ist mehr, als sie unter anderen Umständen zu erwarten gehabt hätte. Und das ist die Wahrheit. Mein Plan war ganz einfach. Simplicity hätte sich mit einem gewissen Bedürfnis entschuldigt, aber sie wäre nicht sofort zurückgekehrt, und ich hätte sie suchen müssen, und dann wäre es in der Dunkelheit der Kanalisation plötzlich zu einem lauten Durcheinander gekommen. Ich wäre einem unbekannten Mann begegnet, einem Fremden, der von unserem Ausflug gehört haben musste, und ich hätte tapfer gegen ihn gekämpft. Anschließend wäre ich zu dir und den anderen zurückgekehrt und hätte euch angefleht, der sterbenden Simplicity und bei der Verfolgung des Mörders durch die Abwasserkanäle zu helfen. Bedauerlicherweise wäre die Verfolgungsjagd ohne Ergebnis geblieben.«

»Und wo befindet sich die lebende Simplicity, wenn ich fragen darf?«, fragte Charlie.

»Sie ist versteckt. An einer Stelle, wo nur ein Tosher sie findet. Wir nennen diese Stelle Kessel, weil das strömende Wasser sie sauber spült. Sie hat dort ein wasserdichtes Paket mit Käsebroten und einer Flasche, die abgekochtes Wasser mit einem Schuss Brandy enthält, um die Kälte fernzuhalten.«

»Du hättest uns also alle zum Narren gehalten, Dodger.«

»Nein, keineswegs! Ihr wärt ungemein heldenhaft gewesen. Denn weder ich noch Simplicity hätten irgendjemandem davon erzählt, und eines Tages wäre der Name Charlie Dickens überall bekannt gewesen.«

Dodger gewann den Eindruck, dass Charlie streng auszusehen versuchte, in Wirklichkeit aber war er ziemlich beeindruckt und fragte: »Woher hast du die Pistole?«

»Solomon besitzt einen Nock-Bündelrevolver. Eine sehr gefährliche Waffe. Ich dachte, an alles gedacht zu haben. Bis auf dich.«

»Oh«, sagte Charlie. »Mir sind die etwas helleren Ziegelsteine aufgefallen, und ich habe mich gefragt, warum sie etwas heller sind als die anderen. Ich frage mich auch, warum du noch hier bist. Hilft es, wenn ich sage, dass ich nicht mit Dritten über meinen Verdacht sprechen werde? Denn ich bezweifle, dass mir jemand glauben würde.« Er lächelte, als er Dodgers Unbehagen bemerkte. »Dodger, du hast dich selbst übertroffen, womit ich meine, dass du ausgezeichnete Arbeit geleistet hast, und jetzt verabschiede ich mich von dir. Natürlich bin ich kein Mitglied der Regierung, dem Himmel sei Dank dafür. Ich schlage vor, du suchst Miss Simplicity auf, der inzwischen ein bisschen kalt sein dürfte.«

Davon ließ sich Dodger überrumpeln und erwiderte: »Eigentlich kann es dort unten in der Nacht recht warm sein. Die Abwasserkanäle halten die Wärme, weißt du.«

Charlie lachte laut und sagte: »Ich muss los, und du solltest dich ebenfalls auf den Weg machen.«

»Danke«, sagte Dodger. »Und danke auch dafür, dass du mir das mit dem Nebel erklärt hast.«

»O ja, der Nebel. So ungreifbar er auch sein mag, so hat er doch große Macht, nicht wahr, Dodger? Ich werde deinen Weg mit größter Aufmerksamkeit verfolgen – und auch mit einer gewissen Sorge.«

Als er gänzlich sicher war, dass sich keine Beobachter in der Nähe befanden, kletterte Dodger in die Kanalisation zurück, näherte sich dem Versteck, in dem Simplicity auf ihn wartete, und pfiff leise. Niemand sah sie gehen, niemand sah, wohin sie gingen, und der Schleier der Nacht senkte sich über London, auf die Lebenden wie die Toten.

16

Ein Brief kommt aus York, und das Geschick des Dodger gewinnt in höchsten Kreisen Anerkennung

Nebel, o ja, Nebel, der Nebel von London, für Dodger schien er zu einem bestimmten Zweck geformt zu werden, wenn Charlie und Sir Robert Peel miteinander sprachen. Es fanden einige Treffen bei Whitehall statt, und man stellte Dodger Fragen über seinen kleinen Ausflug in die Botschaft und die Unterlagen, die er mitgenommen hatte. Man hörte ihm aufmerksam zu, und es wurde gelegentlich genickt, als er erklärte, dass es ihm einfach nur darum gegangen war, demjenigen eins auszuwischen, der Simplicity und auch ihm das Leben so schwer gemacht hatte.

Den Schmuck, der mittlerweile in Solomons Schatullen lag – beziehungsweise jenen Teil, der noch nicht den Weg in die ihn willkommen heißenden Finger von Solomons Juwelierfreunden gefunden hatte –, erwähnte er nicht. Er wollte vermeiden, in Schwierigkeiten zu geraten, und erstaunlicherweise deutete alles darauf hin, dass er wegen *nichts* in Schwierigkeiten geraten würde.

Ein freundlich wirkender Typ mit weißem Haar und großväterlichem Gesicht schenkte ihm an einer Stelle ein strahlendes Lächeln und sagte: »Mister Dodger, offenbar haben Sie sich Zugang zur gut bewachten Botschaft einer fremden

Macht verschafft und ihre Flure und Zimmer durchstreift, ohne bemerkt zu werden. Wie in aller Welt ist Ihnen das gelungen? Wären Sie vielleicht so gütig, uns das zu erklären? Und darf ich fragen, ob Sie die Möglichkeit hätten, diese ungewöhnliche Meisterleistung zu einer anderen Zeit an einem anderen Ort zu wiederholen, wenn wir Sie darum bitten?«

Es dauerte eine Weile – und Charlie musste immer wieder erläuternd eingreifen –, die Voraussetzungen und Vorgehensweise eines Snakesman zu erklären. Die Darlegung endete damit, dass Dodger Charlie seine Uhr zurückgab, die er ihm nur zum Spaß gestohlen hatte, und sagte: »Möchten Sie, dass ich ein Spion werde?«

Diese Worte lösten bei den Anwesenden eine gewisse Unruhe aus, und alle Blicke richteten sich auf den weißhaarigen Herrn, der sagte: »Junger Mann, die Regierung Ihrer Majestät spioniert nicht, sie *interessiert* sich nur für dieses und jenes, und da sowohl Sir Robert als auch Mister Disraeli darauf hingewiesen haben, dass Sie zwar ein Schlingel sind, aber die richtige Sorte von Schlingel, von der wir mehr gebrauchen könnten, wäre der Regierung Ihrer Majestät möglicherweise daran gelegen, hin und wieder Ihre Dienste in Anspruch zu nehmen. Obwohl, das möchte ich hinzufügen, sie leugnen würde, Ihnen jemals irgendwelche Aufträge erteilt zu haben.«

»Oh, das verstehe ich, Sir«, erwiderte Dodger fröhlich. »Es ist eine Art Nebel, nicht wahr? Über Nebel weiß ich Bescheid, Sir, das versichere ich Ihnen.«

Der weißhaarige Gentleman wirkte zuerst ein wenig gekränkt, doch dann lächelte er. »Mir scheint, Mister Dodger, was den Nebel betrifft, kann Ihnen niemand etwas beibringen.«

Dodger winkte frech und sagte: »Ich habe mein ganzes Leben im Nebel verbracht, Sir.«

»Nun, Sie brauchen mir nicht sofort eine Antwort zu geben, und ich schlage vor, Sie besprechen die Sache mit Ihrem Freund Mister Dickens, der als Journalist selbst so etwas wie eine Art Schlingel ist, wenn ich so sagen darf, und der, davon bin ich überzeugt, nur das Beste für Sie will. Was die Geschehnisse in der Kanalisation betrifft, Mister Dodger, gibt es einige beunruhigende Einzelheiten, die unter anderen Umständen eine genauere Untersuchung erfordert hätten, wäre da nicht die Tatsache, dass Sie den berüchtigten Ausländer zur Strecke gebracht haben, ein Umstand, der bei unseren europäischen Freunden auf große Erleichterung stoßen und ihnen gleichzeitig zeigen wird, was mit Mördern geschieht, die nach England zu kommen wagen. Ich nehme an, dass Sie mit einer Belohnung rechnen dürfen.«

Der weißhaarige Mann stand auf, wodurch die Anspannung im Zimmer schwand. Dodger sah die anderen lächeln, als der Mann, der ein wenig traurig wirkte, nun hinzufügte: »Es hat uns alle bestürzt, vom Tod der jungen Dame namens Simplicity zu erfahren, Mister Dodger, und ich möchte diese Gelegenheit nutzen, Ihnen mein Beileid auszusprechen.«

Dodger musterte den alten Mann, der vermutlich gar nicht so alt war und nur durch sein weißes Haar alt aussah. Er zweifelte nicht daran, dass das Gesicht vor ihm alles wusste oder zumindest so viel von allem wusste, wie man wissen konnte, und mit hundertprozentiger Sicherheit wusste es alles über die Verwendung des Nebels. Dies war ein Typ, dachte sich Dodger, dem auffallen musste, dass eine Frau, die man gerade erschossen hatte, nicht schon eine Woche lang tot sein konnte, miasmatische Effusionen hin oder her.

»Danke, Sir«, sagte er vorsichtig. »Die letzte Zeit ist nicht sehr angenehm gewesen. Ich habe daran gedacht, London für einige Zeit zu verlassen, um nicht ständig an meine Freundin erinnert zu werden.«

Und er weinte echte Tränen, was ganz einfach war, und

es entsetzte ihn innerlich, und er fragte sich, ob es in dem jungen Mann namens Dodger etwas gab, das ganz und gar er selbst war, schlicht und rein, ohne das ganze Dodger-Drumherum. Tief in seiner Seele hoffte er, dass Simplicity den anständigen Dodger lieben und auf den Pfad der Tugend geleiten konnte, vorausgesetzt, er war nicht ganz so tugendhaft. Letztendlich drehte sich alles um den Nebel.

Er putzte sich die Nase mit einem weißen Taschentuch, das er geistesabwesend aus der Tasche eines anderen Herrn am Tisch gezogen hatte, und sagte: »Ich habe mir überlegt, nach York zu fahren, Sir, etwa für zwei Wochen.«

Dieser Hinweis bewirkte ein wenig Aufregung am Tisch, aber nach einer kurzen Diskussion kam man überein, dass Dodger, der ja kein Verbrechen begangen hatte – eher war das Gegenteil der Fall –, durchaus die Erlaubnis erhalten sollte, sich in York ein wenig zu entspannen, wenn er wollte.

Damit endete die Besprechung. Charlie legte Dodger die Hand auf den Arm, als sie den Raum verließen, und führte ihn recht schnell zu einem nahen Kaffeehaus, wo er sagte: »Mir scheint, alle Sünden sind vergeben, mein Freund, aber es ist natürlich äußerst schade, dass Miss Simplicity trotz deiner Bemühungen den Tod finden musste. Übrigens, wie geht es ihr?«

Dodger hatte etwas Derartiges erwartet, sah Charlie ausdruckslos an und erwiderte: »Simplicity ist tot, Charlie, wie du sehr wohl weißt.«

»O ja«, bestätigte Charlie und lächelte schief. »Wie dumm von mir, das zu vergessen!« Er lächelte erneut, und dann wurde sein Gesicht vollkommen leer. »Wir sehen uns bestimmt wieder, mein Freund. Ich muss sagen, in gewisser Weise war es ein Privileg, dich kennenzulernen. Über den Tod der armen Simplicity bin ich ebenso unglücklich, wie du es vielleicht bist. Welch ein tragisches Ende für eine junge Dame, um die sich kaum jemand kümmerte, abgesehen von dir. Und natürlich von Angela, die mir seltsam ungerührt erscheint. Ich bin sicher, dass du schon bald ein anderes Mädchen wie sie findest. Ja, ich könnte sogar darauf wetten.«

Dodger versuchte jeden Ausdruck aus seinem Gesicht zu verbannen, gab es dann aber auf, denn selbst der Ausdruckslosigkeit ließ sich etwas entnehmen. Er sah Charlie in die Augen und sagte langsam und deutlich: »Davon weiß ich leider nichts, Sir.« Und er zwinkerte.

Charlie lachte, und dann schüttelten sie sich die Hände und gingen getrennte Wege.

Am Tag nach der Besprechung verließ eine Kutsche London mit dem Ziel Bristol, an Bord eine bunte Mischung aus Fahrgästen. In diesem besonderen Fall aber hielt der Kutscher einen der Passagiere für den schlimmsten in diesem Jahr, und was die Sache noch unangenehmer machte, war der Umstand, dass es sich um eine Alte handelte, die mit brüchiger Stimme jammerte und sich dauernd über irgendetwas beschwerte: die Sitze, die Fahrt, das Wetter und vermutlich auch über die Mondphase. Als die Kutsche unterwegs für eine glücklicherweise recht schnelle Mahlzeit an einem Gasthaus anhielt, klagte die Alte nicht nur über jeden Teller, den man ihr vorsetzte, sondern auch über das Salz, das ihrer Meinung nach nicht salzig genug war. Außerdem setzte die zu stark nach Lavendel riechende alte Schachtel ständig einer jungen Dame zu, die offenbar ihre Enkeltochter war. Diese junge Frau lockerte die Atmosphäre in der Kutsche ein wenig auf, aber der Kutscher erinnerte sich vor allem an die zänkische Oma und war froh, als sie schließlich Bristol erreichten und er die Alte loswurde. Beim Aussteigen fiel sie fast aus der Kutsche, und natürlich beschwerte sie sich auch darüber.

Ein fröhlicher junger Mann besuchte kurze Zeit später einen Apotheker in Christmas Steps, in der Nähe des Stadtzentrums, und sprach mit ihm darüber, was sich mit Pigmenten und dergleichen anstellen ließ, und bei dem Gespräch fielen Worte wie Henna und Indigo. Wenig später mieteten eine hübsche junge Dame mit wundervollem rotem Haar und ein dunkelhaariger junger Mann eine Kutsche samt Kutscher, verließen die Stadt und fuhren zu den kargen grauen Mendip Hills, wo das Paar dem Kutscher mitteilte, dass es die Reise über die Mautstraße zum Pub von Star fortsetzen wolle, wo es eine Mahlzeit einnahm, die aus vorzüglichem Käse und so starkem Apfelwein bestand, dass man meinen konnte, er sei mit Löwenpisse aufgegossen worden. Er schien sehr lecker zu schmecken, denn selbst die junge Dame trank ein zweites halbes Pint von dem scharfen Zeug.

Am nächsten Tag ließ sich ein Mann im Pub, von Beruf Spediteur, von einer klimpernden Geldbörse dazu verleiten, das junge Paar zum kleinen Ort Axbridge auf der anderen Seite der Mendips zu bringen. Die beiden jungen Leute brachten die südlichen Hänge hinter sich und bezogen unweit der Wassermühle Quartier. Es war ein seltsames Arrangement, denn der junge Mann bestand darauf, dass die junge Dame im besten zur Verfügung stehenden Schlafzimmer unterkam, während er auf einer Strohmatratze vor der Tür schlief, unter einer Pferdedecke. Das führte zu gewissem Gerede bei den Frauen des Dorfs, wonach die Durchgebrannten (und dafür hielt man die beiden netten jungen Leute) darauf achteten, sehr vorsichtig zu sein, wie es anständigen Christen gebührte.

Ob anständige Christen oder nicht, sie waren tatsächlich vorsichtig. Wie durch Telepathie hatten sich Simplicity und Dodger geeinigt: Dieser Aufenthalt sollte ihnen beiden Gelegenheit geben, sich zu entspannen, Abstand zu gewinnen und sich an der Welt zu erfreuen. Und die Welt schien sich an ihnen zu erfreuen, denn sie gingen recht großzügig mit dem

Geld um, und obwohl die junge Frau sehr bescheiden war, so wie es einer jungen Frau gebührte, nutzte sie jede Gelegenheit, mit anderen zu plaudern. Offenbar wollte sie unbedingt wie die Einheimischen sprechen lernen, mit ihrem Somerset-Akzent, den man vielleicht bukolisch nennen konnte, weil er so langsam war. Er war tatsächlich langsam, denn er betraf *langsame* Gesprächsinhalte wie Käse, Milch und die Jahreszeiten, wie Schmuggeln und das Brennen von feurigem Schnaps an Orten, die die Steuereinnehmer nicht aufzusuchen wagten – und an diesen Orten, wo die Sprache langsam blieb, konnten Denken und Tun sehr schnell sein.

Und Dodger lernte schnell, denn wer auf der Straße schwer von Begriff war, brachte es nicht weit. Zuerst bekam er Kopfschmerzen von einer Sprache, die sich um Korn und Kühe zu drehen schien, aber beim Lernen half ihm ein Getränk, das die Einheimischen Scrumpy nannten, und es dauerte nicht lange, bis er wie die anderen sprach. In seinem Kopf steckten plötzlich viele neue Worte, die für Uneingeweihte seltsam klangen, fast wie eine sanfte Melodie im Vergleich zu der harten, stakkatoartigen Sprache von London. Dodger dachte: Es gibt mehr Verkleidungsarten, als sich die Haare zu färben oder ein anderes Hemd anzuziehen.

Eines Morgens, als sie am Fluss entlangwanderten, sagte er zu Simplicity: »Ich habe dich nie zuvor danach gefragt. Warum hattest du das Quartett *Glückliche Familie* dabei?«

Der Somerset-Akzent geriet ein wenig ins Wanken, als Simplicity antwortete: »Mein Mutter hat es mir gegeben, und ich habe mir immer etwas gewünscht, das ganz allein mir gehört. Ich habe mir die Karten angesehen und gedacht, dass eines Tages alles besser würde. Und jetzt, nach all dem Leid, glaube ich, dass tatsächlich alles besser geworden ist.«

Ihr Strahlen und der kleine Vortrag erfreuten Dodgers Herz. Die Freude blieb, als sie den Weg fortsetzten.

Etwa um diese Zeit in London – einer Stadt, in der die Menschen so schnell sprachen, dass man nie sah, wohin das Geld verschwand – stieg eine Dame namens Angela in Seven Dials aus einer Kutsche, die von zwei kräftig gebauten Lakaien bewacht wurde, als besagte Dame die Treppe hinaufstieg und an die Tür der Mansarde klopfte.

Solomon öffnete und sagte: »*Mmm*, ah, Miss Angela, danke, dass Sie gekommen sind! Darf ich Ihnen grünen Tee anbieten? Ich fürchte, Sie müssen so mit uns vorliebnehmen, wie Sie uns hier antreffen, aber ich habe so gut wie möglich sauber gemacht, und am besten achten Sie nicht auf Onan. Nach einer Weile bemerkt man den Geruch nicht mehr, glauben Sie mir.«

Angela lachte und fragte: »Haben Sie Neuigkeiten?«

»In der Tat, *mmm*«, entgegnete Solomon. »Ich habe einen erstaunlich gut geschriebenen Brief von Dodger bekommen, aus York, wohin er sich zurückgezogen hat, weil ihn dort nichts an die arme Simplicity erinnert.«

Angela nahm die makellos saubere Tasse Tee entgegen und sagte: »York, was Sie nicht sagen. Durchaus angemessen, wie mir scheint. Hat sich sonst noch jemand nach Dodgers Aufenthaltsort erkundigt, wenn ich fragen darf?«

Solomon füllte vorsichtig die Tasse und erwiderte: »Diese Tassen stammen aus Japan, wissen Sie? Ich finde es erstaunlich, dass sie so lange durchgehalten haben wie ich.« Er sah auf und sagte mit unbewegter Miene: »Sir Robert war so freundlich, mir vor zwei Tagen zwei seiner Constables zu schicken, und natürlich musste ich ihnen alles erzählen, was ich weiß, wie es meine Pflicht als rechtschaffener Bürger ist.« Sein Lächeln wuchs in die Breite. »Ich denke immer, dass man Polizisten belügen sollte. Es ist so gut für die Seele und auch für die Polizisten.«

Angela schmunzelte und sagte: »Mister Cohen, es überrascht Sie vielleicht – oder auch nicht –, dass ich eine Nachricht von einer namenlosen Person bekommen habe, die mir eine Örtlichkeit in London und – ist das nicht aufregend? – auch einen Zeitpunkt nennt. Klingt nach Spaß, nicht wahr?«

»Ja«, bestätigte Solomon. »Obwohl ich sagen muss, dass es in meinem Leben zu viel von solcherlei Spaß gab, weshalb ich lieber hier oben in meinen weichen Pantoffeln arbeite, wo ich nicht damit rechnen muss, dass *Spaß* meine Konzentration stört. Du liebe Zeit, was ist nur mit meinen Manieren? Ich habe hier köstliche Reiswaffeln, meine Teure. Sie stammen von Mister Chang und schmecken lecker. Bitte, bedienen Sie sich!«

Angela nahm eine Waffel und sagte: »Wenn Sie dem jungen Mister Dodger noch einmal begegnen sollten, so richten Sie ihm bitte aus, ich hätte Grund zu der Annahme, dass die Obrigkeit noch einmal mit ihm sprechen möchte, nicht weil er irgendetwas falsch gemacht hat, sondern weil er ihrer Meinung nach imstande ist, das eine oder andere sehr richtig zu machen, und das zum Wohle des Landes. Es steht ihm frei, das Angebot anzunehmen.« Sie zögerte einen Moment lang, bevor sie hinzufügte: »Wenn ich hier von Obrigkeit spreche, so meine ich die höchste aller Obrigkeiten.«

Solomon zeigte sich ungewöhnlich überrascht und fragte: »Und wenn Sie von der höchsten aller Obrigkeiten sprechen, meinen Sie …?«

»Nicht den Allmächtigen«, entgegnete Angela. »Zumindest nicht dass ich wüsste, aber fast: eine Dame, die Dodger gewisse Bereiche seines Lebens erleichtern könnte. Ich glaube, es handelt sich um eine Einladung, die nicht wiederholt wird, sollte sie unbeachtet bleiben.«

»Mmm, tatsächlich? In dem Fall sollte ich besser meinen guten Anzug von Jacob holen und ihn reinigen lassen, nicht wahr?«

Von Apfelwein, frischer Luft, Käse und Sternen einmal abgesehen: Das junge Paar freundete sich mit allen Bewohnern von Axbridge an und kostete auch *Mauerfrüchte*, die nach Auskunft der jungen Frau im Französischen *escargot* genannt wurden, während sie in Somerset Schnecken waren und nichts anderes zu sein versuchten.

Im Großen und Ganzen stellte das Paar für die Dorfbewohner ein liebenswertes Rätsel dar; jeder wusste etwas darüber zu erzählen, und jeder spekulierte auf seine oder ihre eigene Art und Weise. Die Frau, die sich um die Kirchenblumen kümmerte, hatte die beiden offenbar beim Fluss beobachtet, wie sie einigen Kindern ein Spiel zeigten, dass sie *Glückliche Familie* nannten. Ein Bauer hatte sie auf einem Tor sitzen sehen und berichtete davon, dass die junge Frau dem junge Mann offenbar das Lesen beibrachte, dabei immer wieder seine Aussprache und alles andere korrigierte, wie eine Schullehrerin, und der Bauer wies darauf hin, dass der junge Mann allem Anschein nach großen Spaß daran gefunden hatte. Dann sagte ein Kumpel des Bauern im Pub, er habe den jungen Burschen jeden Abend im weichen Gras liegen gesehen, wie er zu den Sternen hinaufblickte. Er sagte: »Man hätte meinen können, der arme Kerl sähe sie zum ersten Mal.«

Als sie sich am letzten Tag verabschiedeten, brachte sie einer ihrer neuen Freunde, der ein Pony und einen Pferdewagen besaß, die Straße hinauf zum Pub von Star. Er machte einen kleinen Umweg und zeigte ihnen eine Wiese mit einem Stein, der den Leuten zufolge – vermutlich den Leuten, die den vielen Apfelwein tranken – des Nachts manchmal lebendig wurde und tanzte.

Nachdem sie den Stein für den Fall, dass er einen kleinen Tanz für die Touristen aufführen wollte, eine Zeit lang beobachtet hatten, wandte sich Dodger an seine Freundin und sagte im besten rustikalen Ton von Somersetshire: »Ich schätze, wir sollten uns auf den Weg machen, meine Liebe.«

Sie lächelte wie die Sonne und erwiderte: »Wohin, mein Lieber?«

Dodger erwiderte das Lächeln und sagte: »London.«

Und sie sagte: »Wo die Leute so seltsam sind, nicht wie wir hier.«

Dann küsste sie ihn, und er küsste sie, und dann, mehr im Tonfall eines Londoners, fragte Dodger: »Glaubst du, dieser Stein kann tatsächlich tanzen?«

»Nun, Dodger«, entgegnete sie, »wenn es jemanden gibt, der einen Stein zum Tanzen bringen kann, so bist du das.«

Später trafen zwei junge Leute aus Somerset, die erstaunlicherweise genug Geld hatten, um mit der Kutsche zu reisen, von Bristol kommend in London ein. Völlig unbemerkt verschwanden sie in der Menge, und die junge Frau kam in einer Pension unter, während sich der junge Mann auf den Weg nach Seven Dials machte.

Am folgenden Morgen brach Dodger zu einem Spaziergang mit Onan auf und verschwand in der Kanalisation. Einem Beobachter wäre aufgefallen, dass er recht ernst wirkte und einen Beutel trug. Aber die einzigen Beobachter waren Ratten, und es ist fraglich, ob sie beurteilen können, wie ernst ein Mensch aussieht, oder ob sie überhaupt die Bedeutung von *ernst* kennen. Später wären sie vielleicht überrascht gewesen, ein Paar glänzender neuer Schuhe zu entdecken, versteckt hinter Unrat, an einer ausreichend hohen Stelle, um nicht vom Wasser erreicht zu werden.

Womit sich Dodger anschließend beschäftigte, sah niemand, aber gegen Mittag stand er auf der London Bridge und sah den Schiffen nach, als eine junge Frau mit langem Haar und einer Stimme, bei der es ihm im Nacken prickelte, ihn ansprach und fragte: »Entschuldigen Sie, Mister, können Sie mir vielleicht den Weg nach Seven Dials zeigen, wo meine Tante wohnt?«

Ein Beobachter – und sie wurden beobachtet – hätte gesehen, wie sich Dodgers Miene erhellte, und vielleicht hätte er auch gehört, wie er sagte: »Sind Sie neu in der Stadt? Prächtig! Bitte erlauben Sie mir, Sie ein wenig herumzuführen, es wäre mir ein Vergnügen.«

In diesem Moment hielt eine Kutsche an, sehr zum Ärger der Kutscher dahinter, aber die recht kräftig gebauten Männer auf dem Kutschbock *dieser* Kutsche scherten sich nicht darum. Eine Frau stieg aus, schenkte Dodger ein Lächeln, musterte die junge Dame aus Somerset und sagte nach einer fast forensischen Untersuchung: »Meine Güte, welche Überraschung, mein Freund, man könnte diese junge Dame fast für Simplicity halten! Aber leider wissen wir beide, dass sie unter schrecklichen Umständen ums Leben kam. Aber Sie, Mister Dodger, sind ganz offensichtlich ein ausgesprochen unverwüstlicher Gentleman. Da wir drei uns seltsamerweise auf dieser Brücke begegnen, erlauben Sie mir vielleicht, Sie und Ihre neue Freundin zum Friedhof von Lavender Hill zu bringen, denn dorthin wollte ich heute, da der Steinmetz den Grabstein für die arme Simplicity fertiggestellt hat.« Sie sah die junge Frau an und fragte: »Wie heißen Sie, junge Dame?«

Die Fremde lächelte und antwortete: »Serendipity, Missus.« Und Angela musste sich den Mund zuhalten, um nicht zu lachen.

Und so machten sie sich auf den Weg nach Lavender Hill, wo Blumen auf ein Grab gelegt und – was nicht überraschend kam – Tränen vergossen wurden. Und dann wurden Dodger und die junge Frau Serendipity bei einer anderen Brücke abgesetzt, wo der Glückliche-Familie-Mann seinen seltsamen Wagen aufgestellt hatte.

Der Wagen war eigentlich ein großer Käfig, der einen Hund, eine Katze, einen kleinen Pavian, eine Maus, zwei Vögel und eine Schlange enthielt, und alle lebten friedlich miteinander wie gute Christen, betonte der Mann.

»Warum in aller Welt frisst die Katze die Maus nicht, Dodger?«, fragte Serendipity.

»Nun«, sagte er, »der Alte ist bestimmt nicht geneigt, seine Geheimnisse zu verraten, aber wenn man die Tiere friedlich miteinander aufwachsen lässt, werden sie, so heißt es, zu einer glücklichen Familie. Aber es heißt auch: Sollte eine Maus, die der Schlange noch nicht vorgestellt wurde, durch dieses Gitter schlüpfen, würde sie schnell zu einer Mahlzeit der Schlange.«

Serendipity nahm Dodgers Hand, und sie gingen über die Brücken und sahen sich alle Darbietungen an: den Mann, der schwere Gewichte hob, die Würfelspieler und den Mann, der auf den Händen stehen konnte. Als London im goldenen Abendlicht schließlich zu einem heidnischen Tempel aus glänzender Bronze zu werden schien und die Themse sich gleichsam in einen zweiten Ganges verwandelte, gingen sie nach Hause, ohne dem Kasperletheater Beachtung zu schenken.

Der nächste Morgen begann mit einem ziemlichen Lärm auf der Straße. Als Dodger schlaftrunken zum Fenster wankte und hinabblickte, entdeckte er zwei Männer mit federgeschmückten Helmen und einen kleineren Mann, der einerseits wichtigtuerisch wirkte und sich andererseits in der Gegend zu fürchten schien, in der er sich befand. Dodger schaffte es, das Fenster zu öffnen, und rief: »Was wollen Sie, Mister?« Der kleinere Mann gefiel ihm nicht. Offenbar war er der Boss, denn wann immer man einen kleinen Mann zusammen mit einem großen sah, hatte der große nichts zu melden. Der kleine Mann fragte nun: »Kennen Sie einen Gentleman namens … Mister Dodger?«

Dodger schluckte und erwiderte: »Hab nie von ihm gehört.«

Der Mann sah zu ihm hoch. »Bedaure sehr, das zu hören, Sir. Aber wenn Sie vielleicht besagtem Mister Dodger begegnen, so richten Sie ihm bitte aus, dass Ihre Majestät Königin Viktoria ihn morgen Nachmittag im Buckingham Palace erwartet!«

Hinter Dodger sagte Solomon schläfrig: »Mmm, Dodger, einen Ruf Ihrer Majestät kann man nicht überhören.«

Und so gab es für Dodger kein Entkommen, weshalb er die Treppe hinunterstieg und auf die Straße trat. Dort kamen bereits Menschen zusammen, sehr zum Verdruss der beiden Männer mit den federgeschmückten Helmen, denn es kursierte das Gerücht, dass Dodger zum Galgen gebracht werden sollte, und hier und dort wurden Stimmen laut, die dazu aufforderten, dergleichen zu verhindern. Und außerdem: Wenn ein Gerücht die Runde machte, so blieb es nicht lange allein, denn Gerüchte lieben die Gesellschaft weiterer Gerüchte.

Dodger stand da, blinzelte und sagte: »Na schön, Mister, und jetzt sagen Sie mir die Wahrheit!«

Der inzwischen recht beunruhigte kleine Mann versuchte, Würde in einer Welt zu zeigen, die gar keine Würde kannte. Er reichte Dodger ein Dokument. »Finden Sie sich morgen um vier Uhr dreißig am Tor des Buckingham Palace ein. Sie können insgesamt drei Mitglieder Ihrer Familie mitbringen. Ich werde Ihrer Majestät natürlich mitteilen, dass Sie sich demütigst einverstanden erklären.«

Es folgte ein seltsamer, geheimnisvoller Tag, selbst als die Leute das Interesse verloren und ihren eigenen Angelegenheiten nachgingen – oder in einigen Fällen so vielen Angelegenheiten anderer Leute, wie sie stehlen konnten. Dodger begann ihn, indem er einen Spaziergang unternahm. Diesmal streifte er nicht durch die Kanalisation, sondern ging kreuz und quer durch London, und zwar in Begleitung von Onan, der voller Freude neben ihm hertappte und sich riesig freute, so lange draußen unterwegs sein zu dürfen. Schließlich führte der Weg, den Dodgers Beine beschritten – und die ihn besser kannten als er sich selbst – durch Covent Garden zur Fleet Street.

Charlie war nicht da, aber als Dodger um ein Gespräch mit dem Herausgeber bat und sagte, wer er war, wurde er sogleich nach oben geführt und erfuhr dort, dass seinem Konto weitere sieben Guineen gutgeschrieben worden waren. Woraufhin Dodger den Wunsch äußerte, das übrige Geld der Sammlung dafür zu verwenden, das Leben für Mister Todd erträglicher zu machen, der, soweit er wusste, im Hospital von Bedlam einsaß, einer Örtlichkeit, die sich nicht unbedingt für empfindliche Gemüter eignete.

Mister Doyle erklärte sich einverstanden und wollte darüber hinaus dafür sorgen, dass das Geld tatsächlich seiner Bestimmung zugeführt wurde. Dadurch fühlte sich Dodger besser. Nach diesem Gespräch setzte er seine Wanderung fort und unterbrach sie nur, um beim Metzger einen Knochen für Onan zu kaufen. Anschließend besuchte er einen Getränkeladen, besorgte sich dort eine Flasche mit gutem Brandy und ging damit zum Fluss, wo er sich von einem Fährmann zum Kai bei Four Farthings übersetzen ließ.

Der Coroner war nicht anwesend, aber sein Beamter versicherte, er werde das Geschenk weiterreichen, das angeblich von einer Alten stammte, die die Hilfe des Coroners empfangen und versprochen hatte, sich dafür erkenntlich zu zeigen. Was den Beamten zu der Bemerkung veranlasste, dass es um die Welt besser bestellt wäre, wenn alle Menschen ihr Wort halten würden. In Four Farthings gab es nicht viel, das nicht bald in den größeren Bezirken aufgehen würde, aber Dodger sah sich die Kirche von St. Never an, gewidmet einem wenig bekannten Heiligen, der für Belange zuständig war, die nie geschahen, vermutlich einer der Gründe, warum hier so viele junge Frauen beteten. Er warf einen Shilling in den Opferstock, hörte aber, wie die Münze auf Holz traf; vermutlich würde sie in dem Kasten lange Zeit allein bleiben.

Er fand genug Zeit für einen Umweg, der ihn zu Mister und Missus Mayhew führte, denen er die Hand schüttelte, ihnen für ihr Beileid und auch für die Hilfe dankte, die sie der kürzlich verstorbenen armen Simplicity gewährt hatten. Und die, wie Dodger betonte, zweifellos sehr dankbar gewesen wäre, wenn das Schicksal sie vor dem viel zu frühen Tod bewahrt hätte. In dieser Hinsicht sei er völlig sicher, fügte er hinzu, als hätte er es aus ihrem eigenen Mund gehört. Als ihn die Mayhews durch den Flur zur vorderen Tür führten, beschloss er einen weiteren Umweg und machte einen Abstecher zur Küche, wo er sogar für Missus Sharples ein fröhliches Lächeln erübrigte und einen dicken Kuss von Missus Quickly empfing.

Als er zur anderen Seite des Flusses zurückkehrte, fragte er sich, warum er dies alles unternahm, und das fragte sich vermutlich auch Onan, der einen der schönsten Tage seines Lebens erlebte – nie zuvor hatte er in einem Stück so lange und so weit laufen dürfen. Dodger fiel ein, dass es vielleicht eine Person gab, die ihm Antwort geben konnte. Das führte dazu, dass er erneut auf die Dienste eines Fährmanns zurückgriff und sich diesmal ein ganzes Stück stromaufwärts bringen ließ. Es folgten ein recht langer Fußweg zu Serendipitys Pension und dann eine Fahrt mit der Kutsche zum Anwesen einer gewissen Angela Burdett-Coutts. Die Tür wurde von einem überaus respektvollen Butler geöffnet, der sagte:

»Guten Tag, Mister Dodger. Ich werde nachsehen, ob Miss Angela zu Hause ist.«

Angela erschien weniger als eine Minute später. Beim Kaffee berichtete Dodger von den Neuigkeiten und bat Serendipity, ihn in den Palast zu begleiten.

Serendipity nahm die Nachricht auf weibliche Art und Weise entgegen – sie geriet in Panik, weil sie nichts anzuziehen hatte. »Darüber brauchen Sie sich keine Sorgen zu machen, meine Liebe«, warf Angela munter ein. »Wir könnten meinem Schneider einen Besuch abstatten. Es ist zwar sehr kurzfristig, aber bestimmt lässt sich etwas bewerkstelligen.« Sie wandte sich an Dodger. »Wenn ich an Kleider denke, fallen mir Ringe ein, und deshalb wäre ich Ihnen dankbar, Mister Dodger, wenn Sie mir Ihre Absichten erklären könnten. Wenn ich richtig verstanden habe, sind Sie beide verlobt. Wann soll daraus eine Ehe werden, wenn ich fragen darf? Ich persönlich habe nie den Sinn von langen Verlobungen verstanden, aber könnte es vielleicht … Schwierigkeiten geben?«

Dodger hatte lange über Serendipity und eine Heirat nachgedacht. Offiziell – als Simplicity – war sie noch verheiratet, aber wie sie selbst gesagt hatte: Gott konnte bei der Hochzeit kaum zugegen gewesen sein, denn sonst hätte er nicht zugelassen, dass sich Liebe in etwas so Schreckliches verwandelte. Dodger hatte Solomon gefragt, und der alte Knabe hatte sich das Kinn gerieben, einige Male *»Mmm«* gebrummt und dann erwidert, dass ein Allmächtiger, an den zu glauben sich wirklich lohne, zweifellos diese Ansicht teilen würde. Und wenn nicht, würde Solomon es ihm erklären. Und Dodger hatte gesagt: »Ich weiß nicht, ob Gott in der Kanalisation war, aber die Lady bestimmt.«

Immerhin, dachte er, würde der betreffende Prinz sicher schweigen, und die einzigen anderen Zeugen für die elende

Hochzeit waren Simplicity und der Ring gewesen. Der Ring war verschwunden, und Simplicity ruhte in einem Grab. Welche Hinweise gab es, dass Simplicity jemals gelebt hatte? In gewisser Weise handelte es sich um eine andere Art von Nebel, und in diesem Nebel, so dachte sich Dodger, fand man vielleicht einen Weg zu einem sonnenhellen Hochland.

Jetzt sagte er mit fester Stimme: »Simplicity war verheiratet. Aber Simplicity ist tot. Jetzt habe ich Serendipity, eine ganz andere Frau, und ich werde ihr helfen. Aber auch ich bin jemand anderer, und bevor wir heiraten, muss ich mir eine Arbeit suchen, eine gute obendrein. Zum Toshen gehe ich nur noch als Hobby. Aber ich weiß gar nicht, wo ich richtige Arbeit finden soll.«

An dieser Stelle zögerte er, denn Angelas Lächeln sprach Bände, blieb derzeit aber undeutbar für ihn. »Nun, wenn ich den Gerüchten Glauben schenken darf, junger Dodger«, sagte sie, »so würde es mich gar nicht wundern, wenn Sie schon bald einen freundlichen alten Mann mit weißem Haar wiedersähen, der Ihnen vielleicht einen Urlaub im Ausland ermöglichen möchte. Herzlichen Glückwunsch, junger Mann, und Ihnen ebenfalls, Miss Serendipity.«

Am folgenden Tag traf die Kutsche pünktlich mit Serendipity an Bord ein. Als sie wieder losrollte, sagte Solomon, der alles über diese Dinge zu wissen schien: »Es ist natürlich eine private Audienz. Aber denk daran, dass Ihre Majestät das Sagen hat. Sprich nur, wenn du dazu aufgefordert wirst. Unterbrich die Königin auf keinen Fall, und dies möchte ich eigens betonen: Werd nicht vertraulich mit ihr. Hast du verstanden?«

Einige dieser Hinweise erhielt er auf dem Weg durch den Palast, der für den anderen, den früheren Dodger das lohnendste Ziel gewesen wäre, das er jemals gesehen hatte.

Selbst Angelas Villa wirkte im Vergleich zu dieser Pracht völlig unbedeutend. Ein Raum folgte dem anderen, und es war ein überwältigendes Panorama für einen ehemaligen Snakesman, doch Dodger sagte sich, dass es aussichtslos gewesen wäre. Niemand hatte einen Sack, der groß genug war, um alle die Gemälde und prachtvollen Stühle fortzubringen.

Dann plötzlich betraten sie einen weiteren Raum, und die Königin und Prinz Albert waren da, und Dodger bemerkte überall Lakaien, die ganz still standen, wie gute Diebe, denn Bewegung bemerkten Menschen schnell.

Dodger hatte noch nie das Wort *surreal* gehört, hätte es aber verwendet, als der besonders feierlich gekleidete Solomon sich vor der Königin so tief verbeugte, dass sein Haar fast den Boden berührte. Es knackte leise, gefolgt von plötzlicher Stille, und Solomon winkte Dodger verzweifelt zu, der sofort Bescheid wusste. Er trat vor, schenkte Ihrer Majestät ein aufgeregtes Lächeln, schlang die Arme um Solomon, drückte ihm ein Knie in den Rücken und zog, woraufhin Solomon wieder aufrecht stehen konnte. Dann hörte er sich zu seinem Kummer sagen: »Bitte, entschuldigen Sie, Euer Majestät, er verrenkt sich den Rücken, wenn er so was macht, aber kein Problem, ich hab ihn wieder eingerenkt.«

Eine ziemlich gut aussehende Frau, fand Dodger, und natürlich piekfein, ganz klar. Ihr Gesicht blieb ausdruckslos, aber Prinz Albert sah Dodger an wie jemand, der einen Kabeljau in seinem Schlafanzug gefunden hat. Dodger wich einen Schritt von Solomon zurück und versuchte, unsichtbar zu werden, und nach einigen Sekunden sagte die Königin: »Mister Cohen, es ist mir eine große Freude, Sie schließlich kennenzulernen. Ich habe viele Geschichten über Sie gehört.« In einem nicht ganz so königlichen Tonfall fügte sie hinzu: »Sie haben doch keine Schmerzen, oder?«

Solomon schluckte und erwiderte: »Es ist nichts beschädigt, Euer Majestät, abgesehen von meiner Selbstachtung, und darf ich sagen, dass einige der Geschichten, die über mich im Umlauf sind, nicht der Wahrheit entsprechen?«

»Der König von Schweden erzählt eine besonders hübsche Anekdote«, meinte Prinz Albert.

Solomon errötete unter seinem Bart – Dodger konnte es gerade so eben erkennen – und sagte: »Wenn es dabei um das Rennpferd in der Hütte geht, Euer Königliche Hoheit, so muss ich gestehen, dass sich die Geschichte tatsächlich so ereignet hat.«

»Dennoch ist es mir eine Ehre, Sie kennenzulernen, Sir«, sagte der Prinz. Er streckte Solomon die Hand entgegen, und Dodger beobachtete den Händedruck sehr genau und erkannte die freimaurerische Hand der Freiheit.

Die Königin sah ihren Gemahl an und sagte: »Nun, mein Lieber, das ist eine nette Überraschung für dich.« Es war ein freundlicher Satz, aber er enthielt auch einen Unterton, der darauf hinwies, dass zumindest *dieses* Gespräch beendet war. Sie wandte sich an Dodger und sagte: »Sie sind also Mister Dodger, ja? Wie ich hörte, werden Sie gut mit verzweifelten Kriminellen fertig. Es reden noch immer alle über Sweeney Todd. Das muss ein schrecklicher Tag für Sie gewesen sein.«

Dodger begriff, dass es vielleicht keine gute Antwort gewesen wäre, dies zu leugnen, obwohl jener Tag weniger schrecklich als erstaunlich gewesen war. Er suchte Zuflucht bei folgenden Worten: »Nun, Euer Majestät, da war er, da war ich, und da war das Rasiermesser, und das war's eigentlich. Um ganz ehrlich zu sein, der arme Mann tat mir leid.«

»Das habe ich gehört«, sagte die Königin. »Es ist ein beunruhigender Gedanke, aber er gereicht Ihnen zur Ehre. Ich nehme an, die junge Dame neben Ihnen ist Ihre Verlobte, nicht wahr? Bitte kommen Sie näher, Miss Serendipity!«

Serendipity trat vor, und plötzlich fand sich Dodger außerhalb des Raums wieder. Er sah von oben darauf hinab und beobachtete, wie sich die Gesichter immer wieder veränderten. Und dann steckte er wieder in sich selbst, und alles war fröhlich, und jemand hatte gerade Tee gebracht, und die Anzeichen deuteten darauf hin, dass die Zusammenkunft zufriedenstellend verlief.

Wer würde es wagen, eine Königin zu belügen?, dachte er. Wie viel wusste sie? Was das betraf – wie gut war Prinz Albert informiert? Er stammte aus einem der deutschen Länder, nicht wahr? Doch dieser Gedanke führte Dodger zur Politik, und deshalb verscheuchte er ihn, und die Zeit kehrte zurück. Serendipity machte einen Knicks, der viel eleganter wirkte als Solomons Verbeugung, und alles schien gut zu sein.

»Wann soll die Hochzeit stattfinden, meine Liebe?«

Serendipity errötete und antwortete: »Dodger meint, dass er zuerst eine Arbeit finden muss, Euer Majestät. Deshalb wissen wir es noch nicht genau.«

»Bemerkenswert«, erwiderte die Königin. »Womit beschäftigen Sie sich, Mister Dodger, wenn Sie nicht gerade Verbrecher zur Strecke bringen?«

Dodger zögerte, und Solomon warf ein: »Er hilft mit, dass Abflüsse richtig funktionieren, Euer Majestät.«

Prinz Albert rollte mit den Augen und sagte: »Oh, Abflüsse. Die haben wir hier auch, und sie scheinen immer verstopft zu sein.«

Dodger öffnete den Mund, aber die Königin schien das Thema Abflüsse schnell beenden zu wollen und sagte rasch: »Nun, Sir, ich wünsche Ihnen viel Glück bei der Arbeit, für die Sie sich schließlich entscheiden. Und jetzt ...« Sie blickte zu einem Lakaien hinüber. »Wir glauben, dass Tapferkeit wie die Ihre belohnt werden sollte, und deshalb bitte ich Sie, vorzutreten und niederzuknien, mit einem Knie auf das Kissen dort, und es wäre vermutlich empfehlenswert, wenn Sie dabei den Hut abnähmen.« Ein Lakai näherte sich mit einem Schwert, einem sehr glänzenden noch dazu. Die Königin nahm es und sagte: »Wie lautet Ihr voller Name, Mister Dodger? Man hat mir mitgeteilt, dass Sie sich von Pip Stick verabschieden möchten.«

Dodger sah sie groß an, und dann sagte Serendipity: »Wenn Sie gestatten, Euer Majestät ... Ich habe Jack immer für einen hübschen Namen gehalten.«

Jack Dodger, dachte Dodger. Es klang ein bisschen zu fein, warum auch immer. Die Königin richtete einen erwartungsvollen Blick auf ihn und sagte: »An Ihrer Stelle würde ich den Rat der jungen Dame beherzigen, Sir.« Sie sah Prinz Albert an und fügte hinzu: »Wie es alle vernünftigen Ehemänner tun sollten.«

Darauf konnte Dodger nur noch sagen: »O ja, danke.« Und dann strich ihm Luft über den Kopf, und das Schwert ruhte wieder in den Händen des Lakaien, und Sir Jack Dodger erhob sich.

»Du siehst irgendwie größer aus«, sagte Serendipity.

»In der Tat«, bestätigte die Königin. »Übrigens«, fuhr sie fort, »wie ich hörte, Sir Jack, haben Sie einen sehr intelligenten Hund.«

Dodger grinste. »O ja, Euer Majestät, Sie meinen Onan. Er ist ein guter Freund, aber natürlich konnten wir ihn nicht mitbringen.«

»Ganz recht«, sagte die Königin und räusperte sich. »Meinen Sie Onan, wie in der Bibel?«

Aus den Augenwinkeln beobachtete Dodger, wie Solomon einen Schritt zurückwich, aber er antwortete trotzdem: »O ja, Miss.«

»Warum haben Sie ihn so genannt?«

Nun, dachte Dodger, immerhin hat sie gefragt. Und so erklärte er es ihr*, und die junge Königin sah ihren Gemahl an, dessen Gesicht ein Bild für die Götter war, und dann lachte sie und sagte: »Nun, wir sind amüsiert.«

Wie bei einem Uhrwerk verschwand der Tee so schnell, wie er gekommen war, und ein gewisses Signal gab zu erkennen, dass die Audienz ihr Ende erreicht hatte. Zutiefst erleichtert nahm Dodger Serendipity am Arm, führte sie fort und atmete auf, als sie den Raum verließen. Doch aus dem Aufatmen wurde Verlegenheit, denn der weißhaarige Mann, dem er schon einmal begegnet war, trat auf ihn zu und sagte: »Sir Jack, bitte, erlauben Sie mir, Ihnen als Erster zu gratulieren. Darf ich ein wenig von Ihrer Zeit in Anspruch nehmen? Hatten Sie inzwischen Gelegenheit, über mein Angebot nachzudenken?«

»Er möchte, dass du ein Spion wirst«, murmelte Solomon hinter Dodger.

Der weißhaarige Mann stieß ein Geräusch aus, das wie »Ts, ts« klang, und er sagte: »Meine Güte, nein, Mister Cohen. Ein Spion, Sir? Gott bewahre! Ich versichere Ihnen: Die Regierung Ihrer Majestät hat nichts mit Spionen zu tun, o nein. Aber wir wissen Personen zu schätzen, die uns helfen, mehr über Zusammenhänge zu erfahren, für die wir uns ... interessieren.«

Dodger nahm Serendipity zur Seite und fragte: »Was soll ich tun?«

»Ich denke, er will tatsächlich, dass du ein Spion wirst«, erwiderte Serendipity. »Man sieht es seinem Gesicht an, wenn er das Gegenteil behauptet. Mir scheint, für jemanden wie dich wäre es der ideale Beruf, obwohl du dann die eine oder

* Bestimmt kennen sich viele meiner Leser mit der Bibel aus und sind daher mit der biblischen Figur Onan vertraut. Wenn nicht: Google oder irgendein Priester, vermutlich ein etwas verlegener, helfen Ihnen gern weiter.

andere Fremdsprache erlernen müsstest. Aber ich bin sicher, du kommst schnell damit zurecht. Ich spreche Französisch und Deutsch und kenne auch ein bisschen Latein und Griechisch. Es ist nicht allzu schwierig, wenn man sich ein wenig bemüht.«

Um nicht ganz so dumm dazustehen, sagte Dodger: »Oh, einige griechische Worte habe ich bereits gelernt. Sie lauten: Παρακαλώ μπορείτέ να μου πείτε που βρίσκονται η άτακτες κυρίες?«*

Serendipity lächelte und sagte: »Meine Güte, Dodger, du führst ein aufregendes Leben, nicht wahr?«

»Ich glaube«, erwiderte er, »das ist nur der Anfang, meine Liebe.«

Und so kam es, dass Jack Dodger zwei Monate später durch die Straßen von Paris schlenderte, verfolgt von der Gendarmerie. Er trug eine Tasche, die nicht nur Münzen und Anleihen enthielt, sondern auch ein Diadem, das einst Marie Antoinette gehört hatte und seiner Frau Serendipity sehr gut stehen würde, und – last but not least – die Pläne für einen ganz neuen Waffentyp. Überall erklangen Pfiffe, aber Dodger war nie dort, wo man ihn erwartete. Mit großer Genugtuung hatte er festgestellt, dass es auch bei den Franzmännern Abwasserkanäle gab, sogar ziemlich gute, was er von den Franzmännern gar nicht erwartet hätte, und so hopste, sprang und lief er zum sicheren geheimen Unterschlupf, den er am vergangenen Abend vorbereitet hatte, und vergnügte sich prächtig.

* Können Sie mir den Weg zu den unanständigen Frauen zeigen?

Danksagungen des Autors, Schwierigkeiten und Entschuldigungen, ohne Aufpreis mit Vokabeln und Gepflogenheiten

Die Handlung von *Dodger* ist im ersten Viertel von Königin Viktorias Herrschaft angesiedelt, in einer Zeit, als Heerscharen von Entrechteten nach London und in die anderen großen Städte kamen. Für die Armen – und die meisten Leute waren arm – war das Leben in London damals äußerst schwer. Traditionsgemäß scherte sich kaum jemand um alle jene Menschen, die in bitterer Armut leben mussten, doch schließlich gab es unter den Bessergestellten einige, die der Meinung waren, dass die Öffentlichkeit von dem Elend erfahren sollte. Zu diesen gehörten natürlich Charles Dickens und sein nicht ganz so bekannter Freund Henry Mayhew. Dickens ging auf indirekte Art und Weise vor, indem er die Realität in seinen Romanen aufzeigte, Henry Mayhew und seine Bundesgenossen jedoch publizierten die Fakten, sammelten Daten und legten statistische Übersichten an. Höchstpersönlich streifte Mayhew durch die Straßen, sprach mit kleinen Waisenmädchen, die Blumen verkauften, mit Markthändlern, alten Frauen und Arbeitern aller Art, unter ihnen Prostituierte. Nach und nach legte er so die schmutzige Schattenseite der reichsten und mächtigsten Stadt der Welt frei.

Sein Werk *Die Arbeiter von London und die Armen von London* sollte in jeder Bibliothek stehen, wenigstens um zu zeigen:

Für wie schlecht man die gegenwärtige Lage auch halten mag, vor gar nicht allzu langer Zeit war alles noch viel schlechter.

Der Leser kennt vielleicht *Gangs of New York*, den kriminalhistorischen Roman, den Herbert Asbury 1928 schrieb und der 2002 von Martin Scorsese verfilmt wurde. London war schlimmer und wurde noch schlimmer, je mehr Hoffnungsvolle kamen, um in der großen Stadt ihr Glück zu suchen. Mayhews Werk ist gekürzt, neu geordnet und gelegentlich in kleineren Bänden gedruckt worden. Doch das Original ist kein hartes Stück Lesearbeit, und wer das Genre mag, findet hier Fantasy mit reichlich realistischem Schmutz.

Und deshalb widme ich dieses Buch Henry Mayhew.

Dodger ist eine erfundene Figur, wie auch viele der Personen, denen er begegnet, obwohl solche Menschen damals in London arbeiteten, lebten und starben.

Disraeli gab es wirklich, ebenso natürlich Charles Dickens und Sir Robert Peel, der die *Metropolitan Police* in London gründete, die erste uniformierte Polizeitruppe im Vereinigten Königreich, und gleich zweimal Premierminister wurde. Seine *Peeler* ersetzten tatsächlich die alten Bow-Street-Jungs, die vor allem Diebesfänger waren und nicht in dem Ruf standen, sonderlich tapfer zu sein. Die Peeler waren aus ganz anderem Holz geschnitzt, denn bei ihnen handelte es sich um Männer mit militärischer Erfahrung.

Ich nehme an, der Leser hat hier und dort einige historische Persönlichkeiten wiedererkannt. Die außergewöhnlichste von allen war Miss Angela Burdett-Coutts, die das Vermögen ihres Großvaters erbte, als sie noch sehr jung war, und dadurch zur reichsten Frau der Welt wurde, die eine oder andere Königin nicht mitgezählt. Sie war eine ganz erstaunliche Frau, die dem Herzog von Wellington tatsächlich einen Heiratsantrag machte. Aber was ich zumindest für wichtiger halte: Sie verbrachte den größten Teil ihrer Zeit damit, ihr Geld wegzugeben.

Dabei war sie durchaus streng, denn Miss Coutts half vor allem jenen, die sich selbst halfen, und zu diesem Zweck gründete sie die *Lumpenschulen*, die Kindern und auch älteren Leuten die Möglichkeit gaben, eine gewisse Bildung zu erwerben, woher sie auch kamen und wie arm sie auch waren. Sie half bei der Gründung kleiner Unternehmen, spendete den Kirchen Geld – aber nur, wenn sie den Armen auf praktische Art halfen – und war alles in allem ein Phänomen. Sie spielt eine wichtige Rolle in diesem Roman, und da ich ihr keine Fragen stellen konnte, musste ich, was ihre Reaktionen in bestimmten Situationen betraf, von einigen begründeten Annahmen ausgehen. Eine so reiche unverheiratete Frau muss gewusst haben, was sie wollte, und bestimmt ließ sie sich von nichts so leicht ins Bockshorn jagen.

Die Römer haben die Londoner Kanalisation gebaut, und im Lauf der Generationen wurde sie immer wieder notdürftig repariert. Die Abwasserkanäle waren hauptsächlich für Regenwasser bestimmt und nicht für menschliche Fäkalien, die sich in Senkgruben und Faulbehältern sammelten. Wenn die überliefen, weil es einfach zu viele Menschen gab, breiteten sich Cholera und andere schreckliche Krankheiten aus.

Es gab tatsächlich Tosher, deren Leben alles andere als glamourös war, aber das galt auch für die Schlammkriecher und jungen Kaminkehrer, die ganz eigene scheußliche Krankheiten bekamen. Dodger konnte von Glück sagen, dass er bei einem Mann wohnen durfte, der auf eine viertausendjährige Tradition gesunder Ernährung zurückblickte. Trotzdem muss ich zugeben, dass ich, wie vor vielen Jahren auch Mark Twain, den Dingen hier und dort ein wenig Glanz verliehen habe.

Das war bei Joseph Bazalgette nicht nötig, der in diesem

Buch als enthusiastischer junger Mann erscheint. Er gehörte zu den herausragenden Persönlichkeiten unter den Geometern und Ingenieuren, die einige Zeit nach dem Ende von Dodgers Geschichte das Gesicht und vor allem den Geruch von London veränderten. Die neue Londoner Kanalisation war eins der technologischen Wunder der neuen Eisenzeit, und mit etwas Wartung hier und dort existiert sie noch heute.

Der von Mister Todd erwähnte Boney ist natürlich Napoleon Bonaparte, und wenn der Leser nicht weiß, wer dieser Mann war, so kann er getrost dem Internet vertrauen, das ihm gern Auskunft gibt.

Eine Anmerkung zu den Münzen. Es ist sehr schwierig, das vordezimale britische Münzgeld Generationen zu erklären, die nie damit zu tun hatten. Es fällt selbst mir schwer, und ich bin damit aufgewachsen. Ich könnte lange über Geldstücke reden wie Thrupence Ha'penny, Tanners, Crowns und Half Crowns und darüber, wie das alles vor allem amerikanische Touristen in den Wahnsinn trieb. Ich kann nur sagen: Es gab Münzen aus Bronze in verschiedenen Größen, und diese Münzen hatten den geringsten Wert. Dann gab es Münzen aus Silber, die, wie man leicht errät, die mittleren finanziellen Plätze belegten. Schließlich waren noch welche aus Gold im Umlauf, und die waren ... nun, Gold wert. Zu Dodgers Zeiten bestanden sie tatsächlich aus Gold und sahen nicht nur so aus wie die heutigen angeblichen Goldmünzen, *grummel grummel jammer*. Aber ganz ehrlich, die alte Währung hatte eine gewisse Realität, an der es der heutigen leider mangelt. Die Münzen von heute, sie haben nicht das *Leben* ihrer Vorgänger.

Dann gab es da noch das wundervolle *Thrupenny bit*, ganz schwer in der Tasche eines kleinen Kinds ... Nein, hier sollte ich besser aufhören, denn wenn ich weitermache, rede ich früher oder später von Groats und Half Farthings, und dann muss mich jemand erschießen.

Wenn man Slang mag und sich näher damit beschäftigt, macht man interessante Entdeckungen. Nehmen wir zum Beispiel das Wort *crib* (im Deutschen u. a.: Krippe, Zuhause, Behälter), mit dem früher ein Gebäude gemeint war beziehungsweise der Ort, wo man wohnte. Vor kurzer Zeit ist dieses Wort aus irgendeinem Grund in den Sprachgebrauch der englischsprachigen Länder zurückgekehrt.

Viktorianischer Slang, und davon gab es ziemlich viel, kann wie ein Minenfeld sein. Wenn man die Welt aus Dodgers Perspektive sieht, kann man nicht *posh* (etwa: fesch) sagen, denn dieses Wort gab es noch nicht. Aber man kann *nobby* (etwa: piekfein, schick) sagen. Es wäre möglich gewesen, dieses Buch ganz mit Slang aus der viktorianischen Zeit zu füllen, aber früher oder später ... Nun, es sollte kein Lehrbuch über Slang werden, und deshalb habe ich mich auf ein paar Ausdrücke beschränkt, die mir besonders gefallen. Leider fand ich keine geeignete Stelle für meinen Lieblingsausdruck, der da lautet: *tuppence more and up goes the donkey,* denn unglücklicherweise ist er ein bisschen zu modern. (Es ist eine vulgäre *Straßensprech*-Bezeichnung dafür, möglichst viel Geld aus etwas herauszuschlagen, bevor man eine Leistung erbringen muss. Sie geht auf einen Schausteller zurück, der einen Esel auf eine Stange oder eine Leiter klettern lassen wollte. Doch vor diesem Kunststück, das nie gezeigt wurde, musste zuerst bezahlt werden, und meistens hieß es dabei: »Noch zwei Pence, und der Esel klettert hoch.«)

Zwar ist *Dodger* nicht besonders lang, aber ich habe oft auf die Hilfe von Freunden mit besonderen Fachkenntnissen zurückgegriffen. Mein Dank gebührt Jacqueline Simpson, Bernard Pearson, Colin Smythe und Pat Harkin, die mich vor Fehlern bewahrten. Wo es dennoch Fehler gibt, sind sie ganz allein meine Schuld.

Ich muss gestehen, dass ich die historischen Fakten hier

und dort ein wenig verbiegen und zurechtrücken musste. Wer sich mit Geschichte auskennt, weiß vermutlich, dass Tenniel das erste *Punch*-Cover nicht vor 1850 illustrierte und Sir Robert Peel Home Secretary (Innenminister) war, bevor Viktoria den Thron bestieg. Aber diese von mir vorgenommenen Änderungen fallen nicht sonderlich schwer ins Gewicht. Übrigens war es höllisch mühsam herauszufinden, wo sich die Redaktionsbüros des *Morning Chronicle* befanden. Offenbar sind sie damals mehrmals umgezogen, und deshalb habe ich sie für *Dodger* in der Fleet Street untergebracht – das wäre ohnehin die richtige Örtlichkeit dafür gewesen. *Dodger* ist kein historischer Roman, sondern ein Roman mit historischem Hintergrund, der Spaß machen und wenn möglich ein wenig Interesse an der Ära wecken soll, die Henry Mayhew und seine Helfer so gut beschrieben haben.

Bei bestimmten Personen habe ich mir zwar einige Freiheiten erlaubt, die auch ihre Reaktionen in gewissen Situationen betreffen, aber den Schmutz, das Elend und die Hoffnungslosigkeit der Armen, die sich irgendwie durchschlugen, oft indem sie sich selbst halfen, habe ich nicht verändert. Es war auch eine Zeit ohne Bildung für alle, ohne Gesundheitsschutz und ohne die sozialen Absicherungen und Regeln, die heute für uns selbstverständlich sind. Und es war eine Zeit, die Platz bot für schlaue und clevere Dodgers beiderlei Geschlechts.

Terry Pratchett, 2012

Inhalt

Jack Dodgers London Guide

PIPER

Inhalt

Zu diesem Buch

Ladies and Gentlemen – so haben Sie London noch nie gesehen! Treten Sie näher und lassen Sie sich verzaubern, wenn Ihnen Jack Dodger, der Held aus Terry Pratchetts Roman »Dunkle Halunken«, die dunkelsten Spelunken und prominentesten Plätze seiner Heimatstadt zeigt. Als gewiefter Straßenjunge versorgt Sie Jack nicht nur mit interessanten Fakten über das London des 19. Jahrhunderts, sondern geizt auch nicht mit praktischen Tipps und allerlei Lebensweisheiten über die Metropole und ihre Bewohner. Von historischen Ereignissen wie dem Großen Gestank von 1858 über Klatsch und Tratsch aus dem Königshaus bis hin zu Wissenswertem über die Unterwäsche der viktorianischen Damenwelt weiß Jack bestens zu berichten – ein Muss für jeden Pratchett- und London-Fan!

Terry Pratchett, geboren 1948 in Beaconsfield, England, erfand in den Achtzigerjahren eine ungemein flache Welt, die auf dem Rücken von vier Elefanten und einer Riesenschildkröte ruht, und hatte damit einen schier unglaublichen Erfolg: Ein Prozent aller in Großbritannien verkauften Bücher sind Scheibenweltromane. Jeder achte Deutsche besitzt ein Pratchett-Buch. Terry Pratchett erhielt zahlreiche Auszeichnungen, darunter den »World Fantasy Lifetime Achievement Award« 2010. Weiteres zum Autor unter:

www.terrypratchettbooks.com

Von Terry Pratchett liegen bei Piper vor:

Die Teppichvölker
Die dunkle Seite der Sonne
Strata
Die Farben der Magie
Das Licht der Phantasie
Das Erbe des Zauberers
Gevatter Tod
Der Zauberhut
MacBest
Pyramiden
Wachen! Wachen!
Eric
Die Schlacht der Nomen Trucker · Wühler · Flügel
Ein gutes Omen. Der völlig andere Hexenroman (mit Neil Gaiman)
Rincewind der Zauberer. Vier Scheibenwelt-Romane
Die Scheibenwelt. Zwei Romane in einem Band
Schlamassel auf der Scheibenwelt. Pyramiden · MacBest
Die Magie der Scheibenwelt. Drei Romane in einem Band
Gevatter Tod · Wachen! Wachen! Zwei Scheibenwelt-Romane in einem Band
Die Gelehrten der Scheibenwelt (mit Ian Stewart, Jack Cohen)
Die Philosophen der Rundwelt (mit Ian Stewart, Jack Cohen)
Darwin und die Götter der Scheibenwelt (mit Ian Stewart, Jack Cohen)
Das Jüngste Gericht (mit Ian Stewart, Jack Cohen)
Eric (illustrierte Sammlerausgabe)
Der ganze Wahnsinn
Jack Dodgers London Guide

Vorwort

In den 40er-Jahren des 19. Jahrhunderts, zur Zeit von Victoria und Albert, stieg ein junger Niemand namens Dodger (der so hieß, weil er Schwierigkeiten zu meiden wusste[*]) aus der Kanalisation und wurde zu einem Helden von London. Seine Notizen in Bezug auf das London, das er so gut kannte – von den ärmsten Straßen und Gassen, deren Schmutz er als Schmuddelkind wie eine zweite Haut trug, bis hin zu den obersten Etagen der Macht, wo er mit den Mächtigsten verkehrte –, bilden die Grundlage dieses Leitfadens und Reiseführers.

Henry Mayhews monumentales Werk *Die Armen von London* vermittelt dem Leser einen tiefen Einblick in das damalige Leben. Aber für alle jene, die wie Twain oder Disraeli glauben, dass es »Lügen gibt, verdammte Lügen und Statistiken«, erwecken Dodgers erhellende Notizen das London von Charles Dickens anschaulich zum Leben. Sie zeigen alles, von den Düngewagen bei ihren nächtlichen Runden durch die Straßen, wo sie die goldene Ernte[†] einholen, bis hin zu den Elendsvierteln am Hafen, wo ahnungslose Besucher im Handumdrehen alles verlieren konnten, was sie am Leib trugen, beim unbeabsichtigten nächtlichen Schwimmen im Fluss manchmal sogar ihr Leben.

Ich habe mir erlaubt, Dodgers Notizen für den modernen Leser auf den neuesten Stand zu bringen und sie um einige zusätzliche Punkte zu erweitern, mit dem Blickwinkel eines Beobachters, der dieses kleine Buch 160 Jahre nach Mister Dodgers ursprünglichen Beobachtungen zusammenstellt.

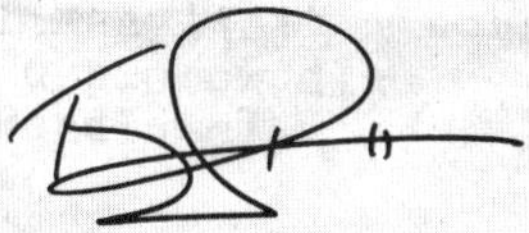

Terry Pratchett
Salisbury, UK
2013

* to dodge: ausweichen, zur Seite springen

† Pisse

Über Sir Jack Dodger*

Der in Armut geborene und in einem Waisenhaus aufgewachsene Dodger war ein Tosher, der die Kanalisation durchstreifte und bewies, dass Geld doch stinken kann, sich aber reinigen lässt. Mit seinen Heldentaten – unter anderem sorgte er dafür, den berüchtigten Sweeney Todd hinter Schloss und Riegel zu bringen – brachte er es zu Ruhm und wurde für seine Verdienste um das Land von der Königin zum Ritter geschlagen. Als »die richtige Art von Tunichtgut«, um für die Regierung zu arbeiten, amüsierte er sich prächtig, indem er überall auf der Welt das Gesetz brach (obwohl man genau genommen das Gesetz offenbar nicht bricht, wenn es jenen dient, die die Gesetze schaffen) und gut dafür bezahlt wurde.

* Dodger ist natürlich eine erfundene Figur, ebenso wie einige der Menschen, denen er begegnet, unter ihnen Solomon, Miss Simplicity und sogar Mister Sweeney Todd. Aber die Welt, in der er lebte, existierte tatsächlich. Als Kind seiner Zeit zeigt uns Dodger das viktorianische London in seiner ganzen Pracht – und mit viel Dreck.

Ein Hinweis von Jack Dodger

Als Kind glaubte ich, jeden schmutzigen Winkel von London zu kennen, alle sicheren und unsicheren Ecken. Jeder Niemand war mir bekannt, und meine Welt bestand aus einer einzigen Quadratmeile. Insbesondere die Tunnel unter den Straßen, wo ich so manche glückliche Stunde damit verbrachte, durch Schlamm und andere Substanzen zu stapfen.

Ich stamme aus London, und die Straßen, in denen man aufgewachsen ist, vergisst man nicht so leicht. Sie haben mich zu dem Mann gemacht, der ich heute bin, zu einem Mann, der zufrieden ist, ein Gentleman und Tosher zu sein (obwohl es diesbezüglich offen gesagt manchmal keinen großen Unterschied gibt).

Und so, zu Ihrer Unterhaltung, habe ich mir erlaubt, einige Anmerkungen zu London niederzuschreiben. Es ist ein London, das Sie vielleicht noch gar nicht kennen. Ich schildere Ihnen nicht nur Glanz und Glorie der Stadt, sondern auch die Metropole der Straßenleute, Waisen und kleinen Zündholzmädchen, die Stadt der Schurken und Halunken an jeder Ecke. In dieser anderen Stadt muss man nicht nur Augen im Hinterkopf haben, sondern am besten auch noch im Allerwertesten.

Ich hoffe, Sie finden mein kleines Buch unterhaltsam und lehrreich. Es wird Ihnen helfen, Brieftasche und/oder Stiefel zu behalten, sollten Sie sich irgendwann einmal in die Hafenviertel wagen.

Jack Dodger

Jack Dodger,
London
1872

MONETEN UND JARGON

Bevor wir uns Dodgers London zuwenden, weisen wir hier auf einiges Grundsätzliche hin, ohne welches das Leben sehr verwirrend werden könnte.

Moneten

Gemeint ist Geld, klar. Für einen im Dreck wühlenden Tosher kam eine Silberkrone (Silver Crown) fast einem Wochenlohn gleich, obwohl er sie nicht »Crown«, sondern *Bull* genannt hätte. Die in London verwendeten Begriffe für die damalige Währung haben Besucher oft verwirrt. Hier werden einige der Münzen aus jener Zeit aufgeführt:

£ 1 = 1 Sovereign = 20 Silver Shillings (Silberschillinge) (20s)
1 Guinea (Guinee) = £1 1s
1 Shilling = 12 Pennies (Pence) (12d); 240d sind 1 Pfund
5 Shillings = 1 Crown (Krone), auch *Bull* genannt
2s 6d = eine halbe Krone, auch *Half-Bull* genannt
6d (Six Pence) = auch *Tanner* oder *Sprat* genannt
1 Farthing (Viertelpenny) = ¼ Penny

»Was Sprats betrifft, nennen wir sie immer Gottes Segen für die Armen.« – Straßenhändlerin zu Mister Henry Mayhew, *Die Armen von London*

»Jährliches Einkommen: zwanzig Pfund. Jährliche Ausgaben: neunzehn Pfund, neunzehn Schillinge sechs Pence. Resultat: Wohlergehen. Jährliches Einkommen: zwanzig Pfund, jährliche Ausgaben: zwanzig Pfund sechs Pence. Resultat: Elend.« – Mister Micawber, im Roman *David Copperfield* von Charles Dickens (1850)

Auf meine neuen Treter schielen

Und nun einige Beispiele der Umgangssprache in den Straßen von Dodgers London:*

Barker: eine Waffe (Knarre)
Beak: Richter (Paragrafenscheißer)
Blag: stehlen oder stibitzen, meistens per Schaufenstereinbruch (flözen, fladern)
Blow up: schimpfen (anpampen)
Bluebottle: ein Polizist (Bulle)
Boat, get the (boated): eine Verurteilung dazu, außer Landes gebracht zu werden; oder ein sehr strenges Urteil durch einen Richter
Brass: Geld (Knete)
Bruiser: ein Boxer
Buck cabbie: ein unehrlicher Taxifahrer
Butcher's, take a: einen Blick werfen auf
Buzzing: stehlen, Taschendiebstahl (klauen)
Candle to the devil, to hold a: böse sein
Cant: ein Geschenk
Chink: Geld (Knete, Kohle, Zaster)
Chiv, Shiv: ein Messer, Rasiermesser oder zugespitzter Stock
Choker: ein Geistlicher oder ein Halsband
Clink: ein Gefängnis (Kittchen)
Cocker: ein Kumpel, Freund (Kuffnugge, Oberhomie, Bubba)
Coopered: abgenutzt, nicht mehr zu gebrauchen (ausgeschlaucht)
Costers: Leute, die im Gemüsehandel arbeiten, Obst und Gemüse in Buden oder von Karren verkaufen
Cove: ein Mann (Typ)
Crab, to: jemanden verraten (verpfeifen, verpetzen)
Crabshells: Schuhe (Treter, Knobelbecher)
Crib: Unterkunft (Bude, Butze)
Dipper: ein Taschendieb (Langfinger)
Dollymop: eine Prostituierte, oft nur nebenberuflich, oder ein Dienstmädchen, das sich nebenbei unanständiges Geld verdient
Fence: jemand, der Gestohlenes verkauft (Hehler)
Flam: eine Lüge (Blödfön, Dummschwätzer)
Flash-house: ein relativ sicherer Treffpunkt für Verbrecher. Dort gibt es Bier und leichte Mädchen; wird oft von Hehlern benutzt. (Unterschlupf)
Flimflammer: ein Betrüger, jemand, der andere Leute täuscht oder hereinlegt (Absahner)
Fluefaker: ein Schornsteinfeger
Flying the blue pigeon: Bleidach stehlen
Growler: eine Kutsche mit vier Rädern
Half inch: stehlen, klauen
Hammered for life: verheiratet (unter der Haube, auf ewig gefesselt)
Holywater sprinkler: eine Keule mit Nägeln
Jerryshop: ein Pfandleiher
Judy: eine Frau; oft ist eine Prostituierte gemeint (Nutte)
Lobcock: Zipfel (Pimmel, Schwanz)
London particular: dichter Londoner Nebel (Waschküche)
Lump Hotel: Armenhaus
Moniker: Unterschrift oder Name
Mot: eine Frau, insbesondere wenn sie eine Herberge oder eine Gaststätte leitet
Nibbed: verhaftet (gekascht, eingebuchtet)
Nipper: ein Kind (Balg)
Nobble: schwere Verletzungen zufügen (in die Mangel nehmen)
Nose: ein Informant oder Spion (Schnüffler)
On the fly: sich schnell bewegen (huschen)
Peeler: ein Polizist (Bulle, Knüppelknutscher, Staatskasper)
Penny gaff: ein billiges Theater
Piccadilly weepers: ein Backenbart (Gesichtshecke)
Raws: die bloßen Fäuste
Rookery: Slum, Getto oder Elendsviertel
Screever: ein Urkundenfälscher oder zwielichtiger Anwalt (falscher Fuffziger)
Snakesman: ein dünner Bursche, der durch kleine Öffnungen in ein Haus einbrechen kann
Snuff, up to: vernünftig; ein Typ, mit dem man Geschäfte machen kann
Specie: Geld (Moneten)
Spouts: Reden (Gelaber)
Stumps up: bezahlt (geblecht)
Tea leaf: ein Dieb (Klauer)
Ticker: eine Uhr (Zeiteisen)
Titfer: ein Hut (Jubelpfanne)
Toff: ein schick gekleideter Gentleman (aufgebrezelter feiner Pinkel)
Toolers: Taschendiebe (Langfinger)
Topping: eine Hinrichtung am Galgen (Licht ausblasen, Hals knicken)
Trotter cases: Stiefel (Knobelbecher)
Whistle: ein Anzug (-träger, z. B.: Nadelstreifler)

* in Klammern vergleichbare deutsche Ausdrücke

DIE CREME DER HAUPTSTADT

Beginnen wir mit einem Bestiarium (weil sie sich für die Besten halten) der adligsten Adligen in London. Ich hatte einmal das Glück, dem Königspaar zu begegnen, und bei jener Gelegenheit erschien mir Königin Victoria als ziemlich schöne Frau, obwohl natürlich sehr aristomäßig. Und Prinz Albert hatte den … besonderen Händedruck, den Solomon zu kennen schien. – Jack Dodger

Königin Victoria und Prinz Albert

Das oberste Paar der ganzen Welt – oder fast. Das britische Weltreich schien damals die ganze Erde zu umfassen. Es war so groß, dass den Kartenzeichnern vermutlich die roten Buntstifte ausgingen.

HABEN SIE'S GEWUSST?

- Victoria war erst 18, als sie im Jahr 1837 Königin wurde. Sie trug nur ihren Morgenrock, als ihr der Erzbischof von Canterbury und Lord Conyngham die Nachricht überbrachten. Ihre Herrschaft dauerte fast 64 Jahre. Es gab keine anderen britischen Könige oder Königinnen, die so lange regierten wie sie, und es war die längste Regierungszeit einer Frau in der bekannten Geschichte.
- Als Kind lautete ihr Spitzname »Drina«, eine Kurzform ihres Taufnamens Alexandrina Victoria.
- Sie war nur 1,52 Meter groß.

- 1837 heiratete sie ihren deutschen Cousin Albert. Sie hatten 9 Kinder, 40 Enkel und 37 Urenkel – obwohl die Königin nicht gern schwanger war und Neugeborene für hässlich hielt.
- Victoria fand das Stillen so abscheulich, dass sie eine Milchkuh nach ihrer Tochter Alice benannte, als die ihr eigenes Kind säugte.
- Zwischen 1840 und 1882 gab es sieben Mordanschläge auf Victoria.
- 1876 wurde sie zur Kaiserin von Indien gekrönt.

"NEW CROWNS FOR OLD ONES!"
(ALADDIN *adapted*.)

Peinlichkeiten bei der Krönung

* Bei der Krönung *rollte* der 82-jährige Lord Rolle (Nomen est omen!) die Treppe hinunter, als er der neuen Königin huldigen wollte.
* Der Erzbischof von Canterbury setzte ihr den Ring auf den falschen Finger.

Ein kleines schwarzes Kleid?

Nach dem Tod ihres Mannes (im Alter von nur 42 Jahren) trug Victoria ausschließlich Schwarz. Die meisten viktorianischen Witwen trugen zwei Jahre Schwarz und gingen dann zum »halben Trauern« über, was bedeutete, dass sie schwarze Kleidung *und* beliebig viele Grauschattierungen tragen durften. Victoria trug *vierzig Jahre* lang Schwarz.

22:50 Uhr

Um diese Uhrzeit starb Albert im Jahr 1861, und alle Uhren in seinem Zimmer wurden angehalten. Doch das genügte Victoria nicht. Sie wies Alberts Kammerdiener an, sich so zu verhalten, als würde der Prinz noch leben. Jeden Tag musste er Seife, Handtücher und heißes Wasser in Alberts Zimmer bringen und ihm Kleidung zurechtlegen.

Prinz Albert

Traurigerweise ist Prinz Albert trotz seiner vielen Verdienste vor allem wegen einer Eigenart in Erinnerung geblieben: wegen eines Piercings in einem sehr privaten Teil seiner Anatomie. Er war, soweit bekannt, der erste Prinz mit einem Ring im Intimbereich.

Die Londoner Industrieausstellung 1851

Albert war ein großer Unterstützer von Industrie und Kunst, und eine seiner größten Leistungen auf diesem Gebiet war die wundervolle »Great Exhibition« bzw. »Crystal Palace Exhibition«, die Londoner Industrieausstellung von 1851. Tausende von Ausstellungsstücken wurden gezeigt, vom damals größten Diamanten der Welt bis zum »Sturmvorhersager«, einem Barometer, das Blutegel verwendete.

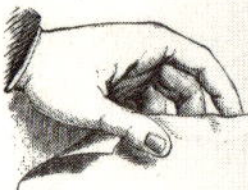

HABEN SIE'S GEWUSST?

Der Bau des Crystal Palace, des Kristallpalastes, dauerte nur 35 Wochen. Für St. Paul's Cathedral waren 35 Jahre nötig.

Die Beine zusammenkneifen ... 827 000 stehen Schlange vor den Toiletten!

Aufs Klo zu gehen bedeutete gewöhnlich, einen Blick auf das Essen von gestern zu werfen. Daher grenzte eine Toilette, die mehr war als ein Brett mit einem Loch und einem Eimer darunter, an ein Wunder. Und noch wundervoller war ... ein Spülklosett! Nur die aristokratischsten Aristos in London hatten eins, aber bei der Londoner Industrieausstellung von 1851 gingen bis zu 11 000 gewöhnliche Leute *pro Tag* auf die Toilette und zogen nach ihrem dortigen Geschäft an einer Kette mit einem kleinen Porzellanknauf.

Die Kette wartete darauf, gezogen zu werden, nicht wahr? Aber warum? Um anderen Menschen mitzuteilen, dass man fertig war? Läutete sie vielleicht eine Glocke, damit niemand kam und einen störte?

Buckingham Palace

Der Palast wurde auf einem Stück Land errichtet, auf dem König Jakob I. (1623–1625) einen Maulbeergarten anlegen wollte, um Seidenraupen zu züchten. Zum Pech für die feinen Leute, die sich Seide für ihre Unterwäsche wünschten, wählte Jakob den falschen Maulbeerbaum, und das Projekt scheiterte. (Allerdings erfüllten die Maulbeerbäume dennoch einen guten Zweck, denn der Park wurde später als ein Ort von Ausschweifungen bekannt.)

HABEN SIE'S GEWUSST?

- Victoria war die erste Monarchin, die im Buckingham Palace wohnte. Aber als Dodger und andere Straßenkinder das prächtige Gebäude bestaunten, ahnten sie nicht: Die Kamine zogen so schlecht, dass es im Innern des Gebäudes eiskalt war.
- Heute hat der Buckingham Palace 775 Räume, darunter 19 Prunkzimmer, 52 königliche und Gästeschlafzimmer, 188 Schlafzimmer für Bedienstete, 92 Arbeitszimmer – und 78 Badezimmer.

In-I-go Jones

Ein Apotheken-Botenjunge namens Jones wurde 1841 mehrmals dabei erwischt, wie er sich in den Palast schlich, nicht um Ihrer Majestät etwas zuleide zu tun, sondern um sich in der Nähe ihres Schlafgemachs* unter einem Sofa zu verstecken. In einem witzigen Kommentar schrieb Lady Sandwich, der kleine Schlingel müsse ein Nachkomme des Architekten In-I-go† sein.

Dodger vermutete, dass der Bursche einen guten Snakesman abgegeben hätte ...

* Einmal, so heißt es, fand die Polizei Unterwäsche der Königin in seinen Hosentaschen.

† Gemeint ist Inigo Jones, der als erster bedeutender englischer Architekt des Klassizismus gilt. In-I-go bedeutet so viel wie »Ich gehe hinein«.

Lady Angela Burdett-Coutts (1814–1906)

Mehr Moneten als sonst jemand auf der Welt – und sie gibt viel davon weg!

Lady Angela Burdett-Coutts war eine höchst ungewöhnliche und mächtige Frau in einer Zeit, als Frauen nicht einmal das Wahlrecht besaßen. Schon früh erbte sie das Vermögen ihres Großvaters, etwa drei Millionen Pfund*, und erstaunlicherweise gab sie viel davon weg. Natürlich verfügte sie über jede Menge Geld, aber ihre Freigiebigkeit war trotzdem erstaunlich.

HABEN SIE'S GEWUSST?

- Lady Angela finanzierte die »Lumpenschulen«, die armen Kindern zu Bildung verhalfen und ihnen die Möglichkeit geben sollten, den Kopf aus dem Nebel der Elendsviertel zu strecken (aus einem Nebel, der oft so dicht und schwarz war, dass man ihn nicht nur schmeckte, sondern mit Messer und Gabel schneiden, den Ruß nehmen und ins Feuer werfen konnte).
- Als wahre Tierfreundin wurde Lady Angela Präsidentin der British Beekeepers' Association (Britische Bienenzüchtergesellschaft), richtete Trinkbrunnen für Hunde ein und arbeitete mit dem Tierschutzverein zusammen.
- Einmal machte sie dem Duke von Wellington einen Heiratsantrag, doch der Herzog lehnte ab – der Eiserne Herzog war durchaus bereit, es mit Napoleon aufzunehmen, aber Lady Angela hielt er offenbar für eine Schlacht, die er nicht gewinnen konnte.
- Sie heiratete schließlich im Alter von 67 Jahren, und zwar ihren 29 Jahre jungen Sekretär.

* Das ist enorm viel Geld, heute etwa 130 000 000 £. Jede Menge Moneten!

Die Lumpenschulen

Ich kann „Bier", „Gin" und „Ale" lesen. Is doch sinnlos, sich den Kopf mit unbrauchbarem Kram zu füllen, finde ich.

* Man brauchte keine Lumpen zu tragen, um eine Lumpenschule zu besuchen, aber die meisten Kinder hatten nichts anderes. Viele von ihnen besaßen nicht einmal Schuhe!
* Charlie Dickens stellte einer Schule einen Wassertrog zur Verfügung, »damit sich die Jungen waschen können«.
* Die Klassenzimmer konnten sich überall befinden: in alten Ställen, auf Dachböden oder unter Bahnüberführungen.
* Der Unterricht konzentrierte sich auf die drei R: *reading, 'riting* und *'rithmetic* (Lesen, Schreiben, Rechnen). Hinzu kam eine gehörige Portion Bibelstudium, damit die Kinder die Namen der Apostel nennen konnten, auch wenn sie nichts zu essen hatten. (Im Gegensatz zu Dodger, der Charlie Dickens keinen Apostel nennen konnte, es aber gut verstand, sich eine Mahlzeit zu beschaffen.)

Ein warmes Feuer und ein bisschen Lernen

In *Die Armen von London* schilderte ein junger Schlammkriecher von damals, wie andere Jungen sein Interesse an der Schule weckten: »Sie erzählten mir, dass sie viel lachten und den Lehrer verulkten. Dass sie das Gas ausmachten und mit ihren Tafeln schmissen. Sie erzählten auch von einem guten Feuer, und so bin ich hingegangen, um mich ein bisschen aufzuwärmen.«

Benjamin Disraeli (1804–1881)

Ein echter Geezer.*

HABEN SIE'S GEWUSST?

- Disraeli war Großbritanniens erster und bisher einziger jüdischer Premierminister (erste Amtszeit 1868, die zweite von 1874–1880).
- Der redegewandte konservative Politiker beschrieb seinen Erfolg so: »Ich bin an einer eingefetteten Stange nach oben geklettert.«
- Sein politischer Rivale Gladstone hat einmal zu ihm gesagt: »Sir, Sie werden vermutlich am Galgen oder an einer üblen Krankheit sterben.« Worauf Disraeli erwiderte: »Sir, das hängt davon ab, ob ich mich auf Ihre Ideen oder mit Ihrer Frau einlasse.«

Solomons Weisheit: »An deiner Stelle dächte ich nicht zu viel an Politik, das könnte dich krank machen.«

Eine Nation, die zwei Flaschen Brandy braucht?

1872, bei einer wichtigen Rede, sprach Disraeli von einem zwischen Reichen und Armen geteilten Land. Er prägte den Begriff »eine Nation« in seiner Hoffnung auf eine bessere Zukunft. Es war eine lange Rede – und offenbar trank Disraeli dabei zwei Flaschen Brandy! Also muss er ziemlich hinüber gewesen sein, als er seinen langen Aufruf zum Kampf gegen die Armut beendete ...

* Geezer: Herr, aber auch: alter Knacker oder nobler Knacker

Westminster und das Parlamentsgebäude

Dieses Gebäude war nicht viel anders als eins der überfüllten Mietshäuser: größer, wärmer und annehmlicher eingerichtet, die Menschen darin eindeutig besser ernährt, den dicken Bäuchen und roten Nasen nach zu urteilen, doch es war nur eine weitere Straße voller Leute, die um die besten Plätze rangen, nach Macht und einem besseren Leben strebten, wenn nicht für alle, so zumindest für sie selbst.

HABEN SIE'S GEWUSST?

Das Parlamentsgebäude gilt als königlicher Palast, deshalb ist es verboten, dort zu sterben. Wer es trotzdem tut, hat Anspruch auf ein Staatsbegräbnis.

Remember, remember … nein, nicht den 5. November, sondern den 16. Oktober

Guy Fawkes hat es nicht geschafft (obwohl Dodger einmal gehört hat, wie jemand sagte: »Niemand ging je mit besseren Absichten zum Parlament.«), aber als im Jahr 1834 einige Arbeiter 11 Stunden lang Kerbhölzer in einen Ofen warfen … brachten sie es fertig, Unter- und Oberhaus abzufackeln.

Ein gefährliches Laster

Im 17. Jahrhundert war das Rauchen im britischen Unterhaus verboten – angeblich damit niemand das Gebäude in Brand stecken konnte. Als Alternative wurde Schnupftabak angeboten. Noch heute steht an der Tür des Unterhauses eine volle Schnupftabakdose bereit.

Wenn die Zunge mächtiger ist als das Schwert

Politiker tragen ihre Kämpfe bei Debatten aus. Aber für den Fall, dass jemand auf dumme Gedanken kommt: Zwei rote Linien auf dem Boden des Unterhauses sind offenbar nur gut zwei Schwertlängen voneinander entfernt.

Solomons Weisheit: »Die Lords und gewählten Abgeordneten besprechen die Tagesangelegenheiten natürlich im Parlament, aber ich vermute stark, dass die Ergebnisse viel damit zu tun haben, worüber bei einem Drink gesprochen wird.«

ASPIDISTRA-LAND

Hier stelle ich Sie der Mittelschicht vor, draußen in den Vororten, so weit draußen wie z. B. Chelsea, wo sich Ihnen die Gerüche des Flusses um den Kopf schlingen und in jede Hautpore und jede Falte der Unterwäsche kriechen. Was aber ganz in Ordnung ist, bedeutet es doch, dass die Häuser dort für die Aufstrebenden erschwinglich sind.

Die Angehörigen der Mittelschicht fühlten sich den gewöhnlichen Arbeitern weit überlegen und gaben sich alle Mühe, wie Leute der Oberschicht und des Adels auszusehen – oft stellten sie vorn eine Topfpflanze ins Fenster, eine Aspidistra (Schusterpalme). Der allgemeine Eindruck mochte auf Wohlstand hindeuten, aber Dodger und seine Snakesmen-Freunde wussten, dass diese Häuser oft ein falsches Bild vermittelten, wie bei einer Liebesdienerin, die gut geschminkt und in einen Samtmantel gehüllt himmlische Freuden in Aussicht stellt, deren Körper aber so weit den Bach runter ist, dass er bereits das Meer erreicht hat.

Zu fein fürs Kochen und Saubermachen

Zwar mussten die meisten Angehörigen des Mittelstands mit ihrem Geld vorsichtig umgehen, aber in ihrem knappen Budget konnte keineswegs auf 10 £ im Jahr für eine Hausangestellte verzichtet werden. Jeder viktorianische Mittelstandshaushalt, der etwas auf sich hielt, leistete sich mindestens eine Person, die kochte und alle die kleinen überaus notwendigen Ziergegenstände abstaubte.

Dodger war darauf spezialisiert, hübsche Gegenstände zu bemerken, insbesondere jene von gewissem Wert, die er geschwind in die Tasche stecken und anschließend zu Geld machen konnte. Aber welchen Sinn hatten sie? Sollten sie darauf hinweisen, dass man sie sich leisten konnte? Wie viel besser fühlte man sich dadurch? Wurde man damit glücklicher?

Mister Henry Mayhew (1812–1887)

Mayhew war ein Freund von Charlie Dickens und erkannte, dass Londons Arme mehr brauchten als nur gelegentliche Suppenküchen. Er widmete sein Leben der Aufgabe, die Lebensbedingungen derjenigen zu untersuchen, die auf der Schattenseite der reichsten und mächtigsten Stadt der Welt lebten.

HABEN SIE'S GEWUSST?

- Henry kannte sich mit großen Familien aus – er war eins von 17 Kindern.
- Als ihn der Direktor der Westminster School mit der Peitsche züchtigen wollte, machte sich Henry auf und davon. Der Direktor hieß Dr. Goodenough*. Gut genug für wen?, fragt man sich.
- Er war Herausgeber der ersten Ausgaben des Satiremagazins *Punch* und später »Chefberater«.

Die Armen von London

Mayhew ging durch die Straßen von London und sprach mit allen, denen er begegnete: mit den kleinen Mädchen, die Veilchen verkauften, oder mit den scharfzüngigen Gemüseverkäufern auf ihren Karren. Er hinterließ ein großes, beeindruckendes Dokument voller Fakten und Statistiken, die erstaunlich detailliert das tägliche Leben der Ärmsten von London zeigen.

- *Die Armen von London* begann in den 1840er-Jahren als Artikelserie für die Tageszeitung *Morning Chronicle* und erschien dann fortlaufend, bis sich Mayhew mit dem Drucker um Geld stritt. 1851 wurde sein Werk in drei Bänden und 1861 in einem Band veröffentlicht.
- Jeder Band hatte etwa 500 Seiten, zweispaltig gedruckt.

* good enough: gut genug

DAS ZARTERE GESCHLECHT?

Ich habe Frauen gesehen, die in den Straßenbuden an der Seite ihrer Männer arbeiteten, und junge Mädchen, die sich abrackerten, um ihre Familien vor dem Hungertod zu bewahren. Der Mann ist der Herr – was natürlich völlig richtig ist –, aber ich habe auch großen Respekt vor den Frauen. Und die Mädchen, die auf den Kohlekähnen schuften, lassen sich von niemandem etwas sagen. Manche von ihnen haben Fäuste so groß wie Kohleschaufeln.

»Kein Mann, habe ich gehört, darf Sklave sein. Ich hoffe, meine Herren, das gilt auch für Frauen.« – *Miss Simplicity*

Leider hatte Simplicity nur zum Teil recht. Zwar saß eine Frau auf dem Thron, aber praktisch jede andere Frau im Land musste sich einem Mann fügen. Eine viktorianische Frau war rein rechtlich gesehen gar keine Person, sondern *Besitz*, erst des Vaters und dann des Ehemanns. Und eine Ehefrau wurde zu ihrem Mann zurückgeschickt, wenn sie weggelaufen war, auch wenn sie gute Gründe dafür hatte.

Wenn sich ein Mann scheiden lassen wollte, musste er nur beweisen, dass sich die Ehefrau mit einem anderen Mann eingelassen hatte. Eine Frau, die sich scheiden lassen wollte, musste beweisen, dass ihr Mann sich nicht mit ein bisschen Knutschen und Gefummel begnügt, sondern die ganze Chose durchgezogen hatte, vielleicht auch noch mit den Verwandten und einem kleinen pelzigen Haustier.

Unterwäsche

Wenn adlige Frauen als schwach und hysterisch galten, so lag es vielleicht an ihrer Unterwäsche. In den 1840er-Jahren schleppten Frauen der besten Kreise etwa 40 Pfund Kleidung mit sich, wenn sie den Speiseraum betraten, darunter

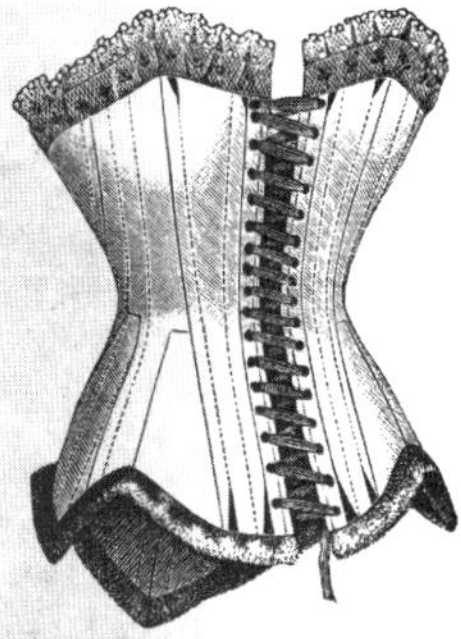

* ein Kleid und einen Reifrock (Für Krinolinen verwendete man Fischbeinstäbchen oder ein Metallgerüst für einen weit abstehenden Rock, der allerdings leicht Feuer fangen und die Trägerin verbrennen konnte.),
* eine knielange Chemise (Unterkleid),
* ein Kamisol (Mieder),
* ein halbes Dutzend Unterröcke,
* ein Korsett,
* Unterhosen.

Versuchen Sie mal, damit eine leckere Torte zu essen!

HABEN SIE'S GEWUSST?

- Die Krinoline konnte wirklich fatal sein. Es wird berichtet, dass Frauen von Anlegestellen geweht und aufs Meer getragen wurden, wo sie ertranken – wer kann mit einem Stahlkäfig um die Brust schwimmen?
- Eng geschnürte Korsetts bargen auch tödliche Gefahren. Trägerinnen solcher Korsetts riskierten Rippenbrüche, wenn sie falsch atmeten.

Viktorianische Schönheitsgeheimnisse

Das im Jahr 1873 veröffentlichte Buch *Schönheit: Was sie ist und wie man sie bewahrt* gab einige sehr nützliche Tipps:

* »Abends sollten die Zähne mit einer sehr weichen Bürste aus Dachshaar gereinigt werden.«
* »Das Wasser für die Reinigung der Haut sollte Regenwasser sein, doch aus dem Londoner Regenwasser müssen Dreck und Ruß herausgefiltert werden.«
* »Das Haar sollte abends wie morgens zwanzig Minuten gebürstet werden.«

Der Kampf zwischen den Geschlechtern nach dem Satiremagazin *Punch* …

In seiner Ecke:

WIE MAN DAS LEBEN DAHEIM ANGENEHM GESTALTET

* Haltet an der Angewohnheit fest, die Zeitung während des ganzen Frühstücks zu lesen. Lasst euch ein halbes Dutzend Mal ansprechen, bevor ihr antwortet, und fragt eure Frau dann, was sie gesagt hat. Gebt nach ihrer Antwort einen Kommentar ab, der damit kaum etwas zu tun hat, als hättet ihr an etwas ganz anderes gedacht.

* Bestellt das Abendessen oft für fünf Uhr und kommt dann erst um Viertel vor sechs nach Hause. Kehrt jedoch gelegentlich genau zur richtigen Zeit heim und beklagt euch dann, dass man euch nicht richtig bedient, wenn das Essen nicht fertig ist.

* (…) Kurz gesagt, verhaltet euch so, wie es euch gefällt, geht euren Neigungen nach und lebt eure Launen aus, ohne jemals Rücksicht auf die Gefühle eurer Frau zu nehmen. Räumt den Schwächen und Besonderheiten ihres Charakters noch viel weniger Raum ein. Wenn ihr diese Ratschläge befolgt, wird euer Leben daheim so angenehm, wie ihr es verdient.

PUNCH (Januar–Juni 1844)

Und in ihrer Ecke:

DER EHEMANN BIS ZUM NÄCHSTEN MITTWOCH GEZÄHMT

JEDER NACH SEINEN FERTIGKEITEN

Jeder nach seiner Geburt! Und hier biete ich Ihnen einige kleine Anmerkungen in Hinsicht auf die große Masse der Menschen, die sich ihr Brot verdienen – ehrlich oder unehrlich, wenn es sein muss. Denn wenn man nicht gerade im Knast sitzt, muss man irgendwie über die Runden kommen und eine Beschäftigung finden, mit der sich ein wenig Geld machen lässt. Das London, in dem ich aufgewachsen bin, steckt voller Leute, die im Leben irgendwie zurechtkommen müssen mit dem wenigen, das sie zur Verfügung haben – manchmal mit gar nichts. Die Glücklicheren unter ihnen (natürlich vom jeweiligen Beruf abhängig) treten in die Fußstapfen ihres Vaters, selbst wenn sie durch den Rinnstein führen. Wenn Sie mich fragen: Der Verkauf von gebackenen Kartoffeln ist am besten, sehr solide und verlässlich. Ich kenne einen Typen, der das Backen mit seiner Frau erledigte, und ihre Kinder brachten die Kartoffeln dann unter die Leute. Haben damit einen ganz schönen Reibach gemacht. Immer eine gute Sache, die Kartoffel. Hält die Leute auf der Straße die Nacht über warm, insbesondere die knusprigen. Womit ich die Kartoffeln meine, nicht die Leute, die sind meistens gar nicht knusprig.

Solomon Cohen hat Dodger erzählt, dass er einmal einem ziemlich haarigen jungen Mann begegnet ist (einem gewissen Karl Marx), der neue Ideen bezüglich Arbeitern, Unterdrückung, Kapital und Massen hatte. Aber der durchschnittliche Arbeiter wollte davon nichts wissen. Ein Lohn für die Arbeit eines Tages war in Ordnung, auch wenn dieser Tageslohn kaum ausreichte, um einen Mann zu ernähren und mit genug Bier zu versorgen. Unterdrückt? Nein, aber zweifellos in den Dreck gedrückt oder gestoßen, von Pferdehufen, Eseln, Betrunkenen und auch dem gelegentlichen Schwein.

Wäre Dodger nicht von Berufs wegen Tosher und durch Glück Gentleman gewesen, hätte er sich vielleicht für eins der folgenden ehrenwerten Gewerbe interessiert:

Aufwecker

Wenn man nicht sicher sein konnte, womit man seinen Lebensunterhalt am nächsten Tag verdiente – Arbeit konnte auf täglicher Basis angeboten werden –, brauchte man einen Aufwecker. Für 6 Pence die Woche hämmerte dieser an die Tür, bis man den Schlaf endgültig hinter sich ließ. Was den armen Aufwecker betraf ... Manchmal musste er jemanden um drei Uhr nachts in einem Teil der Stadt wecken und eine halbe Stunde später jemanden in einem ganz anderen Distrikt, und das bei jedem Wetter – für etwa 9 Schillinge die Woche. Oft bekam er eine kostenlose Haarwäsche, wenn Nachbarn des Mannes, der geweckt werden sollte, ihren Unmut mit einem Eimer Wasser (oder Schlimmerem) Ausdruck verliehen.

Schauerleute

Das Empire wurde auf dem Rücken der Hafenarbeiter errichtet, und wenn von London die Rede ist, darf der berühmte Hafen nicht unerwähnt bleiben: ein Wald aus Segelmasten, daran in der schmutzigen Luft flatternde Flaggen aus aller Herren Ländern. Über große Ladegerüste, manche von ihnen vier Stockwerke hoch, wurden die Schiffe be- und entladen. Tabak, scharf riechende Felle und Hörner, Gewürze und andere Waren aus dem Empire erreichten dort die Stadt. Läden und Buden säumten die Kais, darauf bedacht, Matrosen ihr Geld abzuluchsen. Und zwischen all den Menschen trieben sich die Londoner Dockratten herum – Kinder, die zu allem bereit waren, um sich einen Penny zu verdienen und den Hunger zu besiegen.

HABEN SIE'S GEWUSST?

- Bis zum Ende des neunzehnten Jahrhunderts war der Hafenbereich von Wapping* Sitz des »Execution Dock«, des »Hinrichtungsdocks«: ein Schafott für die Hinrichtung von Piraten und Meuterern. Piraten wurden oft mit einem kurzen Strick gehängt, damit sie langsam starben. Anschließend ließ man ihre Leichen auf dem Dock, bis sie dreimal von der Flut gewaschen waren.
- Zu Dodgers Zeiten waren die Kais und Anlegestellen von Wapping Dock, an denen Schiffe festgemacht werden konnten, zweieinhalb Meilen lang.
- Manchmal lagen bis zu 300 Schiffe an den Kais, und Lagerhäuser enthielten mehr als 200 000 Tonnen Güter.
- Ein Lagerhaus war allein für Tabak bestimmt und nahm bis zu 24 000 Hogsheads Tabak auf! (Ein Hogshead entspricht etwa 1200 Pfund; wir reden hier also von 30 000 Tonnen.)
- Ein Weinkeller war 7 Acre (4047 m^2) groß, und alle Weinkeller zusammen konnten etwa 60 000 Pipes Wein aufnehmen, wobei ein Pipe etwa 478 Liter entspricht.

Eins steht fest, die Londoner mochten Wein und Tabak, und vielleicht auch noch andere Genüsse ...

* Wapping: Distrikt in Ostlondon

Schon als Zwölfjähriger habe ich gewusst, was „Wo geht's zu den leichten Mädchen?" in verschiedenen Sprachen hieß, unter ihnen Chinesisch und einige afrikanische Dialekte. Jede Dockratte war mit diesen Worten vertraut, und die leichten Mädchen gaben einem vielleicht einen Viertelpenny, wenn man den neugierigen Herren die richtige Richtung wies.

[Anmerkung: Als Dodger älter wurde, erkannte er, dass manche Leute dies für die falsche Richtung hielten.]

Matrosen

Die »leichten Mädchen« warteten nicht ohne Grund beim Hafen auf Freier. Matrosen waren die idealen Kunden, denn sie kamen mit Taschen voller Geld an Land und sehnten sich nach Zuwendung, die sie in einem der Freudenhäuser durch einiges Fummeln und weitere Annäherungen bekommen konnten.

SEEMANN AN LAND

Polizist: »Hallo, Seemann. Ich nehme an, der Ausflug an Land tut dir nicht leid, oder?«
Seemann (der sich noch nicht an den festen Boden unter seinen Füßen gewöhnt hat): »Ach, für ein oder zwei Tage ist es nicht übel, an Land zu sein. Wenn es nur nicht so schwer wäre, gerade zu gehen.«

Es geht nach Hause – Homeward Bound
Ein altes Seemannslied, das es auf den Punkt bringt

Drei Jahre sind wir nun schon unterwegs,
Ich glaube, es wird Zeit, gegen den Wind aufzukreuzen.
Und als wir Englands Küste sehen,
Da sind wir außer uns vor Freude,
Denn es geht nach Hause,
Denn es geht nach Hause.

Wenn wir in Londons Hafen einlaufen,
Werden wir dort die vielen Frauen sehen,
Und sie sagen zueinander:
»Willkommen, Seemann, mit der Heuer von drei Jahren!«
Denn für ihn geht es nach Hause.

Und dann gehen wir ins Lamm und Glocke,
Wo es gut zu trinken gibt.
Mit einem Lächeln begrüßt uns der Wirt
Und sagt: »Setz dich, Seemann, es hat sich für dich gelohnt.«
Denn für dich geht es nach Hause.

Aber wenn das Geld ausgegeben ist,
Wenn nichts geliehen und nichts geborgt werden kann,
Dann kommt erneut der Wirt, die Stirn gerunzelt,
Und sagt: »Steh auf und mach Platz für den anderen Seemann,
Denn für dich geht es wieder auf große Fahrt.«

Ohne eine Krone ist der arme Seemann,
Und ohne einen Platz zum Sitzen,
Mit leeren Taschen steht er da
Und muss wieder auf dem Meer arbeiten,
Wieder auf große Fahrt gehen.

Soldaten

Ein Schilling für die Unterschrift, ein Penny danach ...

Das Anwerben von Soldaten geschah häufig in Wirtshäusern und Kneipen, wo junge Burschen – oft mit Bier im Bauch und Träumen von Heldentum im Kopf – den »Schilling der Königin« nahmen (vor allem dann, wenn sie vorher noch mehr trinken durften). Anschließend bekamen sie 1 Schilling pro Tag. Besser gesagt: So viel *sollten* sie bekommen, doch »Unterbrechungen« bedeuteten, dass sie viel weniger erhielten. Im Jahr 1847 wurde ein Gesetz verabschiedet, wonach ein Soldat mindestens einen Penny pro Tag bekommen musste.

HABEN SIE'S GEWUSST?

- Die meisten militärischen Medaillen wurden aus dem Geschützmetall chinesischer Kanonen angefertigt.

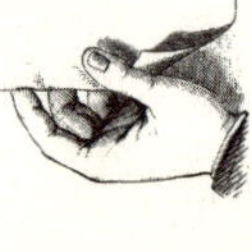

➛ Im Ausland dienende Soldaten konnten bis 1881 ausgepeitscht werden. Während der Napoleonischen Kriege (1800–1814) konnte ein Soldat zu maximal 1200 Peitschenhieben verurteilt werden, mehr als genug, um ihn zu töten! Zur Zeit des Spanischen Unabhängigkeitskrieges (1807–1814) wurde ein Soldat zu 700 Peitschenhieben verurteilt, weil er einen Bienenstock gestohlen hatte.

DIE GROSSE FABRIK FÜR MILITÄRKLEIDUNG BEI PIMLICO

In dem trostlosen Teil von Pimlico, der an die Themse grenzt, in der Nähe des Bauunternehmens der Herren Cubitt, hat die Regierung neulich eine kleine Eichel fallen gelassen, aus der zweifellos in kurzer Zeit eine große Eiche wachsen wird, wie so oft bei Regierungseicheln. Wir meinen die neue Fabrik für militärische Bekleidung, die dort wie über Nacht entstanden ist.

[...] Als wir das gewaltige Gebäude betraten, begrüßten 380 000 Stiefel und Schuhe unsere Augen, hergestellt in dem bräunlichen Bollwerk. In regelmäßigen Abständen sahen wir so etwas wie Heuhaufen aus Stiefeln – Schaftstiefel für die verwundbaren Füße von Kavalleristen, die langen Schäfte wie Trichter aus Leder nach außen geneigt.

»Aber wie werden alle diese Stiefel für die Soldaten passend gemacht?«, fragten wir den Commissariat Officer, der uns durch die Fabrik führte.

»Oh«, erwiderte er, »wir stellen ein halbes Dutzend Größen her, und einige davon passen bestimmt.«

– Aus *Pictures of Town & Country Life, and other Papers*
(Bilder vom Stadt- und Landleben und andere Schriften)
von Andrew Wynter (1865)

Nur ein Stiefel

Die Kriege gegen die Franzosen (gegen die Truppen von Napoleon, »old Boney« genannt) forderten viele Opfer. Kriegsversehrte landeten auf der Straße, manche mit nur einem Bein, das andere bestand aus Holz. Verzweiflung machte einige von ihnen zu Verbrechern, wie Dodger feststellte, als er Holzbein Higgins begegnete, der den *Morning Chronicle* überfiel. Was nutzte eine Medaille, wenn man ein Bein verloren hatte?

Ich weiß jetzt, dass es viele Arten von Kriegen und viele Arten von Helden gibt.

Gelernte Handwerker

Ein Hafenarbeiter brauchte nur starke Arme und einen strapazierfähigen Rücken, und ein Dieb benötigte eine schnelle Hand und noch schnellere Füße. Doch es bedurfte einiger Übung, um ein anständiges (oder, falls notwendig, auch ein unanständiges) Paar Stiefel anzufertigen.

Dodgers guter Freund Solomon Cohen galt als sehr geschickt bei der Reparatur von Schmuck, Uhren und anderen Preziosen. Er säuberte, formte, bog ... und machte die Welt auf seine kleine Art und Weise zu einem besseren Ort.

> Solomon arbeitete immer. Es war in strengem Sinn nie harte, sondern eher weiche Arbeit, und sie betraf kleine Dinge, die kleine Werkzeuge und beträchtliche Mengen an Geduld erforderten.

HABEN SIE'S GEWUSST?

- Ein Handwerker verdiente etwa doppelt so viel wie ein Arbeiter.
- Gelernte Handwerker wie Maurer, Steinmetze und Tischler bekamen 6 Schillinge und 6 Pence für einen Zehn-Stunden-Tag, als sie in den 1860er-Jahren den ersten Abschnitt des Victoria Embankment* bauten.

* Straße und Fußweg am Nordufer der Themse in London

»Zu Seiner Zeit schuf Gott der Allmächtige die Welt, und arme Maurer bauten anschließend die Häuser.« – ein sechzehnjähriger Obstjunge zu Henry Mayhew, *Die Armen von London*

Und ein weniger ehrliches Gewerbe …?

Dodgers Talente dienten einem etwas weniger ehrlichen Zweck. Er nutzte sie für die Herstellung kleiner Freunde, die ihm Zugang zu Gebäuden verschafften, insbesondere zu solchen Häusern, die noch besser verschlossen waren als ein Entenhintern (der, wie allgemein bekannt, wasserdicht war, durchaus von Vorteil für eine Ente, die dumm genug sein mochte, im Wasser der Themse zu schwimmen). Er verbrachte so manche glückliche Stunde damit, seine Dietriche zu biegen, zurechtzufeilen und sie für den Einsatz vorzubereiten.

Ein Wiesel verpfänden?

Wenn Arbeit knapp war, blieb selbst gelernten Handwerkern oft nichts anderes übrig, als ihre Werkzeuge in die Pfandleihe zu bringen – einen Hammer oder eine Säge konnte man nicht essen. Ein alter Kindervers aus dem achtzehnten Jahrhundert erzählt mit Cockney Rhyming Slang davon, ein »weasel« (gemeint ist ein »coat«, ein Mantel) zu »poppen« (nein, nicht das, was Sie denken; mit »pop« ist »pawn« gemeint, also verpfänden), wenn der Familie das Geld ausging …

Half a pound of tuppenny rice,
Half a pound of treacle.
That's the way the money goes,
Pop! goes the weasel.
Up and down the City road,
In and out the Eagle,
That's the way the money goes,
Pop! goes the weasel.

In diesen Zeilen findet sich auch ein Hinweis darauf, wo das Geld möglicherweise geblieben ist – der Eagle war ein altes Pub in Hackney, das 1825 zur Music Hall umgebaut wurde.

Der Ruß, er kriecht überallhin, überallhin. Er gerät in alle Fugen und Ritzen, und er ist gefährlich, stellt Scheußliches mit dem Piepmatz an …

In die Schornsteine unserer großen Stadt

Dodger war als Junge sehr mager und bestens geeignet, durch einen der zahllosen rußigen Schornsteine von London zu klettern. Er ging bei einem Schornsteinfeger in die Lehre, gewöhnte sich aber nicht an diese Arbeit. Besser gesagt: Er gewöhnte sich nicht an den Ruß.

HABEN SIE'S GEWUSST?

- Einige der Kaminkehrerjungen wuschen sich nur einmal in sechs Monaten.
- Der durchschnittliche Schornsteinfeger vertrat die Ansicht, dass Bier nötig war, um den Ruß aus der Kehle zu waschen.
- Wenn sich Viktorianer keinen Schornsteinfeger leisten konnten, warfen sie eine Gans in den Schornstein, um ihn zu reinigen.

»Mit dem wenigen Geld, das sie besitzen, knobeln sie um Bier, bis sie entweder betrunken sind oder keinen Penny mehr in der Tasche haben. Solche Männer sehen aus, als wären sie gerade aus einem Schornstein geklettert. Sie scheinen nie versucht zu haben, sich den Ruß aus dem Gesicht zu waschen. Ich habe gehört, dass kaum jemand von ihnen ein zweites Hemd oder mehr Kleidung besitzt, als er am Leib trägt …«

— Henry Mayhew, *Die Armen von London*

Bedienstete

Zahllose Niemande, die für wenige Jemande arbeiten

Der vordere Teil eines Hauses war für die feinen Leute bestimmt, die dort wohnten. Der hintere blieb den Bediensteten vorbehalten: der Köchin, den Küchenmädchen, den Dienstmädchen und allen anderen, die den größten Teil ihres Lebens auf Knien verbrachten und den Boden für »die da oben« schrubbten.

Ein Straßenjunge an der Tür

Gelegentlich ließ sich ein Stück Pastete oder Hammelfleisch ergattern, falls die Köchin eine Schwäche für den armen kleinen Jungen hatte, der vor der Tür stand und so freundlich lächelte. Und Dodger konnte sehr gewinnend lächeln, auch während er mit einer verstohlenen Hand kleine Dinge stibitzte, die sich wenn nicht einen neuen Eigentümer, so doch einen neuen Besitzer wünschten. Aber der Eindruck täuschte, denn für die Straßenkinder gab es nichts zu lachen und kaum Grund zu lächeln; das Überleben war dafür einfach zu anstrengend.

Hinweis für den Haushalt: Was man von den Bediensteten erwarten kann …

»Die täglichen Aufgaben einer Köchin, eines Küchenmädchens und eines Küchenjungen überlappen sich und können kaum getrennt voneinander beschrieben werden. Einer Köchin obliegen alle Angelegenheiten der Küche, und die anderen helfen ihr bei der Ausübung ihrer Pflichten. Sie ist für die Art und Weise verantwortlich, wie die Arbeit geleistet wird, und muss daher über entsprechende Fähigkeiten verfügen. Für die Hausangestellten ist frühes Aufstehen sehr wichtig: nicht später als um 6 im Sommer und um 7 im Winter.« – Auszug aus *An Encyclopedia of Domestic Economy* (Lexikon der Hauswirtschaft) von Thomas Webster (1845)

Hinweis für die Bediensteten: Was sie vom Haushalt erwarten sollten …

RAT DES SATIREMAGAZINS *PUNCH* FÜR HAUSANGESTELLTE

»Man muss den Fisch erst fangen, bevor man ihn braten kann« – das ist eine goldene Regel für jede Köchin. Ein guter Rat für Bedienstete lautet: Sucht euch das Haus sorgfältig aus, in dem ihr dienen wollt. Die Wahl der Hausherrin erfordert ebenso viel Urteilsvermögen wie die Wahl des Geflügels für die nächste Mahlzeit. Man sollte in beiden Fällen darauf achten, keinen zu alten Vogel auszusuchen.

DAS MÄDCHEN FÜR ALLES

Seid zu Anfang nicht zu neugierig; später habt ihr noch genug Gelegenheit, alles zu durchstöbern.

– *PUNCH* (Juli–Dezember 1845)

EIN VOLK VON LADENBESITZERN

Solomon hat mir einmal erzählt, dass der Franzmann-General Napoleon die Briten „ein Volk von Ladenbesitzern" nannte. Ich weiß nicht recht – in den Armenvierteln sieht es eher nach einem Volk von Überlebenskünstlern aus. Aber es stimmt schon, dass es Läden für alles gibt, das man vielleicht kaufen möchte, sofern man genug Geld besitzt.*

Im viktorianischen London gab es zahlreiche Ladenbesitzer, Angestellte und andere ehrgeizige Vertreter der Mittelschicht, die sich am eigenen Schopf aus dem Sumpf gezogen hatten und auf keinen Fall zurücksinken wollten. Wenn ein junger Bursche über etwas Bildung verfügte (mehr als das auf der Straße erworbene grobe Wissen) und ordentliche Kleidung trug, konnte er auf eine Stelle in einem der vielen Einzelhandelsgeschäfte hoffen, vielleicht sogar auf einen einfachen Posten in einem der großen Kaufhäuser in den besseren Vierteln der Stadt. Und wer genug klimpernde Silbermünzen in der Tasche hatte, für den wurden die Läden, Geschäfte und Warenhäuser dem exzellenten Ruf gerecht, den sie überall auf der Welt genossen.

HABEN SIE'S GEWUSST?

- Bei Lock & Co. in der St. James's Street stellte man die ersten Bowlerhüte her, nachdem die Firma darum gebeten worden war, etwas für den Wildhüter eines Gentleman aus Norfolk zu entwickeln. Man nannte sie »Coke-Hüte«, nach dem betreffenden Gentleman, Mister Coke.
- Der erste Sainsbury's-Laden wurde 1869 in London von John James Sainsbury und seiner Frau Mary Ann eröffnet.
- Harrods führte 1898 die erste »Rolltreppe« ein – oben angelangt bekamen die Kunden ein Glas Brandy zur Beruhigung der Nerven.
- Burlington Arcade – ein überdachter Weg in der Nähe von Picadilly Circus mit 72 Läden – wurde 1819 eröffnet, und zwar für den Verkauf von Schmuck und »Modeartikeln«. Zum Schutz der Kunden vor unerwünschten Personen (praktisch alle, die Dodger früher kannte, fallen in diese Kategorie) gingen dort Amtsleute auf Streife, die Zylinderhüte und Gehröcke trugen.

* Diese geistreiche Bemerkung stammt nicht von ihm selbst, sondern von einem Typen namens Adam Smith, der die Worte in seinem fast 100 Jahre früher veröffentlichten Buch *Wohlstand der Nationen* schrieb.

Dodger hatte das Vergnügen, ein solches Geschäft als willkommener Kunde zu betreten (anstatt als höchst *unwillkommener* Besucher durchs Oberlicht zu klettern), als Solomon ihn zu Lock & Co. brachte, um dort einen Hut zu kaufen, wie er einem Gentleman gebührte. Mit einem solchen Hut sah ein junger Bursche viel eher wie ein feiner Herr aus, auch wenn er unter dem Hut noch immer übel roch.

Und der Kauf eines Huts war für jeden Gentleman eine ernste Angelegenheit …

DIE FRAU HÄLT DAS EINKAUFEN NATÜRLICH
FÜR SEHR DUMM UND LÄSTIG.

Überlegenes Geschöpf. »Um Himmels willen, Edward, komm endlich! Wenn du einen Laden betrittst, willst du ihn gar nicht wieder verlassen.«

Für Leute mit weniger Geld gab es die kleineren Geschäfte, z. B. in Whitechapel: Pfandleihen und Gebrauchtläden, Metzger und Friseure. Staub, Dreck, Diebe und Ratten gab es dort obendrein. Und wenn ein Londoner Metzger jemals einem Hund einen Knochen überließ, war davon auszugehen, dass er kaum aus der Nähe eines Gelenks stammte, denn aus dem Gelenk war bereits Suppe gekocht worden. Der Rest widersetzte sich jedem Versuch, jene Teile zur Verfügung zu stellen, die man gewöhnlich an oder in einem Knochen erwartete.

Ein Kerzenleuchter aus einer Rübe

Ganz London war unterwegs, um auf dem Markt zu kaufen, zu verkaufen oder zu klauen – insbesondere am Samstagabend, wenn das Tageslicht schwand und die Lampen angezündet wurden: rauchige rote Flammen von Talglampen, das verblüffende Weiß der neuen Gaslampen oder einfach nur eine Kerze, die in einem Bündel Feuerholz oder in einer Rübe steckte. Und der Markt war voller Waren: niedrig hängendem Obst und anderen Wonnen, die ein junger Bursche vor dem Herabfallen »bewahrte« und die oft wie durch ein Wunder in seinem Mund landeten.

Bei den Marktbuden konnte Solomon selbst mit einem Cockney so gut feilschen, dass der Mann schließlich nachgab. Und wehe jedem Verkäufer, der Solomon Mindergewicht, schimmeliges Brot oder angefaulte Äpfel verkaufte, ganz zu schweigen von einer gekochten Orange und anderen Tricks, z. B. der Wachsbanane.

Man konnte alles kaufen: Fisch, Gemüse, Obst und »Grünkram« (wie z. B. Brunnenkresse, Sternmiere, Kreuzkraut – bestens geeignet für 5-am-Tag!), Schuhcreme, Streichhölzer, Salben aller Art, Fettentferner, Weihnachtskugeln, Rattengift, Knallerbsen, Hundehalsbänder, Vogelkäfige, Grills für Räucherheringe, Schnürsenkel und Miederschnüre, Hemdknöpfe, Schnupftabakdosen, Nadelkissen, Gebrauchtwaren, lebende

Haustiere (z. B. Hunde, Eichhörnchen und Schildkröten), handgefertigte Gegenstände (z. B. Wäscheklammern, Hutschachteln, Binsenkörbe) usw. Was auch immer man sich wünschte, *irgendwo* konnte man es kaufen.

Der beste Freund eines Obst- und Gemüsehändlers

Der Esel lag dem Obst- und Gemüsehändler sehr am Herzen, und manchmal bekam er mehr zu essen (beziehungsweise zu fressen) als ein Mitglied der eigenen Familie. Und er konnte den Karren jeden Tag zwei bis zehn Meilen weit ziehen.

HABEN SIE'S GEWUSST?

- Ein Gemüsejunge verdiente 1/6 bis 2 Schillinge die Woche.
- Das Futter für den Esel kostete vier oder fünf Pence pro Tag. Es bestand aus einem Viertelscheffel Spreu für einen Penny, einem Quart Hafer und einem Quart Bohnen zu jeweils anderthalb Penny, und manchmal auch noch Heu für einen weiteren Penny.

DIE REALITÄT DER ELENDSVIERTEL

Denkt man genau darüber nach, ist London eigentlich gar nicht so groß: eine Quadratmeile mit Plätzen, Straßen und Gassen, umgeben von weiteren Straßen und noch mehr Menschen. Ich bin in einer Welt voller Nebel und Rauch aufgewachsen, und sie fühlte sich noch immer wie mein Zuhause an. Die Armenviertel – wo praktisch alle Niemande leben – sind ein Ort, wo ich alle kenne und wo alle mich kennen, vor allem dann, wenn ich ein bisschen Geld in der Tasche habe. Ein Bibelmann hat mir einmal gesagt, Gott beobachte alles. Nun, wahrscheinlich hat er mehr gesehen, als ihm lieb ist, wenn er einen Blick auf Londons Schattenseite geworfen hat.

In Dodgers London gab es kein soziales Sicherheitsnetz für jene, die abstürzten. Und wenn jemand fiel, konnte er ziemlich tief fallen, ohne Hoffnung, unten abzuprallen und wieder nach oben zu kommen, insbesondere dann, wenn er in die Mischung aus Mist, Müll und Dreck fiel, die die Straßen fernab der feinen Viertel bedeckte.

HABEN SIE'S GEWUSST?

- Die Elends- bzw. Armenviertel wurden *rookeries* genannt, weil die dicht an dicht stehenden Häuser und das Gemeinschaftsleben drinnen und draußen an die Nester von Krähen *(rooks)* erinnerten.
- Der Begriff *rookeries* wurde zum ersten Mal 1792 von dem Dichter George Galloway verwendet. Er beschrieb ein *rookery* als »eine Ansammlung von schäbigen Wohnhäusern, in denen Angehörige der niedrigsten Klasse dicht an dicht leben«.
- Die Arbeiterklasse von East London bestand aus einheimischen Engländern, irischen Immigranten und Einwanderern aus Mittel- und Osteuropa, hauptsächlich Russen, Polen und deutschen Juden.
- Seven Dials war ein besonders berüchtigtes Armenviertel, benannt nach einer in sieben Abschnitte unterteilten Sonnenuhr an einer Kreuzung von sieben Straßen.

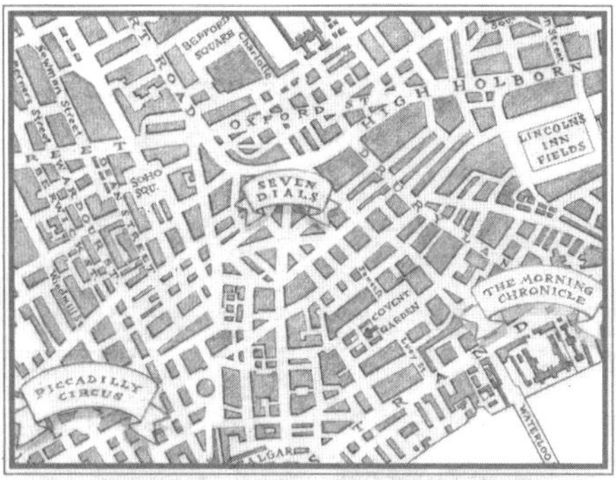

Charles Dickens, ein Freund des jungen Dodger, verwendete seine in den Armenvierteln gesammelten Erfahrungen für viele Romane. Einmal machte er sich daran, das »Rat's Castle« (Rattenschloss) genannte Viertel zu erkunden. In seiner Begleitung befanden sich ein Chefinspektor von Scotland Yard, vier Polizisten sowie weitere Polizisten in Pfeifreichweite für den Fall, dass etwas passieren sollte!

»Wo sonst gibt es ein solches Labyrinth aus Straßen, Höfen, Wegen und Gassen? Wo sonst existiert eine solche Mischung aus Engländern und Iren wie in diesem unübersichtlichen Teil von London? Der Fremde, der sich zum ersten Mal in ›The Dials‹ wiederfindet, vor den sieben dunklen Gassen steht und sich fragt, welchen Weg er einschlagen soll, wird sich eine Zeit lang neugierig umsehen. Von dem unregelmäßig geformten Platz, auf dem er sich befindet, zweigen Straßen und Höfe in alle Richtungen ab, bis sie sich in dem ungesunden Dunst verlieren, der über den Dächern liegt und die schmutzige Aussicht undeutlich und ungewiss macht …«

— Aus *Sketches by Boz* von Charles Dickens (1836)

Manche Straßen können recht schmutzig sein. Vielleicht liegt ein toter Hund herum, vielleicht auch eine tote Alte. Aber so ist die Welt, nicht wahr? Steht nicht in der Bibel geschrieben, dass man ein bisschen Schmutz essen muss, bevor man stirbt?

Häuser und Unterkünfte

Das Zuhause befindet sich dort, wo die Familie lebt.

Und vielleicht auch die Familien aller anderen, denn in einem typischen Mietshaus rückten die Nachbarn sehr dicht aneinander, manchmal so dicht, dass sich ihre Schultern berührten. Und die kleinen Freunde, die sie vielleicht am Körper mit sich führten, wurden bald zu den eigenen kleinen Freunden, ließen sich in den Achseln und im Schritt nieder, bis sie weitergegeben wurden. Das galt erst recht dann, wenn die Betten im Haus gleich mehrfach vermietet wurden, wenn tagsüber und nachts verschiedene Menschen darin schliefen.

»Ein hübsches Bett für die Jungen ...«

Ganze Familien teilten sich die Zimmer mit anderen Familien oder vermieteten ein Bett an Kinder, damit sie »ruhig und bequem schlafen« konnten. Sechzehn oder mehr Familien wohnten in einem Gebäude, in Zimmern über Werkstätten oder Kuh- und Eselställen, mit Karrenladungen voller Abfälle im Hof und stehendem Wasser auf den Straßen.

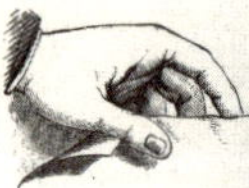

HABEN SIE'S GEWUSST?

- 1854 gab es in London 1400 Wohnhäuser mit 30 000 Bewohnern – weitere 50 000 wohnten in nicht registrierten Häusern.
- Henry Mayhew erzählte Dodger, dass er einmal dem Pfarrer einer kleinen Kirche begegnet war, der 29 Personen in einer Wohnung angetroffen hatte. Als der Priester zwischen zwei Betten kniete, um für eine sterbende Frau zu beten, steckten seine Beine so fest, dass er kaum wieder aufstehen konnte.

> »Ladys und Gentlemen wurden aufgefordert, gewöhnliche Kleidung zu tragen und durch die Straßen zu gehen, um jene zu sehen, von denen sie zwar gehört hatten, die ihnen aber so fremd vorkamen wie die Bewohner eines anderen Landes.« – *New York Times* (1884)

Die tapfersten Touristen verbrachten eine Nacht in einer billigen Pension, um dem Lumpenproletariat für einige Stunden so nahe wie möglich zu sein. Viele von ihnen trugen mehr nach Hause als nur Erinnerungen ...

Fahrende Händler oder Leute mit einer Pechsträhne konnten für vier oder sechs Pence in einer Penne unterkommen, die bis zu 40 Zimmer mit Schlafplätzen für 200 Personen hatte. In der Küche einer solchen Penne fanden gleichzeitig 400 Menschen Platz.

»Wenn ein Mann seinen Stand in der Gesellschaft verloren hat, so kann er ziemlich tief sinken, und tiefer als in einem dieser schäbigen Wohnhäuser geht es kaum.« – der einst wohlhabende Bewohner einer Penne, zitiert in *Die Armen von London*

»Ein vertrauenswürdiger Mann erzählte mir, dass er vor nicht allzu langer Zeit gezwungen war, in einer der billigsten (was den Preis betrifft) Unterkünfte zu übernachten. Alles war baufällig, schmutzig und laut. Am Morgen wollte er sich waschen und füllte ein Becken mit Wasser aus einem zu diesem Zweck bereitstehenden Eimer. In dem Wasser schwammen lebende – so hatte es den Anschein – Käfer und Läuse, die meinem Informanten zufolge vermutlich von der Decke gefallen waren ...« – Henry Mayhew, *Die Armen von London*

Das Schreckgespenst des Armenhauses …

Schlaf gut, Kindlein, in des Baumes Kron',
Wenn du alt wirst, gibt es keinen Lohn.
Wenn du dein weniges Geld ausgegeben hast,
Geht's erst ins Armenhaus und dann ins Grab.

Anonymer Vers

Wenn man *zu* tief fiel und dabei oft die Familie mitnahm, erwartete einen das Armenhaus. Eine brotlose Person (oder Familie), die nicht imstande war, die wenigen Pence pro Nacht für eine Penne zusammenzukratzen, und die in Hauseingängen zusammengekauert oder unter einer Plane zitternd die Nacht verbringen musste, konnte für Arbeit Obdach und Nahrung bekommen. Als Zugabe erhielten die Mittellosen reichlich Gott-sei's-gedankt: Vor dem Frühstück und nach dem Abendbrot wurden den Unglücklichen Gebete vorgelesen, damit sie darüber nachdenken konnten, welche große Gnade Gott ihnen zuteilwerden ließ, indem er ihnen ein Bett fernab von Frau und Kindern, einen Brocken Käse und einen Kanten Brot für ein paar Stunden Arbeit gab …

HABEN SIE'S GEWUSST?

- Wenn man mit zahlreichen fröhlichen kleinen Freunden am Leib vor der Tür erschien, kam man vielleicht in eine bestimmte Läuse- oder Krätze-Abteilung.
- Charlie Chaplin und seine Mutter verbrachten einige Zeit in einem Armenhaus in South London.
- In den 1840er-Jahren stritten sich Armenhäusler über alte Knochen, die sie zerstampfen und zu Dünger verarbeiten sollten – sie waren so hungrig, dass sie zuerst das Knochenmark heraussaugen wollten.
- Wer gegen die Regeln verstieß, wurde bestraft. Wer absichtlich eine Fensterscheibe einschlug, musste mit zwei Monaten Gefängnis rechnen.
- Nach 1845 feierte man den Weihnachtstag mit Roastbeef, Plumpudding und einem Pint Porter.

Armenhausregeln

Nach 1834 legten neue Verordnungen 233 Regeln für Armenhäuser fest, darunter folgende:

ARMENHAUSREGELN

JEDER ARME, DER EINE DER IM FOLGENDEN AUFGEFÜHRTEN UND FÜR IHN BINDENDEN REGELN MISSACHTET –

- wer Lärm macht, wenn Ruhe angeordnet ist;
- wer schamlose oder abfällige Reden führt;
- wer mit Worten oder Taten eine Person beleidigt oder beschimpft;
- wer eine Person angreift oder ihr Schläge androht;
- wer sich nicht angemessen rein hält;
- wer die Arbeit verweigert, nachdem er dazu aufgefordert wurde, oder wer die Arbeit vernachlässigt;
- wer sich krank stellt;
- wer Karten spielt oder sich anderen Glücksspielen hingibt;
- wer ohne Erlaubnis anderen Armen vorbehaltene Räume betritt oder zu betreten versucht;
- wer sich beim Gebet im Armenhaus oder auf dem Weg zum Gottesdienst, während des Gottesdienstes oder bei der Rückkehr vom Gottesdienst zum Armenhaus schlecht benimmt;
- wer zu spät zurückkehrt, nachdem ihm die Erlaubnis zum vorübergehenden Verlassen des Armenhauses erteilt wurde;
- wer eigensinnig den rechtmäßigen Anweisungen der Autoritätspersonen des Armenhauses zuwiderhandelt.

— GILT ALS UNGEHÖRIG! —

»Die Methoden, mit denen die Leute auf der Straße eine Kruste finden, wie sie es nennen (und manchmal ist es wortwörtlich gemeint), sind so vielfältig, dass sie sich allen Versuchen widersetzen, sie wissenschaftlich zu klassifizieren oder einzuordnen.«

— Henry Mayhew, *Die Armen von London*

Ordentlich in die Hände gespuckt ...

Straßenhändler, Käufer, Entdecker, Künstler, Handwerker und Arbeiter, Laufburschen, Kinderakrobaten, die allgegenwärtigen Bettler – die Londoner Straßen waren voller Leben (zumindest voll von dem Leben, das aus Tausenden von Niemanden bestand). Straßenkehrer, Kanalreiniger, Müllmänner, Wegfeger, Anzünder, Wasserträger, Plakatkleber, Pferdehalter, Schuhputzer, Gepäckträger ... Sie rackerten und schindeten sich ab, schufteten und legten sich in die Sielen, alle auf der Suche nach »Krusten« und vielleicht noch etwas mehr, einem Stück Brot.

Dung ist bares Geld

Für den Preis eines Besens – etwa zweieinhalb Pence – waren zahllose Wegfeger von morgens bis abends im Einsatz und sorgten dafür, dass kein feiner Reisender, der einer Kutsche entstieg, in die Hinterlassenschaften der Pferde trat. Sie verdienten etwa einen Schilling pro Tag und verteidigten ihre Arbeitsbereiche ...

Für drei Pence Kartoffeln an die Rübe ...

Man nehme einen großen Beutel mit rohen Kartoffeln.
Man füge einen kahlköpfigen Mann hinzu.
Drei Pence in den Ring geworfen ...
... und die Kartoffel klatscht an die Rübe.
Sie wird gegen den Kopf geschmettert und zerbricht in ein Dutzend Stücke ...

»Jetzt für vier Pence«, sagt der Aussteller. »Mal sehen, was wir mit einer ebenso großen Kartoffel anstellen können!«

»Der Mann ist voller Beulen, blau und grünlich sind sie, und rot wie durch Entzündungen. Der Kopf sieht aus wie von zahlreichen Kugeln getroffen ...«

– Viktorianischer Gentleman, der das Spektakel beobachtet

Taugenichtse

»Gott segne Sie, Sir, Sie sind ein wahrer Gentleman, Sir ...«

Alte Burschen, die mit zwei Beinen in den Krieg zogen und eins auf dem Schlachtfeld ließen ...

Alte Frauen, denen nicht nur die meisten Zähne fehlten, sondern auch eine Familie. Solche Frauen gab es ziemlich viele, denn ihre Ehemänner traten meistens eher vor den Schöpfer ...

Kinder ballten die Fäuste, damit sich ihre Fingernägel in die Handballen bohrten und bessere Tränen hervorbrachten, Tränen voller *Seele* ...

Ganze Familien flehten Passanten um ein Almosen an, damit ihre Kinder nicht verhungerten ...

Bettler, sie alle, und jeder von ihnen versuchte zu überleben.

Erstaunlicherweise traf man gelegentlich feine Leute, die sich tatsächlich um die Armen auf den Straßen kümmerten und sich ihretwegen ein wenig schuldig fühlten. Wenn man arm war, einen Teil des Schmutzes aus dem Gesicht schrubbte, sich überhaupt nicht schämte und eine gute Leidensgeschichte erzählen konnte ... dann küssten sie einen fast, weil sie sich besser fühlten.

(Aber ein Kuss füllte keinen leeren Magen, und deshalb musste etwas Geld den Kuss begleiten.)

»Wir fürchten sie [die Armenviertel] für das, was sie sind: Betten der Pestilenz, wo ein Fieber entsteht, das sich bis in ferne Teile der Stadt ausbreitet; Zentren des Lasters ... Sie sind nicht nur der Treffpunkt, wo die Massenarmut stark wird, nicht nur Schlupfwinkel, sondern *Wiegen* des Verbrechens. Eine zukünftige Generation von Dieben schlüpft dort aus ihren Nattereiern.« – *The Rookeries of London* (Die Armenviertel von London), Thomas Beames (1852)

Henry Mayhew stellte in *Jene, die nicht arbeiten,* dem vierten Band von *Die Armen von London* (1861), eine Liste von Taugenichtsen zusammen:

EIN KOMPENDIUM VON DIEBEN, BETRÜGERN, BETTLERN, HALUNKEN USW. IHRE METHODEN ENTHÜLLT, GESELLSCHAFTLICHE URSACHEN UNTERSUCHT, VORBEUGEMASSNAHMEN ERKLÄRT. [sic]

BETTLER UND BETRÜGER

Damen und Herren werden insbesondere vor der folgenden Art zweifelhafter und unwürdiger Personen gewarnt:

BETTELNDE BRIEFESCHREIBER

Zuvorderst bei den Bettlern mit ihrem Anspruch auf eine gescheiterte Existenz und gute Schreibkunst.

HERUNTERGEKOMMENER GENTLEMAN

Diese Bettler sprechen von früherer Größe, von Bekannten beim hohen und niederen Adel in einer bestimmten Grafschaft, stets weit entfernt vom aktuellen Ort ... Als Ursache für seinen Ruin nennt der heruntergekommene Gentleman oft eine Verhandlung vor dem Kanzleigericht oder die »fatalen und unheilvollen Folgen« neuer Gesetze und Verordnungen. Er ist ein schwülstiger Blender und geht keck mit seinem abgenutzten Seidentaschentüchlein um, das selbst den größten Skeptiker überzeugt.

DER ABGEWRACKTE HÄNDLER

Der abgewrackte Händler ist ein Einzelhändler, der ähnlich vorgeht wie der heruntergekommene Gentleman. Die unvorhergesehene Pleite von vierzehn der angesehensten Banken in New York, der Verlust zweier Schiffe bei den letzten Herbststürmen oder ausbleibende Zahlungen wichtiger Kunden sowie die gegenwärtige Wirtschaftskrise haben ihn in seine gegenwärtige abscheuliche Lage gebracht. Er hat eine Frau, deren Erscheinungsbild auf ein kleines Einkommen hinausläuft: Ihre von überaus harter Arbeit gezeichneten Hände sind auf einer sauberen Schürze gefaltet, und sie knickst mit der Demut einer Kirchendienerin.

BESCHÄMTE BETTLER

Damit meine ich große Männer mit kantigen Gesichtern, gekleidet in schäbige, aber gut abgebürstete Sachen. An ihre Brust ist ein Zettel mit einer mitleiderregenden Geschichte geheftet, geschrieben in respektablen großen Buchstaben. Der beschämte Bettler appelliert nicht mit Worten an die Barmherzigkeit, sondern mit flehentlichen Blicken. Diese Leute haben kein Talent fürs »Schwatzen«, sind dafür aber mit großer mimischer Ausdruckskraft gesegnet und setzen sie ebenso wirkungsvoll ein wie gesprochene Worte.

»SAUBERE FAMILIE«-BETTLER

Bettler dieser Kategorie bilden kunstfertige Gruppen. Ein heruntergekommener Mann im letzten Stadium der Schäbigkeit geht Hand in Hand mit einem blassen, apart aussehenden Mädchen. Auf der anderen Seite begleitet ihn seine Frau mit einem Säugling auf dem Arm. Ein Kind, das gerade erst laufen gelernt hat, hält sich an ihrer freien Hand fest, und vielleicht gibt es weitere Kinder, die an ihrem Rock hängen und sich gelegentlich davon lösen, um - wie eine Vor- oder Nachhut - einzelne Personen abzufangen, sich auf fallende Münzen zu stürzen oder Passanten herzzerreißend anzusehen.

Die Kleidung der gesamten Familie ist so schäbig, dass man sie fast schon Lumpen nennen kann, aber Hände und Gesichter sind peinlich sauber - die Haut glänzt fast, wie durch die Verwendung von reichlich Seife. Das gilt insbesondere für die Kinder. Bei ihnen glitzert die Haut wie Sandpapier; ihre Augen sind halb geschlossen und die Nasen gewellt wie durch zwanghaftes Waschen. Der Säugling scheint noch sauberer als sauber zu sein und ist niedlich herausgeputzt. Die »Saubere-Familie«-Bettler erwecken den Eindruck, aus einer ruhigen, ordentlichen Londoner Straße zu stammen, und sie posieren zur Bewunderung der sparsamen Matronen, von denen sie ihre Almosen erhalten.

Manchmal singen die Kinder der »Saubere-Familie«-Bettler oder der Vater »schwatzt«. Heute Morgen kam eine Gruppe an meinem Fenster vorbei, die sowohl sang als auch »schwatzte«. Die Mutter fehlte, und die ältesten Töchter strickten und häkelten, während sie gingen.

Wenn man die eine oder andere Tasche leeren muss …

Wenn selbst die Peeler genau darauf achteten, wohin sie den Fuß setzten, und wenn sich keiner von ihnen allein in die Armenviertel wagte, dann waren die berüchtigten Straßen von London das Zuhause vieler geschlüpfter Nattern (außerdem von Ratten und Mäusen, Flöhen und Läusen, Kakerlaken und Fliegen). Den Leichtsinnigen erwarteten viele kleine Hände, bereit, ihm alle jene Dinge abzunehmen, die er nicht mehr brauchte – ein ganzes Heer von Straßenkindern, wie es Charles Dickens so vortrefflich in seinem Roman *Oliver Twist* beschrieb.

Verbrecherjargon

Den ursprünglichen Namen oder eine Zahl von einer gestohlenen Uhr entfernen und durch einen erfundenen ersetzen: **christening Jack** (die Uhr taufen).

Das Innere einer Uhr entfernen und in eine andere einsetzen: **churching Jack** (die Uhr zur Kirche tragen).

Jemand, der einen Ladenbesitzer bestiehlt, während er vorgibt, etwas ehrlich zu kaufen: **ein bouncer** (ein Preller).

Jemand, der einen anderen überredet, an einem betrügerischen Spiel teilzunehmen, z. B. an einem Kartenspiel mit gezinkten Karten: **ein buttoner** (eigentlich: ein Knöpfer).

Einen Einbruch begehen: **crack a case** oder **break a drum** (»einen Kasten knacken« oder »eine Trommel brechen«).

Ein Dieb, der von Kutschen aus stiehlt, indem er hinten hinaufklettert und die Riemen durchschneidet, die das Gepäck festhalten: **a dragsman** (ein Schlepper).

Ein Fenster einschlagen: **starring the glaze** (das Glas »sternen«).

Eine Kasse ausrauben: **pinch a bob** (eine Troddel zwicken).

Eine fürs Ausrauben markierte Person: **a plant** (ein Werk).

Losziehen, um zum Trocknen aufgehängte Wäsche zu stehlen: **going snowing** (schneien gehen).

Falschgeld: **sinker** (Senkblei).

Wer gefälschte Münzen weitergibt: **smasher** (eine Wucht).

Gestohlene Objekte allgemein: **swag** (Beute).

Halb nackt unterwegs sein, um Mitleid zu erregen: **on the shallow** (im Seichten).

Falschmünzer: **bit fakers** (Stückefälscher).

Nächtliche Herumtreiber, die Betrunkene ausrauben: **bug hunters** (Wanzenjäger).

Ein Wohnhaus betreten, während die Familie in der Kirche ist: **a dead lurk** (eine tote Lauer).

Gefälschte Banknoten: **queer screens** (eigentlich: seltsame Schirme).

– *The Seven Curses of London*
(Die sieben Flüche von London)
James Greenwood (1869)

Ein echter Geezer

Dodger war ein wahrer Meister des »Geezerns« – kaum ein anderer verstand es so gut wie er, ein cooler Typ zu sein. Er trug die Straße nicht nur wie einen Mantel, sondern wie einen Teil seiner schmutzigen Haut. Er war ein Schauspieler, der immerzu das Spiel spielte, und wenn er die Reviere anderer Männer betrat, so achtete er immer darauf, wie ein Geezer zu stolzieren. Mit einem Nicken, einem Zwinkern und der einen oder anderen Geste machte er deutlich, dass er ihre Bereiche respektierte. Als Gegenleistung würden sie ihm den gleichen Respekt erweisen, wenn sie nach Seven Dials kamen. Aber für den Fall, dass sie es an Respekt mangeln ließen, hatte er immer den Schlagring dabei …

Jeder Junge möchte, dass man ihn für einen tollen Burschen hält, für einen Geezer, klar?

Banden

Wenn junge Gauner bereit waren, den Rivalen, die ihr Revier betraten, sofort eins überzubraten, konnte Gewalt schnell ausufern …

DIE CLERKENWELL-SCHIESSEREI

Am Samstag ermittelte Dr. Danford Thomas im St. Pancras bezüglich des Todes von Margaret Jane Smith … Alfred Smith, Schaffner, sagte aus: Als er sich um neun Uhr Donnerstagabend in der Margaret Street in Clerkenwell befand, bemerkte er eine Bande von Jungen und Mädchen, insgesamt etwa 20, die sich auf höchst ungehörige Weise benahmen. Ein Gemüsejunge namens Joseph Steadman schob seinen Schubkarren durch die Straße, als ein Bursche namens Mark einen Streit mit ihm begann und ihn schlug. Ein Mädchen rief einem anderen Jungen zu: »Baker, schieß!« Nach Angaben des Zeugen feuerte Baker mit einem Revolver [sic] in die Richtung der Streitenden, und offenbar galt der Schuss Steadman. Unmittelbar nach dem Schuss sah der Zeuge das sterbende Mädchen zusammenbrechen. Es überquerte die Straße zwischen zwei Banden von Jungen.

Inspektor Briggs sprach von zwei miteinander verfeindeten Banden. Weihnachten verhaftete die Polizei 28 der Jungen, und bei einigen von ihnen wurden Revolver gefunden. Donnerstagabend kam es zu neuen Feindseligkeiten zwischen den Banden. Der wahre Name des Jungen, der »Baker« genannt wurde, lautete Robson. Er wusste, dass er einen Revolver bei sich hatte. Eine der Banden gehörte zur Chapel Street, die andere zur Magaret Street, Clerkenwell. Wann immer sie aufeinandertrafen, kam es zu Gewalt. Die meisten Mitglieder der Chapel-Street-Bande waren mit Revolvern bewaffnet. Sie schossen damit, wenn sie die Margaret Street betraten, um auf ihr Kommen hinzuweisen. Meistens ging es bei den Streitereien um Mädchen.

– *Morning Post* (7. Juni 1897)

Wenn man nicht aufpasst

Wenn sich ein Fremder in die Gassen und Höfe von East End wagte, musste er damit rechnen, das Opfer von Dieben (*tea leaves* genannt, Teeblätter) zu werden. Ganze Scharen von ihnen warteten nur darauf, eine Rübe von einem Gemüsekarren zu stibitzen, Besuchern die Schnürsenkel aus den Schuhen zu ziehen oder eine glänzende Münze zu stehlen, die so dumm war, auf der Suche nach Abenteuern aus der Brieftasche ihres Besitzers zu lugen.

Andere Kriminelle, mit denen es ein unaufmerksamer Besucher zu tun bekommen konnte, waren:

Duffers und **Horse-chanters**: verkauften schlechte Waren oder Pferde und betrogen den Käufer
Charley pitchers: Spieler, die beim Spiel mogelten und betrogen
Bouncers und **Besters**: betrogen mit Wetten, die der Zocker unmöglich gewinnen konnte, wie z. B. beim Hütchenspiel
Cracksmen: Leute, die in Häuser einbrachen
Rampsmen: Leute, die Personen auf der Straße anhielten und ausraubten
Drummers: bestahlen die Leute, die sie zum Trinken verleitet hatten
Bug-Hunters: suchten nach Betrunkenen, die sie ausrauben konnten
Buzzers: stahlen aus den Taschen von Gentlemen
Wirers: hatten es mit besonders langen und dünnen Fingern auf die Taschen der Damen abgesehen
Thumble screwers: stahlen Uhren
Drag-sneaks: stahlen von Karren oder Kutschen
Garrotters: Straßenräuber
Wooly bird stealers: stahlen Schafe

HABEN SIE'S GEWUSST?

Selbst das Haar von Pferdeschwänzen konnte gestohlen und verkauft werden – Pferdehaar brachte 10 Pence das Pfund. Als man zwei Pferdehalter auf einem Pferdebusplatz dabei ertappte, wie sie Haar aus dem Schweif der ihnen anvertrauten Tiere verkauften, ärgerte sich die Company vor allem über die verunstalteten Pferdeschwänze und dachte weniger an den Wert des Pferdehaars.

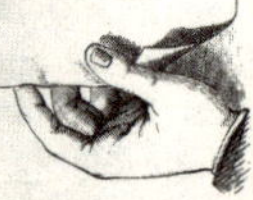

Die große Garrottenpanik von 1862

Als ein Parlamentsmitglied auf dem Heimweg vom Unterhaus auf der Straße überfallen wurde – von einem »Garrotter« –, schuf die Presse (vor allem die *Times*, die strengere Strafen für Verbrecher forderte) eine Panik in der ganzen Stadt, obwohl die Anzahl der entsprechenden Zwischenfälle eher gering war und nicht über 32 im November hinausging. Der besorgte Gentleman, der im Dunkeln das Haus verließ, hatte die Möglichkeit, spezielle Anti-Garrotten-Kragen und Totschläger aus Blei zu kaufen.

Doch die Unvorsichtigen und Unaufmerksamen in einer Kutsche und selbst daheim konnten leicht zu Opfern werden ...

angelehnt an eine Werbung in *Punch* (1856)

»Unter den vielen Dieben, die Londons Straßen heimsuchen, sind die Kutschendiebe besonders geschickt und aktiv. Bei keiner Kutsche sollten jemals die Fenster offen bleiben; wertvolle Teppiche sollten immer mit einem Riemen oder auf andere Weise an der Kutsche befestigt werden. Damen wird geraten, übereifrigen Personen, die ihnen die Tür öffnen wollen, mit Vorsicht zu begegnen, denn in neun von zehn Fällen sind diese Männer und Jugendlichen erfahrene Taschendiebe.

– *Dickens's Dictionary of London* (Dickens' Wörterbuch von London), Charles Dickens Jr. (1879)

Szene: *Die Küche*

Köchin: »Wer war das an der Tür, Mary?«
Mary: »Oh! So ein freundlicher Gentleman mit Schnurrbart. Er schreibt einen Brief im Salon. Er sagt, er ist ein alter Schulfreund des Hausherrn und gerade aus Indien zurück.«

Szene: *Der Flur*

Der angeblich so freundliche Gentleman verschwindet mit einem Mantel und anderen Kleinigkeiten, die er in die Finger kriegen konnte.

Snakesmen (Schlangenmänner): Die Meisterdiebe

Snakesman – WANTED

Qualities needed: skinny, agile lad needed with a head for heights (possibly supported by a hemp noose if he were to be sloppy or careless at his work).

Apply in person at Billies Booth, Seven Dials.

Today or tomorrow at 9 pm of the clock.

Der *Snakesman* war ein Dieb, der an Abflussrohren emporklettern und in jedes Haus gelangen konnte: übers Dach, durch ein offenes Fenster, schnell durch die Hintertür geschlüpft, durch ein Oberlicht. Dodger hatte es selbst einmal für angebracht gehalten, sich mit einem gewissen Erfolg in diesem Metier zu betätigen – ein Erfolg, der überraschenderweise die Aufmerksamkeit maßgeblicher Kreise weckte, woraufhin sie ihm später eine »sehr vorteilhafte neue Beschäftigung« anboten, die genau solche Fähigkeiten erforderte.

Snakesman! Welchen Spaß hatte er als Junge gehabt, als ihm der Hintern halb aus der Hose gehangen hatte! Und weil er schlauer und cleverer gewesen war als die anderen Schlingel, war er zum König der Snakesmen aufgestiegen. Selbst die engsten Stellen waren nicht zu eng für ihn gewesen. Er war durch halb geöffnete Oberlichter geklettert und durch Lücken gekrochen, in denen ein erwachsener Mann stecken geblieben wäre. Anschließend musste er nur noch das Schloss der nächsten zur Straße gelegenen Tür knacken und die Einbrecher hereinlassen. Dafür bekam er die stolze Summe von sechs Pence und eine anständige Mahlzeit ...

Das Handwerkszeug

Wenn ein Snakesman nicht am Galgen baumeln wollte, musste er seine Arbeit so schnell wie möglich erledigen. Wie alle Schlangenmänner hatte Dodger einen Beutel mit kleinen Helfern, darunter:

* **Spanner:** wie ein L geformt, setzt den Schlosskern auf Spannung. Sogenannte Federspanner weisen an der Biegung des L eine Feder auf.
* **Halbdiamanten:** wie ein Dreieck geformt, was ihnen die Gestalt eines in der Mitte geteilten Diamanten verleiht. Für einzelne Stifte bestimmt. Dodger nahm bis zu drei dieser Stücke mit, wenn er in einem bestimmten Haus besondere Schwierigkeiten erwartete.
* **Hook:** mit einem Haken (Hook) am Ende, fürs Raken* bestimmt
* **Ball:** mit einem runden Ende
* **Rake:** wie die gewöhnliche »Schlange« dazu bestimmt, an den Stiften eines Schlosses vorbeizugelangen und sie zu bewegen. Ein Werkzeug für Anfänger und der einfachste Weg, ein Schloss zu knacken. Aber bei einem billigen Schloss genügte diese Methode oftmals.

* eine Lockpicking-Technik, bei der das Pickwerkzeug nicht nur wie beim »Harken« von hinten nach vorn gezogen, sondern auch von vorn nach hinten geschoben wird

Der große soziale Missstand

Viele junge Frauen kamen mit Träumen von einem neuen Leben ins »prächtige London«, doch wenn sie in Wapping Dock das Schiff verließen oder aus einer vom Land kommenden Kutsche stiegen, dauerte es nicht lange, bis ihre Träume zerplatzten. Die Armenviertel von Whitechapel verschlangen sie und spuckten sie wieder aus – meist wie Prostituierte gekleidet.

DER GROSSE SOZIALE MISSSTAND

Zeit: Mitternacht. Eine Szene keine hundert Meilen von Haymarket entfernt.
Bella: »Ah! Fanny! Seit wann bist du schon eine *Gay?*«*

* Zur viktorianischen Zeit bedeutete »Gay« nicht homosexuell, sondern bezog sich auf Prostituierte.

»Ich war mal unschuldig, aber es hat mir nichts genutzt. Dann wurde mir klar, was ich falsch gemacht habe. Aber ich bin hier auf den Straßen geboren und wusste, womit es zu rechnen gilt. Die armen kleinen Unschuldigen, sie ham nicht die geringste Chance, wenn ihnen der erste freundliche Herr Alkohol einflößt.« — *Dreckige Dora*

Dona Britannica Hollandia, oberste Herrin der sündigen Frauen

Mrs. Holland, selbst eine »Anrüchige«, überragte fast alle anderen in ihrem Viertel und ließ sich von Folgendem dabei helfen, die leichten Mädchen ihres Etablissements zu beschützen:

* Fallgatter, Wassergraben und Tor verhinderten, dass sich jemand herein- und wieder hinausschleichen konnte, ohne dass Geld den Besitzer wechselte.
* Ein großer, sehr kräftiger Mann an der Tür hielt unliebsame Besucher fern.
* Die vorteilhafte Lage am Fluss erleichterte es, gewisse Herren loszuwerden, die einem »Missgeschick« zum Opfer fielen oder die eine lange Reise übers Meer zu fernen Ländern antreten wollten.

HABEN SIE'S GEWUSST?

Viele Frauen wandten sich dieser Arbeit zu, weil sie dringend Geld brauchten. Zu Dodgers Lebzeiten gab es in London etwa 50 000 »leichte Mädchen«. Mit anderen Worten: Es kam etwa eins auf 20 erwachsene Männer.

Bordsteinschwalben?

Gutmenschen, die meisten mit christlichem Hintergrund, gingen zu den Londoner Brücken, wenn es Abend wurde, und hielten insbesondere nach jungen Frauen Ausschau, die sich aus Verzweiflung (vielleicht wegen einer Schwangerschaft) in den Tod stürzen wollten. Die glücklichen Damen bekamen oft nur eine Broschüre, die sie aufforderte, nicht mehr zu sündigen. Da aber sonst nur das Armenhaus winkte, konnte es geschehen, dass der Fluss noch etwas nachdrücklicher winkte.

»Wenn heute Nacht niemand auf das Mädchen aufpasst, geht es vielleicht zur London Bridge und wirft seinen gesegneten Körper ins schmutzige Wasser. Sie gehen immer zur London Bridge, wenn sie Schluss machen wollen.« — ein Polizist über eine junge Frau, die ihr Leben beenden will, *Palace and Hovel: Phases of London Life* (Palast und Hütte: Phasen des Londoner Lebens), Daniel Joseph Kirwan (1878)

BENGEL, SCHLINGEL, RANGEN UND FRÜCHTCHEN

Als Junge mit leerem Magen, dem der Hintern aus der Hose hing (für unsereins gab es keine Unterhosen), war ich eins von vielen Schmuddelkindern auf den Straßen und wie die anderen sofort bereit, loszulaufen, ein Pferd zu halten oder etwas zu verkaufen, das ich aus dem Dreck gezogen hatte. Wenn das Leben auf einen pinkelt – oder Schlimmeres –, sollte man versuchen, irgendwie das Beste daraus zu machen! Schlendern Sie durch die Straßen und sehen Sie sich die Rangen an! List und Schalk liegen in ihren scharfen Augen, aber wenn sich eine Gelegenheit bietet, sind sie gleich zur Stelle, um sich den einen oder anderen Penny zu verdienen. Sie sammeln den Dung, den die Shire-Pferde zurücklassen, die vor die Kutschen gespannt sind. Für die Kinder fällt er wie Manna vom Himmel, denn sie können ihn eimerweise als Gartendünger in den feineren Vierteln der Stadt verkaufen. Oft hört man sie auf der Straße rufen: „Nur zwei Pence der Eimer, gut festgetreten!" Und Gott steh mir bei, da ist auch der Lumpensammler, der nicht nur Lumpen sammelt. So sieht's aus: Im guten alten London hat alles seinen Preis. Das gilt selbst für den Ruß. Das halten Sie für übertrieben? Einer der besten Exportartikel unserer Stadt ist der Ruß. Die Bauern bringen ihn mit ihren Karren fort, weil er gut für das Land ist. Meine Güte, manche Leute fälschen Ruß, indem sie gewöhnlichen Staub nehmen und ihn schwarz färben. Aber selbst dieser Staub hat seinen Wert, wenn er aus einem angesehenen Haus stammt. Jedes kleine Etwas in dieser Stadt ist etwas wert. Sie können alte Frauen beobachten, die auf wund gescheuerten Knien im Dreck nach Metallstückchen suchen. In London ist alles und jeder zu verkaufen.

Die Straßenkinder trieben sich überall herum und versuchten alles Erdenkliche, um am Ende des Tages etwas in den Bauch zu bekommen:

- Sie verkauften Dinge ...
- Sie arbeiteten als Laufburschen und Schuhputzer, verteilten Theaterzettel oder Werbung ...
- Sie verdingten sich als angebliche Söhne oder Töchter von Bettlern, die keine eigenen Kinder hatten und das Mitleid der Wohltätigen erringen wollten ...
- Sie führten Kunststücke auf, z. B. Handstände, wenn ein Pferdebus vorbeifuhr, und manchmal warfen anerkennende Fahrgäste ihnen ein paar Münzen zu ...
- Sie sprachen herrschaftliche Fußgänger an und versuchten, sie zu unterhalten ...
- Sie hielten Pferde ...
- Oder sie fegten die Straßen ...

HABEN SIE'S GEWUSST?

In Waisenhäusern aufgenommene Findlinge bekamen oft Namen in alphabetischer Reihenfolge, ganz gleich, wie dumm der Name klang. Dodger hieß einst Pip Stick, was erklärt, warum er schon früh lernte, die Fäuste zu ballen.

Mädchen

Auf den verkehrsreichen Straßen, insbesondere in den besseren Vierteln, in der Nähe von Theatern oder Wirtshäusern, hörte man oft die Rufe von jungen Mädchen, die Obst, Blumen und Kräuter aus Körben anboten. Sie kauften ihre Waren früh in Covent Garden und verkauften sie mit einem Gewinn von bis zu 6 Pence pro Tag, wenn das Glück auf ihrer Seite war.

Eine angehende kleine Mutter

War ein Mädchen groß genug, musste es sich um die jüngeren Kinder der Familie kümmern, oder es wurde ausgeliehen, um beim Herumtragen eines Säuglings zu helfen. (Falls nicht schon eine Alte diesen Job ergattert hatte. Alte Frauen erreichten ihr Alter nicht, ohne eine gewisse Schläue zu erwerben, und es war erstaunlich, wie flink diese Tantchen werden konnten, wenn 6 Pence pro Woche in Aussicht standen.) Und welchen Sinn hatte Bildung für ein Mädchen? Damit kam es im Leben nicht weit ...

Was die Mutter betraf ... auf die war nicht unbedingt Verlass.

»DAS RÄTSEL«

Das Mädchen hatte sich ganz offensichtlich verirrt. Es weinte bitterlich und konnte uns nicht sagen, wo seine Eltern wohnten, ob es eine Waise war, was sein Vater machte oder wo es zur Schule ging.

Auftritt kluger Polizist.

Polizist (*in einem freundlichen Flüstern*): »Wo holt deine Mutter ihren Gin, mein Schatz?« (Und damit war das Rätsel gelöst.)

Schlammkriecher

Bin zuerst ein Schlammkriecher gewesen. Das fällt Kindern leicht, es liegt gewissermaßen in ihrer Natur. Sie wühlen im Schlamm am Fluss und suchen nach Kohlestücken und anderem. Im Sommer ist das nicht schlecht, im Winter allerdings kann's richtig mies werden …

Geschenke des Flusses

Wenn die Flut zurückging, schwärmten am Ufer ganze Horden zerlumpter Schlammkriecher aus und wühlten im Schlamm.

DIE THEMSE BEI EBBE

Wertvoller Abfall

Sehr begehrt waren Zigarrenstummel, denn ihr Tabak ließ sich trocknen und rauchen oder verkaufen. Manche Schlammkriecher sammelten sogar Hundekot, um ihn an Gerbereien zu verkaufen, die ihn für die Herstellung von Lederwaren verwendeten.

HABEN SIE'S GEWUSST?

- Schlammkriecher waren vor allem Kinder, aber es gab auch alte Frauen, deren Rücken von Alter oder Krankheit krumm geworden war. Sie suchten im Schlamm nach Kohlebrocken oder anderen Dingen, von denen sie sich den einen oder anderen Penny erhofften.
- Vom Hinrichtungsdock in Wapping bis nach Limehouse Hole gab es 14 Treppen oder Anlegestellen, wo Schlammkriecher das Ufer erreichen konnten.
- Bei besonders beliebten Treppen wühlten täglich manchmal 40 bis 50 Schlammkriecher im nassen Dreck.
- Schlammkriecher landeten oft wegen Gelegenheitsdiebstählen im Gefängnis, wo sie es bequemer hatten als draußen.

Am Fluss zu arbeiten, war keine leichte Aufgabe.

»Vor etwa zwei Jahren verließ ich die Schule und arbeitete als Schlammkriecher am Fluss, sammelte Kohlebrocken und Metallstücke, Eisen und Kupfer, gelegentlich auch Segeltuchfetzen vom Grund des Flusses oder Treibholz ... Wenn die Kahnführer Kohle hieven, die von den Kähnen an Land gebracht werden soll, fallen immer einige Stücke ins Wasser und wir holen sie anschließend aus dem Schlamm ... Die meisten Schlammkriecher sind gute Schwimmer. Wenn ein Kahnführer sie auf seinem Schiff erwischt, wirft er sie oft ins Wasser, und dann schwimmen sie an Land, ziehen dort ihre nasse Kleidung aus und trocknen sie. Manchmal werden sie von der Polizei mitten auf dem Fluss geschnappt und über Bord geworfen. Ich bin zweimal von einem Polizeiboot verfolgt worden.« – Henry Mayhew, *Die Armen von London*

Nach einem Bericht in *The Era* vom 11. Juli 1841 übertrieb es eine berüchtigte Schlammkriecherin mit dem »Sammeln«, indem sie Kohle von Kähnen an den Anlegestellen stahl. Sie warf die Kohlebrocken in den Fluss und schmierte Schlamm darauf, damit es so aussah, als hätte sie sie am Ufer gefunden. Als die Flusspolizei sie festnehmen wollte, leistete sie Widerstand und wälzte sich im Schlamm, weil sie wollte, dass die Beamten genauso schmutzig wurden wie sie.

BROT, FETT, EINE PASTETE UND EIN PINT

Während meine Kumpel und ich aufwuchsen, war ein voller Bauch immer der Lohn für ein gutes Tagewerk Betteln, Stehlen oder Arbeit (wenn es sich nicht vermeiden ließ). Und spielte es eine Rolle, wenn das Fleisch in der Pastete von „dubioser Herkunft" war? Solomon hielt gar nichts vom Verzehr zweifelhafter Nahrungsmittel, und deshalb war bei mir dort Schluss, wo ich etwas festnageln musste, damit es nicht weglief. Aber es ist erstaunlich, was manche Leute so alles fälschen. Es gibt z. B. falsche Orangen und Bananen: Sie sehen gut und appetitlich aus, wenn man sie kauft, aber am nächsten Tag erkennt man den Burschen nicht wieder, der sie verkauft hat.

HABEN SIE'S GEWUSST?

- Die meisten Niemande, die Dodger kannte, lebten von Tee und Brot oder von Brot und Fett, mit einem gelegentlichen Hering als besonderem Leckerbissen.
- Bei einem verheirateten Paar, dem es gut ging, kamen zur Hauptmahlzeit gute »Block Ornaments« (Blockornamente) auf den Tisch: Fleischstücke wie Kutteln oder Kuhhufe.
- Viele Straßenleute besuchten fürs »Abendessen« den Bierladen.
- Bier kostete etwa drei Pence der Krug (zwei Pints), wenn man den eigenen Krug mitbrachte.

Codswallop!

Woher kommt der Ausdruck »It's a load of old Codswallop« (Das ist ein Haufen Stuss)? Er geht auf eine Flasche für kohlensäurehaltiges Mineralwasser zurück, die der Erfinder Hiram Codd um 1880 entwickelte. Der Hals von Codds Flasche enthielt eine Dichtung und eine Murmel, und wenn die Flasche mit »wallop« (hier ist Wasser gemeint; später Slang für »Bier«, Bölkstoff) gefüllt wurde, drückte das Gas im Wasser die Murmel in die Dichtung und versiegelte die Flasche. Und wenn sie leer war ... Nun ja, mit den Murmeln konnte man einigen Unfug treiben, nachdem die Flaschen zerbrochen waren.

Dodger aß besser als die meisten, verstand es doch sein Mentor Solomon, aus einem zähen Stück Rindfleisch sowie einer Handvoll Gemüse einen wahren Gaumenschmaus zu zaubern. Er hatte Dodger nie viel von seinen Reisen erzählt, aber offenbar hatte er unterwegs gelernt (und »unterwegs« bedeutete »auf der Flucht«, denn Solomon wurde gleich in mehreren Ländern gesucht), aus nur wenigen Zutaten äußerst Schmackhaftes zu kochen. Und auch bezüglich der Regeln, die ein Jude beachten musste, *flexibel* zu sein ...

Allerdings, was sich *im* Essen befand, konnte durchaus Anlass zu Sorge geben:

In einem Restaurant ...

SCHLIMM

Eleganter älterer Gentleman: »Ob es mir geschmeckt hat? Nein, es hat mir nicht geschmeckt. Also geben Sie die Reste meines Essens lieber nicht der Katze. Da sie zweifellos als Pastete enden wird, sollte sie besser eines natürlichen Todes sterben und nicht vergiftet werden.«

An der Tür ...

»Ganz frisch, gnä' Frau!!! Forellen ernähren sich von Insekten, und die Fliegen glauben noch zu leben. Sehen Sie, wie sie über dem Fisch schwirren, als schwämme er noch im Fluss.«

(Urteil: Ein ziemlich alter Fisch.)

Und sogar im Laden ...

DIE KUNST DES VERSCHNEIDENS

Kleines Mädchen: »Bitte, Sir, meine Mutter möchte ein Viertelpfund von Ihrem besten Tee, um die Ratten zu vergiften, und eine Unze Schokolade, um die Käfer zu vertreiben.«

Ein mumifiziertes Herz zum Mittagessen?

Ein viktorianischer Exzentriker namens Dr. William Buckland wurde bekannt für die bizarren Substanzen, die er zu sich nahm, darunter eine Mahlzeit aus Elefantenrüsseln, einen Krug Fledermausurin ... und das mumifizierte Herz von König Ludwig XIV.

Imbissstände

Möchten Sie eine Auster und warme Eselsmilch zum Nachspülen? Wie wär's mit einer eingelegten Schnecke? Wenn Sie Hunger haben, können Sie einen der Imbissstände besuchen, die kleine Snacks anbieten, z. B. heiße Aale, Schafsfüße, Pflaumen-»Pudding«, Muffins und Teekuchen. Dodger und seine Freunde spülten ihren Fraß mit Limonade oder mit Wasser hinunter, wenn es nichts anderes gab.

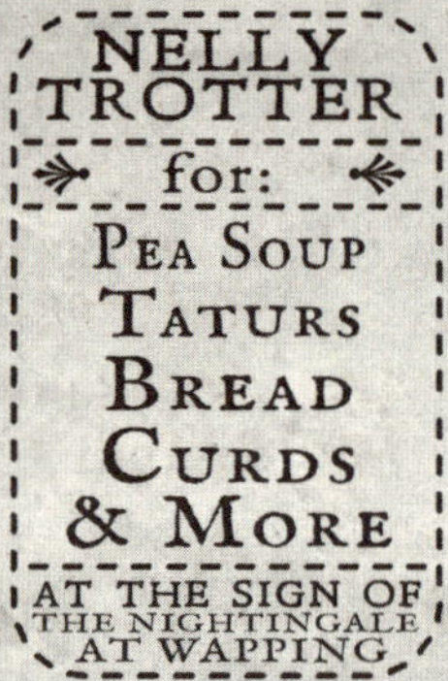

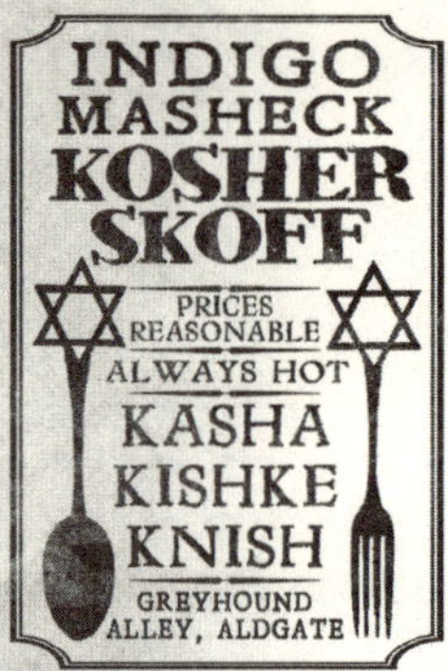

Suppe, bekömmliche Suppe … eine Kelle Entdeckungen für nur zwei Pence!

Dodger hatte eine Schwäche für Marie Jo, eine Frau, die einmal mit einem Franzmann verheiratet gewesen war (was er ihr allerdings nicht zur Last legte). Sie betrieb eine Bude, die Suppe verkaufte und mit einer Regelmäßigkeit öffnete, die sich mit dem Läuten der Bowglocken vergleichen ließ. Und er konnte ihrer Suppe trauen …

Zugegeben, manchmal kam ein bisschen was vom Pferd hinein, aber das war so eine typische Franzmann-Vorliebe, und eigentlich bedeutete es nur, dass die Suppe noch nahrhafter war.

Gebackene Kartoffeln

* Kartoffeln wurden beim Bäcker in großen Büchsen gebacken und dann in Körben zum Markt getragen, wo man sie in Töpfen über heißem Wasser warm hielt.
* Manche Leute mit mehr Geld als Hunger kauften sie im Winter, nur um sich die Hände zu wärmen.
* Die Verkäufe ließen nach, wenn es neblig war. Dann konnten die Leute die Kartoffeln nicht mehr richtig sehen und befürchteten, dass sie halb verfault waren.

»Wenn sich der Nebel wie eine Wolke herabsenkt, sehen sich die Kunden meine Kartoffeln sehr misstrauisch an. Seit der Kartoffelfäule sind sie noch argwöhnischer geworden ... Ich verdiene etwa 12 bis 15s die Woche – ich weiß es kaum, denn ich habe nur mich selbst und achte nicht auf die Zeit. Das Geld verschwindet, man weiß nicht wie, vor allem dann, wenn man gelegentlich einen Tropfen trinkt, so wie ich. Nebliges Wetter treibt mich dazu, tut mir leid.« – Henry Mayhew, *Die Armen von London*

Pasteten mit Aal, Rind oder Hammel! Penny-Pasteten, frisch und heiß!

Pasteten waren Wundertüten besonderer Art, wie die Pastetenverkäufer selbst zugaben. »Wenn ich Häuser betrete, beginnen die Leute oft zu jammern und zu wehklagen«, vertraute ein Mann einmal Dodgers Freund Henry Mayhew an.

HABEN SIE'S GEWUSST?

- Jedes Jahr wurden auf Londons Straßen etwa 750 000 Pasteten verzehrt.
- Die Pastetenläden schadeten dem Straßenverkauf ungemein, boten sie doch für einen Penny größere Pasteten an als die Straßenhändler.
- Ein Londoner Pastetenverkäufer verdiente durchschnittlich 8 Schillinge die Woche.

Den Pastetenbäcker werfen: »Eine Pastete gewinnen! Werfen oder kaufen!«

Wenn genug Bier geflossen war, gab es eine Möglichkeit, eine Pastete zu gewinnen – indem man den Pastetenbäcker warf. Wenn der Pastetenbäcker gewann, verdiente er den Penny, ohne dafür eine Pastete aushändigen zu müssen. Verlor er, so bekam der andere eine Pastete. Junge Burschen liebten solche Wetten, und manchmal warfen sie den Pastetenmann, obwohl sie gar keine Pastete wollten. Wenn sie gewannen, warfen sie manchmal auch die Pastete – nach einem ihrer Trinkkumpane oder nach dem Pastetenmann.

Und wenn einem der Sinn nach Erlesenerem stand …

»Manche Straßenlokale servieren heiße grüne Erbsen in Teetassen. Die Besonderheit dieser Form von leichter Erfrischung besteht in der Verschwendungssucht der Gäste in Bezug auf Essig und Pfeffer. Beides steht kostenlos zur freien Verfügung.« – *Living London* (In London leben), George R. Sims (1901)

Smithfield-Markt

Mehr als eine Million Schweine wurden pro Jahr auf dem Smithfield-Markt verkauft, obwohl die Wochenmärkte hauptsächlich Rindern und Schafen vorbehalten waren. Mehr als 220 000 Rinder und 1 500 000 Schafe wurden jedes Jahr durch die schmalen Straßen zum Markt getrieben.

Tage:
Montag: Rinder und Schafe
Dienstag, Donnerstag und Samstag: Heu und Stroh
Freitag: Rinder und Schafe; von 14:00 Uhr an Pferde und Esel

HABEN SIE'S GEWUSST?

- Geschäfte wurden per Handschlag besiegelt, und bezahlt wurde immer in bar.
- Das Hauptereignis im Jahr war die große Viehausstellung im Dezember.
- Man brachte das Vieh überall dort unter, wo noch ein Fleckchen frei war, und ging dabei nicht sonderlich zimperlich zu Werke: Den Tieren wurde auf Hörner und Beine geschlagen. Später trugen viktorianische Aktivisten zur Verbesserung der Bedingungen bei.

DER LETZTE TAG DES ALTEN SMITHFIELD-MARKTS

Billingsgate-Markt

Lachs, Kabeljau, Schellfisch, Seezungen, Makrelen, Heringe, Bücklinge, Aale, Weißfisch, Scholle, Steinbutt, Glattbutt, Meeräsche, Austern, Krabben, Hummer, Garnelen, Shrimps ... Die gewaltigen Mengen an Fisch, die zum Billingsgate-Markt gebracht und dort verkauft wurden, waren erstaunlich – genug, damit jeder Londoner zweimal am Tag hätte Fisch essen können.

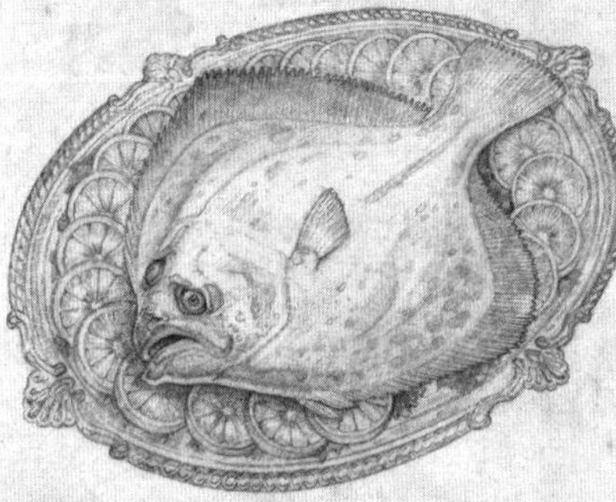

»Was in aller Welt wird aus den Schalen von fünfhundert Millionen Austern und den harten roten Krusten der eins Komma acht Millionen Hummer und Krabben?« – Viktorianischer Kommentator in: *London Characters and the Humorous Side of London Life* (Londoner Originale und die humorvolle Seite des Londoner Lebens) von W. S. Gilbert (um 1870)

HABEN SIE'S GEWUSST?

- Der ursprüngliche Name von Billingsgate lautete Blynesgate und dann Byllynsgate. Angeblich bezieht er sich auf den Eigentümer der Anlegestelle, an der die Waren an Land gebracht wurden.
- Erst im 16. Jahrhundert spezialisierte sich der Billingsgate-Markt auf Fisch.
- 1877 wurde der Markt neu erbaut: zweimal so groß wie vorher, 30 000 Quadratfuß unter einem Glasdach.
- Eine spezielle Maschine wurde installiert, um Abluft durch einen Luftschacht nach draußen zu pumpen. Sie verwendete einen Zentrifugalvorgang und konnte 50 000 Kubikfuß nach Fisch stinkender Luft in der Minute bewegen.

Den Durst löschen – Bier und Wasser

Die Buden und Stände verkauften Milch und Limonade, aber für einen durstigen Geezer gab es nur ein Ziel: den Pub. Ein Pint Porter kam oft einer Mahlzeit gleich. Zu viele Pints konnten dazu führen, dass man draußen auf die stinkende Straße fiel. Das war aber immer noch besser, als Wasser zu trinken, denn das konnte einen ins Grab bringen.

> **»Wer einen Becher vom Londoner Wasser trinkt, hat mehr lebende Geschöpfe im Magen, als es Männer, Frauen und Kinder auf Erden gibt.« – *Sydney Smith, anglikanischer Geistlicher***

MUTTER THEMSE PRÄSENTIERT IHRE KINDER DER SCHÖNEN STADT LONDON

(*Entwurf für ein Fresko im neuen Parlamentsgebäude*)

HABEN SIE'S GEWUSST?

- Auf Wanderausstellungen konnten die Londoner durch ein Mikroskop in ein Glas Flusswasser blicken und unzählige winzige Tierchen darin entdecken. Dieser Umstand bewies angeblich – den Standpunkt vertrat der Ausstellungsleiter –, von welch hervorragender Qualität das Wasser war, da es den kleinen Geschöpfen darin so gut ging.
- Als Königin Victoria den Thron bestieg, erlebte nur die Hälfte von Londons Kindern den fünften Geburtstag. Eine große Zahl früher Todesfälle ging auf die Cholera zurück, die sich im schmutzigen Wasser ausbreitete.

DER STILLE STRASSENRÄUBER
»GELD oder LEBEN!«

Wenn selbst den Ratten Bier lieber ist

Die schlechte Nachricht lautete, dass Wasser schlecht für die Gesundheit war, aber Dodger kannte auch die gute Nachricht, die da lautete: Bier war gut für die Gesundheit! Selbst die Ratten bewiesen die kräftigende Wirkung von Bier, denn die Brauereiratten waren die größten und stärksten in der Londoner Kanalisation. Die Rattenfänger bekamen mehr Geld für sie, weil sie sich so sehr zur Wehr setzten.

Das große britische Pint

* Im Oktober 1814 platzte in St. Giles, England, ein Brauereitank, der 3500 Fässer Bier enthielt. Eine wahre Flut aus Bier ergoss sich durch die Straßen, zerstörte zwei Häuser und forderte neun Tote. (Wahrscheinlich gab es weitaus mehr Leute, die stockbetrunken waren.)
* Es war gang und gäbe, morgens zum Frühstück Bier oder Wein zu trinken.
* »On the wagon« (auf dem Wagen) ist ein populärer Begriff, der so viel wie »trocken« oder »enthaltsam« bedeutet. Mit anderen Worten: Der Ausdruck bezieht sich auf einen Menschen, der keinen Alkohol mehr trinkt. Aber wussten Sie, dass die Redensart auf die Praxis zurückgeht, einem Gefangenen auf dem Weg zum Galgen in Tyburn ein letztes Bier zu gestatten? Wenn jemand den Verurteilten ein zweites Bier bezahlen wollte, lehnte der Wächter dies mit dem Hinweis ab, dass der Gefangene »auf den Wagen« musste.

KLEIDER MACHEN LEUTE

Wie die meisten mir bekannten Leute hielt ich Klamotten nur für einen Notbehelf, um trocken und auch warm zu bleiben. Wenn man richtig schick aussehen will … Na ja, dafür gibt es die Gebrauchtläden. Aber dann zeigte mir Solomon die Welt der feinen Garderobe, die ganz neu für mich war. Ein Schneider mag immer ein Schneider bleiben, und der Rest ist Glanz, aber in diesem Fall glänzte der Glanz auf besondere Weise und sagte: „Hier ist jemand mit Geld!" Und dann die Unterhosen! Meine Weichteile wussten es zu schätzen, wie ein feiner Pinkel gekleidet zu sein …

Die besten besseren Leute kauften ihre Klamotten in Läden, die alles anboten, was ein Gentleman brauchte. Und diese Gentlemen hielten ihre Kleidung offenbar für eine sehr ernste Angelegenheit …

SEHR BEDAUERLICH

»Haben Sie die Polizei gerufen, Sir?«

Stenz (der eher stürbe, als seinen steifen Kragen zu bewegen): »Ja. Bedauerlicherweise habe ich meinen Regenschirm fallen gelassen, und im Umkreis von einer Meile gibt es keinen Bengel, der ihn aufheben könnte. Wären Sie so freundlich?«

Ein herausgeputzter Sol

Ein Mann, der sonst in bestickten Pantoffeln oder alten Stiefeln herumlief und sich in abgewetzten schwarzen Gabardine kleidete, hatte sich plötzlich in einen zwar altmodischen, doch sehr eleganten Gentleman verwandelt, der eine feine schwarze Wolljacke, eine dunkelblaue Hose, lange dunkelblaue Strümpfe und alte, aber sehr gepflegte Schuhe mit funkelnden silbernen Schnallen trug ...

Solomons Weisheit: »Pferdeurin ist gut für die Reinigung von Kleidung – eine Tatsache, die nicht jeder zu schätzen weiß, wenn auch allen sein fruchtiger, an Apfelmost erinnernder Geruch bekannt ist.«

Mit Röntgenstrahlen durch die Unterwäsche

Als Wilhelm Röntgen 1895 die dann nach ihm benannten Röntgenstrahlen entdeckte, verbreitete sich die Furcht, dass Spanner und Voyeure die neue Technik für ihre Zwecke nutzen könnten. Händler sahen eine neue Einkommensquelle und boten »röntgenstrahlensichere Unterwäsche« an.

HABEN SIE'S GEWUSST?
Manche viktorianischen Gentlemen benutzten die Knochen eines Dachspenis als Krawattenhalter.

Nicht unbedingt das Beste vom Besten

Für die Nicht-Aristos – also für die meisten – rangierte Kleidung ziemlich weit unten auf der täglichen Prioritätenliste. Schließlich kann man einen Hut nicht essen (obwohl manche Leute es mit Stiefeln versucht haben). Wenn sich ein Geezer in Schale werfen wollte, ging er in einen Gebrauchtladen: Pfandhäuser und Secondhandläden ohne Lizenz, die einen von Kopf bis Fuß mit halbwegs guten Sachen einkleiden konnten, und zwar für nur einen Schilling, Stiefel inklusive. Oder noch weniger, wenn Solomon Cohen das Handeln übernahm.

Den Handel mit gebrauchter Kleidung betrieben vor allem die Juden in East End. Ganze Schneiderfamilien nähten, säumten und erneuerten Kleidung, die von vier oder fünf Vorbesitzern getragen worden war.

Ein Hut für jeden Kopf

Für jeden gab es irgendeinen Hut: einen viereckigen für einen Drucker; eine Ledermütze für einen Tosher, der sich an der Decke eines niedrigen Tunnels den Kopf nicht anschlagen wollte; einen verstärkten Hut für einen Peeler – und ein Käppchen für Solomon und seine Landsleute.

UNTERWEGS SEIN

Zweifellos sind die Straßen ein bisschen schmutzig. Die Kanalisation ist an vielen Stellen offen, und die Leute achten nicht sonderlich darauf, was sie wegwerfen. Hinzu kommt, dass überall Pferde unterwegs sind, und wir wissen ja, was sie zurücklassen. Dies alles führt zu dem einen oder anderen Abenteuer, wenn man unterwegs ist. Sowohl eine Mütze als auch ein ordentliches Paar Stiefel sind oft eine gute Empfehlung, wenn man durch die Gassen eines Armenviertels gehen will.

In den Londoner Kaminen wurde so viel Kohle verbrannt, dass der durch Gassen und über Höfe wogende gelbe Nebel den Leuten oft die Sicht nahm und sie Gefahr liefen, völlig die Orientierung zu verlieren. Selbst der Regen führte einen aussichtslosen Kampf gegen die vielen Schichten Schmutz; meist bahnte er sich einen Weg durch die staubige und rußige Luft, um auf den Straßen abzulegen, was durch die Schornsteine nach oben gestiegen war. Solche »Waschküchen« waren ein Segen für Taschendiebe und jene leichten Mädchen, die ihre beste Zeit hinter sich hatten. Der arglose Wanderer aber drohte in ein Loch zu fallen – oder in den Fluss.

Zwei Räder: eine neue Art der Fortbewegung

Nun, die Benutzer wurden ganz schön durchgerüttelt. 1865 erschien ein zweirädriger Apparat aus Holz mit Metallreifen auf den Londoner Straßen. Einige der feinsten Leute waren zu beobachten, wie sie im Hyde Park mithilfe dieser Vorrichtung Runden drehten, die bald »Knochenrüttler«* genannt wurde. Besonders unangenehm wurde die Fortbewegung auf Kopfsteinpflaster, wie Dodger zu Ohren kam. Entsprechende Geräte mit Gummireifen erschienen später, und die Vorderräder wurden immer größer. Die Rede ist vom Fahrrad.

HABEN SIE'S GEWUSST?

- Die ersten Fahrräder kosteten so viel, wie ein junger Mann mit bescheidenem Einkommen in einem halben Jahr verdiente.
- Der Fahrradfahrer saß sehr hoch, und wenn das Vorderrad in einer Rille feststeckte, dann fiel er manchmal über den Lenker. Daher kam der Ausdruck »take a header«, einen Kopfsprung machen.

* boneshaker; im Deutschen »Klapperkiste« oder »Drahtesel«

Für Anstand sorgen

Für Damen, die sich aufs Fahrrad wagten, gab es einen speziell geneigten Sattel, damit sich ihr Kleid beim Aufsteigen nicht verfing. Einige Schneider boten ein »sicheres Fahrradkleid« an.

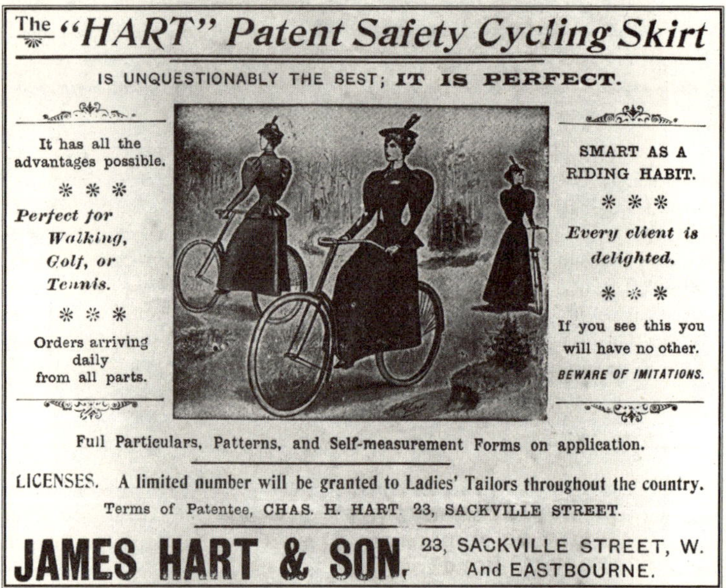

Fährleute

Fährleute waren die »Taxifahrer« von London. Sie boten ihre Dienste auf beiden Seiten des Flusses an und setzten ihre Fahrgäste über die Themse.

Geld für Leichen

Die Fährleute verdienten zusätzliches Geld, indem sie Leichen aus dem Fluss holten. An Fischhaken zogen sie die Toten zum Coroner des nächsten Bezirks, wo sie eine Belohnung für jeden Leichnam bekamen.

HABEN SIE'S GEWUSST?

- Die Fährleute wollten den Bau vieler Londoner Brücken verhindern, denn sie sahen dadurch ihr Geschäft bedroht.
- Bis zum 19. Jahrhundert konnte ein junger Mann Fährmann werden, indem er bei einem anderen Fährmann in die Lehre ging. Viele erlernten den Beruf von ihren Vätern und Großvätern.
- Der Londoner Fährmann verwendete ein kleines Boot, eine Jolle oder ein Skiff, um Fahrgäste ans andere Ufer zu bringen. Theaterbesucher ließen sich oft übersetzen, denn Theater wie das *Globe* befanden sich in Ufernähe.

Doggetts Wette

Neue Fährleute konnten ihre Kraft beweisen, indem sie an dem jährlich stattfindenden »Doggett's Coat and Badge«-Ruderwettkampf teilnahmen, der von London Bridge nach Chelsea führte, über eine Strecke von 4 Meilen und 5 Achtelmeilen. Der Gewinner bekam eine sehr begehrte rote Jacke und ein silbernes Abzeichen. Die erste Regatta fand 1715 statt, und dank des Testaments von Thomas Doggett, eines Drury-Lane-Komödianten*, ist es die älteste Einer-Regatta der Welt.

* Drury Lane: Theater in London

Droschken und Kutschen

Für lange Reisen – z. B. bis nach Bristol – war die Kutsche das erforderliche Transportmittel. Die angeberischsten Herren hatten ihre eigenen Kutschen, oft mit persönlichem Wappen und eleganten Kutschern.

Für kurze Strecken waren Droschken geeigneter als Kutschen. Das Fahren einer Droschke galt oft als leichte und aufregende Arbeit für einen jungen Mann, aber die Wirklichkeit sah anders aus, denn Droschkenkutscher arbeiteten sehr lange.

- Langtag-Männer waren 16–20 Stunden pro Tag unterwegs. Für gewöhnlich hatten sie zwei Pferde und wechselten sie am späten Nachmittag.
- Morgen-Männer begannen ihren Tag um 7 und arbeiteten durch bis um 6 Uhr abends (also etwas länger als nur den Morgen!). Sie hatten nur ein Pferd.
- Kurznacht-Männer arbeiteten von 6 Uhr abends bis um 6 Uhr in der Früh.

* »Bucks« waren nicht lizenzierte Droschken. Ihre Fahrer hatten die Lizenz verloren, weil sie zu viel tranken, was nicht unbedingt als löbliche Gewohnheit galt, wenn man mit Pferd und Wagen auf den verkehrsreichen Londoner Straßen unterwegs war. Sie warteten in der Nähe von Droschkenständen, um einspringen zu können, z. B. dann, wenn ein Langtag-Mann Pause machte und etwas aß.

Wie in solchen Situationen üblich, gab es manchmal Streit um den Fahrpreis. Dodger bezahlte einmal eine Fahrt allein mit seiner Unterschrift, und Solomon konnte so gut handeln, dass der Droschkenkutscher ganz vergaß, eine Entlohnung für die Fahrt zu verlangen.

EINE UNVERNÜNFTIGE BESCHWERDE

Empörter Fahrgast: »Was? Einen Schilling für die beiden Meilen, und Sixpence obendrein? Halten Sie mich etwa für eine doppelte Person?«

Droschkenkutscher: »Nein, so was! Käme mir nie in den Sinn.«

Solomons Weisheit: »Ich habe nie richtig verstanden, warum diese Männer ihren Kunden gegenüber so feindselig sind. Man sollte meinen, dass sich die Arbeit eines Kutschers vor allem für Leute eignet, die Menschen mögen, oder?«

WASCHEN UND SCHRUBBEN

Früher dachte ich, mir hin und wieder 'n bisschen Wasser ins Gesicht zu spritzen, würde genügen. Aber der Typ, bei dem ich wohnte, der alte Sol, ließ keinen Zweifel daran, als ich einen Schlafplatz in seiner Bude bekam: Mehr Reinlichkeit war erforderlich, wenn ich bei ihm bleiben wollte. Sol meinte, dass häufigeres und gründlicheres Waschen auch ein Weg zu besserer Gesundheit war, und er musste es wissen, war er doch schon ziemlich alt und einer vom auserwählten Volk. Vermutlich lohnte es, auf ihn zu hören. Und eins stand fest: Wenn ich nach dem Toshen aus der Kanalisation kam, roch ich nicht unbedingt nach blühenden Veilchen.

Eine römische Göttin

Die Londoner Kanalisation ging auf die Römer zurück, die das Regenwasser zum Fluss abgeleitet hatten. Gewöhnliche Häuser besaßen keine Toiletten. Nachttöpfe wurden auf die Straße entleert (nicht selten auf die Köpfe unglücklicher Passanten), und Jauchegruben nahmen den Rest auf. Sie sollten es zumindest ...

Heutzutage legten feine Pinkel hier und dort Leitungen von den Senkgruben zu den Abwasserkanälen, und das hielt Dodger für richtig fies. Mit den Ratten hier unten war es schlimm genug, auch ohne dass er ständig darauf achten musste, in keinen Haufen (einen »Richard«) zu treten, der manchmal auch wie eine Wurst aussah, allerdings kaum damit verwechselt werden konnte – der Geruch war Warnung genug.

HABEN SIE'S GEWUSST?

Der Name des armen, alten Richard III. reimte sich gut auf ein interessantes Wort, und so wurde »Richard« im Englischen ein Synonym für eine Hinterlassenschaft, in die man nicht unbedingt hineintreten möchte. Es stellt sich die Frage, warum ausgerechnet Richard III. dafür ausgesucht wurde. Warum nicht Heinrich III. oder Eduard III.?

Cloacina

Die Römer kannten viele Götter und Göttinnen – und die Göttin von Londons Abwasserkanälen hieß Cloacina. Man fand Statuen von ihr in der Kanalisation. Die Römer beteten zu ihr und baten, wenn sie aufs Klo gingen, um ein, äh, glattes Geschäft.

»O Cloacina, die du wachst über diesen Ort,
Empfang die Bittsteller lächelnd in deinem Hort.
Weich, aber im Ganzen nimm ihre demüt'gen Gaben,
Lass sie nicht zu schnell sein noch langsam darben.«

Dodger kannte Cloacina als »die Lady«. Er hatte sie nie gesehen, wusste aber, wie sie aussah. Jedem Tosher war sie vertraut: eine schöne Frau mit glänzendem Kleid und Rattenkrallen an den Zehen. Wem sie ihre Gunst erwies, dem biss sie angeblich in den Hals, damit ihre Ratten die Betreffenden in Ruhe ließen. Und immer war sie von ihrer Gemeinde umgeben: Ratten, Ratten und noch mehr Ratten.

»Wer auf eine Ratte tritt, tritt auf das Gewand der Lady.« – *Redensart der Tosher*

HABEN SIE'S GEWUSST?

- Rattenzähne sind härter als Eisen.
- Eine Ratte kommt länger ohne Wasser aus als ein Kamel.
- Wenn sich die Schwänze vieler Ratten verheddern, kann ein *Rattenkönig* aus ihnen werden. Der größte bekannte Rattenkönig bestand aus 32 mumifizierten schwarzen Ratten, die 1828 an einer Feuerstelle in Deutschland gefunden wurden.
- Ratten verzehren etwa 10 Prozent ihres Körpergewichts an Nahrung pro Tag.
- Eine Gruppe von Ratten nennt man Unheil.

»Wer diesen Gestank einmal eingeatmet hat, vergisst ihn nie wieder.« So beschrieb eine Zeitung den Geruch des Flusses.

Sommer 1858: Londons Gestank stieg allen in die Nase, denn Hitzewelle und Dürre sorgten dafür, dass *nichts* weggespült wurde. Auch die feinen Leute litten (das Parlament musste geschlossen werden), und es wurde klar, dass etwas getan werden musste.

Joseph Bazalgette (1819–1891) – ein Mann mit Schnurrbart und Theodolit

Ausgestattet mit modernem Gerät, wasserdichten Stiefeln, einer entbehrlichen Hose sowie einem besonders spektakulären Schnurrbart, begab sich Joseph Bazalgette in die Kanalisation (bei einer Gelegenheit zusammen mit Dodger, der ihm seine Welt zeigte). Es war ein Erlebnis mit Folgen: Er wurde Chefingenieur der »Metropolitan Commission of Sewers«, der Londoner Kommission für Kanalisation.

HABEN SIE'S GEWUSST?

- Bazalgette baute 5 große, neue Abwasserkanäle mit einer Länge von 82 Meilen, verborgen von Uferdämmen entlang der Themse und verbunden mit noch immer vorhandenen Kanälen.
- Für die Auskleidung der Tunnel verwendete er 318 Millionen Ziegelsteine.
- 3,5 Millionen Kubikyard Erde mussten bewegt werden.
- Insgesamt baute und reparierte Bazalgette 1300 Meilen Abwasserkanäle.

Dein Land braucht dich – damit du pinkelst!

Bazalgette schlug vor, an bestimmten Orten in London öffentliche Toiletten einzurichten und dort den Urin zu sammeln, um ihn anschließend zu verkaufen. Alle sollten eine Art »Pinkelsteuer« zahlen, um die Wirtschaft der Stadt anzukurbeln.

S(t)inken oder schwimmen

Stellen Sie sich vor, in ungeklärten Abwässern zu ertrinken! Im September 1878 erging es 800 Personen so, den Passagieren der *Princess Alice*, die von einem fröhlichen Tag auf dem Meer zurückkehrten und bei Barking mit einem anderen Schiff zusammenstießen, gerade als zwei große Rohre ihr Abwasser in den Fluss strömen ließen. Bazalgettes Abwasserrohre übergaben ihren stinkenden, klumpigen Inhalt bei Barking Reach dem Fluss, 20 Meilen vom Meer entfernt (sehr zum Bedauern der Menschen, die in diesen 20 Meilen am Flussufer wohnten). Im fauligen Schlamm sank die *Princess Alice* in weniger als fünf Minuten.

Ich bin nicht gern in einem Boot. Ist nicht gut für einen, das viele Wasser. Wenn man seine Zeit mit Toshen verbringt, mag man Wasser nicht mehr so gern ...

Auf der Jagd nach dem Tosheroon

Dort unten, *unter* den Füßen von London, krochen Tosher wie Dodger durch die Tunnel und suchten im Schlamm nach Münzen oder Schmuck. Sie ließen sich von Erfahrung leiten, manchmal allein von ihrer Nase, für etwa 6 Schillinge pro Tag – viel Geld in den Armutsvierteln und hoffentlich genug für einen Tosher, um sich eine neue gebrauchte Hose zu kaufen.

Für Dodger war das Toshen keine Arbeit, sondern sein *Leben,* und die Kanalisation zählte zu seinen Lieblingsplätzen. Bestimmte Bereiche trugen einprägsame Namen: Mahlstrom, Schlafzimmer der Königin, Goldener Irrgarten, Sovereign Street, Hiergeht'srund, Atme Leicht, Grotte und Flüsterkammer.

HABEN SIE'S GEWUSST?

Die Kanalisationstunnel waren meistens kaum mehr als 110 Zentimeter hoch.

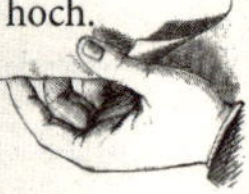

EIN TOSHER IN DER KANALISATION

Der Traum des Toshers

Ruhm? Nein. Ein Vermögen? Ja! Wenn er an die Lady glaubte und geschickt genug war, fand ein Tosher eines Tages vielleicht den Schatz am Ende des ... regenbogenfarbenen Abwasserschlamms, den legendären *Tosheroon,* mit dem der glückliche Tosher für den Rest seines Lebens ausgesorgt hätte. Aber wer die Lady beleidigte, der verließ die Kanalisation eher mit »Richards« (Haufen) an den Stiefeln als mit Gold in den Taschen.

»Kein schlechter Beruf, aber nicht für jemanden, der sich ein langes Leben erhofft.« – *Charles Dickens zu Dodger*

»Tosher sterben jung. Was wäre sonst von Männern zu erwarten, die ihr halbes Leben damit verbringen, im Dreck zu wühlen? Jüdische Tosher gibt es nicht – ein Tosher kann nicht koscher leben.« – *Solomon*

Ersticken oder sterben?

Für Tosher gab es im Grunde genommen zwei Möglichkeiten: Sie krochen durch die Tunnel und fanden genug, um sich ihren Lebensunterhalt zu verdienen, oder sie krochen durch die Tunnel und starben. Als es nach 1840 verboten war, ohne Erlaubnis in die Kanalisation hinabzuklettern, gingen die Tosher nachts zur Arbeit – aus der Dunkelheit in die Dunkelheit, um zu leben oder zu sterben. Wer Tosher anzeigte, konnte sogar mit einer Belohnung rechnen. Und einige verdienten sich lieber auf diese Weise ein paar Münzen, anstatt im Dreck zu wühlen.

HABEN SIE'S GEWUSST?

- Des Nachts arbeitende Tosher nahmen oft eine dunkle Laterne mit, ausgestattet mit einer kleinen Tür, die sich schließen ließ, wenn man nicht gesehen werden wollte.
- Noch heute erinnert man sich an Tosher, wenn es heißt: »That's a load of old tosh.«*

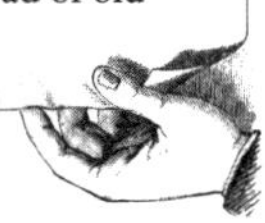

Schweine im Dreck?

Es war schwierig genug, den Belohnungsjägern zu entgehen, aber Schlimmeres erwartete den unglücklichen Tosher, der einem der wilden Schweine begegnete, die sich angeblich in den Tunneln im Norden der Stadt herumtrieben, Schweine, die *alles* fraßen. Zum Glück musste jedes Schwein, das Dodger anfallen wollte, durch den »Flottengraben« schwimmen, einen eingemauerten Fluss, und das schafften die hungrigen Tiere nicht.

* Das ist ein Haufen Quark/Quatsch. Wobei sich »tosh« eigentlich auf Schmutz, Dreck bezieht.

Dodger über Solomon: »Jemand hat einmal gesagt, Sauberkeit komme gleich nach Gottesfurcht, aber Solomon fürchtet Gott überhaupt nicht und scheint Reinlichkeit für wichtiger zu halten.«

Im Fluss waschen?

Man mochte ein Bad in der Themse für einen guten Einfall halten, aber wer sich dem Fluss anvertraute, riskierte dabei eine Überraschung. Denn das Wasser spülte den ganzen Abfall von London ins Meer, darunter auch den einen oder anderen toten Menschen.

DIE LONDONER BADESAISON

»Komm, mein Lieber! Komm zur guten alten Themse und nimm ein nettes Bad!«

Oder in einem öffentlichen Park?

Henry Mayhew hörte, dass die Lehrjungen der Schornsteinfeger oft im Serpentine* des Londoner Hyde Park badeten. Nachdem dort aber ein Junge ertrunken war, nahmen die anderen ihren Ruß in Kauf.

Oder in einem öffentlichen Bad?

In den öffentlichen Bädern herrschte wahre Demokratie, denn *jeder* konnte dort baden (allerdings nicht alle gleichzeitig) und das Wasser mit den edelsten Adligen teilen. Je mehr man bezahlte, desto sauberer war es, aber es handelte sich immer um *dasselbe* Wasser.

* Londoner See, der zum größten Teil im Hyde Park liegt

Bad Nummer 1 . . . für die feinen Herrschaften
Bad Nummer 2 . . . nur ein bisschen seifig, für die Mittelschicht
Bad Nummer 3, 4, 5 usw. . . . für die vielen Schmutzigen

Türkische Bäder waren besonders aufregend – aber leider nicht so aufregend, wie es sich Dodger nach den Geschichten seines Freundes Ginny-Komm-Spät erhofft hatte, denn es fehlten die reizvollen tanzenden Mädchen in hauchdünnen Gewändern.

Die feinsten der feinen Leute genossen ihre Badewanne daheim, gefüllt von Küchenmädchen, die das Wasser unten erhitzten und dann nach oben in die Badestube schleppten. Wenn der Badende fertig war, wiederholte sich die Plackerei in umgekehrter Richtung.

Es gab auch besondere Bäder:

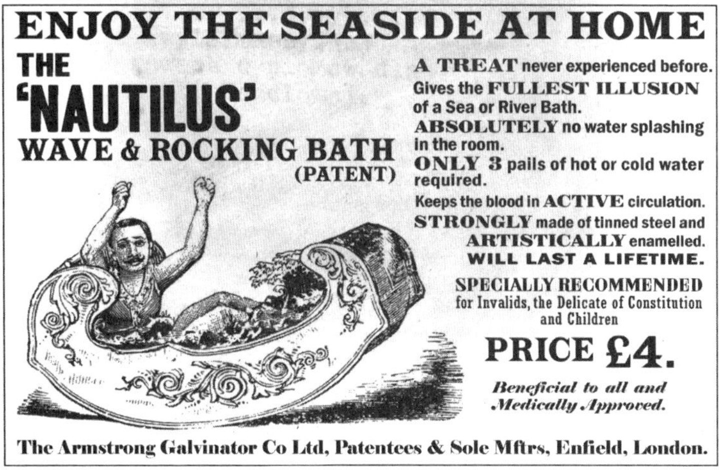

DER LANGE ARM DES GESETZES

Wenn es in den Armenvierteln eine Regel gibt (und solche Viertel sind eine Gegend, wo man von Regeln wenig hält), so lautet sie: Der Polizei verrät man nie etwas. Wenn man unbedingt mit einem Polizisten reden muss … Nun, es ist erstaunlich, wie schnell man an Gedächtnisschwund leiden kann, und gar nicht so erstaunlich ist die Tatsache, dass einen dadurch eine weitaus weniger schmerzhafte Zukunft erwartet. Am fraglichen Tag hat man nichts gesehen, nichts getan und war vermutlich gar nicht in der Stadt. Nein, die Straße pflegt ihre eigene Gerechtigkeit, und sie erfordert keinen Schutzhelm tragenden Peeler, der jemanden verhaften will. Ach, die Peeler! Vor den Bow-Street-Runnern konnte man wenigstens weglaufen, weil sie oft dick und mit Alkohol abgefüllt waren. Aber die Peeler, die gehen den Cockneys an den Kragen. Ich meine, was sich zwischen Peelern und Cockneys abspielt, würde in eine Arena des alten Rom passen, das ist eine Stadt irgendwo in Griechenland. Nein, einen Peeler möchte man nicht auf den Fersen haben, die sind zu schnell.

Solomons Weisheit: »Ich denke, dass man Polizisten immer belügen sollte. Es ist so gut für die Seele – und auch für die Polizisten.«

Vor den »Runnern« wegrennen

Seit Mitte des 18. Jahrhunderts riskierten Diebe und Schurken aller Art in East End, von einem »Runner« geschnappt zu werden, einem Beamten der neuen Polizeitruppe, die man »Bow-Street-Runners« nannte. Wie die alten Diebesfänger, die für eine geringe Belohnung Kleinkriminelle ergriffen, bekamen die Runner ihr Geld in Form von Prämien, die von den Gerichten oder Opfern bezahlt wurden. Jeder Dieb, der einigermaßen was im Kopf hatte, wusste also, dass man die Runner besser mied, wenn für sie genug Bares in Aussicht stand. Und was Kleinkriminalität betraf … Auch Dodger war einmal vor den Runnern davongelaufen. Aber welcher Junge konnte nicht einem Mann davonlaufen, für den es sich kaum lohnte, ein Straßenkind zu schnappen?

Wegen einer gestohlenen Gans geriet ich in Schwierigkeiten und wurde verfolgt, nur weil Federn an mir klebten. Deshalb versteckte ich mich in der Kanalisation, verstehen Sie? Die Männer kamen mir nicht hinterher, weil sie zu dick und meiner Meinung nach auch zu betrunken waren …

HABEN SIE'S GEWUSST?

- Die Gruppe der Bow-Street-Runner wurde 1749 von Henry Fielding gegründet, dem Autor von *Tom Jones: Die Geschichte eines Findelkinds,* der damals Richter für Westminster und Middlesex war.
- Nach Henrys Tod trat der blinde Halbbruder John seine Nachfolge an. Bekannt als »Blind Beak of Bow Street« (Blinder Kadi der Bow Street) verfügte John angeblich über ein besonders gutes Gehör und konnte 3000 Verbrecher an ihrer Stimme erkennen.
- Zu Dodgers Zeit gab es eine Pferdepatrouille, die London vor Straßenräubern schützte*. Besonders berüchtigt in dieser Hinsicht war Hounslow Heath.

Everett und Bird, die in Hounslow Heath eine Kutsche überfallen

* besser gesagt: zu schützen versuchte

Die Peeler – ein ganz anderes Paar Schuhe

Die verdammten, dreimal verfluchten Peeler! Man konnte sie nicht bestechen, man konnte keine Freundschaft mit ihnen schließen – nicht wie mit den alten Bow-Street-Runnern –, und die meisten der neuen Jungs waren Kriegsveteranen. Hatte man an einigen der letzten Kriege teilgenommen und besaß noch alle seine Körperteile, dann war man entweder ein harter Bursche oder hatte sehr, sehr viel Glück gehabt. – *Der Schlaue Bob, Anwalt für Kriminelle*

Sir Robert Peel (1788–1850)

Der Große Peel sah aus wie ein Stenz, hatte aber den Glanz der Straße in den Augen. Als er mit der Polizeiarbeit begann, waren plötzlich überall die Stiefel von Polizisten zu sehen, und das Leben für die am Rande der Gesellschaft wurde noch mühevoller ...

Ein sicherer Sitz ...

Peel wurde mit nur 21 Jahren Abgeordneter – eines Wahlkreises in Irland, der nur 24 Wähler hatte! Er brachte es zum Innenminister (einmal) und zum Premierminister (zweimal). Während seiner Zeit als Innenminister veränderte er die Polizeiarbeit in London für immer.

... und ein besonderes Schwein

Angeblich züchtete Peel eine neue Schweineart, das Tamworth-Schwein.

HABEN SIE'S GEWUSST?

- Die Bezeichnung »Peeler« und »Bobbies« für Polizisten geht auf Sir Robert Peel zurück.
- Sie bekamen auch den Spitznamen »PC Plod«, weil sie langsam eine bestimmte Strecke gehen mussten.
- Der erste Polizist erhielt die Nummer 1 – und wurde vier Stunden später wegen Trunkenheit im Dienst entlassen.
- Die Peeler trugen lange, blaue »Schwalbenschwänze« und hohe Hüte, die oben mit einem Eisenring verstärkt waren – falls ihnen jemand den Schädel einschlagen wollte.
- Am Hals trugen sie einen harten Kragen, der verhindern sollte, dass man sie erdrosselte.
- Ihre Ausrüstung bestand aus einem hölzernen Schlagstock, einer Rassel (später einer Pfeife), einem großen Messer in einer Scheide und Handschellen.
- Sie griffen streng durch und ließen nicht mit sich reden, es sei denn jemand sagte: »Ich leiste keinen Widerstand und komme brav mit, Sir.«

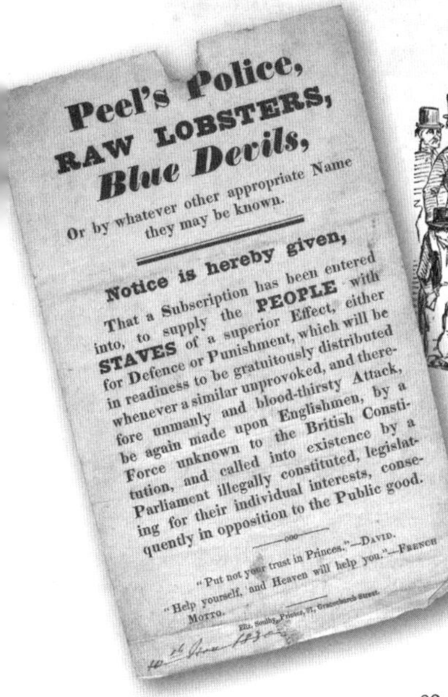

Peel's Police,
RAW LOBSTERS,
Blue Devils,
Or by whatever other appropriate Name they may be known.

Notice is hereby given,

That a Subscription has been entered into, to supply the PEOPLE with STAVES of a superior Effect, either for Defence or Punishment, which will be in readiness to be gratuitously distributed whenever a similar unprovoked, and therefore unmanly and blood-thirsty Attack, be again made upon Englishmen, by a Force unknown to the British Constitution, and called into existence by a Parliament illegally constituted, legislating for their individual interests, consequently in opposition to the Public good.

—ooo—

"Put not your trust in Princes."—DAVID.

"Help yourself, and Heaven will help you."—FRENCH MOTTO.

DIE POLIZEI

Es war einfach, gegen das Gesetz zu verstoßen. Sehen Sie sich nur die Bagatelldelikte an, die jemanden in Schwierigkeiten bringen konnten:

a) **GEGEN FOLGENDES WIRD** bei Beschwerde beim nächsten Polizisten vorgegangen:

Beleidigende Worte; offene Bereiche ohne ausreichende Umzäunung.
Das Ködern von Tieren; Wetten auf der Straße; offenes Feuer auf der Straße; der Verkauf von obszönen Büchern auf der Straße.
Teppichklopfen; achtloses Treiben von Vieh; Hahnenkämpfe.
Frei laufende Hunde; an Türen klopfen; Trunkenheit und ungebührliches Benehmen; Entfernung von Staub zwischen 10 Uhr und 19 Uhr.
Pferde üben lassen und andere Leute damit stören.
Verwendung von Feuerwaffen; Feuerwerk auf der Straße; rücksichtsloses Fahren.
Spiele auf der Straße.
Unanständige Entblößung.
Das Löschen von Lampen.
Das Ausschütteln von Fußmatten nach 8 Uhr morgens.
Obszönes Singen; das Entsorgen widerwärtiger Substanzen zwischen 6 Uhr und 24 Uhr.
Grundlos an Türen klingeln.
Auf Straßen rutschen; Steine werfen.

b) **FOLGENDES ERFORDERT** einen Antrag beim Amtsgericht:

Überlaufende Senkgruben.
Infektiöse Leichen in einem von Menschen bewohnten Zimmer.
Vermietung von infektiösem Haus oder Wohnung.
Das Nicht-Entfernen von Dung; das Herausstellen von nicht mehr für den Verzehr geeigneter Milch.
Übel riechende Gewerbe (Schweinehaltung, Seifenhaus, Schlachthaus oder andere Geschäfte und Handwerke mit unangenehmen Ausdünstungen usw.).

Dickens's Dictionary of London
(Dickens' Wörterbuch von London),
Charles Dickens Jr. (1879)

EIN HÜBSCHES STRASSENSPIEL

Alter Herr: »Zum Teufel mit den Jungen und ihren Kreiseln! Wo ist die Polizei?«

Rat für Frau oder Freundin eines Polizisten

»Man verliebe sich nie in den Stock eines Polizisten. Die Macht ist launenhaft ...«

– *PUNCH* (Juli–Dezember 1845)

Polizisten in Zivil! So etwas sollte verboten sein. Das fanden alle – es war einfach eine Unverschämtheit. Immerhin, wenn man einen Peeler in der Nähe entdeckte, verzichtete man vielleicht darauf, jemandem in die Tasche zu greifen oder irgendwelche Dinge zu nehmen, die einfach nur herumlagen und eigentlich keinem gehörten, wenn man genauer darüber nachdachte, oder etwas von einem Karren zu stoßen, wenn der Besitzer gerade nicht hinsah. Beim Anblick von Polizisten blieb man ehrlich, nicht wahr? Aber wenn sie einfach nur herumlungerten und wie gewöhnliche Leute aussahen ... Damit forderten sie einen praktisch auf, Verbrechen zu begehen, oder?

TAGEBUCH EINES POLIZISTEN
APRIL 1863

1. April: Haben Nachricht von einem dreisten Einbruch mit Gewaltanwendung in Walker's Green erhalten. Mit INSPEKTOR WATCHER gesprochen. Eine Droschke genommen und zusammen mit SERGEANT DODGETT angenehme Fahrt nach Walker's Green. Amüsanter Kerl, dieser DODGETT. Sofort nach Ankunft Tatort angesehen. Guter Sherry. MARY ANNE, die Köchin, sehr verängstigt. Habe sie offiziell getröstet. Hausmädchen erholte sich gerade von einem Hieb mit einem Totschläger. Hausherrin sehr grob behandelt. Hat uns nach unserer Meinung gefragt. Wir haben ihr mitgeteilt, unserer Ansicht nach bestehe kein Zweifel daran, dass es sich um einen Einbruch mit Gewaltanwendung gehandelt habe. Sie dankte uns für die Information. Haben zwei Sovereigns erhalten. In die Stadt zurückgefahren. Schöner Tag. Am Abend Treffen mit dem Inspektor. Habe ihm mitgeteilt, DODGETT und ich seien sicher, dass es bei Walker's Green zu einem dreisten Einbruch mit Gewaltanwendung gekommen sei.

2. April: Haben unsere Ermittlungen energisch fortgesetzt. Bin mit SERGEANT DODGETT nach Walker's Green gefahren. Dort etwas bemerkt, das unserer Aufmerksamkeit gestern entgangen war. Zwei große Tafeln waren aus der Eingangstür geschnitten und hinterließen eine etwa drei Quadratfuß große Öffnung. Habe sie sorgfältig mit rotem Band ausgemessen. Der Kopf eines Mannes hätte hindurchgepasst. Dem Hausmädchen ging es noch immer schlecht, konnte aber mit DODGETT reden. Schlauer Bursche, dieser DODGETT. Der Arm des Mädchens ist angeschwollen und der Kopf der Hausherrin noch immer verbunden. Wir sind beide der Ansicht, dass Gewalt angewendet wurde.

3. April: Walker's Green. Guter Sherry und Erfrischungen. Die Hausherrin sagte aus, dass einer der Einbrecher helles Haar hatte und etwa eins siebzig groß war. Wir sind den Tätern auf der Spur. MARY ANNE, die Köchin, hoffte, dass ich nicht in Gefahr gerate. CHARLOTTE, das Hausmädchen, sah DODGETT besorgt an. Auf dem Rückweg zur Stadt bemerkten wir einen Mann, auf den die Beschreibung passte. Haben ihn verhaftet, seinen Kopf mit dem roten Band gemessen und ihn eingesperrt.

4. April: Mann vernommen. Behauptet, nicht der Täter zu sein. Hab ihn gefragt, wieso er helles Haar habe und eins siebzig groß sei. Reagierte verwirrt. Fanden heraus, dass er gerade aus Birmingham gekommen war, wo er sein ganzes Leben verbracht hatte. Haben ihn verwarnt und freigelassen.

5. April: Hab einen Mann auf der Straße gesehen, sehr groß und dunkelhaarig, DODGETT sprach von einer cleveren Tarnung. Wir haben ihn festgenommen und gefragt, warum er kein helles Haar habe und nicht eins siebzig groß sei. Reagierte verblüfft. Erwies sich als INSPEKTOR WATCHERS Schwiegervater. Haben uns entschuldigt und ihn freigelassen.

6. April: Haben ihn endlich erwischt. Alle lobten unseren Scharfsinn. Habe MARY ANNE geschrieben und ihr den Stand der Ermittlungen mitgeteilt. Der Mann hat den Einbruch gestanden und wurde hinter Schloss und Riegel gebracht.

7. April: Der Mann, der den Einbruch gestanden hat, behauptet nun, dass er gar nicht der Einbrecher ist. Hatte zu viel getrunken, entschuldigte sich dafür. Gerügt und entlassen. Brief von MARY ANNE, sie schreibt, dass die Hausherrin morgen nicht zu Hause sei. Wir müssten dringend kommen, da CHARLOTTE und sie eine Entdeckung gemacht haben.

8., 9., 10. April: Jeden Abend nach Walker's Green. Wir sehen keinen Grund, unsere Meinung zu ändern, wonach ein dreister Einbruch mit Gewaltanwendung verübt wurde. CHARLOTTE meinte, sie hätte DODGETT etwas mitzuteilen. Schlauer Fuchs, DODGETT. MARY ANNE teilte mir ihre Entdeckung mit. Nettes Mädchen mit beträchtlichen Ersparnissen. Inspektor verlangte einen Bericht über unsere Fortschritte. Haben Bericht erstattet und deutlich darauf hingewiesen, wir hätten nicht den geringsten Zweifel daran, dass in Walker's Green ein überaus dreister Einbruch mit Gewaltanwendung verübt worden sei. Während des restlichen Monats mehrere Personen verhaftet. Haben ihre Köpfe mit dem roten Band gemessen und sie nach Ermahnung laufen lassen.

Mai: Am 1. dieses Monats wird CHARLOTTE zu MRS. DODGETT, und MARY ANNE hat meinen Heiratsantrag angenommen. Soll sich INSPEKTOR WATCHER um den gewalttätigen Einbrecher kümmern – bei uns hat's gewaltig gefunkt.

– *PUNCH* (1863)

ORTE, DIE ES ZU MEIDEN GILT

Wenn man in den Armenvierteln wohnt, muss man die ganze Zeit über auf Draht sein. Niemand möchte sich von den bereits erwähnten Peelern schnappen lassen oder vor den Kadi gezerrt werden. Der Typ, der Richter, würde den Jungen nur kurz mustern, dem der Hintern aus der Hose hängt (vielleicht ist es nicht einmal seine eigene Hose), und ihn für schuldig erklären, noch bevor die Verhandlung begonnen hätte. Und dann, mir nichts, dir nichts, ist man plötzlich auf dem Weg zum Galgen. Aber um einen zu verhaften, müssen sie einen zuerst in die Finger kriegen. Wenn man rechtzeitig wegrennt, entgeht man den Häusern, die niemand von innen sehen will. Und es gibt mehr als einen Ort, von dem man sich besser fernhält …

Nummer eins – die Gerichte

An erster Stelle stand das Old Bailey, von vielen einfach »Gericht« genannt. Die Leute, mit denen Dodger aufwuchs, sprachen in diesem Zusammenhang nur von »vor den Kadi«.

HABEN SIE'S GEWUSST?

- Das Old Bailey bekam seinen Namen von der Straße, in der es sich befindet und die dem Verlauf der alten Außenmauer (bailey) der City of London folgt.
- Bevor im 18. Jahrhundert Gaslampen gebräuchlich wurden, hatte der Angeklagte einen Spiegel über dem Gesicht. Auf diese Weise konnten die Zuschauer sehen, ob er einen gerissenen Gesichtsausdruck hatte oder so unschuldig aussah wie am Tag seiner Geburt.
- Ein Tag im Zuschauersaal des Gerichts war für Londons »Unbescholtene« immer ein angenehmer Zeitvertreib. Und ein »schreckliches Verbrechen« erweckte stets die Aufmerksamkeit der Öffentlichkeit.

Vermutlich hatte Solomon die Polizei überall in Europa belogen – mit Gottes Hilfe. Im Beisein eines Peelers hätte er vielleicht nicht einmal gewusst, ob der Himmel blau war.

Gerichtsverfahren verliefen oft sehr schnell. Das Opfer des Verbrechens bekam Gelegenheit zur Anklage, und der Angeklagte konnte sich verteidigen. Oft sagte nur ein Polizist aus ... dessen Aussage dann von den glatten Worten eines Perücke tragenden Anwalts zerpflückt wurde.

Soziale Gerechtigkeit?

Opfer oder Verbrecher? Ein junger Dieb könnte sich mit folgenden Worten an den Kadi wenden: »Für Sie ist es schön und gut, dort oben zu sitzen, Sie, der Sie bestimmt ein üppiges Frühstück genossen haben. Vermutlich benutzen Sie auch einen Zahnstocher aus Silber, mit dem Sie sich anschließend die Zähne reinigen. Für Sie ist es schön und gut, mir ein schlimmes Ende zu prophezeien, wenn ich nicht mit dem Stehlen aufhöre und den Weg der Ehrlichkeit und Rechtschaffenheit einschlage ... Ich bin klug genug und weiß, dass ich besser so wie Sie dort oben ehrliche Wege beschreiten sollte. Ich weiß, dass es angenehmer wäre, goldene Ketten und Samtwesten zu tragen, statt in abgewetzten Cordhosen herumzulaufen, Polizisten auszuweichen und ein Schlingel zu sein. Aber wie finde ich den Weg zu rechtschaffener Ehrlichkeit? Helfen Sie mir, ihn zu finden? Sehen Sie nur, welch kleiner Knirps ich bin – helfen Sie mir auf die unterste Sprosse der Leiter, die zum rechten Weg emporführt?«

Nummer zwei – das Gefängnis

Übeltäter konnten wegen kleinster Verfehlungen in den Knast kommen, wie z. B. dieser Zehnjährige, der in Wandsworth vor den Kadi gebracht wurde, der junge James Leadbeater.

VERBRECHEN:
Diebstahl von Sellerie im Wert von einem Penny

URTEIL:
Vier Tage Zwangsarbeit und eine Tracht Prügel

Andere kindliche Straftäter waren der zehnjährige George Davey, der zu einem Monat Zwangsarbeit verurteilt wurde, weil er zwei lebende zahme Kaninchen gestohlen hatte, und der arme elfjährige Thomas Savage, der zehn Schläge mit der Gertenrute und vier Tage Zwangsarbeit bekam, weil er einige Eisenteile entwendet hatte.

Nummer drei – Deportation

Damals war Deportation sehr beliebt (allerdings nicht bei den Deportierten). Zwei zum Preis von einem! Unerwünschte (beziehungsweise bettelarme und verzweifelte) Personen wurden einfach fortgebracht – aus den Augen, aus dem Sinn. Und es kostete viel weniger als das Gefängnis. Für einfachen Diebstahl – oft von Lebensmitteln – wurden selbst Kinder unter zehn Jahren Tausende von Meilen weit auf die andere Seite der Welt geschickt, wo sie wer weiß was erwartete.

Ich weiß kaum etwas über Australien, aber Solomon hat mir erzählt, dass es auf der anderen Seite der Welt liegt, was meiner Meinung nach bedeutet, dass die Leute dort auf dem Kopf gehen.

Nummer vier – am Galgen baumeln

»Wenn es Knast gab, dann nur als Wartestation für den Galgen.«

– Das Motto eines Dodger bekannten Snakesman

> **HABEN SIE'S GEWUSST?**
> - Bis um 1830 konnte man für den Diebstahl eines Pferds oder den Einbruch in ein Haus gehängt werden.
> - Öffentliche Hinrichtungen fanden bis 1868 vor dem Newgate-Gefängnis statt.
> - Als Victoria den Thron bestieg, wurden nur Verräter oder Mörder gehängt – wie der »Ausländer«, der Mörder, den Dodger zur Strecke brachte.

»PARTYS« FÜR DEN GALGEN

Zeitungsverkäuferin: »Nun, was darf's sein, der Herr?«
Junge: »Ich möchte 'ne Zeitung mit einem schrecklichen Mord und einem Bild.«

Hinrichtungen waren ein beliebtes Ziel für Familienausflüge: ein festliches Ereignis, manchmal mit einem Krawall als Zugabe. Man jubele dem Henker zu! Man kaufe eine Ausgabe der Todesrede des Gefangenen! Man klatsche begeistert, wenn der Verbrecher baumelt! Ach, und warum sich nicht eine eingelegte Schnecke und eine Limonade gönnen, um den Tag zu krönen? Und während man aß, verdiente sich ein junger Taschendieb vielleicht einige Pasteten, indem er einem die Brieftasche klaute.

Nummer fünf – Bedlam Hospital

Wie wäre es mit einem anderen Ausflug, z. B. zum Krankenhaus Bedlam? Europas ältestes Hospital für Pflege und Verwahrung Geisteskranker war einmal eine beliebte Sehenswürdigkeit für Besucher der Metropole, eine Attraktion, die man gesehen haben musste. Eintrittsgeld wurde verlangt, und die Possen der armen Menschen in dem unglücklichen Gebäude galten als moralisches Beispiel dafür, was geschehen konnte, wenn man sein Verhalten von Leidenschaft bestimmen ließ. Zahlreiche Patienten waren nackt oder trugen nur eine schlichte Decke; bei vielen wurden Ketten und Handschellen verwendet. Wer dieses Elend gesehen hatte, war froh, nach Hause zurückkehren zu können …

Dodger über *Sweeney Todd:* »Der arme Teufel war tatsächlich eher ein Kandidat für Bedlam als für den Galgen, obwohl jeder, der einigermaßen bei Verstand war, den Henker vorgezogen hätte.«

Sie kommen, um dich wegzubringen …

Ein Patient im viktorianischen Irrenhaus? Hier sind einige der Behandlungen, die ihn erwarteten:

* Aderlass: Das Entfernen von Blut sollte den Körper besser ausbalancieren. Aber wenn zu viel entfernt wurde, geriet der Körper ganz aus dem Gleichgewicht und fiel.

* Hypnose: für jene, die an »Hysterie« litten (oft von einem überaktiven Schoß verursacht, wie es hieß; allerdings hatte Dodger nie davon gehört, dass ein Schoß allein aktiv wurde oder in den Krieg zog)
* Verabreichung von Brechmitteln
* Einzelhaft
* Blutegel
* Zwangsjacken
* Ketten und Handschellen; des Nachts ans Bett gefesselt werden

Und dann gab es natürlich noch den Drehstuhl, der die Verabreichung von Brechmitteln (siehe oben) erübrigte. Der arme Patient wurde darauf festgeschnallt, in die Luft gehoben und dann gedreht. Die Desorientierung des Patienten sollte ihn dazu bringen, dass er seine Bosheit bereute und zu einer »neuen Person« wurde. In Wirklichkeit bereute er vor allem die letzte Mahlzeit …

Tiefe Brauen? Mörder! Große Nase? Taschendieb!

Bei einer neuen Wissenschaft ging es darum, Köpfe zu messen, die Beulen daran zu deuten (sofern sie nicht von einem stumpfen Gegenstand stammten) und daraus auf Temperament und Veranlagung der betreffenden Person zu schließen. Nach der Hinrichtung am Galgen wurden Todesmasken der Gefangenen angefertigt, damit eifrige Phrenologen das typische Aussehen von Menschen untersuchen konnten, die mit großer Wahrscheinlichkeit zu gefährlichen Verbrechern wurden.

Den Mond anheulen?

Die Worte »lunatic« und »lunacy« (Wahnsinniger, Wahnsinn) gehen auf den lateinischen Begriff für Mond – luna – zurück, und es war bekannt, dass Geisteskranke bei Vollmond zu mehr gestörter Aktivität neigten. Obwohl sich, trotz der Erzählungen von Groschenromanen, niemand von Dodgers Bekannten bei solchen Gelegenheiten in einen Werwolf verwandelte. In den Armenvierteln wäre ein Wolf schnell Opfer und vermutlich eine Mahlzeit gewisser Nachtleute geworden …

Gehen Sie über die Brücken von London und sehen Sie sich alle diese Unterhaltungsmöglichkeiten an! Zahlreiche Straßenleute verdienten sich ihr täglich Brot, indem sie anderen vergessen halfen, mit welcher Mühe sie sich ihr tägliches Brot verdienten. Denn es sind nicht nur die feinen Leute, die abends mit ihren Kutschen losfahren und nach Zerstreuung suchen – alle anderen, die tagsüber geschuftet haben, um sich ein paar Pence für ein Bett und eine Pastete zu verdienen, sehnen sich ebenfalls nach Ablenkung. Und wo ein Bedarf besteht, gibt es immer jemanden, der das Gewünschte zur Verfügung stellt. Es versteht sich von selbst, dass junge Damen, die abends allein in der großen Stadt unterwegs sind, auf der Hut sein müssen – ich meine, unsere Mädchen lernen schnell, wie's auf der Straße zugeht, aber die Schönheiten von so fernen und exotischen Orten wie Uxbridge und Gerrards sind leichte Beute für den Herrn, der schöne Worte spricht und in dessen Taschen es klimpert. Und wer weiß, was da klimpert.

Kleine Theater

DAMEN UND HERREN, DIE VORN SITZEN MÖCHTEN, ZAHLEN ZWEI PENCE

Kleine Theater, »Panny Gaffs« genannt, gab es überall im East End des viktorianischen London – der Eintritt kostete meistens nur einen Penny. Der vordere Teil eines Ladens wurde entfernt (ja, mit Erlaubnis des Ladeninhabers) und der Eingang dekoriert. Komische Sänger forderten Passanten auf, sich von einem Penny zu trennen und das improvisierte Theater zu betreten. Drinnen standen Musiker auf Tischen, und die Unterhaltung war sehr laut und oft auch ziemlich unanständig. Mit anderen Worten: Für wenig Geld wurde viel geboten. Draußen konnte man gratis beobachten, wie ein Polizist die Ordnung wiederherzustellen versuchte.

Deftige Tänze? »Ja, jede Menge! Und es gibt viel Haut zu sehen.«

Seemannslieder, zotige oder patriotische Lieder waren immer sehr beliebt, ebenso wie Dramen, meist Tragödien, ohne allzu viele Zungenbrecher (lange Worte). Besonderer Beliebtheit erfreuten sich Stücke, die von berühmten Kriminellen wie z. B. Dick Turpin handelten, oder Geschichten über die bei Newgate gehängten Räuber und Mörder. Und wenn für die Schauspieler die Zeit knapp wurde ... dann brachten sie den letzten Teil des Stücks ganz schnell hinter sich, bevor sie die Zuschauer hinauswarfen.

Die Straßenhändler liebten Esel und sangen gern das Lied von »Duck-Legged Dick«:

Der krummbeinige Dick hatte einen Esel, toll,
Ein wahrer Säufer, der liebte jedes Gelage.
Eines Tages war er ziemlich voll
Und wurd geschickt zur Mühle, für sieben Tage.
Sein Esel kam auf die Wiese,
Ein Schicksal so richtig miese.

Ins Gras beißen musste der Esel frech,
Auf der grünen Wiese sterben.
Es sich nicht vermeiden lässt, das Pech,
Das Schicksal es einem kann's verderben.
Am besten ist man immer dran,
Wenn man beides mischen kann.

Ähnliche Gefühle brachte Kipling in seinem Gedicht »If« zum Ausdruck, das er bald schreiben würde.

Rocktanz

Nein, mit Rock hat dies nichts zu tun, wohl aber mit Röcken. Ein beliebter Zeitvertreib für die Aristos bestand darin, sich Rocktänze anzusehen, bei denen Frauen sich drehten und dabei 12 Meter Stoff durch die Luft wirbelten. (Dodger mochte Röcke, aber dem Herumgehopse konnte er nichts abgewinnen.)

HABEN SIE'S GEWUSST?

1884 wurde Joseph Merrick, aufgrund seiner Entstellungen als »Elefantenmann« bekannt, als Monstrum in einer »Penny Gaff« in Whitechapel zur Schau gestellt.

Dodger wusste, dass Schauspieler nicht viel Geld bekamen – seiner Meinung nach lohnte es nur, auf der Bühne zu stehen, wenn man sie zu klauen gedachte. Aber wenn man einen richtig guten Abend erleben wollte, dann war das Varietétheater die erste Wahl.

Für nur ein paar Pence konnte man sich an mehreren Vorstellungen erfreuen, mit Schwerpunkt auf guten komischen Liedern, in die das Publikum oft singend, grölend, rülpsend und mit den Stiefeln stampfend einstimmte.

Sehr populär waren Komiker, die bekannte Persönlichkeiten parodierten und Lieder über Trinken, Frauen und Faulenzen sangen. Oft trugen sie Pelze und Diamanten und verspotteten den Hedonismus des Großbürgertums.

> »Ein Mann erscheint auf der Bühne, ausländisch gekleidet und geschmückt mit einem schrecklich großen Schnurrbart von grässlicher Farbe. Er singt dummes Zeug in vielen Versen, zwischen denen er einen sinnlosen ›Refrain‹ einlegt, bei dem alle mitsingen sollen.« – *The Tomahawk* (1867)

Ein berühmtes Londoner Theater war das Wilton's, erbaut in den 1850er-Jahren in East End, bei den Docks.

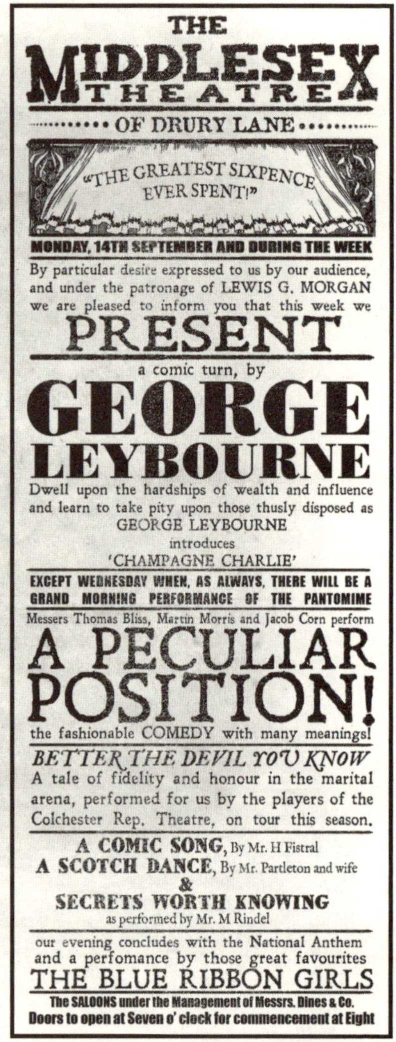

WILTON'S NEUES THEATER, WELLCLOSE SQUARE

HABEN SIE'S GEWUSST?

- Bis zu tausend Zuschauer zwängten sich hinein, um die Vorstellung zu sehen – obwohl das Theater angeblich nur 300 Platz bot.
- Im Gegensatz zu Theatern, die den feinen Leuten vorbehalten waren, konnten die Besucher hier während der Vorstellung essen, trinken und rauchen.
- Weitere berühmte Theater waren die Canterbury Music Hall in Lambeth, das Middlesex in der Drury Lane – das man auch »Old Mo« nannte – und Varietétheater wie das Egyptian Hall in Piccadilly.

Einige Theaterstars …

Champagner-Charlie

George Leybourne (1842–1884) war ein berühmter »Lion Comique«, ein immer makellos wie ein junger Gentleman gekleideter Komödiant. Zu seinen Liedern zählten »Champagne Charlie« (Champagner-Charlie) und »The Daring Young Man on the Flying Trapeze« (Der tollkühne junge Mann auf dem fliegenden Trapez). Er war so populär, dass er 1868 eine Anstellung bei der Canterbury Music Hall bekam. Sein Vertrag sah £ 25 die Woche sowie eine von vier weißen Pferden gezogene Kutsche vor.

Der große kleine Leno

Dan Leno (1860–1904) stand zum ersten Mal mit neun Jahren auf der Bühne und wurde für seinen Holzschuhtanz berühmt. Sein komisches Trippeln machte ihn zu einem beliebten Darsteller.

Die Königin der Music Hall …

Marie Lloyd (1870–1922) wechselte mit 14 Jahren ins Profilager. Ihre Lieder galten als zu schlüpfrig für die großen Theater.

Und dann noch das Varieté!

Hier gab es nicht nur Darsteller, sondern auch Dinge und Leute zum Begaffen – was Dodger nicht so gern machte. Die Ausgestellten verdienten mit ihren »Auftritten« aber eine ganze Menge (am Ende des Jahrhunderts bis zu 20 Pfund in der Woche).

Fig. 42. — Reproduction d'une affiche de 5 mètres de haut.

»Sie müssen nach Höherem streben, Mister Dodger, denn kein Mann sollte sein Leben damit vergeuden, durch die Kanalisation zu stapfen, wenn er durch Literatur und Theater segeln kann.« – *Angela Burdett-Coutts zu Dodger*

Angela Burdett-Coutts machte Dodger mit dem Theater vertraut (zumindest offiziell, denn seine Zeit als Snakesman hatte ihn bereits in mehrere Theater geführt – und wieder hinaus). Er saß dort in einer Loge und sah sich einige Typen an, die offenbar Bettlaken um sich geschlungen hatten und Worte sprachen, die von einem gewissen William Shakespeare geschrieben waren – *Julius Cäsar*. Er fand, dass das Stück wie ein Kampf auf der Straße war, mit dem Unterschied, dass diese Leute mehr Worte als Waffen benutzten.

HABEN SIE'S GEWUSST?

- Pantomimen dauerten bis zu fünf Stunden.
- Die Regent Street Nummer 320 war früher Sitz der »Theatrical Dental Institution« (Zahninstitut für Theater), wo Schauspieler und Angestellte des Theaters »die besten künstlichen Zähne« bekommen konnten, zum »ermäßigten Preis und leichter Ratenzahlung«.

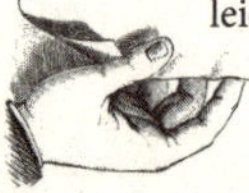

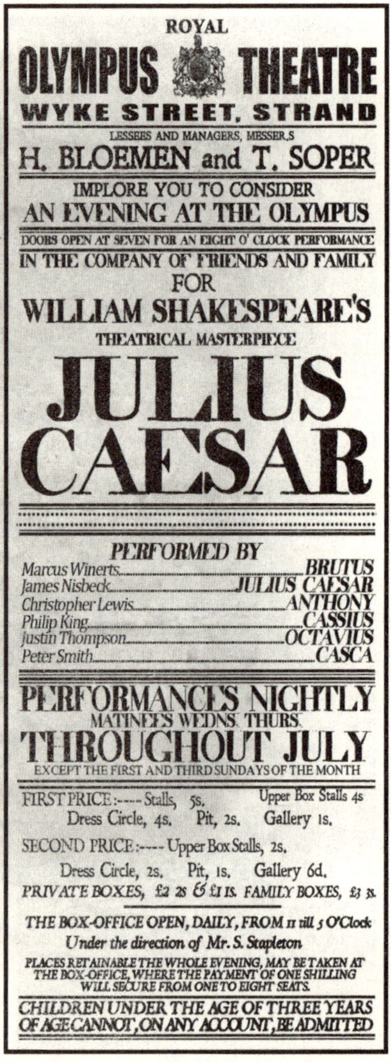

Straßenkünstler

Wer weniger Geld hat, findet auf der Straße genug Unterhaltung. Dodger mag insbesondere den »Glückliche Familie«-Wagen: einen Karren mit einem Käfig, in dem verschiedene Tiere friedlich miteinander leben, obwohl sie sich sonst gegenseitig fressen. Zu den Tieren gehören:

* ein Pavian
* ein Hund
* eine Katze
* eine Maus
* einige Vögel
* eine Schlange

Miss Simplicity: »Warum in aller Welt frisst die Katze die Maus nicht, Dodger?«

Dodger: »Nun, der Alte ist bestimmt nicht geneigt, seine Geheimnisse zu verraten, aber wenn man die Tiere friedlich miteinander aufwachsen lässt – so heißt es –, dann werden sie zu einer glücklichen Familie. Aber es heißt auch: Sollte eine Maus, die der Schlange noch nicht vorgestellt wurde, durch dieses Gitter schlüpfen, so würde sie schnell zu einer Mahlzeit der Schlange.«

Der Beschreibung nach war das nicht alles. Der Leser mag vermuten, dass der Beobachter einige Zeit im Pub verbrachte, bevor er sich zu folgender Schilderung hinreißen ließ:

»Die Darbietung begann, indem der Mann die Käfigtür öffnete und die Katzen mit bekannten Boxernamen rief. Sie kamen, erhielten Boxhandschuhe, stellten sich auf die Hinterbeine und schienen gegeneinander zu kämpfen. Nach einer Weile fragte der Mann den Hund: »Siehst du denn nicht, dass sich deine Familie zankt?« Woraufhin der Hund eine Antwort bellte, den Käfig verließ, sich knurrend zwischen die beiden boxenden Katzen stellte und sie manchmal alles andere als sanft zur Seite stieß. Nachdem er den Kampf beendet hatte, kehrte er mit wedelndem Schwanz in den Käfig zurück. Doch die Katzen, angestachelt von ihrem Herrn, gingen erneut aufeinander los, und wieder musste ihr Kampf beendet werden. Als dies durch Wiederholung langweilig wurde, bekam die eine Katze eine Medaille um den Hals gehängt und die andere einen Verband um den Kopf. Anschließend forderte der Mann sie auf, sich in zwei Ecken der »Bühne« zu setzen.

Anschließend, fast unter der Nase der Katzen, trippelten die Mäuse über ein gespanntes Seil, ausgestattet mit zwei Balancierstangen *à la mode de Blondin*. Ein Vogel feuerte eine Spielzeugkanone ab, und ein anderer gab vor, tödlich getroffen zu sein. Er ließ sich in einen Sarg legen und von einem Leichenwagen zum Käfig bringen. Als der Wagen die Tür erreichte, erwachte der ›tote‹ Vogel plötzlich wieder zum Leben und hüpfte in den Käfig. Der angebliche Mörder wurde hingerichtet, indem er seinen Kopf in eine Schlinge steckte, die an einem Galgen hing. Ein anderer Vogel zog an der Schnur. Diese Darbietungen lockten immer viele Zuschauer an, obwohl die Rede ging, dass sich ein derartiges Verhalten bei Tieren nur mit Misshandlungen erreichen ließ. Ich weiß nicht, ob die Polizei die Vorstellungen für Verkehrsbehinderung hielt oder der Tierschutzverein einschritt, aber die ›Glücklichen Familien‹ wurden immer seltener. Die letzte habe ich in den 1880er-Jahren am Thames Embankment (Themse-Damm) gesehen, unweit der Charing Cross Bridge.« – *London and Londoners in the Eighteen-Fifties and Sixties* (London und Londoner in den 1850er- und 1860er-Jahren) von Alfred Rosling Bennett (1920)

Ein Narr und sein Geld trennen sich bald …

Für jene, die das Glück auf ihrer Seite zu haben glaubten, war die Straße der Ort, wo Unterhaltung *und* Profit warteten – obwohl Dodger *nie* gesehen hatte, dass jemand richtig riet, wenn der fröhliche Mann fragte, unter welchem Fingerhut die Erbse lag. Früher oder später *musste* sie doch unter dem Hütchen liegen, das man aussuchte. Aber wahrscheinlich vermochte nicht einmal Gottes Blick den flinken Fingern zu folgen …

Clowns mit Pferdehaarperücken oder auf Stelzen, Salamander (Feuerschlucker), Äquilibristen (Gleichgewichtskünstler), tanzende Bären, zahme Kamele, Schwertschlucker, Schlangenmenschen, die sich auf dem Boden wanden (ein sehr abenteuerlicher Beruf, wenn man bedachte, was so alles auf dem Boden lag), Frauen mit Schweinegesichtern, Flohzirkusse, Riesen, gefleckte Jungen ... Das ganze Leben und noch mehr konnte man für ein kleines Eintrittsgeld auf der Straße sehen. Allerdings wünschte sich das Leben vielleicht etwas bessere Witze ...

Lehrer: »Wann wurde Rom erbaut?«
Schüler: »In der Nacht.«
Lehrer: »Wie kommst du denn darauf?«
Schüler: »Nun, es heißt doch, Rom wurde nicht an einem Tag erbaut.«

Eine ältere Dame kommt zu einem Nervenarzt und bittet ihn, ihren Mann von seinem Wahn zu heilen. »Er bildet sich ein, ein Pferd zu sein, nimmt nur noch Hafer zu sich, wiehert und hat sich die Füße beschlagen lassen.« Besorgt hört der Arzt zu. »Das wird aber eine langwierige Behandlung, und teuer noch dazu«, wendet er ein. »Ach, das macht nichts«, sagt die Frau. »Geld haben wir genug. Mein Mann hat schon drei Pferderennen gewonnen!«

HABEN SIE'S GEWUSST?

In der Zuschauermenge wetteiferten Sänger und Musikergruppen um Pennys. Der Lärm war so groß, dass die Leute sie manchmal fürs Weggehen bezahlten.

Leierkastenmänner

In den 1860er-Jahren gab es in London über tausend Leierkastenmänner, sehr zum Missfallen von Dodgers Freunden. Als der Wissenschaftler Charles Babbage, ein unverblümter Gegner dieser »Folterinstrumente«, 1871 starb, hieß es in seinem Nachruf, dass er trotz der »nervenzermürbenden Leierkastenverfolgung« fast 80 Jahre alt geworden sei.

Geschickt mit den Fäusten?

Dazu imstande, jemandem ordentlich eins auf die Nase zu geben? Die Wirte mancher Pubs verliehen Handschuhe für zwei Pence den Abend, und zwei Burschen veranstalteten dann eine große Boxschau für die anderen – »nicht für Geld, sondern für Bier« und »aus Spaß«, obwohl die Besten unter ihnen Profis sein konnten. Der Sieger gab dem anderen eins auf die Nase, und für gewöhnlich musste Blut fließen, als Beweis dafür, dass es ein ordentlicher Schlag gewesen war. Dodger kannte mehrere Leute, denen er gern eins auf die Nase gegeben hätte, und dazu wäre er auch ohne Bezahlung bereit gewesen.

Die Leute hielten ein lädiertes Gesicht für das Markenzeichen eines Boxers, doch da irrten sie. Ein lädiertes Gesicht wies auf einen Amateurboxer hin. Gute Boxer waren gern hübsch; es überraschte und verunsicherte ihre Gegner.

HABEN SIE'S GEWUSST?

James Kelly und Jonathan Smith stellten 1855 einen Rekord für den längsten Kampf mit bloßen Händen auf: 17 Runden über 6 Stunden und 15 Minuten. Sie kämpften in Australien (wobei sie vermutlich nicht auf dem Kopf standen, wie Dodger glaubte). Kelly gewann.

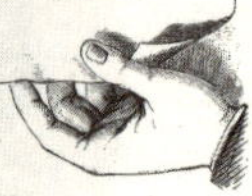

GEFÄLLIGER VORSCHLAG

»Wir haben erfahren, dass Sie der Herr sind, der mit Heenan übers große Wasser gekommen ist. Mein junger Freund, der Kellner, möchte gern gegen ihn antreten.«

Nachdem sich die Zuschauer das Spektakel im Pub angesehen hatten, konnten sie anschließend ihren eigenen Kampf führen, allerdings *draußen* …

»So wird's gemacht!«

Auf der Straße gab es nicht viel zu lachen, es sei denn, es wurde Kasperletheater aufgeführt. Über die Eskapaden des Kasperle (Mister Punch) und der anderen Figuren seiner Geschichte wurde viel und herzlich gelacht. Alle jubelten, wenn der böse Mister Punch seine gerechte Strafe erhielt und am Ende des ersten Akts im Gefängnis landete.

Bei einer typischen »Punch and Judy«-Vorstellung traten auf: Punch, Judy, das Kind, der Amtmann, Scaramouche, Nobody (Niemand), Jack Ketch, der große Herr, der Doktor, der Teufel, Toby der Hund, Merry Andrew und der Blinde – aber dem Betreiber des Kasperletheaters genügten vier Figuren, darunter natürlich Punch.

HABEN SIE'S GEWUSST?

- Die Figur des Mr. Punch geht auf Pulcinella zurück, einen Clown, der bei Wandertheatern im Italien des 15. Jahrhunderts auftrat.
- Für die quäkende Stimme des Punch verwendeten die Darbieter eine *Swazzle,* eine Pfeife in der Größe einer Knieschnalle, in schwarze Baumwolle gewickelt. Es konnte bis zu sechs Monate dauern, den richtigen Umgang damit zu erlernen.
- Punch war meist wie ein Hofnarr gekleidet und trug einen Hut mit Quasten. Damit er wie ein echter Bösewicht aussah, bekam er oft einen Buckel und eine große Hakennase, ein spitzes Kinn und einen Stock, mit dem er auf andere Figuren einschlug.
- Scaramouche war eine Figur, die zuerst im italienischen Theater erschien: ein Clown mit schwarzer Maske und recht skrupellos. In manchen Punch-and-Judy-Vorstellungen schlug Punch Scaramouche den Kopf ab, was dazu führte, dass »Scaramouche« zu einem Begriff für Puppen mit erweiterbarem Hals wurde.
- Ein »Bottler« (»Flaschler«, eigentlich: Abfüller) lockte Zuschauer an und sammelte ihre Pennys in einer Flasche. Er half auch bei Geräuscheffekten und bei der Musik.

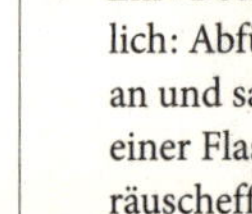

- Oft wurden »Happarate« benutzt, z. B. mehrere Galgen, eine Leiter, ein Pferd, eine Glocke und ein ausgestopfter Hund. Dodger bot einmal Solomons Hund Onan für den Job an, aber Onan hätte Zuschauer vertrieben, nicht angelockt.
- Die höchsten Einnahmen erzielte man mit Darbietungen vor feinen Häusern. Vorführungen auf der Straße brachten manchmal nur drei Pence ein.

OFFIZIELLE ZENSUR DER PANTOMIME

Polizist: »Gegen eine ruhige Vorführung hätte ich nichts einzuwenden gehabt. Aber das Gesetz direkt vor meinen Augen zu beleidigen!« *Ergrimmt.* »Zieht weiter, oder ich bringe euch hinter Schloss und Riegel!«

»Meiner Meinung nach bietet der Straßen-Kasperle (Punch) den Zuschauern eine gewisse Befreiung von den Realitäten des Lebens, und diese Form des Theaters verlöre an Wirkung, wenn es moralischer und belehrender wäre. Ich halte es für harmlos und nichts weiter als einen ausgefallenen, haarsträubenden Witz, demzufolge kein vernünftiger Mensch irgendwelche Taten oder bestimmte Verhaltensweisen erwartet. Ich glaube, bei diesen Darbietungen beobachten die Zuschauer lediglich mit heimlichem Vergnügen, wie die Ebenbilder von Männern und Frauen herumgestoßen und verprügelt werden, ohne dass jemand leiden muss.« – *The Letters of Charles Dickens, vol. V* (Die Briefe des Charles Dickens, Band V, 1847–1849)

LESEN SIE ALLES DARÜBER!

Obwohl Sol ständig versucht hat, meinen Horizont zu erweitern: Ich habe immer gedacht, dass eine Zeitung vor allem fürs Klo nützlich ist. Aber dann hat mir mein Freund Charlie gezeigt, wie die Presse die Welt mit einigen geschriebenen Worten verändern kann. Ein Junge wird zu einem Helden und ein Politiker zu einem tapferen Recken. Sie haben doch sicher von Charlie gehört, oder? Schreibt die ganze Zeit über, notiert sich pausenlos irgendwelche Sachen. Wollte ein Peeler werden, ein Polizist …

Hier lernen wir jene kennen, die sich auf den abscheulichsten und extravagantesten Gebrauch der (englischen) Sprache spezialisiert haben und bestrebt sind, auf eine Weise über die jüngsten Ereignisse zu berichten, die ihnen ein möglichst hohes Einkommen sichert.

> **HABEN SIE'S GEWUSST?**
> Journalisten waren als »Zeilenschinder« bekannt, da sie einen Penny pro Zeile bekamen, und fassten sich nicht kurz, wenn sie stattdessen von einer ganzen Bibliothek Gebrauch machen konnten.

Fleet Street

Die Fleet Street galt als Herz von Londons Zeitungswesen. Wohin man auch blickte, überall sah man Männer und Jungen voller Tintenflecken, die von Ort zu Ort eilten (vor allem *ins Zentrum des Geschehens*), damit alle darüber lesen konnten,

- *was* geschehen war – ein »schrecklicher Mord« zählte zu den Favoriten;
- *warum* es geschehen war;
- was als *Nächstes* geschehen würde: Hinrichtung bei Newgate oder Tyburn?
- Und besonders wichtig, damit die Bürger einen schönen Ausflugstag einplanen konnten, wenn es sich um eine Hinrichtung handelte: *wann* es geschehen würde.

Schwere Zeiten für einen Fluss?

Der Name der Fleet Street ging auf den Fluss namens Fleet zurück, für den die damaligen Zeiten schwer gewesen waren, ähnelte er doch eher einem offenen Abwasserkanal. Er trug nicht nur Wasser zur guten alten Themse (beziehungsweise eine Brühe, die sich als Wasser ausgab), sondern auch tote Katzen und andere Abfälle der Stadt.

Der *Morning Chronicle*

Solomons Weisheit: »Auf das Angesicht der bestehenden Welt malen die Menschen die Welt, die sie gern sähen. Deshalb erblicken sie manchmal erschlagene Drachen, und wo es Lücken gibt, werden sie von der Phantasie der Menschen gefüllt.«

Dodger lernte die Welt der Presse kennen, als Charles Dickens ihn in seinem Büro beim *Morning Chronicle* empfing – Dickens' erster Arbeitgeber, der auch Mayhews Artikel über die Armen von London veröffentlichte. Dodger wurde nie ein echter Freund der Zeitungen. Zu tief war in ihm das Prinzip verwurzelt, dass man seinen Namen möglichst nirgends niederschrieb. Doch er konnte nicht umhin, sich ein wenig geschmeichelt zu fühlen, als man ihn einen Helden nannte und Geld für ihn sammelte.

Charles Dickens (1812–1870)

»Angeblich braucht er einen nur einmal anzusehen, und schon hat er einen umfassenden Eindruck gewonnen – von der Sprechweise bis hin zu der Art, wie man in der Nase bohrt.«
– Solomon über Charlie

HABEN SIE'S GEWUSST?

- Dickens' Vater wurde wegen Schulden ins Gefängnis geworfen, und der junge Charles musste die Schule verlassen und in einer Fabrik arbeiten. Dort klebte er Etiketten auf Schuhcremegläser, wofür er sechs Schillinge die Woche verdiente.
- Er wollte Schauspieler werden, verpasste aber eine Chance zum Vorsprechen, weil er sich zum falschen Zeitpunkt eine Erkältung holte.
- Unter dem Namen »Boz« schrieb er Kurzgeschichten für den *Chronicle.*
- Sein erster Roman *The Posthumous Papers of the Pickwick Club* (Die Pickwickier) erschien in 20 Teilen monatlich zwischen März 1836 und Oktober 1837 und machte ihn praktisch über Nacht berühmt.
- In vielen seiner Romane verarbeitete er eigene Erfahrungen und die Namen von Personen, denen er begegnet war. Ein Beispiel: Der Junge, der ihm in der Fabrik zeigte, wie man die Etiketten aufklebte, hieß Fagin (siehe *Oliver Twist*).
- Zusammen mit Angela Burdett-Coutts gründete Dickens »Urania Cottage«, ein Heim für Frauen, die »gefallen« waren und wieder aufstehen wollten (indem sie heirateten oder auswanderten).

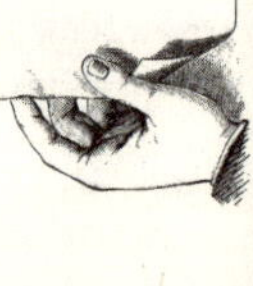

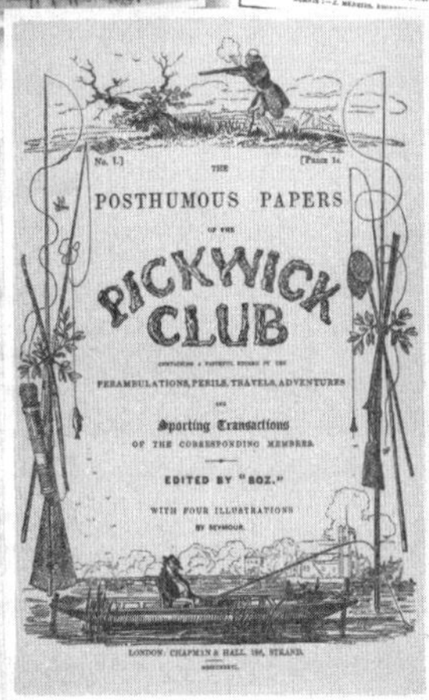

»Manchmal glaube ich, dass er selbst gern ein Peeler wäre, wenn ich ihn nur ließe. Bestimmt gäbe er einen guten Peeler ab, wenn er nicht dauernd kritzeln und schreiben, kritzeln und schreiben würde.«
– *Sir Robert Peel zu Dodger,* über Charlie.

Punch und Tenniel

So bringt man sie zum Lachen … und zum Nachdenken!

Das Satiremagazin *Punch* wurde 1841 von Dodgers Freund Henry Mayhew und dem Graveur Ebenezer Landells gegründet, mit einem Startkapital von nur 25 Pfund. Die Zeitschrift erschien wöchentlich und wurde bekannt für ihren Humor und ihr soziales Engagement. Man bekam eine Menge für nur drei Pence.

John Tenniel (1820–1914)

Ein weiterer Schreiber, aber von anderer Art. Tenniel war ein Künstler, der für *Punch* hervorragende Karikaturen schuf, oft mit einem sehr ernsten politischen und gesellschaftlichen Hintergrund.

- Tenniel zeichnete erstaunliche 2165 Karikaturen für *Punch.*
- Er zeichnete auch die Bilder für Lewis Carrolls *Alice im Wunderland* und *Alice hinter den Spiegeln.*
- Königin Victoria schlug ihn 1893 zum Ritter, und er galt als lebendes Nationalheiligtum. Er schaffte es, diesen Status 21 Jahre lang zu bewahren, bis er 1914 zu einem toten Nationalheiligtum wurde.

Ein unzuverlässiges Auge?

Es ist umso erstaunlicher, dass Tenniel so gut zeichnen konnte, weil er als junger Mann vom Degen seines Vaters beim Fechten am rechten Auge verletzt wurde. Im Lauf der Jahre verlor er dort das Sehvermögen, was sicher ein erhebliches Handicap für einen Künstler wie ihn war.

Modell gesucht! Eine Tenniel-Zeichnung, die sein tägliches Dilemma zeigte:

EIN FREUND IN NOT

Unser Künstler: »Oh, alter Knabe! Ich bin ja so froh, dich zu sehen! Mein Modell ist nicht gekommen, und ich muss mit dem Bild fertig werden. Du hast sicher nichts dagegen, für eine Stunde mein toter Artillerist zu sein.«

Groschenhefte

Groschenhefte, Groschenromane …
(aber nicht für einen Groschen, sondern für einen Penny)

In den Armenvierteln von London wurde nicht viel gelesen. Wer hatte Zeit dazu, wenn man so sehr mit dem Überleben beschäftigt war? Aber jede Woche erschienen reißerische Fortsetzungsgeschichten, die nur einen Penny pro Ausgabe kosteten und sich bei jungen Lesern großer Beliebtheit erfreuten – je reißerischer, desto besser.

* Haltet den Atem an, wenn der Straßenräuber Dick Turpin – ein Schurke erster Güte – dem Henker ein Schnippchen schlägt und mit Black Bess zu seinem phänomenalen Ritt nach York aufbricht. (Die ganze Geschichte besteht aus 254 Episoden, fast fünf Jahre spannende Geschichten für einen Penny die Woche!)
* Fiebert mit, wenn Sprungfuß-Jack über hohe Gebäude hinwegsetzt, die Klauen bereit, die Augen wie zwei rot glühende Kohlen in der Finsternis!
* Erschauert bei den blutigen Eskapaden von Varney Vampir und jubelt, wenn sich sein schreckliches Schicksal mit einem Sturz in die Gluthölle des Vulkans Vesuv erfüllt!

Viele kauften den ersten Teil der Fortsetzungsgeschichte, um zu sehen, wie sie war; andere lasen jede Woche weiter. Und wenn sie alles gelesen hatten, konnten die Hefte für einen halben Penny weiterverkauft oder auf dem Klo einem guten Zweck zugeführt werden: Dort fand man Gelegenheit, seinen Hintern am niederträchtigsten Schurken abzuwischen.

Eins der beliebtesten Groschenhefte erzählte die Geschichte des teuflischen Friseurs der Fleet Street ...

Das Groschenheft, das die Geschichte von Sweeney Todd und seinem Rasiermesser* erzählte, war ein Riesenerfolg. Aber Dodger, der einige alte Troupiers kannte und wusste, dass Sweeney Todd Feldscher auf Europas Schlachtfeldern gewesen war, hielt ihn ebenso für ein Opfer wie die sechs Männer, denen er die Kehle durchgeschnitten hatte (und die in dieser Hinsicht vermutlich anderer Meinung gewesen wären). Im Krieg verlieren Soldaten nicht nur Gliedmaßen, sondern manchmal auch den Verstand …

Sweeney Todd ermordete Menschen, aber eigentlich war er kein Mörder. Der Krieg hatte ihn um den Verstand gebracht; andernfalls wäre er vielleicht ein ganz gewöhnlicher Friseur gewesen, der seinen Kunden nicht die Kehle durchschnitt.

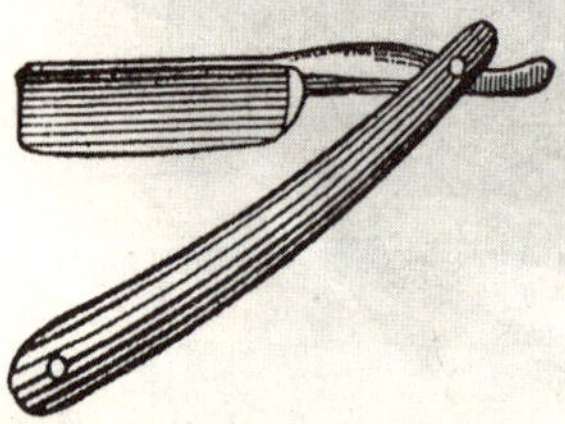

* Sweeney Todd war eine erfundene Figur, die in Terry Pratchetts Roman *Dunkle Halunken (Dodger)* verwendet wurde. Im Gegensatz zu anderen Personen in diesem Buch war sie nur das Produkt eines schöpferischen Geistes. Allerdings könnten traumatische Kriegserlebnisse durchaus zu einem derartigen Verhalten geführt haben.

THE ILLUSTRATED

POLICE NEWS

WÖCHENTLICHER BERICHT ÜBER VERBRECHEN UND NIEDERTRACHT

NR. 235 | SAMSTAG, 13. NOVEMBER 1845 | PREIS: EIN PENNY

SCHRECKLICHE MORDE IN DER FLEET STREET

In einem Keller voller Blut wurde der bekannte Reporter Charles Dickens Zeuge der Verhaftung von Mr. Sweeney Todd, einem verrückten Mörder, dessen Taten in die Geschichte eingehen werden und die zu den schrecklichsten Verbrechen gehören, die unsere Stadt je erlebt hat.

Das Schild »Glatte Rasur für einen Penny, so gut wie sonst nirgends« lockte ahnungslose Kunden in den Friseursalon dieses Teufels. Als sie auf dem Stuhl des Todes saßen, schnitt er ihnen mit der Kraft des Wahnsinns die Kehle durch.

MIT DEM RASIERMESSER BRACHTE ER SEINE OPFER UM.

Seine Schreckensherrschaft fand ihr Ende durch den Mut und die Geistesgegenwart eines jungen Helden, der nach Auskunft von Polizisten den Mörder zur Strecke brachte, als sich das tödliche Rasiermesser seiner ungeschützten Kehle näherte. Furchtlos trat der junge Held vor, rang den Schurken zu Boden und zog dem teuflischen Friseur die unheilvolle Waffe aus der verfluchten Hand.

Obwohl der bescheidene junge Mann fast sein Leben verloren hätte, sagte er aus, die Gesellschaft solle Mitleid mit dem armen Mann haben, der ein Opfer der letzten Kriege sei. In aller Aufrichtigkeit und sehr beredt bittet er uns alle: »Er ist kein Teufel, Sir, obwohl ich glaube, dass er vielleicht die Hölle gesehen hat, und ich bin kein Held, Sir, wirklich nicht. Er war nicht böse, sondern verrückt und traurig, ein Opfer seines Wahns.«

Der *News Chronicle*, für den Charles Dickens arbeitet, berichtet von einer Spendensammlung für den jungen Helden, der aus ärmlichsten Verhältnissen stammt. Sie wird als Anerkennung seines Mutes und seiner moralischen Stärke veranstaltet und soll ihn aus seiner beengten Lage herausholen.

VON PIP ZU JACK, MIT DODGER DAZWISCHEN …

Wie ich sehr wohl weiß, kann einem der Name, den man bekommen hat, viel Ärger machen. Zum Glück bekam ich im Waisenhaus, wo ich aufgewachsen bin, den Spitznamen „Dodger", denn dadurch konnte ich den anderen Namen ablegen, den man mir als Baby gegeben hatte (Pip Stick). Namen machen vielleicht keine Leute, aber wenn man den falschen hat, kriegt man als Kind jede Menge Ärger.

Viele Faktoren nahmen Einfluss auf den Namen eines Kindes, und die Namen der feinen Leute – bei denen es viele Georges und Victorias gab, als eröffne sich auf diese Weise ein Zugang zum Königshaus – lauteten oft anders als die in den Armenvierteln. Ein gewisses Wunschdenken (die Hoffnung, dass das Kind dem gegebenen Namen entsprechen möge) spielte sicher eine Rolle bei Namen wie Charity (Barmherzigkeit), Hope (Hoffnung) oder Mercy (Gnade). Jane Mayhew z. B. wählte »Simplicity« (Einfachheit).

HABEN SIE'S GEWUSST?

- Queen Victoria und Prince Albert hatten neun Kinder: Victoria Adelaide Mary, Albert Edward, Alice Maud Mary, Alfred Ernest Albert, Helena Augusta Victoria, Louise Caroline Alberta, Arthur William Patrick, Leopold George Duncan und Beatrice Mary Victoria. Offenbar mussten viele Namen berücksichtigt werden!
- Die zehn beliebtesten viktorianischen Namen für Knaben lauteten: John, William, James, George, Charles, Joseph, Frank, Robert, Edward und Henry. Diese Liste enthält viele alte Könige, aber nicht einen Albert.
- Und die Mädchen: Mary, Anna, Margaret, Helen, Elizabeth, Ruth, Florence, Ethel, Emma und Marie.

Die meisten Bekannten von Dodger – die in den Armenvierteln – hatten unterwegs aufgesammelte Namen. Er kannte also Leute, die z. B. so hießen: Schmutziger Benjamin, Einarmiger Dave oder Dreckige Dora, nicht zu vergessen alte Veteranen wie Holzbein Higgins.

Aber in den Armenvierteln waren natürlich die Namen am besten, an die man sich nicht erinnern konnte, wenn jemand Fragen stellte. »Dodger? Nie von ihm gehört.« Oder: »Mister Dodger? Hab ihn nie gesehen, Chef! Bestimmt meinen Sie einen anderen.«

Londoner Straßennamen

In Londons East End bezogen sich zahlreiche Namen auf Berufe und Arbeit. Es gab Straßen wie »Ironmonger Lane« (Eisenwarenweg) oder »Three Cranes Lane« (Drei-Kräne-Weg; dort standen drei hölzerne Kräne am Kai). Die Namen konnten auch Kirchen oder wichtige Personen betreffen, die einst an diesem Ort gelebt hatten. Der Ursprung anderer Namen war hingegen nicht immer leicht zu bestimmen ...

Battle Bridge Lane: ein sehr alter Name, nach dem Ort, wo die Römer Boudicca besiegten

Cheapside: nach einem alten Wort für Markt, »chepe«

Crutched Friars: Dort gab es ein Haus der »Crouched« oder »Crossed Friars«, einer im 13. Jahrhundert gegründeten Ordensgemeinschaft. Ihr Name bezog sich auf den Stab, den die Ordensbrüder trugen und an dem ein Kruzifix befestigt war.

Fetter Lane: »Fewterer« nannte man die Faulenzer und Tagediebe, die sich in dieser Gegend herumtrieben.

Fyfoot Lane: ein Weg, der an einem Ende nur fünf Fuß (five feet) lang war

Mayfair: Hier fand jedes Jahr im Mai ein Jahrmarkt statt, die St. James's Fair.

Pall Mall: Ein mittelalterliches Spiel namens Pell-Mell (ein bisschen wie Krocket) wurde hier zur Zeit von Karl I. gespielt.

Poultry: Ein großartiger Ort für den Kauf eines Huhns! Ein kleiner Hof in der Nähe wurde »Scalding Alley« genannt, wo totes Geflügel gerupft und abgebrüht wurde.

Seven Dials: Sieben Straßen und eine in sieben Abschnitte unterteilte Sonnenuhr an einer Säule. Mr. Catnach, der Balladen druckte, lebte hier – für einen Penny konnte man einen Meter Balladen kaufen.

Shadwell: benannt nach einer guten Quelle (einer »shady well«) unweit der Kirche

Smithfield: Dieser Name geht wahrscheinlich auf die Anzahl der Schmiede zurück, die hier ihre Werkstätten einrichteten, wenn es einen großen Pferde- und Viehmarkt in der Nähe gab.

Tokenhouse Yard: Sitz der alten Münzstätte, wo Wertscheine herausgegeben und gewechselt wurden

Wapping: Ein alter Name für ein Schiffstau lautete »wapp«, und im Bereich von Wapping gab es viele mit der Seefahrt in Verbindung stehende Berufe. Dort wurden Segel und Seile hergestellt und Schiffe gebaut.

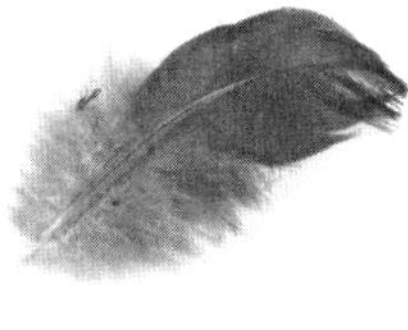

SEHENSWÜRDIGKEITEN FÜR DAS FORSCHENDE AUGE

Viele Leute kommen nie aus der Quadratmeile der Straßen hinaus, in denen ich aufgewachsen bin. Aber außerhalb davon … Nun, wenn man ein bisschen weiter blickt, sieht man ein ganz anderes London, eine glitzernde und glänzende neue Welt mit einer neuen, jungen Königin, eine Stadt, die neue Menschen braucht. Solomon öffnete mir die Augen für die Gelegenheiten dort draußen, und Miss Simplicity gab mir Grund, eine Schippe draufzulegen.

Dodger hatte recht. Gute Aussichten erwarteten den klugen jungen Mann. Und die viktorianische Epoche begnügte sich nicht mit einer glorreichen Stadt, nein, sie wollte eine glorreiche Stadt mit allen Schikanen. Aber wir beginnen wie üblich mit dem Bereich, den Dodger so gut kannte, mit dem »East End« genannten Viertel, wo sich die meisten (armen) Leute um ihre eigenen Angelegenheiten kümmerten, allerdings mit aufmerksamem Blick für die Angelegenheiten anderer Leute (und auch für deren Besitz).

Die Bow-Glocken

Die Tradition sagt, dass ein Kind mit dem Klang der Bow-Glocken geboren sein muss, um ein wahrer Cockney zu sein. Es ist allerdings nicht ganz klar, was die Mutter lieber gehört hätte: lautes Geläut oder die Stimme ihres gerade geborenen Kindes.

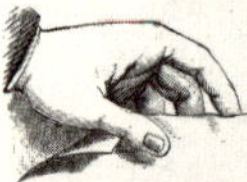

HABEN SIE'S GEWUSST?

- Mit »Bow-Glocken« sind nicht die Glocken in Bow gemeint, sondern die der Kirche St. Mary-le-Bow in Cheapside, direkt im Herzen der bereits erwähnten Quadratmeile. Die Glocken können sechs Meilen weit nach Osten, fünf Meilen nach Norden, drei nach Süden und vier nach Westen gehört werden (was zu Dodgers Zeiten allerdings vom Ausmaß des Geschreis auf der Straße abhing).
- Meilensteine an einigen Straßen von London zeigten die Meilenlänge von St. Mary-le-Bows Kirchentür. Eine gusseiserne Darstellung von Bogen und Glocken schmückte die Meilensteine.

Orangen und Zitronen

Die Bow-Glocken spielten bei diesem Singspiel für Kinder eine wichtige Rolle. Zwei Spieler formen einen Bogen, und andere Kinder müssen hindurch und anschließend einen noch größeren Bogen formen. Bei der letzten Zeile des Lieds springt das Kind, das gerade durch den Tunnel aus Armen schlüpft, um nicht gefangen zu werden. Die Verse nennen auch einige andere Glocken von London.

Orangen und Zitronen,
Sagen die Glocken von St. Clement's.

Du schuldest mir fünf Farthings,
Sagen die Glocken von St. Martin's.

Wann willst du mich bezahlen?,
Fragen die Glocken von Old Bailey.

Wenn ich reich werde,
Sagen die Glocken von Shoreditch.

Wann wird das sein?,
Fragen die Glocken von Stepney.

Ich weiß nicht,
Sagt die große Glocke von Bow.

Hier kommt eine Kerze und leuchtet dir zum Bett,
Und hier kommt ein Beil, um dir abzuschlagen den Kopf.

HABEN SIE'S GEWUSST?

Die letzten Zeilen des Lieds beziehen sich auf die Todeszellen der Gefangenen, die am Tyburn Tree hingerichtet wurden. Um Mitternacht am Sonntag vor ihrer Exekution erfuhren sie das Datum der Hinrichtung vom Nachtwächter der Kirche St. Sepulchre, der mit einer Kerze kam. Und in der Nacht vor dem letzten Gang der Verurteilten wurde eine große Handglocke – die Exekutionsglocke – geläutet.

Und eine noch größere Glocke …

Der große Vater aller Glocken … dürfte die große Glocke von Westminster sein, 60 Meter hoch im Turm: Big Ben.

HABEN SIE'S GEWUSST?

- Sechzehn Pferde waren nötig, um die riesige Glocke auf Rollwagen zum Turm zu ziehen.
- Die Glocke bekam beim ersten Test einen über zwei Meter langen Riss. Daraufhin schmolz der Hersteller Whitechapel Bell Foundry sie ein und goss eine neue, die zwei Monate durchhielt, bevor sie ebenfalls einen Riss bekam.
- Aller guten Dinge sind drei. Die Glocke wurde repariert und gedreht, damit der Hammer – dessen Gewicht man reduziert hatte – auf eine andere Stelle traf.
- Die Glocke ist 2,2 Meter hoch und 2,9 Meter breit.

London Bridge

Für Dodger hatte es den Anschein, als seien Stadt und Fluss dasselbe Wesen, aber einige Teile waren besser als andere. Eine der verkehrsreichsten Straßen der Stadt führte über die London Bridge, nicht nur eine der wenigen Möglichkeiten zur Überquerung des Flusses, ohne die Dienste eines Fährmanns in Anspruch zu nehmen, sondern auch Gegenstand eines weiteren Kinderlieds, das große Ähnlichkeit mit *Orangen und Zitronen* aufwies – offenbar spielten die Kleinen gern, dass Köpfe abgeschlagen wurden. Eine andere Version des Lieds nahm Bezug auf die vielen Taschendiebe: Wenn man die Brücke überquerte, sollte man gut auf seine Brieftasche achtgeben.

Die London Bridge fällt,
Sie fällt, sie fällt,
Die London Bridge fällt,
Meine holde Dame.

Oder:

Wer hat meine Uhr und Kette gestohlen,
Uhr und Kette, Uhr und Kette,
Wer hat meine Uhr und Kette gestohlen,
Meine holde Dame?

Ins Gefängnis musst du gehen,
Musst du gehen, musst du gehen,
Ins Gefängnis musst du gehen,
Meine holde Dame.

Piccadilly Circus

Das Zentrum von London, ein Ort, den offenbar alle mit der Kutsche erreichen wollen …

»Piccadilly Circus, Meister, wegen des Regens völlig verstopft … Die Blödmänner kommen hier von allen Seiten und verstopfen dauernd die Straßen. Ich schätze, es liegt an den verdammten Vierspännern. Sollten in der Stadt nicht erlaubt sein, Kutschen mit vier Pferden!« – *Kutscher zu Dodger*

- Man glaubt, dass Piccadilly Circus den Namen von einem Schneider im 16. Jahrhundert bekam, der in seinem Laden »Pickadels« verkaufte, Rüschenkragen für Männer.
- In Piccadilly lebten Menschen wie z. B. Lord Byron, Lord Palmerston und Nelsons Geliebte Lady Hamilton.
- Man nannte den Ort »Circus«, weil er zuerst als Kreis geplant war, wie eine Zirkusarena.
- Eros, auf einem Bein stehend, krönt den Springbrunnen (1893 erbaut) und hält einen Bogen, aber der Bildhauer gab ihm keine Pfeile.

St. Paul's Cathedral

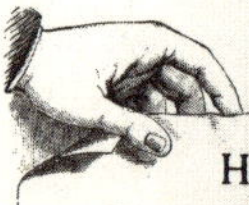

HABEN SIE'S GEWUSST?

- Die große Westtür der Kathedrale ist neun Meter hoch.
- Ganz oben auf den beiden Westtürmen befindet sich eine Ananas.
- Die Kathedrale ist in der Form eines Kreuzes errichtet, und die zentrale Kuppel ragt über 100 Meter hoch auf.
- Zu den in St. Paul's begrabenen Persönlichkeiten gehören Wellington, Nelson und Christopher Wren.
- Als Wellington 1852 dort bestattet wurde, kam eine Million Menschen zu seinem Begräbnis.

Albertopolis

Mit den Einkünften aus der Londoner Industrieausstellung von 1851 erwarb Prinz Albert – Präsident der Royal Commission, der königlichen Kommission – Land im Westen von London, wo einige große Museen errichtet wurden.

HABEN SIE'S GEWUSST?

- Der betreffende Bereich wurde »Albertopolis« genannt.
- Der Name der Hauptstraße, Exhibition Road, bezieht sich auf die »Great Exhibition«, die Londoner Industrieausstellung von 1851.
- Der erste Direktor des Victoria and Albert Museum war Henry Cole, der immer seinen kleinen Hund zur Arbeit mitnahm und im Garten in der Mitte des Museums begraben ist.
- Das Natural History Museum (Naturhistorisches Museum) folgte bald. Es wurde 1881 eröffnet und von der *Times* »wahrer Tempel der Natur« genannt.

Die Royal Albert Hall

Von Prinz Albert, einem großen Musikliebhaber, als Musiksaal geplant, bekam die Royal Albert Hall ihren Namen nach seinem Tod von Königin Victoria, die im Mai 1867 den Grundstein legte. Aber nicht alle waren beeindruckt ...

»Eine monströse Mischung aus Kolosseum, Rom und einer Yorkshire Pie.«
– *Saturday Review* über die Eröffnung 1870

WENN NUR EIN GEBET HILFT

Die Bewohner der Armenviertel halten sich meistens von Kirchen fern (obwohl der alte Sol'n echter Stammgast in seiner Synagoge ist). Meine Freunde geraten nur dann in Versuchung, eins dieser Gotteshäuser zu betreten, wenn es mehr zu bieten hat als ein bisschen Bibel, und hier meine ich was zu futtern. Es ist erstaunlich, wie viele Hallelujas man ertragen kann, wenn sie von einer Pastete begleitet werden, obwohl es die Pfaffen nicht versäumen, einem die eine oder andere Belehrung zu geben. Manchmal versuchen sie auch, einem einen ordentlichen Schrecken einzujagen, z. B. mit Warnungen vor dem Höllenfeuer. Das Feuer einer gebackenen Kartoffel ist da viel angenehmer! Was die feinen Leute betrifft … Na ja, Gott scheint viel mit den Reichen zu tun zu haben, wahrscheinlich deshalb, weil sie den Bauch bereits gut gefüllt haben, wenn sie zum Gebet niederknien, was bedeutet, dass Gott kaum etwas tun muss. Wohlgemerkt, einige der Missionare sind ganz in Ordnung, aber man muss bei ihnen auch aufpassen, weil sie einem einen Job verschaffen könnten. Wie dem auch sei, ich habe Ehrfurcht vor Miss Angela Burdett-Coutts, die mehr Geld als Krösipus hat und die ganze Zeit über Leuten zu einer Arbeit verhilft, mit denen sie sich den Lebensunterhalt verdienen können. Sie war es, die mir das Lesen beibrachte. Sie richtete kleine Lesezimmer ein, in denen Arme lernen konnten, zu lesen und zu schreiben. Und wisst ihr was? Wenn man lesen und schreiben kann, steht einem die ganze Welt offen.

Dodger zu Angela Burdett-Coutts: »Ich habe gehört, dass Jesus auf dem Wasser gegangen ist, also weiß er vielleicht ein bisschen was übers Toshen, obwohl ich ihn dort unten nie gesehen habe. Womit ich ihm nicht zu nahe treten möchte, denn im Dunkeln sieht man nicht jeden.«

Himmel über den Wolken?

Im Gespräch mit Dodgers Freund Henry Mayhew befürchtete ein Gemüsemädchen vielleicht, dass es unter den Engeln nur wenige Gemüsejungen gab, insbesondere solche, die mit seidenen Worten und schlauen Händen (oder vielleicht umgekehrt?) brave Mädchen zu Fall brachten. Es sagte: »Wenn ein guter Mensch stirbt, heißt es, dass der Herr ihn gerufen hat und er daher gehen musste. Aber ich weiß nicht, was das bedeuten soll, es sei denn, ein Engel kommt und sagt dem Betreffenden, dass er im Himmel gebraucht wird. Ich weiß, wo der Himmel ist. Er befindet sich über den Wolken, und die Wolken sind dort, damit man nicht hineinsehen kann.«

Die schmutzige Luft hätte kaum geholfen. Ein Engel, der dumm genug gewesen wäre, sich durch den Nebel in eins der Armenviertel zu wagen, hätte schon nach kurzer Zeit jede Menge Ruß auf den Flügeln gehabt, und dann wäre es ihm sicher schwergefallen, wieder gen Himmel zu fliegen.

Die Kirche St. Never*

Schuldner, Bankiers und Politiker beten am Altar von St. Never.

Bei einer Gelegenheit besuchte Dodger die Kirche St. Never im kleinen Viertel Four Farthings (was ungefähr der Menge des Geldes im Opferstock entsprach). Offenbar war dieser Heilige zuständig für Ereignisse, die nie geschahen, weshalb gewisse leichte Damen von Zeit zu Zeit die Kirche betraten und die eine oder andere Münze für St. Never spendeten. Allerdings war Mrs. Holland zuverlässiger, wenn auch teurer – und der Preis, den sie verlangte, ließ sich manchmal nicht mit Geld bezahlen.

Vor seinen Schöpfer treten

Dodger kannte viele Leute, die auf der Straße einfach tot umgefallen oder im Fluss ertrunken waren wie die armen jungen Frauen, die von den Brücken sprangen. Manchmal starb jemand wie Dodgers alter Mentor »Opa«, der sich den Ratten in den Abwasserkanälen überließ. Doch Londons Friedhöfe waren noch voller als die Pennen, und ungesunde Gase stiegen von den überbelegten Kirchhöfen auf.

Der Geruch des Todes hatte ein sonderbares Eigenleben; er fand seinen Weg überallhin, und man entkam ihm kaum. In dieser Hinsicht ähnelte er dem Gestank von Onan …

* Diese Kirche ist von Terry Pratchett erfunden, ebenso wie das kleine Viertel Four Farthings. Beides existiert nicht, aber es wäre schön, sich dafür einen Platz in der Realität vorzustellen.

Winchester-Gänse

Auf dem Crossbones-Friedhof in Southwark wurden alleinstehende Frauen bestattet, die nicht nur in die Gosse gefallen waren, sondern noch tiefer – ins Grab. Der Friedhof gehörte dem Bischof von Winchester, und man nannte die armen Mädchen »Winchester-Geese«, Winchester-Gänse.

HABEN SIE'S GEWUSST?

- Leichen wurden oft eine Woche nach der Bestattung ausgegraben, zerhackt und verbrannt.
- Andere Leichen wurden an Krankenhäuser verkauft und endeten unter den Skalpellen der Medizinstudenten.
- Bis 1823 wurden Selbstmörder oft auf der Straße begraben. Man schlug einen Pflock in die Leiche, um die Seele am Wandern zu hindern.
- »See you in Lavender« (Wir sehen uns in Lavender) war eine Redensart, die sich auf den Friedhof von Lavender Hill bezog. Oft wurde sie als Drohung verwendet (oder als Versprechen).
- Aus den Zähnen kürzlich verstorbener Personen stellte man Zahnprothesen her, und ein gewisser Edwin Clayton in Yorkshire schaffte es, seinen neuen Zähnen eine zweite Reise zum Bestatter zu ermöglichen (und einen dritten Eigentümer), als er nach dem Verschlucken des künstlichen Gebisses verstarb.

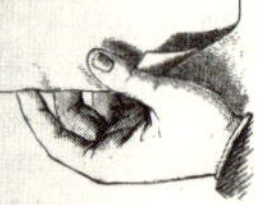

Lasst sie uns zu zehnt begraben, lasst uns ein Mausoleum errichten!

Selbst im Tod spielte der soziale Status eine wichtige Rolle in Dodgers London. Für die feinen Leute der Stadt war eine Bestattung tatsächlich eine überaus ernste Angelegenheit, und da Königin Victoria seit Alberts Tod praktisch ständig trauerte, zog sich das Trauern ganz allgemein in die Länge. 1832 bildeten sieben private Friedhöfe – die »Magnificent Seven«, die Prächtigen Sieben – einen Ring um London, der nächste in Dodgers Nachbarschaft lag in Tower Hamlets. Familien konnten nun mit den Nachbarn Schritt halten (selbst im Tod), indem sie große Gedenkstätten und Familiengrüfte bauten.

- Familien konnten auf die Dienste von »Trauernden« zurückgreifen. Für ein paar Pennys folgten sie dem Sarg und wirkten dabei angemessen traurig. Für ein paar Pennys mehr sprachen sie sogar. Für einen Schilling waren sie bereit, wie Nachtigallen zu singen und die Seele des Verstorbenen auf diese Weise zum Himmel zu geleiten.
- Manche Menschen hatten solche Angst, lebendig begraben zu werden (was durchaus vorkam!), dass sie eine Glocke im Sarg anbringen ließen, damit sie läuten konnten, falls sie nach der Beisetzung erwachen sollten. Stellen Sie sich vor, Sie gehen über den Friedhof und hören das Läuten einer Glocke aus einem frischen Grab ...

Memento mori

Im Leben sind wir ständig vom Tod umgeben, und »Momento mori« waren Gegenstände, die Familien daran erinnerten (obwohl man in den Armenvierteln nicht lange nach Hinweisen auf Sterblichkeit suchen musste; ein Blick in den Fluss genügte oft). Man bewahrte eine Locke oder ein persönliches Schmuckstück auf. Als die Fotografie aufkam, wurde das tote Familienmitglied einige Tage nach dem Ableben fotografiert, oft zusammen mit anderen Mitgliedern der Familie – was dem Fotografen keine große Chance einräumte, die »gute Seite« des Fotografierten einzufangen. Bei Kleinkindern behielt die Familie den Leichnam manchmal zu Hause, bis er mumifizierte, und stellte ihn dann wie ein Ornament aus – ein Wertgegenstand der Familie, den ein Snakesman gewiss nicht anrührte.

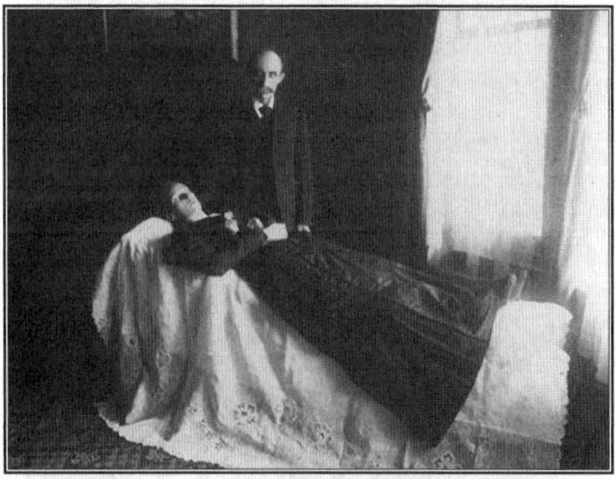

Abergläubisch?

Was den Tod betraf, nahmen die Viktorianer nicht nur den kleinen Finger, sondern die ganze Hand. Hier einige Beispiele:

* Wenn ein Spatz hereinfliegt und sich auf ein Klavier setzt, so muss in dem betreffenden Haus früher oder später jemand sterben.
* Wenn jemand stirbt, müssen alle Uhren in dem Zimmer angehalten und die Spiegel abgedeckt werden.
* Wenn ein Trauerzug durch die Straße kommt, sollte man ihm nicht unmittelbar gegenübertreten. Für den Fall, dass man nicht ausweichen kann, wird geraten, einen Knopf zu halten, bis der Trauerzug vorbei ist.
* Donner nach einem Begräbnis ist ein gutes Zeichen – es bedeutet, dass die Seele des Verstorbenen den Himmel erreicht hat (woraufhin man die Leiche eigentlich wieder ausgraben könnte, um mehr Platz auf dem Friedhof zu schaffen).

INS NÄCHSTE JAHRHUNDERT UND DARÜBER HINAUS

Ich nähere mich dem Ende meines kleinen Leitfadens und werfe einen kurzen Blick auf die Zukunft dieser prächtigen Stadt – einer Stadt, auf die ich stolz bin und die so rasche Fortschritte macht, dass man sich fragt, wie man in ihr auf den Beinen bleiben kann. Nun, Miss Simplicity hat mich bereits darauf hingewiesen: Da überall Eisenbahnen durchs Land fahren, braucht eigentlich niemand auf den Beinen zu bleiben. Man setzt sich und kommt trotzdem voran, und zwar ziemlich schnell. So schnell, dass man High Wycombe in nur einem Tag erreicht. Früher musste man die Kutsche nehmen und riskierte, bei Loudwater von Straßenräubern überfallen zu werden. Bei der Eisenbahn gibt es keine Straßenräuber.

»Der Wechsel der Zeit, Mister Dodger. Eine junge Königin auf dem Thron und eine neue Welt voller Möglichkeiten. Ihre Welt, wenn Sie beschließen, sie dazu zu machen.« – *Angela Burdett-Coutts zu Dodger*

Mit Volldampf voraus

Ein Wunder des viktorianischen Zeitalters war die Eisenbahn. Die ersten Passagierzüge verkehrten 1825 im Norden von England, und am Ende des Jahrhunderts hatte fast jede Stadt in Großbritannien einen Bahnhof. Dodger und Miss Simplicity fuhren mit einer von Pferden gezogenen Kutsche nach Südwestengland, aber 1841 gab es eine Eisenbahnlinie zwischen London und Bristol. Doch nicht alle hielten die Eisenbahn für sicher genug …

DAS GROSSE FAHRKARTEN-WARTEN

»Eine lange Schlange nervöser, dicht hintereinander stehender Reisender wartet … Ein Reisender, der rechtzeitig eintrifft, muss wachsam in einem trostlosen und zugigen Flur warten, bis es dem überheblichen jungen Herrn hinter dem Schalter beliebt, selbigen zu öffnen. Einem Reisenden, der etwas zu spät dran ist, bleibt nichts anderes übrig, als sich einem langen »Schweif« aus ungeduldigen und verärgerten Fahrkartenbewerbern hinzuzugesellen, wobei er damit rechnen darf, dass er seine Fahrkarte gerade rechtzeitig genug erhält, um den Zug zu verpassen.«

– *PUNCH* (1882)

EISENBAHN-BESTATTUNGEN

Bestatter: »Fahren Sie mit diesem Zug, Sir?« *Passagier:* »Wer … ich? Äh, ja.«
Bestatter: »Dann gestatten Sie mir, Ihnen meine Karte zu geben, Sir.«

In den Boden

Dodgers Welt unter den Straßen veränderte sich erheblich, als die U-Bahn-Tunnel gegraben wurden. 1863 fuhren die ersten Züge der Metropolitan Railway (auch Met genannt), und zahlreiche Londoner standen Schlange vor den Fahrkartenschaltern.

- An jedem Bahnhof entlang der Linie warteten zahlreiche hoffnungsvolle Passagiere. Gegen Mittag warteten bei Paddington genug Leute, um vier Züge zu füllen, und am Ende des Tages hatten fast 25 000 Personen das neue Reiseerlebnis genossen.
- In den Waggons gab es Gaslampen, damit sich die Passagiere während der Fahrt durch die Tunnel weniger beunruhigt fühlten – insbesondere Frauen, die fürchteten, gewisse Herren könnten die Situation ausnutzen.
- Man hatte den Passagieren versichert, dass weder Dampf noch Rauch in die Waggons eindringen werde, aber bei den ersten Fahrten bekamen es die Reisenden mit Dampfwolken zu tun, die alles andere als angenehm waren.

Wunder für alle

Erstaunlich, was Menschen alles erfanden: Apparate, die das Leben angenehmer machten, aber auch einige Dinge, denen der Durchbruch verwehrt blieb ...

Ein kaltes Bad am Morgen?

Stellen Sie sich vor, von läutenden Glocken geweckt und dann von einer automatischen Matratze in ein Bad mit kaltem Wasser gekippt zu werden! So sah es das Weckuhr-Bett des Schreiners Theophilus Carter vor, das er 1851 auf der Londoner Industrieausstellung vorstellte. Die Zuschauer vergnügten sich bei der Vorführung aufs Höchste (bis auf den Niemand, der sich in regelmäßigen Abständen ins Wasser werfen ließ).

HABEN SIE'S GEWUSST?

Carter war dafür bekannt, dass er mit einem Zylinderhut in der Tür seines Ladens stand. Man glaubt, dass Lewis Carrolls verrückter Hutmacher in *Alice hinter den Spiegeln* auf Theophilus Carter zurückgeht. Nach dem Erscheinen des Buchs wurde er in Oxford, wo sich sein Laden befand, nur noch »verrückter Hutmacher« genannt.

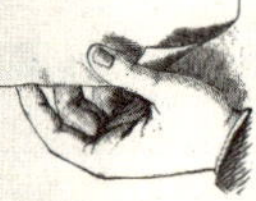

Zwei zum Preis von einem?

Nicht viel Platz in Ihrer Bude? Wie wär's mit einer Kombination aus Bett und Trittleiter?

KOMBINATION BETT UND TRITTLEITER

Wir haben viele clevere Erfindungen, die es ermöglichen, in einem kleinen Haus Platz einzusparen, und die originellste von ihnen ist zweifellos die Kombination von Bett und Trittleiter. Sie sollte sich als sehr nützlich erweisen, wenn der Benutzer des Betts einen leichten Schlaf und nichts gegen sofortiges Aufstehen hat, sobald die Trittleiter gebraucht wird. Von Nutzen wäre sie auch für große Familien mit Mangel an Stühlen ... Das Hinzufügen einer Stahlfeder, mit einer Weckuhr verbunden, verwandelt die Vorrichtung in ein exzellentes Bedienstetenbett. Um 6:30 morgens löst der Wecker die Feder aus, und das Bett verwandelt sich sogleich in eine Trittleiter. Dies fördert Pünktlichkeit und frühes Aufstehen bei Hausangestellten, Eigenschaften, die für sie ungemein wichtig sind.

– Auszug aus *The Great Round World and What Is Going on in It* (1897, etwa: Die große runde Welt und was auf ihr passiert), Abschnitt »Erfindungen und Entdeckungen«

Lieber einen Schlag auf den Kopf?

Ein Apparat aus dem Jahr 1882 ging anders an die Sache heran, wenn auch auf ähnlich unangenehme Weise. Eine Uhr wurde mit einem Rahmen über dem Kopf der Person im Bett verbunden, und zum vorgesehenen Zeitpunkt kam der Rahmen herab. Der Schlag sollte den Schlafenden wecken, aber leicht genug sein, um keine Schmerzen zu verursachen.

Die Gastgeberin mit dem verrauchtesten Salon

Rauchen war sehr populär – die Viktorianer hielten es für gesund und ahnten nichts von Lungenkrebs und anderen Erkrankungen. Jede Gastgeberin, die etwas auf sich hielt, sorgte in ihren Zimmern für reichlich Rauch, wobei sie unterschiedliche Tabaksorten verwendete. Aber wenn in ihrem Haus niemand rauchte … Für den Fall gab es Zigarren rauchende Maschinen.

Multitasking für den Gentleman

Wenn ein Gentleman den rauchigen Mief des Salons verlassen und ein bisschen spazieren gehen wollte, stand ihm eine praktische Vorrichtung zur Verfügung.

Damit konnte jeder gut situierte Herr nicht nur spazieren gehen, sondern auch Flöte spielen, ein Pferd begutachten oder einen Schmetterling fangen, *selbst wenn es regnete.*

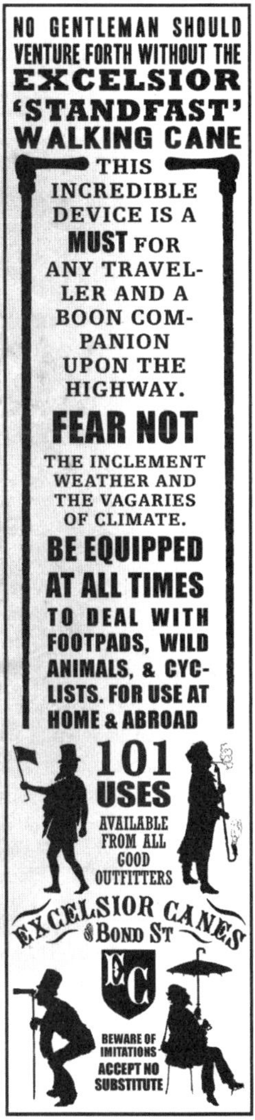

NEUE MÄNNER UND FRAUEN FÜR DIE KOMMENDE NEUE WELT

Hier schließe ich ab, indem ich Ihnen eine Reihe der brillantesten Vordenker meiner Zeit präsentiere. Ich hatte das Glück, einigen von ihnen in Miss Angelas Haus in Mayfair zu begegnen.

Sir George Cayley (1773–1857)

Cayley wird als der Mann bezeichnet, der das Fliegen entdeckte. Er beobachtete den Flug der Vögel und sah keinen Grund, warum nicht auch der Mensch dazu imstande sein sollte. Zu diesem Zweck konstruierte er einen funktionierenden Gleitsegler und danach einen kleinen Doppeldecker (der offenbar von einem zehnjährigen Piloten geflogen wurde), bevor er sich einem größeren Segler zuwandte.

Charles Babbage (1791–1871)

»Ein recht wortkarger Herr, der aussieht, als hätte er eine Guinee verloren und einen Viertelpenny gefunden.« – *Angela Burdett-Coutts*

Dodger konnte ebenso gut rechnen wie alle anderen, die in den Armenvierteln lebten – wo das Zusammenzählen von Zahlen weniger wichtig war als ein prüfender Biss in eine Münze, um festzustellen, ob sie wirklich aus Silber bestand. Doch Mister Babbage baute Apparate, mit deren Hilfe niemand mehr selbst addieren musste.

Sein erster Rechenapparat – den er nie fertigstellte – wurde »Differenzmaschine« genannt, wog 15 Tonnen und war fast zweieinhalb Meter hoch. Also nicht unbedingt ein Taschenrechner ...

HABEN SIE'S GEWUSST?

Während seiner Zeit an der Universität von Cambridge trat Babbage mehreren Klubs bei, darunter auch dem »Ghost Club« (Geisterklub), der nach Geistern suchte, und dem »Extractors Club« (Befreiungsklub), der aktiv werden sollte, wenn ein Klubmitglied ins Irrenhaus gesteckt wurde (vielleicht wegen Geisterjagd?).

Ada Lovelace (1815–1852)

Ada war die Tochter von Lord Byron. Ihre Mutter, die Mathematik studiert hatte, fasste den Entschluss, dass ihre Tochter ebenfalls die Wissenschaft kennenlernen sollte. Ada arbeitete mit Babbage an seinen analytischen Maschinen und zeigte der Welt, dass auch Frauen gute Wissenschaftlerinnen sein können.

HABEN SIE'S GEWUSST?

- Ada unterschrieb ihre Arbeiten mit A. A., damit niemand erfuhr, dass sie eine Frau war.
- Viele Jahre später gaben die Vereinigten Staaten einer Computersprache zu ihren Ehren den Namen »Ada«.

Isambard Kingdom Brunel (1806–1859)

Ein Erfinder und Ingenieur, der Großbritannien für viele Menschen veränderte. Aber nur wenige wissen, dass Brunel auch sehr geschickt bei Zauberkunststücken war – obwohl er bei einer Gelegenheit einen halben Sovereign verschluckte, während er mit seinen Tricks Kinder unterhielt. Rasch befestigte er ein Brett zwischen zwei Pfosten, schnallte sich fest und drehte sich, bis die Zentrifugalkraft die Münze aus ihm herausholte.

Wie mir Sol erklärte: Wenn Leute wie Miss Angela genug Geld in das richtige Projekt investieren, können solche Ideen Gestalt annehmen und dabei helfen, London in eine strahlende Zukunft zu führen, in der es gute Chancen für alle gibt – auch für Jungen aus bescheidenen Verhältnissen wie mich. Denn wo es eine Idee gibt, da gibt es auch ein Wagnis, und wo es Wagnisse gibt, muss es Platz für clevere Dodgers geben …

London ist eigentlich gar nicht so groß, wenn man genau darüber nachdenkt: eine Quadratmeile aus Labyrinthen, umgeben von weiteren Straßen, Menschen und ... Gelegenheiten.

Wenn Ihnen meine Hinweise und Anmerkungen gefallen haben, möchten Sie vielleicht einen Blick in folgende Bücher werfen, die von anderen Schreibern stammen, unter ihnen von meinen alten Freunden Charlie und Mister Mayhew …

Thomas Beames, *The Rookeries of London* (1852)
Alfred Rosling Bennett, *London and Londoners in the Eighteen-Fifties and Sixties* (1920)*
Peter Cunningham, *Hand-Book of London* (1850)
Charles Dickens, *David Copperfield* (1850)
Charles Dickens, *Great Expectations* (1861)
Charles Dickens, *The Letters of Charles Dickens,* vol. V (1847–9)
Charles Dickens, *Sketches from Boz* (1836)
Charles Dickens Jr., *Dickens's Dictionary of London* (1879)
W. S. Gilbert, *London Characters and the Humorous Side of Life* (ca. 1870)
James Greenwood, *Mysteries of London* (1883)
James Greenwood, *The Seven Curses of London* (1869)
James Greenwood, *Toilers in London* (1883)
Daniel Joseph Kirwan, Palace and Hovel: *Phases of London Life* (1878)
A Lady, *Beauty: What It Is, and How to Retain It* (1873)
Henry Mayhew, *London Labour and the London Poor* (1851–61)
George R. Sims, *Living London* (1901)
Thomas Webster, *An Encyclopaedia of Domestic Economy* (1845)
Andrew Wynter, *Pictures of Town & Country Life, and other Papers* (1865)

Interessant sind auch diese Publikationen:

The *Era*
The *Morning Post*
Punch magazine
The Tomahawk
The *Saturday Review*
The Great Round World and What Is Going on in It

* Er zählt nicht direkt zu Dodgers Bekannten, aber der Autor fand dieses Buch sehr aufschlussreich.

LISTE DER ILLUSTRATIONEN, NACH SEITE

13 © Punch Limited
14 © Mary Evans Picture Library
15 © Private Sammlung/The Bridgeman Art Library
17 © INTERFOTO/Sammlung Rauch/Mary Evans
24 © Punch Limited
26 © Handbook of Early Advertising Art, Dover Publications
27 © Punch Limited
28 © Handbook of Early Advertising Art, Dover Publications
30 © Illustrated London News Ltd/ Mary Evans
31 © Handbook of Early Advertising Art, Dover Publications
35 © Punch Limited
36 © Handbook of Early Advertising Art, Dover Publications
39 © Mary Evans Picture Library
41 © Handbook of Early Advertising Art, Dover Publications
42 © Mary Evans Picture Library
48 © Mary Evans Picture Library
51 © Punch Limited
53 © iStock
54 © Punch Limited
58 © Punch Limited
59 © Mary Evans Picture Library
62 Beide: © www.CartoonStock.com
63 © Punch Limited
66 © Illustrated London News Ltd/ Mary Evans
68 © Mary Evans Picture Library
69 © Mary Evans Picture Library
70 © www.CartoonStock.com
74 © Private Sammlung/The Bridgeman Art Library
77 © www.CartoonStock.com
81 © Illustrated London News Ltd/ Mary Evans
82 © Museum of London
84 © Punch Limited
85 © www.CartoonStock.com
87 Oben: © Metropolitan Police Authority; unten: © Mary Evans Picture Library
88 Links: wiedergegeben mit Erlaubnis der National Library of Scotland; rechts: © www.CartoonStock.com
91 © www.CartoonStock.com
95 © Mary Evans Picture Library
96 Links: © Shutterstock; rechts: © The National Archives Image Library
97 © Punch Limited
98 © Corporation of London/HIP/ TopFoto
99 © Mary Evans Picture Library
101 Links: © Medical-on-Line/Alamy; rechts: © Ronald Grant Archive/ ArenaPAL www.arenapal.com
102 Unten: © Museum of London
104 (im Uhrzeigersinn von oben links) © 2004 Credit: Topfoto; © Ronald Grant Archive/ArenaPAL www.arenapal.com; © British Library Board/Robana/TopFoto; © British Library Board/Robana/TopFoto
105 (im Uhrzeigersinn von oben links) © The British Library Board; © Mary Evans Picture Library; © British Library Board/Robana/ TopFoto; © Mary Evans Picture Library
110 © www.CartoonStock.com
113 © www.CartoonStock.com
115 © Corporation of London/HIP/ TopFoto
117 (im Uhrzeigersinn von oben links) © Mary Evans Picture Library; © The Granger Collection/TopFoto; © Mary Evans Picture Library
118 © Punch Limited
119 © www.CartoonStock.com
120 © Peter Newark American Pictures/ The Bridgeman Art Library
121 (im Uhrzeigersinn von oben links) © The British Library Board; © Mary Evans Picture Library; © Mary Evans Picture Library
122 © The British Library Board
128 © Mary Evans Picture Library
129 © Alexander B. McBridge
130 © www.victorianpicturelibrary.com
131 © Illustrated London News Ltd/ Mary Evans
137 © Punch Limited
141 © Getty Images

GELEGENTLICH HAT DER AUTOR AUF DIESE MODERNEREN INFORMATIONSQUELLEN ZURÜCKGEGRIFFEN:

www.victorianweb.org
www.victorianlondon.org
www.history.co.uk/explore-history/history-of-london
www.eastlondonhistory.com
http://blogs.smithsonianmag.com/history
http://eudocs.lib.byu.edu
http://journals.cambridge.org
http://londonbygaslight.wordpress.com/2011
http://louderthanwar.com/20-weird-facts-about-parliament
http://myweb.tiscali.co.uk/speel/london
http://vcp.e2bn.org/justice
www.howitworksdaily.com/history
www.aboutbritain.com/articles
www.avictorian.com
www.arthurlloyd.co.uk
www.cityoflondon.gov.uk
www.pedalinghistory.com
www.bbc.co.uk/history
www.bethlemheritage.org.uk
www.bog-standard.org
www.british-history.ac.uk
www.jubileecampaign.co.uk
www.listverse.com
www.londononline.co.uk/streetorigins
www.met.police.uk/history
www.oldbaileyonline.org
www.open.ac.uk/Arts/history-from-police-archives
www.portcities.org.uk/london
www.puppetonline.co.uk/punchandjudyhistory.html
www.rhymes.org.uk
www.royal.gov.uk
www.sewerhistory.org
www.stpauls.co.uk
www.timeout.com
www.tlucretius.net/Sophie/Castle/victorian_slang.html
www.victorianblogspot.co.uk
www.workhouses.org.uk

Von Terry Pratchett liegen bei Piper vor (in der Reihenfolge des Erscheinens):

Die Teppichvölker
Die dunkle Seite der Sonne
Strata
Die Farben der Magie
Das Licht der Phantasie
Das Erbe des Zauberers
Gevatter Tod
Der Zauberhut
MacBest
Pyramiden
Wachen! Wachen!
Eric
Die Schlacht der Nomen. Tucker • Wühler • Flügel
Ein gutes Omen. Der völlig andere Hexenroman (mit Neil Gaiman)
Rincewind der Zauberer. Vier Scheibenwelt-Romane
Die Scheibenwelt. Zwei Romane in einem Band
Schlamassel auf der Scheibenwelt. Pyramiden • MacBest
Die Magie der Scheibenwelt. Drei Romane in einem Band
Gevatter Tod • Wachen! Wachen! Zwei Scheibenwelt-Romane in einem Band
Die Gelehrten der Scheibenwelt. Erweiterte und aktualisierte Neuausgabe (mit Ian Stewart, Jack Cohen)
Die Philosophen der Rundwelt. Mehr von den Philosophen der Scheibenwelt (mit Ian Stewart, Jack Cohen)
Darwin und die Götter der Scheibenwelt (mit Ian Stewart, Jack Cohen)
Eric (illustrierte Sammlerausgabe)
Der ganze Wahnsinn
Dunkle Halunken
Jack Dodgers London Guide
Dralle Drachen und andere Storys vom Schöpfer der Scheibenwelt
Die staubsaugende Schreckschraube und andere Storys vom Schöpfer der Scheibenwelt
Scheibenwelt. Das Malbuch

ENTDECKE
NEUE WELTEN
MIT PIPER FANTASY
Mach mit und gestalte deine
eigene Welt!
PIPER
www.piper-fantasy.de